이화여자대학교 국어문화원 연구총서 ②

21세기 문화현실과 젊은 소설가들

이화여자대학교 국어문화원 연구총서 2

21세기 문화현실과 젊은 소설가들

김미현 외

역락

창간사

　이화여자대학교 '국어문화원'은 1972년 11월 25일 인문과학대학 부설연구소로 설립된 '한국어문학연구소'를 전신으로 하여 국어문화의 실용화를 아우르고자 2008년 5월 국어상담소를 흡수하면서 탄생하였다. 따라서 그 기반은 이화여자대학교 국어국문학전공의 전임교수와 대학원 이상 출신 연구원을 중심으로 한 국어학·고전문학·현대문학 분야의 축적된 연구 성과에 있다고 할 수 있다.

　그런데 '한국어문학연구소'가 '국어문화원'으로 개칭되면서부터는, 안팎으로 연구 성과보다는 실용화에 무게가 옮겨진 것이 사실이다. 그러나 이론적 토대가 없는 실용화는 다만 시의(時宜)를 쫓는 데 급급할 뿐 시대를 선도할 수 없는 사상누각(沙上樓閣)에 다름 아니다.

　이러한 점에서 '이화여자대학교 국어문화원 연구총서' 창간은 매우 중요한 의미를 갖는다고 할 수 있다. '국어문화원'이 그 전신인 '한국어문학연구소'가 지향하던 국어학·고전문학·현대문학의 심도 있는 연구 성과를 양분으로 삼아 시대적 요구에 부응하고 있다는 사실을 노정(露呈)하는 구체적인 결실이 바로 연구총서 창간이라고 할 수 있기 때문이다.

　오늘은 연구총서의 창간을 선포하였지만 이 연구총서의 지속적인 발간이 '한국어문학연구소'의 전통을 발전적으로 계승한다는 것을 의미함과 동시에 머지않아 자료총서 창간, 학위논문총서 창간 등으로 확대될 수 있기를 기원하는 바이다.

2015년 7월 31일
이화여자대학교 국어문화원 원장 최형용 삼가 적음.

차례

제2부 21세기 젊은 소설가들의 문화적 지형도

제3부 21세기 문학의 새로운 구보씨들

21세기 젊은 소설가들의 문화적 특수성과 문학적 정체성

김미현(이화여대 국문과 교수)

21세기를 '문학의 시대'라고 말하기는 힘들다. '문학의 종언'이라거나 '묵시록적 문학'이라는 말이 더 익숙하고, 위기가 기회라거나 문학은 언제나 위기였다는 말도 위로가 되지 않는 시간들이 강력하게 지속되고 있기 때문이다. 더 이상 문화 혹은 현실의 중심에 문학 담론이, 더 나아가 소설가들이 자리매김 될 수 있는 여지가 점점 줄어들고 있다는 탄식 아닌 탄식을 거부할 수 없다. 그럼에도 불구하고 20세기의 문학과 21세기의 문학이 하늘과 땅의 거리처럼 멀거나 왼쪽과 오른쪽의 방향처럼 정반대로 존재하는 것 또한 아니다. 문학은 언제나 문학이기에 변하기도 하지만 불변하기도 한다. 이런 문학의 위치를 직시한다면 '문학이란 무엇인가'가 아니라 '왜 여전히 문학인가'라고 질문하는 것이 더 생산적이고 미래지향적인 행위가 될 수 있다. 중심에 있는 문학만이 그리고 불변하는 문학만이 가치있는가에 대한 진지한 고민과 성찰이 동반된다는 전제 조건 하에서 더욱 그렇다. 과연 문학 혹은 소설가는 '최후의 메시아'인가 아니면 '최초의 유령'인가.

　문학은 문학 이외의 것들과 함께 있을 때 왜 문학인가를 더욱 분명하게 드러낸다. 정치나 역사, 철학이나 심리학, 미학이나 윤리학 등의 담론과 소통하면서 '지금 이곳'의 문화현실을 '비동시적 동시성' 혹은 '동시적 비동시성'을 통해 문학적인 방식으로 현시한다. 그리고 이런 문학을 생산하는 시공간의 처음이자 끝에 소설가들이 존재한다. 특히 소설가들 중에서도 동시대의 흐름에 가장 예민하게 반응하면서 육화(肉化)된 문학을 보여주는 젊은 소설가들의 경우에 21세기 문학의 장(場)은 더욱 살아 숨 쉬는 시대정신이나 세대정신을 보여준다고 할 수 있다. 때문에 문화를 소비하면서 동시에 문학을 생산하는 '생비자(生費者, prosumer)'로서 젊은 소설가들이 지닌 위치와 가치가 중요하다. 이 책의 제목이 『21세기 문화현실과 젊은 소설가들』인 이유도 여기에 있다. 21세기의 문학이 지금으로서는 가장 젊고, 젊은 소설가들이 현재로서는 가장 21세기적이기 때문이다. 이런 의미에서 이 책은 문화와 문학, 현실과 삶, 과거와 미래가 서로 교차하면서 대화하는 '사건'으로서의 문학의 현주소를 가장 최전방에서 문제 삼고 있다.

　또한 이런 21세기의 '젊은 문학'을 '젊은 연구자'들이 '젊은 시각'으로 바라봄으로써 가장 '젊은 연구서'라는 것이 이 책의 또 다른 중요한 특징이다. 아는 만큼 보이고, 젊은 만큼 도전할 수 있다. 이화여대 국문과 대학원 현대문학 전공자들로서 석사과정 및 박사과정에 재학 중인 젊은 연구자들이 대학원 수업이나 세미나를 통해서 함께 고민하면서 '따로 또 같이' 완성한 다양한 결과물들을 한자리에 모은 것이 바로 이 책이다. 때문에 이 책은 불완전할 수 있지만 동의할 수 있고, 비판할 수도 있지만 유의미한 동시대 젊은 소설가들의 고민과 선택에 그들과 가장 근거리에 있는 연구자들이 동참하는 기회를 제공한다. 언제 어디서 무엇이든 문학은 소설가들로 인해 문학이라는 이름으로 존재할 수 있다. 그리고 그들을 그들의 시각에서 바라보는 연구자들에 의해 가장 젊은 문학일 수 있다.

이러한 21세기 문학의 새로운 양상을 살펴보기 위해 이 책에서는 3부로 나누어 구체적인 접근을 시도한다. '1부 : 21세기 한국문화의 새로운 키워드'는 2000년대 들어서 지속적으로 논의되고 있는 한국문화의 주요 키워드인 '가난과 계급', '정치와 윤리', '재난과 파국', '인간과 주체', '감정과 고통', '현실과 포스트리얼리즘' 등의 6개의 키워드 중심으로 이와 연관되는 문학이론이나 주제론, 최근 평론에서의 논의들을 중심으로 살펴본 후 대표적인 소설 한 편을 대상으로 실제 적용해 봄으로써 21세기 문학의 토대가 되는 문화현실을 포괄적으로 고찰한다. '2부 : 21세기 젊은 소설가들의 문화적 지형도'에서는 박민규, 정이현, 이기호, 편혜영, 백가흠, 김중혁, 김애란 등 2000년대 초반에 이미 많이 논의되었던 소설가들과 비슷하면서도 다른 특성을 보여주고 있는 2010년대 후배 소설가들인 김숨, 이장욱, 황정은, 김사과, 최제훈, 조현 등의 첫 소설집을 중심으로 1부에서 살펴보았던 키워드들을 실제 적용해본다. 첫 소설집을 통해 해당 소설가들의 작품세계나 시대정신을 원형질이나 배아(胚芽) 상태에서 가장 잘 살펴볼 수 있기 때문이다. '3부 : 21세기 문학의 새로운 구보씨들'에서 논의되고 있는 최진영, 박솔뫼, 조해진, 정용준, 김유진, 배명훈, 최민석 등을 합치면 가히 21세기 젊은 소설가들을 총망라한 최신판 연구서라고 할 수 있다.

1부의 첫 번째 글인 〈**가난과 계급 - 소비와 신(新)프롤레타리아**〉는 신자유주의를 배경으로 대두된 신빈곤이 문화와 문학에서 '신(新)프롤레타리아'라는 새로운 계급의 등장을 초래한 데에 주목한다. 특히 이 글에서는 '신프롤레타리아'와 '소비'를 연결하여 소비에서 소외된 계급과, 소비를 전유한 계급으로 나누어 21세기에 나타난 새로운 계급의 양상과 대안을 살펴보고 있다. 먼저, 빈곤의 개인화가 극대화되면서 그 책임까지 '부채'의 몫으로 지워지는 '호모 데비토르'나 자신을 수단화하면서 '자기물화'를 보여주는 '(귀환한) 신경향파'가 소비에서 소외된 양상을 고찰한다. 그리고 상층 계급의 취향을 모방하면서 취향을 '선택'하는 것과, 자본에서 배제된 잉여에서 더 나아가 자발적인 잉여로서 자본 외부의 모험을 즐기는 것을 '선택'하는 것이 소비를 전유하면서 탈빈곤을 위한 수행의 가능성에 해당한다는 점에 주목한다.

〈**정치와 윤리 – 장인 윤리와 시민 윤리의 길항**〉은 한국문학사에서 정치적 행위자로서의 시민의 윤리와 작품 생산자로서의 장인의 윤리는 항상 길항해 왔기 때문에 문학과 정치 혹은 문학의 정치라는 문제가 그리 새삼스러울 것도 없지만, 한국문학에서 감성의 분할을 둘러싸고 수행되는 '미학의 정치'가 '근대문학 종언'에 대한 전면적인 반대로 기능할 수 있었음에 주목한다. 몫을 누리지 못하는 자들의 목소리를 망각 속에서 끄집어내어 주어진 확실성의 세계에 끊임없이 의문을 제기하면서 이미 분할된 감각의 지형도를 재형성하는 새로운 문학적 혁명의 가능성에 강조점을 둔 것이다.

우리가 여전히 현재형으로 생생하게 경험하고 있는 참혹한 재난은 이미 실현된 것이나 다름없는 미래의 재난을 이미 닥쳐온 것으로 추체험하게 하고, 지금 이곳의 자리에서 우리가 할 수 있는 최선의 조처를 행동에 옮기기 위한 공생의 관계망을 요구한다. 이를 위해 〈**재난과 파국 – 재앙의 내재성과 파국적 상상력**〉에서는 문명 자체에 대한 허무의식, 서사의 빈곤 등을 낳기도 했지만 점점 그 상상력 자체의 형질 전환으로 더욱 다양한 문학 작품들이 창조되는 역설적 에너지를 강조한다. 이를 통해 세계에서 가장 철저하게 버려진 자가 결국 가장 마지막에 남은 희망의 매개자가 된다는 문학의 아름다운 역설을 구체적으로 증명해 보인다.

또한 21세기 한국문학은 한없이 작아지고 파편화된 인간이 주체가 아닌 객체로 존재할 수밖에 없기에 몰락한 인간상을 보여준다. 신자유주의 이후 바깥으로 내몰린 인간은 생존경쟁에서 살아남기 위해 자기착취를 하게 되고, 지배나 관리를 받지 못하는 주체들은 잠재적 호모 사케르로 전락하게 된 것이다. 〈인간과 주체 – 21세기 이후의 새로운 주체와 문학의 자치 기획〉에서는 이런 상황에서 기존의 체제로부터 이탈하여 능동적으로 아무 것도 하지 않는 '무위'의 주체나 자발적 잉여들로 '욕망 없음'의 존재들이 출현하게 된 현실에 주목한다. 그리고 이들이 체제에 편입하지 않고 지속적인 우울 상태에 머물러 있으면서 자신들이 상실한 것에 대해 애도하지 않고 기존의 질서에 대한 저항의 의지를 보여준다는 점을 중시한다.

21세기는 '무통문명의 도래'로 인해 고통을 기억하기보다는 망각하기를 원하는 사회이다. 무통문명은 이중관리구조를 통해 '절대적 고통' 대신 관리 가능한 고통만을 생산해낸다. 따라서 무통문명 시대를 직시하고 긍정적 공감으로 나아갈 필요성이 제기된다. 〈감정과 고통 – 공감 (불)가능성과 문학의 가능성〉에서는 고통 안에 머물며 고통과 함께 있기를 자처하는 '부정의 형식'이나, 섣부른 공감으로 넘어가지 않기 위해 고통의 '극사실주의'를 통한 '고강도의 공감'을 통해 타자의 고통이 보존되는 '함께-있음'의 연대의 가능성을 확보할 수 있음에 주목한다.

〈현실과 포스트리얼리즘 – 현실의 귀환과 총체성의 재고〉에서는 한동안 폐기되어야 할 낡은 것으로 치부되어왔지만 최근 한국문학에서 다시금 주목받고 있는 리얼리즘의 특성 중 하나인 총체성을 재고함으로써 변화된 21세기적 현실을 제대로 읽어내고자 하는 흐름에 주목한다. 사실상 총체성이란 전체가 의도하지 않은 것, 즉 전체의 초과를 포함하는 개념으로서의 전체를 의미할 수 있기 때문이다. 그러므로 이러한 의미의 총체성을 소환하는 리얼리즘은 현실의 불가능한 재현을 가능케 만든다. 또한 이는 주체 역시도 완결된 상태가 아니라 총체화 과정에서 지속성 자체로 드러나는, 즉 내재적 불가능성으로서의 주체를 서사화한다. 따라서 단수의 현실을 초과하는 복수의 현실들까지도 현실로 읽어내는 '포스트리얼리즘'의 방식을 구체적으로 검증할 수 있게 된다.

2부의 첫 번째 글인 〈가난/계급의 재구성과 환상적 형상화 – 김숨, 『투견』을 중심으로〉에서는 신자유주의 질서가 작동하면서 사회적 부조리에 의해 새롭게 재편성되는 계급 구조와 그 에너지가 과격하게 폭력화되는 양상을 김숨 소설을 통해 살펴보고 있다. 김숨 소설은 한 사회가 구조적으로 배태하는 주체들, 즉 기회를 박탈당한 자들 안에서의 또 다른 권력관계를 주로 형상화한다. 『투견』에 나타난 가난과 계급의 전경화는 신경향파의 귀환에 가깝지만, 이를 지각하고 해석하는 방식에 있어서는 작가 특유의 환상성이 소설의 새로움으로 제시된다. 소설 속 그로테스크한 환상은 현실이 은폐하고 억압하는 부정적 실재와의 대면을 강조하는 방식으로 작동하며, 파편화된 일상에 매몰된 채 자각하지 못하고 있는 현실을 더욱 적나라하게 드러내고 바라보게 만드는 중요한 기제이다. 이 글에서는 금융위기 이후 재구성된 사회 체제 안에서 호모 사케르로 살아가는 인물을 통해 계급 구조를 분석하고, 소설 속 공간을 중심으로 부조리한 사회구조를 조명한다. 나아가 그로테스크한 환상을 통해 그것이 어떻게 현실을 반영하고 있는지를 촘촘하게 분석하고 있다.

〈환상을 통한 공백의 형상화와 2010년대 새로운 주체양상 – 이장욱, 『고백의 제왕』을 중심으로〉에서 논의되고 있는 바, 이장욱의 『고백의 제왕』은

21세기 주체의 양상과 새로운 주체의 가능성을 예감하게 해준다. 이때 소설 안의 주체는 상징계의 질서에 의해 증상화된 주체들임과 동시에 상징계의 공백을 감지하여 대안으로 나아가는 주체들이다. 구체적으로 증상적 주체의 나르시시즘은 '초자아적 아버지'의 옹립(마조히즘), '수평적 질서'의 수립(경쟁), '초자아로의 등극'(냉소)을 환상으로 삼아 구성된다. 하지만 상징계의 환상이 가질 수밖에 없는 필연적 공백-'희생'과 비어 있는 정체성(마조히즘), '건강한 욕망의 부재'(경쟁), '여전한 공백의 존재'(냉소)-들은 감추는 존재들이다. 그러나 이장욱은 환상을 통해 이런 공백을 재현해냄으로써 각각의 증상에 대항한다. 상징계의 수직적 질서를 이탈하는 '비동시성의 동시성'을 통해 무위를 행하거나, '건강한 욕망의 잠재성'을 깨닫는 가능성 감각을 보여주고, (비)존재로 남아 '부정의 부정'을 행함으로써 '애도 자체를 부인'하는 멜랑꼴리의 주체들을 보여준다. 이로써 이장욱의 소설 세계는 '죽음 충동적 글쓰기'를 통해 '문학의 종말'이자 '주체의 종말'을 유예하며 애도하기를 부인한다.

〈**무감(無感)의 시대, 공감의 가능성을 위한 노력 – 황정은, 『일곱시 삼십이분 코끼리 열차』를 중심으로**〉에서 주목하는 황정은 소설 속의 "희로애락이 희박한", 그래서 "결정적이지 않은 상태로 살아가는" 인물들은 폭력적 현실에 대해 분노하거나 냉소하는 대신 그와 거리를 두고 무감하고자 한다. 환상적 사건이나 변신을 무감하게 선언함으로써 환상은 하나의 당연한 전제가 되기 때문에 황정은 소설에서 환상과 현실의 구분은 불가능하다. 이는 오히려 부조리하기에 '환상 같은 현실'에 대한 성찰의 계기를 마련해준다. 또한 황정은 소설은 타인의 고통을 기억하고 증언함으로써 무감에서 (동정이 아닌) 동감으로 나아간다. 그 구체적인 방법은 비존재를 재현하거나 부인된 상실을 애도하는 방법으로, 혹은 카프카의 '오드라덱(Odradek)'을 상기시키는 역설의 피조물을 등장시켜 망각을 거부하고 계속해서 '증언'하게 하는 방법 등이다. 이를 통해 황정은의 소설은 무감의 기술을 거쳐 공감의 불가능성의 가능성을 향해 나아가고 있다.

〈역설적 공감과 심화적 고통의 가능성 – 김사과, 『02 영이』를 중심으로〉에서는 '감정과 고통'을 중심으로 김사과의 첫 소설집 『02 영이』에 나타나는 분노와 폭력이 '시차적 관점'을 통해 개인적인 분열증에서 세계의 구조를 보는 것으로 나아갈 수 있음을 고찰하고 있다. 무목적성의 분노는 쉬운 공감을 거부하고 역설적으로 공감의 불가능성을 가능성으로 전환하며, 자기분열적인 분노는 무감의 '무통문명'에서 벗어나 모두에게 연루되는 분노에 참여하게 만들기에 수동성에서 능동성을 확보한다. 또한 해결 불가능한 고통은 가시적인 '주관적 폭력'뿐 아니라 비가시적인 '객관적 폭력'까지 보여줌으로써 심화적 고통으로 나아간다. 이러한 고통은 '너무 늦게'/'너무 빨리', '아직'/'이미'의 시차를 통해 시대를 가장 잘 보는 '동시대인'의 시대착오와 연결된다. 또한 형식적인 면에서도 감정의 발설뿐 아니라 상황도 설명하고 있기에 세계를 '아는' 인물의 고통이 실감나게 그려지고 있음을 구체적으로 분석하고 있다.

〈새로운 파국적 상상력과 포스트재난서사 – 최제훈, 『퀴르발 남작의 성』을 중심으로〉에서 확인되듯이 최제훈의 소설은 거대한 재난을 상상하는 것이 아니라 억압을 은폐하는 이데올로기의 구조를 노출시킴으로써 일상화된 재난을 직시한다. 그리고 이러한 양상이 선형적 시간관을 해체하는 탈구성적 형식을 통해 구현됨으로써 지배적 질서를 전복한다. 더불어 만성화된 재난에 평범한 인간의 행위와 욕망 역시 일조하고 있다는 사실을 드러냄으로써 우리 모두가 파국의 주체가 될 수 있음을 상기시킨다. 하지만 최제훈의 소설은 이러한 현실에 대응하는 행위의 주체 또한 등장시킨다. 행위의 주체는 재난 이후에도 반복적으로 실패함으로써 가까스로 최후를 연기하며 이를 통해 결코 절멸하지 않는 희망을 예고한다. 즉 불가능성에서 가능성을 희소시키는 새로운 파국적 상상력을 보여주는 것이다. 그리고 이러한 서사는 무한대로 다시 쓰이는 형식을 통해 구현됨으로써 혼돈의 시대를 또 다른 혼돈으로 극복해내는 포스트재난서사의 탄생을 알린다.

〈**진리로서의 시(詩), 문학의 정치성 – 조현, 『누구에게나 아무것도 아닌 햄버거의 역사』를 중심으로**〉에서 주목하는 조현의 첫 소설집 『누구에게나 아무것도 아닌 햄버거의 역사』는 무한한 상상력을 바탕으로 우주적인 세계를 축조한다. 조현의 우주에서는 '은유의 원리'를 통해 전혀 다른 시공간이 연결되고, 전혀 다른 두 존재가 사랑스럽게 소통한다. 작가는 시(詩)의 존재, 문학의 존재를 통해 진정한 '공감'과 '소통'으로 나아간다. 인물들은 은유의 원리를 통해 사랑을 확인하며, 사랑을 완성하기 위해 끊임없이 노력하는 여정을 보여준다. 작가는 '시'의 세계에 대한 끈질긴 탐구를 통해 진리를 생산하는 시의 세계를 추구하며 시대를 막론하고 불변하는 문학의 의미와 존재 양식에 대해서 확고한 믿음을 가진다. 이런 맥락에서 이 글에서는 조현 소설이 점유하는 미학적·내용적 독특함에 대해 주목하면서 조현의 우주적 세계가 생산해내는 소설의 정치성에 대해 살펴보고 있다.

이어지는 3부에서는 보다 더 종합적인 소설가론의 입장에서 1부나 2부에서 다룬 소설가들 이외의 젊은 소설가들을 대상으로 그 소설가들의 대표작들을 통해 1부의 키워드들에 대해 접근하고 있다. 박사과정생들을 중심으로 단독 연구를 진행함으로써 보다 깊이 있고 집중적인 논의가 이루어지고 있는 파트이다. 첫 번째 글인 〈**최진영론 – 자치와 비인간적 주체의 가능성**〉에서는 신자유주의의 '부채인간'과 '비인간'의 양상을 핍진하게 그리는 최진영 작가의 장편소설 『끝나지 않는 노래』, 『나는 왜 죽지 않았는가』,『구의 증명』 등을 대상으로 오늘날의 인간이 실패하고 몰락하는 양상과 함께, 그러한 인간을 넘어선 대안적인 주체가 자치/비인간의 주체로 나타날 수 있음을 분석하고 있다. 『끝나지 않는 노래』에서는 마조히즘적·경쟁적·냉소적 나르시시즘을 통해 인간을 대상화하는 실패의 모습을 보여준다. 그러나 이러한 상황에서도 '상호 인정'과 '우애'를 통한 '자치'의 주체가 나타난다. 또한 『나는 왜 죽지 않았는가』와 『구의 증명』에서는 인간을 몰락으로 몰고 가는 '부채인간'의 모습이 그려지며 인간의 소멸로 귀결된다. 그러나 이때 완성 불가능한 '부인된 애도'가 나타나면서 단순히 인간이 아니라고 부정하는 것 대신에 그런 '비인간'을 긍정하면서 '기억하기'를 수행하는 글쓰기가 나타난다. 이러한 '비인간'의 주체 양상을 통해 '위기와 함께 사는' 것으로서 수동성을 넘어선 능동성을 확보하는 모습을 확인하고 있다.

〈박솔뫼론 – 무위의 주체들과 (비)동일성의 공간〉에서 주목한 박솔뫼의 소설 『을』은 지루하게 반복되는 일상이 '차이'로서 존재하고 있음을 보여주는 소설이다. 이 일상성은 '권태'를 포함하고 있으며 이 일상을 만들어가는 것이 무위의 주체들이다. 이들은 함께 있으나 연대하지 않는 가운데 (불)가능한 공동체를 이루고 있다. 이들의 언어는 침묵의 언어이며, 몸으로 말하는 언어이며, 소통하지 않는 언어이다. 이는 자신이 쓰고 있는 것이 무엇인지 알지 못한 채 쓰고 있는 무목적적 글쓰기와도 연관되는데, 이 언어야말로 무위의 주체들이 말하는 방식이자 '백색의 글쓰기'에 해당한다. 이들이 처한 공간은 벌거벗은 생명들이 보호받지 못하고 위협 앞에 노출된 채 살아가는 '바깥'이다. 이 '바깥'은 확장이 아닌 응축의 공간이기에 안으로 수렴되는 형식을 보여준다. 이러한 공간에서 주체들은 목적 없이 떠도는 이방인으로 언제든 떠날 준비를 하고 있는 것이 특징이다.

〈조해진론 – 무통문명 시대의 고통에 대한 성찰〉은 조해진의 소설집 『천사들의 도시』가 타자에 관한 이야기들이라는 데에서 출발한다. 어디에도 귀속되지 못하는 타자들은 지금은 살아 있는 인간이지만 육체적으로 죽어가고 있거나 사회적으로 존재감이 사라지고 있기 때문에 소외당하고 외면당한 주체들이다(에이즈 감염자, 전과자, 맹인, 거인증 여자 등). '무통문명'의 시대인 오늘날은 주체들이 고통의 압박감에서 벗어나기 위해 고통을 망각하면서 타인의 고통까지 외면하게 된다. 이 때문에 무감의 주체들이 나타나고 '냉소주의'와 '속물주의'가 만연하게 된다. 이러한 상황에서 작가는 살아가면서 누구와도 마음을 나누지 못하는 타자들의 고통을 살펴봄으로써 억제되어 있던 '내밀한 간절함'을 끌어내려고 시도한다.

〈정용준론 – 고통에 관한 물음과 문학공동체의 가능성〉에서는 정용준의 소설집 『가나』가 이 시대의 고통과 공감의 중핵을 보여주는 동시에 공감(불)가능성으로 나아가기 위한 질문과 실험을 감행하고 있음에 주목한다. 우선 파국으로 도래한 '고통의 일상화'는 어떤 자극에도 무자각하여 무공감하는 주체를 양산한다. 간혹 공감이 가능해 보이는 조건을 가진 인물에게는 반응하지만, 이는 '타인의 고통을 무화'시키는 것이자 자신을 위한 '이기적인 공감'이다. 이러한 흐름의 중심에서 정용준은 '고통 안에 머물기'를 통해 고통을 기억하고, '침묵의 언어'로 공감(불)가능성을 시도한다. 또한 재현 불가능한 것을 환상으로 대면하게 함으로써 공감의 한계를 질문하며 '고강도의 공감'으로 나아간다. 이로써 연대로 나아갈 수 있는 가능성으로 향하게 된다. 이것이 바로 문학의 존재이유이자 문학의 종언에 대한 종언임을 알리려는 것에 다름 아님을 확인하게 된다.

〈김유진론 – 무감의 감정과 새로운 연대의 가능성〉은 김유진의 『여름』이 현실에 만연한 고통을 직접적으로 표출하거나 손쉽게 공감해버리지 않는 새로운 방식을 통해 환기하고 있음에 주목한다. 소설은 무의미한 일상 속 인물들을 등장시킴으로써 고통에 무감해지도록 개량된 세계를 보여준다.

그러나 이내 의도적으로 은폐한 원초적 기억을 떠올린 인물들은 고통의 사유 속으로 침잠하는 모습을 보인다. 소설은 이러한 과정을 오로지 풍경으로만 묘사함으로써 무감의 형상으로 존재하던 고통을 무감으로써 돌파한다. 또한 감정을 현시하는 풍경들을 되풀이함으로써 현실의 고통을 망각하지 않으면서 공감의 불가능에서 가능성으로 나아갈 수 있는 실마리를 제시한다. 이어 사라진 말을 대신하는 이미지들은 인물들 간의 공동감각으로 작용하고, 이를 통해 다만 함께 있음을 추구하는 새로운 연대가 드러난다. 이로써 김유진의 소설은 타자와의 동일성이 아닌 서로 간의 정념과 정념이 접촉하는 것으로 탄생하는 '우리'를 통해 '고통'을 이겨내고 '감정'을 습득해나간다.

〈**배명훈론 – 보편적 우주와 사랑의 윤리**〉에서 주목하는 배명훈의 소설집 『안녕, 인공존재!』의 특징은 '존재'에 대한 탐구가 나르시시즘적 주체에 머물러 있지 않고 '나'와 '세계'와의 '관계'를 규명하는 적극적인 주체의 도래를 기획한다는 점이다. 그들은 '우주적 세계'를 경유함으로써 존재를 증명하기도 하며, 그렇게 증명된 개별적 진리의 '단독성(singularity)'은 시대와 장소를 초월한 인간의 보편적 영혼으로 나아간다. 소설집 전편을 관통하는 주제는 사랑인데, 인물들은 사랑에 빠지는 계기를 통해 '감각적인 것의 재구성'이 일어난다. 그리고 사랑에 빠진 주체들은 스스로를 구원하는 희미한 메시아나 일상의 작은 차이를 일으키는 소심한 혁명가가 되어 스스로를 치유하고 존재를 사유하며 행복을 찾아간다. 이러한 윤리를 통해 소설가가 축조하고자 하는 단독적이면서도 보편성을 추구하는 '우주적 세계'는 모든 시공간과 개별 존재들이 보편적 진리에 의해 연결된다는 작가의 믿음을 보여준다.

〈**최민석론 – 사건으로서의 이방인과 미학적 정치성**〉은 최민석 소설에 나타난 21세기적 현실과 정치성의 연관성에 대해 주목하고 있다. 문학을 포함한 예술이 정치적이고 윤리적일 수 있는 것은 인간 특유의 동일성 사유에 의한 대상의 포획으로부터 벗어나 나와 다른 존재자들이 '있음'을 경험하게 해주기 때문이다. 그러한 의미에서 문학은 정치에 대해서도 윤리에 대해서도 필수적이다. 이 글에서는 이러한 관점을 바탕으로 사건으로서의 이방인과 미학적 정치성이 지닌 함의를 최민석의 소설집 『시티투어버스를 탈취하라』를 통해 살펴보고 있다. 먼저 바디우의 윤리학을 토대로 최민석의 소설에 등장하는 단독자이자 정치적 주체로서의 이방인이 지닌 독자성과 정치성의 측면을 고찰한 후, 미학적 타율성과 미학적 자율성 사이의 영구적인 길항작용을 주장하는 랑시에르의 미학적 정치성과 미적 메타 정치로서의 사랑이 작품 속에서 형상화되는 양상을 살펴보고 있다.

대답을 잘 하기 위해서는 질문을 잘 해야 한다. 질문이 적절해야 구하는 대답을 얻을 수 있다는 뜻이다. 그런 의미에서 이 책에서 다루는 젊은 소설가들은 21세기 들어 익숙한 듯하면서도 이전과는 다르게 다가오는 문화현실에 대해 다음처럼 질문한다. 왜 새롭게 등장한 신빈곤층은 여전히 분노하는가(가난과 계급). 문학과 정치가 아무런 매개 없이 만날 수 있는가(정치와 윤리). 재난과 파국이 일상이 되었다면 그 자체로 이미 이데올로기화된 것은 아닌가(재난과 파국). 주체에 대한 부정을 부정하는 새로운 주체성의 미래는 가능한가(인간과 주체). 타인의 고통을 무시하는 '무통문명'의 시대에 여전히 고통의 감정이 중요한 이유는 무엇인가(감정과 고통). 비판이 아닌 대안을 추구하는 새로운 리얼(리즘)은 불가능한 가능성인가 아니면 가능한 불가능성인가(현실과 포스트리얼리즘). 이런 질문들은 21세기적인 변화를 지금 이곳에서 체감하고 있는 젊은 소설가들에게는 피할 수 없는 현실이자 미래이다. 이 책은 젊은 소설가들이 던진 이런 질문들에 대한 하나의 대답이다. '올바른' 대답인지는 모르겠지만, '다른' 대답이기를 바라는 마음은 크다. 함께 공부하는 대학원생들과 공동으로 책을 내고 싶다는 희망이 첫 번째로 결실을 맺어 이루어진 결과물이라 이전과는 다른 더욱 신선한 자극과 감흥으로 다가오기도 한다. 이 책에서의 부족한 대답이 또 다른 질문이 되어 또 다른 주제를 가지고 비슷한 형식의 책을 지속적으로 출간하겠다는 다짐도 해본다. 질문이 지속된다는 것은 대답 또한 계속 추구되고 있다는 반증이다. 이런 질문과 대답의 가능성이 한국문학을, 젊은 소설가들을, 문학연구를 영원히 살아 있게 한다.

제1부
21세기 한국문화의 새로운 키워드

가난과 계급
—소비와 신(新)프롤레타리아

권혜린(이화여대 국문과 박사과정)
최예슬(이화여대 국문과 박사과정)
서은지(이화여대 국문과 석사과정)
전소연(이화여대 국문과 석사과정)

1. 들어가며

가난과 계급 문제는 시대를 막론하고 문학에서 늘 중요한 화두였다. 문학의 역할 중 하나가 '통계화되고 수치화된 빈곤'이 아니라 '구체적이고 개별적인 빈곤'에 대하여 탐구하고 기록하는 데 있는데, 이때 사회 구조의 핵심적 부조리와 필연적으로 만나게 된다.[1] 그런 의미에서 가난과 계급은 개인의 문제로 치부해 버릴 수 없는 구조적인 문제라 할 수 있다.

이러한 입장에서 2000년대의 한국 문학에서는 IMF 이후 양극화, 중산층의 몰락, 실업 등의 문제가 만연한 사회를 다루는 작가들이 등장했다. 박민규[2]·이기호[3]·윤성희[4] 등 2000년대 작가들에게 사회는 복원 또는

---

[1] 정여울, 「빈곤의 박물지를 향한 미완성 노트-2000년대 작가들이 그린 가난의 풍경」, 『문학동네』 2007년 가을호, 401쪽.

[2] 박민규의 소설에서는 사회에 적응하지 못하는 인물의 외로움, 유치함, 일탈성에 동화적 순정을 주입하는 반(反)사회화의 알레고리로서 가난과 계급이 형상화되었다. (황종연, 「매 맞는 아이들의 정치적 상상력」, 『문학동네』 2007년 가을호, 362쪽.)

[3] 이기호의 소설에서는 빈곤으로 고통 받으며 사회에서 추방당한 '부랑자'적인 인물들이 등

재건되어야 하는 이상적인 공동체가 아니다. 이들의 소설에서는 개인에게 혜택을 제공하는 제도가 아니라, 개인의 자아를 훼손하는 권위적인 장치인 사회에 반감을 갖고 제도와 국가를 불신하는 주체들이 등장하는 것이다.

이렇게 개인과 사회의 관계를 고민하고 있음에도 불구하고, 여전히 2000년대를 가로지르는 "'신빈곤'의 문제는 충분히 문학화 되지 않"[5]았음을 지적하는 목소리가 있다. 신자유주의를 배경으로 대두된 신빈곤[6]은 구빈곤과 대비되는 개념으로서 구빈곤이 경제활동에 참여하지 못하는 물질적 박탈을 의미하는 것과 달리, 경제활동에 참여하면서도 빈곤 상황이 지속되는 것을 의미한다. 이는 단순히 취업을 통해 빈곤 상황을 탈출하는 것이 어렵다는 것을 보여준다.[7] 여기에서 더 나아가 풍요의 시대가 제공하는 사회적 기회를 향유할 수 없는 빈곤층의 "역량(capabilities)의 결여"[8]를 보여준다.[9] 또한 신빈곤은 빈부격차의 심화를 보여주는 상대적 빈곤에 해당하며 경제적·물질적인 결핍뿐 아니라 사회적 관계의 단절, 심리적·문화적 소외까지 의미한다. 이러한 상황에서 빈곤은 '보편적 빈곤'이 아니라 개인의 차원으로 소급되면서 빈곤층에 대한 '사회적 거리 두기'와

장한다. (위의 글, 365쪽.)

4) 윤성희의 소설에서는 가난을 웃음으로 극복하는 '과소 인간'들이 등장한다. (정여울(2007), 앞의 글, 389쪽.)

5) 위의 글, 401쪽.

6) 한국에서 신빈곤은 1990년대 초에 등장했는데 이때 첨단화·네트워크화되면서 양극화가 심화되었으며 임시직 근로자들의 고용 불안정과 저임금, 기호상품의 소비 확산은 상대적 빈곤을 야기했다. 1998년에 외환위기를 겪으며 신빈곤은 보편화되었다. (조형래, 「신자유주의적 산업구조조정과 신빈곤」, 한국도시연구소 엮음, 『한국 사회의 신빈곤』, 한울아카데미, 2006, 50쪽.)

7) 장세훈, 「한국 사회에 '신빈곤'은 존재하는가?」, 한국도시연구소 엮음(2006), 앞의 책, 20쪽.

8) 정보와 전문지식, 기술과 기능, 경제적 능력, 의사소통 네트워크, 이동성 등 개인적·사회적 역량을 의미하며 이를 결여한 신빈곤층은 여성화, 고령화, 탈기능화, 최저 학력화, 결손 가정화, 자기 해체화를 보인다. (조형래(2006), 앞의 글, 81쪽.)

9) 위의 글, 81쪽.

낙인 찍기가 이루어진다.[10] 그런데 2000년대 소설에서는 이러한 가난과 정면으로 맞서기보다, 빈곤한 현실에 우화적/유희적/이상적 알레고리를 주입하여 부조리한 현실을 겨우 '버텨내고' 있었던 것일 수 있다.

반면 2010년대 한국 문학에서는 '신(新)프롤레타리아'라는 신빈곤의 계급이 등장한다. '신프롤레타리아'는 '구성되는 주체'와 '구성하는 주체'의 접합으로서 '움직이는 계급'이자, 새로운 계급의 사유를 의미한다.[11] 이들은 사회 내부의 관계로 규정될 수 없는 소외된 존재이며 목적도, 전망도 없는 삶을 살아간다. 또한 계급의식 대신 비참하고 궁핍한 현실을 이야기한다. 이는 소극적인 방식처럼 보이지만, 계급을 추상적인 집단으로 보는 것보다 계급의 현실 자체인 '진짜 빈곤'을 적극적으로 보여주면서 구체성을 심화시킬 수 있다.

특히 이 글에서는 이러한 '신프롤레타리아'와 '소비'를 연결하여 신빈곤의 시대에서 소비에서 소외된 '호모 데비토르'/'(귀환한) 신경향파'와, 소비를 나름의 방식으로 전유하고자 하는 '계급적 모방 수행자'/'(긍정적) 잉여'를 살펴보고자 한다. 2장에서는 빈곤의 개인화가 극대화되면서 그 책임까지 '부채'의 몫으로 지워지는 '호모 데비토르'와, 인정을 망각하고 자신을 수단화하는 '자기물화'를 보여주는 '(귀환한) 신경향파'를 살펴본다. 그리고 3장에서는 상층 계급의 취향을 모방하면서 취향을 '선택'하는 것과, 자본에서 배제된 잉여에서 나아가 자발적인 잉여로서 자본 외부의 모험을 즐기는 것을 '선택'하는 것을 통해 탈(脫)빈곤을 위한 수행의 가능성을 살펴볼 것이다. 마지막으로 4장에서는 김이설의 『환영』(2011)을 통해, 2010년대 한국 소설에서 가난과 계급이 구체적으로 어떻게 형상화되는지를 분석하고자 한다.

---

10) 장세훈(2006), 앞의 글, 21-23쪽.
11) 「신 프롤레타리아의 문학적 도전 : 기획의도」, 『세계의 문학』 2010년 겨울호 특집, 330쪽.

2. 소비의 소외와 신빈곤층의 대두

2.1. 호모 데비토르(Homo debitor)와 빈곤의 개인화

신자유주의로의 이행은 '가난의 소멸'을 가져다 준 듯했지만 이때 해소된 것은 관리되어온 사회적 가난일 뿐, 신경제체제에서 빈곤은 여전히 통제 불능의 상태로 대량 양산된다.[12] 이러한 상황에서 빈곤은 문학이 감당해야 할 '인류학적 스캔들'[13]이 되었는데 새로운 빈곤은 이전의 가난과다른 양상을 띤다. "자본주의의 성장 속에서 개인의 생명 보호를 위해 필요한 모든 공적 자원조차 상품화"[14]되고, 가난은 개인이 감당해야 할 몫이 된 것이다.

이렇게 노동도 상품으로 양도되는 체제에서 인간은 자신이 생산한 자원을 사용하지 못하는 '노동에서의 소외'를 겪는다.[15] 게다가 사회는 소외된 노동이 소비 행위를 통해 극복될 수 있다는 판타지를 심어준다.[16] 사회가 노동윤리에서 소비미학으로 그 중심점을 이동하는 것이다. 지그문트 바우만(Zygmunt Bauman)은 이를 '소비자 사회'라 명명한다.[17] 신자유주의는 구성원들에게 소비자로 기능할 것을 요구하며 개인은 꾸준히 욕망할 것을 강제 당한다.[18] 이렇게 절대적인 자본의 힘은 개인을 종속[19]하는데, 그럼에도 불구하고 개인은 소비할 때마다 주체적으로 상품을 판단하

---

12) 서동진, 「마르크스적이라기보다는 홉스적인……」, 『문학동네』 2007년 가을호, 403쪽.
13) 정여울(2007), 앞의 글, 402쪽.
14) 이승원, 「노동의 해방으로부터 쉼의 해방으로-고통과 생명의 변증법」, 『세계의 문학』 2010년 겨울호, 343쪽.
15) 위의 글, 339쪽.
16) 위의 글, 342쪽.
17) 지그문트 바우만 저, 『새로운 빈곤』, 이수영 역, 천지인, 2010, 46-47쪽.
18) 위의 책, 47-52쪽.
19) Th.W.아도르노 · M.호르크하이머 저, 『계몽의 변증법』, 김유동 역, 문학과지성사, 2001, 183-184쪽.

고 평가한다는 착각을 한다.[20] 그리고 이러한 사회에서 중요한 역량이 된 개인의 소비능력[21]에 따라 소비 능력자/소비 무능력자로 분화된다. 소비 무능력자란 자신의 고통을 자본주의 내에서 해결하지 못하는 자인데, 이들은 존재가 드러나지 않도록 불법화되고, 사회와 소통하는 것을 차단당한다.[22]

특히 소비 무능력자는 계급적 양상에 따라 '호모 콘수무스(Homo consumus)'와 '호모 데비토르(Homo debitor)'로 구분 가능하다. '호모 콘수무스'는 브랜드와 포장된 이미지의 소비 등, 자신의 모든 것을 전시 대상으로 취급하면서 정체성을 구성하는 소비 인간을 말한다.[23] 이들은 소비를 통해 필요한 자원에 접근하고, 소비로 소외를 극복할 수 있다고 믿는다. 이는 신용카드에 의해 더욱 구체화된다. 신용카드는 이들에게 소비자의 욕망이 실현될 수 있다는 판타지를 지속적으로 주입하고, 노동의 고통에 무감각해지게 만든다.[24]

그런데 이때 자본주의 시민의 필수품인 신용카드는 대출 혹은 부채와 그에 따른 채권자–채무자 관계를 바탕으로 하는 사회 시스템을 대변한다.[25] 이러한 시스템은 빚을 진 부채 인간, '호모 데비토르'를 구현한다.[26] '호모 데비토르'는 일상이 금융을 통해 운영되고 관리되는 사회에서[27] 나타난 "죄책감, 양심의 가책, 책임감에 찌든 채무자"[28]라는 새로운 계급적 형상이다. 이는 신자유주의 사회에 존재하는 노동의 모든 사회적

20) 지그문트 바우만(2010), 앞의 책, 52쪽.
21) 이소연, 「질문 2.0 : 무엇이 '인간'인가」, 『문학동네』 2012년 겨울호, 394쪽.
22) 이승원(2010), 앞의 글, 343쪽.
23) 이소연(2012), 앞의 글, 395쪽.
24) 이승원(2010), 앞의 글, 342–343쪽.
25) 이소연(2012), 앞의 글, 388쪽.
26) 마우리치오 라자라토 저, 『부채인간』, 허경·양진성 역, 메디치, 2012, 67쪽.
27) 이소연(2012), 앞의 글, 388쪽.
28) 마우리치오 라자라토(2012), 앞의 책, 82–83쪽.

구분29)과 계급을 가로지른다. 빚은 새로운 관계의 척도가 되며, 시공간적 거리를 넘고 세대 간의 간극을 초월해 개인을 한데 포섭한다. 이는 궁극적으로 개인들을 자신이 속한 계급에서 탈피할 수 없게 한다.30) 다양했던 사회 구성원들이 이제는 체제 내에서 빚을 진 시민이 되는 것이다.31)

이처럼 21세기의 가난과 계급은 신자유주의와 자본주의의 체제에서 이전과는 다른 양태로 나타난다. "임시직, 가난, 실업, 부족한 공공복지에 대한 비용과 위험을 스스로 감당"32)해야 하는 개인들은 이를 극복하기 위해 '소비'한다. 그리고 이는 '호모 콘수무스'와 '호모 데비토르'와 같은 계급적 양상들을 낳는다. 이는 소비가 가난의 대물림과 계급의 고착화를 양산하는 가난에 대한 본질적인 해결책이 되지 못함을 시사한다. 그렇다면 이 시대의 "빈곤을 어떻게 주체화"33)할 것인가. 이는 곧 21세기 문학이 왜 빈곤을 전면화해야 하는가와 연결된다. 가난한 삶을 전면화하면서 이를 주체화하는 것은 결국 그 방법에 대한 물음과의 대결34)이며, 이런 의미에서 21세기의 문학은 여전히 진행되는 빈곤을 기록해야 한다.

2.2. 귀환한 신경향파와 자기물화

신자유주의 체제는 가난을 사회적 표상에서 추방35)했으며, 시민들은 TV쇼로 격리된 '타인의 고통'으로서의 가난을 응시하게 된다. 지그문트 바우만에 따르면, 자본의 이동을 전 세계적으로 탈규제한다는 조건에서

---

29) 소비자, 수혜자, 노동자, 자기 기획자, 실업자, 여행자 등을 말한다. (위의 책, 67쪽.)
30) 이소연(2012), 앞의 글, 389쪽.
31) 마우리치오 라자라토(2012), 앞의 책, 67–68쪽.
32) 위의 책, 82–83쪽.
33) 서동진(2007), 앞의 글, 415쪽.
34) 위의 글, 418쪽.
35) 위의 글, 404쪽.

경제 성장이 곧 평등의 확산이 되지 않는다. 이러한 성장은 오히려 부자들을 더욱 부유하게, 빈자들을 더욱 가난하게 만드는 요인[36]이 되기 때문이다. 이처럼 신자유주의 체제 하에서 가난과 불평등은 심화·확산되어 갈 뿐이다.

이러한 상황에서 2010년대 한국 문학에는 가난을 전경화하는 김숨, 김사과, 김이설 등의 작가군이 등장한다. 이들의 소설에는 '신프롤레타리아' 계급이 등장하여 '타인의 고통'으로 머무르지 않는 '출구 없는 가난'을 직시한다. 가정의 붕괴, 공교육의 몰락, 사회에서의 소외 등으로 인해 궁핍한 삶은 지속되고, 인간답게 살 수 있는 권리마저 박탈당한다. 이들을 지배하는 것은 태어날 때부터 유전자처럼 타고난 경제적·사회적·문화적 가난과 이에서 형성된 계급이다. 그리고 이들이 그려내는 세계는 비참한 삶을 우화나 환상에 빗대어 형상화하지 않고, 있는 그대로의 현실을 가감없이 그려낸다는 점에서 문제적이다.

'신프롤레타리아' 계급의 인물들은 스스로를 '고통을 표현할 수 있는 언어'를 박탈당한 존재로 인지한다. 이렇게 자신들을 약자로 규정하는 순간부터 말이나 언어보다 '폭주하는 행위'를 통해 즉각적인 정의를 요구하게 된다. 이들의 폭주는 정상성의 개념에서 벗어난 폭력적인 상태를 의미하며 도덕/부도덕의 이분법을 비껴간다.[37] 그들은 자신들의 폭주에 대해 도덕적으로 무감각한데 이는 인물들이 사회 내부에서 어떤 관계로도 규정되지 않은 '무규정성'[38]의 인물이자, 제도 바깥으로 추방된 인물들이기 때문이다.

---

36) 지그문트 바우만, 『부수적 피해 : 지구화 시대의 사회적 불평등』, 정일준 역, 민음사, 2013, 79쪽.
37) 조효원, 「호모 파틸레구스(homo fatilegus)의 기록─김혜나의 『제리』」, 『세계의 문학』 2010년 겨울호, 368-369쪽.
38) 위의 글, 364쪽.

종종 '문학은 사회를 비추는 거울'이라고 정의되지만 이렇게 해결되지 않는 가난, 철폐될 기미가 보이지 않는 사회적 불평등, 벗어날 수도 없는 계급 앞에서 문학은 어떤 자리를 점유하는지 의문을 제기할 수 있다. 20세기 초 한국 문학에는 피지배층 계급이 빈곤한 삶과 사회적 불평등을 견디지 못하고 반사회적 일탈로 울분을 터뜨리는 '신경향파'가 존재했다. 이를 대표하는 최서해의 초기소설은 두 가지 특징을 지닌다. 첫째, 주인공들이 간도 이민·유랑민·막노동자 등 하층민으로서 죽음으로 직결될 정도의 궁핍 상황에 처했다는 것, 둘째, 대부분의 작품이 살인·방화·폭행 등 충동적이고 발작적인 행위로 끝난다는 것이다.39)

이때 김형중은 빈궁, 폭력, 훼손되는 신체, 가족 살해, 홍건한 피, 대안 없는 막막한 상황에서의 광기 어린 폭주를 보이는 최서해적 주체40)의 모습이, 2010년대의 소설에서도 재등장하고 있음을 지적하고 이를 "신경향파의 귀환"41)이라 명명한다. 먼저, 기존의 신경향파의 특성은 '일상 현실의 작품화' 속에서 근대 자본주의 사회의 본질적인 모순을 폭로하고 해결한다는 사회주의 지향성을 통해 총체적인 현실관을 작품화한다.42) 또한 다른 소설들이 이데올로기적인 가상 형식으로 담아냈던 당대 사회의 문제를 구체적으로 현실화하였다.43)

이와 같은 '20세기의 신경향파'를 김형중은 '21세기에 귀환한 신경향파'와 비교한다. 전자는 자신을 억압하는 대상에게 폭력을 휘두르고 불을 지르면서 사회적 부조리에 분노한다. 그러나 그러한 파괴적 행위에는 자신의 극한적 상황의 원인이 사회에 있다는 사실에 대한 '어렴풋한 자각'

---

39) 김윤식·정호웅, 『한국소설사』, 문학동네, 2000, 123-131쪽.
40) 김형중, 「돌아온 신경향파」, 『자음과 모음』 2010년 봄호, 655쪽.
41) 위의 글, 655쪽.
42) 박상준, 『한국 근대문학의 형성과 신경향파』, 소명출판사, 2000, 449쪽.
43) 위의 책, 453쪽.

이 포함된다. 따라서 그들에게는 더 나은 삶에 대한 이상과 동경도 있고, 이에 따른 대안이나 전망에 대한 인식도 발생한다. 반면 후자에서는 윤리적인 동기와 사회학적인 원인이 부재44)한다. 가난은 삶의 조건이며 미래는 결정되어 있다. 이 같은 결정론은 신자유주의 체제가 개선되기 힘들다는 우울한 전망 때문일 것이다. 양극화가 가속화되는 사회 현실은 현재의 처지를 고착화하거나, 오히려 더 나쁜 상황으로 가게 한다고 인식하는 것이다.

또한 '귀환한 신경향파'의 특징은 담담하고 무미건조한 서술 방식에 있다. 사건의 심각성이나 처참함에 대해 관심이 없는 서술자, 타인 및 자신에 대해 염려가 없는 서술자, 즉 세계에 아무런 관심이 없는 '사람이 아닌 듯한 서술자'45)이다. 이러한 신경향파의 특징을 '물화(物化)' 개념과 연관 지을 수 있다. 악셀 호네트(Axel Honneth)는 게오르그 루카치(Georg Lukács)의 '물화' 개념을 발달 심리학과 인정(認定) 이론을 동원하여 재활성화한다. 그에 따르면 '물화'란 '인간적인 것'이 물건 같은 것으로 여겨지는 인지과정이다.46) 다시 말해, "세계를 한낱 물건과 객체라는 도식에 따라 지각하는 것이 자본주의적 삶의 형식에 참여하는 모든 주체의 상습적인 습관"47)이다. 즉, '귀환한 신경향파'는 타인뿐 아니라 자기 자신마저 물건 같은 대상으로 바라본다. 이러한 '물화' 현상은 공감과 이해 능력이 상실된 상태와 같은데 이는 '인정 망각'과 같다.48) 호네트가 언급하는 것처럼, 이는 모든 것이 소비의 대상으로 전락한 자본주의적 삶과 연결된다. 자기 자신의 고통마저 '타인의 고통'처럼 무감각하게 응시하는 시선은 폭력조차 소

---

44) 김형중(2010), 앞의 글, 666-657쪽.
45) 위의 글, 660-661쪽.
46) 악셀 호네트, 『물화』, 강병호 역, 나남, 2006, 25쪽.
47) 위의 책, 27쪽.
48) 위의 책, 68쪽.

비의 대상이 되어버린 시대감각과 닮아 있는 것이다.

그리고 자기 자신을 향해 일어나는 '물화'를 호네트는 '자기물화'로서 스스로에 대한 인정에서 선행되어야 하는 자기긍정이 망각되거나, 무시되거나, 경시될 때 등장하는 자기관계의 형식으로 본다.[49] '귀환한 신경향파'의 소설에서 읽히는 일종의 '불편함'은 자신마저 물화된 대상으로 인지한다는 것과 연결된다. 자신에 대한 인정과 긍정조차 사라진 '신프롤레타리아' 계급의 인물들은 세상과 화해하지 않고 "삶을 불확실성 속으로 완전히 밀어 넣어"[50] 폭주하는 삶을 유지할 뿐이다. 이러한 '물화'를 호네트는 사회병리적인 증상으로 이해하지만, 신자유주의 체제에서는 이 증상에 대한 관심도 없고 이를 해결하기 위한 사회적·제도적 장치와 기준조차 부재한다. 이러한 현실 속에서 새롭게 귀환한 신경향파는 문학 속에서 더 이상 가난을 '타인의 고통'으로 밀어 넣지 않고, 가난과 계급의식을 정면으로 보여줌으로써 시대를 막론하고 불변하는 문학의 역할이 무엇인지 진정으로 되묻는다.

3. 소비의 전유와 탈(脫)빈곤의 수행

3.1. 취향의 선택과 계급적 모방 수행

21세기의 문화에서 나타나는 가난과 계급은 생산이 아닌 소비의 차원에서 볼 수 있으므로 경제적 자본과 더불어 문화적 자본[51]과도 연결된

---

49) 위의 책, 90쪽.
50) 김사과, 『풀이 눕는다』, 문학동네, 2009, 161쪽.
51) 부르디외는 마르크스와 달리 자본을 경제적 차원에 국한하기를 거부하면서, 자본을 사회적 경쟁에서 의식적/무의식적으로 도구로 사용할 수 있는 모든 에너지로 본다. 이에 따라 문화자본은 첫째, 육화된 상태(유기체의 지속적 성향들의 존재)로서 지식, 교양, 기능, 취

다.[52] 빈곤이 물질적 자원의 결핍뿐 아니라 사회적 · 문화적 차원의 '상대적 결핍'으로 개념이 확장된 것이다.[53] 이때 문화의 차원에서 취향과 사회적 구성물인 '아비투스(Habitus)'[54]의 차이는 "계급적 취향의 차이가 현대 사회에서 신분의 차이로 드러난다"[55]는 것을 보여준다. 그리고 이러한 차별에 대응하는 '신프롤레타리아'의 '모방적 계급 수행'이 문화/문학에서 드러날 때 이는 결국 개인의 문제로 수렴된다. 신빈곤의 문제가 개인의 차원의 빈곤을 문제시할 때 취향의 모방 역시 이러한 테두리 내에 위치하는 것이다. 그러나 이러한 한계점에도 불구하고 이는 소비를 전유하면서 선험적인 것처럼 주어지는 빈곤을 탈피하려는 수행의 가능성을 보여준다.

일반적으로 일상생활에서 계급을 인지하는 방식은 현실적 · 합리적인 판단을 바탕으로 이루어진다. 부르디외가 지적했듯 가족의 필요를 생각하거나, 자식들의 미래를 고려하거나, 자기 직업의 미래를 생각하거나, 사회에 대한 일반적 판단을 전달하는 것들은 실제적인 가능성이 향상될수록 현실주의적 · 합리적으로 변한다.[56]

미, 감성으로 둘째, 객체화된 상태인 문화적 상품(그림, 책, 사전, 도구, 기계)으로 셋째, 제도화된 상태(학교 졸업장)로 존재한다. (삐에르 부르디외, 『구별짓기-문화와 취향의 사회학 上』, 최종철 역, 새물결, 2006 (2006a), 13~14쪽.)

52) 이때의 계급은 마르크스적인 생산 관계 중심의 계급이 아니라 객관적 · 물적 차이가 상징적으로 구분, 차별, 인지될 수 있는 '생활 양식'으로 전화된다. (조은, 「문화 자본과 계급 재생산 : 계급별 일상 생활 경험을 중심으로」, 양은경 외, 『문화와 계급-부르디외와 한국 사회』, 동문선, 2002, 49쪽.)

53) 조윤정, 「존재경제론-신빈곤 시대의 소설 읽기」, 『문학 · 선』 2015년 봄호, 33쪽.

54) '아비투스(Habitus)'는 아리스토텔레스의 'hexis'(토마스 아퀴나스에 의해 'habitus'로 번역됨) 개념에서 발전된 것으로서 개인의 역사 속에서 개인들에 의해 내면화(구조화)되고 육화(肉化)되며 일상적 실천들을 구조화하는 양면적 메커니즘이라고 할 수 있다. 이는 습관이나 습성과는 구별된다. 습관은 반복적 · 기계적 · 자동적 · 재생산적인 데 반해 아비투스는 고도로 '생성적'이어서 스스로 변동을 겪으면서 조건화의 객관적 논리를 생산하기 때문이다. (삐에르 부르디외(2006a), 앞의 책, 13쪽.)

55) 홍성민, 『취향의 정치학-피에르 부르디외의 『구별짓기』 읽기와 쓰기』, 현암사, 2012, 44쪽.

56) 삐에르 부르디외, 『자본주의와 아비투스』, 최종철 역, 동문선, 1995, 79쪽.

그러나 고용의 불안정성과 이로 인한 수입의 불규칙성은 절망을 가져오며,[57] '소비자 사회'(바우만)로 이행한 현대 사회에서 취향에 따라 소비 수준에 차이가 있기 때문에 소비에 따른 계급적인 '구별 짓기(부르디외)'가 이루어진다. 부르디외에 따르면 과거와 달리 불평등의 상태가 문화적 생활양식을 통해 개인의 습관·무의식까지 지배하며, 이는 현대 사회의 권력 관계를 상징적 폭력으로 은폐하며 계급적인 불평등에 순응하게 한다.[58] 특히 이러한 불평등을 가르는 기제인 취향은 "일정한 기억과 습관 그리고 사회적 전통"[59]인 '아비투스'와 연결된다. '아비투스'는 집합적으로 형성된 사회적 구성물로서 개인의 위치에 따라 상이하고, 계급별 구별 짓기를 드러낸다.[60] 이렇게 취향은 신체의 '물리적 질서'에서 나온 차이를 표상적 구별의 '상징적 질서'로 끌어올리고, 객관적으로 분류된 실천을 바꾸며, 이 실천 안에서 계급의 위치는 상징적 표현으로 의미를 드러낸다.[61]

그럼에도 불구하고 문학/문화에서는 절망으로 현재를 버티는 모습만 보여주지 않는데, 특히 청소년/청년의 '신프롤레타리아'는 자신의 삶을 상향 이동할 수 있는 방법을 찾는다. 이는 이동할 수 '있는 것처럼 보이는' 것[62]으로서 '의사 계급 수행'을 통해 계급을 흉내 내는 것이다.[63] 학력·배경·재산의 수준이 모두 낮아 계급의 실제적인 이동이 절대적으로 불가능한 처지에서 가능한 시도는 자신이 포함될 수 없는 계급생활의 일부

---

57) 위의 책, 79쪽.
58) 홍성민(2012), 앞의 책, 34쪽.
59) 위의 책, 19쪽.
60) 위의 책, 43쪽.
61) 삐에르 부르디외(2006a), 앞의 책, 318쪽.
62) 민가영, 「불안정성과 전망 상실의 평준화 : 신빈곤층 십대의 문화와 주체」, 『문학동네』 2007년 가을호, 422쪽.
63) 위의 글, 424쪽.

를 모방하는 '모방적 계급 수행'이다.64) 프리터(Freeter)의 삶을 사는 청년
들의 직업이 생존·습관·이력·깨달음65)으로서 바우만이 말하듯 직업마
저 '에피소드'가 되며,66) 단기간에 문화적 자본·학벌·집안 배경·안정
된 직장을 쉽게 얻을 수 없는 상황에서 상위 계급의 '소비 수준'을 만드
는 것이다. 이때 이들의 소비는 '시간 압축적인 정체성 구매'의 의미67)를
갖는다.68) 이는 시뮬라크르69)의 시대에서 원본이나 사실성과 관련70)되는
진짜 삶을 얻는 대신 보드리야르가 말하는 "파생실재(hyperréel)"71)로서 도
달 불가능한 계급적 삶을 '압축적 점핑'으로 해소72)하는 것이다.

이를 위해 구매하는 취향은 필요 취향이 아닌 사치 취향이다. 사치 취
향이 '필요로부터의 거리'에서 자유로운 반면, 필요 취향은 즉자적인 생
활양식의 원리를 보여준다.73) 일반적으로 민중 계급은 경제적 조건이 상

---

64) 위의 글, 422쪽.
65) 조윤정(2015), 앞의 글, 35쪽.
66) 직업은 포스트모던한 (…) 삶에서 다른 경험들과 마찬가지로 하나의 에피소드가 된다. (바우만(2010), 앞의 책, 70쪽.)
67) 안정된 기반을 가질 수는 없지만 그 기반을 갖고 있는 사람들 수준의 소비 활동은 할 수 있는 것이다. 백화점에서 '그들'이 사는 화장품을 사고, '그들'이 가는 성형외과에서 관리를 받고, '그들'이 사 입는 브랜드의 속옷과 양말을 사서 신는다. 하지만 이들이 경험할 수 있는 것은 거기까지이다. (민가영(2007), 앞의 글, 422-423쪽.)
68) 위의 글, 422쪽.
69) 시뮬라크르는 실제로는 존재하지 않는 대상을 존재하는 것처럼 만들어 놓은 인공물을 지칭한다. 이렇게 지금까지 실제라고 생각했던 것들이 바로 비현실이라고 하는 시뮬라크르에서 나오게 됨으로써 상황이 완전히 전도된다. 흉내 내거나 모방할 때는 이미지가 실제 대상을 복사하는 것이지만, 지금은 오히려 실제 대상이 가장된 이미지를 따라야 하는 것이다. 시뮬라크르의 동사적인 의미는 '시뮬라시옹(시뮬라크르를 하기)'이다. (장 보드리야르,『시뮬라시옹』, 하태환 역, 민음사, 1992, 9-10쪽.)
70) 위의 책, 12쪽.
71) 파생실재는 시뮬라시옹에 의해 새로이 만들어진 실재로서 가장이기 때문에 전통적 실재가 가진 사실성에 의해 규제되지 않지만, 실재가 아닌 다른 실재이고, 실재하는 현실과 관계를 가진 전혀 다른 현실이다. (위의 책, 12쪽.)
72) 이를 위해 즉각적으로 얻을 수 있는 '압축적 소비'를 하는 것은 '신자유주의적 유연 축적 방식'과 연결된다. 이러한 방식의 전술이 자본의 회전 시간을 단축하는 것인데 자본의 빠른 회전을 위해서는 상품의 생산뿐 아니라 소비가 촉진되어야 하기 때문이다. (민가영(2007), 앞의 글, 424쪽.)

승한 뒤에도 과거의 취향을 고수하는 등 문화적 아비투스에 순응하며, 기능주의·실용주의를 따른다.[74] 그런데 이는 '가장 무자비한 정숙명령'[75]으로서 "'지배의 효과'가 민중계급의 취향에 각인"[76]되는 것을 보여준다. 이는 신빈곤을 다룬 문학에서 왜 체념의 양상이 나타나는지 말해준다. 빈곤과 관련된 통계나 이론적 분석이 보여주지 못하는 것을 문학은 강력하게 보여줄 수 있는데, 즉 일상적인 풍경이 되는 '세계의 비참'을 '결정적 목소리나 행위의 부재'로 보여주면서 체념 또는 '폐색감'을 드러내는 것이다.[77]

그러면서도 문학은 역설적으로 체념 속에서 목소리나 행위의 가능성을 보여주기도 한다.[78] 피지배계급에게는 두 가지 선택이 있는데, 하나는 소속 집단에 충실한 것이고 다른 하나는 지배자의 이상에 동화하는 것이다.[79] 이때 후자의 차원에서 계급적 모방을 수행하면서 사치 취향을 소비하는 것은 자신의 수준에 맞지 않는 계급의 소비를 전유하는 '탈(脫)빈곤'의 시도이다. 부르디외에 따르면 더 많이, 혹은 다른 방식으로 소비하지 못해 더 높은 수준의 욕구체계에 도달하지 못하는 것은 소비 성향을 전유하지 못한다는 것을 의미[80]하는데 모방의 시도는 반대로 소비를 전유하면서 더 높은 수준의 욕구로 나아가려는 것이다.

이는 자신의 위치를 피지배계급의 정체성을 유지하는 "들러리"[81]로만

---

73) 삐에르 부르디외(2006a), 앞의 책, 324-326쪽.
74) 홍성민(2012), 앞의 책, 116쪽.
75) 삐에르 부르디외, 『구별짓기-문화와 취향의 사회학 下』, 최종철 역, 새물결, 2006 (2006b), 693쪽.
76) 홍성민(2012), 앞의 책, 117쪽.
77) 조윤정(2015), 앞의 글, 39쪽.
78) 위의 글, 39쪽.
79) 삐에르 부르디외(2006b), 앞의 책, 698-699쪽.
80) 위의 책, 683쪽.
81) 삐에르 부르디외(2006a), 앞의 책, 327쪽.

남지 않게 한다. 취향의 차이는 기존의 계급 차이로서 지배 계급/피지배 계급을 수동적으로 재현하기만 하지 않는다.[82] 특히 이에서 벗어나기 위해 "교육이 계급 이동과 사회 변동의 중요한 기제"[83]라 했던 부르디외가 아니라 민가영의 말처럼, 원하는 현재가 눈앞에 펼쳐지는 비유예적 시간을 사는 것을 한 방법으로 볼 수 있다. 이는 약속된 미래를 보장하는 순차적·유예적인 시간관과 관련되는 교육[84]과 반대되면서 가난과 계급을 그리는 새로운 방식을 보여준다. 즉 현재를 유예하는 '목적 있는 체제'로서 '근대-유예적 시간-훈육적 주체'로 나타나는 것이 아니라, '목적 없는 체제'로서 '신자유주의-비유예적 시간-비훈육적 주체'로 나타나는 것이다.[85]

3.2. 자본의 탈주와 잉여적 모험 수행

2010년대 한국 소설의 계급은 '귀환한 신경향파'와 다른 양상으로 나타나기도 하는데, 그중 사회가 규정하는 계급의 바깥에서 스스로 잉여라고 호칭하는 이들을 말할 수 있다. 특히 '쓸모 혹은 필요라는 기준 너머의 세계를 상상하는 태도'가 '잉여의 윤리'이다.[86]

잉여의 사전적 의미는 '(어떤 것을) 사용한 후 필요 이상으로 남아 있는 것, 따라서 과잉으로 생산되어 당장 필요 없는 여분의 것, 나머지'를 말한다. 가장 널리 알려진 잉여 개념은 마르크스의 『그룬트리세』, 『자본』과

---

82) 장미혜, 「예술적 취향의 차이와 문화 자본」, 양은경 외, 『문화와 계급-부르디외와 한국 사회』, 동문선, 2002, 90쪽.

83) 홍성민(2012), 앞의 책, 124쪽.

84) 민가영(2007), 앞의 글, 420-421쪽.

85) 위의 글, 429쪽.

86) 이수형, 「필요하지 않은 것을 하라 : 백수, 잉여와 모험의 윤리」, 『문학과 사회』 2012년 봄호, 343쪽.

『잉여가치론』에서 사용된 것으로서 자본이 순환할 때 발생하는 초과분의 가치인 '잉여 가치'를 지칭한다.[87] 그런데 최근 잉여는 인간이라는 단어와 결합해서 비하의 의미로 쓰여 계산 가능한 합리성이 주류 사회의 기준이 되었음을 보여준다.[88] 이러한 체제에서 잉여는 자본의 한계를 의미하지만, 이는 제한이 아니라 자본주의의 영원한 발전을 추동하는 원동력이라는 것이 중요하다.[89] 이로 인해 자본주의는 자본/노동이라는 항의 대립을 통해, 두 개의 단순화된 계급 관계 속에서 규정되었다.[90]

이의 연장선에서 지그문트 바우만은 잉여란 여분, 불필요함, 무용함을 의미한다고 말한다. 잉여로 규정되는 것은 '버려져도 무방하기 때문에' 기준 미달 제품 혹은 '불합격품', '불량품', '폐기물', '찌꺼기'에 해당한다. '실업자'나 '노동 예비군'의 목적지는 노동 현장이지만 쓰레기의 목적지는 쓰레기장이다.[91] 노동을 '빈곤이라는 불행의 치료제'로 보며 신성화하는 것은 지난날의 노동집약적인 산업과 공명해왔다. 그러나 오늘날 합리성을 기준으로 인원을 감축한 자본·지식 집약적 산업은 노동력을 생산성 향상의 장애물로 본다.[92] 따라서 최근의 '(장기)실업'을 잉여라는 말로 바꿀 수 있다. 자본주의 시스템에 포함되지 못하는 존재들을 잉여로 호칭했을 때 이는 '일시적' 일탈이라고 말할 수 없다. 다시 정상적으로 돌아갈 수 있는 사람이 아니라, '남아도는' 불필요한 존재들이기 때문이다. 이들은 경제활동에 참여하지 않기 때문에 공공지출의 비용을 증대시키는 원인이자 자원을 낭비할 뿐인 존재들로 취급받는다. 또한 뚜렷한 해결책이

---

87) 김상민, 「잉여미학-뉴미디어 정치경제학 비판을 위한 노트」, 『속물과 잉여』, 지식공작소, 2013, 75-76쪽.
88) 이수형(2012), 앞의 글, 342쪽.
89) 슬라보예 지젝, 『이데올로기라는 숭고한 대상』, 이수련 역, 인간사랑, 2002, 96-99쪽.
90) 서동진(2007), 앞의 글, 414쪽.
91) 지그문트 바우만, 『쓰레기가 되는 삶들』, 정준일 역, 새물결, 2008, 32쪽.
92) 지그문트 바우만(2010), 앞의 책, 129쪽.

없는 '문제'이기 때문에 경제활동에서 배제되어야 할 것으로 치부된다.[93] 페르게와 밀러가 말하듯, "원조를 받을 자격이 있는 빈민과 원조를 받을 자격이 없는 빈민이 구별되고, 자격이 없는 이들에게 비난이 집중되며, 사회가 그들에게 무관심한 것도 합리화된다."[94] 즉 잉여의 책임은 개인의 무능력 또는 게으름의 결과로 여겨진다. 이는 '잉여'에 대한 전통적인 정의에 따른 것으로서 사회적인 죽음을 의미할 수 있다.

그러나 잉여가 자본주의 안에서 수동적이 아니라, 능동적으로 사용되는 경우가 있다. 직업과 자본의 구속에서 이탈하는 행동을 수행함으로써 스스로를 '잉여'로 규정하고자 하는 자들이 이에 해당한다.[95] 잉여는 노동이나 생산을 하지 않고, 오히려 생산의 틀 바깥에서 자유롭게 부유하며 잉여의 시간을 소비[96]한다. 이를 통해 노동에서 배제되었지만 비노동·무노동을 즐길 수 있다는 것을 스스로 증명한다.[97] 이렇게 스스로 호명하는 주체성이 이전부터 존재해왔던 '잉여인간'[98]과의 변별점이 된다. 이전의 '잉여'는 결핍에 중심을 두기 때문이다. 반면 새로운 '잉여'는 타인에

---

93) 위의 책, 126-127쪽.

94) Z. Ferge · S.M.Miller, Dynamics of Deprivation, Aldershot : Gower, 1987, pp.309-310, 위의 책, 130쪽에서 재인용.

95) 박슬기, 「폴리에틱스(plietics), 잉여들의 정치학 혹은 시학」, 『세계의 문학』 2010년 겨울호, 349쪽.

96) 이들을 '루저'로만 볼 수 없다. 직업을 가지고 소비도 활발하게 하면서 '잉여적'인 취미 생활을 하는 이들도 이에 속하기 때문이다. 이들의 취미는 생산적이지도 않고, 일상으로 돌아가기 위한 충전 활동으로서 여가 생활도 아니다. 그들은 밤을 새워가며 자신이 좋아하는 배우나 첨단 기기의 흔적을 재생산하며 논다. 하지만 여기에서 중요한 것은 '잉여'의 특성이 무엇인지를 나열하는 것이 아니라, 스스로를 '잉여'라고 호명하며 동질감을 획득한다는 것이다. (위의 글, 349쪽.)

97) 김상민(2013), 앞의 글, 93-94쪽.

98) '잉여'의 계보를 따라가면 1929년 유진오의 「오월의 구직자」, 1934년 박태원의 「딱한 사람들」, 1958년 손창섭의 「잉여인간」부터 시작하여 2000년대에 박민규의 「그렇습니까, 기린입니다」나 『삼미 슈퍼스타즈의 마지막 팬클럽』 등으로까지 이어진다. 이전까지의 '잉여인간'은 이처럼 현실 적응력을 상실하고 무기력한 상태이거나, 이를 극복하기 위해 노력하는 방식으로 그려졌다. (이수형(2012), 앞의 글, 335-343쪽.)

의한 관념적인 계급 호명에 응답하지 않는다. 따라서 이들을 전통적인 계급관념으로 정의하기 어렵다. 그들은 일하면서 낭비하고, 자본의 '잉여'가 됨으로써 자본과 계급의 외부에 위치하기 때문이다. 따라서 이들은 독자성을 지니며, 계급이 아니면서도 동시에 계급이기 때문에 정치적이며, '새로운 계급'에 해당하는 '신프롤레타리아'이다.[99]

또한 잉여의 계급은 잉여적인 행동이 무용하다는 점을 알면서도 수행한다. 쓸모없는 행위가 진지하게 읽힐 수 있는 것은 '기꺼이'라는 부사 때문이다. 무용하거나 비생산적임을 아는데도 '기꺼이' 시간과 노력을 낭비하는 것에 '유용함이란 척도를 빠져나감으로써 성립하는 잉여의 정치학'이 있다.[100] 이렇게 새로운 계급인 잉여가 취하는 방식은 사회/정치적 관계를 불투명하게 만들거나, 혹은 관계의 실제적 권위를 부정함으로써 독자성을 지키는 것이다.[101]

한편, 문학에서 '잉여'적 계급은 '모험'으로 나타나기도 한다. 이들은 상황에 적극적으로 저항하는 것이 아니라, 유랑하는 양상으로 바깥과 주변을 배회한다. 게오르그 짐멜(Georg Simmel)은 노동과 모험을 양 극단에 놓는데 모험은 세계를 자신에게 끌어들이는 경험이고, 노동은 세계로부터 무언가를 얻는 경험이다.[102] 노동이 가진 재화에서 가능한 최대한의 성과를 합리적으로 계산하는 저축이라면, 모험은 재빠르게 기회를 움켜쥐는 도박과 같다. 또한 모험은 우연한 계기로 시작되지만, 우연 속에서 필연을 발견한다는 점에서 수동성에서 능동성으로 나아간다. 반면 노동은 반대 방향으로서 능동적인 것으로 시작하지만, 자신이 소외된 형태 속에서 그것이 수동적인 것임을 발견하게 된다.[103] 우리의 삶이 적극적 행위와 수

---

99) 박슬기(2010), 앞의 글, 350쪽.
100) 위의 글, 359쪽.
101) 위의 글, 362쪽.
102) 게오르그 짐멜, 『짐멜의 모더니티 읽기』, 김덕영·윤미애 역, 새물결, 2005, 211쪽.

동적 인내가 서로 연결되며 진행된다고 할 때, 모험은 이러한 능동성과 수동성을 동시에 극단으로 몰고 가면서 그것들을 더욱 깊이 느낄 수 있도록 만든다.104)

또한 모험은 확실성과 불확실성이 교차하는 요소로 등장한다. 모험가는 목표지와 출발점에 다시 도달할지 불확실하지만, 해결할 수 없는 것을 마치 해결할 수 있다는 듯이 행동하면서 무의미하지 않은 시도를 한다.105) 이때 모험이 '체험'과 구분되는 것은 삶에 일정한 정도의 긴장이 있는가의 여부에 달려 있다. 모험이 되는 기준은106) 내용에 있는 것이 아니라, 그 내용을 체험하는 형식에 있는데 체험을 통해 느끼는 삶의 강도와 긴장이 모험에서 얻는 것들이다.107) 따라서 모험가로 변신한 잉여적 계급들이 찾는 것은 삶의 외부에 존재하는 내용적인 비밀이 아니라, '나'의 삶을 의미 있게 만들어주는 질문과 그것을 찾는 삶의 형식 자체이다.108) 이때 "삶이란 자기 스스로 만든 질문을 해결하기 위해 무언가를 쫓고 또 쫓는 과정"이며, "그 과정에서 결국 해답은 내 안에 있다는 것을 발견"할 것109)이다.

이처럼 '잉여'적 존재들은 주류 사회에서 야기되는 폭력의 바깥에서 유희한다. 그들이 속한 사회 질서 안에서 둘로 나뉘어 반목하고 폭력에 패배하는 대신, 그 질서에서 그들 자신의 의지로 이탈한 새로운 계급이 되는 것이다. 즉 이들은 자본의 외부에서 뚜렷한 목적 없이, 생산성과는 멀리 떨어진 곳에서 스스로를 잉여라 호칭하며 유희하는 계급들이다.

---

103) 이수형(2012), 앞의 글, 345쪽.
104) 게오르그 짐멜(2005), 앞의 책, 212쪽.
105) 위의 책, 212-213쪽.
106) 위의 책, 218-219쪽.
107) 위의 책, 221쪽.
108) 이수형(2012), 앞의 글, 348쪽.
109) 조연정, 「백수가 간다」, 한재호, 『부코스키가 간다』 해설, 창작과 비평사, 2009, 224-225쪽.

4. 21세기 한국 소설에서의 가난과 계급 : 김이설 『환영』을 중심으로

소비와 관련된 빈곤을 통해 '신프롤레타리아'를 보여주는 인물110)이 김이설의 『환영』111)의 주인공인 '나'(서윤영)이다.112) 이 소설은 육체가 아닌 '몸뚱이'의 노동을 통해 가난한 삶을 핍진하게 그리는데, '나'에게 이상이나 전망이 부재한다는 점에서 '신경향파의 귀환'을 보여준다. 빈곤은 선험적인 것처럼 유전되면서 삶의 항상적 조건으로 나타난다. 그러므로 '나'는 가난에 대해 반성하거나 분노하지 않고,113) 삶에 대한 목표 대신 '죽지 못해 살아간다'는 말을 반복한다. 물론 아이를 키우는 것이 유일한 목적인 것처럼 모성을 발화하기도 하지만, 그 이면에는 평범한 일상을 영위하는 것이 얼마나 지난한지를 드러낸다. "내가 바라는 건 신분상승이 아니라, 꼬박꼬박 받아오는 월급, 생활비를 주는 남편이었다"(41쪽)라는 말처럼 '좋은' 삶이 아니라 그저 '삶'을 위해 '나'는 누구보다 질긴 습성을 밀어붙이는 것이다.

그러나 '나'의 바람은 끝까지 이루어지지 못한다. 이는 계급의 차이에

---

110) 이러한 인물들은 김이설의 소설들에서 전반적으로 나타나고 있다. 여성 노숙인(「열세 살」), 대리모(「엄마들」), 유기된 소녀(「순애보」), 자궁암 환자(「환상통」), 여성 지적장애인(『나쁜 피』), 성매매 여성(「오늘처럼 고요히」, 『환영』) (…) '계급적 억압에 성적 억압이 포개진 이중적 소외'를 보여 주는 김이설의 소설은 IMF 이후 진행된 '여성의 빈곤화'가 지금 얼마나 심각한 지점에 이르렀는지 심문하는 텍스트이며, 그러한 사회경제적 맥락과 무관하게 읽을 수 없는 텍스트이다. (차미령, 「몸뚱이는 말하지 않는다 : 젠더화된 하위주체와 김이설의 소설」, 『문학동네』 2010년 가을호, 5쪽.)

111) 김이설, 『환영』, 자음과모음, 2011. 이하 인용 부분은 괄호 안에 쪽수만 표기한다.

112) 가진 사람들, 어여쁜 사람들, 배부른 사람들, 환하고 화려한 사람들에게 관심이 덜 갑니다. 그들은 어떻게든 잘 살아갈 테니까요. 혹은 수월하게 살아갈 테니까요. (…) 그러니 가지지 못했기 때문에, 못생겼기 때문에, 허기졌기 때문에, 선천적으로 어둠과 가깝기 때문에 크게 소리 내지 못하는 이들의 목소리가 더 크게 들리는 모양입니다. (김이설·전성욱, 「[E-mail 대담] 누구나 알고 있지만 아무도 말하지 않는 것들」, 『오늘의 문예비평 78』, 2010, 231쪽.)

113) 김형중(2010), 앞의 글, 658쪽.

서 기인하는 것이며, 가난은 개인의 힘으로 극복 불가능한 것이기 때문이다. "운명의 한계, 계급의 한계, 태생지의 한계, 성별의 한계"114)에서 절대 빈곤의 상태가 일상적인 삶이 된다. 또한 가난이 환경인 것은 가난을 그들이 선택한 적이 없었고, 앞으로도 그것에서 벗어날 방도가 없기 때문이다.115) '나'는 자신 같은 사람들을 "돈을 벌기 위해 몸을 써야만 하는 사람들, 몸 아니면 돈을 버는 방법을 모르는 사람들, 다른 방법을 차마 꿈꿔보지 못한 사람들, 다른 이들에게는 가능한 꿈이라는 것도 모르는 사람들"(77쪽)이라고 지칭한다. 특히 이러한 배경에 노력해도 해결할 수 없는 빚이 있다는 점에서 '나'는 전형적인 '호모 데비토르'의 모습을 보여준다.

이러한 상황에서 '나'가 왕백숙집에서 매춘을 하는 것은 '자기물화'(악셀 호네트)를 보여준다. 이러한 매춘은 성이 생산, 매매, 소비되는 '성의 상품화'116)를 보여주며 "여성의 성이 노동보다 더 높은 교환가치를 갖게"117) 된다. 또한 '나'는 자신의 건강이나 미용에 신경 쓰지 않고 먹고 사는 일에만 집중하는 생계형 인물인데 이는 부르디외에 의하면 자기 자신을 높게 평가하지 않고, 절약을 위해 건강이나 미용에 노력과 시간을 들이지 않는 민중계급의 특성에 해당한다.118) 그러나 매춘에서 외모는 또 다른 계급을 형성하는 기제가 된다.

하지만 무엇보다 이 작품에서 계급 문제는 '소비'와 관련된다. 자본에 침윤되어 있는 매춘이 개입하면서 근본적으로 계급을 상승시키는 게 불가능하기 때문에, '나'의 계급의식은 순간적으로 흉내 낼 수 있는 계급의 표지로서 '소비'에 치중되어 있다. 왕백숙집에 온 사람들이 자신보다 입

---

114) 김이설 · 전성욱(2010), 앞의 글, 233쪽.
115) 김형중, 「[김이설 論] 유토피아 모텔에서 뒤돌아서다」, 『문학과 사회』 2010년 봄호, 344쪽.
116) 이영자, 『소비자본주의 사회의 여성과 남성』, 나남출판, 2000, 99쪽.
117) 위의 책, 104쪽.
118) 삐에르 부르디외(2006b), 앞의 책, 691쪽.

성이 좋고, 좋은 음식을 먹는 데서 계급 차이를 느끼기 때문이다.

> 가든에서 파는 고기가 얼마나 하는지 감도 잡히지 않았다. (…) 대체 얼마나 비쌀까. 모텔이나 레스토랑, 카페 같은 단어도 나와는 멀었다. (…) 이런 풍경 속에서 밥을 먹고 차를 마시고 혹은 몇 시간 뒤엉켜 관계를 하는 데 돈을 쓰는 사람들은 어떤 사람들일까. (…) 별세계였다. (16-17쪽)

> 왕백숙집의 메뉴 중에 가장 싼 건 백숙정식이었다. (…) 내 하루 품삯으로도 먹을 수 없는 음식이었다. 사람들은 돈이 참 많았다. 먹는 음식에, 몇 시간 뒹굴기 위해 거침없이 돈을 썼다. (…) 우리 식구가 먹고도 남을 만큼 남긴 음식을 보면서 상상하곤 했다. 나에게도 이런 돈이 있어, 차곡차곡 모을 수만 있다면. (26-27쪽)

따라서 매춘의 대상들과 이루어지는 관계에서 교환되는 것은 그들만큼 삶을 향유할 수 있다는 '소비'적 욕구이다. 비싼 음식을 먹고, 관계를 갖는 남자들에게서 화장품과 귀금속을 선물 받으면서 '나'는 사치 취향을 구매하는 모방적 행위를 통해 계급의 간극을 좁히려는 움직임을 보인다. 이는 계급을 '구별 짓기'(부르디외)하는 취향의 선택을 통해, 자기 자신이 배제된 계급을 모방하는 '모방적 계급 수행'[119]에 해당한다. 그러나 이러한 관계는 진짜 관계가 아니라 가장된 이미지인 '파생 실재'[120]로서 시뮬라크르이자 허상이다. '나'에게서 교환 가치를 제거한 남성들에게 '나'가 연락을 했을 때, 하나같이 거절을 하기 때문이다.

이러한 상황에서 '나'는 남편에게 폭력을 표출하는데, 이를 통해 폭력마저 '소비'되는 모습을 보여준다. 화를 이기지 못할 때마다 밥상을 뒤엎고, 물건을 집어 던지는 '나'의 모습은 폭력을 행사했던 아버지를 대물림

---

119) 민가영(2007), 앞의 글, 422쪽.
120) 장 보드리야르(1992), 앞의 책, 9-12쪽.

하는 것이자, 어머니가 아버지에게 되갚음의 폭력을 주었던 것처럼 '내부'
로 향하는 증오와 복수를 보여준다. 이는 신경향파 소설에서 가난으로 인
한 분노를 적에 대한 살인이나 방화를 통해 '외부'로 표출하는 것과 대비
된다. 그러나 '나' 역시 남성들의 폭력에서 자유롭지 못하며 이러한 폭력
이 개인의 문제로 환원되므로, 폭력을 소비하는 주체/객체가 구분되기 어
렵다는 것과 폭력의 소비마저 개인화되는 것을 보여준다.

특히 이 작품의 결말은 왕백숙집으로 회귀하는 구조를 취함으로써 결
정론의 악순환을 반복하는 것처럼 보인다. "어제와 오늘과 내일의 차이를
느낄 수 없는, 그저 같은 시간의 지점에서 위치만 바뀌는 '나선형적 시
간'"121)을 경험하는 것이다. 이는 '나'의 위치가 결국 부정적인 의미의
'잉여'이자 '인간쓰레기'(바우만)라는 것을 보여준다.

그러나 이는 가난을 '타인의 고통'으로 치부하며 동정의 대상으로 보지
않고 정면 돌파하는 것이다. '나'는 고질적인 가난과 폐쇄적인 계급적 상
황에서도 "못할 것도 없었다"(27쪽), "무슨 일이라도 할 수 있었다"(29쪽)고
말하며, 아이에게 평생 몸을 팔아서라도 다리를 고쳐 준다고 하면서 엄마
노릇을 포기하지 않는다. 또한 가장 노릇을 못 하는 남편에게 진저리를
치면서도 다리를 다친 남편을 업는다. 가난한 상황은 같지만 엄마와 똑같
은 사람이 되고 싶지 않고, 이제까지와 다르게 살고 싶다고 말하는 '나'는
태도의 변화를 보여 주는 것이다.

따라서 이 작품이 여성 수난사를 반복하지 않는 이유는 비극적인 정념
이 따르지 않기 때문이다. 고난을 담담하게 받아들이는 인물들은 '신파의
사연을 겪지만, 신파의 주인공이 되지 않는다.' 매춘 역시 경제적인 등가
교환의 일부이지 희생적 행위가 아니다.122) '나'가 교환의 일부라는 점을

121) 민가영(2007), 앞의 글, 424쪽.
122) 양윤의, 「빠져나가는 것」, 『문학과 사회』 2010년 여름호, 314쪽.

극단적으로 가시화하면서 신빈곤을 핍진하게 드러내는 것이다. 즉 이 소설에서 '나' 자체가 가난이 된다. '나'는 몸을 판 돈을 끊임없이 가족들에게 주면서 빚을 떠안지만 자신은 파괴되지 않는다. 가족들과도 밥을 먹거나, 부업을 함께 하며 산다.

> 왕백숙집으로 출근하던 첫날 아침의 풍경은 바뀌지 않았다. 나는 누구보다 참는 건 잘했다. 누구보다도 질길 수 있었다. 다시 시작이었다. (193쪽)

이에 따라 마지막 장면도 다시 볼 수 있다. 물론 '다시 시작'이 희망적인 전망이 아니라는 점에서, 이 소설이 신경향파가 아닌 신경향파의 '귀환'으로 해석될 수 있는 근거가 나타난다. 신빈곤의 중요한 특징이 '미래에 대한 전망의 상실'[123]인데 '나' 역시 이에 해당하기 때문이다. 전망 상실의 현실은 '나'가 왕백숙집의 여자로 계속 살아야 한다는 것으로서 '진짜' 현실 바깥으로 빠져나갈 수 없는 공포를 환기한다. 그것은 이 작품의 폭력적인 세계가 허구가 아닌 실제 현실임을 알리는 제스처이다.[124] '나'는 삶이 환영(幻影)임을 알면서도 환영(歡迎)하는데 이것이 자본의 '잉여'로 배제되는 상황에서 가능한 최선의 긍정이다.

이렇게 2010년대의 '신프롤레타리아'를 통해 김이설이 보여주는 가능성은 최하위 여성의 가난을 전경화하는 데 있다. 1990년대에 형식적·미학적인 층위에서 여성문학을 논했다면, 김이설의 소설은 더 근원적이고 현실적인 차원에서 여성 문학의 가능성을 이야기한다. 프로문학의 일환으로서 지나간 소재로 여겨지는 가난과 계급의 문제가 2010년대 소설에서

---

123) 조형래(2006), 앞의 글, 49쪽.
124) 심진경, 「여성 폭력의 젠더정치학」, 『젠더와 문화』 제4권 2호, 2011, 127쪽.

재생되었을 때, 그 의미는 지난 시기의 문학과 같지 않다. '(누구나 알고 있지만) 아무도 말하지 않은 것들'에 대해 끊임없이 이야기하는 것이야말로 김이설의 작가의식이라고 할 때, 가난과 계급을 말하는 문학은 '바리케이드 없는 시위'로서 문학의 적극성을 수호할 수 있을 것이다.

5. 나가며

이 글에서는 가난과 계급의 문제가 2010년대 문학에서 여전히 중요한 화두라는 점에 집중하여 신빈곤의 한국 사회에서 특수하게 나타난 인간형들을 '신프롤레타리아'로 총괄한 뒤, 문화와 문학에 나타난 21세기의 가난과 계급을 '소비'라는 키워드를 중심으로 분석하였다. 이에 따라 '소비'를 바탕으로 21세기 가난과 계급의 문화적 지형도를 그리기 위해 소비에서 소외된 양상을 보여주는 부분을 '호모 데비토르'와 '(귀환한) 신경향파'로 나누었다. 또한 신빈곤의 상황을 반영하는 데 그치는 것이 아니라, 소비와 관련된 가난과 계급의 현실을 전유하는 '계급적 모방 수행자'와 '잉여'도 살펴보았다. 특히 '잉여'는 바우만이 말하는 '인간쓰레기'로서 자본의 체제에서 배제된 자만 가리키는 것이 아니라, 자발적인 선택의 결과로서 짐멜이 말하는 모험으로까지 나타난다는 점에서 긍정적인 의미도 지닐 수 있게 된다.

이와 더불어, 2010년대 한국소설에서 가난과 계급을 잘 그려낸다고 생각하는 작품을 김이설의 『환영』으로 선택한 것은 '날 것'의 가난과, 이동이 불가능한 계급을 그리는 것이 오늘날의 문학 장에서 드물기 때문에 오히려 새로울 수 있기 때문이다. 주인공인 '나'는 신빈곤을 드러내는 대표적인 '신프롤레타리아'로서 앞서 말한 문화적 특성들을 지니고 있다. 즉 극복 불가능한 가난에서 전망이 부재한 '신경향파의 귀환', 매춘을 통해 자신을 수단화하는 자기물화, 채무의 삶에 구속되는 '호모 데비토르', '구별 짓기'의 계급에 머물지 않고 취향을 선택하는 '모방적 계급 수행'을 보여주는 것이다. 이는 가난에 대한 섣부른 동정이나 해결책을 제시하지 않고 현실적인 가난과 계급의 양상을 핍진하게 보여준다. 따라서 아래와 같은 말이 문학에서 가난과 계급을 그리는 이유를 말하는 데 유효할 것이다.

> 잘 들여다보는 일, 눈앞에 보이는 것들을 제대로 바라보는 일, 바라볼 수 있는 용기, 기꺼이 바라보겠다는 마음가짐 같은 것들이 소설을 쓰는 근간이 됩니다. (…) 저의 '태도'란 바로 그 불쌍한 개개인의 일상을 눈에 보이는 대로 이야기하고 있다는 것입니다. 그런 '태도'가 '내가 사는 이 세상이 살만한 세상인지, 나는 과연 잘 살고 있는지'를 자문하게 하는 일이기 때문입니다.125)

이처럼 눈앞에 있는 현실을 '잘 그려내는 것'이 곧 '이 세상이 살 만한 세상'인지에 대한 고민으로 연결되면서 문학의 현실, 현실의 문학을 다시 사유할 수 있게 한다. 이의 연장선에서 김현은 「문학은 무엇을 할 수 있는가」에서 "문학은 배고픈 거지를 구하지 못한다. 그러나 문학은 그 배고픈 거지가 있다는 것을 추문으로 만들고, 그래서 인간을 억누르는 억압의 정체를 뚜렷하게 보여준다"126)라고 했다. 이렇게 억압을 드러내는 것 자체가 문학에서 여전히 "세계와 불화하며 섣부른 화해를 꿈꾸지 않는 소설들이 존재"127)해야 하는 이유이자, 2010년대의 문학에서 가난과 계급이라는 화두가 필요한 이유가 될 것이다.

---

125) 김이설·전성욱(2010), 앞의 글, 240쪽.
126) 김현, 「문학은 무엇을 할 수 있는가」, 『한국 문학의 위상』, 문학과지성사, 1993, 32-33쪽.
127) 차미령, 「2009, 문학성의 새로운 구성 : 소설과 정치」, 『문학동네』 2009년 봄호, 362쪽.

참고문헌

1. 단행본

김사과, 『풀이 눕는다』, 문학동네, 2009.

김상민, 『속물과 잉여』, 지식공작소, 2013.

김윤식·정호웅, 『한국소설사』, 문학동네, 2000.

김이설, 『환영』, 자음과모음, 2011.

김 현, 『한국 문학의 위상』, 문학과지성사, 1993.

박상준, 『한국 근대문학의 형성과 신경향파』, 소명출판사, 2000.

양은경 외, 『문화와 계급-부르디외와 한국 사회』, 동문선, 2002.

이영자, 『소비자본주의 사회의 여성과 남성』, 나남출판, 2000.

한국도시연구소 엮음, 『한국 사회의 신빈곤』, 한울아카데미, 2006.

홍성민, 『취향의 정치학-피에르 부르디외의 『구별짓기』 읽기와 쓰기』, 현암사, 2012.

게오르그 짐멜, 『짐멜의 모더니티 읽기』, 김덕영·윤미애 역, 새물결, 2005.

마우리치오 라자라토, 『부채인간』, 허경·양진성 역, 메디치, 2012.

삐에르 부르디외, 『자본주의와 아비투스』, 최종철 역, 동문선, 1995.

_____, 『구별짓기-문화와 취향의 사회학 上』, 최종철 역, 새물결, 2006.

_____, 『구별짓기-문화와 취향의 사회학 下』, 최종철 역, 새물결, 2006.

슬라보예 지젝, 『이데올로기라는 숭고한 대상』, 이수련 역, 인간사랑, 2002.

악셀 호네트, 『물화』, 강병호 역, 나남, 2006.

장 보드리야르, 『시뮬라시옹』, 하태환 역, 민음사, 1992.

지그문트 바우만, 『쓰레기가 되는 삶들』, 정준일 역, 새물결, 2008.

_____, 『새로운 빈곤』, 이수영 역, 천지인, 2010.

_____, 『부수적 피해 : 지구화 시대의 사회적 불평등』, 정일준 역, 민음사, 2013.

Th.W.아도르노·M.호르크하이머, 『계몽의 변증법』, 김유동 역, 문학과지성사, 2001.

2. 논문 및 평론

김이설·전성욱, 「[E-mail 대담] 누구나 알고 있지만 아무도 말하지 않는 것들」, 『오늘의 문예비평 78』, 2010, 230-241쪽.

김형중, 「돌아온 신경향파」, 『자음과 모음』 2010년 봄호, 652-667쪽.

_____, 「[김이설 論] 유토피아 모텔에서 뒤돌아서다」, 『문학과 사회』 2010년 봄호, 338-352쪽.

민가영, 「불안정성과 전망 상실의 평준화 : 신빈곤층 십대의 문화와 주체」, 『문학동네』 2007년 가을호, 419-434쪽.

박슬기, 「폴리에틱스(plietics), 잉여들의 정치학 혹은 시학」, 『세계의 문학』 2010년 겨울호, 346-362쪽.

서동진, 「우리 시대의 새로운 빈곤, 새로운 소설 : 마르크스적이라기보다는 홉스적인……」, 『문학동네』 2007년 가을호, 403-418쪽.

심진경, 「여성 폭력의 젠더정치학」, 『젠더와 문화』 제4권 2호, 2011, 109-131쪽.

양윤의, 「빠져나가는 것」, 『문학과 사회』 2010년 여름호, 305-319쪽.

이소연, 「질문 2.0 : 무엇이 '인간'인가」, 『문학동네』 2012년 겨울호, 380-402쪽.

이수형, 「필요하지 않은 것을 하라 : 백수, 잉여와 모험의 윤리」, 『문학과 사회』 2012년 봄호, 335-349쪽.

이승원, 「신 프롤레타리아의 문학적 도전 : 노동의 해방으로부터 쉼의 해방으로-고통과 생명의 변증법」, 『세계의 문학』 2010년 겨울호, 333-345쪽.

정여울, 「우리 시대의 새로운 빈곤, 새로운 소설 : 빈곤의 박물지를 향한 미완성 노트-2000년대 작가들이 그린 가난의 풍경」, 『문학동네』 2007년 가을호, 382-402쪽.

정주아, 「결정론의 수렁과 절망의 표정, 김이설 장편소설, 『나쁜 피』(민음사, 2009)」, 『문학과 사회』 2009년 여름호, 542-544쪽.

조연정, 「백수가 간다」, 한재호, 『부코스키가 간다』 해설, 창작과 비평사, 2009.

조윤정, 「존재경제론-신빈곤 시대의 소설 읽기」, 『문학·선』 2015년 봄호, 33-47쪽.

조효원, 「호모 파틸레구스(homo fatilegus)의 기록-김혜나의 『제리』」, 『세계의 문학』 2010년 겨울호, 363-377쪽.

차미령, 「2009, 문학성의 새로운 구성 : 소설과 정치」, 『문학동네』 2009년 봄호, 338-362쪽.

_____, 「몸뚱이는 말하지 않는다 : 젠더화된 하위주체와 김이설의 소설」, 『문학동네』 2010년 가을호, 352-376쪽.

정치와 윤리
─장인 윤리와 시민 윤리의 길항

고정렬(이화여대 국문과 박사과정)
방소현(이화여대 국문과 박사과정)
김미현(이화여대 국문과 석사과정)
이승은(이화여대 국문과 석사과정)

1. 들어가며

2000년대부터 2010년대에 이르기까지 한국 소설에서 가장 두드러진 논의로 꼽을 수 있는 것이 정치와 윤리 문제이다. 소설에서의 정치와 윤리에 관한 질문과 대답은 새삼스럽다. 이것이 새삼스러운 이유는 한국문학사에서 수차례 화두가 되어왔던 해묵은 논쟁이자, 그러면서도 매번 새로운 논쟁이기 때문이다. 그럼에도 불구하고, 왜 다시 여기서 소설의 정치와 윤리에 대해 이야기할 수밖에 없는지, 그 논의들이 어떤 의미를 가지는지를 살펴볼 필요성은 충분해 보인다. 이에 관한 질문과 답은 모두 '소설이란 무엇인가'라는 근원적인 질문과 맞닿아 있기 때문이다.

2000년대에 들어서 소설에서의 정치와 윤리에 관한 논의가 촉발된 이유로는 우선 가라타니 고진(柄谷行人)의 '근대문학 종언론'을 들 수 있다. 가라타니 고진은 근대문학을 형성한 소설이라는 형식이 역사적인 것이며 이미 그 역할을 다했다고 말한다. 이에 따라 '정치와 문학'이라는 논의,

예컨대 문학은 정치로부터 자유로워야 하는가, 하는 문제는 이제 더 이상 논의거리가 되지 않는다고 말한다.[1] 이와 같은 가라타니 고진의 근대소설의 종언은 한국 문학계에서 소설에서의 정치와 윤리에 관한 논의를 촉발시켰다.

가라타니 고진의 논의는 문학의 범주와 기능을 축소시킬 수 있는 위험이 있지만, 공감할 수 있는 것은 "문학보다 더 중요한 것"이 있는 사태 앞에서 작가는 그저 아름답게 작품을 구성하는 데만 헌신하기는 어렵다는 것이다. 이와 같은 관점에서 보았을 때 2000년대 문학에서 정치와 윤리가 새삼스럽게 화두가 되는 것은 자연스러운 일이다. '문학이란 무엇인가' 또 '무엇을 할 수 있는가' 등과 같은 질문은 지금까지 꾸준히 제기되어 왔거니와, 다소 과장해서 말한다면 이런 질문은 언제 어디서나 제기할 수 있는 성격의 것일지도 모른다.[2]

소설에서의 정치와 윤리에 대한 질문과 대답이 반복되는 조건으로는 망각을 들 수 있다. 자명한 전제로 간주되었던 탓에 그 질문 자체를 잊어버리거나, 그 질문에는 답이 이미 제출되었다는 사실을 잊어버렸을 수 있다. 그런데 결국 자명한 것으로 밝혀진다 하더라도 질문이 반복된다면, 설령 그것이 단순한 실수라 해도, 좀 더 생각해볼 여지가 있다. 프로이트에 의하면, 반복은 억압된 것의 귀환이기 때문이다. '문학이란 무엇인가', '무엇을 할 수 있는가'라는 질문을 망각하고, 또 그 질문을 상기하기를 반복하는 것은 뭔가가 억압되어 있기 때문이 아닌지 살펴볼 필요가 있다.[3]

따라서 이어지는 2장에서는 소설에서의 정치와 윤리 논의에서 주요 쟁점이 되는 사안인 '장인'의 윤리와 '시민'의 윤리에 대해서 살펴본다. 3장

---

1) 가라타니 고진, 「근대문학의 종언」, 구인모 역, 『문학동네』 2014년 겨울호, 438쪽.
2) 이수형, 「자유라는 이름의 정치성」, 『문학과 사회』 2009년 가을호, 358쪽.
3) 위의 글, 358-359쪽.

에서는 문학과 윤리의 논의를 위해 레비나스와 데리다의 타자의 윤리를, 문학과 정치의 논의를 위해 랑시에르의 감성의 분할을 살펴본다. 마지막으로 4장에서는 2014년에 출간된 한강의 장편소설『소년이 온다』를 통해 2000년대 이후의 소설에서 화두가 된 정치와 윤리 문제를 구체적으로 논한다.

2. 작품 생산자로서의 장인과 정치적 행위자로서의 시민

2000년대 이후의 문학에서 정치와 윤리에 대한 논의의 시작은 "이주노동자와 비정규직 노동자들의 투쟁을 지지하며 성명서에 이름을 올리거나 지지 방문을 하고 정치적 이슈를 다루는 논문을 쓸 수도 있지만, 이상하게도 그것을 시로 표현하는 것은 쉽지가 않다"는 진은영의 구체적이고도 진지한 고뇌로부터 시작되었다.4) 이 고뇌에는 두 개의 욕망이 개입되어 있는데, 시인이 직접적으로 정치적이기를 원하는 동시에, 첨예하게 미학적이기를 원한다는 것이다.5) 따라서 이와 같은 시인의 고민은 두 가지 윤리적 측면에서 볼 수 있다. 그것은 정치적 행위자로서의 '시민'의 윤리와 작품 생산자로서의 '장인'의 윤리이다.6)

작가가 문학 작품의 창조에 있어서 가장 먼저 따르는 것은 작품 내부의 미학일 것이다. 그러나 작가도 사회에 속한 일원이고, 그것은 작가 또한 사회의 영향에서 완전히 자유로울 수 없다는 것을 뜻한다. 2000년대의 사회·정치적 상황이 한국문학계에 속한 시인과 소설가들을 정치적인 것에

---

4) 진은영, 「감각적인 것의 분배」, 『창작과 비평』 2008년 겨울호, 69쪽.
5) 신형철, 「가능한 불가능-최근 '시와 정치' 논의에 부쳐」, 『창작과 비평』 2011년 여름호, 370쪽.
6) 서영채, 「문학의 윤리와 미학의 정치」, 『문학동네』 2014년 가을호, 530쪽.

서 자유롭지 못하게 만들었다. 긴박한 사회적·정치적 정황 속에서 오직 미학에만 천착하는 것은 정치적 행위자로서의 시민의 윤리에 반하는 일이기 때문이다. 하지만 시인이나 소설가는 시민이면서 동시에 예술가이기에 작품 생산자로서의 장인의 윤리 또한 버릴 수 없다. 다시 말해, 시나 소설이 정치적 올바름을 위한 단순한 캐치프라이즈로 전락하는 것을 장인의 윤리는 허락하지 않는다는 말이다.

이와 같은 장인의 윤리가 더욱 강조되는 배경으로는 정치와 윤리 논의가 있기 직전의 문학 풍조와도 관련 있다. 시에서는 2000년대의 미래파 논쟁으로 확대되었던 첨예한 순수 미학적 풍조를 들 수 있고, 소설에서는 1990년대 신변소설 중심의 사실주의가 쇠퇴하고 서사성의 약화되었던 작품의 상상력과 미적 측면을 강조하던 풍조를 들 수 있다.7) 미학적으로 가장 아름다운 작품에 천착했던 작가들이 어느 순간, 시민의 윤리를 다시금 불러들이는, 다급한 사회적·정치적 상황에 처하게 되었다. 작가들은 정치와 윤리가 문학에서의 새로운 화두가 되는 요구가 있기 직전까지 작품의 아름다움에만 좀 더 천착할 여유가 있었다. 따라서 사회적 상황이 그들을 정치적인 시민으로 급히 소환했다고 하더라도, 한 순간 모든 장인의 윤리를 져버리고, 시민의 윤리에만 몰두하는 방식은 수용되기 어려운 것이다.

그렇다면 한국문학사에서 장인의 윤리와 시민의 윤리의 줄다리기가 어떻게 이루어져 왔는지를 살펴볼 필요가 있다. 19세기말 국호개방과 함께 형성되기 시작한 한국의 근대소설은 신소설, 정치소설, 토론체 소설 등 다양한 서사양식으로 공존하면서 현실 사회를 다루는 거대 서사와 계몽주의를 지향 했다. 그러나 1920년대를 전후해 이러한 계몽주의적 성격은 그

---

7) 정호웅, 「소설사의 전환과 새로운 상상력의 태동」, 『한국현대문학사』, 현대문학, 2002, 630쪽.

흐름을 이어가지 못했다. 순문예 동인지가 발간되기 시작하면서 소설의 미학을 중시하는 자연주의, 사실주의적 문학의 흐름이 주류가 되었던 것이다. 한편 이러한 순문학적 문학의 흐름이 현실을 도외시한다고 생각했던 문인들은 문학이 당대 현실을 반영해야 한다고 보았다. 이에 KAPF로 대표되는 리얼리즘계는 1920년대 중반에 등장하여 사회계급과 노동집단에 대한 논의를 시작하였다. 이들은 소설의 미학적 측면보다는 이데올로기와 관련한 리얼리즘을 추구하였고 목적의식이 강화된 작품들을 내놓았다. 이러한 경향은 그들이 해체되는 1930년대까지 지속되었다.

KAPF의 해산으로 계급문학이 퇴조된 자리에는 순문학을 지향하는 작품들이 다시 등장하기 시작했다. 이상을 대표로 하는 모더니즘 계열과 이효석, 김유정 등의 서정 지향적 작품이 그것이다. 이러한 순수문학적 경향은 이후 문학을 '구경적인 생의 형식'이라고 정의한 김동리의 문학관까지 이어져 1950년대까지 지속되었다.

4·19와 5·16으로 시작되는 1960년대에는 장인으로서의 작품을 넘어 시민으로서의 윤리가 두드러졌다. 순수문학이 우세하던 당대 한국 문단에서 현실과의 관계를 고려한 문학의 본질과 기능을 고민[8]하기 시작한 것이다. 이것은 곧 문학의 사회적인 기능과 작가의 역할에 대한 논의였다. 순수-참여논쟁이라 불리는 이 논쟁은 현실참여의 문제가 문단으로 수용되도록 하는 기반을 만들었고, 70-80년대의 리얼리즘 소설의 흐름을 열었다. 민족문학론, 리얼리즘론, 민중문학론, 노동문학론 등으로 대표되는 1970년대 소설은 당대 사회적인 대립과 갈등을 작품을 통해 표현하고자 하였다. 이러한 맥락에서 산업화에 따른 변동, 계층 간의 갈등, 농촌 사회 붕괴 등을 다룬 작품들이 등장하였다. 1980년대 문학은 이러한 문제의식

---

8) 김준오, 「순수·참여와 다극화시대」, 『한국현대문학사』, 현대문학, 2002 참조.

을 계승하는 한편, 노동의 문제를 좀 더 직접적으로 다루고, 분단에 대한 인식을 가시화하는 등 현실참여적 기능을 강화하였다.

6·29 선언과 함께 '87년 체제'가 등장하고, 소련과 동유럽을 중심으로 한 사회주의의 몰락으로 이데올로기의 시대가 막을 내리자 90년대에는 사회참여 대신 소설의 미학을 추구하는 작품들이 출현했다. 함께 부르짖던 '우리'가 아니라 '나'와 '나의 내면'의 발견이었다. 집단적 이념의 자리에 개인의 일상성을 자리매김하기 시작한 90년대 작가들은 정치성·서사성의 약화, 심리묘사의 세밀성, 반영론적 창작 방법의 후퇴 등을 특징으로 한다.9) 또한 문화산업의 발전을 바탕으로 한 사이버 소설, 환상소설 등 새로운 상상력이 가미된 작품들이 등장한 것도 90년대 소설의 한 특징이다.

이렇듯 1980년대의 문학이 정치적 구심력으로 그리고 1990년대의 문학이 환멸의 원심력으로 운용되었다면, 2000년대의 문학 공간 안에는 지배적 중심이 없다. 2000년대 초반 소위 '주체의 왜소화'와 '망상적 이야기들의 증식', '무중력 공간에서의 글쓰기'10) 등의 주제를 두고 벌어졌던 논란들 역시 이러한 맥락에 놓여 있다. 무중력 공간에서 탄생된 이 2000년대 소설은 동일한 정체성이 아니라 개별적 저항의 방식으로 문학사에 개입하고 문학사를 교란했는데, 그 결과물들은 하나의 특징이나 태도로 요약되지 않는 다양한 개성들의 출현으로 이어졌다. 하지만, 놀랍게도 '무중력'이라는 호명이 채 익숙해지기도 전에 새로운 담론으로 뜨겁게 부상한 정치성 논쟁은, 무중력 공간에서 쓰였던 탈정치적 문학을 낯선 과거로 결별하게 한다.11)

---

9) 정호웅(2002), 앞의 책, 575쪽.
10) 평론가 이광호는 그 어느 것에서도 중력을 받지 않는 순전히 개성적인 작가의 출현으로 2000년대 문학의 차별적 자기 동일성을 언명한 바 있다. (이광호, 「혼종적 글쓰기, 혹은 무중력 공간의 탄생」, 『이토록 사소한 정치성』, 문학과지성사, 2007.)

2000년대 이후 문학에서의 정치와 윤리의 문제는 주로 서정 양식을 중심으로 논의되어 왔다.[12] 시는 형태 자체의 저항치가 낮아서 주변 환경에

11) 강유정, 「포스트 Y2K 시대의 서사」, 『세계의 문학』 2009년 겨울호, 68-69쪽, 74쪽.
12) 진은영의 논의로부터 촉발된 문학, 특히 시에서의 정치와 윤리 문제(진은영, 앞의 논문)를 후속으로 논의하는 글들이 다수의 필자들에 의해 발표되었다. 발표순으로 주요한 논의들을 중심으로 간략하게 정리해 보자면 다음과 같다.
이장욱은 현대예술이 '경계'를 '한계'로 전환시키는 지점, 즉 리얼리즘과 모더니즘의 표준적인 이항대립이 무화되는 곳을 만들어내는 것으로서의 '새로움'을 추구한다고 한다. 즉 문학은 우리가 살아가는 세계의 '경계 짓기'가 아닌, '한계 표시기'라는 의의를 지니며, 시인에게 세계와 언어는 구분되지 않고 '동시에' 지각된다고 보고, 여기서 문학의 정치가 발행한다고 말한다. 더불어 시인과 세계의 만남이 시작되는 것은 성애학을 통해서라고 논한다. (이장욱, 「시, 정치 그리고 성애학」, 『창작과 비평』 2009년 봄호.)
강계숙은 '시와 정치'는 시와 정치의 관계와 역할을 묻는 것이고, '시의 정치'는 시가 유의미한 정치 행위로 존재함을 전제로서 긍정할 수 있는지를 묻는 것이라고 구분한다. 시는 예술로서 언제나 자율의 영역에 있다고 본다. 자율성의 미학적 효과가 사회의 타 영역과 만나 교호하고 부딪히면서 예술을, 그리고 사회를 자기 성찰적으로 만든다고 보고, 더불어 바로 이 자기 성찰성에 대한 '해석'이 시를 정치적 지평으로 옮겨 놓는다고 논한다. (강계숙, 「'시의 정치성'을 말할 때 물어야 할 것들」, 『문학과 사회』 2009년 가을호.)
함돈균은 시의 주체적 거점은 시인 자신이 아니라 도래하는 시라는 작품 자체로 본다. 시는 시인의 의도 이상의 무엇을 담게 되어 잉여의 에너지를 발생시키고, 이 에너지가 바로 시의 정치성이 발현되는 지점이라고 본다. (함돈균, 「잉여와 초과로 도래하는 시들—주체 과정으로서의 시 그리고 정치」, 『창작과 비평』 2009년 겨울호.)
김행숙은 김수영이 '시의 정치성'을 '미적 자율성'에 대립시켜서 전유한 것이 아니라, '정치성'과 '자율성'의 간극이 무화되는 지점까지 '정치성'을 밀고 가는 동시에 '미적 자율성'을 밀고 감으로써 '시적인 것'과 '정치적인 것'을 함께 사유할 수 있는 지평을 제공했음 강조하며 논의한다. '미적 전위'와 '정치적인 전위'의 간극에 대해, 또한 그 매개를 가능하게 하는 다양한 방식들에 대해 고민하고 응답하는 실천들이 비약 없이 섬세하게 이루어져야 한다고 말한다. (김행숙, 「시적인 것과 정치적인 것」, 『국어어문』 47, 2009.)
박수연은 시의 발생이란 시에 현실을 끌고 들어가서 언어의 작용을 거친 후 새로운 현실을 예감하게 하는 경우라고 말한다. 그는 현실을 말하지 않는 시는 정치적인 시가 아니라는 입장을 취하며, 언어의 작용에만 집중하여 감각의 교란을 가져오는 시, 정치적인 것보다는 감각에만 집중하는 시는 정치적인 시를 위한 수단이지 목표가 아니라고 논한다. (박수연, 「시와 결여」, 『실천문학』 2010년 봄호.)
심보선은 '천사-되기'의 입장은 텍스트 중심주의를 견지하고, 문학과 현실의 거리를 두고, 문학과 비문학을 분리하는 평론가적 입장이라고 말한다. 반면 '지게꾼 되기'의 입장은 김수영의 '온몸'의 시를 쓰고, 글 쓰는 나와 나 사이에 타율성을 기입하고, 문학과 현실의 거리를 조절하여 말-신체의 장소를 창출하고, 평등한 공동체의 틈새를 모색하는 왕복운동을 행한다고 말한다. 또한 문학이라는 범주를 문맹자의 시(무식한 시인의 시)로까지 확장하면서 문학의 범주를 폭발적으로 확장시킨다. (심보선, 「'천사-되기'에서 '무식한 시인-되기'로」, 『창작과 비평』 2011년 여름호.)

훨씬 기민하게 대처할 수 있다. 정치적 변혁의 시기이기도 했던 1980년대
가 시의 시대이자 비평의 시대로 지칭되는 것은 그 때문이다.13)

　반면, 소설은 정오가 아니라 황혼의 양식이다. 서사 양식 중에서도 장
편소설은 특히 발이 느리다. 무언가 흐름이 바뀌더라도 그런 변화가 가장
나중에 투영되는 것이 장편소설이라는 양식이다.14) 그럼에도 불구하고 소
설에서까지 정치와 윤리에 관한 논의가 이루어진다는 것은15) 정치와 윤

　신형철은 시와 정치를 논하는 몇몇 시인들이 원하는 것은 충분히 '미학적'이면서 동시에
직접적으로 '정치적인' 시라고 말하면서, 외적 억압이 없는 시는 시인 자체의 힘으로 긴장
을 유지하는 경지에 도달해야만 한다고 말한다. 이때의 비평의 역할은 시를 정치적으로,
혹은 최소한 정치학적으로 읽어내는 것이라고 하면서, '가능한 불가능성' 즉 체험적으로는
불가능하다는 것을 인정하면서도 해보겠다는 태도를 견지한 시적 발화들에 대해 논한다.
(신형철(2011), 앞의 글.)

13) 서영채(2014), 앞의 글, 538쪽.
14) 위의 글, 538쪽.
15) 차미령은 정치란 세계를 조금씩 함께 변경시켜나가는 것, 그 이상이 될 수 없다고 말한다.
스스로 변화하려는 미학적, 정치적, 윤리적 긴장 속에서 소설은 자명하다고 간주되어온 모
든 것들을 의문에 부침으로서 정치를 행한다고 말한다. (차미령, 「소설과 정치 '소설은 무
엇을 할 수 있는가'에 대한 단상」, 『문학동네』 2009년 봄호.)
김형중은 사건으로서의 이방인을 언급하면서 이 사건은 "상황·의견 및 제도화된 지식과
는 '다른 것'을 도래시키는 것"이라고 하고, 사건에 대한 충실성이 곧 윤리라고 말한다. 또
한 데리다의 환대의 윤리학과 바디우의 진리의 윤리학의 접점을 논하면서 2000년대의 한
국의 상황에서 이방인이 이중적으로 윤리의 문제를 제기하고 있음을 말한다. (김형중, 「사
건으로서의 이방인－'윤리'에 관한 단상들」, 『문학들』 2008년 겨울호.) 또한 그는 바디우
의 '진리 산출적 공정'을 들면서, '봉합' 개념을 통해 정치와 문학의 무매개적 접합이라는
오래된 한국문학사의 관습에 대해 비판의 논거를 제공한다. 더불어 정치는 관계 맺음이며
나의 세계 바깥에 있는 것들과의 대면이 정치와 윤리를 발생시킨다고 주장한다. 다시 말
해, 예술은 인식 너머에 나와 다른 존재자들이 '있음'을 경험하게 해준다고 논한다. (김형
중, 「문학과 정치 2009－'윤리'에 대한 단상들 2」, 『문학과 사회』 2009년 가을호.) 더불어,
굳어진 식별체제 내에서는 말해질 수도 이해될 수도 없는 상황이 사건이라면, 문학적 민
주주의는 바로 그 사건들에 충실함으로써 새로운 식별체제를 항상적으로 재구성해내려는
일종의 영구혁명이라고 말한다. 1980년대 한국 문학은 사건에 충실하고자 했던 주체들의
고투의 역사이고, 소설이 르뽀가 되는 사태가 '문학의 민주주의'라고 논한다. (김형중, 「한
국문학의 미래와 문학의 민주주의」, 『문예중앙』 2010년 겨울호.)
이수형은 문학과 정치 혹은 문학의 정치라는 주제는 반복되는 논의라고 지적한다. 문학
체계 안에서 코드의 자리는 항상 빈, 자유로운 상태로 남아 있었다고 말하면서 문학의 자
율성은 자신에게 자율적이면서 타인에게도 보편적일 수 있는 코드를 만들어내는 데서 찾
을 수 있다고 한다. 더불어 그 자유는 문학의 본성 자체에서 비롯된 것이지만, 그 자유를

리의 문제가 2000년대 이후의 문학을 바라보는 중요한 프레임으로 작동한다는 것을 뜻한다.

3. 문학의 윤리와 문학의 정치

3.1. 타자의 도래와 환대의 윤리

2000년대 비평담론은 문학과 정치의 관계, 그리고 윤리에 관한 물음들이 지배했다고 해도 과언이 아닐 것이다. 아감벤(Giorgio Agamben)이 말한 '호모 사케르(homo sacer)'[16]의 소설적 재현이라 할 수 있는 타자들-탈국경 서사의 디아스포라, 이주노동자, 난민 등-이 소설에 다수 등장하는 것은 물론이고, 이 소설의 해석을 위해 '진리, 사건, 절대적 타자, 무조건적 환대, 법의 폐지, 새로운 정치 등'의 용어가 요청되었다. 그리고 외국의 이론가를 매개 삼아 등장하는 이 급진적 언사들이 얼마나 탄탄한 인식에 근거하는가를 점검[17]하려는 메타비평[18]까지를 포함하여 2000년대 한국 비

정치적인 것과 무관하다고 말할 까닭은 없다고 덧붙인다. (이수형(2009), 앞의 글.)

한기욱은 사실주의와 리얼리즘을 구분해야 한다고 말하면서, 리얼리즘은 단지 '현실'로 주어지는 것에 대한 재현인 사실주의(치안)를 넘어서서 환경과 인물의 '전형성'을 중시하여 '현실'의 핵심이 무엇인지 묻고 '정치'의 영역에 개입한다고 말한다. 또한 문학과 정치 논의 과정에서 '새로운 존재'로 고려할 만한 것은 딴사람-되기의 방식(자기와 타자 사이 존재 되기)과 독특성의 공동체, 혹은 소통적 텅 빔의 가능성이라고 말한다. (한기욱, 「문학의 새로움과 소설의 정치성」, 『창작과 비평』 2010년 가을호.)

16) 아감벤의 '호모 사케르(homo sacer)'란 벌거벗은 생명이다. 즉 살해는 가능하되 희생물로 바칠 수 없는 생명(45쪽)으로서, '면책 살해의 가능성'과 '희생으로부터의 배제'를 동시에 함의하는 존재(157쪽)이다. 아감벤은 모든 곳에서 예외가 규칙이 되는 과정과 더불어, 원래 법질서의 주변부에 위치해 있던 벌거벗은 생명의 공간이 서서히 정치 공간과 일치하기 시작하며, 이런 식으로 배제와 포함, 외부와 내부, 비오스와 조에, 법과 사실이 무엇으로도 환원되지 않는 비식별역으로 빠져드는 것, 그것을 근대 정치를 특징짓는 것이라 보았다.(46쪽) (조르조 아감벤, 『호모 사케르-주권 권력과 벌거벗은 생명』, 박진우 역, 새물결, 2008.)

평담론은 문학과 정치 그리고 윤리의 문제와 함께 전개되었던 것이다.

이런 비평들이 실질적으로 염두에 둔 '윤리'의 문제는 대체로 '타자'라는 개념으로 수렴[19]되며, 타자는 윤리를 논한 비평담론들이 명시적으로 제시하는 배경이자, 윤리가 시급히 요청되고 실현되어야 할 근거로 거론되는 개념[20]이다. 그렇다면 타자란 무엇인가.

'동일성의 사유'라 할 수 있는 근대 철학에서는 객체가 주체의 인식 대상으로 환원되었기에 진정한 타자는 찾을 수 없었다. 근대 담론이 인정하는 타자의 위치는 주체에 포섭되어 주체의 증식을 이루는 **동화**의 위치이거나, 혹은 주체의 정체성을 형성하기 위한 **배경과 배제**의 위치였던 것이다.[21] '(코기토) 주체의 죽음'을 선포하며 등장한 탈근대 철학의 타자의제는 주체로 환원되지 않고 동화되지 않는 타자의 '타자성'을 탐구한다. 이때 타자성을 탐구하는 방식은 곧 타자에 대한 책임이며, 타자에 대한 반응이다. 다시 말해 타자성은 총체성의 그물망에서 빠져나오는 잉여 혹은 과잉이며, 책임(Responsibility/Response-ability)은 곧 이러한 타자성에 반응하는 (Response) 능력(ability)이 되는 것이다.[22]

---

17) 황정아, 「묻혀버린 질문 : 윤리에 관한 비평과 외국이론 수용의 문제」, 『창작과 비평』 2009년 여름호(2009a), 117쪽.
18) 김형중(2008), 앞의 글.
   황정아(2009a), 앞의 글.
   김형중(2009), 앞의 글.
   서동욱, 「무엇이 외국이론 수용의 문제인가-지난호 황정아의 비판에 대한 반론」, 『창작과 비평』 2009년 가을호.
   황정아, 「이방인, 법, 보편주의에 관한 물음-윤리담론 점검의 후속논의」, 『창작과 비평』 2009년 가을호(2009b).
19) 황정아(2009b), 위의 글, 76쪽.
20) 황정아(2009a), 앞의 글, 102-103쪽.
21) 김지영, 「들뢰즈의 타자 이론」, 『타자의 타자성과 그 담론적 전략들』, 부산대학교 출판부, 2004, 113-114쪽.
22) 정혜욱, 「타자의 타자성에 대한 심문 : 가야트리 스피박」, 『타자의 타자성과 그 담론적 전략들』, 부산대학교 출판부, 2004, 68쪽.

'타자성'이란 문제적 기호에 접근하는 방식은 크게 두 가지로 나뉜다. 그 하나는 서구의 전통이 만들어낸 전형적인 '타자'인 "자아를 공고히 하는 타자(the self-consolidating Other)"를 해체 구성함으로써 그 한계를 짚어내는 작업이고, 다른 하나는 기존 타자의 전형을 벗어나서 '절대적 타자' 혹은 '전적인 타자(the wholly other)'의 부름에 응답하는 작업이다.23) 레비나스(Emmanuel Lévinas)와 데리다(Jacques Derrida)는 후자의 측면에서 절대적 타자를 향한 환대의 윤리학을 정초한다.

3.1.1. 절대적 타자를 향한 무조건적 환대

레비나스의 철학은 절대적 타자의 철학이지만, 그 출발점은 '주체적 자아'이다. 제1철학으로서의 윤리학을 가능하게 하는 토대는, 절대적 타자를 향한 형이상학적 욕망의 주체이다. 레비나스의 철학은, '그저 있음/익명적 있음(il y a)'의 무규정적 세계에 이름을 부여함으로써 세계를 파악하고 소유하게 된 주체적 자아가 자신의 능력의 한계를 인식하고 그 한계 너머 절대적 타자의 무한성을 욕망하는, 존재론적·형이상학적 모험의 여정을 그린다.

다시 말해, 레비나스의 타자의 윤리를 향한 과정은 두 단계의 모험으로 요약될 수 있다. 첫 번째 단계의 모험은 '익명적 있음'의 무규정성에서 벗어나기 위한 주체24)의 자기 정립/홀로서기(hypostase)의 '존재론적 모험'이

---

23) 위의 책, 63쪽.
24) 레비나스는 적어도 두 가지 의미로 인간 주체성을 규정한다. 이때의 주체성은 즐김과 누림, 곧 향유를 통해 형성되는 주체성이다. 세계를 향유하고 즐기는 가운데 인간은 '자기성'의 영역을 확보한다. 물과 공기와 햇볕 들을 즐길 때 인간은 '자기'에게 돌아가고 전체로부터 자기를 분리하여 '내부성(내면성/내재성)'을 형성한다는 것이다. 그러므로 레비나스는 향유를 개체의 '개별화의 원리'로 본다. 거주와 노동을 통해 삶의 지속성과 안전을 확보할 때 '내면성으로서의 주체성'은 세계를 소유하고 지배함으로써 자기 자신을 무한히 확장하려는 욕망, 즉 전체화에 대한 욕망을 보여준다. (강영안, 『타인의 얼굴 – 레비나스의

다. 그 모험에 이은 두 번째 단계의 모험은 이렇게 확립된 주체[25]가 자기의 세계를 뛰어넘어 무한을 향해 나아가는 '형이상학적 모험'이다.[26]

이 모험의 과정에서 타인[27]은 우리에게 얼굴로 현현한다. "얼굴의 현현"은 일상적으로 만나는 사물과는 전혀 다른 새로운 차원, 즉 참된 인간성의 차원을 열어준다. 얼굴은 일종의 계시이다. 레비나스가 여기서 '계시'라는 종교적 언어를 사용한 까닭은, 얼굴의 현현은 내 자신의 노력을 통해서 나타나는 것이 아니라 스스로 자기 자신으로부터 나타나는 절대적 경험이라는 것을 강조하기 위한 것이다. 얼굴은 나의 입장과 위치와 상관없이 스스로 자기를 표현하는 가능성이며, 얼굴의 현현은 일종의 윤리적 호소이다. 얼굴은 나보다 높은 곳에 있는 나의 주인처럼[28] '너는 살인하지 말지어다'와 같은 명령하는 힘으로 다가와서[29] 거주와 노동을 통해 이 세계에서 나와 내 가족의 안전을 추구하는 나의 이기심을 꾸짖고, 타인을 영접하고 환대하는 윤리적 주체로서 내 자신을 세우도록 요구한다.[30]

철학』, 문학과지성사, 2008, 41쪽.)

25) 이때의 주체란 앞의 '내면성으로서의 주체성'과 구분되는 '타자와의 윤리적 관계를 통해 얻어지는 주체성'이다. 여기서 타자는 나와 똑같은 위치에 있지 않고, 거주하며 노동하는 나에게 윤리적 요구로서 임하는 무한자로, 내가 어떠한 수단을 통해서도 지배할 수 없는 절대적 외재성으로 묘사된다. 타자의 출현과 더불어 내가 타자를 영접하고 대접할 때 진정한 의미의 주체, 즉 '환대로서의 주체성'이 성립된다는 것이다. 레비나스는 타자의 출현으로 향유의 주체성, 곧 '자기성' 또는 '내재성'이 상실되는 것이 아니라는 것을 분명히 한다. 타자를 받아들이는 나는 다른 주체가 아니라 세계를 즐기고 거주하며 노동하는 주체이다. 그러나 바로 이 주체가 타자의 출현을 통해서 이기적인 욕망을 포기하고 타자에 대한 책임적인 주체로 설 수 있다고 본다. (위의 책, 41쪽.)

26) 김애령, 「'여성', 타자의 은유 : 레비나스의 경우」,『한국여성철학』제9권, 2008a, 80~81쪽.

27) 레비나스는 타인과 타자를 구별한다. <받아들인> 타자, 그것은 타인이다. (엠마뉘엘 레비나스,『시간과 타자』, 강영안 역, 문예출판사, 1996, 91쪽.)

28) 레비나스에게 있어서 윤리적 명령의 무조건성이란 타자가 나보다 높은 곳에 있는 '비대칭적' 관계를 통해서 성립하는 것이지, 나와 타자의 평등적·대칭적 관계 속에서 성립하지는 않는다. (서동욱,『차이와 타자-현대 철학과 비표상적 사유의 모험』, 문학과지성사, 2008, 143쪽.)

29) 강영안(2008), 앞의 책, 35쪽.

레비나스에게 윤리적 태도의 출발은 타자와 나의 '절대적 다름'을 겸허히 받아들이고 나의 무능력, 불가능성을 인정하는 것이며, 그에게 윤리의 토대는 나의 세계 밖에 존재하는 타자의 타자성에 무릎 꿇는 것, 타자의 타자성을 감히 내가 예단할 수 있다고 여기지 않는 것, 그 타자의 존재를 명령으로 받아들이는 것이다.[31] 그리고 이것이 바로 타자에 대한 '무조건적인 환대'이다.

레비나스의 이 '무조건적인 환대'는, 분명히 레비나스의 윤리학이 이방인-타자의 문제를 최초로 제기하면서 자기중심적 주체를 비판한 공헌이 있음에도 불구하고, 실천성의 측면에서 비판받는다. "때리려는 사람에게 뺨을 대주고, 욕을 하거든 기꺼이 들어라."라는 '매 맞을 수 있는 능력'이 윤리적 당위 이상이 되기는 힘든 것이다. 이에 데리다는 레비나스와는 다른 방식으로 이방인을 파악한다. 그는 이방인-타자의 절대성을 해체하고, 양가성을 부각시킨다. 그리하여 데리다에게 이방인은 환대의 대상인 동시에 위험의 가능성을 지닌 야만적 타자가 된다.[32] 이방인-타자의 문제에 대한 데리다의 공헌은 이방인의 모호성과 더불어 이방인의 환대가 갖는 결정불가능성을 드러냈다는 데 있다.

3.1.2. (불)가능성의 경험으로서의 무조건적인 환대

자크 데리다는 『환대에 대하여』[33]에서 "이방인이란 누구인가"에 대해 답한다. 이방인(hostis)은 손님(hôte)처럼 또는 적처럼 맞아진다.[34] 그중 '손

---

30) 위의 책, 37쪽.
31) 김애령(2008a), 앞의 글, 97쪽.
32) 서용순, 「이방인을 통해 본 새로운 주체성에 대한 고찰」, 『한국학논집』 제50집, 2013, 289-290쪽.
33) 자크 데리다, 『환대에 대하여』, 남인수 역, 동문선, 2004. 앞으로 이 책을 인용할 때에는 별도의 각주 없이 본문에서 쪽수를 밝히기로 한다.

님처럼 맞아진 이방인(xenos)'은 계약 가운데 들어오는 이방인, 칸트
(Immanuel Kant)를 통해 강력한 형태를 얻게 된 세계시민적 전통에서 환대
의 권리를 가지고 있는 이방인이다. 이 이방인을 맞이하며 사람들은 주인
의 언어로 그에게 이름부터 묻는다. 그는 정의상 자신의 언어가 아닌 언
어로, 집주인·주인[접대인]·왕·영주·권력·국민·국가·아버지 등이
자신에게 강요하는 언어로 환대를 청해야 한다.(64) "나에게 당신 이름을
말하고 이 물음에 답하면서, 당신은 당신 자신을 보증하라. 당신은 법 앞
에서 그리고 당신을 맞는 주인[접대자]들에 대해 의무가 있고, 당신은 권리
의[법적] 주체이다"라는 주인의 목소리가 되돌아오는 환대는 칸트의 '보편
적 환대', '조건적 환대'라 할 수 있다.

이러한 조건적 환대는 내 영토에서의 순응을 조건으로 이방인을 나의
공간으로 '초대'하는 제한적인 환대이다. 이 초대의 환대에는 몇 가지 문
제가 있다. 첫째, 조건적 환대의 경우 환대의 주인은 "나의 영역"에 대한
강한 고집을 버리지 못하기 때문에, "자기만의 자기-집을 보호하기 위해
서, 또는 보호하겠다는 주장에 의해 잠재적으로 이방인 혐오자가 될 수
있다."(89) 둘째, 그것은 내가 누구라고 말할 수 없는, 즉 언어와 표현을
가지지 못한 이방인이나 보이지 않는 타자, 즉 계약적 권리의 주체가 될
수 없는 타자들을 배제한다. 익명의 도래자에게, 또는 이름도 성도 가족도
사회적 위상도 없어서 야만적 타자로 취급되어 버리는 사람에게는 환대
를 베풀 수 없는 것이다. 셋째, 초대의 환대는 주인의 관습과 법률과 규약

---

34) 환적(환대-적의/歡敵/hostipitalite)은 데리다의 신조어로, 환대의 적대라는 의미를 담고 있
는 환적은 환대(hospitality)와 적대(hostipitality)라는 대당(opposition)의 해체로부터 나온 것
이다. 요점은 환대가 그 자체로 적대적이라든가 폭력적이라는 것에 있지 않다. 즉 환대와
적대가 동의어라든가 알고 보면 같은 것이라는 것이 아니라, 그들 사이의 대당이 고정되
지 않는다는 것에 있다. (리처드 커니, 『이방인, 신, 괴물』, 이지영 역, 개마고원, 2004,
123-124쪽.)

을 강요하면서 이방인에게 자신의 문화와 정체성과 언어를 포기하도록 하기 때문에, 순수한 의미의 환대라 할 수 없다.[35]

따라서 데리다가 절대적 타자에게 제공하고자 하는 절대적 또는 '무조건적인 환대'는 통상적 의미에서의 환대와의 단절, 조건적 환대와의 단절, 환대의 권리 또는 계약과의 단절을 전제한다.[36] 이 진정한 환대는 물음 없는 맞이하기로, 이중의 말소 즉 물음의 말소와 이름의 말소-"오시오, 들어오시오, 우리 집에서 머무시오, 당신 이름을 묻지 않겠소, 책임 있게 행동하라고도 어디서 왔고 어디로 가는지도 묻지 않겠소."-에 의해 시작한다. "절대적 환대는 내가 나의-집을 개방하고, 이방인(성을 가진)에게만이 아니라 이름 없는 미지의 절대적 타자에게도 장소를 줄 것을, 그를 오게 내버려둘 것을, 도래하게 두고 내가 그에게 제공하는 장소 내에 장소를 가지게 둘 것을, 그러면서도 그에게 상호성(계약에 들어오기)을 요구하지 말고 그의 이름조차도 묻지 말 것을 필수적으로 내세운다. 절대적 환대의 법은 권리의 환대와 결별할 것을, 권리로서의 법 또는 정의와 결별할 것을 명령한다.(71)" 이러한 환대는 자신을 와해시킬 수도 있는 요소(hostility)들을 환대(hospitality)할 때에만 비로소 존재할 수 있는 환대(hostipitality)[37]라고 할 수 있다.

---

35) 김애령, 「이방인과 환대의 윤리」, 『철학과 현상학 연구』 39, 2008b, 188쪽.
36) 환대는 '조건적 환대'와 '무조건적 환대'로 분열되어 있다. 약간의 도식성을 감안한다면 그 둘의 차이는 다음과 같은 표로 제시될 수 있을 것이다.

조건적 환대	무조건적 환대
권리와 의무에 의해 테두리가 정해지는 환대	권리나 의무나 정치까지도 초월하는 환대
이방인(xenos)	익명의 도래 자(arrivant)/절대적 타자
초대(invitation)	예측할 수 없는 방문(visitation)
신분 증명의 요구	이중(물음/이름)의 말소
법들(les lois)	[유일무이한] 법(la loi)
관용	정의
법률적-정치적 환대	윤리적 환대

37) 민승기, 「환대의 시학(1)」, 『자음과 모음』 2011년 겨울호, 641쪽.

하지만 '무조건적인 환대'가 가능한 것인가. 사실 그것은 불가능하다. 데리다는 이방인의 환대를 둘러싼 결정 불가능성을 이야기한다. 환대의 두 법 체제, 즉 절대적이고 무조건적이며 과장적인 환대의 **[유일무이한] 법**(la loi)과 환대에 관한 모든 **법들**(les lois)은 동시에 모순적이고 이율·배반적이며 또한 불리 불가능하다는 것인데, 실제적인 환대가 요구되는 상황은 항상 절대적 환대의 법과 구체적인 환대의 조건적 권리들 사이에서 동요한다. 예를 들어 법들에 의해 부여받은 자기-집에 대한 지상권이 없으면 이방인에 대한 무조건적인 환대가 가능하겠는가. 따라서 환대의 무조건적인 법은 환대의 법들의 저 위에 자리 잡고 있으면서도 환대의 법들을 필요로 하고, 법들을 요청한다.

이렇듯 '무조건적인 환대'가 "하나의 불가능한 윤리적 이상"이라면 데리다의 환대 개념은 정치적으로 무용한 시도라는 비판을 받을 수밖에 없다. 하지만 데리다는 "무조건적인 환대에 (감히 말하여) 정당성을 인정하면서, 한정되고 제한 가능하고 한계를 획정할 수 있는, 한마디로 계산 가능한 권리가 발효되게 하려면 어떻게 해야 하는가? 한마디로 완벽해질 가능성을 수반하고 있는 정치와 윤리가 시행되게 하려면?"(141쪽)라는 질문을 끊임없이 던진다.

데리다에 따르면, "타자의 절대적 외부성에 기반한 무조건적 환대"라는 이념은 "불가능성의 경험", "경험할 수 없는 것의 경험"으로 유지되어야 한다. 즉 절대적 환대의 이념은 그것이 불가능하다 할지라도 현실의 경험을 성찰하는 준거로 유지되어야 한다는 것이다.[38] 데리다는 그것을 무조건적인 이민을 허용하는 국가[39]의 예를 통해 설명한다. 한편 그는 가능한

---

38) 김애령(2008b), 앞의 글, 192쪽.
39) 데리다는 조건적 환대는 이상적 판본의 불가능성이라는 그림자 속에서만 일어날 수 있다고 주장한다. 어떤 국가가 어떤 해에 일정한 수의 이민자들에게 입국허가를 해주는 일은 절대적 환대, 즉 그 안에 들어서는 사람들이 모든 자원을 이용할 수 있을, 그리고 모든 문

최선의 환대는 이상적인 환대의 불가능성을 인정하는 것이라고 말하는데, 이상이 부재하는 가운데 우리가 달성할 수 있는 가능한 최선의 환대를 시도해야만 한다는 것이다.[40] 우리는 여기서 절대적 환대는 불가능하지만 절대로 포기 될 수 없다는 의지를 읽어낼 수 있다.

레비나스로부터 출발하는 타자의 윤리학은 다음의 두 가지 점에서 비판받아 왔다. 그 하나는 절대적 타자는 언어화할 수도 없고, 언어화되지도 않는 초월성으로 현현하는데, 그렇게 절대화된 타자와는 관계맺기가 불가능하다는 점이다.[41] 그리고 무조건적인 환대로 구현된 타자의 윤리에 대한 또 다른 비판은 커니(Kearney, Richard)에 의해 제출되었다. 절대적으로 타자를 환대한다는 것은 윤리적 분별의 모든 기준을 보류함을 의미하는데, 그러한 비분별적인 타자에 대한 개방 안에서 우리는 선과 악을 구분할 능력을 상실하게 될 위험이 있다는 것이다. 이에 커니는 환대의 윤리학에 대한 하나의 대안으로 판단의 윤리학을 제시한다.[42]

3.2. 감각적인 것의 (재)분배

레비나스와 데리다의 타자에 대한 환대 이론이 텍스트 내부와 공명하며 문학의 윤리에 대한 진지한 성찰을 이루어냈다면, 랑시에르(Jacques

---

들이 열려 있을, 그런 국경의 무제한적 개방의 불가능성으로서(as)만 발생한다. 데리다는 이 불가능성을 무의미하다고 생각하지 않는다. 데리다는 프랑스의 전임 이민국 장관 로카르(Michle Rocard)를 인용하는데, 그는 이민 할당량과 관련하여, 프랑스는 고통을 겪고 있는 세계의 모든 사람에게 집을 제공할 수는 없다고 말했다. 하지만 로카르는 문호를 닫아버림과 동시에 개념적인 가능성을 열어놓는다. 아주 잠시 동안 우리는 대안적인 절대성, 조건적 환대에 의해 차단되고 있는 무조건적인 환대의 모습을 엿보게 된다. 이처럼 데리다는 "오늘날 우리가 사는 세상에서 진행되고 있는 일을 이해하고 변형시키기" 위해 (무)조건적인 환대에 관심을 갖는 것이다. (페넬로페 도이처, 『HOW TO READ 데리다』, 변성찬 역, 웅진씽크빅, 2007, 123-124쪽.)

40) 위의 책, 146쪽.
41) 바디우, 『윤리학』, 이종영 역, 동문선, 2001, 27-34쪽.
42) 리처드 커니(2004), 앞의 책, 125-129쪽.

Rancière)의 이론은 오히려 문학 비평의 장에서 문학과 정치에 대한 담론을 형성하는 데 활용된 면43)이 있다. 랑시에르에 기대어 진행된 문학과 정치 관련 논쟁에서 어느 정도 분명해졌다고 생각되는 점은 대략 세 가지로 요약될 수 있다. 첫째, 문학의 정치성을 정치에 종속된 문학이라는 식으로 비난하는 태도는 공허하며 문학과 정치는 어떤 식으로든 긴밀히 관련된다. 둘째, 그러나 양자의 관계는 작가의 정치참여 여부나 다루는 소재의 문제가 아니다. 셋째, 문학은 '고유의' 정치를 갖지만 그것은 흔히 말하는 '문학의 자율성'으로 쉽게 환원되지 않는다.44) 그렇다면 랑시에르가 문학의 정치를 어떻게 설명하는지 이 시점에서 한번 짚고 넘어 갈 필요가 있어 보인다.

랑시에르는 서구 전통에서 예술의 식별 체제들을 셋으로, 즉 '윤리적 이미지 체계'와 '시학적-또는 재현적 체계' 그리고 '미학적 예술 체계'로 구분한다. 이것들은 단순히 하나의 작품이 어떤 예술 장르에 속하는지를 구별하는 것을 넘어서 사회 구성원들의 감각이 처리되는 방식을 구별하고 규정한다.45) 먼저 '윤리적 이미지 체계'에서 예술은 개별화되지 않으며 입법자의 시선에서 상(이미지)의 진리 내용과 목적, 활용과 결과의 문제로 다루어졌다. '시학적-또는 재현적 체계'로 지칭되는 두 번째 체제는 '모방'이라 불리는 특정 실체의 생산으로 예술을 개별화하고, 공동체의 위계적 질서에 조응하는 표현양식과 장르 및 소재 사이의 적절한 위계적

---

43) 2000년대 문학의 정치에 대한 논의는 "첫째, 여전히 그리고 집요하게 작가의 참여와 문학의 참여를 구분하지 못한 측면이 강하고, 둘째로는 구체적인 문학 텍스트에 대한 분석이나 검증과 병행되지 않은 채 작가들의 직접 발언이나 이론적 공방 중심으로 전개되었다."는 점에서 한계를 가진다. (김미현, 「정치에 물었으나 문학이 답하는 것」, 『세계의 문학』 2009년 겨울호, 102쪽.)

44) 황정아, 「특집 : 맑스주의와 문학-21세기의 물음들-자끄 랑씨에르와 '문학의 정치'」, 『안과 밖』 31, 2011, 51-52쪽.

45) 자크 랑시에르, 『미학 안의 불편함』, 주형일 역, 인간사랑, 2012, 12-13쪽.

상응관계를 수립한다.46)

  마지막으로 '미학적(/감성적) 예술 체계'47)의 출현과 더불어 예술은 고유한 감각적 존재 양태의 유무에 따라 식별된다. 미학적 체계에서의 예술은 필연성과 개연성을 따르는 아리스토텔레스적인 인과적 배치와 다르고, 동시에 그것은 예술의 외로운 자기지시성과도 전혀 다르다. 미학적 체제는 예술작품에 고유한 감각적 존재 양태를 요구하지만, 동시에 이 고유한 허구적 구성은 허구로 머무는 것이 아니라 삶에서 실현됨으로써 삶을 잠식하고 변화를 가져온다. 이것이 랑시에르가 말하는 예술의 특이성, 다시 말해 감성적 자율성이다. 이때의 '감성적 자율성'은 '예술의 자율성'과 다른 것으로, 그것은 세계의 낡은 감각적 분배를 파괴하고 다른 종류의 분배로 변환시킴으로써 삶의 새로운 형태들의 발명을 동반한다. 이렇게 해서 랑시에르는 미학적 체제에서 예술로 식별되는 활동을 '정치'와 조우시킨다.

  랑시에르에게 정치는 감각적인 것을 새롭게 분배하는 활동, 즉 감성적 혁명을 가져오는 활동에 다름 아니다.48) 랑시에르는 "어떤 의미에서 정치 행위는 정치적 능력이 입증되는 감성의 경계를 추적하기 위한, 이를테면 무엇이 말이고 무엇이 외침인지를 결정하는 하나의 갈등"이라고 설명한다. 정치는 어떠한 불가능성에 의문을 던질 때에야 비로소, 자기 일 외에는 다른 것을 살필 시간이 없는 사람들이 분노하고 고통 받는 동물이 아니라 공동체에 참여하면서 말하는 존재라는 것을 입증하기 위해 자기들에게 없는 시간을 가질 때에야 비로소 시작된다. 시간들과 공간들, 자리들과 정체성들, 말과 소음, 가시적인 것과 비가시적인 것 등을 배분하고 재배분하는 것은 랑시에르가 말하는 '감성의 분할'을 형성한다.49)

---

46) 황정아(2011), 위의 글, 53–54쪽.

47) 진은영, 『문학의 아토포스』, 그린비, 2014, 25–26쪽에서 요약·발췌.

48) 위의 책, 26쪽.

49) 자크 랑시에르 저, 『문학의 정치』, 유재홍 역, 인간사랑, 2011, 10–11쪽.

그렇다면 어떻게 문학은 정치와 연결될 수 있을까. 랑시에르는 '문학의 정치'를 문학적 '오해(misunderstanding)'라는 측면에서 접근한다. 그는 오해라는 표현을 통해 기존의 셈(count)질서를 교란하는 계산착오의 차원을 강조함으로써 문학의 정치성을 설명하고자 한다. 과잉의 신체들을 들여와 "신체와 말 혹은 의미 사이의 이른바 조화라는 것"을 어긋나게 하는 일, 또는 "셈에 들어가지 않는 사람들이 스스로를 셈에 넣게 해주는 수단이 되어줄 말을 발명함으로써 언어와 무언(無言) 사이의 질서 잡힌 분배를 흐리는 것"으로 문학적 계산착오를 해석하고 이를 정치와 연결되는 토대로 삼는다.50) 다음 장에서는 이러한 이론을 바탕으로 한강의 소설을 실질적으로 분석해 보고자 한다.

4. 21세기 한국 소설에서의 정치와 윤리
: 한강 『소년이 온다』를 중심으로

광주항쟁은 문학적인 공간에서 끊임없이 재생되고, 소환되는 현재진행의 사건이다.51) 광주항쟁을 다루는 작품 중 한강의 『소년이 온다』(2014)52)

---

50) 황정아(2011), 앞의 글, 61쪽.
51) 황석영의 르포 『죽음을 넘어 시대의 어둠을 넘어』(1985)를 통해 시작된 광주항쟁의 형상화 작업은 홍희담의 「깃발」(1988), 최윤의 「저기 소리 없이 한 점 꽃잎이 지고」(1992), 임철우의 『봄날』(1997)을 넘어 김경욱의 『야구란 무엇인가』(2009), 권여선의 『레가토』(2012) 등의 최근작까지 이어지고 있다.
광주항쟁을 형상화하는 방식은 당시 광주항쟁을 동시대적 감각으로 체험했던 작품들과 민주화 이후 세대의 작품들로 나누어 볼 수 있다. 먼저 광주항쟁을 동시대적 경험으로 체험했던 작품들의 경우, 광주항쟁은 공론화를 위해 증언이 필요한 사건으로 형상화된다. 때문에 이 작품들에서 광주 시민들은 민주화를 위해 투쟁한 열사 혹은 국가의 폭력에 의해 희생당한 자들이다. 이것은 정신적·신체적 불구가 된 인물의 등장시키는 방식 혹은 당시 그 자리에 있지 못했던 인물들의 서술을 통해 광주 시민들에 대한 죄책감의 표현하는 방식으로 드러난다. 서영채는 민주주의를 정당한 가치로 인정하는 1980년대의 한국인들이는 그 속에서 살았던 개인들에 대해 향 대신 초를 태우는 작품이다. 그들에게 죽은 자들을 위한 향 대신 초를 태우는 행위는 죽음의 냄새를 없애는 것이며, 사후에 만들어진 영웅 대신 그 당시를 살아가는 개인을 소환하는 행위이다. 즉 이 작품은 광주항쟁을 광주시민이라는 영웅에 한정된 비극적 사건으로 바라보는 것이 아니라 구체적으로 존재했던 개개의 삶으로 재현하고 있는 것이다.

'동호'를 중심으로 하는 이 작품의 인물들은 서로 다른 목소리들을 통해 구성되며 이를 통해 여러 가지 면모를 가진 개인으로 존재하게 된다. 그들은 정치적인 이념이나 소신을 따르기보다 스스로 느끼는 울분을 따르고, 죽음의 공포 앞에서 나약해지는 범인(凡人)이다. 영웅이 아닌 범인의 서사에서 광주항쟁은 폭력적 국가와 저항적 민중이 아니라 사건 속에 존재하는 개개의 삶으로 형상화된다. 작가는 이 작품을 집필하는 과정에서 느꼈던 무력감과 재현의 불가능성에 대해 그것을 '같이 겪자'는 마음만 남았다고 밝힌다.[53] '같이 겪자'는 말에서 보이듯, 작가에게 광주항쟁은

그를 위해 죽어간 광주시민들에게 부채감과 죄의식을 가지고 있었음을 지적한다. (서영채, 「죄의식과 1980년대적 주체의 탄생」, 『인문과학연구』 42권, 2014a, 50쪽.) 사건의 절박성에 대한 공론화의 필요성과 그들에 대한 죄책감은 당대 문학을 지배하는 정서였던 것이다. 한편 민주화 이후의 세대로서 광주항쟁을 바라보는 최근 작가들은 그것을 조금 다르게 재조명하고 있다. 그들에게 있어 광주는 언어로서 재현하기 어려운 '재현 불가능'의 것이며, 인간의 잔혹성을 보여주었던 보편적 사건이다. (이경재, 「소년이 우리에게 오는 이유」, 『자음과 모음』 2014년 가을호, 329쪽.) 가령 박솔뫼의 「그럼 무얼 부르지」(2014)는 "그 사실을 말할 수 있는 것처럼 말할 수 있다는 것도 아니다"라는 한편, 광주항쟁을 남미와 아일랜드, 스페인에서의 학살과 같은 선상에 위치시킨다. 이들에게 있어 문제는 광주항쟁에서 일어났던 일 그 자체보다 이것이 은폐되고 조작되며 망각된다는 것에 있다. 그들은 공권력이 감추고 덮으려는 광주항쟁에 대하여 그것을 잊지 않고 다시 복수하는 방식을 택한다. 김경욱의 『야구란 무엇인가』(2009)는 광주 항쟁에서 무참히 살해된 동생에 대해 복수를 꿈꾼다. 서사 속에서 이것은 복수의 대상을 잊지 않고 주시하며 살아가는 것, 끊임없이 기억해내는 것으로 드러난다. (서영채, 「광주의 복수를 꿈꾸는 일」, 『문학동네』 2014년 봄호, 242쪽.)

52) 한강, 『소년이 온다』, 창비, 2014. 앞으로 이 책을 인용할 때에는 별도의 각주 없이 본문에서 쪽수를 밝히기로 한다.

죽은 자의 것이 아니라 '지금, 여기'의 사건이다. 사건의 당사자가 될 수 없기에 명백하게 증언할 수는 없지만, 작품이라는 영매(靈媒)를 통해 그 순간을 살았을 개인들을 소환하여 그것을 다시 경험한다는 점에서 이 작품은 문제적이다.

『소년이 온다』가 영웅/희생자로서의 전체가 아닌 개인들을 그리는 방식은 이 소설의 구성 형식과 연관되어 드러난다. 『소년이 온다』는 여섯 개의 장과 에필로그로 이루어져 있다. 소년 동호를 '너'라고 부르며 1980년 항쟁 당시 그의 궤적을 따라가는 1장의 서술자와 에필로그에 담긴 작가의 육성을 포함하여, 각각의 장마다 다른 서술자가 등장해 자신이 겪어낸 '광주'를, 그 흔적과 자국들의 형태를 증언한다.[54] 이 다성적인 구조 속, 각 장의 화자들은 동호의 죽음을 매개로 하여 직간접적으로 연결되어 있다.

서영채에 의하면 그들은 저마다 하나의 시대이기도 하다.[55] 그들은 그들을 집단으로 묶어주었던 광주항쟁이라는 사건이 아니라 그 이후에 그들이 머물게 된 개별적인 자리에서 마주친 삶의 역학관계를 소설 속으로 끌어들인다. 에필로그의 작가 역시 동호의 죽음이라는 화소를 이어받았다는 점에서 다른 화자들과 같은 층위에서 연결되며 허구와 사실의 경계를 흐리게 한다.[56]

이 흐린 경계를 넘어 소환된 여러 화자들은 그들이 여전히 느끼는, 지

---

53) 김연수, 「사랑이 아닌 다른 말로는 설명할 수 없는-한강과의 대화」, 『창작과 비평』 2014 가을호, 321쪽.

54) 서영채, 「문학의 윤리와 미학의 정치」, 『창작과 비평』 2014년 가을호(2014b), 533쪽.

55) "화자들이 배열되어 있는 이야기 속의 시간은, 1980년 5월에서 시작하여 점차 현재를 향해 다가온다. 강동호가 직접 등장하는 1장과 정대의 죽은 넋이 말하는 2장은 1980년 5월 당시의 시점이다. 검열 때문에 혹독한 경험을 치르는 3장은 5공화국 치하의 1980년대 중반, 김진수가 사망한 4장은 1990년대 초반이다. 그리고 그 끝에는 소설을 끝낸 작가의 육성이 자리 잡고 있다(위의 글, 533쪽)."

56) 위의 글, 539-540쪽.

극히 감각적인 고통에 대해 말한다. 참혹했던 광주항쟁의 경험 이후, 그들은 인간의 존엄성을 의심했고, 자신이 인간이라는 사실을 수치스러워했고, 누군가는 죽고 자신은 아무런 이유도 없이 살아 있다는 것에 대한 죄의식을 짊어져야 했다. 각자의 화자들은 그들이 겪었던 사건과 죽은 사람들에 대한 진실은 말해질 수 없다는 것, 즉 광주의 비극을 사후적으로 규명한다는 것이 불가능하다는 것을 알고 있다. 심지어 5장의 화자인 '선주'는 그녀가 겪었던 고통의 극단성 때문에 타인과 소통의 지점을 찾지 못하며, 증언하기 자체에 실패한다.

그러나 이들의 발화는 이들이 각자의 고립된 자리에서 개인적 감각에 대해 말하고 있음에도 불구하고, 그들을 왜곡하고 학대했던 권력57)에 대한 개인적인 차원의 분노와 윤리의식의 중요성을 일깨우는 데에 그치지 않고 나아간다.

각각의 상이한 처지로부터 발화된 목소리들이 서로 엮이는 과정에서 포착되는 것은 물리적으로 사람들을 억압하던 법과, 동시에 그 자신이 "부조리했다는 것을 스스로 자백하듯"(123쪽) 결정을 번복하던 법의 양면성이다. 동일한 인간이 같은 법질서 안에서 서로 다른 정반대의 목적으로 사용되어, 한순간은 냄새를 풍기는 더러운 몸으로 규정되었다가 다른 순간 국기로 덮이고 애도되는 정결한 몸으로 규정될 수도 있었다는 것이다. 황정아에 의하면 이러한 양면성은 법이 하나의 일관된 전체이자 그 자체로 힘을 발휘하는 실체라는 기존의 믿음을 해체한다. 이는 법을 부정하며 불완전한 규정을 새로운 규정으로 대체해야 한다는 지적이 아니라, 법의

---

57) "이제 그들이 원하는 것은 실제로 일어난 일들의 세목이 아니었습니다. 그들이 마련한 각본에 우리들의 이름으로 빈칸을 채울 수 있도록, 우리들이 해야 할 일은 거짓 자백뿐이었습니다."(119쪽) "너희들이 태극기를 흔들고 애국가를 부른 게 얼마나 웃기는 일이었는지, 우리가 깨닫게 해주겠다. 냄새를 풍기는 더러운 몸, 상처가 문드러지는 몸, 굶주린 짐승 같은 몸뚱어리들이 너희들이라는 걸, 우리가 증명해주겠다."(119쪽)

"규범적 상과 대립하는 법의 비규범적 상을 정립"하는 일이다.[58] 자기 내부의 "비대칭적인 분할"로 인하여 법은 법과 싸운다.[59] 일관된 전체라는 매끈한 표면 아래의 공허함이 드러나면서 법과 광주항쟁의 개인들에 대한 감각의 재분배가 작동한다.

광주항쟁의 개인들을 영웅이나 희생자로 규정했을 때, 그들은 그들 자체로서가 아니라 그들을 정체화하는 추상적인 원리에 의해 법과의 관계 속에 자리 잡는다. 법질서에 내재한 적대성은 절대적으로 선한 희생자들과의 상호보완적인 대립항으로서 의미를 부여받으며 유지된다. 다시 말해 기존의 이항대립적 관계 내에서, 정치 현장에서 실제로 발생하는 부조리는 희생자들의 고통에 부합하지 못하는 법질서의 결과로 이해되며 법이 이미 불균형하게 구성되어 있다는 사실을 은폐한다.[60]

법의 결핍이 드러날 때에, '광주'를 둘러싸고 있던 법질서와 규범이 고유한 자기-정의로서 고정될 수 없는 "불안정한 고안물[61]"이라는 사실이 드러난다. 각 장에 배치된 화자들은 그동안 그들을 하나의 집단으로 정체화하는 힘에 의해 은폐되어 있던 개별적인 지점들로써 대립에 대한 의존 없이 존재한다. 그들은 "양심의 보석"(114쪽)을 이마에 박고 있었던 아름다운 인간이자, 왜곡되고 학대당한 수치스러운 몸을 가진 인간이다. 그들은 피해자가 되지 않기 위해 자발적으로 광장으로 뛰쳐나갔던 행위자들이자, 총을 들었으되 쏘지도 못했던 어린 아이들이다. 이러한 다양한 모습들의 동시성은 광주에 있었던 사람들의 애매성과 모호성을 보여준다.

그러나 이 모호성은 법이 미처 봉합하지 못한 저 너머에서 온 것이 아니라, 법 내부의 단절이자 틈이다. 그동안 침묵과 부재, 어둠으로만 존재

58) 황정아(2009a), 앞의 글, 115쪽.
59) 김미현(2009), 앞의 글, 115쪽.
60) 슬라보예 지젝, 『이데올로기의 숭고한 대상』, 박진우 역, 새물결, 2013 참조.
61) 김미현(2009), 앞의 글, 109쪽.

했던 "경험적인 것"이 "참된 것의 표시들"로서, "흔적들과 자국들의 형태"로 수면 위에 떠오른다.62) 여기에 『소년이 온다』의 정치성이 있다. 랑시에르에 의하면 정치란 "보이는 것과 보이지 않는 것, 말과 소음의 경계 설정"이자 "우리가 보는 것과 그것에 대해 우리가 말할 수 있는 것에 관한 것, 누가 보는 데 있어서의 능력과 말하는 데 있어서의 자질을 가지고 있는지에 관한 것"이기 때문이다.63) 감각적인 것들의 재분할은 이항대립 관계를 기반으로 한 기존의 틀이 온전히 포괄하지 못하는 지점을 노출하며 실재의 작은 파편을 드러내게 된다.

중요한 것은, 그럼에도 불구하고 그 개인들은 결국 법을 벗어날 수 없다는 점이다. 그리하여 그들은 법과 모종의 불편한 관계를 형성한다. 무력감에 함몰되는 듯하지만, 그들은 법이 자신에게 부여한 정체성에 완전히 포획되지 않는 잉여적인 부분을 남긴다.64) 이소연에 의하면 그 동력의 정체는 소년이 온다, 라는 제목 중에서 '소년'이라는 일반명사의 자리가 아니라 '온다'라는 행위에 초점을 맞출 때에 포착할 수 있다.65) 2인칭 '너'인 동호가 또 다른 2인칭인 '당신' 선주를 찾아올 때, 광주로부터의 트라우마로 괴로워하던 선주는 '너'라는 타인의 고통을 감지하고 자신의 고통을 극복하기를 거부한다.

『소년이 온다』의 화자들이 말하는 고통은 개인의 것이지만 그 연원은 타인의 고통에 대한 죄의식과 부채감이다. 각 장의 이야기는 화자가 타인의 고통을 감지하는 구체적인 순간으로부터 시작되고, 화자들 각각의 정체가 독자에게 밝혀지는 순간은 지연된다. 신원조회의 순간을 유예한 채 화자들은 각각 고정된 하나의 인격이기보다는 하나의 사건 속에서 연결

---

62) 자크 랑시에르, 『감성의 분할』, 오윤성 역, 도서출판 b, 2008, 51쪽.
63) 위의 책, 14-15쪽.
64) 김미현(2009), 앞의 글, 108쪽.
65) 이소연, 「사자의 길, 산 자의 몫」, 『현대문학』 2014년 가을호, 254쪽.

되어 서로가 서로를 반영하고 겹치며 번지는 발생학적 관계로 나타난
다.66)

각기 다른 내면적 경험을 지닌 목소리들은 자신이 머물고 있는 시대에
서 저마다 '너'라는 2인칭으로 동호를 부른다. 3인칭으로 부르며 회고하
는 것과는 다른 이 직접적인 호명으로 인해 죽은 소년인 동호는 어둠으로
부터 떠올라 모든 화자들에게 현재형으로 존재한다.67) 정작 '너' 동호는
본인의 목소리로 그 자신을 대변하지 않아서, 동호의 마지막 시간은 그를
기억하는 목소리들에 의하여 파편들처럼 불완전하게 맞춰진다. 이로써 동
호는 구체적인 2인칭 '너'이자 쉽사리 정체화할 수 없는 일반명사 '소년'
으로, 소설 속의 "부재하는 중심"68)이 된다.

동호는 부재한다. 동호 개인이 겪었던 일은 그 누구도 증언하지 못한다.
그 앞에서 느끼는 무력감에도 불구하고 선주는 자신이 짊어진 고통과 슬
픔으로부터 등을 돌리지 않고자 하며, "자신을 허물고 자신 밖으로 간절
하게" 빠져나가기를 기도한다.69) 이 순간 법이 그녀에게 부여했던 정체성
과 고통의 몫이 변화한다. '당신' 선주는 '너'와 일치될 수는 없지만 '너'
의 고통을 잊지 않음으로써, 기존에 주어졌던 이름을 초과하여, 정체성들
사이에 있게 된다. 긍정과 부정, 동화와 분리 사이의 구분이 허물어지는
균열의 지점. "인간은 무엇인가. 인간이 무엇이지 않기 위해 우리는 무엇
을 해야 하는가."(95쪽)라는 질문이 날아오는 것은 그 공백과 틈새의 영역
이다.

그리하여 '소년'은, 그리고 '소년'의 자리에 들어설 수 있는 모든 개인

---

66) "그 발소리가 누구의 것인지 나는 몰라. 언제나 같은 사람인지, 그때마다 다른 사람인지도
   몰라. 어쩌면 한사람씩 오는 게 아닌지도 몰라. 수많은 사람들이 희미하게 번지고 서로 스
   며들어서, 가볍디가벼운 한 몸이 돼서 오는 건지도 몰라."(174쪽)
67) 김연수(2014), 앞의 글, 324-325쪽.
68) 이경재(2014), 앞의 글, 342쪽.
69) 김연수(2014), 앞의 글, 317쪽.

적이고도 보편적인 존재들은 무조건적인 환대의 대상이 아니라, 변화를 이끌어낼 본질적인 질문의 근원지이자 빈틈이 된다. 김미현에 의하면 이런 탈정체화가 지닌 정치적 효과는 그것이 혼란과 의문이 사라지지 않는 상태에서의 "무한판단[70)]"을 발생시킨다는 것이다. 재정의의 과정을 몇 차례나 반복하며 "죽음에서 '차마-못-죽음'으로, 단호한 중단에서 우유부단한 지연으로 가까스로 넘어가게 하는 작은 계기[71)]"를 찾을 수도 있다는 가능성이 산 자에게 새롭게 남겨지는 몫이 된다.

5. 나가며

우리는 어떤 것이 예외적이고 일상적인지를 구분하기 어려운 혼돈 속에 살고 있다. 역사가 진보한다는 믿음은 사라졌고, 비극적인 사건들은 그 외피만을 달리 하며 회귀한다.[72)] 이러한 상황은 문학으로 하여금 객관적 정치 현장과 그 속에서 문학의 역할에 대해 사유하도록 요구한다. 그러나 어떻게 문학은 그 자율성과 정치성을 동시에 획득할 수 있을까. "장인의 윤리"와 "시민의 윤리"는 대립되는가.

이에 대한 최근의 첨예한 논쟁의 배경에는 랑시에르의 이론이 있다. 그에게 중요한 것은 기존의 불완전한 규범 체계를 다른 것으로 대체하기 위한 조직적인 움직임과 권력의 이동으로 귀결되는 정치적 혁명이 아닌 감성적 혁명이다.[73)] 즉 작가 자신의 정치적인 메시지를 분명히 하거나 참여

---

70) 김미현(2009), 앞의 글, 117쪽.
71) 이소연(2014), 앞의 글, 265쪽.
72) 『소년이 온다』 역시 광주를 1970년대의 인권탄압과 노동운동, 부마항쟁, 제주 사태, 용산 참사와 같이 비슷한 맥락을 지닌 사건들의 연속선상에 놓으며 광주라는 비극이 우발적 사건이 아니라는 사실을 드러내고 있다(이경재(2014), 앞의 글, 331쪽).
73) 자크 랑시에르, 『정치적인 것의 가장자리에서』, 양창렬 역, 길, 2008, 119쪽 참조.

문학의 형태로 현실의 정치적 장을 재현하는 일 대신, 주어진 확실성의 세계에 끊임없이 의문을 제기하여 이미 분할된 감각의 지형도를 재형성해야 한다는 것이다. 그의 이론이 예술과 정치의 일치를 추구할 필요는 없다는 논지 아래, 고립된 자기지시성의 세계에 예술이 머물 수 있도록 하는 알리바이로 받아들여지지 않게 하기 위해서는 감각의 분할에 귀속되는 삶의 다양한 실천 영역들, 몫을 누리는 자들과 그렇지 못한 자들의 관계에 대한 윤리적 인식이 필요하다.74)

『소년이 온다』에서 작가가 강조하고 있는 것은 그가 그리는 고통의 "압도적인 내면성"에도 불구하고 거기에 "외부를 향해 개방되는 지점이 있다는 것"이다.75) 기존의 정체성에 불일치하고 각각의 자리를 분배하던 감각의 체계를 다시 구성하는 힘이 될 때에, 타인의 고통에 조응하는 마음의 힘줄, 내면의 윤리는 추상적 관념에 머물지 않고 바깥으로 나아간다. 그 열린 곳을 통해 현재의 우리는 과거에 고정되어 있던 비극적인 사건을 소환하고 타인의 고통과 상처를 망각으로부터 되살릴 수 있다. 이는 끝없이 굴러가는 위기의 바퀴 안에서 매번 새로운 질문을 던지는 것이 가능하다는 것을 보여주며, 이전에 놓쳤던 것을 이번에는 붙잡게 될지도 모른다는 희망의 자리를 암시한다. 그러한 윤리로 구축된 문학은 문학 자체로 고유하면서도, 물리적인 폭력으로 다가오는 세계와 그로 인한 절망만큼이나 실재적일 것이다.

---

74) 진은영(2014), 앞의 책, 31쪽.
75) 김대산, 「영혼의 두 실재」, 『문학과 사회』 2014년 가을호, 352쪽.

참고문헌

1. 단행본

강영안, 『타인의 얼굴-레비나스의 철학』, 문학과지성사, 2008.
김지영 외, 『타자의 타자성과 그 담론적 전략들』, 부산대학교 출판부, 2004.
서동욱, 『차이와 타자-현대 철학과 비표상적 사유의 모험』, 문학과지성사, 2008.
이광호, 『이토록 사소한 정치성』, 문학과지성사, 2007.
정혜욱, 『타자의 타자성과 그 담론적 전략들』, 부산대학교 출판부, 2004.
정호웅 외, 『한국현대문학사』, 현대문학, 2002.
진은영, 『문학의 아토포스』, 그린비, 2014.
한 강, 『소년이 온다』, 창비, 2014.

리처드 커니, 『이방인, 신, 괴물』, 이지영 역, 개마고원, 2004.
슬라보예 지젝, 『이데올로기의 숭고한 대상』 박진우 역, 새물결, 2013.
알랭 바디우, 『윤리학』, 이종영 역, 동문선, 2001.
엠마뉴엘 레비나스, 『시간과 타자』, 강영안 역, 문예출판사, 1996.
자크 데리다, 『환대에 대하여』, 남인수 역, 동문선, 2004.
자크 랑시에르, 『감성의 분할』, 오윤성 역, 도서출판 b, 2008.
_____, 『정치적인 것의 가장자리에서』, 양창렬 역, 길, 2008.
_____, 『문학의 정치』, 유재홍 역, 인간사랑, 2011.
_____, 『미학 안의 불편함』, 주형일 역, 인간사랑, 2012.
조르조 아감벤, 『호모 사케르-주권 권력과 벌거벗은 생명』, 박진우 역, 새물결, 2008.
페넬로페 도이처, 『HOW TO READ 데리다』, 변성찬 역, 웅진씽크빅, 2007.

2. 논문 및 평론

가라타니 고진, 「근대문학의 종언」, 구인모 역, 『문학동네』 2014년 겨울호, 432-459쪽.
강계숙, 「'시의 정치성'을 말할 때 물어야 할 것들」, 『문학과 사회』 2009년 가을호,
    374-389쪽.
강유정, 「포스트 Y2K 시대의 서사」, 『세계의 문학』 2009년 겨울호, 67-84쪽.
김대산, 「영혼의 두 실재」, 『문학과 사회』 2014년 가을호, 351-355쪽.
김미현, 「정치에 물었으나 문학이 답하는 것」, 『세계의 문학』 2009년 겨울호, 99-118쪽.

김애령, 「'여성', 타자의 은유 : 레비나스의 경우」, 『한국여성철학』 제9권, 2008, 77-102쪽.

_____, 「이방인과 환대의 윤리」, 『철학과 현상학 연구』 39, 2008, 175-205쪽.

김연수, 「사랑이 아닌 다른 말로는 설명할 수 없는-한강과의 대화」, 『창작과 비평』 2014 가을호, 312-332쪽.

김행숙, 「시적인 것과 정치적인 것」, 『국제어문』 47, 2009, 9-34쪽.

김형중, 「사건으로서의 이방인-'윤리'에 관한 단상들」, 『문학들』 2008년 겨울호, 28-51쪽.

_____, 「문학과 정치 2009-'윤리에 대한 단상들 2」, 『문학과 사회』 2009년 가을호, 343-357쪽.

_____, 「한국문학의 미래와 문학의 민주주의」, 『문예중앙』 2010년 겨울호, 325-338쪽.

민승기, 「환대의 시학(1)」, 『자음과 모음』 2011년 겨울호, 614-641쪽.

박수연, 「시와 결여」, 『실천문학』 2010년 봄호, 39-53쪽.

서동욱, 「무엇이 외국이론 수용의 문제인가-지난호 황정아의 비판에 대한 반론」, 『창작과 비평』 2009년 가을호, 331-345쪽.

서영채, 「광주의 복수를 꿈꾸는 일」, 『문학동네』 2014년 봄호, 228-254쪽.

_____, 「문학의 윤리와 미학의 정치」, 『문학동네』 2014년 가을호, 530-554쪽.

_____, 「죄의식과 1980년대적 주체의 탄생」, 『인문과학연구』 42권, 2014, 39-68쪽.

서용순, 「이방인을 통해 본 새로운 주체성에 대한 고찰」, 『한국학논집』 제50집, 2013, 275-302쪽.

신형철, 「가능한 불가능-최근 '시와 정치' 논의에 부쳐」, 『창작과 비평』 2011년 여름호, 369-386쪽.

심보선, 「'천사-되기'에서 '무식한 시인-되기'로」, 『창작과 비평』 2011년 여름호, 248-269쪽.

이경재, 「2000년대 소설의 윤리와 정치」, 『창작과 비평』 2010년 겨울호, 65-82쪽.

_____, 「소년이 우리에게 오는 이유」, 『자음과 모음』 2014년 가을호, 328-343쪽.

이소연, 「사자의 길, 산 자의 몫」, 『21세기문학』 2014년 가을호, 254-265쪽.

이수형, 「자유라는 이름의 정치성」, 『문학과 사회』 2009년 가을호, 358-373쪽.

이장욱, 「시, 정치 그리고 성애학」, 『창작과 비평』 2009년 봄호, 294-314쪽.

진은영, 「감각적인 것의 분배」, 『창작과 비평』 2008년 겨울호, 67-84쪽.

차미령, 「소설과 정치 '소설은 무엇을 할 수 있는가'에 대한 단상」, 『문학동네』 2009년 봄호, 338-362쪽.

한기욱, 「문학의 새로움과 소설의 정치성」, 『창작과 비평』 2010년 가을호, 391-411쪽.

함돈균, 「잉여와 초과로 도래하는 시들-주체과정으로서의 시 그리고 정치」, 『창작과 비평』 2009년 겨울호, 38-56쪽.

황정아, 「묻혀버린 질문 : 윤리에 관한 비평과 외국이론 수용의 문제」, 『창작과 비평』 2009년 여름호, 100-120쪽.

_____, 「이방인, 법, 보편주의에 관한 물음─윤리담론 점검의 후속논의」, 『창작과 비평』 2009년 가을호, 76-94쪽.

_____, 「특집 : 맑스주의와 문학─21세기의 물음들─자끄 랑씨에르와 '문학의 정치'」, 『안과 밖』 31, 2011, 50-72쪽.

재난과 파국
─재앙의 내재성과 파국적 상상력

엽뢰뢰(이화여대 국문과 박사과정)
한혜진(이화여대 국문과 박사과정)
박혜원(이화여대 국문과 석사과정)
이현저(이화여대 국문과 석사과정)

1. 들어가며

2000년대 이후 한국문학에서 파국, 종말, 재난은 더 이상 낯설지 않다. 과거에는 강도는 높지만 또 그만큼 모호해서 먼 디스토피아의 묘사에나 어울릴 듯 해보였던 재앙, 파국, 종말 같은 단어들이 상당한 현실감을 갖게 된 지도 오래[1]이다. 세계가 끝날 수 있겠다거나 최소한 심각한 지경에 처했다고 진단할 근거를 누구라도 막힘없이 나열할 것이다.[2]

이렇게 도처에서 끊임없이 일어나는 '일상화된 재앙' 속에서 문학은 이제 '재난이 일어날까. 일어나지 않을까'를 묻지 않는다. 중요한 것은 도처에 널린 재난들을 '받아들이는 태도 혹은 윤리'의 문제일 것이다.[3] 크리샨 쿠마르(K. Kumar)는 오늘날의 재앙과 종말에 관련된 상상은 새로운 시

---

1) 황정아, 「재앙의 서사, 종말의 상상」, 『창작과 비평』 2012년 봄호, 292쪽.
2) 위의 글, 292쪽.
3) 정여울, 「구원 없는 세계에서 살아남기」, 『문학과 사회』 2010년 겨울호, 334쪽.

작에 대한 기대 없이 마지막에 관해 강박적으로 고민하는 묵시의 한 형 태4)라 지적한다. 하지만 문학에서 이런 종류의 묵시록적 상상은 재앙을 세계 바깥의 권위가 내리는 심판이나 자연적 기제가 빚어낸 우연이 아니라, 세계 자체에 깊숙이 내재하는 원리5)로 바라본다는 점에서 오히려 세상의 위기와 재앙을 직시하려는 긍정적인 태도로 해석될 여지가 있다. 즉, 문학의 파국적 상상력은 단순히 불길함을 자아내고 도무지 안심하고 편승할 수 없기에 깊어지는 불안과 혼란의 정서만을 상기시키는 것으로 끝내지 않는다. 그것은 이면의 심연까지 놓치지 않고 문명의 진면목을 성찰하려는 의지일 수 있다.6)

문학이 '메시아'처럼 구원을 향한 해결책을 제시할 수는 없다. 그러나 문학은 인류의 종말과 문명의 파국을 상상하고 묘사하면서 계속해서 자기 갱신을 시도7)하고 있다. 즉 '재난과 파국' 이후의 서사를 계속 이어나간다. 2000년대 이후 한국문학은 지배적 시스템의 바깥에 버려진 존재들의 시선을 통해 문명의 파국을 그려내고, 시스템 바깥에 버려진 존재에게만 허락되는 역설적인 희망의 노래를 부른다. 시스템조차 버린 존재들이야 말로 개별자의 자유의지라는 인간의 '마지막 희망'을 암시하는 존재가 되는 것이다.

종말의 상상력은 문명 자체에 대한 허무의식, 서사의 빈곤 등을 낳기도 했지만 점점 그 상상력 자체의 형질전환으로 더욱 다양한 문학 작품들이 창조되는 역설적 에너지가 되고 있다. 이 세계에서 가장 철저하게 버려진 자가 결국 가장 마지막에 남은 희망의 매개자가 된다는 아름다운 역설을

---

4) 크리샨 쿠마르, 「오늘날의 묵시, 천년왕국 그리고 유토피아」, 『종말론 : 최후의 날에 관한 12편의 에세이』, 이운경 역, 문학과지성사, 2011, 263쪽.
5) 황정아(2012), 앞의 글, 294쪽.
6) 위의 글, 293쪽.
7) 정여울(2010), 앞의 글, 345쪽.

말하고 있는 문학은 종말과 파국이 일어난 바로 다음 날을 상상하기를 멈추지 않을 것[8]이다.

이 글에서는 먼저 모호한 재앙과 존재론적 파국이라는 관점에서 이 시대의 재난과 파국의 양상을 살펴보게 될 것이다. 이어서 3장에서는 재난의 실재를 파악하기 위해 재난이 드러내는 이데올로기의 편집증적 구조를 분석하고 구조적 차원에서의 전환 방식을 논의하고자 한다. 4장에서는 일상화된 재난을 초점으로 재앙의 내재성과 역설적 주체의 가능성에 대해 고찰해 볼 것이다. 마지막으로 2010년대 한국 소설에서의 재난과 파국을 최인석의 소설 『연애, 하는 날』을 중심으로 살펴보고자 한다.

2. 위험사회와 정치적 시스템의 탈국가화

2008년 9월 15일, 미국 뉴욕은 또 한 번의 '블랙 먼데이(Black Monday)'가 찾아왔다. 서브프라임 사태로 인해 세계 5위의 투자은행 리먼 브라더스사가 한순간에 무너져 버렸다. 미국 역사상 가장 큰 기업의 파산이기에 전 세계를 충격에 빠지게 했고 이것을 시작으로 글로벌 경제 침체를 가져오게 했다. 리먼 브라더스가 파산한 데 이어 또 하나의 금융 공룡 AIG (American International Group)[9]도 파산의 문턱까지 이르렀다. 이것을 지켜본 사람들은 1929-1933년 사이에 있었던 '대공황(Great Depression)'의 기억이 떠오르지 않을 수 없다. 1945년 이후에 몇 차례의 심각한 경기침체 시기가 있었는데 사회 전반에 걸쳐 '불황(depression)'의 여파가 드리운 적은 많

---

8) 위의 글, 345쪽.
9) 세계 최대 보험회사. 2008년 9월 15일 미국 연방준비제도(Fed)의 구제금융으로 파산을 면함.

왔다. '소문자 d의 시대'가 바로 그 시기를 말하는 것이다.

미국에서 시작된 금융위기는 곧바로 전 세계 증권시장을 폭락으로 이끌었다. 금융위기는 곧바로 부동산, 자동차, 선박, 철강 등 제조업 전반의 침체를 가져왔고, 달러의 무분별한 발행은 유가와 곡물가의 급등을 가져오는 등 실물경제로 이전되면서 전 세계 민중들의 삶을 벼랑으로 내몰았다. 결국 정부라는 이름의 '보이는 손'이 뒤늦게나마 직접적인 개입에 나서고서야 비로소 어느 정도 진정 국면에 들어설 수 있었다. 하지만 금융위기를 거치면서 각국 정부가 맹목적으로 쏟아냈던 각종 위기 대책들이 또다시 새로운 위기의 씨앗으로 탈바꿈할 여지도 크고 경기 회복의 방법을 둘러싸고 각각 정부가 벌이고 있는 '환율 전쟁' 역시 세계경제를 한순간에 다시금 추락으로 몰고 갈 기폭제로 돌변할지도 모른다.[10] 자본주의 경제는 경기의 확장국면과 수축국면이 되풀이는 순환 주기를 그리며 움직여 왔다. 미국 뉴욕대 교수 누리엘 루비니가 이 무렵 발표한 글[11]은 당시의 세계 경제가 디플레이션(Deflation)과 부채 디플레이션(Debt-Deflation), 디폴트(Default) 등으로 이어지는 '악성 대문자 D'의 바이러스로 순식간에 전환할 수 있음을 경고해 주고 있다.

2011년 3월 11일 오후, 일본에서는 규모 8.9의 강진과 함께 최고 10미터 높이에 달하는 대형 쓰나미가 발생했다. 대지진과 쓰나미는 일본 동북부를 휩쓸며 지금까지 모두 천여 명이 숨지거나 실종된 것으로 전해졌다. 가장 끔찍한 것은 후쿠시마 제1원자력발전소에서 발생한 사고였는데, 발전소가 침수되어 전원 및 냉각 시스템이 파손되면서 핵연료 용융과 수소 폭발로 이어져 다량의 방사성 물질이 누출되었다. 방사성 물질 누출로 인

---

10) 최우성, 「'경제적 파국' 담론에 대한 비판적 읽기-2007~2008년 금융위기를 중심으로」, 『문학과 사회』 2010년 겨울호, 304-305쪽.

11) Nouriel Roubini, 'The Deadly Dirty D-Words', www.roubini.com (2008.11.21)

하여 후쿠시마 제1원전 부지 내의 토양에서 핵무기 원료인 플루토늄까지 검출되었고 원전 주변에서는 다양한 방사성 물질이 검출되었는데, 이는 핵 연료봉 내 우라늄이 핵분열을 일으킬 때 생기는 핵분열 생성물들이기도 하다. 이제는 도시와 도시, 지방과 지방, 나라와 나라의 경계를 넘어서 날아오는 방사성 물질에 대한 두려움으로 대체되기에 이른다.[12] 가와카미 히로미는 1993년에 쓴 「신령님」이라는 단편 소설을 개작한 「신령님2011」을 2011년 6월에 발표했다. '토양 오염', '방호복', '방진 마스크', '허리까지 올라오는 장화', '피폭량' 같은 어휘들이 그리는 것은 바로 2011년 3월 이후 일본의 현실이다. '그 날' 혹은 '그 일'이라는 표현으로조차 지칭하지 않고 3월 11일의 사건과 관련된 무언가를 암시하는 소설들도 많다. 3월 11일 이후 일본에서 쓰인 소설은 모두 어느 정도는 재난 이후의 문학일 수밖에 없었다.[13]

2014년 4월 16일, 한국 인천을 출발해 제주로 가던 여객선 세월호가 전남 진도군 인근 바다에서 침몰했다. 수학여행을 가던 안산 단원고 학생을 비롯해 탑승객 476명 가운데 295명이 사망했다. 안타까운 일은 세월호의 승객들을 구조하는 과정에서 해경으로 대표되는 국가기관이 실상 아무것도 못했다는 사실이다. 때문에 세월호 사건은 '비극'이 아니라 '참사'라 명명함이 정당할 것이다.[14] '세월호' 참사라는 표현에는 이 사건이 남긴 상태나 상황, 또는 그 사건에 덧붙어서 발생한 일들이 침몰 사고 그 자체만큼이나 충격적이라는 문제의식이 배어 있다. 이는 세월호가 완전히 침몰해버린 이후에도 계속 진행 중인 사태들까지 포괄하고 있다는 점에서 위기와 그것의 정상적인 작용의 일부인 여파(aftermath)가 구별 불가능

---

12) 심정명, 「죽음 속의 삶, 재난 후의 문학」, 『세계의 문학』 2014년 봄호, 310쪽.
13) 위의 글, 315-323쪽.
14) 정용택, 「정세적 조건에 의해 강제된 개입의 시간 : 세월호 참사의 역사적 현재성에 관하여」, 『문학과 사회』 2010년 겨울호, 185쪽.

해진 상황을 시사한다.

2008년 국민권익위원회는 연안여객선 해난 사고 대부분은 선원의 탓이라며 선령 규제완화로 안전과 관련한 위험은 발생하지 않는다고 국무회의에 보고했다. 이에 따라 2009년 대한민국 해운법 시행규칙이 개정되었다. 이때 여객선 운용 시한이 진수일로부터 20년에서 30년으로 늘어났다. 세월호의 소속 선박사였던 청해진해운은 덕분에 일본에서 운용 시한 상폐선에 가까운 18년 된 세월호를 사들여 운항할 수 있었다. 이처럼 침몰의 근본적인 배경을 정부의 규제완화에서 찾게 될 때 '신자유주의'의 문제를 논의하게 되는 것은 불가피하다. 뿐만 아니라 공공부문의 민영화, 노동시장의 유연화 역시 신자유주의 체제와 관련하여 세월호 침몰의 근본적인 배경으로 자주 거론되고 있다.15) 이번 세월호 사건에 있어서는 선박의 안전성을 검사하는 일에서부터 침몰 이후 승객들을 구조하는 일에 이르기까지, 국가는 거의 모든 일을 민간단체에 위임하고 있었던 셈이다. 거시적인 맥락에서 본다면 '정치적 시스템의 탈국가화(destatization of the political system)16)경향의 일반적인 단면이라 할 수 있다.

찰스 페로(Charles Perrow)는 시스템의 속성에 따라 불가피하게 발생하는 사고를 '정상 사고(normal accidents)라고 부르는데, 이 개념에는 현대 자본주의세계의 시스템적 속성상 예상치 못한 다발적 장애의 상호작용이 불가피하며 따라서 대형 사고가 발생하는 것이 오히려 '정상적'이라는 뜻이 담겨 있다. 페로의 용어를 빌리면, 세월호 참사는 현대사회의 '뉴 노멀(new normal)'을 형성하는 '정상적인 사건'이다.17) 그럼 이러한 불의한 재난들이

---

15) 위의 글, 189쪽.

16) Bob Jessop, "Globalization and the National State", Paradigm Lost : State Theory Reconsidered, Stanley Arono witz and Peter Bratsis,(eds.), Minneapolis : University of Minnesota Press, 2002, p.207.

17) 위의 글, 200쪽.

무방비로 일어나는 이유도 결국은 타락한 금전의 신 '맘몬'을 추구하는
자본주의 시스템의 동물적인 본성에서 온 것이 아닌가?18)

3. 재난의 실재와 구조적 전환

3.1. 재난이 드러내는 이데올로기의 편집증적 구조

자끄 알랭 밀러(Jacques-Alain Mille)는 2008년의 금융 붕괴에 대해 말하며,
위기란 '믿음(신뢰)에 대한 위기'19)라고 말한다. 이 말은 현대 사회에 있어
서 위기의 양상을 잘 드러낸다. 가령 경제의 경우, 시장은 사실상 믿음에
(심지어 다른 사람들의 믿음에 관한 믿음에) 기초하고 있어서, 어떤 정책을 시행
할 때 '시장이 어떻게 반응할지' 언론이 걱정하는 것은 비단 그 정책의
실제적 결과에 대한 것만이 아니다. 그것은 그 정책에 대한 시장의 믿음
에 대한 것이다. 가령 어떤 금융 정책이 잘못된 방향으로 시행되었다 하
더라도 그것이 성공할 수 있는 이유는 여기에 있다.20)

재난들은 우리가 살아가는 현실에 대한 믿음에 균열을 내며 자연으로
받아들였던 체제를 낯설고 인위적인 것으로 인식하도록 만든다. 따라서
재난은 이데올로기의 편집증적 구조를 드러내는데, 슬라보예 지젝(Slavoj
Žižek)은 이 구조에 대한 대응으로 『시차적 관점』의 결론에서 바틀비를 인
용해 "나는 그렇게 하지 않는 것을 선호합니다.(I would prefer not to)"21)라

---

18) 이소연, 「폐허에서 온 고지(告知) : 4·16 이후, 길 없는 길 위에서 읽은 글들」, 『문학과
   사회』 2010년 겨울호, 164쪽.
19) Jacques-Alain Miller, "The financial Crisis." 온라인으로 http://www.lacan.com에서 볼 수
   있음.
20) 슬라보예 지젝, 『처음에는 비극으로 다음에는 희극으로』, 김성호 역, 창비, 2010, 26쪽.
21) 슬라보예 지젝, 『시차적 관점』, 김서영 역, 마티, 2009, 746쪽.

고 답한다. 김서영[22]은 지젝의 이 주장의 전복적 기능과 그 실천적 가능
성을 이해하기 위해 정신분석 임상의 차원과 사회 이론으로 확장된 정신
분석 이론의 차원을 살펴본다. 지젝의 이 주장은 편집증에 대한 정신분
석적 해석에서 한 단계 진화한 설명이기 때문에, 이를 이해하기 위해 먼
저 정신분석 속에서의 편집증 사례들과 그 분석을 살펴보아야 하기 때문
이다.

프로이트(Sigmund Freud)는 영혼 살해를 주장한 슈레버를 진단하면서, 이
정신병을 한 인간에게 일어난 '재난'이라고 부른다. 프로이트에 의하면
폐허가 된 정신 속에서 어떻게든 세상과 유사한 구조를 만들어내려는 노
력이 환자의 편집증이다. 그것은 어떤 서사를 통해 아무것도 없는 곳에
무엇인가를 지어내려는 노력이다.[23] 프로이트는 슈레버의 증상에 대해 아
버지에 대한 동성애적 사랑을 중심으로 분석했고, 모턴 샤츠만은 슈레버
가 아버지에게 당한 학대를 고발하며 영혼 살해범을 밝혀냈는데, 두 학자
모두 슈레버의 회복에 대한 노력이나 재난의 극복보다는 한 인간에게 초
래된 파국적 결말을 진실이라는 이름으로 고착화하는 데 그쳤다. 라캉(J.
Lacan)의 경우, 마르그리트 팡텐느와 파팽 자매를 분석하면서 이들의 재난
을 그저 파국으로 결말짓는 모습을 보인다. 라캉의 해석은 파팽 자매가
출소한 이후에 나타난 회복을 담고 있지 못하다는 점에서 재난을 자의적
인 파국적 상상력으로 재단한 것에 그친다.

이와는 다른 양상을 보여주는 것이 루디 브레머가 해석한 미켈란젤로
의 <모세상>인데, 브레머는 <모세상>을 보며 재난의 순간이 지나간 후
관계의 회복과 새로운 법이 정립되는 순간을 끌어냈다. 이것은 프로이트
의 해석과는 상이한데, 프로이트는 이 그림을 보며 재난의 순간 이전으로

---

22) 김서영, 「재난과 회복을 변주하는 정신분석학의 해석학」, 『문학과 사회』 2009년 가을호.
23) 위의 글, 321쪽.

해석하여 재난을 부정하고 취소해 버렸다. 반면 브레머는 재난의 순간을 지나 회복의 순간과 그 노력을 포착했다.

이처럼 정신분석학에서는 해석의 전환을 통해 재난에서 회복의 가능성을 끌어낼 수 있지만, 이데올로기의 편집증적 구조는 그 내부의 어떤 해석도 자신의 구조 속으로 동화시킨다. 예를 들어 기 쏘르망(Guy Sorman)은 복지국가에 대한 지지를 이유로 자신을 공산주의자라고 비난했던 일을 자랑스럽게 언급하며 "필요불가결한 최소한도의 사회보장이 존재한다면 사람들은 자본주의적 모험을 수용할 것"이라고 말한다. 지젝은 이에 대해 "이보다 더 명확한 말로 이데올로기의 기능이 묘사된 적이 없다"[24]고 말하며, 이데올로기는 그 어떤 진지한 비판에서도 기존 체제를 방어하며 그것을 인간 본성의 직접적 표현으로서 정당화한다고 이야기한다. 같은 맥락에서 금융위기로 인해 '사회적으로 책임 있는' 생태자본주의의 출현이 예상되며, 자본주의는 시장과 사회적 책임이 결합된 형태로 변화할 거라는 접근법이 나오고 있다. 이것의 맹점은, 자본주의의 근본적인 이데올로기적 장치는 자본주의의 문제가 더욱 새롭고 인간적인 관점에 의해 자율적으로 극복될 수 있는 척 하면서도, 정작 자본주의의 구조는 손상되지 않게 놓아둔다는 것이다.[25]

3.2. 구조적 전환과 거절/게스투스/비폭력

그러므로 체제 내에서 다양한 해석을 통해 구조 내적 변화를 꾀하는 것은 충분하지 않다. 중요한 것은 구조 자체를 뒤바꾸는 것, 이데올로기의 편집증적 전략 자체가 드러나게 하는 것이다. 지젝은 이러한 것을 가능하

---

24) 슬라보예 지젝(2010), 앞의 책, 57쪽.
25) 위의 책, 73쪽.

게 하는 것이 '거절(Versagung)'[26]이라고 말한다. 이것은 이데올로기의 구조로부터 물러나는, 능동적인 수동성의 행위이다. 편집증적 구조 속에서의 모든 능동적 행위는 이미 이데올로기에 기여하는 것이기 때문에, 바디우에 의하면 "제국에 의해 이미 존재한다고 인식된 것을 가시적으로 만들기 위해 노력하는 형식적 방법들을 개발하는 데 기여하기보다는 아무것도 하지 않는 편이 더 낫다."[27] 지젝은 오늘날의 위협은 수동성이 아니라 행동의 과잉으로, 능동적이고 참여적이 되려는 충동이며 그 궁극적인 기능은 체계가 더욱 부드럽게 가동되도록 만드는 것이라고 비판한다. 이런 저항의 딜레마를 극복하기 위해 적극적인 무위의 일환으로 바틀비는 "나는 그렇게 하지 않는 것을 선호합니다.(I would prefer not to)"라고 말한 것이다. 이 문장은 "나는 그렇게 하고 싶지 않아요.(I would not prefer to)"처럼 동사를 부정하는 것이 아니라, '하지 않겠다(not to)'는 행위를 강하게 긍정한다.[28] 이런 부정의 긍정은 바디우의 말처럼 기존의 체계에 봉사하게 되는 모든 형태의 저항으로부터 물러서는 것이다. 지젝은 라캉의 해석을 언급하면서, 이 거절의 개념을 폴 클로델(Paul Claudel)의 희곡 『인질』과 관련지어 설명한다.[29] 여주인공 시뉴는 자신이 혐오하는 남편의 목숨을 구하기 위하여 남편 대신 총에 맞는다. 남편 튀를뤼르는 죽어가는 시뉴에게 그녀의 행동에 어떤 의미를 부여할 것을(부부에 대한 숭고한 의무를 다한 것이나 가문의 명예를 지키는 것 등) 간청한다. 그러나 죽어가는 시뉴는 단 한마디도 하지 않고, 얼굴을 반복적으로 일그러뜨리는 틱의 형태로 "아니(No)"라고 거절한다. 시뉴의 거절은 특정 내용에 대한 거절이 아니라, 거절 그 자체

---

26) 슬라보예 지젝(2009), 앞의 책, 169쪽.

27) Alain Badiou, "Fifteen Theses on Contemporary Art," http://www.lacan.com/frameXXIII7. html 에서 볼 수 있다.

28) 정진만, 「"아 바틀비여! 아 인간이여!" : 허먼 멜빌의 「필경사 바틀비」에 나타나는 부정성」, 『비평과 이론』 vol.17 no.1, 2012, 12쪽.

29) 슬라보예 지젝(2009), 앞의 책, 167쪽.

로서 거절의 형식 자체가 전체 내용이다.[30] 즉 자신의 희생적 행위를 기존의 이데올로기적 상징계에 각인하는 것에 대한 거절인 것이다.[31]

지젝의 '거절'에 대당하는 벤야민(Walter Benjamin)의 제안은 '게스투스(Gestus)'이다. 게스투스는 벤야민이 브레히트(Brecht Bertolt)가 사용한 '게스테(Geste)'의 사회학적인 의미를 명확히 하기 위해서 사용한 것이다.[32] '게스테'는 몸짓, 제스쳐(gesture)로 번역되며, 말로 표현될 수 없는 신체동작, 얼굴표정, 어조처럼 감각적으로 지각될 수 있는 현상을 가리킨다. 게스투스는 이보다 더 추상적이고 복합적인 의미로, 일정한 사회적 관계 속에서 사람들이 취하는 게스테들을 총칭하거나 한 시대의 구성원들 간의 사회적 관계를 표현하는 몸짓 및 표정술이다. 예를 들어 브레히트에 의하면, "쫓기는 개와도 같은 사람의 눈초리는 어떤 사회적 요인이 한 인간을 동물적 수준으로 전락시킬 수 있는가를 보여주는 한에서 사회학적 게스투스가 될 수 있다."[33] 벤야민은 브레히트의 서사극을 통일된 플롯으로 보는 것이 아니라 자율적인 게스테들의 집합으로 보면서, 게스테의 기능을 '정지 속의 변증법'이라고 말한다. 정지 속의 변증법이란 사고의 흐름이 갑자기 중단되는 것을 가리키는데, 벤야민은 이러한 순간성을 변증법적 인식의 주된 순간으로 본다. 벤야민의 변증법이란 "경직된 사고를 용해시키고 이러한 용해작업을 기존의 이데올로기에 대항하여 관철시킬 수 있도록 하는 사유방법론, 혹은 일련의 지적 방법론"[34]이다. 벤야민은 이 게스투스를 카프카 산문에도 적용시켜 해석하는데, 브레히트가 연극 무대에서 배우의 연기를 통해 직접적으로 게스투스를 표현하는 것에 비해 카프

---

30) 위의 책, 171쪽.
31) 위의 책, 170쪽.
32) 윤미애, 「발터 벤야민의 후기비평-브레히트와 카프카의 교차로에서」, 『카프카 연구』 vol.6 no.1, 1998, 399쪽.
33) 위의 글, 400쪽.
34) 위의 글, 402쪽.

카의 산문에는 언어를 통해 게스투스가 드러난다. 벤야민은 이것을 "동물적 게스투스"라고 부르는데, 동물적 게스투스란 카프카의 산문에 종종 등장하는 동물들의 동작에만 해당되는 것이 아니라 인간의 육체성과 관련한 본능적 측면에 해당되는 동작을 포함한다. 예를 들어 카프카의 「성」에 나오는 주인공 K는 아무 의미 없는 과장된 손동작을 행하는데, 이 동작은 다른 무엇을 가리키는 기호의 역할을 하지 못하고 단지 자기 자신을 의미할 뿐이다. 이런 동물적 게스투스들은 벤야민에게 문명사회에서 밀려난 동물적이고 본능적인 무의식을 드러낸다. 동물적 게스투스는 근대철학의 진보논리와 주체개념에 포섭될 수 없는 경험을 나타내는 매체인 것이다. 김서영에 의하면, 벤야민은 카프카가 제시하는 모든 게스투스들이 세상을 벗어나 하늘을 찢어 열어젖힌다고 해석한다.[35]

지젝의 '거절'과 벤야민의 '게스투스'과 같은 맥락에서, 주디스 버틀러(Judith Butler)는 '비폭력'을 제안한다. 버틀러가 말하는 비폭력이란 단순히 폭력을 사용하지 않는 것이 아니다. 비폭력은 애도할 만한 생명과 그럴 가치가 없는 생명을 구분하는 틀을 인식하게 하는 장치이다.[36] 국가 폭력이 주권적 주체를 설명할 때 이 서사에서 밀려난 특정한 타자들의 생명은 보호받아야 하는 것으로 여겨지지 않는다. 이 타자들에게 가하는 폭력은 악한 것으로 간주되지 않으며 오히려 정당하고 합리적인 것으로 둔갑한다. 이런 틀에 대한 비판적인 개입을 요구하는 것이 비폭력이다. 이러한 비폭력은 딱히 어떤 덕목도, 입장도, 보편적으로 적용할만한 원칙도 아니다. 비폭력이 보편적으로 지켜야 할 규범이 될 때, 집단적 에토스는 보편의 이름으로 특수를 제거하는 또 다른 폭력을 낳을 수 있기 때문이다. 버틀러가 고민하는 것은 비폭력이 하나의 보편 원칙이 되지 않으면서 폭력

---

35) 김서영(2009), 앞의 글, 328쪽.
36) 위의 글, 329쪽.

에 저항하고 기존 질서를 끊임없이 의문시하는 방식에 있다. 즉 그것은 어떤 사람을 사람으로 간주하거나 간주하지 않고, 어떤 슬픔을 슬픔으로 인정하지 않는 규범의 강제적인 행위를 마치 없는 것처럼 묵인하고 침묵시키는 틀을 문제시할 수 있는 분석이다.[37)]

거절/게스투스/비폭력은 우리를 이데올로기의 구조 속에 갇히지 않게 하며 그것의 편집증적인 구조를 바라볼 수 있게 하는 장치이다. 이렇게 내용적 차원이 아닌 구조의 차원에서 우리의 현실에 일어나는 재난과 파국을 바라볼 때, 재난과 파국은 이데올로기의 서사 속으로 동화되지 않고 틀을 무너뜨리는 균열을 발생시킬 수 있다.

4. 재앙의 내재성과 역설적 생산성

4.1. 재난의 일상화와 존재론적 파국

재난, 종말, 파국이 문학에서 더 이상 특별하지 않은 것은 우리의 일상 속에서 매일마다 전 방위적으로 일어나기 때문이다. 현대인들은 일종의 '파국의 매너리즘'을 경험하고 있으며 전 지구적 일상이 되어버린 파국을 묘사하는 문학 생태계는 진화를 거듭하는 중이다. 2000년대 후반 이후 꾸준히 재생산되고 있는 한국형 재난 소설은 어떤 자본과 문명의 도움도 받지 못하는 '벌거벗은 인간'의 '일상적 재난'을 그리고 있다.[38)] 환상과 현실의 경계 위에 있으면서도 더욱 '현실' 쪽으로 기울어진 소설 속 인물들의 재난은 '지금 바로 당신이 서 있는 곳이 재난의 핵심 장소다'라는 암

---

37) 조현준, 「주디스 버틀러의 정치윤리학 : 근본적 상호 의존성과 윤리 폭력에 대한 비판」, 『人文學硏究』 vol.24, 2013, 43쪽.

38) 정여울(2010), 앞의 글, 336쪽.

울한 메세지를 던져준다.[39] 이렇듯 인류의 대재앙을 그려내는 디스토피아[40] 소설의 특징은 파국의 다면성과 파국을 바라보는 시선의 다양성 자체를 끌어안는 것이다. 즉 특정 재난을 모델로 하기보다는 재난을 일종의 알레고리로 추상화시키는 '파국의 알레고리화'[41]를 모색하는 것이다.

재난은 이제 우리 삶에 자리한 대단히 이질적이면서도 견고한 중핵이 되며, '일상의 면역력'[42]이란 재난에 적응하는 삶의 끈질긴 복원 능력이 아니라 재난에 대한 감각과 상상을 잃어버리는 만큼 증가하는 무감각과 기억상실에 가깝다. 여기에서 발견되는 것은 인간이야말로 파국의 진정한 근원이라는 사실이다.

마르틴 하이데거(Martin Heidegger)는 '파국(Katastrophe)'을 둘로 구분한다. 첫째는 '존재적(ontic) 파국'으로, 이것은 히로시마와 나가사키에 투하된 핵폭탄과 같은 문명이나 지진, 쓰나미, 화산 폭발과 같은 자연재해로부터 비롯된 것이다. 둘째는 '존재론적(ontologica) 파국'으로, 지속 가능한 성장이라는 구호를 통해 핵을 인간의 행복을 위해 안전하게 관리할 수 있다는 식의 인간의 신념과 의지 그 자체에서 비롯된 것이다. 존재론적 파국이 존재적 파국보다 본질적이며 진정한 파국이라는 것이 하이데거의 입장이며, "존재자 내부에서 인간은 유일한 재앙"[43]이 된다.

재앙과 파국의 '내재성'에 관한 직관과 통찰은 한국소설에서 하나의 계

---

39) 위의 글, 337쪽.
40) 우리에게는 아직 완전한 파국만큼이나 완전한 유토피아를 상상하는 작품이 없다. 다만 약간의 유토피아적 흔적과 상당량의 파국적 제스처를 내재한 디스토피아 서사나 묵시록을 취급할 수 있을 뿐이다. (복도훈, 「세계의 끝, 끝의 서사 : 최근 한국소설의 재난의 상상력과 그 불판」, 『자음과 모음』 2011년 가을호, 406~407쪽.)
41) 최수철, 김경욱, 김현영, 강영숙, 황정은, 배명훈, 김성중 등은 각각 집단 자살, 아파트 철거, 살처분, 매장, 동물 유기(遺棄), 전쟁, 테러, 휴거 등 각양각색의 재난을 서사화하는 작품들을 장편과 단편의 형태로 발표했다. (위의 글, 400쪽.)
42) 위의 글, 417~418쪽.
43) 마르틴 하이데거, 『횔더린의 송가 <이스터>』, 최상욱 역, 동문선, 2005, 121쪽, 위의 글, 418쪽에서 재인용.

열을 형성한 주제라고 할 만하다.[44] 오늘날 재앙과 종말에 관련된 상상은 포스트모더니즘적인 것으로 '새로운 시작에 대한 기대 없이 마지막에 관해 강박적으로 고민하는 묵시의 한 형태'[45]이다. 대개 재앙을 일으키고 종말을 재촉하는 것은 바로 세계 자체에 깊숙이 내재하는 원리이기 때문에, 이러한 종류의 묵시는 세상의 위기와 재앙을 직시하려는 태도로 해석이 가능하다. 재앙을 다룬 이야기에 구현된 내재성이란 우리가 살아가는 세계의 작동원리가 곧 재앙을 함축한다는 의미이자 동시에 주어진 사태에서 벗어날 수 없다는 것을 가리킨다.

소설에 재앙이 등장할 때, 즉 재앙이 어떤 인간의 삶에 영향을 미칠 때 재난[46]은 서사가 되며 이 과정에서 중요한 것은 그것을 맞이하는 '개인'의 종말이다. 재앙이 던져진 이후 그 재앙이 '나'의 종말을 가지고 오는가의 여부가 재앙이 서사화되는 기본 틀이며 묵시록과 구분되는 지점이다. 묵시록이 종교적 믿음에서 비롯된 서사 양식이라면 종말과 끝에 할애된 오래된 서사 용어는 바로 파국이다. 파국의 서사는 유토피아의 현현이나 희망이 아닌 재난 그 자체와 직면할 수밖에 없는 인물을 그림으로써 개체의 종말, 즉 '인물'의 종말을 주목한다. 파국이라는 용어를 문학적으로 끌어들인 사람은 바로 아리스토텔레스(Aristoteles)인데, 그는 우리가 연민하고 동정하는 주인공이 바라는 대로의 결말에 이르지 못하는 것을 파국이라 불렀다. 파국이란 곧 서사의 주체, 주인공이 원치 않았던 '결말'에 가닿는

---

44) 황정아(2012), 앞의 글, 294쪽.
45) 크리샨 쿠마르, 맬컴 볼 엮음, 「오늘날의 묵시, 천년왕국 그리고 유토피아」, 『종말론 : 최후의 날에 관한 12편의 에세이』, 이운경 역, 문학과지성사, 2011, 263쪽, 황정아, 위의 글, 294쪽에서 재인용.
46) 어원으로 살펴보면 '재난'은 재앙과 유사한 의미이지만 뜻밖에 일어난 재앙의 고난을 포함하고 있다. 재앙이 인간에게 다가올 때, 그래서 그 재앙이 어떤 식으로든 인간의 삶에 영향을 미칠 때 우리는 그것을 재난이라고 부른다. (강유정, 「재난 서사의 마스터플롯」, 『세계의 문학』 2014년 봄호, 295쪽.)

결말[47]인 것이다. 재앙은 주인공에게 영향을 미치는 한에서 파국이 될 수 있으며 이를 일컬어 '재난 서사'[48]라 부를 수 있다. 재난 서사는 우리가 살아가고 있는 이 세상에 대한 공포를 반영하며, 재난을 상상하지 않고는 불안을 견딜 수 없는 강박증 시대의 마스터플롯이라고 할 수 있다. 재난은 결국 우리가 표현하거나 상상할 수 없는 어떤 것이 존재한다는 사실을 알려주며, 재난 서사는 그 표현할 수 없음을 표현함으로써 이 불가해한 시대의 구조를 드러낸다. 우리가 존재적 파국과 존재론적 파국을 외면하고 있을 때 작가들은 서사적 파국으로 그 재난을 마주하는 것이다.

'재난의 상상력'에 대한 가장 강력한 비판적 사고를 제시한 사람 중 하나로 알랭 바디우(Alain Badiou)를 언급할 수 있다. 그는 소련의 붕괴를 '모호한 재앙'이라고 지칭한 바 있는데, 그가 말하는 모호한 재앙이란 '정치의 소멸'이라는 오랫동안 지속되어 온 위기를 의미하여 그에 비춰볼 때 현실 사회주의의 몰락 자체가 특별한 사건이나 위기라고 말할 수 없다.[49] 여기에서 '모호한 재앙'을 '일상의 재난'이라고 바꿔볼 수 있으며, 이는 집단적인 정치 참여의 수단과 형식이 부재한 채 지속되는 지리멸렬한 일상 자체가 모호한 재난이라고 할 수 있기 때문이다.

재난 서사는 알랭 바디우가 명명한 '모호한 재앙(일상의 재난)'을 극적으로 부각시키는 동시에 그것을 은폐하는 이중의 역할을 하는 이데올로기적 구성물이다.[50] 어떤 거대한 파국을 상상하는 것이 아니라 일상의 비참

---

47) 위의 글, 297쪽.

48) 재난 서사란 현실에서 재현되지 '못한' 어떤 정치적 에너지나 유토피아적 상상력이 전치되고 응축된 결과로서 성립된 텍스트이다. 프레드릭 제임슨이나 테리 이글턴 등의 급진적 비평가들이 이 계열에 속한다고 할 수 있다. 슬라보예 지젝 역시 이 관점에서 '왜 사회·경제적 기본 질서를 바꾸는 것보다 전 지구적 재난을 상상하는 것이 더 쉬운 것인지'에 대한 비판적인 질문을 제시한 바 있다. 어떻게 보면 재난 서사란 명확한 대안이나 강령이 부재한 상황에서도 여전히 존속하는 정치적·사회적 상황의 변화에 대한 열망을 드러내는 '징후'이다. (박가분, 「재난의 상상력」, 『세계의 문학』 2014년 봄호, 284쪽.)

49) 알랭 바디우, 『모호한 재앙에 대하여 : 법, 국가, 정치』, 박영기 역, 논밭, 8-12쪽 참조.

과 재난을 공유하는 것이 중요한 것이라면 그러한 태도 변경이 일어나는 것 그 자체가 하나의 정치적 사건이 될 수 있다. 많은 사람들이 새로운 정치적 상상력이라는 것을 추구하고 있지만 그것이 정말 새롭기 위해서는 기존의 '파국에 대한 상상력'과 달라야 한다. 실제로 인간을 변화시키는 것은 앞으로 우리 삶이 얼마나 '더 나빠질지'에 대한 상상에서 비롯된 희망이 아닌, 전혀 다른 종류의 희망일 것이다.

4.2. 비·인간과 정치적 주체

지젝에 의하면, 부정의 세계에 만연한 재난은 불가능성의 가능성에서 희망을 찾는 역설의 운동으로 발걸음을 떼도록 이야기꾼들의 상상력을 몰아붙인다.[51] 이들의 작품들에서는 세계에서 가장 철저하게 버려진 자가 결국 가장 마지막에 남는 희망의 매개자가 된다는 아름다운 역설을 보게 된다. 우리에게 아직 '다른' 미래가 있다고 상상하는 것 자체가 혁명이 될 수 있다는 가능성을 제시하는 것이다. 극소수 지배계급의 영토 바깥으로 사람들을 밀어내 몫 없는 자들로 전락시키는 신자유주의의 패러다임을 폐기하는 일, 그 텅 빈 자리로 흔적 없이 물러나는 일, 혹은 그러한 버려짐은 '긍정적인 차원에서 우리의 자유를 위한 공간으로 경험한다는 것'[52]과 다르지 않을 것이다.

일상의 재난이 범람하는 시대에 틈을 만드는 방식을 사유함에 있어서, 바디우는 우리가 살아온 지난 '세기'를 '실재에 대한 열정'[53]으로 인한

---

50) 박가분(2014), 앞의 글, 288쪽.
51) 이소연(2010), 앞의 글, 171쪽.
52) 슬라보예 지젝, 『헤겔 레스토랑』, 조형준 역, 새물결, 2013, 847쪽.
53) '실재에 대한 열정'이란 불가능한 실재의 전취를 위해 지속적으로 실재를 드러내고 추구하는 사유의 노력들을 지칭한다. 20세기의 사유 곳곳에서 이 실재에 대한 열정을 발견할 수 있다. 실재는 유사물을 통해, 그 유사물이 표시하는 간격을 통해 표시된다고 할 때, 유

폭력,[54] 파괴의 시대로 규정하면서 이로부터 '벗어나는' 사유를 권면한다.[55] 일반적으로 정신분석학에서 이야기되는 실재는 상징계의 '너머'에 존재하는, "너무 가까이 가서는 안 되는 불가해한/불가능한 견고한 중핵"[56]으로 이해된다. 이러한 실재를 체험하기 위해서는 그것을 은폐하고 있는 상징계의 질서와 상상계의 영상들을 '파괴'하는 극단적인 폭력의 행사가 불가피하다. 그것이 바로 '실재에 대한 열망'에 기초하고 있던 지난 세기의 미학적, 정치적 아방가르드의 중요한 파토스였던 것이다.[57]

바디우에 따르면 한 시대를 증언하는 '주체'의 탄생은 현실 속에서 소진된 무엇, 현실로 다시 소환할 수 없는 공백으로서 출현하는 어떤 형상으로 출현할 가능성이 크기 때문에 기존 질서의 측면에서 보면 그것은 철저한 실패와 다르지 않다. 이와 관련하여 칸트(Immanuel Kant)가 말한 '무한판단'의 진술에서는 부정이 외부에서 부과되는 '부정판단'과 달리, 부정이 존재 안으로, 즉 존재 자체의 특성으로 기입됨으로써 근본적인 변화를 일으킨다. 무한판단은 부정적인 내용을 담고 있다는 점에서는 부정판단과 유사하지만 형식적으로는 엄연한 긍정으로 정립된다. '그는 인간이 아니

사물은 실재가 아니면서 동시에 실재를 담보하고 있는 실재의 재현이 된다. 유사물이 실재의 재현으로 나타난다면, 실재의 문제는 재현을 문제 삼는 예술과 정치의 영역에서 드러날 수밖에 없다. 그렇게 20세기의 예술과 정치는 '실재'를 향한 열정에 지배당한다. (서용순, 「'실재에의 열정'과 20세기의 주체성 : 20세기의 예술과 정치에 대한 바디우의 철학적 사유」, 『비평과 이론』 Vol.16, 2011, 115쪽.)

54) 이데올로기의 개념은 중심에서 벗어난 실재, 파악되지 않고 갈피를 잡을 수 없는 실재에 대한 애매한 의식이 갖는 변장의 힘을 가리킨다. 이데올로기는 사회적 관계의 원초적 폭력(착취, 압제, 불평등한 파렴치)에 가면을 씌우는 재현의 형상을 무대에 올린다. 실재의 절대적 폭력은 오로지 설득당하기로 미리 결심한 사람들만을 설득하기 쉬운 (허구적) 재현을 경유해야 하는 것으로 보인다. (알랭 바디우, 『세기』, 박정태 역, 이학사, 2014, 96-103쪽 참조.)

55) 이소연(2010), 앞의 글, 173쪽.

56) 슬라보예 지젝, 『그들은 자기가 하는 일을 알지 못하나이다』, 박정수 역, 인간사랑, 2004, 138쪽.

57) 김홍중, 「행복의 예술, 그 희미한 메시아적 힘」, 『문학동네』 2009년 봄호, 323쪽.

다'와 '그는 비인간이다'라는 진술도 이와 같은 맥락에서 차이를 보이며, 부정판단에 의해 부정되던 대상 '인간'은 부정의 내면화, 즉 부정의 부정을 통해 '비-인간(inhuman)'이라는 새로운 존재로 거듭나게 되는 것이다. 이로써 실패가 시작으로 전화하는 변증법적 과정이 형성된다.

이러한 부정성에 대한 부정으로서의 '비인간'은 기존의 질서와 인식 체계에 포획되지 않는 텅 빈 구멍들로서 일찌감치 다른 길을 걷는다. 이들은 재난이 만연한 현실을 전면적으로 부정하고 철저한 실패를 중심으로 응결된 주체로서 '단번에' 죽는 것이 아니라 여러 번, 아직 오지 않은 파국의 미래의 나날 속에서 반복해서 죽을 가능성을 염두에 두는 주체이다.58)

한나 아렌트(Hannah Arendt)가 지적한 '악의 평범성'59)이라는 테마처럼, 재난이나 파국은 시스템 전체를 좌지우지하는 소수의 독점적 권력에 전적인 책임이 있는 것이 아니라 그 시스템에 무비판적으로 순응하는 '평범한 인간'의 행위와 욕망 자체일지도 모른다. 누구나 자신도 모르는 사이에 '파국의 주체'가 될 수도 있는 것이다. 제 아무리 파국적인 재앙을 내포하더라도 주어진 현실이 스스로 종결되지 않는다는 점에서 종말의 주체는 종말을 감행하는 엄밀히 정치적인 주체가 되어야60) 한다.

세월호 참사의 경우, 그것을 불안으로 가득 찬 '내일'의 시간이 아니라 비참할 대로 비참해져서 출구도 희망도 없는 '오늘'의 시간으로 인식하는 것, 세월호 참사를 오늘 이 순간에도 계속해서 경험 중인 비참한 시간으로 인식하는 것이야말로 역사를 실천적으로 개입해야 할 위기의 상황으

---

58) 이소연(2010), 앞의 글, 175쪽.

59) 악이 언제나 악한 동기를 갖거나 본질적인 근원에서 발생되는 것은 아니다. 악의 평범성은 '평범한 사람들의 도덕적 책임감', 도덕 의식이 붕괴되었을 때 누구라도 악인이 될 수 있는 가능성을 암시한다. (권유지, 「악의 평범성과 소통에 관한 문제 : 아렌트 이론을 중심으로」, 『윤리철학교육』 Vol.14, 2010, 149쪽.)

60) 황정아(2012), 앞의 글, 302쪽.

로 인식하는 것이다. 오늘의 현실의 대한 '위기의식'은 '위기구조'에 대한 인식론상의 단순한 반영을 넘어 위기구조를 이해하는 다양한 주체들 간의 상호주관적인 비판 담론의 형성 과정을 수반하며, 나아가 정치적인 주체 형성 과정으로 나아갈 수 있다. 실제로 세월호 참사의 피해자 가족들만 보더라도 철저한 진실과 책임 규명을 위하여 수사권과 기소권이 보장된 '세월호 특별법'의 제정을 정치권에 강력히 요구하는 과정에서, 위험과 재난이 일상화된 세계에 내던져져 있는 대중을 보편적으로 대표하는 정치적 주체로 등장하고 있다고 할 수 있다.

문학에 있어서도 동일한 말을 할 수 있을 것이다. 재앙이 트라우마로 경험되는 사태를 그린 작품들은 세계에 내재한 재앙을 가차 없이 드러내고 재앙을 감당하는 주체의 불안을 적나라하게 전달한다. 앞서 언급했듯이 재난은 우리가 표현하거나 상상할 수 없는 어떤 것이 존재한다는 사실을 알려주며, 재난 서사는 이해가 불가한 시대의 구조를 드러낸다. 재난 서사의 주체들은 지금 여기에 무엇인가가 일어나고 있다는 자각 끝에 가까스로 서술한다. 마치 불투명한 미래와 불확실한 세상을 돌파하는 방법은 재난을 '나'의 의지로 환원하는 것, 그러므로 서술을 '과거'로 만드는 법밖에 없다는 듯이 서사화[61]되고 있다.

5. 21세기 한국 소설에서의 재난과 파국
: 최인석 『연애, 하는 날』을 중심으로

21세기 한국 현대 폭력의 큰 흐름은 피폭력자에게 일상화된 재난으로 다

---

61) 강유정(2014), 앞의 글, 308쪽.

가오며 이러한 재난은 그들을 존재론적 파국으로 몰아간다. 최인석의 『연애, 하는 날』[62]에서도 사회구조적 측면, 개인적 측면에서 다양한 형태의 재난이 발생하고 있다. 재난이 일상화되어 있는 파국적 현실에서 '사랑'은 구원 없는 세계의 마지막 도피처[63]로 묘사되기도 하지만, 『연애, 하는 날』에서는 인간의 원초적 본능인 '사랑'조차도 경제 자본에 영향을 받고 있으며, 그 속에서 얽히고설킨 인간들의 관계는 재난과 파국의 서사를 이루고 있다.

가난한 집안 사정으로 결혼을 미루다 늘그막에 결혼을 하게 된 수진, 상곤 부부에게 세상은 소소한 행복이다. 그러나 결혼식 날, 수진은 어린 시절 한 동네에 살았던 오빠 장우를 만나면서 불륜에 빠지게 된다. 수진은 장우와의 관계 안에서 연애라는 감정을 최초로 느끼면서 이때까지 한 번도 '연애'를 해 본적이 없다고 생각한다. 그렇다면 이때의 '연애'는 사랑 이외의 다른 '어떤' 것이 동반되어야 이루어진다는 것을 알 수 있다. 이는 자본이다. 수진은 장우의 자본을 통해서 비로소 인간적인 삶이 무엇인지 깨달은 동시에 그것을 '연애'라 정의하며 그 속에서 진정한 '사랑'을 갈구한다. 여기서부터 수진의 '재난'이 시작된다. 수진은 장우의 자본을 통해 인간적인 삶이 무엇인지, 삶의 여유가 무엇인지 알게 되었고, "나쁜 엄마"(164쪽)가 되더라도 장우를 포기한다는 것은 생각도 할 수도 없게 된다. 수진은 기어이 "더 교활해질 것"(168쪽)이라 다짐하며 "환하고"(56쪽) "눈부신 웃음, 거침없는 즐거움, 구김살 없는 몸짓"(102쪽)을, 이는 결국 장우가 훔치고 싶었던 그녀의 모든 것이었음에도, 자본과 교환하게 된다. '자본'을 절대가치로 삼는 자본주의 이데올로기의 모순적 징후들이 수진에게 체화되어 그녀의 삶을 파국으로 몰아가지만, 이데올로기의 편집증적

---

62) 최인석, 『연애, 하는 날』, 중앙북스, 2011. (이하 인용부분은 괄호 안에 페이지로 표기).
63) 정여울, 「구원 없는 세상에서 살아남기」, 『문학과 사회』 2010년 겨울호, 339쪽.

구조 속에서 너무나도 일상화된 재난의 징후들을 그녀는 미처 깨닫지 못한다. 장우 역시 자신과 수진과의 관계를 '밀회' 이상으로 여기지 않으며 그녀와의 관계를 '사고-파는' 물물교환가치로 치부해 버린다. 이들의 관계는 (무)의식적으로 '자본주의'의 메커니즘에 의해 작동되고 있다.

한편 수진의 남편인 상곤이 겪는 재난은 철저한 파국의 계급성[64]을 드러낸다. 오늘날 재난은 모두에게 '평등하게' 닥치지 않는다. 특히 자본주의 사회에서 들이닥치는 경제적 재난은 더욱 그러하다. 노동자 계급인 상곤에게는 매 순간이 재난이다. 노동자들의 "임금 가운데 일부를 빼앗아가기 위한 장치였지만 그러나 어쩔 것인가? 그들이 반대를 해도, 파업을 해도, 결국은 그렇게 되고 말 것이다."(84쪽)라는 상곤의 단언은, 재난을 해결하기 위해서는 이데올로기 체제 내에서 다양한 해석을 통해 구조 내적 변화를 꾀하는 것은 충분하지 않으며, 이데올로기의 편집증적 전략 자체를 드러내 해체해야 한다는 지젝의 주장을 상기시킨다. 현재의 사회적 위치에서 상곤은 생계를 위해 자본에서 자유로워 질 수 없다. 상곤에게 있어서 '아내의 돈'은 당장의 경제적 안락함과 가정의 안정[65]을 가져다주는 재난의 해결책이라는 착각을 불러일으키지만, '아내의 돈'은 결국 상곤과 수진의 관계를 더 큰 파국으로 내모는 일시적인 '파국의 유예'를 가져다 줄 뿐이었다.

이러한 재난의 계급성은 장우의 경우와 비교할 때 더욱 극명히 드러난다. 부동산 사업가 장우에게는 경제적 불황 속에서도 '자본'은 재난이 되지 않는다. "전국에 부동산이 수십채"(27쪽)인 장우는 서류 한 장의 사인으로도 수십억씩 벌어들일 수 있다. 그러나 부르주아 계급을 상징하는 장우-서영 부부에게는 다른 재난이 있다. 그들이 처한 재앙은 일종의 '모호한

---

64) 정여울(2010), 앞의 글, 335쪽.
65) 서희원, 「문학의 미래 혹은 문학의 진화」, 『문학과 사회』 2012년 봄호, 355쪽.

재앙'으로 이미 '일상화된 재난'이 그들의 삶 속에 뿌리깊이 박혀 있다. 기본적으로 그들은 서로에 대한 사랑이 부재하는 현실에 대한 문제의식이 거의 없다. 서영은 남편이 무엇을 하고 들어오는지 관심이 없다. 장우는 서영의 친정식구를 단지 "채권채무 관계"로 인식한다. 이러한 뒤틀린 가정 속에서 결국 하나뿐인 아들은 부부의 위선과 허위에 질려 자살이라는 극단적인 선택을 한다.

아들을 잃고 난 후 장우가 깨닫게 되는 슬픔, 외로움, 배신감, 원망, 침묵 등의 감정들은 장우–서영 부부의 삶 속에도 일상화된 재난이 도처에 널려 있고 그 재난의 징후들이 소통 불능, 물질만능주의 등의 일상화된 고통으로 드러나고 있음을 암시한다. 이러한 재난들은 각 개개인을 파국의 서사로 밀어 넣는다. 수진은 장우의 아이를 임신한 상태에서 그와 헤어지게 되며, 남편에게 폭력을 당한 후 집에서 도망친다. 친오빠의 당구장에서 비참한 생활을 하던 수진은 결국 유산과 그 후유증까지 앓게 되는 파국을 맞게 된다. 상곤 역시 파업 이후 장기농성으로 일자리를 잃었고, 아내의 불륜과 가출, 그 이후 장우에게 버림받아 비참하게 살아가는 아내를 바라보며 그의 삶 또한 파국으로 치닫는다.

파국의 끝에서 상곤이 장우에게 퍼붓는 절규는 국가의 경제 기획에서 일방적인 희생을 강요당하는 노동자의, 끔찍한 삶을 견디게 하는 가정이라는 보금자리마저 빼앗긴 한 가장의 지독한 무력감과 좌절[66]을 내포한다. 하지만 상곤은 이 폭주하는 리비도를 방화와 살인이라는 자기 파멸적 파괴로 실행[67]하지 않으면서 기존의 사회구조에 틈을 내기 시작한다. 이 지점은 1920년대 프롤레타리아 남성의 분노가 살인이나 방화라는 자기 파괴적인 내적 방향으로 귀결되는 계급소설과의 차이점이라 볼 수 있다.

---

66) 위의 글, 357쪽.
67) 위의 글, 357쪽.

상곤은 자신의 죽음 충동을 파괴나 폭력으로 표출하지 않고 새로운 행동을 취하는데 이는 바틀비의 '하지 않는 것을 하겠다'는 부정의 긍정과 연결할 수 있다. 즉 상곤의 (비)행동은 단순히 특정 행동을 부정하는 것이 아니라 그것의 부정을 긍정함으로써 긍정과 부정, 원하는 것과 원하지 않는 것 사이의 근본적인 대립이나 구분이 허물어지는 제3의 영역68)의 가능성을 내포하게 된다. 더 나아가 "지붕에서 곪어 죽어라"(389쪽)는 회사의 전언, 다시 말해 세상의 전언 속에서 상곤은 자기 파괴적 행동을 보이는 대신, 노동 운동 중 투신하는 동료 민욱을 구하기 위해 몸을 던진다. 이 순간 상곤이 취한 행동은, 죽음으로 나아가는 '타자의 현전'69)을 발견하는 순간으로서, 죽음으로 나아가는 타자에 대한 윤리적 책임으로 볼 수 있다. 이는 기존 이데올로기의 틀 속에서는 기대하지 않았던 행동이며, 기존 사회 구조의 틀을 거부하고 틀 자체를 흔들어버리는 주디스 버틀러의 '비폭력'적인 행동과도 연결되는 지점이다.

베케트의 "다시 시도하라, 또 실패하라, 더 낫게 실패하라"란 구절은 재난의 시대에 살고 있는, 파국 이후의 서사 속에 있는 비-인간으로서의 주체70)들에게 어울리는 말이다. 이 소설 속 인물들 역시 파국 이후 '다시 시작할 수밖에 없는 주체71)들로 그려진다. 단지 그들은 '파국을 있는 그대로 파국으로' 견디는 인간, 재난과 파국의 서사 뒤에서 조금씩 나아가는 '파국 이후'의 인간들이다. 그리고 이러한 나아감은 상곤-수진 부부의 딸인 주미라는 다음 세대로까지 이어진다. 주미는 '플래시몹'에 참여하여 목청껏 소리친다. "이것도안돼저것도안돼안돼안돼어째서어째서어째서어

---

68) 김미현, 「정치에 물었으나 문학이 답하는 것」, 『세계의 문학』 2009년 겨울, 117쪽.
69) 모리스 블랑쇼·장 뤽 낭시, 『밝힐 수 없는 공동체 / 마주한 공동체』, 박준상 역, 문학과지성사, 2005, 26쪽.
70) 이소연(2010), 앞의 글, 175쪽.
71) 위의 글, 175쪽.

째서..... 버려버려버려버려 뒤집어뒤집어뒤집어뒤집어 물구나무서서물구
나무서서......"(402쪽) 이러한 주미는 압도적인 폭력 구조에 틈을 냄으로써
등장하는 주체의 한 증표로 떠오른다.

이처럼 『연애, 하는 날』의 인물들은 "단지, 약간" 변했을 뿐인 그들의
'일상'을 이어나간다. 파괴와 종언이 아니라 단지 몰락했고 그래서 새로
운 시작이 가능한 이야기이다.

6. 나가며

우리가 여전히 현재형으로 생생하게 경험하고 있는 참혹한 재난은 '이
전'과 '이후', '이미(already)'와 '아직(not yet)' 사이에 끼어 그 경계를 해체
하고 두 상반된 상태를 동시성으로 경험해야 할 우리의 역설적인 위치를
일깨워준다.[72] 이미 실현된 것이나 다름없는 미래의 재난을 이미 닥쳐온
것으로 추체험하고, 지금 이곳의 자리에서 우리가 할 수 있는 최선의 조
처를 행동에 옮기기 위한 공생의 관계망이 요구된다.

재난을 그 비참과 고통에도 불구하고 새로운 시작점으로 여겨져야 할
이유는, 그것이 희망 없는 체제를 파괴하고 새로운 질서가 펼쳐지는 계기
가 될 수 있기 때문이다. 종말에 대한 암울한 비전은 종종 새로운 이상적
인 사회에 대한 상상과 정체 모를 낙관을 동반하기도 했지만, 레베카 솔
닛(Rebecca Solnit)은 이러한 역설에 대해 다음과 같이 기술한다. "재난은 때
로 이런 상황을 더 악화시키지만 때로는 놀라운 해방을 불러와 우리의 다
른 자아를 위한 또 다른 세상을 보게 해준다."[73]

---

72) 이소연(2010), 앞의 글, 175쪽.
73) 레베카 솔닛, 『이 폐허를 응시하라』, 정혜영 역, 펜타그램, 2012. 12, 위의 글, 177쪽에서

과거에 일어났던 사건은 현재의 우리의 노력에 의해 반복되고 포개어
지기 마련이다. 5·18과 4·16을 우리의 의식 안에 새겨 넣음으로써 사
회구조와 상징체계를 바꾸는 작업 중 대표적인 것 하나가 '인간'과 '비인
간'의 경계를 허무는 일이다. 기존의 시스템에서 부과한 '인간'이라는 이
름을 거부하고 전혀 새로운 방식으로 이 개념을 재정립하는 것, 지금을
'그 이후'로 재구성하는 소설은 재난 속에 잠깐 피어났다 곧 사그라진, 순
전한 연대와 애도의 순간을 도래할 미래로서 호출한다.

한국문학은 재난의 상상력 덕분으로 현재의 연장 또는 단절로서의 미
래를 상상하기 시작했으나 그 미래를 예정된 미래로, 좌표 수정이 불가능
한 것으로 취급한 경향도 없지 않았다.[74] 앞으로의 관건은 '예정된 미래
를 바꿀 수 있는가?'라는 근본적인 질문에 대한 탐구가 될 것이다.

재인용.
[74] 복도훈(2011), 앞의 글, 422쪽.

참고문헌

1. 단행본

레베카 솔닛, 『이 폐허를 응시하라』, 정혜영 역, 펜타그램, 2012.

모리스 블랑쇼 · 장 뤽 낭시, 『밝힐 수 없는 공동체 / 마주한 공동체』, 박준상 역, 문학과
　　　지성사, 2005.

슬라보예 지젝, 『그들은 자기가 하는 일을 알지 못하나이다』, 박정수 역, 인간사랑,
　　　2004.

자크 랑시에르, 『시차적 관점』, 김서영 역, 마티, 2009.

　　　　　　, 『처음에는 비극으로 다음에는 희극으로』, 김성호 역, 창비, 2010.

　　　　　　, 『헤겔 레스토랑』, 조형준 역, 새물결, 2013.

알랭 바디우, 『모호한 재앙에 대하여 : 법, 국가, 정치』, 박영기 역, 논밭, 2013.

　　　　　, 『세기』, 박정태 역, 이학사, 2014.

크리샨 쿠마르, 「오늘날의 묵시, 천년왕국 그리고 유토피아」, 『종말론 : 최후의 날에 관
　　　한 12편의 에세이』, 이운경 역, 문학과지성사, 2011.

Bob Jessop, "Globalization and the National State", Paradigm Lost : State Theory
　　　Reconsidered, Stanley Arono witz and Peter Bratsis,(eds.), Minneapolis :
　　　University of Minnesota Press, 2002.

2. 논문 및 평론

강유정, 「재난 서사의 마스터플롯」, 『세계의 문학』 2014년 봄호, 295-308쪽.

권유지, 「악의 평범성과 소통에 관한 문제 : 아렌트 이론을 중심으로」, 『윤리철학교육』
　　　Vol.14, 2010, 145-164쪽.

김미현, 「정치에 물었으나 문학이 답하는 것」, 『세계의 문학』 2009년 겨울호, 99-118
　　　쪽.

김서영, 「재난과 회복을 변주하는 정신분석학의 해석학」, 『문학과 사회』 2009년 가을
　　　호, 318-332쪽.

김홍중, 「행복의 예술, 그 희미한 메시아적 힘」, 『문학동네』 2009년 봄호, 319-337쪽.

박가분, 「재난의 상상력」, 『세계의 문학』 2014년 봄호, 282-294쪽.

복도훈, 「세계의 끝, 끝의 서사 : 최근 한국소설의 재난의 상상력과 그 불판」, 『자음과

모음』2011년 가을호, 396-422쪽.

서용순, 「'실재에의 열정'과 20세기의 주체성 : 20세기의 예술과 정치에 대한 바디우의 철학적 사유」, 『비평과 이론』 Vol.16, 2011, 107-130쪽.

서희원, 「문학의 미래 혹은 문학의 진화」, 『문학과 사회』 2012년 봄호, 350-367쪽.

심정명, 「죽음 속의 삶, 재난 후의 문학」, 『세계의 문학』 2014년 봄호, 309-325쪽.

오은경, 「미국의 대이슬람 테러전쟁에 대한 정신분석적 고찰」, 『한국이슬람학회논총』 vol.23 no.2, 2013, 139-169쪽.

윤미애, 「발터 벤야민의 후기비평-브레히트와 카프카의 교차로에서」, 『카프카 연구』 vol.6 no.1, 1998, 393-417쪽.

이소연, 「폐허에서 온 고지(告知) : 4·16 이후, 길 없는 길 위에서 읽은 글들」, 『문학과 사회』 2010년 겨울호, 164-181쪽.

정용택, 「정세적 조건에 의해 강제된 개입의 시간 : 세월호 참사의 역사적 현재성에 관하여」, 『문학과 사회』 2010년 겨울호, 182-207쪽.

정여울, 「구원 없는 세계에서 살아남기-2000년대 한국문학에 나타난 '재난'과 '파국'의 상상력」, 『문학과 사회』 2010년 겨울호, 333-346쪽.

정진만, 「"아 바틀비여! 아 인간이여!" : 허먼 멜빌의 「필경사 바틀비」에 나타나는 부정성」, 『비평과 이론』 vol.17 no.1, 2012, 111-135쪽.

조현준, 「주디스 버틀러의 정치윤리학 : 근본적 상호 의존성과 윤리 폭력에 대한 비판」, 『人文學硏究』 vol.24, 2013, 29-56쪽.

주일우, 「재난의 실재와 파국적 상상력」, 『문학과 사회』 2010년 겨울호, 307-317쪽.

최우성, 「'경제적 파국' 담론에 대한 비판적 읽기-2007-2008년 금융위기를 중심으로」, 『문학과 사회』 2010년 겨울호, 295-306쪽.

황정아, 「재앙의 서사, 종말의 상상 : 근래 한국소설의 한 계열에 관한 검토」, 『창작과 비평』 2012년 봄호, 292-308쪽.

인간과 주체
—21세기 이후의 새로운 주체와 문학의 자치 기획

김미옥(이화여대 국문과 박사과정)
김민지(이화여대 국문과 석사과정)
이윤아(이화여대 국문과 석사과정)
차슬기(이화여대 국문과 석사과정)

1. 들어가며

지난 10년을 우리는 21세기라는 새로운 시대의 이름으로 보냈다. 세기 말적 절망과 우울, 새로운 시대에 대한 공포와 기대, 미래에 대한 전망 없는 회의 등이 복잡하게 뒤섞인 심정 속에서 맞이했던 시대의 첫 10년을 보낸 것이다. 새로운 시대의 시작점을 이제 막 지나며 우리는 묻게 된다. 21세기의 서두에서 우리는 과연 무엇을 목도했는가. 지금의 인간은 어떤 모습으로 존재하고 있고, 또 어떤 모습으로 존재하고 있지 못한가.

그리하여 지금 이 시점에서 한국 문학이 다시금 던진 질문은 바로, '인간과 주체' 즉, '우리는 누구인가?'라는 것이다. 어느 시대에나 항상 회자되어온 고전적이고 기본적인 이 물음 앞에서 한국 문학은 무엇을 이야기하고 어떤 대답을 할 수 있는가.

문학이 사회 현실과 불가분의 관계임을 생각할 때 문학은 우선적으로 현재 인간이 처한 상황을 응시하고 진단하지 않을 수 없다. 안타깝게도 현재 '인간'이 처한 상황과 미래 전망은 그리 긍정적이지 않다. 거대하고 폭압적인 '신자유주의'와 그것을 공고히 하는 교묘한 정치권력이 존재하는 21세기에 인간은 한없이 작아진 채 파편화되어 주체가 아닌 객체로 놓여 있다. 근대 문명 속 거대 자본 앞에서 인간은 '인간'으로서의 자격을 잃고 끝없이 '몰락'하고 있는 것이다.

이러한 양상은 2000년대 이후 한국 문학에 이미 예민하게 포착되어 여러 모습으로 형상화되고 있다. 모호한 일상적 재난 앞에서 신경증을 앓는 자아들이 집단적으로 나타나고 있고, 사회 체제로부터 이탈하여 아무 것도 하지 않는 것을 스스로 선택하는 '무위'의 주체들이 문학에 출현하게 된 것이다. 그럼에도 중요한 것은, 소설 속 인물들은 모두 '추락'하는 세계 속에 놓여 있지만 어떻게든 '지금', '이곳'에, '살고' 있다는 것이다. 즉, '몰락'을, '살고' 있는 것이다. 그러므로 2000년대 이후 한국 소설에 등장하는 인물들은 그 자체가 하나의 시대적 현상이자 반응 양상이며, 시대에 대한 제안이자 대안이다.

이렇듯 2000년대 이후 한국 문학은 '우리는 누구인가'라는 근원적 물음을 통해 현 시대 '인간'의 존재 양상을 진단하고 그 양상의 인과(因果)를 적극적으로 해석하고 있다. 이 과정에서 중요한 것은, '인간'의 존재 가치를 훼손하고 공동체를 와해시키는 세계의 질서에 저항해 나가야 한다는 것이며, 그러기 위해서 우리는 서로를 고립시키지 않고 이을 수 있는 고리를 모색해 나가야 한다는 사실이며,[1] 이 고리의 핵심에는 '인간'과 '주체', 그리고 '자치'와 '공동체'가 있다는 것이다. 이에 한국 문학은 '인간'에서 '주체'에 대한 성찰로, '인간'에서 '우리'에 대한 이야기로 그 내용을 심화시키고 있으며, '자치'의 기획과 '공동체'의 가능성까지 인간의 주체

---

1) 이소연, 「질문 2.0 : 무엇이 '인간'인가─상실 너머, '인간' 주체의 복원을 꿈꾸며」, 『문학동네』 2012년 겨울호, 401쪽.

성 복원에 대한 논의를 확장하고 있다.

이러한 흐름을 바탕으로, 2장에서는 현 시대 인간의 몰락 양상과 그것이 한국문학에 어떠한 양상으로 드러나고 있는지를 살펴본다. 3장에서는 인간을 몰락하게 만드는 세계 질서에 맞서기 위한 대안으로서의 '무위(無爲)의 자치(自治)'와 '공동체'에 대한 논의를 진행하려 한다. 마지막으로 4장에서는 2010년에 출간된 문진영의 장편소설 『담배 한 개비의 시간』을 통해, 2010년대 인간–주체의 양상이 한국문학에서 어떻게 형상화되고 있는지를 고찰해 볼 것이다.

2. 인간의 몰락과 새로운 호모사케르(Homo Sacer)의 출현

2.1. 신자유주의와 탈정치화로 인한 인간의 몰락

2000년대 이후 한국사회에서 인간이란 과연 무엇인가. 안타깝게도 이에 대한 논의는 인간의 '몰락'으로부터 시작되어야 할 것이다. 인간의 몰락이란, 인간이 존엄성을 가진 '인간'이라는 지위에서 추락하고 있다는 것, 혹은 이미 추락한 것을 의미한다.

물론 근대문명에서 인간 몰락에 대한 담론은 새로운 것이 아니다. 19세기의 여러 철학자들은 자신들의 현실을 인간의 위기와 몰락의 시기로 진단했다. 하지만 19세기 그들이 말하는 인간의 몰락이란 인간이 자신의 본래 모습을 회복할 수 있을 것이라는 강력한 믿음을 근거로 한 것이었다. 니체는 자신의 저서 「짜라투스트라는 이렇게 말했다」에서 "나는 사랑한다. 인식(대지나 초인의 의의에 대한 인식)하기 위해 사는 사람을, 언젠가는 초인으로 살기 위해 인식하고자 하는 자를. 이러한 사람은 몰락을 요구한다."[2]고 말하고 있다. 니체는 '초인'이라는 신인류를 기대하며 그를 위한 '몰락'을 필연적으로 인식하고 있으며, 몰락을 용인하고 긍정하며 오히려 그것을 추동한다. 하이데거는 '몰락하는 자들'을 미래의 불확실성에 대해 끊임없이 물음을 제기하며 자기를 기꺼이 내어놓는 강인한 자들로 규정하고, 이들의 몰락을 '참된 몰락'이라고 언급한다.[3] 즉, '몰락'을 희망 없는 종말로 바라본 것이 아니라 새로운 시대나 질서의 생성을 위한 긍정의 동력으로 인식한 것이다.

하지만 지금의 인간 몰락은 19세기와 그 양상 자체가 다르다. 21세기의 인간 몰락은 인간 회복에 대한 믿음을 바탕으로 한 19세기와는 달리, '인간' 본질에 대한 회복이나 구원에 대한 꿈이 배제된 양상을 띤다.[4] 21세기 인간의 몰락이 이토록 비참하고 비극적인 이유는 바로, '인간'으로서 존재할 수 있는 자격이 더 이상 인간에게 당연하게 주어지지 않는 데 있다. 인간으로 태어난 인간은 더 이상 '인간'의 자격과 지위를 자연스레 보장받지 못한다. 인간은 '인간'이 되기 위한 자격을 스스로 취득해야만 한다.[5] 그런데 여기에서 중요한 것이 인간이 되기 위해 갖춰야 할 '자격'의 의미이다. 21세기의 인간이 '인간'이기 위해 갖춰야 하는 '자격'이란, 인간으로서의 존엄성을 지키기 위한 윤리나 정의(正義)가 아니다. 그것은

2) 프리드리히 니체, 『짜라투스트라는 이렇게 말했다』, 황문수 역, 문예출판사, 1975, 30쪽.
3) 마르틴 하이데거, 「철학에의 기여」, 이선일 역, 『철학사상』 제7권 제19호, 2006, 126쪽에 의하면 "몰-락하는 자들은 본질적 의미에서 보자면, 다가오는 것(장래의 것)에로 달려-내려가 그 눈에 드러나지 않는 장래의 근거에 자신을 희생하는 이들이다. 즉 그들은 끊임없이 물음에 자신을 내 놓으며 그러한 근거 안에 서 있는 이들이다. 몰-락의 시대는 그 몰락에 귀속하는 이들에게만 알려질 수 있다. 모든 다른 이들은 필경 몰-락을 두려워하며, 따라서 몰락을 부정하고 거부한다. 왜냐하면 그들에게 몰락은 단지 허약함이며 종말이기 때문이다. 참되게 몰-락하는 이들은 칙칙한 체념을 알지 못한다. 그런 따위의 체념은 장래의 것을 의욕하지 못하기에 더 이상 아무런 것도 의욕하지 못하는 체념에 불과하다. 또한 참되게 몰-락하는 이들은 떠들썩한 낙관론도 알지 못한다."
4) 홍기빈, 「인간의 위기와 자치 기획」, 『문학동네』 2010년 여름호, 428쪽.
5) 이소연(2012), 앞의 글, 381-382쪽.

철저히 인간이 가진 기능과 효용에 관한 것이다. 즉, 인간은 한낱 재화로 전락하게 된 것이다. 이것이 바로 21세기 인간 몰락의 첫 번째 양상이다.

인간이 이렇게 한낱 재화로 전락하며 몰락한 배경에는 바로 '신자유주의'가 있다. 전체주의 이데올로기로서 신자유주의는 인간을 계산 가능한 대상들로 철저히 환원한다.6) 이 시스템 속에서 인간은 물화된 존재로 추락하고 오직 능력과 효용의 측면에서 철저히 수단화, 수량화된다. 인간 본성을 바꿔버리는 이러한 신자유주의는 자유 자체를 완전히 근절함으로써 인간을 '이상한 동물', 즉, 파블로프의 개처럼 바꿔버린다.7) 개인은 사회에서 요구받는 여러 가지 스펙을 부지런히 쌓음으로써 자신의 상품 가치를 높여야 하고 이로써 자본에 철저히 종속된 객체가 되는 것이다. 즉, 인간은 자신의 의지에 의해 세계를 인식하고 이해하는 주체로서의 자격을 상실하고, 그 주체의 자리를 자본과 그것을 공고히 하는 주권 권력에게 넘겨준 것이다.

그리하여 여기에서 발생되는 또 다른 인간의 몰락 양상이 바로 '탈정치화'이다. 현재에는 정치적 주체로서의 인간이 없다고 해도 과언이 아니다. 정치적 '주체'가 철저히 해체되면서 정치적 '시민'이 자리할 곳에 경제적 '서민'만이 존재8)하게 된 것이다. 갈등과 저항을 인정하지 않고, 그 모든 것을 '법'의 테두리 안에 종속시키는 이율배반적인 '법치'의 시대가 도래한 것이다. 법 앞에서의 평등은 형식적일 뿐이고 그 앞에서 동등한 권리를 갖는 시민은 존재하지 않는다. 즉, 서민을 탈정치적 위치에 놓게 하고 그들의 주체적 의식과 능동적 행위를 철저히 그리고 교묘하게 억압하는

---

6) 맹정현, 「마조히즘적 나르시시즘, 경쟁적 나르시시즘, 냉소적 나르시시즘」, 『문학동네』 2010년 여름호, 480쪽.
7) 이정은, 「지금 이곳에서 우리는 어떤 얼굴의 주체인가?」, 『문학동네』 2010년 여름호, 449쪽.
8) 홍철기, 「'시민 없는 법치'를 넘어서 : 갈등의 민주화와 포퓰리즘의 정치화」, 『문학동네』 2010년 여름호, 487쪽.

것이다. 이는 더 이상 정치라는 공간에 민중 혹은 대중의 참여가 필요치 않게 된 것을 의미하며, 민주주의의 주역이었던 시민 주체는 이제 모두 순한 양과 같은 존재가 되어 정치나 경제 시스템 모두에 종속된 신세가 된 것을 뜻한다.

　주권 권력은 시민에게서 정치적 주체성을 빼앗고 그들을 체제에 순응적으로 만들기 위해 앞서 언급했듯 '법'을 교묘히 활용한다. 시민은 '법'의 테두리 안에 있음으로써 그 권리와 안전을 보호받을 수 있는데, 정치권력은 일부의 인간을 배제되고 소외된 존재의 형상으로 '법'의 바깥에 둠으로써 나머지 인간들에게 순한 양으로서 지켜야 할 규범의 경계를 명확히 규정지어 알려준다. 아감벤(Giorgio Agamben)에 의해 '호모사케르-벌거벗은 생명'으로 명명된 이러한 존재들은 누구라도 살해할 수 있으나 희생물로 바칠 수 없는, 근본적으로 주권적 추방령하의 생명이며, 결국 이러한 '벌거벗은 생명'의 창출은 곧 현대 주권의 근원적인 활동으로 볼 수 있다.[9] 이러한 상황 속에서 탈정치화된 시민은 모두 잠재적인 '호모사케르'로 볼 수 있다. 자의(自意)나 혹은 불의의 사건에 휘말림으로써 순식간에 정치권력의 대립항이 된 자들, 신자유주의의 체제에서 바깥으로 밀려난 자들 모두 언제든 이에 해당될 수 있는 것이다. 이렇듯 지금의 인간은 경제적으로는 자본에, 정치적으로는 주권 권력과 법에 철저히 종속되어 있다. 인간이 '인간'이기 위해 내재해야 할 주체성, 더 엄밀히는 정치적 주체성을 상실한 것이다.

　하지만 여기에서 우리가 놓치지 않고 주목해야 할 점은, 이러한 인간 몰락의 상황에서도 인간은 여전히 '지금', '이곳'에, '있다'는 사실이다. '인간'으로서의 자신이 무엇을 잃었는지, '우리는 누구인지'를 스스로에게

---

9) 조르조 아감벤, 『호모사케르-주권 권력과 벌거벗은 생명』, 박진우 역, 새물결, 2008, 173-182쪽.

끝없이 되물으며 말이다. 이에 우리는 이후의 장(章)에서 '몰락'의 대안으로서의 '자치(自治)'의 기획과 '공동체'의 가능성에 대해 이야기할 수 있을 것이다. '몰락'한 인간이 그 '몰락'의 상황에서, 스스로가(auto) 스스로의 질서(nomos)를 부여할 수 있는 상태, 즉, 타자의 지배를 거부하고 스스로의 질서를 부여할 수 있는 행위로서의 '자치(autonomy)'10)를 구현하는 일, 그리고 새로운 연대, 공동체의 가능성에 대한 논의를 말이다.

2.2. 성과 사회와 (비)자발적 자기 착취

2000년대 이후의 문학에서 그려지는 호모사케르는 아감벤이 익히 지적한 바 있던 호모사케르와는 사뭇 다른 모습을 보인다. 과거의 호모사케르가 배제와 금지를 바탕으로 하는 부정성의 폭력에 국한되었다면, 오늘날의 호모사케르는 자기 자신을 고갈시킴으로써 만들어진다. 병원, 정신병자 수용소, 감옥, 병영, 공장으로 이루어진 푸코의 규율사회는 더 이상 오늘 날의 사회가 아니다. 21세기의 규율 사회에서 성과사회(Leistungsgesellschaft)11)는 무한정한 '할 수 있음'을 과잉함으로써 낙오자들을 만들어낸다. 또한 성과 사회에서의 사회적 무의식은 생산을 최대화하고자 하는 열망을 품고 있다. 그리하여 생산성 향상을 위해 규율의 패러다임은 성과의 패러다임으로 대체되며, 그 결과 성과 주체는 규율에 단련된 상태를 유지하면서 복종적 주체보다 더욱 내제화된 복종을 실현한다. 외적인 지배기구에서 자유롭다는 점에서 성과주체는 자기 외의 어느 누구에게도 예속되어 있지 않은데, 역설적으로 이로 인해 자유와 강제가 일치하게 된다. 이것은 "강제하는 자유 또는 자유로운 강제"12)에 몸을 맡기게 되는 것이다. 성과

---

10) 홍기빈(2010), 앞의 글, 443쪽.
11) 한병철, 『피로사회』, 문학과지성사, 2012, 109-110쪽.
12) 위의 책, 29쪽.

주체는 노동을 강요하거나 심지어 착취하는 외적인 지배기구에서 자유롭다. 그는 자기 자신의 주인이자 주권자이다. 자기 외에 그 누구에게도 예속되어 있지 않은 것이다.

'성과의 주체'[13]로서의 오늘날의 호모사케르는 과다한 노동과 성과를 얻기 위해 (비)자발적인 자기 착취를 이어간다. 자기 착취는 자유롭다는 느낌을 동반하기 때문에 타자의 착취보다 더욱 효율적이다. 착취자와 피착취자 간의 이분법적인 구분은 무화되며, 이러한 역설적 자유는 성과주체를 가해자이자 희생자이며 주인이자 노예로 만든다. 이로써 자유와 폭력이 일체가 되는 것이다. 결국 성과 사회의 주권자는 자기 자신의 호모사케르인 것이다.[14]

3. 자치 기획으로서의 무위와 애도 불가능한 공동체

3.1. 무위의 행위성과 '가능성감각'으로서의 문학

2000년대 이후의 소설에서 발견할 수 있는 새로운 인물군 중의 하나는 낙오자가 아닌 이탈자들이 출현한다는 점이다. 낙오자가 세상의 대오에서 뒤떨어진 자라면 이탈자는 세상의 지배적인 논리를 자발적으로 벗어나는 자이다. 이탈자는 세상의 기준에 맞추어 애써 무언가를 성취하려고 하거

---

13) 강수돌, 「성과사회, 자기착취, 그리고 피로사회」, 『진보평론』 2012년 여름호, 275-283쪽에 의하면 '성과주체는 자기 자신을 경영하고 지탱하는 새로운 주체의 모습을 말한다. 이런 주체와 관련하여 더 이상 금지, 명령, 법률은 효과적이지 못하다. 이러한 사회는 무엇이든 할 수 있다는 긍정중심의 무한의 자유의 무게로 짓눌러 소진시키다가 마침내 우울증과 낙오자를 낳는 형태를 말한다. 긍정성의 과잉상태, 성과주의의 명령 아래 아무 대책 없이 무력하게 내던져진 자가 이 시대의 새로운 호모사케르로 특정 지워진다. '그 무엇도 불가능한 것이 없는' 시대에 더 이상 '무엇도 가능하지 않다'는 것을 체험하는 것을 말한다.'
14) 한병철(2012), 앞의 책, 109-110쪽.

나 무언가가 되고자 하지 않는다. 오히려 스스로 무의미하고 쓸모없는 것을 자처함으로써 (비)자발적인 자기 계발을 강요하는 세상의 지배적인 질서를 미완성으로 만든다. 이들은 체제 내부로 편입되고자 하는 욕망을 가지지도, 자신들을 배제하는 체제에 대해 적극적으로 저항하지도 않는다. 세상의 가치 체계를 권태로워하며 자발적으로 잉여가 되는 이들은 기존의 체계에서 잔여물로서의 흔적들을 남길 뿐이다.

이러한 이탈자들의 모습은 낭시가 말한 바 있는 '무위'를 환기한다. 낭시에 의하면 무위란 "과제 내에서 또는 과제 너머에서, 과제로부터 빠져나오는 것"으로, "생산과 완성을 위해 할 일이 더 이상 없으며, 다만 우연히 차단되고 분산되며 유예에 처하게 되는 것"15)이다. 즉 무위는 어떤 목적을 전제로 하면서도 끊임없이 분유하고 이행하면서 목적의 완성을 중단시키는 것이다. 이러한 미완성은 '분유의 역동성과 그 역할을 내포하기에'16) 결핍이나 불완전함이라 얘기할 수 없다.

능력을 과잉 긍정함으로써 (비)자발적인 자기 착취를 낳는 오늘날의 '성과 사회'17)에서 이러한 '무위'는 유효한 저항이 될 수 있다. 신자유주의는 인간의 육체와 정신 전반을 소모하게 함으로써 재화를 생산해낼 것을 종용한다. 오늘날의 소설 속에서 나타나는 이탈자들은 바로 그러한 신자유주의의 목표에 동참하지 않음으로써 신자유주의의 내재적인 완결을 불가능하게 한다. 그 흐름을 중단하는 이들의 움직임은 신자유주의라는 지배적인 이데올로기를 고정되고 완성된 것으로, 절대적인 것으로 승격시키지 않음으로써 역설적인 저항성을 가지게 되는 것이다.

이러한 무위는 그들이 욕망 없음의 상황에서 느끼곤 하는 권태와도 이

---

15) 장 뤽 낭시, 『무위의 공동체』, 박준상 역, 인간사랑, 2010, 79쪽.
16) 박준상, 「『무위(無爲)의 공동체』의 몇몇 표현들에 대하여」, 장 뤽 낭시, 『무위의 공동체』 해설, 283쪽.
17) 한병철(2012), 앞의 책, 23-29쪽.

어진다. 그러나 이때의 권태는 "자아와 세계를 지겨워하고 의미를 발견하지 못하는 부정적인 태도"[18]가 아니다. 권태는 "목표 없는 내적 동요를, 충족되지 않는 욕구를, 나아가 존재하지 않으면서 존재하는 것에 대한 진절머리"[19]를 느끼면서 자신의 내면과 만나게 한다. 현재라는 시간 속에서 의식을 내면의 심연으로 떠밀고, 그러한 만남 속에서 부득이하게 내적인 성찰을 하게끔 하는 것이다.[20]

이러한 무위는 한편으로는 탈서사화된 텍스트로 드러나기도 한다. '삶을 감싸던 서사성은 완전히 벗겨졌고 삶은 생동성을 잃어버렸음'[21]을, 그리하여 하나의 소통을 완성시킬 수 없음을 기원도 목적도 없는 '백색의 글쓰기'[22]로 실현해 보인다. 2000년대 이후의 소설들은 텍스트의 죽음 곧 종결을 한없이 유예하면서, "죽음을 통해 혹은 죽음에 저항하여 삶을 유의미한 것으로 만들지 못하는 문장들의 배회"[23]를 그려낸다. 이는 '문학의 목소리들이 서로 다른 부분들을 합치지 않은 채 접촉하고, 서로의 한계 내에서 미끄러지며, 서로 구별되는 단수적 부분들을 통해 분절 속에서 분유함을 그려내 보임'[24]으로써 무위의 글쓰기, 즉 '문학적 공산주의'라 낭시가 말한 바 있는 글쓰기를 실천한다.

이렇게 2000년대 이후의 소설은 무위의 실존을 구현함으로써 "존재하는 것을 존재하지 않는 것보다 더 중요하게 받아들이지 않는 능력"[25]으

---

18) 복도훈, 「아무것도 '안'하는, 아무것도 안 '하는' 문학」, 『문학동네』 2010년 가을호, 386쪽.

19) 지크프리트 크라카우어, 「권태」, 『미학과 그 외연』, 권대중 외, 월인, 2010, 238쪽, 위의 글, 386쪽에서 재인용.

20) 김운하, 「우리는 왜 지루함을 참지 못하는가」, 『권태 : 지루함의 아나토미』, 자음과 모음, 2013, 92~93쪽.

21) 한병철(2012), 앞의 책, 112쪽.

22) 김형중, 「살아 있는 시체들의 밤1」, 『문예중앙』 2012년 봄호, 513쪽.

23) 위의 글, 519쪽.

24) 장 뤽 낭시(2010), 앞의 책, 162쪽.

25) 복도훈(2012), 앞의 글, 398쪽.

로서의 '가능성감각'을 재현해낸다. 이는 모든 것을 물화하고 계산 가능한 것으로 만드는 자본주의의 '단일한 생존 문법에 다르게 존재하려는 가능성'[26]을 항변하는 것이다. 세상의 대오에 동참하는 것을 거절[27]하는 무위는 그 정지의 움직임으로 배제와 소외의 논리를 내파(內破)한다.

3.2. 텅 빈 주체와 불가능한 애도

인간의 불행은 지배계급의 피지배계급에 대한 보이지 않는 폭력으로부터 시작되었다고 볼 수 있다. 이러한 현실이 더욱 가속화되는 것은 피지배계급이 현실의 모순에 대해 저항하지 않고 체념하듯 받아들인다는 데 있다. 이러한 사회의 구조는 인간의 '결핍'을 인위적으로 발생시키고 있으며 그 안에서 생존경쟁은 점점 극심해지고 경쟁에서 밀려난 사람들은 스스로 인간의 자격을 획득해야만 하는 상황에 처하게 되었다.[28] 이러한 현실 가운데 경쟁에서 밀려난 인간이 상실한 것은 '일상 자체'이며, 재구성된 시스템 안으로 포섭된 사람보다 밖으로 밀려난 사람들이 대부분인 상황이 되었다. 나아가 치유될 수 없는 트라우마를 겪고 있는 이들이 집단 우울증을 앓고 있는 가운데 슬픔을 애도할 새도 없이 떠밀려 만성피로

---

26) 위의 글, 397쪽.

27) 김서영, 「재난과 회복을 변주하는 정신분석의 해석학」, 『문학과 사회』 2010년 겨울호, 327-330쪽에 의하면 '이러한 거절은 허먼 멜빌의 단편소설 「피경사 바틀비」에서 바틀비의 말인 '그렇게 안 하고 싶습니다(I would prefer not to)'라는 거절의 양태와도 닮아 있다. 거절은 지젝에게서는 '시차적 관점'으로 나타나는데, 시차적 관점은 내용뿐만 아니라 내용을 담는 틀 자체를 전환하게 하는 것으로 이데올로기의 전략 자체가 드러나게 만드는 새로운 관점을 말한다. 이러한 '거절'은 주디스 버틀러에게서는 '비폭력'으로 나타난다. 비폭력은 틀을 거부하고 그것으로부터 벗어나는 것이 아니라, 차이라는 어긋남을 내포한 반복을 통해 당연하게 인식되던 틀을 전혀 다른 방식으로 되풀이함으로써 이데올로기의 작동 방식을 드러냄을 말한다. 무위 역시 어떤 이데올로기(공동체)가 갖고 있는 내재성, 동일성의 한계를 드러내준다는 점에서 '거절', '시차적 관점', '비폭력'과 연관된다.'

28) 이소연(2012), 앞의 글, 381쪽.

는 모두의 공통감각이 되었다.29) 이렇듯 새롭게 재구조화된 사회는 개인
들에게 서로를 경쟁하게 함으로써 서로에 대한 친밀감을 사라지게 하고
모두를 '잠정적 적'으로 전락하게 만들었다. 그러므로 이전의 '하나됨'을
추구하던 공동체는 그 가치가 변질되어 함께 있으나 하나 되지 못하는 불
가능한 공동체를 이루게 되었다.

인간은 홀로 살아갈 수 없는 존재이며 타인으로 인해 '나'의 존재를 확
인할 수 있기 때문에 타인을 향해 있을 수밖에 없다. 그러므로 서로에게
열려 있는 "전 의식적 탈자태(외존)"30)를 통한 관계맺음이 인간의 조건이
된다. 여기서 말하는 관계맺음, 즉 '우리'라는 개념은 완전히 규정될 수
없고 분석될 수 없는 관계의 무근거(바닥없음, Ungrund)이자, 사회적·제도
적으로 강요할 수 있는 것도 아니며, 영원한 미완의 지향점인데, 그 "미완
성은 결핍과 불충분성이 아니라 관계의, 외존의 무한성"31)을 의미한다.
즉 불안정한 사회패턴 안에서 폭력에 노출된 파편화된 개인들은 집단의
상실감을 가지고 있으며 이러한 공통감각을 가지고 있는 주체들의 관계
맺음은 완성이 아니라 무한성인 것이다.

2010년대 소설에서 개별화된 주체들이 새로운 공동체를 만들어 가는

---

29) 위의 글, 383-384쪽.
30) 박준상(2010), 앞의 책, 274-275쪽에 의하면 '낭시의 '탈자태'는 인간관계의 구조를 설명
하는 개념으로 "'내'가 타자로 열려 있고 '타자'가 '나'에게로 향해 있음, 또는 '내'가 '타
자'에게 노출됨, 타자가 나에게 노출됨, 즉 '외존'으로 집약된다." 이 '외존'은 '탈자태'와
동의어로 쓰이고 '노출'로도 표현된다. 전 의식적 탈자태라는 의미는 "관념에 포착되기 규
정되기 이전의 전 의식적인 우리 공동의 영역을, 전 반성적인 우리의 관계의 질서를, '더
불어'와 '함께'로서의 전 관념적인 향해 있음의 구조를 가리킨다.'"
31) 위의 책, 276-277쪽에 의하면 "'우리' 그리고 '우리'로 향해 나아가는 '외존'은 사회 저
너머의 어떤 절대 타자의 영역에서 전개되지도 않는다. 따라서 공동체(우리의 공동체, 무
위의 공동체, 공동체 없는 공동체)는 사회로부터 벗어난 특별한 사람들의 예외적 공동체
가 전혀 아니고, 사회(국가·민족·정당·회사 등 모든 집단) 내에 있지만 사회로 통합되
지 않고, 사회 한가운데로 도래하는, 하지만 언제나 사회와의 '차이'로서 주어지는 공동체
이다.'

방식은 '나'와 '너'가 만나 '우리'가 되는 것이 아니라 '나'와 '너'의 상태
로 머무는 것이다. 이것은 생존경쟁의 사회에서 서로가 경쟁 상대가 되어
버린 가운데 나타나는 공동체의 형태이며 '우리', 혹은 '함께'라는 관계가
불가능한 것이 되었는데 이는 사회가 철저히 개인화되어 서로 묶이지 못
하는 상태에 이른 것이다.

"인간이란 개념은 폭력에 취약하다는 것을 의미한다."[32] 이시대가 집
단 상흔을 앓고 있는 이유는 자본의 폭력에 의해 탈인간화(dehumanization)
되었기 때문이다. 즉 인간의 개념 자체가 훼손되고 인간의 존엄성을 상실
한 채 인간이 사물화되었기 때문이다. 이처럼 물화된 주체들은 자신들이
상실한 것에 대해 애도하지 못하고 지속되는 멜랑콜리 상태에 머물러 있
다. 버틀러는 "누가 인간이고 인간이 아닌지의 틀을 거부하고 부인된 애
도(disavowed mouming)를 수행할 때 우울한 상태에서 벗어날 수 있다"[33]고
말한다.

'인간'은 "살아 있을 만한 삶, 소멸 후에 애도할 만한 죽음을 구성하는
존재"[34]이다. 이것은 블랑쇼가 타인의 죽음과 나의 관계에 대해 언급한
것에서 알 수 있다. 그는, 인간은 죽음을 경험할 수밖에 없는 유한한 존재
이지만 그의 죽음을 지켜보는 나에게 자신의 죽어가는 것에 대해 동의했
기 때문에 그는 죽어가면서 멀어지는 것이 아니라고 말한다. 그러나 나
또한 그의 죽음을 나와 관계하는 유일한 죽음으로 떠맡으면서 나를 자신
의 바깥에 놓는 것이다. 거기에 공동체로 열리는 유일한 분리가 있다[35]고
말한다. 이는 곧 주체의 죽음을 목도하는 일은 주체가 비어 있다는 것을

---

32) 주디스 버틀러, 『불확실한 삶』, 양효실 역, 경성대학교 출판부, 2008, 60쪽.
33) 이소연(2012), 앞의 글, 396쪽.
34) 위의 글, 396쪽.
35) 모리스 블랑쇼 · 장-뤽 낭시, 『밝힐 수 없는 공동체 / 마주한 공동체』, 박준상 역, 문학과지
    성사, 2013, 23쪽.

확인하는 것이며 존재 자체가 외존(바깥)임을 인식하는 것이다. 이러한 타자의 죽음을 목도하는 일이 일종의 접촉, 즉 "타자를 영접하는 자리이며 타자를 내적으로 체험하는 자리가 되는 것이다."[36]

블랑쇼의 이러한 사유는 버틀러의 사유와도 맥을 같이 한다. 즉 내가 '너'를 잃어버리는 동시에 나도 잃는다는 것과 내가 '너'의 안에서 잃어버린 것은 '나' 자신 혹은 '당신' 어느 것으로도 구성되지 않는 관계성(relationality)이라는 것이다.[37] 이러한 관계성은 즉 앞서 말한 것처럼 이전의 '나'와 '당신'으로 이어졌던 끈이 아닌 새롭게 '우리'를 연결시켜주는 관계성인 것이다.

낭시는 '공동체'라는 말보다 "'더불어-있음être-ensemble' '공동-내-존재' 그리고 결국에는 '함께-있음être-avec'과 같은 표현들을 더 선호하게 되었다"[38]고 말한다. 이러한 '함께 있음'은 모든 '공허의 내밀성'을 거쳐 나온 것이며 이는 無를 위한 사랑의 시도이고, 또한 타자에게 자신을 전적으로 노출시키는 것이다.[39] 이것이 바깥에서 사유하기의 발생 지점이다.

레비나스(Emmanuel Lévinas)는 '우리'가 되기 위해서는 선행적으로 한 사람 한사람이 주체로서 독립적이며 결코 전체로 환원할 수 없을 정체성을 지니는 것이 전제되어야 한다고 말한다. 또한 "인간의 삶이 얼마나 쉽게

---

36) 황현산, 「시 쓰는 몸과 시의 말」, 『문학동네』 2010년 가을호, 416-417쪽.

37) 주디스 버틀러(2008), 앞의 책, 49쪽.

38) '여기서 "'함께'라는 것은 가까움과 내밀성이라는 의미 안에 간격두기라는 의미를 뚜렷이 담고 있다. '함께'는 건조하고 중성적인 표현이다. 연합도 원자화도 아닌, 다만 장소의 나눔, 기껏해야 접속, 결합체를 갖지 않고 같이-있음"이다. 낭시는 "공동체라는 말은 어쩔 수 없이 충일한 것, 나아가 실체와 내면성으로 부풀려진 것" 같이 들렸고 기독교(박애와 공동 회합의 정신 공동체), 나아가 "종교(유대 공동체·기도공동체·신자들의 공동체-움마umma)를 불가피하게 가리키고 있으며 또한 그 말은 '인종성(人種性)ethnicité'을 뒷받침하고 있는 말이기에 경계할 수밖에 없다."' (모리스 블랑쇼·장 뤽 낭시(2013), 앞의 책, 124-125쪽.)

39) 위의 책, 80쪽.

삭제되는가"[40]라고 하는 것에 대한 '비폭력적 윤리' 문제를 다루면서 '얼굴'을 사용해 '불확실한 삶과 폭력의 금지'를 전하고 있다. 이처럼 '삭제된 인간', 즉 탈인간화 된 주체의 복원을 위해서 무위의 주체들이 할 수 있는 것은 체제가 원하지 않는 일을 함으로써 체제에 편입하지 않는 것이며 "시스템의 일부분으로 작동하지 않는 것"[41]이다. 이러한 거절의 표현으로써 저항성을 획득할 수 있으며 목적도 없고 타자와의 연대도 추구하지 않는, 즉 "합일을 목표로 하지 않"[42]는 가운데 또 다른 공동체의 가능성을 열어가는 것이다. 주체의 복원은 이로써 이룰 수 있으며 이것이 21세기 소설이 보여주는 주체들의 모습이다.

4. 21세기 한국 소설에서의 인간과 주체
: 문진영 『담배 한 개비의 시간』을 중심으로

문진영의 『담배 한 개비의 시간』[43]은 인물들 간의 관계성을 통해 세상이 요구하는 단일한 생존의 문법을 노출시키고 그 한계를 폭로한다. 소설 속 등장인물인 '나'와 'M', 'J', '물고기' 그리고 '사장'은 끊임없는 자기 착취를 생산하는 오늘날의 신자유주의적 체제에서는 한 걸음 물러나있는 인물들이다. 이니셜로 표기되는 이들의 존재는 담배 연기처럼 무게를 지

---

40) '레비나스에게 윤리는 "공포와 불안이 살인 행위로 돌변하지 않도록 억제하는 투쟁"이라고 말한다. 버틀러는 "레비나스적인 얼굴은 무엇이 인간인가, 무엇이 불확실한가, 무엇이 상해를 입히는가를 전하지만 그렇다고 반드시 인간의 얼굴만을 뜻하지는 않는다. '적'의 얼굴에 대한 매체의 재현은 레비나스가 보기에 '얼굴'과 관련해 가장 인간적인 것을 삭제한다."고 말한다.' (주디스 버틀러(2008), 앞의 책, 19쪽.)

41) 복도훈(2010), 앞의 글, 388쪽.

42) 위의 글, 389쪽.

43) 문진영, 『담배 한 개비의 시간』, 창비, 2010, 이하 인용은 괄호 안의 쪽수로 표기.

니지 못한 채 익명적으로 존재하며 각자의 인물들은 하루하루를 담배 한 개비를 피우는 시간들처럼 '습관적'으로 살아간다.

'나'는 교양과목 계절학기 강의에서 선배 'M'을 만난다. '나'와 'M'은 잉여적인 행동으로 강의 시간을 보낸다. '나'는 강의 시간 내내 노트 한 면을 거꾸로 쓴 글씨로 채우면서 똑바로 썼을 때는 좀처럼 찾을 수 없는 참신한 뉘앙스를 발견하는 연습을 하거나, 책을 읽거나, 휴대폰으로 비행기 게임을 한다. 그런 '나'의 곁에서 'M'은 딱히 수업을 듣는 것도 듣지 않는 것도 아닌 채로 수업에 "참여한다기보다는 존재한다."(18쪽) 이들의 이러한 행동은 강의 시간의 무료함을 채우는 단순한 일탈 행위가 아니다. 쉬는 시간이면 이들은 "마치 청춘에 속해 있지 않은 사람들처럼"(18쪽) 담배를 피며 잉여적인 행동의 연장선을 이어가고, "목적지도 없이, 방향도 없이 발길 닿는 대로"(20쪽) 산책을 한다. '나'와 'M'이 여름 내내 보냈던 이 일련의 잉여적인 행동들은 자신을 보다 매력적인 상품으로 팔기 위해 준비해야 하는 '청춘'을 헛되이 보내는 일이자, 그 어떤 생산성도 낳지 않는 '무위'의 행동이다.

그러나 그저 존재할 뿐인 이들은 불안이나 두려움과 동떨어져 있지 않다. 이들은 아무것도 하지 않음 속에서 "시스템에 편입하지 못할 것이라는 두려움 또는 그 시스템에 편입할지도 모르는 두려움"[44]을 내비쳐보인다. 이는 이들의 대화에서도 곧잘 암시된다. '나'는 'M'에게 대학 생활이 한 무더기가 되어 달려야만 했던 어린 날의 체육 시간과 다를 바 없다고 말한다. 그 흐름 속에서 방향을 바꾸는 것은 상처만이 남을 뿐이라는 사실을 '나'는 경험적으로 알고 있다. 졸업반인 'M' 또한 스펙 쌓기에 열중하는 친구와 선배들 사이에서 아무것도 하지 않는 자신이, 마치 경기의

---

44) 복도훈(2010), 앞의 글, 384쪽.

일부로서 존재하지만 어느 팀에도 속해 있지 않고 어느 팀도 응원하지 않는 심판이 되어 잊혀질 것만 같다는 두려움을 발설한다.

'M'의 이러한 두려움은 그가 홀연히 사라졌다 취업준비생으로 다시 나타났을 때 보다 명확하게 드러난다. 그러나 쓸모 있음을 증명해야 하는 세상의 논리에 들어가기로, 쓸모 있는 무언가가 되기로 마음먹은 'M'은 완전히 그 논리에 포섭되지 않는다. 그는 "무언가가 되고 싶지 않아 했던 자신과 헤어지는 것"(88쪽)에 대한 두려움을 내비치면서, 무위의 감각을 상실하게 만들고 생산성의 초과를 강요하는 시스템의 폭력성을 명확하게 인지한다.45) '나'는 그러한 'M'과 간헐적이지만 관계를 지속하면서 오늘의 달과 내리는 비 사진을 찍어 보내는 등 무위의 감각을 환기해 주곤 한다.

한편 '나'가 출퇴근을 반복하는 편의점에서 맺는 인물들인 'J'와 '물고기', '사장'들 또한 주목할 만하다. 같은 편의점의 아르바이트생인 'J' 역시 '나'와 마찬가지로 아무것도 하지 않은 채 사는 인물이다. 거의 칠년째 쉬지 않고 야간아르바이트를 해온 셈인 그는 "어떤 의무감이나 성실함과는 전혀 관계 없"(30쪽)이 일을 한다. '나'가 "시스템으로부터 인정받을 기회도 욕망도 가지지 않"46)듯이, 그 역시 "미래를 위해 뭔가 해야 한다거나 장래에 뭔가가 되어야 한다는 압박감에서 완전히 자유"(31쪽)로운 채로 하루하루를 지낸다. 그의 이러한 무위는 소설 속의 다른 인물들이 그러하듯 담배를 피는 것으로 형상화되기도 한다. '쎄-한 표정'을 짓기 위해 담배를 피는 'J'는 'M'처럼 시스템에 편입할지도 모르겠다는 두려움,

---

45) "뭔가 한다는 건, 남이 하는 만큼은 물론 하고, 남들보다 좀 더 한다는 거지. (…) 근데 나는 남들만큼 하기도 버거워. 나는 여태까지 내가 할 수 있는 것들만 하면서 살아왔고, 내가 할 수 있는 게 아닌 일에는 관심조차 없었어. (…) 그 이상은 바라지도 않았어. 단 한번도, 그 이상을 원해본 적이 없어."(103쪽)

46) 복도훈(2010), 앞의 글, 384쪽.

편입할지도 모른다는 두려움은 발견할 수 없다.

'J'를 통해 알게 된 '물고기'는 사뭇 다르다. '나'가 아무런 의지도 없는 식물로서 자신을 인식하면서 최소한의 삶을 이어나가는 것과 달리 그녀는 언제나 노마드적 충동으로 가득 차 있다. 그녀는 시스템의 거대한 힘을 감당할 수 없음을 알고 있음에도 불구하고 그 시스템으로부터의 탈출을 포기하지 않는다. 그 탈출은 쉽게 실패로 이어지지만[47] 굴복하지 않은 채 계속 이어나간다. 그녀에게 오히려 권태란 그러한 탈출을 멈추었을 때 나타나는 것이기 때문이다. 그녀는 권태를 물리침으로써 시스템을 직시하기보다는 저 너머를 꿈꾼다. "마치 무언가에 쫓기는 사람처럼 '그 언젠가'를 향해 둥둥 떠서 날아가고 있(95쪽)"으며, 현재의 순간은 그저 그 언젠가로 통하는 연결지점에 불과한 것으로 여긴다. 때문에 그녀는 타인과의 관계를 맺는 것을 '짐'으로 생각하며, 관심을 갖던 'J'가 고백을 해옴에도 불구하고 "단 한 번도 내 것이 아니었던 것처럼"(147쪽) 그저 두고 떠날 뿐이다.

이러한 '물고기'의 방식은 '사장'의 면모와도 많이 닮아 있다. 대기업 부장직에 머물다 돌연 편의점을 차리고 사는 '사장'은 편의점의 골방에 틀어박힌 채 무위의 나날들을 보낸다는 점에서 일견 다른 인물들과 비슷해 보이기는 한다. 때로는 '나'에게 사람에게는 저마다 어울리는 속도가, 악기가 있음을 말하면서 고유한 개인의 정체성에 대한 존중을 비쳐 보이기도 한다. 그러나 그는 정작 타인과의 관계 맺기에 있어서는 "필요 이상

---

47) "내 앞에 커다란 매머드가 한 마리가 있는데, 내게 있는 거라곤 달랑 돌도끼 하나뿐이고, 주위엔 아무도 없는 것 같은 기분이야. (…) 난 매머드가 나타나지 않으면 내가 직접 죽어라 찾아다녀. 그리고 가까스로 매머드를 찾아내서 돌도끼를 들고 덤벼들면 (…) 그녀석은 그냥 나를 밟고 지난 가는 거야. 근데 나는 (…) 놀랍게도 조금 뒤에는 다시 통통해져서 벌떡 일어나. 그리고 또다른 매머드를 찾아가지. (…) 안 그러면 정말로 죽을 거 같으니까." (96-97쪽)

의 감정을 누구에게도 드러내지 않으"며(38쪽) "사람을 믿지 않"(38쪽)는다. 그는 "망설이지 않고 관계를 끊는 사람"(165쪽)으로 'J'의 죽음 앞에도 초연하다. 그에게는 타인의 죽음마저도 "걸레를 접듯 관계를 접을 수"(154쪽) 있는 것이다. 사장의 이러한 모습은 그가 존재하는 편의점에서도 잘 드러난다. 강남 한 복판에 있는 그의 편의점은 'J'가 입산을 이유로 떠나자 마치 부품을 바꾸듯 새 알바생으로 교체한 다음 "단순한 기계장치처럼"(127쪽) 돌아가기 때문이다. 이처럼 소설 속에서 사장은 궁극적으로 관계 자체가 외존 되어 있음을, 존재가 타인으로, 타인으로 인해, 타인으로 향해 편위되어 있음을 인식하지 못한다. 타인과의 관계 맺음을 여행지에서의 짐으로 생각하는 '물고기' 역시 사장의 이러한 모습과 크게 다르지 않는데, 때문에 이들은 주체의 내재적 동일성을 완성시키는 개인성에 함몰된다.

소설은 'J'와 '물고기'의 돌연한 죽음으로 치닫는다. 그러나 이 죽음은 역설적이게도 '나'로 하여금 타인의 죽음을 목도함으로써 세상과의 새로운 관계 맺음으로 이끌어 나간다. 입산을 하고자 하였던 'J'와 여행을 떠나겠다던 '물고기'가 왜 함께 승용차에 동승하고 있었는지 그 이유는 알 수 없지만, 이들은 '절'과 '여행지' 등의 세상 바깥으로 가고자 하였던 인물들이다. 여행을 떠난 이들이 당한 비극적인 교통사고는 어쩌면 이 세상을 완벽하게 탈출하는 것은 불가능함을 은유적으로 드러내고 있을지도 모른다.

결과적으로 그들의 죽음은 '나'가 세상과 맺어온 관계에 단호한 결단을 재촉한다는 점[48]에서 갑자기 다가오는 단수적 죽음[49]이라 명명할 수 있으며, 이는 소설 속에서 "숨을 쉴 수도, 심지어 고개를 돌릴 수도 없"(164쪽)이 거대한 무게[50]로, 몸 전체를 짓누르는 짙은 "어둠"으로 내적 체험화

48) 복도훈(2010), 앞의 글, 385쪽.
49) 장 뤽 낭시(2010), 앞의 책, 44쪽.

된다. 내적 체험은 외부적 자극을 요구하면서도 그 원인과 효과가 사실상 한 자아 안에서 작동한다는 점에서 강력한 외부 존재와 예외적 계기를 상정하는 신비적 자아의 체험과도 다르며, 자아의 특별한 관점에 의해 파악되는 것이 아니라는 점에서 주관적 체험과도 다르다.[51] 때문에 죽음은 소통의 자리가 되며, 현실 속에서 인식하지 못했던 것들을 인식 앞에 열리게끔 한다. 소설 속의 '나' 또한 죽음과의 접촉 끝에 '나'의 내면은 권태와 무위에 대한 새로운 자각을 불러온다.

> 모든 하루에 출구란 없는 것이다. 모든 관계에도. (…) 입구가 출구이기도 하다는 것을 모른 채, 우리는 우리가 본 막다른 골목과 거기 이르는 길의 풍경에 대하여 이야기할 것이다. 그리고 출구는 없었다, 고. (157쪽)

모든 하루에 출구는 없으며, 입구가 곧 출구임을 모른다는 '나'의 말은 생활의 영위가 완성되지 않음을 역설적으로 보여준다. 타인과의 관계 맺음으로부터 나올 수 없으며, 동시에 그 관계 맺음은 들어섬과 나옴을 반복한다는 것이다. 그러함으로써 이제껏 그래왔듯이 앞으로도 계속 "나는 그저 점점 더 내가 되어가고 있을 뿐"(166쪽)이며, 이러한 상태의 계속됨은 성찰적 권태를 야기하기도 한다. 바로 성장을 유예함으로써 무엇이든 될 수 있음이, 무엇이든 할 수 있음이 불가능함을 자각하게 하는 권태이다.

> 나는 더 이상 나의 성장에 저항할 힘이 없다. 나는 자라는 데 지쳤다.
> (166쪽)

---

50) 이러한 죽음의 무게는 "살아 있는 것들의 소음은 그만큼의 파장을 만들어내지 못한다고, 적어도 나는 그렇게 생각했다(155쪽)"에서도 드러난다.

51) 황현산(2010), 앞의 글, 404쪽.

이러한 자각은 곧 무엇이 되기를 강요하는 세상의 폭력성에 대한 내면적 성찰을 가능케 한다. '나'는 세상에 남겨졌으며, "아무것도 후회하지 않고, 아무것도 기대하지 않는다."(173쪽) 내가 세상에 대해 갖는 이러한 권태의 감정들은 "나는, 울 필요가 없는 것"(175쪽)이라는 마지막 문장으로 귀결되면서 이러한 무위를 지속함을, 그러함으로써 '못 함'을 '안 함'의 태도로 보다 명확하게 변화시키면서 무언의 의지[52] 내비친다. 비록 소설은 '나'의 "앞으로의 방향성에 대해 모호하게 끝을 맺고 있"[53]기는 하나 '나'가 '부정의 능동성'[54]으로 나아갈 수 있는 가능성을 품고 있다. 부정의 능동성은 '하면 된다'는 식의 의지와 자극에 끌려 다니지 않고 버텨내는 힘이라고 할 수 있다. 이는 세계로부터의 단절이 아니라 세계와의 다른 관계를 의미한다. 이것은 어떤 일을 '하다', '하지 않다'의 차원이 아니라, "나에 대한 세계의 요구와 기대로부터 본질적 자유로움, 자유롭게 세계와 관계함"[55]이다. 즉 '하지 않을 수 있는 힘', '지각하지 않을 수 있는' 힘인데, 이때 지각은 '사실상 특정한 방식의 지각은 거기서 생성되

---

52) 강지희, 「비오는 날에는 우산을, 청춘의 시간에는 담배를」, 문진영, 『담배 한 개비의 시간』 해설, 창비, 2010, 188쪽.

53) 복도훈(2010), 앞의 글, 360쪽.

54) 한병철(2014), 앞의 책, 52쪽에 의하면 '부정의 힘 : 힘에는 두 가지 형태가 있다. 하나는 긍정적 힘으로서 무언가를 할 수 있는 힘이고 다른 하나는 부정적 힘으로서 하지 않을 수 있는 힘, 니체의 말을 빌린다면 아니요 라고 말할 수 있는 힘이다. 이러한 부정적 힘은 단순한 무력감, 무언가를 할 능력의 부재와는 다른 것이다. 무력함은 무언가를 해내지 못하는 것으로, 결국 그 무언가에 대한 종속이며 그 점에서 긍정적이라고까지 말할 수 있다. 부정적 힘은 무언가에 종속되어 있는 이런 긍정성을 넘어선다.'

55) 김성호, 「과잉활동에서 무위의 활동으로 : 피로사회 담론을 넘어서」, 영미문학회, 2012, 128-153쪽에 의하면 정신분석학은 부정적 힘을 사유하는데 서툴다. 부정적 힘은 '능동적'인 힘이자 '정신성'의 긴요한 요소일 뿐 아니라 창조성이 발현되는 한 계기이기도 하다. 정신분석학의 유사한 개념들은 부정의 힘과 창조의 힘이 하나가 된 상태를 지시하는데 한계를 드러낸다. 아무것도 원하지 않음을 통해 역설적으로 만족에 이르려는 심적 전략이며, 여기서는 긴장의 소멸이나 항상성의 유지를 추구하는 '쾌감원리'가 부정적인 방식으로 작동한다. 부정적 힘에 좀 더 가까운 개념은 '쾌감원리'에 반하는 것으로서의, 즉 자아의 통일성을 공격하여 긴장을 유발하는 힘으로서의 '죽음욕동'일 것이다. 그러나 이 공격성이 궁극적으로 지향하는 것은 창조가 아니라 해체다.'

는 특정한 인식과 감정과 가치들에서 자유로움을 뜻한다'.56) 결국 이러한 부정적 힘은 무위와도 동일선상에 서게 된다.

5. 나가며

무엇이 인간인가?라는 물음으로 시작된 '인간과 주체'에 대해 이 글에서는 인간 몰락의 양상과 새로운 주체의 등장과 불가능한 애도에 대해 이야기했다. 먼저 인간이 몰락한 이유를 물화된 인간에서 찾을 수 있었다. 즉 '신자유주의' 이후 인간이 재화로 전락하게 된 것인데 이는 전체주의 이데올로기로서 신자유주의는 인간을 계산 가능한 대상들로 철저히 환원57)하고 있는 것이다. 또 다른 인간의 몰락 양상을 '탈정치화'에서 찾았다. 정치적 '주체'가 해체되면서 정치적 '시민'이 자리할 곳에 경제적 '서민'만이 존재58)하게 되고 나아가 갈등과 저항을 인정하지 않고, 모든 것을 '법'의 테두리 안에 종속시키는 이율배반적인 '법치'의 시대가 도래한 것이다. 법 앞에서의 평등은 형식일 뿐이고 탈정치화 된 시민은 그 앞에서 동등한 권리를 갖지 못한 채 잠재적인 '호모사케르'들로 전락하게 된다. 이처럼 자신의 자리를 주권 권력에 넘겨준 주체들은 기존의 규율사회에서 성과사회로 대체 된 가운데 스스로를 착취하는 형태의 새로운 호모사케르로 등장한 것이다.

이러한 가운데 낙오자가 아닌 이탈자가 발생하게 된다. 이들은 기존의 체제에 편입할 수 없는 무위의 주체들로 스스로 아무것도 하지 않는 자발

---

56) 위의 글, 141쪽.
57) 맹정현(2010), 앞의 글, 80쪽.
58) 홍철기(2010), 앞의 글, 487쪽.

적 잉여로 살아가는 주체들이다. 이들의 욕망 없음은 권태로 이어지는데 여기서 권태는 "목표 없는 내적 동요를, 충족되지 않는 욕구를, 나아가 존재하지 않으면서 존재하는 것에 대한 진절머리"[59]를 느끼면서 자신의 내면과 만나게 한다. 이처럼 무위의 주체들은 기존의 체제에 대한 조용한 거절의 형태로 능동적으로 아무것도 안 하는 주체들이며 그렇다고 이들이 하위주체나 재현 불가능한 주체들은 아닌 것이 하위주체라는 것은 애초에 없기 때문이다.

이처럼 몰락한 인간은 집단 상흔을 경험한 가운데 지속적인 우울 상태에 빠져 있는 것이 특징이다. 금융위기 이후 생존경쟁에 내몰린 자들은 자신들이 잃어버린 것을 슬퍼할 새도 없이 체제 밖으로 내몰리게 된 가운데 상실한 것에 대한 애도를 부인한다. 애도하지 못한 슬픔을 안고 살아가는 이들은 서로 연대하지 않으며, 지속적인 우울상태에 빠져 있고 기존 질서에 대한 저항의 표시로 아무것도 하지 않는 채 '욕망 없음'의 삶을 살아가는 것이다.

이처럼 연대하지 못하는 주체들이 자발적 잉여로 살아가는 모습을 잘 표현한 소설이 문진영의 소설 『담배 한 개비의 시간』이다. 이 작품에서 주체들은 서로 연대하지 않으며 철저히 개별적 주체로 살아간다. 이들은 하나같이 체제 밖으로 밀려났거나 스스로 체제 밖으로 나온 자들로 목적 없는 삶을 살아간다. 이들이 이루고 있는 공동체는 진정한 공동체가 아니며 이들은 철저히 개별적 주체들로 서로 연대하지도 않는다. 이들은 권태로운 가운데 무목적적 삶을 살아가는 무위의 주체들인 것이다.

---

59) 지크프리트 크라카우어(2010), 앞의 글, 238쪽, 복도훈(2010), 앞의 글, 386쪽에서 재인용.

참고문헌

1. 단행본

문진영, 『담배 한 개비의 시간』, 창비, 2010.

강지희, 「비오는 날에는 우산을, 청춘의 시간에는 담배를」, 문진영, 『담배 한 개비의 시간』 해설, 창비, 2010.

김운하, 「우리는 왜 지루함을 참지 못하는가」, 『권태 : 지루함의 아나토미』, 자음과모음, 2013.

마르틴 하이데거, 「철학에의 기여」, 이선일 역, 『철학사상』별책 제7권 제19호, 2006.

모리스 블랑쇼・장-뤽 낭시, 『밝힐 수 없는 공동체 / 마주한 공동체』, 박준상 역, 문학과지성사, 2013.

장 뤽 낭시, 『무위의 공동체』, 박준상 역, 인간사랑, 2010.

조르조 아감벤, 「호모사케르-주권 권력과 벌거벗은 생명」, 박진우 역, 『새물결』, 2008.

주디스 버틀러, 『불확실한 삶』, 양효실 역, 경성대학교 출판부, 2008.

지크프리트 크라카우어, 「권태」, 『미학과 그 외연』, 권대중 외, 월인, 2010.

프리드리히 니체, 「짜라투스트라는 이렇게 말했다」, 황문수 역, 문예출판사, 1975.

한병철, 『피로사회』, 김태환 역, 문학과지성사, 2012.

2. 논문 및 평론

강수돌, 「성과사회, 자기착취, 그리고 피로사회」, 『진보평론』 제52호, 2012년 여름호, 275-283쪽.

김성호, 「과잉활동에서 무위의 활동으로 : 피로사회 담론을 넘어서」, 『안과 밖』 33권, 2012, 128-153쪽.

김서영, 「재난과 회복을 변주하는 정신분석의 해석학」, 『문학과 사회』 2010년 겨울호, 318-332쪽.

김형중, 「살아 있는 시체들의 밤1」, 『문예중앙』 2012년 봄호, 503-520쪽.

맹정현, 「마조히즘적 나르시시즘, 경쟁적 나르시시즘, 냉소적 나르시시즘」, 『문학동네』 2010년 여름호, 464-484쪽.

박준상, 「『무위(無違)의 공동체』의 몇몇 표현들에 대하여」, 장 뤽 낭시, 『무위의 공동체』 해설, 257-285쪽.

복도훈, 「아무것도 '안'하는, 아무것도 안 '하는' 문학」, 『문학동네』 2010년 가을호, 377-402쪽.

이소연, 「질문 2.0 : 무엇이 '인간'인가-상실 너머, '인간' 주체의 복원을 꿈꾸며」, 『문학동네』 2012년 겨울호, 380-402쪽.

이정은, 「지금 이곳에서 우리는 어떤 얼굴의 주체인가?」, 『문학동네』 2010년 여름호, 444-463쪽.

홍기빈, 「인간의 위기와 자치 기획」, 『문학동네』 2010년 여름호, 426-443쪽.

홍철기, 「'시민 없는 법치'를 넘어서 : 갈등의 민주화와 포퓰리즘의 정치화」, 『문학동네』 2010년 여름호, 485-502쪽.

황현산, 「시 쓰는 몸과 시의 말」, 『문학동네』 2010년 가을호, 403-419쪽.

감정과 고통
—공감 (불)가능성과 문학의 가능성

이지혜(이화여대 국문과 박사과정)
심현희(이화여대 국문과 석사과정)
오은지(이화여대 국문과 석사과정)

1. 들어가며

20세기 한국 문학 안에서 고통은 문학적 상상력의 중요한 원천이었으며, 인간과 삶의 고통을 이야기함으로써 '패자의 쓸쓸한 애가(哀歌)를 들려주는 곳'이라는 점에서 문학과 고통의 상관관계는 너무도 자명한 것이었다.[1] 하지만 21세기로 들어서면서 고통, 감정, 문학을 사유하는 일이 이전과는 달리 단순한 일이 아님을 목도하게 된다. 시대적 고통보다는 '경제적 성장'이 우선인 것처럼 보이는 현실과 더불어 문학 역시 오히려 고통을 외면하거나 그 압박감에서 벗어나려고 하는 움직임을 보였기 때문이다.[2] 2000년대의 소설들이 '환상, 유령, 가상현실, 사이버 공간, 무중력 상태 등의 비현실적 요소들로 가득'[3]했던 것은 이를 반증하는 것일지도

---

1) 박성창, 「고통의 문학적 재현과 비극적 모더니티의 수사학 : 김이설의 소설을 중심으로」, 『세계의 문학』 2010년 겨울호, 407쪽.
2) 위의 글, 408쪽.
3) 백지은, 「이설(異說)의 현실, 현실의 이설」, 김이설, 『나쁜 피』 해설, 민음사, 2009, 196쪽.

모른다.

그렇기에 2010년대의 소설 속 고통은 '고통스럽게 귀환'할 수밖에 없었을 것이다.[4] 고통을 기억하기보다는 망각하기를 원하는 것 같은 사회에서 그것을 굳이 이야기한다는 것은 모종의 저항에 부딪혀야 하는 일이기 때문이다. 하지만 그렇기에 문학에게는 보이지 않는 '모종의 저항'이 무엇인지를 질문할 필요성이 생긴다. 그리스 시대의 비극이 그 시대의 상상적인 이데올로기의 반영이자 '정치적 효용'과 관련된 것이었음을 상기해볼 때, 지금 이 시대의 고통과 비극적 소설 역시 '상징계적 갈등'을 통해 '우리 사회의 중핵'을 포착할 수 있는 중심이 될 수 있기 때문이다.[5]

따라서 이를 전제로 하여 2장에서는 '무통문명'의 도래와 함께 고통에 대한 감정이 부정적/긍정적 공감으로 분화되었음을 살펴보려고 한다. 3장에서는 고통이 주체와 분리불가능한 것이라는 전제 하에 고통에 대한 부정적 대응 양상의 두 방식을 살펴보려고 한다. 그리고 4장에서는 진정한 공감의 (불)가능성에 대한 대안으로 부정의 형식과 연대의 가능성을 제시해보려고 한다. 마지막 5장에서는 김태용의 단편소설 「포주이야기」를 '감정과 고통'이란 키워드로 분석해봄으로써, 21세기 한국사회의 '감정과 고통'에 대한 구체적인 형상화와 가능성에 대해 재확인해보려고 한다.

2. 무통문명(無痛文明)의 도래와 감정의 분화

모리오카 마사히로(森岡正博)는 21세기를 고통이 없는 문명, 즉 '무통문명(無痛文明)'이라고 명명한다. 무통문명에서 고통은 더 이상 '삶의 원초적

---

4) 박성창(2010), 앞의 글, 408쪽.
5) 강유정, 「지금 여기의 비극, 당신의 고통」, 『세계의 문학』 2011년 가을호, 392쪽.

조건'이 아니기에, 그것을 '어떻게 향유할 것인가'를 고민했던 과거의 무수한 철학적 질문들은 폐기되었다.6) 삶의 고통은 될 수 있으면 피해야 하는 것이자 느끼는 일 자체도 거부하고 싶은 것이 되었고, 타인의 고통은 물론 자신의 고통까지도 금방 잊히고 그보다는 쾌락이 먼저 추구되는 현실인 것이다.

이러한 무통문명 시대의 도래에 대해 모리오카는 자본주의가 연루된 구조임을 탐색해 들어간다. 정확히 말하면 무통문명은 자본주의가 변용되어 나타난 형태이자, 그 원천인 자본주의를 에워싸고 있는 '이중관리구조'라고 할 수 있다. 여기서 이중관리구조란 모든 것을 예측 가능한 큰 틀 안에 담아 놓듯이 제어한 다음에, 그 안에 많은 해프닝 정도만을 준비하여 관리하는 방식이다. 무통문명은 자신의 외부에는 아무것도 없다는 생각을 들게 하면서 동시에 자신의 내부에 있는 자본주의 안에는 '차이와 생산', '소비 게임'과 같은 것들에 사람들을 몰두시켜 마치 거기에 신기하고 놀랄 만한 모험이 있는 것처럼 만든다.7)

하지만 '만든다'라는 말에서도 알 수 있듯, 이때의 모험은 철저히 짜인 것일 뿐이다. 무통문명은 자본주의에게 '진짜' 혹은 '절대적 고통'8) 대신 자신의 기반과 존재를 무너뜨리지 않을 정도로 '약해진 고통', '일회적' 사건, '자신이 원하지 않는 일을 자신이 선택할 수 있는 정도'의 모험만큼

6) 박성창(2010), 앞의 글, 405쪽.
7) 모리오카 마사히로, 『무통문명(無痛文明)』, 이창익·조성윤 역, 모멘토, 2005, 28쪽, 231쪽, 318쪽.
8) 여기서 구분하고 있는 '진짜' 혹은 '절대적 고통'은 짜인 모험이 아닌 사회에서 추방당하고 있는 고통을 지칭하는 용어로 정의하고자 한다. 구체적으로 블랑쇼의 말을 빌려오자면 이것은 '바깥'을 경험할 수 있는 고통이라고 할 수 있다. 여기서 바깥이란 '삶으로부터 추방된, 경계선 바깥으로 내몰린, 추방 가운데 방황할 수밖에 없게 된 채' 존재하는 경험으로, 궁극적인 바깥 경험은 '죽음'이지만 그 외에 타인의 죽음, 병의 체험, 사회로부터 배제와 추방되는 경험까지도 의미하는 육체적·사회적 고통을 의미한다. (박준상, 『바깥에서 : 모리스 블랑쇼와 '그 누구'인가의 목소리』, 그린비, 2014, 31-32쪽.)

만 허락한다.9) 따라서 '절대적 고통'은 분명 존재함에도 계속해서 지워지고 추방당하는 상황이 되어버렸다.

그리고 이러한 억압을 통해 강력해진 무통문명은 일상에서 투명하게 무화되어 어디든 존재하게 되었고, 유동적이기에 자신을 파괴하려는 힘까지도 재생의 힘으로 전유하는 상황까지 이르게 되었다.10) 결국 '자본주의-무통문명'의 메커니즘을 통해 고통은 일상화되어버리고, 그것이 냉소적인 반응이든 과잉의 반응이든 결국 절대적 고통 그 자체에 대한 자각은 사라지게 된다.

이때 고통에 대한 '자각'이 문제가 되는 것은 낯설게 느껴진다. 아리스토텔레스 이후 감정은 신체적 감각에 의해 발생하는 수동적인 움직임이라고 여겨왔으며,11) 그중에서도 고통은 수많은 감정들 중에서도 지극히 수동적인 것으로 이해되어 왔기 때문이다. 하지만 고통이 자극을 가하는 외부와의 '관계'를 통해서 성립한다는 것을 생각해보면, 영향을 줄 수 있는 것과 더불어 '영향을 받을 수 있는 것 역시 능력의 문제'12)임을 역으로 생각해볼 필요성이 생긴다. 더하여 인간의 감정은 본능에 의한 반응과는 다른 측면이 분명 존재한다는 점, 감정을 '믿음(belief)이나 의견(opinion)'으로 보려는 인지적 해석 논리13) 등은 영향을 받는 존재의 능력을 문제 삼을 수 있는 근거가 된다. 이러한 발상들은 고통 안의 세부적인 감정들

9) 모리오카 마사히로(2005), 앞의 책, 27-28쪽.
10) 위의 책, 317쪽.
11) 손병석, 「감정은 능동적일 수 있는가? 아리스토텔레스의 파테 개념에 대한 인식론적 분석을 통해」, 『범한철학』 제73집, 2014, 3쪽.
12) 진은영, 「감응과 유머의 정치학」, 『시대와 철학』, 2007, 434쪽.
13) W.W.Fortenbaugh, *Aristotle on Emotion*, London : Duckworth, 1975. M.Nussbaum, "Aristotle on Emotion and Rational Persuasion", *Essays on Aristotle's Rhetoric*, A,Oksenberg Rorty(ed.), Univ. of California Press, 1996. pp.303-323. 손병석, 「감정은 능동적일 수 있는가? 아리스토텔레스의 파테 개념에 대한 인식론적 분석을 통해」, 『범한철학』 제73집, 2014, 7쪽에서 재인용.

을 개별화 시켜줄 수 있을 뿐만 아니라 시대에 따라 '공통감정'이 존재할 수 있다는 가정까지 가능하게 해준다. 그리고 이를 무통문명이란 지금의 시대흐름과 연결지어보면 작금의 상황을 세분화하여 이해할 수 있는 발판이 되어준다.

이 시대는 고통을 사방에서 이야기하면서도 '진짜' 고통은 없는, '치유와 힐링'을 강조하지만 그것들 역시도 무통문명의 흐름에 적응시켜나가는 하나의 방식으로 포섭해버린 시대이다.[14] 그리고 그 회유에 저항하는 것을 멈추는 순간 사람들은 안전, 쾌락, 안락함을 얻을 수 있고, 이내 편안함을 느낄 수 있게 된다. 따라서 이러한 시대에서의 '고통'이란 감정을 떠받들고 있는 믿음은 '(절대적 고통을 망각하고 있음에도 불구하고) 우리는 자신의 고통뿐만 아니라 타인의 고통에도 적절히 대응하고 있다'는 잘못된 믿음일 것이다.

하지만 절대적 고통은 주체와 절대 분리될 수 있는 것이 아니기 때문에 그러한 망각 혹은 억압에도 불구하고 끊임없이 회귀할 수밖에 없다. 따라서 이러한 고통의 분화(절대적 고통/무통문명이 허락하는 고통)는 필연적으로 감정의 분화 역시 불러오게 되는데, 절대적 고통을 공감하려는 긍정적인 (혹은 진정한) 공감과 공감의 제스처를 취하는 것 같지만 진정하지 않은 부정적인 공감으로의 분화이다.[15]

---

14) 모리오카 마사히로(2005), 앞의 책, 98쪽.
15) 현실에서 공감은 정념, 동정, 연민 등 다양한 감정 용어와 함께 쓰이는 것을 확인할 수 있다. 하지만 이 글에서는 감정의 분화를 이야기하고 있기에, 감정과 관련된 용어를 나눌 필요성 역시 제기된다. 따라서 긍정적 혹은 진정한 공감으로 상정하는 감정은 '공감'으로, 부정적 공감에 대한 용어로는 '동정(연민)'을 사용하여 그 둘을 구분하려고 한다.

3. 무통문명이 이끌어내는 부정적 공감의 양상

무통문명이 이끌어낸 감정의 분화 중 현 시대에 만연한 양상인 '부정적 공감'은 크게 두 가지 방식으로 드러난다. 주체가 절대적 고통으로부터 스스로를 분리시켜 분열됨으로써 타인의 고통까지 느끼지 못하게 되는 무공감의 양상과 고통을 공감하긴 하나 위장된 공감이거나 오히려 과잉해서 드러냄으로써 자위적 만족을 이끌어내어 마치 고통이 사라진 것처럼 만드는 공감이 존재한다. 두 방식 모두 절대적 고통을 지우려고 시도한다는 것, 무통문명 안에서 예측 가능한 반응이라는 점에서 부정적 공감으로 묶이게 된다.

3.1. 주체의 분열화로 인한 고통의 무공감

주체가 타인의 고통을 보고도 아무런 감정을 느끼지 못하는 것은 그것을 보는 주체마저도 자신의 절대적 고통을 지우고 있는, 즉 무통의 주체만 남아 있는 상태가 되어야 가능하다. 이러한 주체가 다른 시대의 주체와 변별되는 이유는 그간 타자마저도 주체에게 '유사성'16)을 불러일으킬 수 있는 강력한 감정이 고통이었음에도 불구하고, 이제는 주체마저도 자신의 절대적 고통을 억압하고 무통의 주체로 분열되어 있다는 사실 때문이다.

하지만 이러한 주체들이 무통문명 아래에서 고통을 느끼는 지극히 낮

---

16) 아리스토텔레스는 비극을 통해 느낄 수 있는 감정적 태도로 '연민과 두려움'을 언급한다. 레싱은 이에 연민은 부당한 불행을 당하는 것을 볼 때 환기되는 감정이 맞지만, 두려움은 공포 혹은 경악의 감정이 아니라 그 불행이 나 자신에게도 들이닥칠지 모른다는 감정에서 온다고 지적한다. 따라서 '우리 자신과의 유사성'은 고통에 대하여 내가 타인에게 느끼는 거리의 문제로서, 동정이나 연민, 공감을 일으키기 위해서는 꼭 필요하다고 생각되어 왔다. (이경진, 「앨리스씨를 위한 동정론」, 『문학동네』 2014년 봄호, 255-258쪽 참조.)

선 타자들에게 단순한 불쾌감이나 유사성이 아니라 '언캐니(uncanny)'한 감정을 느낀다는 점은 주목해볼 필요가 있다. 프로이트(Sigmund Freud)는 「두려움과 낯설음」이란 글에서 '언캐니'한 감정에 대하여 '친숙했던 것'이 다시 돌아오는 것인데, 그것이 낯선 이유는 오랜 시간 자아가 그것을 '억압'했기에 두렵고 섬뜩하고 낯선 것으로 돌아오기 때문이라고 말한다.17) 그리고 이것의 정체가 어린아이기의 나르시시즘적인 사랑에서 비롯된 '더블'개념과 거세공포라고 보았다.18) 하지만 라깡은 이를 전유하여 '두려움과 낯설음'이 '언어'라는 운명에 의해 '실재계'로 추방된 '더블'의 이미지19)로 볼 수 있는 열린 해석을 가능하게 했다.20) 이를 통해 주체 안의 낯선 타자가 이따금씩 실재계에서 상징계로 귀환하는 것, 그것이 언캐니의 정체가 된다.

그리고 이 지점에서 주체의 분열을 감지할 수 있게 된다. 현 문명이 무통문명임을 상기해볼 때, 절대적 고통은 주체가 배제하고 억압할 수밖에

---

17) 프로이트는 이를 uncanny의 독일어인 'unhemiliar'의 어원분석을 통해서도 도출해낸다. 그는 반대 전이인 'hemiliar'를 먼저 살펴본다. 이 단어는 크게 두 가지 의미를 가지고 있는데, '집 같은, 친숙한, 편안한'과 2번째 의미인 '은폐된, 숨겨둔, 감추어둠'이다. 언캐니의 어원 역시 '친숙'과 '낯섦'의 의미를 동시에 가지고 있는 것이다. (지그문트 프로이트, 「두려운 낯설음」, 『예술, 문학, 정신분석 : 프로이트 전집14』, 정장진 역, 열린책들, 1997, 408-411쪽.)

18) 아이는 나르시시즘적인 사랑에 의해 여러 명의 자신에 대한 이미지를 만들고 자신이 사라지는 두려움에서 벗어나게 되는데, 이 시기가 지나고 나면 '불멸'을 보장했던 '더블'은 '죽음에 대한 섬뜩한 전조'로 바뀌는 것이다. (위의 글, 425쪽. ; 장지영,『펠릭스 곤잘레스-토레스의 작품에 나타난 오브제의 반복성 연구 : '더블'과 '공유'의 개념을 중심으로』, 홍익대학교 석사학위논문, 2014, 20쪽.)

19) 김서영, 「『두려움 낯설음』에 나타난 요약의 문제점」, 『라깡과 현대정신분석』, 2003, 83-84쪽 참조.

20) 상상계 안에서의 주체는 자아와 대상을 일치(더블)시키지만, 주체가 언어를 획득하여 상징계로 들어오게 되면서 분열된 주체가 된다. 이때 나누어진 자아들 중 관대하고 자비로운 더블을 자신의 자아로 삼고, 반대로 자기에게 불쾌하거나 위험한 것을 낯선 더블로서 자신의 내부에서 배제시키고 억압시키게 되는데, 이는 마치 주체 안의 낯선 타자와 같은 것이 된다. (임옥희, 「문학과 정신분석학의 '기괴한' 관계에 관하여」, 『한국고전여성문학연구』, 2003, 8쪽.)

없는 '추방된 더블'이지만 동시에 그럼에도 불구하고 주체 안에 억압되어 존재하는 친숙한 것이 된다. 따라서 주체가 절대적 고통을 억압할 수밖에 없기에 자신 안에 '낯선 타자'로서 그것을 담고 있고(상징계 안의 보편경험), '낯선 타자'가 주체로부터 추방된 절대적 고통의 언캐니한 현전이라고 본다면 '낯선 타자'는 사실 주체가 억압했던 주체 안의 타자가 된다. 결국 지극히 낯선 타자와 주체는 '절대적 고통'을 매개로 하여 주체 자신이 절대적 고통으로 인해 분열되어 있다는 것, 그렇기에 고통에 몸부림치는 낯선 타자가 곧 자신일 수 있다는 새로운 관계와 마주하게 된다.21)

이러한 주체의 분열은 무통문명이 개인의 고통을 무통화시키는 여러 방법들을 통해 탄생한다. 이중 존재말소, 눈가리개의 방법은 절대적 고통을 주체로부터 분리시키고 무감각의 주체를 만드는 주요 방식이다. 이들은 고통스러운 일 그 자체를 망각하게 만드는 방법이다. 그중 존재말소는 고통스러운 사건의 원인을 소거하는 방법이다. 이는 다시 두 가지 방식으로 세분화되는데, 고통의 시작도 전에 예방적인 차원에서 무통화를 시도하는 '예방적 무통화'와 이미 생긴 고통의 원인을 '자신이 보이지 않는 곳에 쫓아냄'으로써 제거하는 것이다.22) 존재 말소의 방법은 '사회 기본 정책'으로 종종 활용되곤 한다.23)

---

21) 이와 연결하여 '절대적 고통'은 마치 레비나스가 말하는 '밤'과도 겹쳐진다. 레비나스에게 있어 밤의 경험은 '비존재의 무(無)'가 아니라 우리가 절대로 벗어날 수 없는 하나의 현존으로서의 보편적 부재성이다. '그저 있음(il y a)', 익명적 존재로서 존재한다는 사실 자체를 드러내는 '부재의 현존'이다. (김영한, 「레비나스의 타자 철학」, 『철학논총』 64집, 2011, 110-111쪽.) 따라서 이러한 설명을 가로질러 도달하게 되는 결론은 '절대적 고통'이란 절대로 주체와 분리될 수 없다는 것, 그것의 분리는 마치 라깡의 '추방된 더블'이나 레비나스의 '밤'처럼 주체를 바깥에 두어야만 가능한 것, 즉 분열되어야 가능한 것임을 확인할 수 있다.

22) 모리오카 마사히로(2005), 앞의 책, 29-30쪽.

23) 출생 전 장애아를 임신 중절하여 고통을 예방하는 것이나 손길이 많이 필요한 노인을 변두리의 노인 시설로 보내거나 대도시 번화가에 있는 홈 리스들을 사라지게 하는 일 등은 현 사회에서 이제는 너무도 자연스럽게 행해지는 일들이다. (위의 책, 29-30쪽.)

이어 눈가리개의 방식은 고통스러운 행위를 했다는 기억이 자신을 괴롭히지 않도록 자신의 힘으로 가리는 '이중사고(Double Think)'를 가리킨다. 이중 사고란 '모순되는 신념' 모두를 '한 번에 받아들이는 힘'으로서,[24] 쉽게 말해 그것이 눈앞에 있는 것을 알면서도 '그런 것은 없다'라고 자신 있게 대답하지만, 실제로는 그것이 아니라는 것을 '의식 어디에서인가는 알고 있는 그런 상태'이다.[25]

결국 절대적 고통에 대한 주체의 자각이 무뎌지는 순간, 그것은 그 자신의 문제로만 그치는 것이 아니라 타인의 고통에 대한 자각 역시 무뎌질 수밖에 없다는 것을 확인하게 된다. 주체가 고통에 예민하다면, 타자가 겪는 고통이 자신이 '겪게 될 혹은 겪었던' 고통임을 알아차릴 수밖에 없고, 그 유사성으로 인해 그것으로부터 고개를 돌릴 수 없을 것이기 때문이다. 하지만 무통의 주체는 자신의 절대적 고통뿐만 아니라 타인의 호소를 듣지 못하고, 타인을 일방적으로 눌러 짓밟으면서도 전혀 눈치 채지 못한다.[26] 이러한 양상은 무통문명이 이끌어 낸 부정적 공감의 한 축, 무(無)공감의 양상이라고 할 수 있다.

3.2. 자기만족적 위로와 고통의 거짓 공감

또 하나의 부정 축은 고통을 느끼고 공감하긴 하나 공감을 위장하거나 과잉하여 공감하는 것이다. 이는 언뜻 보면 앞서 제시된 무공감과는 정반대의 상황처럼 보이는 현상이지만, 절대적 고통을 지운다는 점에서 '무통화'의 방식이기에 유의하여 살펴보아야 한다.

우선 공감의 위장과 연관된 무통화의 방식은 '해독(解毒)'과 '예정조화'

---

24) 주디스 허먼, 『트라우마』, 최현정 역, 플래닛, 2007, 155쪽.
25) 모리오카 마사히로(2005), 앞의 책, 30-31쪽.
26) 위의 책, 34쪽.

이다. 이 둘은 존재말소와 눈가리개 방식과는 달리, 고통에 처한 타자와 직접 마주했을 때 문득 아무런 조치를 취하지 못하는 자신이 괴롭거나 그 사람을 지나치는 것이 이기적인 것으로 인식되어 죄책감이 들 때 그 고통을 없애가는 구조이다.27) 고통에 대하여 반응한다는 점에서 공감과 비슷하지만, 결국 고통을 없애는 구조란 점에서 위장된 공감인 것이다.

먼저 '해독(解毒)'은 말 그대로 고통 받는 사람을 담담하게 '방관자'의 입장에서 보고, 그것을 '단순한 사실'로서 받아들이고 해석해나가는 방식이다.28) 이러한 태도는 고통 받는 타자와의 거리를 확보하게 만듦으로써 그 고통을 '내 이성에 의해 단순히 묘사될 만큼의 것'이 되게 만들고,29) '매우 이기적인 안정감'인 동정심 혹은 연민을 갖게 한다는 점에서 문제적이다.30) 동정 혹은 연민의 감정은 '변하기 쉬운 감정'이라는 점, 행위로 이어지지 않을 경우 할 수 있는 일이 없다는 무력감과 함께 사람들로 하여금 '금방 지루해하고 냉소적'이 되도록 만든다는 점에서 위험하다.31) 더불어 동정과 연민은 그러한 감정을 느끼는 주체의 '무고함'도 증명해줄 수 있다는 감정이다. 타인의 고통에 동정과 연민의 감정을 보낸다는 것은 고통의 원인이 자신은 아니라는 것을 보여줄 수 있기 때문이다. 따라서 "(선한 의도에도 불구하고) 연민은 어느 정도 뻔뻔한 (그렇지 않다면 부적절한) 반응"이 된다.32)

'예정조화'는 단지 방관자를 넘어서서 도움을 주는 행위까지 나아가는 주체에게 쓰이는 방식이다. 무통문명에서는 고통 받는 타인을 돕는 행위가 결국은 내 자신을 위한 동기로 연결되도록 유도한다.33) 타인의 고통을

27) 위의 책, 31쪽.
28) 위의 책, 31쪽.
29) 위의 책, 32쪽.
30) 강유정(2011), 앞의 글, 404쪽.
31) 수잔 손택, 『타인의 고통』, 이재원 역, 도서출판 이후, 2011, 153쪽.
32) 위의 책, 154쪽.

직시하고 진정한 공감을 통해 돕는 행위를 했다기보다는 타인을 돕는 자신을 보며 '진정한 삶의 의미를 발견'할지도 모르는 희망을 갖거나 자신이 '사랑을 아는 인간임'을 확인하는 자기만족적 위로에 방점을 두도록 하는 것이다.[34]

결국 방관자의 태도와 자기만족적 동기부여는 현대사회에 있어 타인의 고통에 대응하는 방식이 극단적인 두 행동 패턴으로 발생하는 연유를 설명해준다. 이 둘은 '나'가 눈앞에 존재하는 타인의 고통으로부터 '거리를 두고 싶을 때'와 '함께 하고 싶을 때'에 따라 선택만 하면 되는, 양립할 수 있는 선택지라는 점에서 다른 것 같지만 결론적으로는 동전의 양면과도 같은 행동이 된다.[35]

위장된 공감 이외에 과잉 공감의 양상 역시 부정된 공감의 양상이라 할 수 있다. 현대사회는 고통을 시각화·스펙터클화하여 즐기고 있는 모습을 보인다. 영화와 텔레비전 등에서 뒤덮고 있는 고통의 '이미지'들은 수잔 손택(Susan Sontag)이 말한 것처럼 타인의 고통을 '하룻밤의 진부한 유흥거리', 일종의 스펙터클로 '소비'[36]될 수 있는 '짜여진 모험' 정도의 고통으로 만들어버린다. 즉, '고통의 장관(壯觀)' 혹은 '고통의 이미지들의 과잉'은 타인의 고통을 진지하게 사유할 가능성을 없애는 것에 일조하고, 고통 그 자체를 실종시키는 일종의 '병리적 현상' 그 자체가 되어버렸다.[37] 고통의 거짓된 공감에서 결국 맞닿게 되는 것은 공감의 형식까지 자신의 것으로 흡수해버리고 이를 무통화하는데 활용하는 무통문명의 시대흐름이다.

---

33) 수잔 손택은 뭔가를 행동하는 것에도 감상적인 감정이 무자비함이나 그보다 더 나쁜 것을 즐기는 취향과 완벽히 양립할 수도 있다는 것을 밝힌바 있다. (위의 책, 153쪽.)
34) 모리오카 마사히로, 앞의 책, 32쪽.
35) 모리오카 마사히로, 위의 책, 31–32쪽.
36) 수잔 손택(2011), 앞의 책, 3쪽.
37) 박성창(2010), 앞의 글, 406쪽.

4. 진정한 공감 (불)가능성으로의 전환과 연대의 가능성

무통문명의 시대를 직시하고 나면 '타자의 고통에 진정한 공감이란 가능한가?'란 물음에 대해 쉽사리 대답하지 못하게 된다. '그렇다'일 경우 '자기만족적 합리화의 기만'이라는 무게를 견뎌야만 하고, '아니다'일 경우에는 '세상에 대한 냉소와 환멸 그리고 절망'의 무게를 견뎌야만 하기 때문이다.[38] 고통자체의 철저한 고립성과 '완벽한' 공감의 불가능성 역시 진정한 공감에 대한 회의를 일으킨다.

그럼에도 불구하고 인간이 그리고 문학이 '그렇다'를 택해야만 하는 이유는 개개인의 삶에 있어 고통은 절대 분리될 수도 끝을 낼 수 없기 때문이며, 고통이 온전히 자신 만의 몫이라는 '경험적 동일성'으로 인해 '우리 모두'가 그 짐을 짊어지고 있다는 점 때문이다. 즉, 고통은 개인의 몫으로 끝나는 것이 아니라 '고통의 윤리학 혹은 사회학'으로 묶일 수 있는 개인 '들'을 만날 수 있는 지점인 것이다.

4.1. 기억의 반복강박과 부정의 형식

그간 고통은 인간의 삶에서 되도록 부정하고 싶은 것이었고, 이 바람은 무통문명으로 등장하였다. 이러한 흐름을 생각해볼 때, 공감의 방식까지 부정적으로 전유한 무통문명의 시대에서 진정한 공감으로 나아가기 위한 새로운 방법은 무통문명의 방식을 다시 전유하는 '부정의 형식'으로 가능하지 않을까란 역설에 도달하게 된다. 즉 무통문명이 고통을 지우려고 한다면, 고통 안에 머물기를 선택하고 도리어 스스로 고통에 뛰어들기를 자

---

38) 고인환, 「'정공법'의 소설을 기대하며 : 조해진, 이재웅의 작품을 중심으로」, 『문학사상』 43권, 2014, 62쪽.

처하는 방식으로 절대적 고통을 '기억'하는 것이다.[39)]

이는 단순히 고통을 수동적으로 받아들이겠다는 의미가 아니다. 고통과 함께 있기를 '선택'했다는 것은 수동적으로 당할 수밖에 없다고 생각되는 '수난(passion)으로서의 고통'에서 스스로 선택한 것이자 멈출 수 있는데도 운명을 거스르고 행하는 '열망(passion)으로서의 고통'으로 그 의미를 전환하겠다는 의지이기 때문이다.

이러한 시차(視差)적 전환은 사라져가는 고통의 존재를 '죽음충동'을 통해 알리는 것에서 시작한다. '죽음충동'은 쾌락충동의 반대편에 서있는 프로이트의 개념[40)]이다. 죽음을 향하는 본능을 의미한다는 점에서 삶과는 거리가 있어 보이지만, 오히려 죽음충동은 삶 안에서 반복강박적으로 돌아옴으로써 도리어 자신의 죽음을 끊임없이 유예하고 역설적으로 아직 살아 있음[41)]을 알리는 방식이 된다.

구체적으로 문학 안에서 고통이 죽음충동적으로 등장하는 방식은 '고통의 기억'을 반복해서 반추하는 것이다. 고통의 기억을 반복강박하는 문

---

39) 이는 지젝의 '부정적인 것과 함께 머물기-상처는 당신을 찌른 그 창에 의해서만 치유된다'란 말, 헤겔의 말-부정적인 것을 외면하는 긍정적인 것으로서의 권능이 아니라 '오히려 정신은 오직 부정적인 것을 대면하고 부정적인 것과 함께 머물기를 통해서', 이 머무름을 통해 '부정적인 것을 존재'로 바꿔놓는다-와도 연결된다. (슬라보예 지젝, 『부정적인 것과 함께 머물기』, 이성민 역, 도서출판 b, 2007, 8쪽, 337쪽.)

40) 프로이트는 외상으로 인한 '반복강박'을 발견하고, '충동들 자체의 가장 내적인 속성에 종속되어 있는 것'이자 '쾌락 원칙을 넘어설 만큼 상당히 강력한' 원칙이 있음을 확인하게 된다. 그리고 뒤이어 발표한 '쾌락원칙을 넘어서'를 통해 '쾌락원칙'에 반하는 '죽음본능-죽음충동'의 존재를 인정하게 된다. (지그문트 프로이트(1997), 앞의 글, 430쪽. 지그문트 프로이트, 『쾌락 원칙을 넘어서』, 열린책들, 1997, 49쪽. 강진호, 「문학작품 읽기를 통한 주체의 형성」, 『영미어문학』 102, 2012, 252쪽. 유현주, 「두려운 낯설음」, 『브레히트와 현대연극』 23, 2010, 211쪽 참조.)

41) 삶은 죽음을 향해서 가고 있지만, 죽음을 향해 가고 있는 그 모든 과정은 삶에 의해 구성된다. 따라서 우리는 삶과 죽음을 따로 떼어내 생각할 수 없고, 그렇기에 '아직 죽지 않음'이 우리에겐 '살아 있음'의 징표가 된다. 우리가 삶 속에서 죽음을 상상하는 것은 삶 너머에 있는 죽음을 상기하고, 그 순간 여전히 우리가 삶 속에 있다는 것을 파악하기 위함이다. (남경아, 「라캉의 "죽음충동"과 주체의 자유」, 『범한철학』, 2014, 97쪽.)

학이 있다면 이때의 현실은 그 '에피소드나 소재의 분별'로 드러나는 것이 아니라 오히려 고통을 '어떻게 패턴화'하는지 '어떠한 리듬'을 주조하고 있는지를 통해, 즉 내용이 아니라 고통의 기억이 드러내는 '형식'을 통해 드러난다.[42] 이 형식은 고통의 무게에 지쳐 떨어지길 바라는 무통문명에 반하여, 기억의 외연을 계속 달리하여 강박적인 반복으로 귀환함으로써 고통의 망각을 필사적으로 저지한다.

또한 죽음충동적 글쓰기가 부정적 공감의 대안이 될 수 있는 이유는 "쾌락원칙"을 통해 맺어진, 즉 고통을 없애는 것을 행복과 연결시킨 무통문명 안 개인·사회의 믿음을 와해시킬 수 있기 때문이다. 그리고 믿음의 와해는 '이상한 결말이나 파국 또는 대단원'을 이끌어낼 수 있는 가능성을 지니게 되기에 중요하다.[43] 이때의 다른 결말이란 타인의 고통을 냉소주의 혹은 휴머니즘적 온정주의로 덮을 수 없는, 오히려 성급히 끝을 낼 수 없으며 생각이 생각에 꼬리를 물며 끝없이 이어지는(never ending) 결말 아닌 결말과 같은 형태일 것이다. 개개인에게 그리고 이 사회에 산재하는 절대적인 고통이 끝이 없듯 고통의 기억은 계속해서 회귀할 것이기에, 끝은 더 이상 끝이 아닌 또 다른 시작일 것이기 때문이다.

이러한 글쓰기를 그동안의 '쾌락원칙적 글쓰기'를 넘어서는 대안을 제시하는 '죽음충동적 글쓰기'[44]로 명명할 수 있을 것이다. 이는 마찬가지

---

42) 서희원, 「분노의 날」, 『문예중앙』 2012년 봄호, 546쪽.

43) 위의 글, 553쪽.

44) 쾌락원칙적 글쓰기란 서사를 추동하는 내부의 에너지를 지닌 글쓰기라고 할 수 있다. 그 에너지는 플롯을 짜내고 의미 있는 이야기를 만든다. (김형중, 「살아 있는 시체들의 밤1」, 『살아 있는 시체들의 밤』, 문학과지성사, 2013, 115쪽.) 반면 죽음충동의 글쓰기는 끝을 향해가는 글쓰기이자 서사의 추동을 지연시키는 글쓰기라고 할 수 있다. 피터브룩스는 반복을 통해 텍스트에 작용하고 있는 것을 죽음 본능이라고 말한다. 텍스트의 쾌락원칙을 지연시키기도 하고, 시작 이전에 존재하는 시간으로 돌아가려 한다는 점에서 시작 이전에 존재하는 끝의 시간이기도 하다. (피터 브룩스, 『플롯 찾아 읽기』, 박혜란 역, 강, 2011, 167쪽.)

로 죽음을 향해가는 글쓰기를 말하는 블랑쇼(Maurice Blanchot)의 글쓰기와
도 겹친다. 그는 소설이 "죽음이 군림하는 곳", "죽음의 순간에서 조차 …
죽어가는 것 대신에 말하면서 죽음의 순간을 살아야만 한다."고 말한바
있다.45) 타인의 고통 역시 그것이 죽어가는 순간에서 조차 '지금' 말해지
고 있음 그 자체를 위하여 계속해서 기억으로 되돌아와야 할 것이다. 기
억이 반복강박의 형식으로 돌아오는 그 순간들만이 절대적인 고통을 망
각하지 않고, 진정한 공감의 불가능성을 가능성으로 전환시킬 수 있는 길
이 되어주기 때문이다.

4.2. 고강도의 공감과 '함께-있음'의 공동체

  기억의 반복강박 형식이 고통을 망각되지 않도록 했다면, 그 형식과 돌
아온 '절대적 고통'의 내용 역시 살펴보아야 한다. 현 시대는 단순히 고통
의 내용을 보여주는 것 그리고 그에 반응하는 것만으로는 '진정한 공감'
을 이야기할 수 없음을 확인하였다. 고통이 사라진 것처럼 만드는 것도
문제지만, 타인의 고통을 들이밀며 감정을 불러일으키는 것만으로는 동정
혹은 연민으로 고통이 다시 지워질 수 있기 때문이다.

  따라서 고통을 지우지 않으면서도 섣불리 동정 혹은 연민으로 넘어가
지 않기 위한 문학적 방법으로 고통을 '극사실주의화'하는 방법이 있다.
이때의 극사실주의는 앞서 말한 고통의 장관이나 스펙타클과는 다른 방
식이다. 이는 절대적 고통을 타자화한 주체의 분열을 스스로가 직시하게
하는 방법이자 결국은 낯선 타자와 주체가 '절대적 고통'을 매개로 하여
새로운 관계를 성립하게 만드는 방법이기 때문이다.

  극사실주의를 통해 제시되는 타인의 고통은 그간의 우리가 공감할 만

---

45) 박준상(2014), 앞의 책, 247쪽.

한 고통이라고 불렀던 것을 훨씬 상회하여 존재한다. '나'와는 너무도 거리가 멀기에 유사성이라는 감정은커녕 슬픔이나 안쓰러운 마음조차도 생기지 않고, 도리어 현실감이 없게 느껴질 정도의 고통만이 극으로 밀어붙여져 있다. 하지만 여기서 더 불편한 것은 고통을 극으로 몰아붙이면서도 정작 그 고통에 관해서는 아무런 반응 없이 철저하게 침묵하는 경우가 많다는 점이다. 단지 낯선 타인의 고통이 계속해서 불쾌하게 서사의 끝까지 나열될 뿐이다. 따라서 이를 보는 독자들은 연민과 동정조차도 할 수 없고, 끝까지 해결된 것은 아무것도 없기에 종결의 카타르시스 역시 느낄 수 없게 된다. 다만 남는 것은 참혹한 고통 앞에서 손쉽게 냉소할 수는 찜찜함, 책장을 덮은 뒤에도 이어지는 불편함이다.

이런 상황에서 필요한 것은 '고강도의 공감(Mitleid)'[46]이다. 이를 위해 먼저 필요한 것은 '파토스의 수사학', 즉 고통이 "'나'를 '너'에게 건너가게 해주는 유일한 다리'라는 신화를 깨는 것에서 출발한다.[47] 고통이 '나'와 '너'를 이어줄 수 없다는 깨달음은 같은 경험을 동시에 겪었을 지라도 '나'가 '너'와 똑같은 감정을 느낄 수 없다는, 공감의 불가능성을 상정해야 함을 의미한다. 이 불가능성은 그 고통의 절대성으로 인해 '침묵의 세계'로 들어가게 한다.[48] 이는 무관심하기에 말하지 않는 것이 아니라 절대적 고통이 언어로는 절대 표현될 수 없다는 깨달음에 의한 함묵이다.

하지만 공감의 불가능성을 깨닫는 순간은 역설적으로 공감의 가능성이 열리는 순간이기도 하다. '극단적 고통의 순간(The Passion)'이 '모든 개별자의 수난(고통)'을 대속하는 대수난이었듯, 공감(compassion)은 '고통의 공명'

---

46) 고강도의 공감(Mitleid)에 대해 이경진은 '우리 자신과의 유사성'에 입각한 공감의 수준을 뛰어넘는, 지극히 낯선 타인의 삶이 결국은 우리 자신과 무관하지 않음을 직시하고 함께 고통스러울 것을 요구하는 공감이라 설명한다. (이경진(2014), 앞의 글, 271쪽.)

47) 박성창(2010), 앞의 글, 412쪽.

48) 위의 글, 410쪽.

즉 '개별적인 수난들의 총체(com+passion)'로서 공감의 연대를 가능케 하기 때문이다.[49] 이러한 역설 아래 지독하게 낯설던 타자는 애써 외면해왔지만 사실은 '절대적 고통' 안에 함께 있는 '우리'라는 사실을, '나' 역시 타자의 고통에 연루되어 있다는 새로운 관계가 성립된다. 그렇기에 '타자의 고통에 함묵'함으로써 '타인의 고통에 대해 이해'할 수 있고, 사회적 고통을 '음화(陰畫)'[50]하고 철저히 개인적인 고통만을 얘기하면서도 '사회적 전망'을 가능케 하는 역설 역시 가능해진다.[51]

바로 여기에서 공감의 불가능성은 가능성으로 전환되고, 연대의 가능성으로까지 나아가게 된다. 이때 연대의 시작은 타자의 고통과 나의 고통이 개별적으로 상호 보존되는 '함께-있음'[52]에서 비롯된다. 이는 블랑쇼의 '연인들의 공동체'와 닮아 있다. '무엇'을 나누는 것이 아니라 '함께-있음' 자체를 나눔으로써 나와 타인의 실존 자체가 서로에게 부름과 응답으로 보존되는 새로운 감정의 연대를 보여주게 되는 것이다.[53] 이제 주체는 타인을 대체하거나, 동일화되거나, 타인의 위치에 놓일 수 없다. 그러나 이 분리가 나와 타자는 고립되어 있고 소통 없음을 의미하지는 않는다.[54]

---

49) 양윤의, 「정념의 수용기(受容器), 공감의 문학」, 『세계의 문학』 2011년 겨울호, 324쪽.
50) 테리 이글턴은 비극을 유토피아의 음화(陰畫)라고 지적한다. 비극은 우리가 아끼는 것이 파괴되는 장면을 보여줌으로써 우리가 아끼는 것이 무엇인지를 상기하게 만들기 때문이다. (테리 이글턴, 『우리 시대의 비극론』, 이현석 역, 경성대학교 출판부, 2006. 69쪽.) 마찬가지로 사회적 고통의 음화 역시 그것을 지움으로써 역으로 개인의 고통의 출발점이 어디인가를 좇게 한다는 점에서 고통을 지움에도 고통을 사유할 수 있는 하나의 방식이 된다.
51) 박성창(2010), 앞의 글, 416-417쪽.
52) 여기서의 '함께'는 건조하고 중성적인 표현으로, 연합도 원자화도 아닌 다만 장소의 나눔, 기껏해야 접속, 결합체를 갖지 않고 같이-있음이다. (장 뤽 낭시, 「마주한 공동체」, 『밝힐 수 없는 공동체 / 마주한 공동체』, 박준상 역, 문학과지성사, 2005, 125쪽.)
53) 박준상, 「정치적 '행위'와 공동체-장 뤽 낭시를 중심으로」, 『철학논총』 78, 2014, 147쪽.
54) 레비나스와 블랑쇼가 분리를 강조하고 있다면 그것은 다만 관계에서 타자와 나 사이의 매개의 궁극적 부재, 어떤 공통의 관념의 지배와 그에 따른 전체성으로의 종속의 궁극적 불가능성을 말하기 위해서이다. 분리는 소통과 반대되지 않을 것이며, 레비나스와 블랑쇼는 모두 분리 가운데에서의 소통에 주의를 요청하고 있다는 점에서 공통된다. (박준상, 「이름 없는 공동체 : 레비나스와 블랑쇼에 대해」, 『철학과 현상학 연구』 18, 2002, 101쪽.)

'나'는 타인과 분리되어 있지만, 동시에 타인과 공동체를 향해 열려 있는 존재이기 때문이다.

이렇게 형성된 감정의 공동체는 과거의 공동체주의와 다르며, 높은 곳에서 바라보는 연민의 공동체도 아니다. 오히려 타인과의 사이에 존재하는 틈을 인식하고 자신의 유한성을 자각한 존재들이며, 이를 통해 개별적 존재들의 소통 불가능성을 이해하고 서로의 절대적인 차이성을 끌어안는 무위의 공동체이다. 이 공동체는 모험을 감행함으로써, 즉 공감의 불가능성을 계속적으로 시도함으로써 끊임없이 타자를 감싸 안고 '공명(共鳴)'한다.55)

연인들의 공동체는 나아가 '문학의 공동체'까지 가능하게 한다. 블랑쇼가 말하는 '문학의 공동체'의 시작은 예술이 '스스로를 상실한 자, '나'라고 더 이상 말할 수 없는 자, 같은 움직임에 의해 세계의 진리를 상실한 자, 추방에 처해진 자의 상황',56) 즉 바깥의 경험을 묘사하고 있기에 가능해진다. 이러한 경험은 '바깥으로의 열림' 그리고 '타인에게로의 열림', '나와 타자 사이의 급진적 반대칭성의 관계를 유도하는 움직임'을 통해 찢겨짐으로써 소통을 가능하게 만들기 때문이다.57) 이때 문학적 소통은 '본질적 언어'58)를 통해서 가능해진다. 앞서 공감의 한 방식이었던 '침묵' 역시 '어떤 것'을 나누는 것 이외에는 아무것도 하지 않음으로써59) 본질적 언어가 된다.

---

55) 양윤의(2011), 앞의 글, 311쪽.
56) 모리스 블랑쇼, 『문학의 공간』, 박혜영 역, 책세상, 1990, 97쪽.
57) 모리스 블랑쇼, 「밝힐 수 없는 공동체」, 『밝힐 수 없는 공동체 / 마주한 공동체』, 문학과지성사, 박준상 역, 2005, 43쪽.
58) 블랑쇼의 본질적 언어는 의미 구성-기표와 기의의 종합된 형태-에 개입하지 않는, 다만 사유와 결합되어 '효과의 측면'에서 의미를 중성적인 언어-인식 사이의 공백과 미결정 상태로 되돌리는-로 생성될 수 있을 뿐이다. 언어는 그것이 갖는 물질적·감각적 표현을 통해서 말할 수 없는 바깥의 효과를 현시한다. (박준상, 앞의 책, 134쪽, 152-153쪽, 160쪽.)
59) 모리스 블랑쇼(2005), 앞의 책, 21쪽.

또한 '문학적 공동체'의 완성이 문학 안에서는 불가능하다는 점에서 고통의 문학을 바라보는 독자와의 필연적인 연결고리가 생겨난다. 본질적 언어를 통한 독자와의 보이지 않는 소통은 '보이지 않는 것을 보고 납득하고, 들리지 않는 것을 듣는' 독자의 '감지'를 통해서만 '진리'가 될 수 있기 때문이다.[60] 따라서 문학적 공동체의 궁극적인 소통은 '쓰는 자와 읽는 자의 소통, 작품의 공동구성'을 통해서만 가능하다.[61]

이러한 경유를 통해 비로써 문학은 문학적 공간과 윤리적 공간을 아우르게 된다. 그리고 '고통'에 대한 사유는 그러한 문학의 공간 안에서 끊임없이 반복하고 회귀하는 언어를 통해서 현 세계의 시간을 찢고, 문학 바깥에서 '행위'의 도래를 목격하게 만들 것이다.

5. 21세기 한국 소설에서의 감정과 고통
: 김태용 「포주이야기」를 중심으로

김태용의 「포주 이야기」[62]는 "나는 포주였다, 로 시작해서 나는 포주였다, 로 끝나는 글"(13쪽)이면서 다시 "나는 포주였다"[63]로 되돌아오는 이야기이다. 소설 속 화자는 '나는 포주였다'라는 반복되는 문장에 갇혀 있다. 그리고 그 문장 뒤에 어김없이 등장하는 "다음 문장은 떠오르지 않는다."(11쪽)와 같은 문장들은 글을 쓰면서 동시에 지워낸다. 이로써 「포주 이야기」는 반복되는 문장을 통해 이야기를 유예시키고, 문장을 채우는 동

---

60) 박준상(2005), 앞의 책, 262쪽.

61) 위의 책, 26쪽.

62) 김태용, 「포주 이야기」, 『포주 이야기』, 문학과지성사, 2012. 이하 인용은 괄호 안의 쪽수로 표기.

63) "나는 포주였다."로 시작하는 문단은 총 16번(11,12,14,15,16,17,20,22,25,26,27,30,32,33쪽)이며, 그 문장은 정확히 소설의 시작부터 끝이 나기까지 42번 등장하고 있다.

시에 그것이 없었던 상태로 회귀하려고 함으로써 '죽음 충동의 가장 탁월한 언어적 등가물'64)이 된다.

「포주 이야기」가 죽음충동이 지배하는 이야기라면, 이제 중요한 것은 줄거리가 아닌 계속해서 반복되는 문장의 '의미', 글의 마지막에 다가왔음에도 "나는 포주였다 … 이제 겨우 첫 문장을 완성했을 뿐이다"(34쪽)라며 지금까지의 글을 언어 밖에 떠도는 언어로 만드는 '이유'일 것이다. 이때 주목할 것은 앞선 두 질문의 핵심에 '고통'이 존재한다는 것65)이다.

"까막눈이 포주"(16쪽)였던 시절의 그는 감정을 주고받는 능력을 상실한 자와도 같았다. 그는 자신의 칼에 고통스럽게 죽어가는 포주였던 아버지를 보고도 도리어 "거추장스러운 존재일 뿐"이었다며 미련이 없다고 말(24-25쪽)한다. 포주가 된 그는 "시간은 곧 돈"이라는 "직업윤리"(12쪽)만을 강조하며 아무런 죄책감 없이 "흉폭한 말과 폭력으로 모든 것을 해결"(19쪽)하고, 창녀들을 그저 "돈벌이의 수단이자 사업 파트너"(25쪽)로만 볼 뿐이다. 하지만 "예정된 운명"이 자신을 옭아매게 된 후(25쪽), 그는 "천천히 죽어가는 게 마지막 남은 희망"인 삶(16쪽)을 살게 된다.

그러한 그가 삶의 고통과 직면하게 되는 것은 "인생의 중요한 전환점"(27쪽)으로 우연히 다가온 아이 그리고 언어와의 만남 때문이었다. 그는 처음에는 아이에게 언어를 배우며 "일종의 황홀경"에 빠지듯, "문맹이란 열등감"에 시달려왔던 칠십 평생에 대한 "보상"과도 같이 느끼며 "언어의 포주"가 되었다고 생각(19쪽)한다.

하지만 그것도 잠시 그는 "나는 포주였다"란 첫 문장을 쓰고(11쪽) '요령부득(要領不得)의 상태'66)에 빠진다. 그 한 문장은 살면서 단 한 번도 되

---

64) 김형중(2013), 앞의 글, 132쪽.

65) 남승원은 김태용식 서사가 "고통이 이야기", "추락과 동시에 바닥인 이야기"가 본질이자 힘이라고 말한다. (남승원, 「그라운드 제로에 선 소설들」, 『문예연구』(75권) 2011년 봄호, 300쪽.)

돌아보지 않았던 '과거의 자신'과 대면하게 만들었기 때문이다. '억압된 과거의 상흔'이 현실이 되어 '이야기와 글쓰기에 대한 강박적인 반복으로 귀환'하자,[67] 이로써 "이브가 따 먹은 선악과"(13쪽) 같이 되어버린 글과 결국 "언어의 포로"(19쪽)가 되어버린 제 자신을 깨닫게 된다. 즉 '나는 포주였다'란 언어는 걷잡을 수 없는 '두려운 실재'[68] 출현시켜 그동안 자신의 행위로 인해 고통 받은 타인을 기억하게 만들고, 자신 역시 '고통에 대한 끊임없는 자각의 상태'를 받아들이게 만드는 문장이 된 것이다.[69]

또한 자신을 향해 되돌아오는 고통을 '언어화'하는 것은 공감 자체에 내재된 '진정한 공감의 불가능성'과 언어의 '재현 불가능성'으로 인해 "완벽한 기억의 복원으로서의 글쓰기"(27쪽) 역시 불가능하다는 고통을 불러온다.

'나'의 글쓰기가 시작된 것은 "하얀 쌀밥 위에 까만 콩 몇 개를 짓눌러놓은 것만 같은 특징 없는 얼굴"(15쪽)을 하고 있는 '아이'의 존재 때문이었다. 아이의 얼굴은 "피골이 상접하여 하얀 쌀밥 위에 까만 콩 몇 개를 짓눌러놓은 것만 같은 얼굴"(23쪽)을 하고 있는 골방 창녀들의 얼굴과 자꾸만 겹쳐진다. 그렇게 인식된 타자의 얼굴은 그간 "수많은 여자들을 만나고 품에 안고 등쳐"먹었던(25쪽) 과거를 떠오르게 하고, 아이를 기다리며 그들의 심정을 헤아려보게 만든다.

그러나 '나'는 섣불리 고통을 언어화하기보다는 그저 침묵한다. 어느 날 비를 맞고 와서는 울음을 삼키며 "아무것도 묻지 마세요"(28쪽)라 말하

---

66) 서희원(2012), 앞의 글, 550쪽.
67) 위의 글, 549쪽.
68) 여기서 '내 안의 타자'는 절대적 고통이 될 것이며, 그것은 거부할 수 없는 '실재'로서 다가올 것이다. 그리고 실재가 자신을 점유하고 있음을 깨닫는 순간은 주체와 서사를 함께 붕괴시킬 수 있는 위기 그 자체로 내몰리게 된다. (이소연, 「불가능하고 불가측한, 글쓰기의 모험」, 『문학동네』 2012년 여름호, 636쪽 참조.)
69) 안서현, 「상실에 관한 두개의 농담」, 『본질과 현상』 2012년 겨울호, 313쪽.

는 아이를 보고 처음에는 돌려보내려고 하지만, 이내 그는 아이를 그저 바라보고 있다가 "쾨쾨한 냄새가 나는 이불을 아이의 몸에 덮어"준다(29쪽). 그저 아이에게 필요한 시간을 함께 공유해주는 '나'의 태도는 서로의 개별성을 보존하고 개별적 존재들의 거리를 인식하는 '고통의 연대'를 잠시나마 발견하게 한다. 그리고 '나'는 이 순간을 "내가 나는 포주였다, 로 시작하는 글을 쓰게 하려고 아이는 그날 밤 그렇게 나를 찾아왔던 것"(27쪽)이라고 기억하게 된다.

침묵을 통한 공감과 연대의 경험은 그로 하여금 '유서(遺書)'쓰기를 통해 '고통 안에 머물기'를 자처하게 만든다. 그의 '유서(遺書)'는 고통의 시간을 기록하고 쏟아냄으로써, 조연정의 말대로 '무언가를 비워내는 행위로서의 글쓰기'로 행해진다.[70] 하지만 그럼에도 '글쓰기'로 남아 누군가에게 전해진다는 점[71]에서 절대로 비워질 수 없는 역설의 글쓰기가 된다.

'나'는 "어둠과 패악으로 물들어 있는 지난 시절"의 "기억을 불러내어 글"을 쓸려고 할 때마다(26쪽) "기억에서 멀어지는 것만 같다"(27쪽)고 느낀다. "기억하는 것을 글로 옮기는 그 찰나의 시간 동안 기억들은 휘발되거나 뒤엉켜"(27쪽)버리고, "단어와 단어가 관계를 맺어 만들어내는 문장들의 의미" 역시 "여전히 파악할 수 없"기 때문(31쪽)이다. 그러나 '나'는 도리어 그렇기에 "포주에 대한 기억을 지우기 위해 포주라는 단어를 끊임없이 써야만 하는"(34쪽), '다시 쓰기, 멈춤 없는 쓰기'를 계속해나갈 수밖에 없다.[72] 이는 자신이 썼던 언어를 "나는 포주였다"란 언어 밖에 떠도는 언어로 만드는 이유일 것이다. 결국 「포주 이야기」는 "서술하지

---

70) 조연정, 「유서(遺書), 비워내는 글쓰기」, 『자음과 모음』 2012년 여름호, 428쪽.

71) "유서가 완성되면 아이에게 보낼 것이다"(33)라고 말하는 것뿐만 아니라 소설은 '독백(monologue)일 때조차' 항상 소설 외부 존재와 교류하는 '둘(dia) 이상의 대화(dialogue)'라는 점에서도 그러하다. (남승원(2011), 앞의 글, 296쪽.)

72) 조연정(2012), 앞의 글, 428쪽.

못하는 것을 서술하고 서술한 것을 지워가는 서술을 시도함"73)으로써 공감의 불가능성과 언어의 재현불가능성의 한계를 넘어서려 하는 소설이 된다.

여기에서 「포주 이야기」는 죽음충동의 글쓰기이자 '죽음을 반복하는 것이 아니라 새로운 시작'을 반복하는 글쓰기가 된다.74) 그리고 타인의 고통을 이야기하는 (불)가능한 형식이 됨75)으로 오히려 불가능한 애도의 작업을 계속해서 반복하게 하고, 그로 인해 애도를 통한 망각보다는 고통의 기억을 통한 연대를 가능하게 하는 새로운 소설이 된다. 그리고 이러한 소설은 김태환의 말처럼 '문학의 유해로서의 문학', '문학 뒤에 문학'76)이자 역설적으로 공감과 언어의 (불)가능성을 실현할 수 있는 '가능성의 문학'이 된다.

6. 나가며

이 글에서는 '감정과 고통'이 21세기 문학 안에서 어떻게 '새롭게' 귀환했는가에 대해 고민해보고, 여전히 유효한 '고통–문학'의 상관관계를 확인해보았다. 그리고 그 새로움에는 신자유주의와 자본주의를 배경으로 한 '무통문명'이 있었으며, 고통의 분화로 인해 개인의 감정까지 분화되었음을 살펴보았다.

부정적 공감은 분화된 감정의 한 축으로서, 현재 만연한 사회적 현상이 여기서 비롯되었음을 알 수 있었다. 우선 고통은 주체로부터 분리불가능

73) 김태환, 「죽음의 글쓰기」, 『포주 이야기』, 문학과지성사, 2012, 265쪽.
74) 노대원, 「신생을 향한 죽음충동」, 『창작과 비평』 2012년 여름호, 383쪽.
75) 안서현(2012), 앞의 글, 314쪽.
76) 김태환(2012), 앞의 글, 269쪽.

한 것임에도 불구하고 억압되었기에 필연적으로 분열된 주체를 구성할 수밖에 없었고, 이로 인해 타인의 고통뿐만 아니라 자신의 고통에도 무감한 주체가 되었음을 확인하였다. 또한 그 반대로 보이는 현상, 동정과 연민과 같은 감정이나 고통을 과잉하여 받아들이는 감정 역시 결국은 자기만족적인 것에 불과한 부정적 공감이었음을 볼 수 있었다.

하지만 이에 대한 대안, 즉 긍정적 공감과 그것에서 더 나아간 연대를 모색해보았다. 기억의 반복을 통한 부정의 형식은 '절대적 고통을 망각하지 않고 기억하자'는 열망으로의 전환을 가능케 한다. 더하여 극사실주의적 방법과 침묵으로 드러내는 타인의 고통을 통해 '고강도의 공감'에 다가갈 수 있음과 공감의 연대가 가능해짐을 확인하였다. 그리고 문학은 이러한 연대를 바탕으로 하여 '바깥'을 사유할 수 있는 '죽음 충동적 글쓰기'를 수행해야만 한다는 대안으로 나아갔다. 즉, 문학은 그동안 무통문명 사회에서 가려진 진짜 고통에 대해 계속적으로 반복하여 말함으로써 공감의 (불)가능성을 찾는 '비극적 희망'으로 나아가야만 하는 것이다.

참고문헌

1. 단행본

김형중, 「살아 있는 시체들의 밤1」, 『살아 있는 시체들의 밤』, 문학과지성사, 2013.

김태용, 『포주 이야기』, 문학과지성사, 2012.

박준상, 『바깥에서 : 모리스 블랑쇼와 '그 누구'인가의 목소리』, 그린비, 2014.

백지은, 「이설(異說)의 현실, 현실의 이설」, 김이설 『나쁜 피』 해설, 민음사, 2009.

모리오카 마사히로, 『무통문명(無痛文明)』, 이창익·조성윤 역, 모멘토, 2005.

모리스 블랑쇼, 『문학의 공간』, 박혜영 역, 책세상, 1990.

모리스 블랑쇼·낭 뤽 낭시, 『밝힐 수 없는 공동체 / 마주한 공동체』, 박준상 역, 문학과
　　　지성사, 2005.

수잔 손택, 『타인의 고통』, 이재원 역, 도서출판 이후, 2011.

슬라보예 지젝, 『부정적인 것과 함께 머물기』, 이성민 역, 도서출판 b, 2007.

주디스 허먼, 『트라우마』, 최현정 역, 플래닛, 2007.

지그문트 프로이트, 「두려운 낯설음」, 『예술, 문학, 정신분석 : 프로이트 전집14』, 정장
　　　진 역, 열린책들, 1997.

　　　　　　　　, 『쾌락 원칙을 넘어서』, 박찬부 역, 열린책들, 1997.

피터 브룩스, 『플롯 찾아 읽기』, 박혜란 역, 강, 2011.

테리 이글턴, 『우리 시대의 비극론』, 이현석 역, 경성대학교 출판부, 2006.

W.W.Fortenbaugh, Aristotle on Emotion, London : Duckworth, 1975.

M.Nussbaum, Essays on Aristotle's Rhetoric, A,Oksenberg Rorty(ed.), Univ. of California
　　　Press, 1996.

2. 논문 및 평론

김태환, 「죽음의 글쓰기」, 김태용, 『포주 이야기』 해설, 238-269쪽.

고인환, 「'정공법'의 소설을 기대하며 : 조해진, 이재웅의 작품을 중심으로」, 『문학사상』
　　　43권, 2014, 61-72쪽.

강유정, 「지금 여기의 비극, 당신의 고통」, 『세계의 문학』 2011년 가을호, 385-409쪽.

강진호, 「문학작품 읽기를 통한 주체의 형성」, 『영미어문학』 제102호, 한국영미어문학
　　　회, 2012, 247-267쪽.

김서영, 「『두려움 낯설음』에 나타난 요약의 문제점」, 『라깡과 현대정신분석』, 한국라깡과현대정신분석학회, 2003, 73-96쪽.

김영한, 「레비나스의 타자 철학」, 『철학논총』 제64집, 새한철학회, 2011, 105-128쪽.

남경아, 「라캉의 "죽음충동"과 주체의 자유」, 『범한철학』 제73집, 범한철학회, 2014, 85-105쪽.

남승원, 「그라운드 제로에 선 소설들」, 『문예연구』 2011년 봄호, 295-307쪽.

노대원, 「신생을 향한 죽음충동」, 『창작과 비평』 2012년 여름호, 382-384쪽.

박성창, 「고통의 문학적 재현과 비극적 모더니티의 수사학 : 김이설의 소설을 중심으로」, 『세계의 문학』 2010년 겨울호, 405-422쪽.

박준상, 「정치적 '행위'와 공동체-장 뤽 낭시를 중심으로」, 『철학논총』 제78집, 새한철학회, 2014, 347-363쪽.

_____, 「이름 없는 공동체 : 레비나스와 블랑쇼에 대해」, 『철학과현상학연구』 제18집, 한국현상학회, 2002, 96-141쪽.

서희원, 「분노의 날」, 『문예중앙』 2012년 봄호, 541-554쪽.

손병석, 「감정은 능동적일 수 있는가? 아리스토텔레스의 파테 개념에 대한 인식론적 분석을 통해」, 『범한철학』 제73집 2014, 1-30쪽.

안서현, 「상실에 관한 두개의 농담」, 『본질과 현상』 2012년 겨울호, 309-315쪽.

양윤의, 「정념의 수용기(受容器), 공감의 문학」, 『세계의 문학』 2011년 겨울호, 311-324쪽.

유현주, 「두려운 낯설음」, 『브레히트와 현대연극』 23, 2010, 203-221쪽.

이경진, 「앨리스씨를 위한 동정론」, 『문학동네』 2014년 봄호, 255-272쪽.

이소연, 「불가능하고 불가측한, 글쓰기의 모험」, 『문학동네』 2012년 여름호, 631-638쪽.

임옥희, 「문학과 정신분석학의 '기괴한' 관계에 관하여」, 『한국고전여성문학연구』, 한국고전여성문학회, 2003, 5-31쪽.

장지영, 『펠릭스 곤잘레스-토레스의 작품에 나타난 오브제의 반복성 연구 : '더블'과 '공유'의 개념을 중심으로』, 홍익대학교 석사학위논문, 2014.

조연정, 「유서(遺書), 비워내는 글쓰기」, 『자음과 모음』 2012년 여름호, 426-432쪽.

진은영, 「감응과 유머의 정치학」, 『시대와 철학』 제18권, 한국철학사상연구회, 2007, 423-456쪽.

현실과 포스트리얼리즘
-현실의 귀환과 총체성의 재고

최다정(이화여대 국문과 박사과정)
강소희(이화여대 국문과 석사과정)
황희진(이화여대 국문과 석사과정)

1. 들어가며

1987년 민주화 운동의 부분적 성공과 결과적 실패, 이어진 1997년 IMF 경제위기는 개인으로 하여금 불안과 죄의식, 죄책감을 내면화하도록 했다.[1] 동시에 급격하게 확산된 신자유주의 체제는 '자본주의의 바깥은 없다'는 인식을 팽배하게 만들었는데, 2000년대 이후 한국문학은 이에 영향을 받아 "현실적·정신적 무력함을 일종의 운명으로 내면화"[2]하고 있다

---

1) 강경석은 87년체제가 "권위주의체제를 무너뜨리는 정치혁명이었지만 구체제의 가치와 문화적 에토스로부터의 방향전환을 이룩하는 문화혁명적 성격이 매우 빈약"했을 뿐 아니라, "아래로부터의 6월 항쟁과 위로부터의 6·29선언의 '타협'"으로 만들어졌다고 본다. 때문에 김종엽의 "87년 체제" 개념을 인용하여, 우리 사회가 "아무도 함께해주지 않을 것이라는 두려움(불안)"과 "끝까지 함께해주지 못했고 못할 것이라는 미안함(죄의식)"을 공유한 "감정의 교착상태"에 이를 수밖에 없었다고 진단한다. (강경석, 「그 시린 진리를 찬물처럼」, 『창작과 비평』 2014년 여름호, 35-36쪽.) 한편 IMF 경제위기는 "개혁프로그램의 자기주도성과 역량의 결여를 드러낸 '사태'"라는 점에서 문제적이다. (강경석, 「모든 것의 석양 앞에서-지금, 한국소설과 현실의 귀환」, 『창작과 비평』 2013년 여름호, 245쪽.)
2) 김영찬, 「2000년대, 한국문학을 위한 비판적 단상」, 『창작과 비평』 2005년 가을호, 309쪽.

는 평가를 받는다. 이러한 한국문학의 양상은 여러 의미로 해석될 여지가 있으나, 형상화된 주체의 표면적인 공통점만은 분명 "빈곤함"과 "왜소함"[3]에 가까웠다. 또한 이 시기에는 새로운 서사 형식을 갖춘 실험적이고 창조적인 소설들이 다수 등장하는데, 일종의 '미학적 혁신'이라 칭해지는 이 같은 변화는 기존의 문학적 문법으로 독해되기 어려운 부분이 많았고 결과적으로 '리얼리즘'을 퇴보시키는 것처럼 보였다.[4]

　그런데 2010년대에 이르면서 이러한 소설들을 다시금 현실에 대한 비판적 반영의 시각으로 바라보자는 의견들이 제기된다. 먼저 2008년 겨울, 『창작과 비평』에서 한기욱은 "문학이란 무엇인가"라는 질문을 통해 "문학의 새로움"을 "새로움에 강박된 최근 독법"[5]으로만 해석하는 태도로부터 거리를 둔다. 이러한 입장은 리얼리즘의 소환을 염두에 두는 것으로 읽히기에 충분했다. 그러자 이에 대한 비판들이 이어지기 시작한다. 예컨대, 강유정은 한기욱의 주장이 "새롭게 등장한 낯선 문학적 시도를 호명하고자 하는 젊은 비평가들의 시도를 강박증적인 것으로 규정"[6]한 것이라 비판한다. 손정수 역시 리얼리즘과 모더니즘으로 온전히 환원되지 않는 새로운 영역을 고전적 권위의 틀에 다시 가둘 필요성이 없다고 반박한다.[7]

　이후 한기욱의 반론[8]과 이에 대한 재반론이 거듭되는 과정에서 '리얼

---

3) 고봉준, 「'잔해'로서의 리얼리즘, 그리고 유토피아—리얼리즘의 진화, 리얼리즘 논쟁의 현단계」, 『실천문학』 2010년 겨울호, 46쪽.

4) 위의 글, 46쪽.

5) 한기욱, 「문학의 새로움은 어디서 오는가 : 2000년대 소설과 비평의 향방」, 『창작과 비평』 2008년 겨울호.

6) 강유정, 「돌아온 탕아, 수상한 귀환」, 『세계의 문학』 2009년 봄호, 313쪽.

7) 손정수, 「진정 물어야 했던 것」, 『창작과 비평』 2009년 봄호. 이와 함께 참고할만한 손정수의 글로는 손정수, 「변형되고 생성되는 최근 한국소설의 문법들」, 『자음과 모음』 2008년 가을호.

8) 한기욱, 「문학의 새로움과 리얼리즘 문제—손정수의 반론에 답하여」, 『창작과 비평』 2009년 여름호.

리즘'이라는 용어가 전면적으로 등장한다. 여기에 '르뽀 논쟁'9)까지 가세하면서, 이제 '문학과 정치'를 둘러싼 논의와 더불어 '현실의 귀환'은 한국문학에서의 공공연한 의제가 된다. 그리고 2014년 봄, 『오늘의 문예비평』이 '다시 리얼리즘이다!'라는 특집을 통해 "리얼리즘을 제대로 사유하고 실험하겠다"10)는 선언을 하고, 같은 시기 『자음과 모음』도 '하나이면서 여럿인, 리얼(리즘)'이라는 제목을 내걸며 리얼리즘이 "여전히 문학에서 가장 핵심적인 미학적 태도에 해당한다"고 역설한다.11)

이 같은 평단의 분위기뿐 아니라 동시대의 작가들 역시 작품 창작에 있어서 "현실의 귀환"12)을 직접적으로 언급하고 있다는 사실에 주목할 필요가 있다. 이는 비단 2008년 진은영 시인이 『창작과 비평』 지면에 "시인의 정치참여와 참여시 사이의 괴리"13)라는 고민을 들고 나온 것만으로 촉발된 문제의식은 아닐 것이다. "당연히도 우리 안에 있는 건데 그걸 우리가 의식적으로 그로부터 거리를 유지하려고 하는 순간 오히려 거리를 유지할 수 없게 되는 오류 말이죠."14)라는 손홍규 작가의 말처럼, 리얼리

---

9) 르뽀르따주의 '사실'과 소설의 '판타지'를 대립구도로 놓고 비교하면서 문학의 정치성을 논하는 글들이 한동안 지속적으로 발표되었다. 이와 관련해 참고할만한 글들은 다음과 같다.
  황정아, 「이미 와 있는 미래의 소설적 주체들」, 『창작과 비평』 2012년 겨울호.
  정홍수, 「세상의 고통과 대면하는 소설의 자리」, 『창작과 비평』 2012년 겨울호.
  복도훈, 「여기 사람이 있었다 : 르뽀, 죽음의 증언 그리고 삶을 위한 슬로건」, 『창작과 비평』 2012년 겨울호.
  김곰치, 「킬링 타임이냐, 절실함이냐」, 『실천문학』 2012년 겨울호.
  서영인, 「망루와 크레인, 그리고 요령부득의 자본주의」, 『실천문학』 2012년 겨울호.
  권여선·심보선·정홍수·신용목 좌담, 「한국의 문학 현실과 문예지의 역할」, 『21세기 문학』 2013년 봄호.
  권희철, 「너무나 여리고 희미한 능력」, 『21세기 문학』 2013년 봄호.
10) 계간 『오늘의 문예비평』 편집위원 일동, 「봄호를 내면서」, 『오늘의 문예비평』 2014년 봄호.
11) 권성우, 「리얼리즘의 품격과 아름다움」, 『자음과 모음』 2014년 봄호.
12) 손홍규 외, 「작가들이 만난 현실」, 『창작과 비평』 2013년 여름호, 284쪽.
13) 진은영, 「감각적인 것의 분배 : 2000년대의 시에 대하여」, 『창작과 비평』 2008년 겨울호.
14) 손홍규 외(2013), 앞의 글, 316쪽.

즘은 단순히 문학적 기법 중의 하나만을 가리키는 것이 아니라 과거부터 현재까지 그 어떤 시대에서도 핵심적으로 존재해왔던 문학적 태도로 견지될 수 있다. 이런 점에서 '사회주의', '고전적', '진보적', '루카치식' 등등 지금까지 리얼리즘 앞에 붙어왔던 무수한 수식어들처럼, 리얼리즘은 또 다른 수식어들을 입고 벗으며 현실과 문학을 잇는 하나의 응시로서 계속해서 등장할 수 있을 것이다. 따라서 "10년 단위로 탄생과 종언을 반복하는 '문학사'는 소재주의적 접근에 의해 상상된 것"[15]일 뿐 2010년 이후, 지금 여기의 리얼리즘은 보다 지속적인 맥락에서 파악될 필요가 있다. 그러므로 이 글은 기존의 담론들을 메타적 관점에서 적극 활용하여 '현실과 포스트리얼리즘'을 21세기 한국소설의 키워드로 제시해보려 한다.

우선 2장에서는 이른바 현재의 리얼리즘이 근거하고 있는 '현실'이 무엇인지를 규명하고 3장과 4장에서는 리얼리즘의 핵심적 범주로 꼽히는 '총체성'이라는 개념에 기반을 두어 논의를 진행한다.[16] 3장은 '인식적' 차원에서의 '총체화'를 다루며, 전체와 전체 아닌 것의 상호작용으로서의 총체성을 의미화 해본다. 그리고 이러한 총체성의 개념이 재현의 영역에 어떻게 활용될 수 있을지를 살펴보고 이를 통해 '포스트'라는 접두어를 단 리얼리즘을 상상해본다. 4장은 '주체적' 차원에서의 '총체화'를 다루며, 기존의 리얼리즘이 가정하던 선험적 주체로부터 탈피해 포스트리얼리

---

15) 강경석(2013), 앞의 글, 245쪽.
16) 황정아는 '리얼리즘'의 범주에 속하는 여러 세부 중 검토할 사항이 많지만, 그중에서도 '총체성'이라는 한 가지 세부에 집중해 논의하고 있다. (황정아, 「리얼리즘과 함께 사라진 것들」, 『창작과 비평』 2014년 여름호.) 이 글 역시 기본적으로 '총체성'이라는 하나의 개념에 기반을 두어 논의를 진행한다. 그러나 이렇게 논의를 진행하는 가운데 흔히 리얼리즘의 세 가지 공리로 일컬어지는 층위 또한 활용하고자 한다. 장성규는 기존의 리얼리즘 공리를 '계급적 주체에 의한 현실의 총체적 인식과 이의 객관적 반영'으로 요약하며 이를 1) 문학적 측면에서의 **주체**론, 2) 현실에 대한 사유의 측면에서 **인식**론, 3) 문학 언어 측면에서의 창작 방법(=**형상화**)론으로 규정하고 있다. (장성규, 「포스트 리얼리즘을 위한 세 개의 논점」, 『오늘의 문예비평』 2014년 봄호.) 따라서 이 글은 '총체성'이라는 큰 범주 아래 '인식'론과 '주체'론을 나누어 이 두 가지를 중심으로 논의한다.

즘의 관점에서 전형의 불가능성을 재고해본다. 마지막으로 5장에서는 박민규의 장편소설『핑퐁』(2006)[17]을 분석해봄으로써 포스트리얼리즘이라는 급진적 명명을 시도해볼 것이다.

2. 새로운 재현 미학으로서의 역설적 리얼리티

현대 자본주의에서 빈곤은 단순히 "물질적 결핍"과 "신체적 고통"만을 가리키는 것이 아니라 "사회적이면서 심리학적인 조건"으로 기능하고 있다.[18] 지그문트 바우만(Zygmunt Bauman)에 따르면, 가난은 정상성으로부터 배제된 모든 삶을 가리키게 되었다. '소비자 사회'에서 가난한 이들은 '정상의 삶'에 다가갈 수 없는 결함 있는 소비자로 통용된다. '모든 노동'이 '인간의 존엄성'을 높이는 행위이자 '도덕적 올바름'과 '영적 구원'의 계기였던 시절은 지나가버렸다.[19] 노동 윤리가 소비 미학으로 전환된 것이다.

이를 보다 한국적 맥락에서 살펴보면, 정치적 민주화와 시장의 자율화가 본격적으로 일어난 1987년에서부터 논할 필요가 있을 것이다. 이전까지 한국문학사에서 리얼리즘은 '당대의 민족적 현실' 및 '민중적 삶과의 합치'를 중요하게 간주하는 경향이 강했다. 그러나 조정환에 따르면,

---

17) 박민규의 장편소설『핑퐁』은 비록 2006년에 발표된 작품이지만, 포스트리얼리즘 담론이 2010년대에 이르러 본격적으로 대두되었다는 점에서 재고될 필요가 있다. 백낙청(「문학이 무엇인지 다시 묻는 일」,『문학이 무엇인지 다시 묻는 일』, 창비, 2011.), 정홍수(「'다른 세상'에 대한 물음」,『창작과 비평』 2014년 여름호), 김성호(「존재 리얼리즘을 향하여」,『창작과 비평』 2014년 가을호.) 역시 포스트리얼리즘적 작품으로『핑퐁』을 언급하고 있다.
18) 지그문트 바우만,『새로운 빈곤 : 노동, 소비주의 그리고 뉴푸어』, 이수영 역, 천지인, 2010, 73쪽.
19) 위의 책, 65-73쪽 참조.

"1987년 항쟁과 그것의 부분적 승리"는 "노동자들의 경험"을 "기존 리얼리즘에서 설정한 민족적 현실체험이나 공동체적으로 이상화된 민중성의 울타리로부터 벗어나"게 만들었다. 그리고 이는 한편으로 "자본으로 하여금 더 빠른 기계화, 더 많은 정보화, 더 깊은 추상화, 더 폭넓은 화폐화를 하도록 자극"[20]했다. 이른바 신자유주의 체제가 노동의 비물질화를 이끌어낸 것이다. 이로써 "신자유주의적으로 재편"된, "물질적이면서 동시에 비물질적"인 새로운 리얼리티의 영역이 탄생한다. 즉 "단단한 사실성과 그것의 재현에 기초한 기존 리얼리즘"이 사라지고 "시뮬라크르와 그것의 변조를 기반으로 모더니즘을 극단화하는 포스트모더니즘"[21]이 급진적이고 체제 전복적인 것으로 다가오게 된다.

예컨대, 장 보드리야르(Jean Baudrillard)는 '재현주의'를 비판하면서 이제 "재현적 상상 세계는 시뮬라시옹 속에서 사라진다"[22]고 주장한 바 있다. 즉, 재현 가능한 리얼리티란 부재하다는 것이다. 이제 포스트모던 세계는 기원이나 실체가 없는 실재(實在, Reality)로서 부유하는 기표들이 빚어내는 '하이퍼리얼(파생실재)'의 세계가 된다. 하이퍼리얼리티와 시뮬라크르의 무한 증식만이 존재하는 시뮬라시옹의 시대가 도래한 것이다.[23]

이러한 해석에 대해 기존의 리얼리즘은 '인식론적 실재성'이 가능하다고 대응하지만, 사실상 인식론적으로 파악된 "재현적 상상세계가 포스트모더니즘이 제시한 시뮬라시옹-시뮬라크르와 본질적으로 구별되는 것임

---

20) 조정환, 「내재적 리얼리즘-리얼리즘의 폐허에서 생각하는 대안리얼리즘의 잠재력」, 『오늘의 문예비평』 2014 봄호, 34쪽.
21) 위의 글, 34-35쪽.
22) "지도와 영토를 이상적으로 일치시키려는 지도 제작자들의 광적인 계획 속에서 절정을 이루고 또 수그러든 재현적 상상 세계는 시뮬라시옹 속에서 사라진다. … 실재는 이제 조작적일 뿐이다. 사실 이것은 더 이상 실재에 대한 문제가 아니다. 왜냐하면 어떠한 상상 세계도 더 이상 실재를 포괄하지 않기 때문이다." (장 보드리야르, 『시뮬라시옹』, 하태환 역, 민음사, 1993, 15-16쪽.)
23) 전봉철, 「포스트모던 리얼리즘의 지형학」, 부산대학교 박사학위논문, 1999, 29-30쪽 참조.

을 입증"[24]하기란 불가능했다. 기존의 리얼리즘이 제시하는 "인식된 재현적 상상세계란 재현의 이름 아래에서 실행된 일종의 실재 조작, 즉 시뮬라시옹의 형태에 다름 아니며 그것이 구현한 실재성 역시 시뮬라시옹이 산출하는 파생실재들과 원리적으로 다"르지 않기 때문이다.[25]

하지만 포스트모더니즘이 제시하는 재현적 실재의 부재(리얼리티의 탈현실화)에 따른 기호적 시뮬라시옹의 세계는 역으로 생각해보면 오히려 재현적 실재성을 넘어서는 또 다른 실재성, 즉 '초과의 실재성'에 대한[26] 가정으로 이어질 수 있다. 더불어 기호로 조작된 시뮬라크르가 "기호 이전의 시뮬라크르 세계의 변형이자 연장일 뿐"[27]이라는 발상 또한 가능하다. 그러므로 이제 실재성을 부정하고 폐기하는 것 대신, 실재성을 재현주의 너머로 확장해 생각할 필요가 있다.[28]

예컨대 프레드릭 제임슨(Fredric Jameson)은 포스트모던 공간에서의 '리얼리티의 탈현실화'를 인정하면서도 그것 자체를 새로운 리얼리티라고 인정한다. '리얼리티의 탈현실화'나 '비현실적 리얼리티'는 실재성의 부재나 결여가 아닌, 단지 '인식론적 실재성'으로부터의 탈피라는 것이다. 그리하여 "리얼리티(실재성)는 탈현실화되어 아예 존재하지 않는 것"이 아니라 "리얼리티(실재성)가 우리의 인식 속에서 있음/없음의 경계"를 넘나들면서 인식론적 실재성에 대한 위협을 이뤄내며 끊임없이 전개된다.[29] 이로써 프레드릭 제임슨은 포스트모던이 포착하기 어려운 리얼리티(실재성)를 다룰 수 있는 새로운 재현 미학을 요청한다. 즉, 여기서 리얼리티(실재성)는 "인식론적으론 리얼하지 않게 느껴지지만 존재적으로는 엄연한 리얼리티

---

24) 조정환(2014), 앞의 글, 37쪽.
25) 위의 글, 37쪽.
26) 위의 글, 38쪽.
27) 위의 글, 39쪽.
28) 위의 글, 38쪽 참조.
29) 전봉철(1999), 앞의 글, 72쪽.

라는 점에서 역설적 리얼리티"[30]라고 이름 붙일 수 있다.

백낙청 역시도 이와 흡사한 경향을 보인다. 사실 서구에서 리얼리즘에 대한 폐기가 빠르게 이뤄지고 포스트모더니즘이 부흥했던 것과 달리, 한국에서의 리얼리즘 논쟁은 20세기 후반부터 꾸준하게 지속되어 온 경향이 있다. 이는 한국문학사에서 한동안 막대한 영향을 끼쳤던 민족문학론에 대한 재고에서 이뤄진 맥락과 더불어 한국에 "모던한 것과 포스트모던한 것이 동시에, 또는 거의 동시에 몰려들었고 그것도 주로 신식민지적 문화침략의 형태로 들어"[31]온 부분이 있기 때문이다. 그래서인지 한국문학사는 일면 "밀려들어오는 온갖 조류들을 거치면서 거기에 아주 굴복하지는 않는 리얼리즘을 어떤 식으로든 달성하겠다"[32]는 의지를 표명해온 바 있다.

특히 백낙청은 "리얼리즘을 폐기한 적이 없을 뿐더러 맑스주의 리얼리즘의 '총체성', '전형성', '현실반영' 같은 핵심범주들을 '다시 들여다보는 작업'을 처음부터 시도"해왔다.[33] 그 결과, 리얼리즘의 핵심은 '현실의 재현'이 아니라 작품 전체가 '근원적 진리'로서의 '시의 경지'[34]에 이르렀는가에 대한 여부를 중시하는 이론이 개진된다. 백낙청의 문학론에서 예술을 통해서 얻을 수 있는 '근원적 진리'는 일종의 '도'에 이르는 순간과 흡사하다. '근원적 진리'는 '대문자 진리'의 추구와는 구분되는 '인간의 본마음이나 역사발전에 대한 믿음과 강력하게 결합'되어 있다.[35] 그리하여

---

30) 위의 글, 75쪽.
31) 프레드릭 제임슨, 『문화적 맑스주의와 제임슨 : 세계 지성 16인과의 대화』, 신현욱 역, 창비, 2014, 151쪽.
32) 위의 책, 151쪽.
33) 한기욱, 「우리시대의 「객지」들」, 『창작과 비평』 2013년 여름호, 217쪽.
34) '시의 경지'는 리얼리즘의 '경직화' 시대에 백낙청이 제시한 새로운 개념이다. 여기에서의 '시'는 우리가 일반적으로 알고 있는 그 '시'를 뜻한다. 그리고 이러한 '시'적인 운용방식을 산문의 사실성과 소설의 서사성을 강화하는 방식으로 통합했느냐의 여부에 따라 소설이 '시의 경지'에 달했다고 평가할 수 있다. (한기욱(2009), 앞의 글, 256~262쪽 참조.)

문학은 대문자 진리가 불가능하다는 혹은 실패한다는 그 자리에서 드러나는 진실에만 오직 충실한 방식으로서, 세계현실이 강요하는 것과 다른 시선, 다른 목소리를 발견한다.[36] 이러한 논의를 미루어 보아, 백낙청 역시도 인식론적 실재성(대문자 진리)이 존재하지 않음을 인정하되 (근원적 진리로서 존재하는) 실재성 자체에 계속해서 도달하고자 했음을 확인할 수 있다.

이처럼 오랜 시간에 걸쳐 축적된 리얼리즘에 대한 논의들은 2010년대에 들어 각종 문학잡지의 평론들을 통해 재고되었다. 또한 이는 21세기 한국문학이 복무하고 있는 '현실'에 대한 질문과 대답으로 이어졌다. 즉, '현실이란 무엇인가'라는 과제를 다시금 마주한 한국문학은 이를 해결하기 위해 리얼리즘을 재독하는 과정을 거친 것이다. 그리고 이 과정에서 21세기 한국문학은 '현실'에 대한 모종의 합의를 도출해낸 것처럼 보인다. 결코 단수의 현실이 재현될 수 없다고 해서 현실이 완전히 부재하는 것은 아니라는 점, 그리고 오히려 단수의 현실을 초과하는 복수의 현실들 역시 여전히 현실로 존재함을 시사한 것이다.

3. 재현의 불가능성과 인식적 차원의 총체성

3.1. 전체의 초과로서의 전체

최근 한국문학이 '리얼리즘의 폐허' 혹은 '리얼리즘의 교착 상태'라 평가되는 데 있어서 가장 큰 책무를 지고[37] 규명해야 할 개념으론 '총체성'

---

35) 정홍수, 「'다른 세상'에 대한 물음」, 『창작과 비평』 2014년 여름호, 59쪽.
36) 위의 글, 59쪽 참조.
37) 황정아(2014), 앞의 글, 20쪽.

을 꼽을 수 있을 것이다. 황정아는 지금 여기의 리얼리즘을 논하기 위해
선 총체성이라는 개념을 우선적으로 살펴볼 필요가 있다고 역설하며, 총
체성 개념을 전면에 들고 나온다.38)

먼저 '총체성'이란 개념은 리얼리즘론에서 가장 핵심적인 부분으로 언
급되며 때문에 많은 비판 또한 받아왔다. 리오타르(Jean-François Lyotard)는
"포스트모던한 것은 근대적인 것에서 표현할 수 없는 것을 표현 그 자체
로 드러내는 것"39)이라고 강조하며 총체성에 의해 억압되어 온 것들을
복구시키길 촉구한 바 있다. 이러한 논의들은 총체성을 "중심이 있고 단
일하며 차이를 억압하는 유기적 전체"로 여기고 있으며, 때문에 총체성은
"전체주의"라는 등식이 도출되고 만다.40)

이렇게 전체주의와 결합된 총체성은 그 자체로 어떤 논의의 필요성도
불러일으키지 못한 채 피해야만 하는 위험 대상으로 설정되어버렸고, 따
라서 리얼리즘도 더 이상 생산적 역할을 수행하지 못하는 교착 상태에 빠
져버렸다. 그러나 과연 '총체성'은 '전체주의'로 치환되는가? 이 질문에
대한 답을 구하기 위해 '총체성'의 개념을 게오르그 루카치(Georg Lukács)에
서부터 다시금 들여다볼 필요가 있다.

먼저 루카치의 "총체성 개념이 전체에 대한 어떤 실정적(實定的, positive)
제시를 함축하지 않는다는 해석"이 계속 되어왔음을 상기해야 한다.41) 예
를 들어 김경식은 루카치의 장편소설론에서 "정작 분명하게 드러나는 것

---

38) 이 장은 황정아의 논의를 따라가면서 총체성이란 개념을 다뤄본다. 같은 시기 총체성 개
    념에 문제를 제기하고, 이를 다룬 글로는 강동호의 글(「비동시성의 동시성-세계 체제 속
    에서의 한국 소설을 논하기 위한 예비적 질문들」, 『문학과 사회』 2014년 여름호.)도 참고
    할 수 있다.
39) 김현돈, 「미학적 범주로서의 전형성과 총체성-게오르그 루카치를 중심으로」, 『시대와 철
    학』 7권 1호, 한국철학사상연구회, 1996, 170쪽.
40) 황정아(2014), 앞의 글, 21쪽.
41) 위의 글, 22쪽.

은 그러한 총체성을 가로막는 조건과 계기"라고 지적하며, 루카치의 미학은 "비로소 획득되어야 하는 '긍정적 총체성'에 대한 간극을 보여주는 부정적인 방식으로 '긍정적 총체성'을 환기"시키고 있다고 평가한다.[42]

더불어 프레드릭 제임슨 역시 루카치에게 '총체성'이란 이데올로기를 분쇄하는 방식으로 다가왔다고 해석한 바 있다. 즉 루카치의 이론에서 총체성은 어떤 대상이 총체성이 아님을 포착하는 방법론적 도구로 활용되거나 총체성에 미치지 못함을 드러내는 비판적 기능으로 작용한다고 지적한 것이다. 이러한 해석들에 따르면 루카치의 총체성 개념은 차라리 "습관적 인식의 직접성을 교란하는 '낯설게 하기'를 포함"한 개념이며, 따라서 그가 "장편소설과 현실 사이에 상정했다는 이른바 투명한 반영이라는 상동관계"[43] 또한 그의 이론을 오해 또는 곡해 해온 통념이었다는 것을 확인할 수 있다.

프레드릭 제임슨 스스로가 정립한 총체성 개념 역시 유의미하다. 그는 "총체성은 그것으로 끝이 나는 무언가가 아니라 그것으로 시작되는 무언가"[44]라고 주장하며, 현실을 단일한 이론으로 봉합해버리는 것으로 인식되던 총체성의 닫혀 있는 개념을 열어놓는다. 그가 보기에 "자본주의는 총체화하는 체제이면서 동시에 스스로의 총체성을 은폐하면서 유지되는 체제"[45]이다.

후기자본주의 체제에서 물신화 현상은 범지구적인 현상으로서 자본주의에서 고립되었던 지역들마저 체계적으로 상품화시키며 체제의 동력을 가속화한다. 이렇게 심화된 작금의 자본주의 체제에서 주체는 분열증적이

---

42) 김경식, 「루카치 장편소설론의 역사성과 현재성」, 『창작과 비평』 2013년 여름호, 337쪽.
43) 황정아(2014), 앞의 글, 22쪽.
44) Fredric Jameson, *Valences of the Dialectic*, New York : Verso, 2010, 15쪽, 위의 글, 23쪽에서 재인용.
45) 위의 글, 23쪽.

며, 과거와의 연속성을 망각 또는 파기한다. 또한 시스템은 이러한 파편화의 방법을 통해 자본주의가 스스로를 총체화함으로써 유지되는 체제임을 은폐한다. 즉 범지구적 자본주의 체제는 "개별 주체의 경험에 담길 수도 포착될 수도 없다."[46] 그러므로 제임슨은 이런 상황에서 "총체성을 재현한다는 것이 거의 불가능해졌다고 진단한다."[47] 이제 우리 시대의 총체성 개념이 감당해야 할 과제는 "물신화와 파편화의 극복"이면서, 동시에 "파편들을 단일한 정신적 행위 안으로 결합해낼 수 있는 개념적 혹은 미학적 긴장을 통해 이루어지는 극복"이라는 이중성을 띤다.[48]

이처럼 지금 여기의 현실이 갖는 총체성은 과거의 그것과는 비교되지 않을 만큼 복합적인 면을 가지고 있다. "총체적 체제라는 것과 더불어 (물신화와 파편화의 형태로 은폐되는) 그 체제의 총체화 과정에도 동시에 대응하는 것이 총체성 개념"[49]인 것이다. 총체성이 갖는 이러한 이중성은 슬라보예 지젝(Slavoj Žižek)의 논의를 통해서 보다 분명하게 확인할 수 있다. 지젝은 맑스주의에서의 총체성이 "이상(理想)이 아니라 비판적 개념이며, 어떤 현상을 그 총체성에 둔다는 것은 전체의 숨겨진 조화를 본다는 의미가 아니라 하나의 체제 안에 그것의 모든 '증상들', 그 적대와 불일치들을 뗄 수 없는 내적 일부로 포함한다는 의미"[50]라고 설명한다. 총체성의 개념 안에 '불일치'라는 모순이 존재한다는 것이다.

또한 지젝은 헤겔(Georg W. F. Hegel)의 총체성 개념이 "자기모순적"이고 적대를 포함하며 일관성을 갖지 않는 개념이라는 사실도 명시한다. 그에

---

46) 신광현, 「총체성과 문화연구의 미래 : 프레드릭 제임슨의 주제에 의한 변주」, 『비평과 이론』 제11권 2호, 2006, 67쪽.
47) 위의 글, 60쪽.
48) 프레드릭 제임슨(2014), 앞의 책, 65쪽.
49) 황정아(2014), 앞의 글, 23쪽.
50) Slavoj Žižek, *Living in the End Times*, New York : Verso, 2010, 154쪽, 위의 글, 24쪽에서 재인용.

따르면 헤겔이 말하는 총체성이란, "'진리'인 '전체'는 전체에 그것의 증상들, 곧 그것의 비진리성을 드러내는 의도치 않은 결과들을 더한 것"[51] 이다. 다시 말해, 전체는 이미 결코 진짜 '전체'가 아니며 전체에 대한 모든 개념은 사실 전체에 포함되지 않는 어떤 항을 가지고 있다는 것이다. 때문에 이러한 초과를 포함하면서까지 설명하려는 노력이 바로 '변증법' 이다. 이처럼 지젝은 헤겔의 총체성 개념에 대한 재해석을 통해, "체제의 불능"[52]이 사실은 "전체와 전체 아닌 것의 상호작용으로서의 총체성이 가동되는 조건"[53]임을 드러낸다. 결국 총체성이란 전체가 의도치 않은 것, 즉 전체의 초과를 포함하는 개념으로서의 전체라고 이해할 수 있는 것이다. 이로써 총체성은 전체주의의 혐의를 벗게 된다.

3.2. 공백으로서의 실재의 재현

지금까지 총체성이란 개념에 얽힌 기존의 논의들을 정리해보았다면, 이 제는 '전체주의의 혐의를 벗은 총체화를 대체 어떻게 재현할 것인가'에 주목할 것이다. 21세기 한국문학과 관련한 담론들에서 "자주 마주치는 불가능의 언술들, 특히 '(재현) 불가능성에 대한 재현'이라는 진단에는 이런 질문에 대한 곤경이 단적으로 압축되어"[54] 있다. 그러므로 이에 보다 확실하게 대답하기 위해 먼저 총체성이 내재적으로 가지고 있다는 그 '불가능성'이 무엇인지부터 규명되어야 한다.

포스트모더니즘은 자본주의 체제가 너무나 거대하고 분산되어 있는 나머지 그것이 총체적 체제임이 분명할지라도, 그에 대한 총체적 재현을 결

---

51) Slavoj Žižek, *Less Than Nothing : Hegel and the Shadow of Dialectical Materialism*, New York : Verso 2012, 523쪽, 위의 글, 24쪽에서 재인용.
52) 황정아(2014), 앞의 글, 25쪽.
53) 위의 글, 25쪽 참조.
54) 위의 글, 26쪽.

코 제시하기 어렵다고 말한다.[55] 이 같은 '포스트모던'한 사고로 회귀하지 않기 위해, 또 총체성 개념을 '분명 안 되겠지만 시도는 해야 한다'는 '비장한 윤리적 제스처'로 국한시키지 않기 위해 '불가능성'에 주의를 기울일 필요가 있다.[56] 즉, 파편화되고 복잡하고 불연속적이어서 도저히 재현 불가능하다는 그 '차이'들을 우선적으로 살펴보아야 한다.

조르지오 아감벤(Giorgio Agamben)은 아우슈비츠에 대한 증언 속에서 이 "사건들을 열거하고 서술할 수는 있지만 우리가 진정으로 그러한 사건들을 이해하려고 하면 각각의 사건들 자체가 여전히 불투명한 채로 남아 있다"[57]고 말한다. 즉 타자의 필사적인 요청을 마주했을 때 어떤 식으로 응답하든 진실로 가닿을 수 없다는 것이다. 이러한 상태는 단순히 타자의 내밀한 경험을 공유할 때 맞닥뜨리는 그러한 곤란이 아니다. 여기서 진실은 그만큼 상상할 수 없다는 것, 즉 단순한 '현실적' 요소들로 환원될 수 없다는 것을 뜻한다. 그러므로 현실이란 늘 "사실적 구성 요소들을 초과"[58]한 채로 존재하는 것이다.

이러한 아감벤의 논의를 리얼리즘의 "'재현'이라는 견지로 번역"[59]해본다면 어떨까? 아감벤의 논의를 활용해보면, 리얼리즘 또한 현실을 재현하는데 있어 재현적 구성 요소로부터 끊임없이 초과하는 현실을 마주하게 될 것이다. 아우슈비츠의 증언에 관한 "사실과 진실 사이의 불일치, 입증과 이해 사이의 불일치"[60]는 리얼리즘에서의 현실과 재현 사이의 불일치로도 번역될 수 있다. "역사 인식 자체의 아포리아"[61]로서 아우슈비츠

---

55) 위의 글, 25쪽.
56) 위의 글, 25-26쪽.
57) 조르지오 아감벤, 『아우슈비츠의 남은 자들』, 정문영 역, 새물결, 2012, 14쪽.
58) 위의 책, 15쪽.
59) 황정아(2014), 앞의 글, 28쪽.
60) 조르지오 아감벤(2012), 앞의 책, 15쪽.
61) 위의 책, 15쪽.

가 존재한다면, 현실에 대한 재현 자체의 아포리아로서 리얼리즘이, 그리고 문학이 존재할 수 있는 것이다.

아감벤에 의하면 "너무 많이 너무 빨리 이해하고 싶어 하면서 섣불리 모든 것에 설명을 내놓거나, 반대로 이해를 거부하고 값싼 신비화를 도모하는 것은 이 아포리아를 제대로 밀고 나가는 자세가 아니다."[62] 가령 아우슈비츠에 대한 법적 심판이 이뤄졌다고 해서, 아우슈비츠에 대한 증언이 완료되었다거나 문제가 해결되었다고 판단하는 것은 섣부른 설명에 불과하다. 법의 유일한 목표는 판결일 뿐이며, 법은 '정의의 확립'이나 '진실의 입증'과는 무관하다.[63]

그러나 아감벤은 그렇다고 해서 아우슈비츠가 아예 "'말해질 수 없다'거나 '불가해하다'고 말하는 것" 또한 에우페멘(euphemein)에 불과하다고 지적한다. 에우페멘이란 본래 '조용히 경배한다'라고 번역할 수 있는 동사로서, 겸양이나 예의상의 이유로 직접 말할 수 없는 말들을 대신해 사용하는 '완곡어법(euphemism)'에서 기원한 말이다.[64] 아감벤은 이러한 단어를 활용하여, 왜 우리가 아우슈비츠에 대해 완곡어법을 사용하는 것처럼 조심스러워 해야 하는가에 대해서 의문을 제기한다. 아우슈비츠를 침묵으로 경배하며 '값싼 신비화'를 이루는 것은 '섣부른 설명'의 태도만큼이나 기만적이다.

---

62) 황정아(2014), 앞의 글, 27쪽.
63) "뉘른베르크에서 있었던 12차례의 전범 재판과 독일 국경 안팎에서 열린 다른 재판들, 1961년 예루살렘에서 있었던 전범 재판도 여기 포함되는데, 이 1961년 재판 결과 아이히만은 교수형에 처해졌다." 그리고 이러한 일련의 재판들로 인해 "수십 년간 아우슈비츠를 철저히 사유하는 것"이 "불가능"해졌다고 해도 "과언이 아니다. 그러한 재판들은 불가피했지만, 또 충분한 것이 아니었음은 분명하지만(이 전범 재판에서 다룬 사람은 수백 명에 불과했다) 어쨌든 아우슈비츠 문제가 이미 극복되었다는 생각을 퍼뜨리는 데 일조했다. 판결은 이미 내려졌고 유죄는 최종적으로 입증된 것이다." (조르지오 아감벤(2012), 앞의 책, 26쪽.)
64) 위의 책, 48쪽 참조.

그렇다면 대체 '불가능한 것'을 어떻게 증언할 것인가? 더불어 우리의 질문, '불가능한 것을 어떻게 재현할 것인가'하는 문제가 여전히 남는다. 이러한 물음이 해결되어야만 '불가능을 한켠에 포함하는 총체성'[65]으로서의 포스트리얼리즘이 가능할 것이다. 아감벤은 증언에 본질적으로 '공백(lacuna)'이 포함되어 있음을 성찰한다. 살아남은 사람들은 진정한 증인이 아니다. 그러나 동시에 과거는 죽은 자에게만 속한 것이기에 '참된' 증언, '온전한' 증언이란 불가능하다. 생존자들은 그들을 대신해 '대리인으로서, 의사(擬似)-증인으로서' 말한다. 그러므로 죽은 자들의 이름으로 '증언의 부담을 지는' 이들은 스스로가 '증언의 불가능성'의 이름으로 증언해야 함을 알고 있다.[66] '생존자의 증언'이 '죽은 이들의 증언하기'의 불가능성에서 발생한다는 것은, 다시 말해 '증언의 가능성'이 '불가능'으로부터 나타남을 뜻한다.[67]

그러므로 재현 자체가 가지고 있는 재현의 불가능성을 받아들이는 태도 역시 결코 "스스로의 불가능성을 거듭 되뇌는 '자기반영적' 재현"[68]만으론 한계가 있다. 정신분석학을 시작으로 포스트모더니즘과 이와 연루된 일련의 담론들은 현실이 재현 불가능하다는 사실에 압도된 나머지 현실 너머의 실재에 몰두해온 바 있다. 즉, 현실에 매달리는 대신에 '실재'라는 범주를 도입함으로써 그저 재현 불가능성을 되풀이하는데 그쳐버린 것이다.

하지만 사실 '실재'란 결코 재현할 수 없는 미지의 영역이 아니라 이미 그 자체로 상징계로서의 현실에 내포되어 있는 공백일 뿐이다. 상징계는 '실재'라는 공백에 의지하여 스스로의 "일관성을 유지하고 그것과의 조우

---

65) 황정아(2014), 앞의 글, 26쪽.
66) 조르지오 아감벤(2012), 앞의 책, 51쪽 참조.
67) 황정아(2014), 앞의 글, 28쪽.
68) 위의 글, 28쪽.

를 피하려는 시도를 통해 작동"[69]한다. 그러므로 "실재의 불가능성이란 곧 상징계가 노정하는 불가능성이며, 실재의 재현이란 상징계의 공백을 재현하는 것이다."[70]

따라서 이제 재현의 불가능성을 받아들이는 태도는 "상징계가 작동하지 않는 자리를 찾아내어 그 작동 불가능 자체를 재현하는"[71] 것으로 이뤄질 수 있다. 다시 말해 미지의 실재를 상정하고 그러한 환상을 향해 달아나버리는 것이 아니라 상징계의 공백까지, 현실의 그 한계까지 사유해야만 하는 것이다. 이처럼 총체성은 "완결된 것으로 성립하기가 분명 불가능하지만, 다른 의미에서는 이 불가능 자체가 총체성을 통해, 더 정확히 말하면 총체성을 포착하려는 사유의 효과로 비로소 나타난다."[72] 이로써 현실의 (불가능한) 재현이라는 문제에 혹독하게 매달리는 리얼리즘은 다시 소환될 수밖에 없다.

4. 전형의 불가능성과 주체적 차원의 총체성

4.1. 내재적 불가능성으로서의 주체

재현에 대한 물음은 대상의 인식론적 측면에 관여하기도 하지만 동시에 '주체화', 즉 "주체적 세계의 형성"[73]과도 연관된다. "주체는 경험을

---

69) 위의 글, 29쪽.
70) 위의 글, 29쪽.
71) 위의 글, 29–30쪽.
72) 위의 글, 30쪽.
73) 김성호는 "황정아가 '총체성'을 재론"한 것에 대해 "'총체성'이라는 전략적 개념을 폐기하지 않고 오히려 그에 대한 새로운 이해를 도모하는 그의 논의 자체는 분명 리얼리즘론의 맥락에 있고, 그것도 현 시점에서 대단히 야심찬 이론적 기획"이라고 평한다. 하지만 동시에 "총체화하는 주체의 내재적 불가능성"에 대한 논의가 결락되어 있다고 비판하며 "존재

의미에, 현상을 본질에, 개별 사건을 전체에 연관시키며, 또한 이미 구성된 전체를 계속 변화시켜"[74) 나가는 결정적 요인이기도 하다. 이런 점에서 총체성의 개념은 인식적 총체화뿐 아니라 주체의 측면에서도 재고될 필요가 있다. 이를 위해 먼저, 기존의 리얼리즘에서 상정하고 있는 주체의 특징을 파악해야 한다. 엥겔스(Friedrich Engels)는 문학예술론을 주창하며 리얼리즘의 실현에 있어서 인물의 전형성을 중시한 바 있다.[75) 한국문학에서의 리얼리즘론 역시 인물에 있어서 대표적 전형을 설정하는 것에 대한 고민을 거듭해왔다.[76) 즉 작가의 '주관적' 선택과 당대 현실의 '객관적' 필요가 일치되는 '대표적 전형'[77)에 대한 논의가 반복되어왔던 것이다.

이처럼 한국 문학사에서의 리얼리즘 논의는 "공통적으로 문학적 주체를 첨예한 모순에 직면하면서, 동시에 이 모순의 지양을 추동할 것으로 '설정'된 계급적 주체를 구체화하는 과정으로 수렴된다."[78) 대표적 전형은 어떠한 기준에 의해 설정되는가, 또 여러 전형 중 어떻게 한 전형이 대표적 전형이 되는가 하는 문제를 해명하기 위해 부단히 노력해왔음에

리얼리즘"이라는 새로운 논의를 내놓고 있다. 황정아의 글을 비판적으로 발전시켜 총체성 개념을 주체적 차원에서 다루는 김성호의 글 역시도 참고할 필요가 있다. (김성호, 「존재 리얼리즘을 향하여」, 『창작과 비평』 2014년 가을호.) 그러나 이 글에서는 아감벤을 다룬 황정아의 논의에서 주체의 내재적 불가능성에 대한 아이디어를 도출할 수 있다고 보고, 이러한 아이디어에 장성규의 논의(장성규, 「포스트 리얼리즘을 위한 세 개의 논점」, 『오늘의 문예비평』 2014년 봄호.)를 메타적으로 활용해 보다 확장하여 서술한다.

74) 김성호(2014), 앞의 글, 339-340쪽.

75) "만일 내가 비판할 것이 있다면 그것은, 아마도 결국 그 이야기가 충분히 사실주의적이지 못하다는 것일 것입니다. 내 생각으로 사실주의는 세부적 진실 외에도 전형적인 상황하의 전형적인 인물의 재현을 의미한다는 것입니다." (마르크스 · 엥겔스, 『마르크스 엥겔스의 문학예술론』, 김영기 역, 논장, 1989, 88쪽.)

76) 위와 같은 엥겔스의 문장에 대한 해석을 두고도 수많은 논쟁이 있어왔다. 예컨대, 김명인은 엥겔스가 말하는 "전형인물이 갖는 전형성이란 추상적이고 초역사적인 '유형성'과는 다르다"고 주장하며, "그것은 역사적이고 구체적인 것이며 변화를 담고 있다"고 부연한다. 이에 대한 보다 상세한 논의는 다음 글을 참고.-김명인, 「먼저 전형에 대해서 고민하자-리얼리즘 문제의 재인식」, 『다시 문제는 리얼리즘이다』, 실천문학사, 1993, 153-171쪽.

77) 위의 글, 154쪽.

78) 장성규(2014), 앞의 글, 52쪽.

도 불구하고, 결론적으로 주체는 선험적 주체로 설정되고 만 것이다. 예컨대 소설에서 자본가로 등장하는 인물은 자본가계급의 일반적 특징이라고 생각될 수 있는 것으로만 뭉쳐져 형상화되고, 노동자계급으로 등장하는 인물은 노동자계급의 특징으로만 뭉쳐져 있는 '추상적 보편성'의 세계79) 가 나타난다. 이로써 "민중이든, 프롤레타리아트든, 전위적 노동자이든 간에", 이들은 결국 자명한 "계급적 주체"로 간주된다.80)

하지만 이제 기존의 리얼리즘이 상정하던 다분히 상투화된 '전형성'에는 맞지 않는,81) 즉 투명한 문학적 주체로서의 '프롤레타리아 계급'으로는 도저히 포섭될 수 없는 주체가 등장한다. 이렇게 "무의식과 욕망의 영역에 존재"함으로써 "계급으로 환원되지 않는 주체성이 돌출되는 순간", 기존의 "리얼리즘론은 자기근거를 박탈"당할 수밖에 없게 된다.82) 특히 2000년대 이전부터 서구를 중심으로 한 탈산업화 논리의 확산83)은 이러한 기존의 리얼리즘이 내세운 주체에 대한 회의를 불러일으켰다. 때문에 한때는 정신분석학적 구조의 틀로 (무의식의) 주체를 다시 규명하는 작업이 이루어지기도 했다. 주체가 "투명한 의식의 층위의 존재하지 않으며, 따라서 그 징후를 읽어낼 수밖에 없다는 논의는 경화된 리얼리즘론의 주

---

79) 이를 김재용은 과거 전형성 논쟁이 불러일으킨 일종의 '도식주의'라 규정하며, 보편성에 치우쳐 개별성을 희생시키는 도식주의와 결별하고 구체적인 개별성에 기반한 새로운 전형성을 요구한다. 이러한 논의들은 이미 1990년대 초반 소설들에 대한 전망으로서 『실천문학』을 위주로 논의되어온 바 있다. (김재용, 「전형성을 획득하여 도식성을 극복하자–80년대 후반 우리 소설의 반성과 90년대의 전망」, 『다시 문제는 리얼리즘이다』, 실천문학사, 1993, 184쪽 참조) 하지만 이러한 논의는 2000년대 이후 도래한 다국적이며 포스트모던한 현실을 설명할 수 없기 때문에, "당시의 문제의식, 리얼리즘의 갱신을 위한 의욕적인 기획과 리얼리즘의 재소환은 결과적으로 실패"했다는 평가를 받는다. (권성우, 「리얼리즘의 품격과 아름다움」, 『자음과 모음』 2014년 봄호, 190–191쪽.)

80) 장성규(2014), 앞의 글, 52쪽.

81) 한기욱(2013), 앞의 글, 227쪽.

82) 장성규(2014), 앞의 글, 55쪽.

83) 윤지관, 「다시 문제는 리얼리즘이다」, 『다시 문제는 리얼리즘이다』, 실천문학사, 1993, 18쪽.

체 개념을 대체하기에 충분한 이론적 근거로 작동"[84]했던 것이다.

그러나 이러한 정신분석학적 논의는 과거 리얼리즘론이 지닌 추상적 성격을 다시 반복할 위험성을 가지고 있다. 또한 이는 "개체가 지닌 역동적 저항의 가능성을 무의식과 욕망의 층위로 한정 짓는다"[85]는 비판으로부터 자유롭지 않다. 포스트모더니즘 역시 마찬가지이다. 포스트모더니즘은 주체의 소멸을 부르짖으며 그저 모든 사람이 '욕망의 텅 빈 저장소들'이 되었음을 주장한다.[86] 이제 주체는 유동적이고 지엽적일 뿐이다. 그러나 이러한 탈중심화된 주체 역시 역으로 생각해보면 사실 "상당히 안정된 구조 내에서만 생성 가능"하다는 점에서 오히려 "훨씬 더 전통적인 형태의 주체"를 필요로 하게 된다.[87]

그러므로 이제 "포스트리얼리즘을 고민하는 우리에게 필요한 관점은 무엇인가?"[88]라는 질문을 던질 수밖에 없게 된다. 현실은 노동자/자본가라는 이분법적 대립으로 환원되지 않을 뿐 아니라, 신자유주의 시대에서 주체에 가해지는 지배적 권력은 결코 가시적이지 않기 때문이다. 따라서 구조에 종속된 주체 개념은 과감히 폐기될 필요가 있다. 이전까지 "주체가 구조에 종속된 관념적인 개념"이었다면, 포스트리얼리즘의 주체는 오로지 "개별 국면의 조건 속에서 자신의 역능을 발현시키는 특성"[89]으로서 존재한다. 즉 인식적 총체화의 불완전성과 마찬가지로 "주체적 차원의 불완전성"[90]도 발생하는 것이다.

---

84) 장성규(2014), 앞의 글, 55쪽.
85) 위의 글, 55쪽.
86) 테리 이글턴, 『포스트모더니즘의 환상』, 김준환 역, 실천문학사, 2000, 165쪽 참조.
87) 테리 이글턴·김성곤, 「테리 이글턴과의 대담-현대문학의 위기」, 『외국문학』 39호, 열음사, 1994, 134쪽.
88) 장성규(2014), 앞의 글, 55쪽.
89) 이를 장성규는 주체가 아닌 '행위자'라고 이름 붙인다. (위의 글, 55쪽.)
90) 김성호(2014), 앞의 글, 341쪽.

현재의 자본주의는 사회 전반을 커버하는 실질적 이데올로기를 가지고 있지 않은 '무세계적(worldless)'91) 특성을 보인다. 이에 포스트모더니즘은 자본주의를 시장 논리와 맞물려 있다고 보고 '총체성', '역사', '주체' 등과 같은 고전적인 개념을 쉽게 포기한 채, '복합성', '불연속성', '다원성', '차별성' 등의 성격으로 귀화하여 정치적 욕망을 표출한 바 있다.92) 그러나 이는 지젝이 지적한 바와 같이 "총체성의 모든 요소를 왜곡하고, 치우치게 하고, 거기에 특정한 색깔을 입히는 기이한 끌개"93)에 불과하다. 지젝에 따르면, 포스트모더니즘이 "정치적 전체주의를 총체성이라는 철학적 개념"으로 치환해버림으로써 "새로움을 만들어내는 균열, 다시 말해 바디우 (Alain Badiou)적인 의미의 사건"을 방해할 것이라고 강조한다. 포스트모더니즘은 주체의 소멸을 말하며 타자성을 향해 자신을 열어놓는 척 하지만 실제로는 근원적인 변화를 감행하지 말라고 경고하고 있다는 것이다.94)

자본주의 체제는 여전히 "'다양한' 선택을 통해 '동질화'하고, '불연속'을 통해 '영속화'하며, '느슨함'을 통해 결국 '총체화'"95)한다. 그러므로 총체성은 포스트모더니즘이 말하는 바와 같이 폐기되어야 할 항목이 아니다. 오히려 주체의 측면에서 총체성을 논의함으로써 주체적 총체화의 불완전성을 규명할 필요가 있다. 즉, 여기서 주체적 총체화란 주체에게 "언제나 주체 자신을 벗어나는 것, 미리 튀어나가서 주어진 대상뿐 아니라 자기 자신과도 불화하게 되는 것이 존재"96)함을 뜻한다.

결국, 앞서 밝힌 대로 총체성이 총체화 과정의 완결상태가 아니라 그

91) 슬라보예 지젝, 『시차적 관점』, 김서영 역, 마티, 2009, 622-624쪽.
92) 테리 이글턴·김성곤(1994), 앞의 글, 132쪽.
93) 슬라보예 지젝, 『지젝이 만난 레닌』, 정영목 역, 교양+인, 2008, 311쪽.
94) 알랭 바디우·슬라보예 지젝, 『바디우와 지젝 현재의 철학을 말하다』, 민승기 역, 도서출판 길, 2013, 70-71쪽.
95) 김성호(2014), 앞의 글, 340쪽.
96) 위의 글, 341쪽.

과정의 지속성 자체라면, 주체 역시도 "'되어감'으로서의 '자기다움'을 이해"97)하는 내재적 불가능성으로서의 주체로 등장하게 될 것이다. 여기서의 주체는 과거 리얼리즘의 "고정된 투명한 개념이 아니라, 특정 물질적 조건에 따라 재편되는 유동적인 개념으로 이해"98)될 것이다. 이들의 운동 방식은 "우발적인 형태의 수행적"99)인 모습일 수도 있고, 고정된 배치로부터 계속해서 탈주하는 '되기'의 모습100)일 수도 있다. 또한 "나는 나대로 타자는 타자대로 각각의 '고유성'을 지키는 방식"101)이 될 수도 있을 것이다.

4.2. 임의적 존재로서의 주체

총체화하는 체제의 내재적 불가능성과 총체화하는 주체의 내재적 불가능성이 동시에 형상화102)되어야 할 필요가 있다면, 여기서 다시금 앞서 언급되었던 불가능성으로부터 발생하는 증언에 주목해야 한다. 불가능한 증언을 하는 생존자들로부터 자기 완결된 주체가 아닌 총체화 과정을 지속하는 주체를 발견할 수 있기 때문이다. 증언할 수 없는 어떤 것을 증언하고 있는 이들은 결국 (증언할 수 없다는) 불가능을 토대에 두고 가능성

---

97) 위의 글, 341쪽.
98) 장성규는 이러한 새로운 주체가 수행적 행위자로 드러날 수 있다고 본다. (장성규(2014), 앞의 글, 56쪽.)
99) 위의 글, 56쪽.
100) 이는 한기욱의 글에서 일면 전개되는 논리이며(한기욱(2013), 앞의 글, 234쪽.), 앞서 인용한 장성규와 조정환의 글에서도 내놓는 리얼리즘의 갱신 방식이다. 그러나 제임슨이 들뢰즈적 주체를 비판한 바 있음을 알아둘 필요도 있다. 제임슨은 들뢰즈의 주체가 "탈구조주의적 이상인 탈중심적 주체"에 불과하다고 지적한다. 이에 대한 보다 자세한 논의는 다음 책을 참고. (프레드릭 제임슨(2014), 앞의 책, 63쪽.)
101) 이 글은 최근 대두한 다양한 제안들 중에서도 "나는 나대로 타자는 타자대로 각각의 '고유성'을 지키는 방식"(한기욱(2013), 앞의 글, 234쪽.)에서 아이디어를 얻어 임의적 존재로서의 주체 개념을 제시한다.
102) 김성호(2014), 앞의 글, 341쪽.

을 이야기한다. 이들의 증언은 죽은 이들에 대한 대리 증언에 불과하다. 그러나 "죽은 이들의 증언이란 애초에 존재하거나 성립하지 않으므로 '대리'라는 규정은 이치에 닿지 않는다."103) 이제 '가능한' 증언은 "죽은 이들의 불가능한 증언이 현실에 기입되는 순간, 바로 살아 있는 이들의 증언이 이어지는 동안"104)뿐이다.

이처럼 ~일/존재할 잠재성과 ~이 아닐/존재하지 않을 잠재성 속에서 존재하는 것을 아감벤은 '있는 그대로의 존재'105)라고 이름 붙인다. 있는 그대로의 존재, 즉 임의적 존재는 어떤 정체성에도 귀속되지 않고 자기 자신의 '그렇게'로 존재106)한다. 하지만 여기서 임의적 존재는 "어떤 것이든 무관한"이란 뜻이 아니라 실상 "어떤 것이든 다 마음에 드는", "공히 마음에 드는", "공히 사랑받는"이란 뜻을 가지고 있다.107) 즉, '임의적이다'는 것은 존재의 어떠한 부분에 근거하는 것이 아니며 동시에 그 존재를 그것의 속성들과 관계없이 바라보는 것도 아니다. '임의성'이란 "보편적인 것도 특수한 것도 아니며 그 존재가 존재하는 대로 자신을 노정하는 '특이적인 것'과 만난다."108) 그러므로 임의성을 지닌 존재란 잠재성 그 자체를 고유하게 가진 존재를 의미한다.

"범주가 아니면서도 다른 범주들을 조건 짓는, 특정한 집합에 귀속되지 않으면서도 그렇다고 아무런 귀속이 없는 것도 아닌 형상"109)을 띠고 있는 '임의적 존재'는 불가능성을 온전히 드러내고 보존하며 이를 다른 가

---

103) 황정아(2014), 앞의 글, 28쪽.
104) 위의 글, 32쪽.
105) 한기욱(2013), 앞의 글, 234쪽.
106) 조르지오 아감벤, 『도래하는 공동체』, 이경진 역, 꾸리에, 2014, 11쪽.
107) 이경진, 「아감벤 정치철학의 서문_『도래하는 공동체』에 대하여」, 『도래하는 공동체』, 꾸리에, 2014, 158쪽.
108) 위의 글, 158쪽.
109) 위의 글, 158쪽.

능성의 실마리로 만들고자 하는 주체를 상상하게끔 한다. 국민/민족, 인종, 성별과 같은 고유한 정체성을 하나도 갖지 않는 임의적 존재는 특수한 언어로부터 벗어나 불가능한 증언을 지속하는 이들처럼 '그저 말한다는 사실'에 기초한다. 그리고 이러한 임의적 존재는 법적으로 텅 빈 공간이자 위상학적으로 식별 불가능한 지대인 '예외 상태'110)에 놓여 법의 외부로 밀려났지만 동시에 여전히 법의 내부로 구속되는 '호모사케르'111)로 읽어낼 수도 있을 것이다. 이처럼 주체적 차원의 총체화 역시 포스트리얼리즘이라는 새로운 명명 속에서 앞으로 보다 면밀하게 논의 될 필요가 있을 것이다.

5. 21세기 한국 소설에서의 현실과 포스트리얼리즘
   : 박민규 『핑퐁』112)을 중심으로

기존 연구에 따르면,113) 박민규의 소설은 주로 "자본주의에 대한 저항

---

110) 조르지오 아감벤, 『호모사케르』, 박진우 역, 새물결, 2008, 96-97쪽.
111) 지젝 역시도 총체성에 대한 사유에서 '호모사케르' 개념을 연관시킨 바 있다. 지젝은 나치 이데올로기를 예로 들며, "실재로서의 유대인은 사회적 적대를 감추려고 불러낸 유령일 뿐"임을 지적한다. 즉, "이 '실재라는 괴물'은 그 존재를 통해 우리의 상징적 세계의 일관성을 보장하며, 따라서 그 구성요소인 비일관성('적대')과의 대면을 회피하게 해주는 유령일 뿐"이라는 것이다. 이처럼 지젝에게 총체성이란 적대를 포함한 자기모순적이고 일관성을 갖지 않는 개념이다. 이어 지젝은 바로 여기서 "조르조 아감벤이 최근 발전시킨 '호모 사케르'의 개념이 도입"되어야 한다고 말한다. "법적 질서 내에 포함된 이들과 '호모 사케르'의 구분은 단순히 수평적인 둘 사이의 구분이 아니다. 이는 오히려 동일한 사람들을 다루는 두 가지 (중첩된) 방법 사이의 수직적 구분이다. 간단히 말해, 법의 층위에서 우리는 시민이자 법적 주체로 취급받지만, 법의 외설적인 초자아적 보충물의 층위, 이 텅 빈 무조건적인 법의 층위에서 우리는 호모 사케르로 취급 받는다." (슬라보예 지젝, 『실재의 사막에 오신 것을 환영합니다』, 이현우·김희진 역, 자음과 모음, 2011, 49-50쪽.)
112) 박민규, 『핑퐁』, 창작과비평, 2006. 이하 인용 부분은 괄호 안에 쪽수만 표기한다.
113) 서사구조의 특성을 중심으로 한 강유정(「박민규 월드를 여행하는 히치하이커를 위한 안

과 일상성에서의 탈출"114)로 요약된다. 소설 속에서 환상은 자본주의의 논리에 적응하지 못한 인물들을 너구리나 기린으로 변신시키거나 자본주의가 아예 침투하지 않은 공간인 우주로 탈주하도록 만든다. 이렇게 서사의 흐름에 돌출하는 형태로 나타나는 환상 때문에 박민규의 소설은 흔히 포스트모더니즘의 계열로 위치지어지곤 했다.

그러나 박민규의 소설 속에 등장하는 환상적 요소들을 단지 현실로부터의 탈주를 위한 장치로만 규정한다면, 소설에서의 다층적인 맥락들이 다소 간과될 수 있다. 박민규 소설의 환상은 현실로부터 벗어나려는 움직임을 보이는데 그치지 않고 가려져 있던 현실의 진실을 드러내는 기제로도 작동하고 있기 때문이다. 따라서 이 글에서는 박민규 소설의 환상적 요소를 현실에 대한 재현 불가능성의 표지가 아닌 "재현적 실재성을 넘어선 초과적 실재성의 구현"115)이라고 보고, 그의 장편소설 『핑퐁』을 분석함으로써 이른바 '박민규적' 환상이 현실 세계의 총체성을 어떻게 그려내고 있는지 살펴볼 것이다.

『핑퐁』은 학교 폭력에 시달리던 '못'과 '모아이'라는 인물이 탁구계에서의 핑퐁 시합을 통해 생태계 프로그램의 일부인 인류를 설치 해제한다는 내용을 골자로 한다. 못은 자신에게 가해지는 폭력의 주동자로 치수를 지목하지만, 이내 폭력이 그토록 오래 유지될 수 있었던 이유가 '다수'의 방관 때문임을 인지하게 된다. "따를 당하는 것도 다수결"(29쪽)이었던 것

내서」, 『비평과 전망』 2005년 가을호.)의 논의와 현실 풍자에 대한 권유리아(「호모 루덴스, 놀이하는 인간, 박민규」, 『오늘의 문예비평』 2005년 여름호.)의 논의 그리고 신자유주의에 대한 현실 인식을 다룬 정혜경(「백수들의 위험한 수다-박민규 정이현 이기호의 소설」, 『문학과 사회』 2005년 봄호.)의 논의, 알레고리와 장르 혼종, 환상성 등의 특성에 주목한 백대윤(「한국 문학과 SF : 박민규 소설의 포스트콜로니얼 탈장르화를 중심으로」, 『한국문예비평연구』 2007년 겨울호.)의 논의 등이 있다.
114) 한창석, 「환상문학을 통한 서사 확장의 가능성」, 『우리문학연구』 34권, 2011, 464쪽.
115) 조정환(2014), 앞의 글, 38쪽.

이다. 이 소설에서 다수결은 자본주의 체제로 대변되는 세계의 폭력성이 발현되는 근원임과 동시에 그 폭력성을 은폐하는 기능까지 한다. 즉 "에스키모처럼 동떨어진 인간에게도 인류의 결과가 집약될 수 있"(86쪽)는 것처럼, 다수결은 폭력과 직접적인 관계가 없는 개별자들까지 그 영향권 안에 묶어둔다.

> 눈물을 닦으며 다시 수업에 열중할 마흔한명의 <다수인 척> 때문이었다. <u>스스로는 단 한번도 나를 괴롭힌 적이 없다 믿고 있는, 그러니까 인류의, 대표의, 과반수. 조용하고 착한, 인류의 과반수. 실은, 더 잘해주고 싶었을, 인류의 대다수.</u> (30쪽)

이처럼 다수결에 근거한 세계는 2%나 98%에 속하지 않는 '다름'을 결코 인정하지 않는다. 또한 세계가 "듀스포인트"로 인해 끝나지 않고 지속된다는 설정은 반복적으로 발생하는 모순에도 불구하고 유지되는 세계의 변화 불가능성을 드러낸다. 못은 세계의 폭력에 지쳐 "다수인 척 세상을 살아가길"(34쪽) 바라지만 그 바람은 이루어지지 않는다. 왜냐하면 못과 모아이는 세계를 이끌어가는 2% 혹은 그 2%에 의해 지배되는 98% 양자 그 어디에도 속하지 않는 인물들이기 때문이다. 이렇게 100%의 인류에 포함되지 않은 인간, 즉 "누락도 아니고 소외도 아닌"(19쪽) 다만 "세계가 <깜빡>한"(219쪽) 존재들인 못과 모아이는 100% 안에 셈해지지 않는다는 그 존재의 위치 때문에 역설적으로 인류 대표와 경쟁할 수 있는 자격을 얻게 된다.

이렇게 소설은 변화 가능성이 없는 폭력적 세계에 대한 총체적 인식을 명백하게 가시화하기 시작한다. 특히 이는 못과 모아이가 총체성 내부의 공백으로 등장함으로써 보다 명확해진다. 즉 내부에 있지만 셈해

지지 않는 존재, 포함된 배제로서의 못과 모아이는 학교의 호모사케르
와 다름없다.

> 나는 혼자다. 늘 마흔한명 속에 앉아 있지만, 또 육백삼십칠명의 졸업앨
> 범에 나란히 사진을 넣기도 하겠지만, 실은 천구백삼십사명과 오만구천이
> 백사명과 육십억의 인류가 나를 둘러싸고 있다고도 볼 수 있지만-결과는
> 마찬가지다. 아무도 나에게 말을 걸지 않는다. 내가 말을 걸 수도 없다. 아
> 무 잘못도 없는데, 그렇다. (25쪽)

그들은 학생이라는 점에서 학교에 포함되어 있지만, 모두가 그들이 당
하는 폭력을 방관한다는 점에서는 배제된 존재이다. 못과 모아이가 폭력
을 당함으로써 나머지 다수가 평화로운 학교생활을 할 수 있고, 따라서
'다수'는 (자신들에게는) 안정적인 체제 작동을 위해 그들이 당하는 폭력
을 묵인한다. 폭력이라는 예외 상태가 '일종의 규칙'이 되어버린 학교는,
못과 모아이에게는 '수용소'나 다름없는 공간이다.[116] 그들은 명백히 있
는데도 보이지 않는 '공백'과 같은 존재인 것이다.

> 즉 너와 나 같은 인간들은 그냥 빈 공간이란 얘기지. 그렇지 않을까? 즉,
> 보이지 않는 거야. 멀리서 보면 그저 아무것도 없는 캄캄한 공간… 그럼에
> 도 불구하고 우린 이렇게 존재해. 그럼 우린 뭘까? 보이지도 않고, 아무
> 존재감 없이 학살이나 당하고… 영문도 모른 채 이렇게 나란히 앉아 있
> 고…(171쪽)

그러나 "빈 공간", 즉 공백은 역으로 세계가 작동하는 원인이 된다. 못
과 모아이라는 공백이 은폐되어야만 남은 학생들의 안정적인 학교생활이

---

116) 조르지오 아감벤(2008), 앞의 책, 319쪽.

담보된다는 점에서, 공백은 체제 유지의 핵심적 기능을 수행한다. 세계가 공백을 은폐하면서 총체화를 이루는 것은, 다시 말해 공백이 있어야만 총체성이 작동함을 의미한다. 공백에 "의지하여 상징계가 일관성을 유지하고 그것과의 조우를 피하려는 시도를 통해 상징계가 작동한다는 점"을 통해 사실상 실재란 "상징계 자체를 성립시키는 공백"임을 알 수 있다.117) 그러므로 못과 모아이는 상징계 안에 존재하는 '실재'라고 할 수 있다. 이는 소설 속에서 '탁구계'라는 환상적 요소로 드러난다.118)

못과 모아이는 탁구계에서 인류 대표 선수인 쥐와 새에 맞서 탁구 시합을 하게 된다. 다수결의 세계 내에서 발언권이 없던 그들이 인류 대표와 대결한다는 점은 탁구계의 도래로 말미암아 세계의 이중적 시스템, 즉 공백에 대해 증언할 기회를 얻게 된 것이라 할 수 있다.

> 어떻게, 어떻게 된 건가요? 쎄트 스코어는 3 : 0, 그리고 4쎄트 역시 8 : 1로 뒤진 시합이었어. 결과는 그래. 거기서…끝이 났나요? 그래, 쥐와 새의 죽음으로… 쥐와… 새가 죽었다구요? 죽었어. 그래서 중지된 거지. 왜, 왜 죽은거죠?
> 과로사(過勞死)였어. (244쪽)

탁구계가 지구의 외부에 존재하지 않는다는 점은 상징적이다. 이는 탁구계를 외부로의 탈주를 위한 환상이 아니라 오히려 지구 내부에서 그 체제 내에 포함된 균열로 이해해야 하는 근거가 되기 때문이다. 또한 인류의 대표로 탁구 시합에 나온 선수들이 조건 반사로 길들여진 "쥐와 새"라는 점은 현재 인류의 삶이 조건 반사와 마찬가지라는 것을 상징한다. 나

---

117) 황정아(2014), 앞의 글, 29쪽.
118) "나는 물었다. 세상은 어떻게 된 건가요. 내가 있던, 그곳. 근본적으로 아직은 어떤 변화도 없단다. 탁구계는 지구와 충돌한 게 아니라 착상된 것이니까."(209쪽)

아가 그들이 못과 모아이에 의해 패배하는 것이 아니라 "과로사" 한다는 점은 이 세계의 총체성이 이미 그 내부에 균열의 원인을 내포하고 있음을 드러낸다.

못은 부조리한 세계에 대한 대결 의지를 가진 영웅적 인물이 아니라 오히려 다수의 일부가 되기를 바라던 인물이다. 따라서 그들이 인류를 "언인스톨"(250쪽)하는 것은 단순히 체제로부터의 탈주만을 의미하지 않는다. 소설 결말부에서 못과 모아이는 인류가 없는 세상에서도 학교에 가고 싶어 하는 등 이전과 변화 없는 삶을 살고 싶어 하기 때문이다.

그러므로 『핑퐁』의 핵심적 상징인 '언인스톨'은 재현 불가능한 현실로부터의 무책임한 도피 혹은 완전히 다른 세계의 도래를 그리는 포스트모더니즘적인 요소가 아니라, 불가능한 방식(환상)을 통해 (재현/증언의) 불가능을 이야기한 '비현실적 리얼리티'의 구현이라고 보는 것이 타당하다. 여기서 "비현실적 리얼리티"는 리얼리티의 결여가 아니라 "리얼리티의 인식적 탈현실화"를 의미하는 것이다.[119]

변화 가능성이 없는 지구에서 인류의 대다수는 훈련받은 새와 쥐처럼 조건 반사적으로 살고 있다. '탁구계'라는 환상적 요소는 인류의 조건 반사적인 무의미한 삶을 드러내며, 못과 모아이는 총체성 내의 공백으로서 내부의 균열을 일으키는 주체로 나타난다. 때문에 이때의 주체는 다수에 포함되지 않은 상태를 유지하는 '임의적 존재'라 볼 수 있다. 이들이 임의적 존재로서 행하는 '언인스톨'은 총체성 안의 누락을 증언하는 것이며, 이 자체로 박민규의 『핑퐁』은 포스트리얼리즘적 문학의 가능성을 보여준다.

---

119) 전봉철(1999), 앞의 글, 73쪽.

6. 나가며

한국 문학에서의 리얼리즘에 대한 도착(倒錯)은 결코 낯선 풍경이 아니다. 권성우에 따르면, 1980년대 즉 민족문학과 민중문학이 전성기를 누리던 시절에는 이른바 리얼리즘의 이론적 거점이라 일컬어지며 '루카치'의 리얼리즘과 이에 반박하는 '브레히트(Bertolt Brecht)', '아도르노(Theodor W. Adorno)', '블로흐(Ernest Bloch)' 등의 논의가 산발적으로 함께 다뤄진 바 있었다. 1990년대에 들어선 이후엔 "동구 사회주의의 해체와 진보 진영의 재편성, 그리고 그 흐름에 연루된 민족·민중문학의 위기"가 대두됨으로써 "문학적 어젠다는 이른바 리얼리즘의 갱신과 재검토"로 나아갔다.[120] 이미 이 당시의 리얼리즘은 현실을 있는 그대로 재현하라는 사실주의와 같은 "기법적 차원의 용어"로부터 멀리 달아나 있었다. "이때의 리얼리즘의 문맥은 세계관이나 당파성, 새로운 전망을 선취하는 리얼리즘, 즉 루카치식의 진보적 리얼리즘과 가까"운 것이었다.[121]

사실 더욱 이전으로 거슬러 올라가면, 리얼리즘은 1920년대 프로문학 운동에서부터 논의될 수 있을 것이다. 결국, 1980년대 민족·민중문학운동 그리고 1990년대 루카치식 리얼리즘의 논쟁에 이르면서 한국에서의 리얼리즘은 일종의 문학사적 개념으로 붙박이는 듯 했다. 그리고 2000년대에 들어서면서, 전지구적 자본주의는 초국적기업의 성장을 불러일으켰고 이는 신자유주의라는 새로운 패러다임을 열었다. 수많은 이방인들이 공존하는 다국적 현실은 더 이상 낯선 미래가 아니었던 것이다. 따라서 한국의 담론장에선 이러한 현실을 포착해내기 위해 포스트식민주의와 포스트모더니즘 등의 이론에 관심을 갖게 된다.

---

120) 권성우, 「리얼리즘의 품격과 아름다움」, 『자음과 모음』 2014년 봄호, 190쪽.
121) 위의 글, 190쪽.

이제 "루카치식의 고전적 리얼리즘의 시선으로는 제대로 포착되지 않는 다차원적 현실(환상, 디스토피아, 좀비, 초현실 등등), 계급적 틀로는 온전히 읽어낼 수 없는 다양한 문화적 소수자와 주변인들"[122]이 등장하기 시작한 것이다. 이렇게 리얼리즘은 시효 만료를 선고 받으며 역사의 뒤쪽으로 사라지는 것처럼 보였다. 그러나 앞서 살펴보았듯, 한국문학에서의 리얼리즘은 그 폐기의 위기 속에서도 불가능을 일편 포함하는 총체성에 대한 증언을 계속해왔고, 동시에 서구의 이론만으로 소급되지 않는 그 나름의 리얼리즘 계보학을 지속해왔다는 점에서 주목할 필요가 있다. 그리고 이러한 리얼리즘에 대한 오랜 도착(倒錯)은 또다시 포스트리얼리즘이라는 새로운 리얼리즘의 도착(到着)을 알리고 있다. 물론 이는 아직 급진적인 가능성으로서 발현되고 있지만 점차 예단을 넘어 텍스트를 통해서, 작품의 언어를 가지고 보다 질적으로 이뤄지리라 짐작해본다.

122) 위의 글, 191쪽.

참고문헌

1. 단행본

백낙청, 『문학이 무엇인지 다시 묻는 일』, 창비, 2011.

실천문학사 실천문학편집위원회 엮음, 『다시 문제는 리얼리즘이다』, 실천문학사, 1993.

마르크스 · 엥겔스, 『마르크스 엥겔스의 문학예술론』, 김영기 역, 논장, 1989.

슬라보예 지젝, 『지젝이 만난 레닌』, 정영목 역, 교양+인, 2008.

_____, 『시차적 관점』, 김서영 역, 마티, 2009.

_____, 『실재의 사막에 오신 것을 환영합니다』, 이현우 · 김희진 역, 자음과모
음, 2011.

알랭 바디우 · 슬라보예 지젝, 『바디우와 지젝 현재의 철학을 말하다』, 민승기 역, 도서
출판 길, 2013.

장 보드리야르, 『시뮬라시옹』, 하태환 역, 민음사, 1993.

조르지오 아감벤, 『호모사케르』, 박진우 역, 새물결, 2008.

_____, 『아우슈비츠의 남은 자들』, 정문영 역, 새물결, 2012.

_____, 『도래하는 공동체』, 이경진 역, 꾸리에, 2014.

지그문트 바우만, 『새로운 빈곤 : 노동, 소비주의 그리고 뉴푸어』, 이수영 역, 천지인,
2010.

테리 이글턴, 『포스트모더니즘의 환상』, 김준환 역, 실천문학사, 2000.

프레드릭 제임슨, 『문화적 맑스주의와 제임슨 : 세계 지성 16인과의 대화』, 신현욱 역,
창비, 2014.

2. 논문 및 평론

강경석, 「모든 것의 석양 앞에서-지금, 한국소설과 현실의 귀환」, 『창작과 비평』 2013
년 여름호, 240-259쪽.

_____, 「그 시린 진리를 찬물처럼」, 『창작과 비평』 2014년 여름호, 33-51쪽.

강유정, 「돌아온 탕아, 수상한 귀환」, 『세계의 문학』 2009년 봄호, 309-331쪽.

계간 『오늘의 문예비평』 편집위원 일동, 「봄호를 내면서」, 『오늘의 문예비평』 2014년
봄호, 18-24쪽.

고봉준, 「'잔해'로서의 리얼리즘, 그리고 유토피아-리얼리즘의 진화, 리얼리즘 논쟁의

현 단계」, 『실천문학』 2010년 겨울호, 43-61쪽.

권성우, 「리얼리즘의 품격과 아름다움」, 『자음과 모음』 2014년 봄호, 174-194쪽.

김경식, 「루카치 장편소설론의 역사성과 현재성」, 『창작과 비평』 2013년 여름호, 322-341쪽.

김성호, 「존재 리얼리즘을 향하여」, 『창작과 비평』 2014년 가을호, 333-352쪽.

김영찬, 「2000년대, 한국문학을 위한 비판적 단상」, 『창작과 비평』 2005년 가을호, 297-314쪽.

김현돈, 「미학적 범주로서의 전형성과 총체성-게오르그 루카치를 중심으로」, 『시대와 철학』 7권 1호, 한국철학사상연구회, 1996, 153-174쪽.

손정수, 「진정 물어야 했던 것」, 『창작과 비평』 2009년 봄호, 315-332쪽.

손홍규 외, 「작가들이 만난 현실」, 『창작과 비평』 2013년 여름호, 283-320쪽.

신광현, 「총체성과 문화연구의 미래 : 프레드릭 제임슨의 주제에 의한 변주」, 『비평과 이론』 제11권 2호, 2006, 49-78쪽.

장성규, 「포스트 리얼리즘을 위한 세 개의 논점」, 『오늘의 문예비평』 2014년 봄호, 51-61쪽.

전봉철, 「포스트모던 리얼리즘의 지형학」, 부산대학교 박사학위논문, 1999.

정홍수, 「'다른 세상'에 대한 물음」, 『창작과 비평』 2014년 여름호, 52-71쪽.

조정환, 「내재적 리얼리즘-리얼리즘의 폐허에서 생각하는 대안리얼리즘의 잠재력」, 『오늘의 문예비평』 2014 봄호, 27-50쪽.

진은영, 「감각적인 것의 분배 : 2000년대의 시에 대하여」, 『창작과 비평』 2008년 겨울호, 67-84쪽.

테리 이글턴·김성곤, 「테리 이글턴과의 대담-현대문학의 위기」, 『외국문학』 39호, 열음사, 1994, 122-135쪽.

한기욱, 「문학의 새로움은 어디서 오는가 : 2000년대 소설과 비평의 향방」, 『창작과 비평』 2008년 겨울호, 41-66쪽.

_____, 「문학의 새로움과 리얼리즘 문제-손정수의 반론에 답하여」, 『창작과 비평』 2009년 여름호, 247-264쪽.

_____, 「우리시대의 「객지」들」, 『창작과 비평』 2013년 여름호, 210-239쪽.

한창석, 「환상문학을 통한 서사 확장의 가능성」, 『우리문학연구』 34권, 2011, 449-484쪽.

황정아, 「리얼리즘과 함께 사라진 것들」, 『창작과 비평』 2014년 여름호, 17-32쪽.

가난/계급의 재구성과 환상적 형상화
-김숨, 『투견』*을 중심으로

김미옥(이화여대 국문과 박사과정)
한혜진(이화여대 국문과 박사과정)
이윤아(이화여대 국문과 석사과정)
이현저(이화여대 국문과 석사과정)

1. 들어가며

2000년대 사회 현상을 보면 "현실이 소설을 초과"[1]하는 경우가 많다. 이는 현실이 소설보다 더 소설 같다는 의미로 해석해 볼 수 있다. 소설은 이러한 현실에 대해 이야기할 수밖에 없는데 이를 리얼리티나 극대화된 환상을 통해 보여주기도 한다. 특히 김숨의 소설 『투견』은 환상을 통해 현실을 이야기하고 있는데, 이 가운데 가장 두드러지는 것이 권력과 계급의 문제다. 권력과 계급은 사회 구조의 근간을 이루고 있기 때문에 소설에서 자주 다루고 있는 주제로 김숨의 소설은 가부장적 권력을 통해 사회 구조의 모순을 이야기하고 있다.

자본주의 사회에서 인간의 가치는 돈 앞에서 평등화되고 그것으로 환원되어 평가[2]되었다. 그러나 신자유주의 질서가 작동하면서 경제적 영역

에서의 구조적 재편성과 함께 계급의 구조 또한 새롭게 형성되었다. 이는 기존의 지배와 피지배의 관계가 아닌 가지지 않은 자들 안에서도 권력과 폭력에 의한 계급이 발생하고 있다는 것이다. 이 가운데 "사회적 부조리에 의해 철회된 에너지가"3) 폭력화되고 이러한 양상은 21세기 소설에서 더 과격하게 드러나고 있으며 계급도 대물림되면서 고착화되어 나타나고 있음을 볼 수 있다.

금융위기 이후 사회구조 내에서는 양극화가 심화되면서 중산층이 몰락하고 실업률도 하락함으로써 자발적 잉여들이 등장하게 되었다. 나아가 개인들은 철저히 개인화되거나 집단 트라우마가 형성되어 치유될 수 없는 멜랑콜리 상태에 머물러 있으며, 인간의 존엄성을 상실한 채 사회와 연대하거나 체제 안으로 편입하지 못한 채 바깥으로 밀려난 자들이 그들만의 또 다른 사회를 형성하고 있는 것이다. 이렇듯 소설은 "한 사회가 구조적으로 배태하는"4) 주체들, 즉 기회를 박탈당한 자들 안에서의 또 다른 권력관계를 형상화하고 있는데 이러한 형태를 잘 보여주고 있는 것이 김숨5)의 소설이다.

김숨의 첫 소설집 『투견』은 섬뜩하리만치 끔찍한 가족의 이데올로기를 보여주고 있다. 이는 폭력과 환상의 형태로 나타나는데 특히 환상은 김숨 소설의 특징으로 이는 대부분 그로테스크한 모습으로 나타난다. 김숨 소설이 보여주고 있는 그로테스크한 환상은 곧 자본주의가 만들어 놓은 재

---

2) 위의 글, 343쪽.
3) 김형중, 「돌아온 신경향파」, 『자음과 모음』 2010년 봄호, 654쪽.
4) 이승원, 「노동의 해방으로부터 쉼의 해방으로」, 『세계의 문학』 2010년 가을호, 330쪽.
5) 김숨은 1997년 『대전일보』 신춘문예에 「느림에 대하여」라는 단편을 통해 등단했다. 작품으로는 『투견』(2005), 『침대』(2007), 『간과 쓸개』(2011), 『국수』(2014)와 같이 네 권의 단편집과『백치들』(2006), 『철』(2008), 『나의 아름다운 죄인들』(2009), 『물』(2010), 『노란 개를 버리러』(2011), 『여인들과 진화하는 적들』(2013)과 같이 여섯 권의 장편을 냈다. (공종구, 「김숨의 초기 소설에 나타난 가족」, 『한국 문학이론과 비평』 65, 2014, 34쪽.)

현 불가능한 하위주체들인 동시에 그들이 살아가는 현실인 것이다.

이러한 관점을 바탕으로 이 글에서는 김숨의 『투견』을 분석해보고자한다. 첫째 금융위기 이후 재구성된 사회 체제 안에서 "쓰레기"[6]처럼 살아가는 인물을 통해 계급 구조를 분석하고 둘째, 인물들이 처해 있는 공간을 통해 부조리한 사회구조를 밝힐 것이며 나아가 그로테스크한 환상을 통해 그것이 어떻게 현실을 반영하고 있는지를 지젝(Slavoj Žižek)의 이론들을 통해 분석할 것이다. 이로 인해 김숨 소설이 일그러진 환상과 가족구조를 통해 말하고 싶은 것이 무엇인지 조금이나마 접근할 수 있을 것으로 본다.

2. 신경향파의 귀환과 가난/계급의 재구성

2.1. 호모사케르와 포함된 배제

신자유주의가 재구축해 놓은 자본주의 경제 질서에서 밖으로 밀려난하위주체들은 "누구도 그 존재를 원치 않고 머물 것을 허락받지 못한"[7]자들이다. 특히 김숨 소설의 인물들이 그러한데 이들은 벌거벗은 자들로체제 안에 편입하지 못한 호모사케르들인 것이다. 이들은 "짐승과 인간,퓌시스와 노모스, 배제와 포함 사이의 비식별역이자 이행의 경계선에 있으며 두 세계의 어디에도 속하지 않으면서 두 세계 모두에 거주하는 인간도 짐승도 아닌 추방된 자들"[8]이다. 이 벌거벗은 생명은 위험에 무방비로노출되어 있는 존재들로 이러한 주체들은 자신들이 추방된 자리, 즉 체제

6) 이평전, 「'쓰레기'들의 묵시록, 그 '환멸'의 정치학」, 『사고와 표현』 5, 2012.
7) 위의 글, 146쪽.
8) 조르조 아감벤, 『호모사케르』, 박진우 역, 새물결, 2008, 215쪽.

밖에서 새로운 형태의 계급을 형성하면서 또 다른 형식의 지배구조를 만들어 가고 있다. 이들의 계급구조는 착취와 피착취, 지배와 피지배의 관계로 나타나는데 이러한 계급은 주로 가족 관계 안에서 이루어진다. 여기서 폭력을 행사하는 주체는 아버지이며 그 대상은 자신보다 힘이 약한 자녀나 아내 등 여성 주체들로 나타나는 경우가 많다.

「검은 염소 세 마리」에서 순영은 태식의 성적 전유물로 그려지고 있으며 태식의 폭력에 벌거벗은 채로 노출되어 있는 인물이다. 태식에게 종속되어 있는 순영이 자신의 욕망을 따라 집을 나갔다가 얼마 못 되어 태식에게 붙잡혀와 죽임을 당하게 된다. 「중세의 시간」에서 "아버지에 대한 어머니의 공격적인 욕구를 무조건 수용하는 배설구에 불과한 '나'는 어머니의 기쁨과 고통 이외의 어떤 기쁨과 고통도 가지지 않는, 가져서는 안 되는 텅 빈 주체"9)로 그려진다. "히스테리를 앓고 있는 어머니의 감시와 통제의 시선에 시달리는"10) '나'는 '나'와 동일시되고 있는 어머니의 살아 있는 금붕어를 변기에 넣어버린다. 이러한 행위는 아버지에 대한 폭력을 '나'를 포함한 다른 대상에게 투사하고 있는 어머니로부터 벗어나고자 하는 '나'의 욕망이라고 볼 수 있다. 이 소설에서 하위주체들은 이렇듯 자신의 존재를 소심하게 드러낸다. 즉 강자는 약자에게 약자는 자신보다 더 약자에게 폭력을 행사하는 형태로 이 소설의 계급구조가 드러난다.

김숨 소설에는 "대상 세계로부터 리비도를 완전히 철회해 버린 듯한 우울의 상태 속에 있는"11) 인물들이 등장하는데, 이 인물들은 무기력하거나 감금된 존재로 나타나기도 한다. 「새」에서 '미항'은 무미건조한 결혼생활로 인해 무기력에 빠져 있는 우울한 인물이다. 여기서 미항은 새장

---

9) 공종구(2014), 앞의 글, 35쪽.
10) 위의 글, 35쪽.
11) 김형중(2010), 앞의 글, 661쪽.

안에 갇힌 '새'와 자신을 동일시하고 있으며 새장 밖의 자유를 욕망하고 있다. 「지진과 박쥐의 숲」에서 '아나'와 불구의 몸인 '글로리아'는 마을사람들에게서마저 잊혀진 숲 속에 '마르케스'에 의해 억압되어 세상과 단절된 채 갇혀 지낸다. 여기서 글로리아는 숲 밖으로 나갈 수 있는 '검은 길'을 걷는 것이 금지되어 있다. 하지만 어머니 아나는 글로리아에게 자유를 주고 싶어 한다. 글로리아가 '검은 길'을 걷는 꿈을 꾸고 있는 것을 알고 있기 때문이다. 아나는 결국 마르케스를 죽이고 글로리아를 '검은 길'로 내보내지만 글로리아는 끝내 '검은 길'에서 배회하며 그 밖으로 나가지 못한다. 「유리 눈물을 흘리는 소녀」에서도 가족은 뿔뿔이 흩어졌으며 '여자애'는 누구의 보호도 받지 못 한 채 생명의 위협에 노출되어 있다. '여자애'와 인영은 보호자 없이 세상에 버려진 벌거벗은 생명들로 살아가다 끝내 죽음을 맞게 된다.

김숨의 소설에서 권력의 주체는 대부분이 남성이다. 특히 『투견』에서의 남성들은 대부분이 폭력적이다. 「투견」에서는 '나'와 '고아출신 영식', 데려온 여인 금명자와 아버지 이렇게 네 명의 인물이 등장한다. 여기서 아버지는 절대적 권력을 가지고 있으며 나와, 영식과 금명자는 아버지 앞에서 무능하다. 영식이 아버지 몰래 아버지의 투견 성길을 데리고 개 사육장 밖으로 도망쳤다가 결국 다시 붙잡혀 와 흠씬 두들겨 맞는 사건이 발생하는데 이후 영식은 아버지가 죽을 때까지 더 이상 아버지의 지배 아래서 벗어나지 못한다. 이러한 영식의 행동은 아버지의 억압에서 벗어나고자 하는 욕망인 동시에 투견 '성길'이 돈을 벌 수 있음에도 불구하고 놀고 있는 것에 대한 불만과 '성길'을 이용해 돈을 벌어 아버지와 같은 권력을 쟁취하려는 시도로 읽혀지기도 한다. 이러한 영식의 행동을 통해 자본주의 사회에서 권력은 개인의 욕망만으로 성취할 수 있는 것이 아님을 발견할 수 있다. 나아가 지배의 형태는 쉽게 바뀌지 않으며 권력에는 반드시 폭력이 뒤따른다는 사실을 확인할 수 있다.

한 때 투견 도박꾼이었던 아버지는 식용 개를 사육하면서 필요할 때마다 "황소만한 식용 개를 때려잡아"(11쪽) 근처 보신탕집에 조달하는 일을 한다. 여기서 근대의 모습이 "포악한 개들의 싸움장"[12]으로 묘사되며 이는 타자들의 피와 목숨을 토대로 이룩되었음을 암시한다.[13] "개 잡는 사람이 되지 않았다면 아빠는 아마도 사람 잡는 사람이 되었을 것"(11쪽)이며 아빠가 개의 피를 즐겨 먹었다는 것에서 그 근거를 찾을 수 있다. 그러나 아버지의 권력은 파국을 맞고 그 권력은 똑같은 형태로 대물림된다. 중복 다음날 교통사고로 "아버지가 핸들에 머리를 박고 그 자리에서 즉사한"(32쪽) 이후 아버지의 자리는 고아출신 영식이 차지한다. 영식은 젊은 시절 아버지와 똑같이 투견 도박꾼의 생활을 시작하면서 돈다발을 가져와 자신의 권력을 과시한다. 이처럼 권력은 같은 방식으로 대물림되고 종속도 역시 같은 방식으로 대물림된다.

이러한 권력은 「지진과 박쥐의 숲」에서 '안나'와 '글로리아'를 숲에 가두고 세상 밖으로 나오지 못하게 억압하는 마르케스를 통해서도 드러나고 「검은 염소 세 마리」에서의 태식을 통해서도 드러난다. 특히 태식은 「투견」의 아버지가 도망친 영식을 붙잡아 온 것처럼 도망친 순영을 붙잡아와 죽임으로써 자신의 힘을 과시하며 순영이 벌거벗은 생명으로 위협 앞에 고스란히 노출되어 있음을 확인시킨다.

이처럼 김숨 소설에서 드러나는 가부장적 권력은 자본주의의 한 형태로 볼 수 있으며 여성은 거기에 종속되어 있는 하위주체를 상징하는 것으로 이 둘은 착취와 피착취, 생산과 노동, 지배와 피지배의 관계 아래 놓여 있는 것으로 해석할 수 있다. 즉 권력구조를 크게 사회 전체의 구조와 제

12) 문영희, 「탈근대 서사와 신인류(post-human)의 출현」, 『오늘의 문예비평』, 2005, 89쪽.
13) 위의 글, 89쪽.

도권 밖의 구조로 나누어 볼 때 이 소설에서는 제도권 밖에서 이루어지는
지배와 피지배의 관계를 보여주고 있는 것이다. 즉 이 소설에서 보여주고
자 하는 것은 권력에도 계급이 있다는 것이다. 이러한 계급의 구조는 「질
병센터」의 '리'를 통해서도 찾아 볼 수 있다.

　김숨 소설에서 또 하나 주목할 것은 타자에 대한 무관심이다. 「질병센
터」에서 '리'는 타자에 대해 무관심해야 한다는 조건으로 실력보다 높은
연봉을 받고 질병센터에서 근무하게 된다. '리'의 "무관심은 화폐경제의
상호작용이 만들어낸 필연적 결과로 자본으로부터 자신을 지키기 위한
불가피한 선택"14)이라고 볼 수 있다. 관리 대상에게 무관심해야 하는 '리'
는 사실 자신도 철저히 관리되고 있으며 관리하는 자와 관리 받는 자라는
중간자적 위치에 있는 인물이다. 여기서 바로 기존 체제와 체제의 밖이라
는 이분법이 형성되면서 이중의 계급이 발생하고 있는 것이다. 하지만
'리'는 "다른 계급의 고통까지 관리"15)하고 있는 커다란 시스템 안으로
들어가지 않는다. "환자의 질병에 어떤 개입도 허용하지 않고 어떠한 감
정도 허용하지 않는 가혹한 현실"16)에서 벗어나 스스로를 바깥에 위치시
키면서 타자의 고통에 동참하게 되고, 이로써 '리'는 바이러스 감염이라
는 진단을 받고 질병센터에서 쫓겨나게 된다. 결국 '리'도 추방된 자로 세
계 밖으로 내쫓긴 인물인 것이다.

　이렇듯 "탈주 불가능한 세계에 대한 환멸"17)을 보여주고 있는 김숨의
소설에서 하위주체들은 "수동적인 무기력 상태"18)에 있으며 세상과 연대
하지 못하고 고립된 상태로 자신들만의 새로운 세계 안에서 "무규정자"19)

14) 이평전(2012), 앞의 글, 150쪽.
15) 이승원(2010), 앞의 글, 338쪽.
16) 위의 글, 151쪽.
17) 위의 글, 154쪽.
18) 조효원, 「호모파틸레구스(homo fatilegus)의 기록」, 『세계의 문학』 2010년 겨울호, 364쪽.
19) 규정(peras)이란 언제나 이미 관계를 전제하는 것이므로 관계가 없는 자, 즉 홀로운 자는

로 살아간다. 이들은 랑시에르(Jacques Ranciere)의 말대로 감각적인 분배 안에서 위치지어진대로 살아갈 수밖에 없는 존재들인 것이다. 결국 이들은 전통적인 계급관념으로 호명될 수 없는, 자본의 구획 속에 온전히 들어올 수도 없는 자들로, 그들은 자본의 외부에 위치해 있으면서 계급이 아니면서 동시에 계급[20]을 가지고 있는 자들이다. 김숨 소설의 주체들은 자신들이 속한 자리에 스스로를 위치시키면서 그 안에서 새롭게 "계급적 정체성을 형성하고 있"[21]는 것이라고 볼 수 있다.

2.2. 신프롤레타리아의 과장/잉여적 공간

2000년대 이후 소설에서 새로운 계급을 상징하는 '신(新) 프롤레타리아'라는 주체는 사회 내부의 관계로 규정될 수 없는 소외된 존재이다. 이들은 가정의 붕괴, 학교와 사회의 부조리, 궁핍한 경제력, 고립되고 고착화된 계급 조건 등, 현대사회의 신빈곤의 문제를 겪고 있다. 잔혹한 세상, 가능성 자체가 봉인되어 있는 세계에서 김숨이 그려내는 소설적 공간은 잔혹성 그 자체를 강조하는 고통스러운 이미지로 조형된다.[22] 대개 낙후되어 폐쇄되고 해체된 도시의 변두리[23]로 그려지고 있는 공간에서 도시 재개발 과정에 들어선 "모텔은 사람들의 살 냄새와 비릿한 정액 냄새"(「새」, 170쪽)로 채워지고, "배수관처럼 좁다랗고 슬레이트 지붕과 전선이 거미줄처럼 얽혀 있는 곳"(「유리눈물을 흘리는 소녀」, 267쪽)이 주인공들의 삶의 터전이다. 그들은 "공장이 불타고 폐허가 된 마을"(「검을 염소 세 마리」, 94쪽)

규정 없는 자, 무규정자이다. (위의 글, 364쪽.)
20) 박슬기, 「폴리에틱스(polietics), 잉여들의 정치학 혹은 시학」, 『세계의 문학』 2010년 겨울호, 350쪽.
21) 위의 글, 151쪽.
22) 강유정, 「심연, 감금으로서의 잔혹한 삶」, 『투견』, 문학동네, 2005, 303쪽.
23) 이평전(2012), 앞의 글, 149쪽.

처럼 생존을 위한 최소 공간만을 점유할 뿐이다. 이렇게 김숨의 소설 속 잔혹한 현실 공간은 극한의 빈궁, 폭력, 광기, 훼손되는 신체, 가족 살해, 흥건한 피 등이 난무하는 극단적 과장을 통해 드러난다. 또한 김숨은 너무나 견고하고 폐쇄적인 억압의 공간에 작은 '틈' 내기를 시도함으로써, 기존의 체제의 경계를 무화시키는 잉여의 윤리가 실행되는 공간의 가능성을 보여주고 있다.

먼저 김숨의 소설 속 공간은 가부장적 이데올로기가 지배하는 공간으로 볼 수 있다. 특히 한국사회 지배집단의 문화는 위장된 폭력에 불과[24]함을 '가정'이라는 구체적 공간 속에서 집약적으로 보여주고 있다. 먼저 「투견」에서 비정상적 가정의 모습은 '풍년보신탕'이라는 중심 장소에서 이루어진다. '풍년보신탕'은 생계유지를 위한 노동의 장소이자, 가족이 거주하는 일상의 장소이다. 이는 돈을 벌기 위해 개를 도축하는 공간과 일상적 삶의 공간이 분리되어 있지 않음을 의미한다. 마당의 감나무는 "사십여 년의 세월"(9쪽)을 보낸 한 가정의 역사인 동시에, "개 오줌"(9쪽)과 "핏물"(10쪽)이 흥건한 개의 "사형대"(10쪽)를 연상시키는 살육의 장소이다. 마당의 빨랫줄에 널어놓은 옷가지들에는 언제나 "개털이 엉켜붙어 있"(14쪽)고, 부엌은 항상 "피비린내와 단백질 타는 냄새"(16쪽)가 진동하는 개의 내장을 파내고 몸통을 토막 내는 공간이자, 가족의 식사를 위해 아궁이에 밥을 안치고 "상추를 씻는"(14쪽) 생활공간이기도 하다. 이렇게 살육과 일상을 절대적으로 분리시키지 못하고 있는 이 공간의 모호성은 얼마나 그들의 삶이 끔찍한 살육과 폭력에 노출되어 있는가를 보여준다. 또한 '풍년보신탕' 집에서 아버지는 절대 권력자로 등장한다. "아빠의 우악스런 손아귀에 목덜미가 붙잡힌 채"(10쪽) 끌려가는 개의 "붉게 충혈 된"(10쪽)

---

24) 황종연, 「매 맞는 아이들의 정치적 상상력」, 『문학동네』 2009년 봄호, 367쪽.

눈동자는 "마치 거울 속 내 눈동자를 빤히 들려다보고 있는 것만 같"(10
쪽)은 공포와 함께 "눈동자 위로 죽음의 공포를 넘어선 체념이 언뜻 스치
고 지나가"(10쪽)는 모습은 아버지로 상징되는 폭력과 억압의 공포를 벗어
나려는 의지가 없는, 혹은 엄두조차 낼 수 없는 무기력한 나의 모습을 대
변한다. 아버지의 폭력성과 어머니의 부재로 상징되는 이 가정의 비정상
적 권력구조는 단지 아버지의 죽음으로 와해되지 않는다. 그 폭력과 억압
이라는 아버지의 역할은 아버지의 폭력에 익숙해 있던 '영식'이라는 새로
운 인물로 대체된다. 폭력과 억압, 결핍으로 이루어진 권력관계는 끝나지
않고 대물림되고 유전될[25] 뿐이다. 김숨은 이러한 비정상적인 가족관계를
단순히 문제적 개인의 책임이 아닌 가족 이데올로기라는 사회 구조적 문
제로 바라보고 있으며, 가족이데올로기 속에 얼마나 폭력적이고 억압적인
계급성이 내포되어 있는가를 '풍년보신탕'이라는 공간 내에서 적나라하게
보여주고 있다. 「지진과 박쥐의 숲」에서의 '집' 역시 가부장제 이데올로
기로 상징되는 지배집단의 폭력이 난무한다. 아나와 글로리아 모녀가 사
는 집은 "마을 사람들로부터 잊혀"(120쪽)지고, "박쥐들이 사는 음습하기
만 한"(120쪽) 숲속, 즉 세상으로부터 격리된 공간이다. 아버지 마르케스는
"불곰처럼 비대한 몸집을 가진 사내"(120쪽)로 두 모녀의 삶을 억압하는
감시자로서 가정에서 권력을 독점하고 있다. 숲과 마을은 유일하게 "검은
길"(119쪽)로 이어져 있는데, 이 통로 역시 아버지인 마르케스에 의해 통제
된다. 그녀들은 세상과의 소통이 단절되어 있으며 두 모녀에게 '집'이라
는 공간은 가부장의 독선적인 명령과 통제에 의해 출구가 봉인된 폐쇄적
공간이다. 또한 마르케스는 두 모녀와의 최소한의 소통이나 유대도 거부
하며, 그에게 '집'은 자신의 수면욕과 성욕의 분출 공간일 뿐이다. 어둠

---

25) 김형중(2010), 앞의 글, 659쪽.

고 폐쇄적인 '집'이라는 공간은 정신적·육체적 결함 혹은 부재로 설정
되는 가족 구성원의 결핍과, 힘의 논리로 이루어지는 계급화를 보여주고
있다.

이러한 비정상적 권력관계로부터 작동하는 폐쇄성은 김숨의 소설에서
'새장', '어항'이라는 은유적 공간으로 변주되어 나타나기도 한다. 「중세
의 시간」에서 '어항'은 '감금'의 장소26)로 작동한다. 아버지의 부재와 어
머니의 광적인 전제적 권력 아래에서 '나'는 '어항' 속에 갇힌 검은 금붕
어'로 은유된다. 어항은 "가로 백육십팔, 세로 육십오 센티미터 그리고 폭
이 육십 센티미터"(39쪽)로, "키가 백오십팔 센티미터"(39쪽)인 "내가 들어
가 눕기에 적당"(39쪽)하다고 생각하는 장면은 '어항'이라는 공간이 죽음
의 기운이 만연한 관(棺)의 이미지를 내포하고 있음을 알 수 있다. 따라서
그 속에서 "채 보름을 넘기지 못하고"(41쪽) "죽어 나자빠지는"(41쪽)는 '금
붕어'는 '내'가 집에서 느끼는 죽음의 공포와도 같은 억압을 상징적으로
보여준다. 「새」에서 '새장' 역시 '어항'과 마찬가지로 억압과 감금의 공간
을 상징한다. "남편은 새장 속에 새를 가두어 키우듯 23평 아파트에 미향
을 가두어"(165쪽) 놓고 그녀를 구속한다. 새장에 갇힌 새처럼 '미향'은 남
편에게서 벗어날 수 없다. 그녀는 남편과의 관계에서 동등한 위치에 있지
못하고 비정상적인 상하관계를 유지하고 있다. '미향'은 '새장' 속에서 단
지 "관상용 새"와 같은 존재로서 자유를 구속당한다.

김숨 소설에서 사회의 소외계층으로 분류되는 이들의 경제적 궁핍의
공간 역시 잔혹하게 나타난다. 빈궁과 결핍은 주인공들에 대해 선험적27)
이다. 가난은 항상 이미 삶의 조건이었고, 그런 한에서 그들은 그것에 대
해 반성하거나 분노하지 않는다. 아니, 사실 「검은 염소 세 마리」의 소년

---

26) 강유정(2005), 앞의 글, 305쪽.
27) 김형중(2010), 앞의 글, 659쪽.

과 소녀와 「유리눈물을 흘리는 소녀」의 소녀는 그들의 빈궁과 결핍에 대해 반성과 분노를 느끼기에는 너무나 미숙한 존재들이며, 그들이 서 있는 공간은 그래서 한층 더 잔혹하고 적나라하다. 먼저 「검은 염소 세 마리」에서 소년과 소녀는 "회색 벽돌로 지은 집"(94쪽)에서 산다. "똑같은 모양으로 지어진 집 여섯 채"(94쪽)에서 "소년과 소녀의 집을 빼고 나머지 다섯 채의 집은 비어"(94쪽) 있다. 과거에 "젓가락을 만드는 공장"(94쪽)에서 일했던 나머지 다섯 식구는, '슬로우 푸드'와 '웰빙'을 추구하는 시대에서 '분홍색 소시지'와 '튀긴 닭과 감자'라는 페스트 푸드를 먹었고, 서구화된 체형을 선호하는 시대에 "머리가 유난히 크고 광대뼈가 넓적한 아기들은 낳"(94쪽)는, 주류 사회에 편입하지 못한 하위계층이다. 이러한 그들조차 떠나버린 '텅 빈 집'은 소년과 소녀를 보호해 줄만한 안락한 보금자리가 될 수 없으며, 이러한 공간에서 살아가고 있는 이들이 얼마나 사회의 냉혹함과 무관심에서 방치되어 있는가를 보여준다. 「유리눈물을 흘리는 소녀」에서 소녀의 집은 '좁고 어두운 골목들이 미로'처럼 얽혀 있는 '15번지 안'이다. "부화되지 못한 곤충의 알"(268쪽)이나 "하나같이 빗물에 젖은 종이상자처럼 눅눅하고 괴괴한"(268쪽) 집들이 밀집한 비루한 골목 안아서, 악다구니와 악취를 비롯한 폭력과 갈등은, 예외나 비상이 아니라 정상과 일상의 풍경을 이룬다. 이러한 공간의 폐쇄성과 비루는, 식당 종업원으로 일하던 어머니의 가출과 벽돌 공장 노동자로 일하던 아버지의 노동 능력 상실과 방황으로 인해 실질적인 가장 역할을 강요당한 어린 소녀가 처한 출구 없는 절박한 상황을 상징한다. 그녀에게 집은 "뒤에서 누군가 떠밀기라도 하듯"(267쪽) 주저하고 발을 들여놓는 곳이며 "막막한 기분"(267쪽)을 느끼는 억압적인 공간이다. "자물쇠가 허술하게 걸려"(268쪽) 있는 집은 밖의 위협으로부터 그녀와 동생의 안전을 보호해주는 울타리 역할을 할 수 없는 불안정한 공간임을 암시한다. 또한 소녀가 살고 있는 '15번지 안'

은 동물의 세계와도 같다. 그곳은 어떠한 도덕적 규범도 다 무가치[28]한 공간이다. 미성년자인 소녀를 성폭행한 자는 "골목 첫 번째 집"(283쪽)에 사는 소녀의 이웃이다. 그는 어떠한 도덕적 죄책감을 가지고 않고 소녀를 범한다. 이렇듯 두 소설 속 소년과 소녀들은 사회의 가장 밑바닥에 가라 앉은 부유물과도 같은 존재로서, 이들을 지배하는 것은 태어날 때부터 유전자처럼 타고난 경제적/사회적 빈곤이다. 그리고 그 속에서 이루어져 있는 삶의 공간은 잔혹성 그 자체이다.

김숨이 조형하고 있는 공간은 가난과 계급을 극대화 시키는 역할을 수행하는 동시에 주류 사회에서 야기되는 폭력 바깥의 가능성을 보여준다. 이 공간을 가능하게 만드는 새로운 계급들, '잉여'들은 사회/정치적 관계를 명확하게 하여 이에 대립하는 것이 아니라, 이 관계를 불투명하고 모호하게 만들거나 혹은 그 관계의 실제적 권위를 부정함으로써 자신의 독자성을 지켜나간다.[29] 「지진과 박쥐의 숲」의 '검은 길'과 「느림에 대하여」의 '구멍난 방'은 기존의 체제 내로 포섭될 수 없는 공간을 상징한다. 「지진과 박쥐의 숲」에서 아나는 억압의 기제인 남편을 살해한다. 가부장제의 견고한 울타리 같았던 집이 마치 "모래로 지은 집처럼 힘없이 무너져내"(144쪽)리는 모습은 기존 사회의 가부장이데올로기의 허위성을 폭로하고 있다. 또한 글로리아가 억압과 폭력의 공간인 '집'에서 탈출하여 '검은 길' 안으로 들어서는 것은 '바깥'으로의 모험으로 볼 수 있다. 비록 글로리아는 마을로 가지 못하고 영원히 숲속의 "검은 길" 속에서 힘겹고 외롭게 헤매는 모습을 보이지만 그렇게 함으로써 '없는 나'[30]로서 계속해서 존재할 수 있다. 또한 그녀의 '집'으로부터 탈출은 애초에 '마을'로의 귀

28) 위의 글, 659쪽.
29) 박슬기(2010), 앞의 글, 362쪽.
30) 조효원(2010), 앞의 글, 374쪽.

착이라는 목적성을 가지고 있지 않았다. 글로리아는 '검은 길'이 "슬프고 두려운"(133쪽) 공간임을 알고 있었다. 하지만 그녀는 계속해서 "검을 길을 따라 걸어가보고 싶"(127쪽)은 충동을 느끼며, 모험을 원했고 결국 감행한 것이다. 따라서 '검을 길'은 '홀로운' '무규정자'31)가 배회하는 바깥의 공간으로 볼 수 있다. 「느림에 대하여」의 '방' 역시 오빠에게 억압적인 현실 그 자체이다. 가난에서 벗어나기 위해 오빠가 공무원이 되길 바라는 '택시 운전기사 아버지'와 세상을 느리게 사는 '다리는 절룩이는 어머니' 사이에서 오빠는 억압받고 있다. 하지만 오빠는 자신의 '방'에 구멍을 뚫는 행위를 통해 억압적이고 폐쇄적인 자신의 삶에 틈을 내기 시작한다. 오빠는 "방 천장에 뚫어 놓은 구멍"(66쪽)을 통해 밤하늘을 보라보는데, 그곳은 그가 서 있는 현실인 "어머니의 목소리와 어린 내 목소리가 닿을 수 없을 만큼 먼 곳"(71쪽)이며, 그 먼 곳을 보는 행위는 가난에서 벗어나기 위한 '공무원 되기'와는 거리가 멀다. 또한 아버지가 '오빠의 방' 천장에 구멍을 막은 후 오빠는 집에서 가출하게 되는데, 이는 아버지로 상징되는 억압기제로부터 저항을 시도한다고 볼 수 있다. 오빠의 저항 방식은 과거 부조리한 사회를 향해 방화와 살인과 같은 형태로 저항하는 주체의 폭주32)와는 거리가 멀다. 오빠는 '백일장'에서 시를 짓는 행위로 저항한다. 비록 그의 시는 "새잎이 돋을 봄을 기다리는"(74쪽) 희망을 노래하고 있지 않지만, 시를 짓는다는 행위 자체로 의미를 가진다. 아버지는 오빠의 행위를 "미친놈, 기껏 집 나가 간다는 데가 고작 거기"(86쪽)냐고 분노하지만, 오빠가 시를 짓는 행위는 오빠의 방에 구멍을 내고 하늘을 바라보는 행위와 일맥상통한다, 즉 오빠 방에 나 있는 구멍을 통해 밤하늘을 바라보는 행위와 시를 짓는 행위는 모두 기존 사회에서 무용하고, 비생산적인 '잉

---

31) 위의 글, 375쪽.
32) 김형중(2010), 앞의 글, 654쪽.

여'의 행위[33]이다. 오빠는 '기꺼이' 시간과 노력을 낭비함으로써 잉여의 정치학[34]을 펼쳐나간다. '오빠의 방'은 비주류인 오빠에게 폐쇄적이고 억압적인 기존 사회의 공간이다. 하지만 그 방에 '구멍'을 내는 행위를 통해, 그리고 '구멍'을 통해 밤하늘을 바라보는 '잉여'적인 행동을 통해, '오빠의 방'은 주류 사회에서 야기하는 폭력에 저항하는, 자본주의 계급 외부[35]인 바깥을 향해 나가가는 통로의 가능성을 내포하게 된다.

이와 같이 김숨은 소설 속에서 '공간'을 극단적인 폭력과 억압의 공간으로 설정하는 동시에 그 폭력과 억압의 바깥을 상상하는 공간으로 설정하고 있다. 또한 그러한 잔혹성 속에서도 기존 사회의 외부를 상상하는 잉여적 주체의 탄생의 가능성 역시 폐쇄적 공간에 작은 '틈'을 내는 시도를 보임으로서 드러내고 있다.

3. 재현불가능한 현실과 환상적 재현

3.1. 그로테스크한 환상성과 환상적 현실

김숨의 작품에는 거의 예외 없이 잔혹하고 폭압적이며 지극히 가난한, 여러 우울한 현실들이 등장한다. 그러한 현실에서 살아남기 위해 김숨의 작품 속 인물들은 어떤 고통에도 자신을 그냥 내버려두는 식물화된 천치처럼 살아가거나, 혹은 현실에 대한 신경증을 앓거나, 어떤 경우에는 현실보다 더 폭압적이 되어버린다. "전염병으로 죽은 개들은 불에 태우거나 땅 속 깊이 매장해버려야 한다. 하지만 아빠는 죽은 개들을 손질해 대전

---

33) 박슬기(2010), 앞의 글, 359쪽.
34) 위의 글, 359쪽.
35) 위의 글, 361쪽.

과 금산 사이에 있는 산내 주변의 식당에 싸게 넘겼다."(23쪽)는 「투견」에
등장하는 아빠는 현실의 폭력성을 그대로 내재한 인물이다. 그런 아빠에
게 일상적 폭력을 당하는 여자는, "여자는 상추쌈을 얼른 입 안으로 밀어
넣는다… 아빠의 발이 여자의 허리를 연신 걷어찬다."(23쪽)에 드러나듯
폭력의 상황에서도 상추쌈을 끝까지 입 안에 밀어 넣는 폭력에 무감한 천
치 같은 모습을 보인다. 또한 앞에서 언급했듯 암울하고 억압적인 현실
속에서 공포와 두려움에 사로잡힌 신경증을 앓는 인물도 등장하는데, "애
야, 땅이 천둥 같은 소리를 내며 갈라지고 집이 통째로 뒤집히는 게 보인
다."(130쪽)는 「지진과 박쥐의 숲」의 '아나' 같은 인물이 바로 그러하다.

　하지만 김숨의 작품이 갖는 특별함은 그런 잔혹한 현실을 재현하는 그
자체에 있지 않다. 김숨의 작품이 특별한 이유는 바로 재현하는 방식에
있다. 사실 현실 재현의 문제는 문학의 공통된 존재 이유이자 목적이지
특정 작가의 특별함이 될 수 없다. 게다가 재현 불가능성의 측면에서 문
학의 현실 재현에 대한 믿음은 이미 일정 부분 사라졌다고 볼 수 있다.
따라서 중요한 것은 현실을 얼마만큼 정확히 재현해낼 수 있는가의 문제
가 아닌, 현실을 어떻게 재현해내는가 하는 그 방법적 측면에 있다. 이런
점에서 김숨은 자신만의 독창적인 현실 재현의 방식을 갖는데, 그것이 바
로 그로테스크한 환상성이다. 김숨 소설의 '환상'은 매우 독자적이고 독
보적인 위치를 갖고 있는데, 이것이 여타 현대 소설에 자주 등장하는 환
상과 어떤 차별점이 있는지, 그러한 환상성이 소위 '김숨적인 것'으로 일
컬어지는 독특한 미학, 독창적 현실 재현 방식에 어떤 식으로 기여하고
있는지를 짚어볼 필요가 있다.

　김숨 작품은 그로테스크한 환상을 가미하여 일상적 현실의 낯선 이면
을 드러내는 방식을 취한다. 그런데 이 환상은 현실 저 너머에 있는 것이
아니라, 오히려 현실의 한복판에 있다. 즉, 김숨 소설의 환상은 또 다른

현실의 모습이라고 볼 수 있으며, 그것은 현실을 더 적나라하게 드러내기 위한 장치로 기능할 뿐, 현실에서 벗어나 유토피아를 희구하거나 아예 다른 세계로의 편입을 추구하기 위함이 아니다. 바흐친은 소설이 만들어 내는 어떤 이질적이고 새로운 낯선 감각은 새로운 미학 자체에 있는 것이 아니라, 삶으로부터의 구체적인 감각에서 오는 것이라 말하고 있는데,[36) 김숨 소설이 갖는 강렬한 그로테스크, 그로 인한 환상성이 바로 이러한 측면으로 설명될 수 있다. 그의 작품에 등장하는 환상은 절박한 현실에 대한 실제적 감각이나 공감의 능력을 상실하고 만 것[37)이 아니라, 우리가 파편화된 일상에 매몰된 채 자각하지 못하고 있는 현실을 더 적나라하게 드러내고 바라보게 만드는 중요한 기제이다. 바로 이러한 측면에서 김숨 소설의 환상성은, 포스트모더니즘을 표방하면서 현실의 사실 자체를 경시하고 가상의 현실이나 판타지적인 세계 속을 헤매거나,[38) 오직 새롭기 위한 새로운 형식을 창안하는 데에 골몰하거나, 혹은 현실 너머의 유토피아를 희구하는 여타의 환상성과 구별된다.

「새」에서 미향은 퇴락한 온천지구에 있는 '새'라는 상점의 일을 2주간 맡게 된다. 남편의 출장 기간 동안 살던 도시의 아파트를 떠나 상점 '새'에 머무르며 미향은 새들을 돌본다. 눈먼 안마사들이 유령처럼 흘러 다니는 퇴락한 온천지구, 장사가 전혀 될 것 같지 않은 철거 직전의 낡은 상점 '새'는 모두 현실적 존재 이유가 강력히 의심되는 공간들이다. 언제 사라져버려도 아무도 모를 것 같은, 현실 속에 놓여 있는 듯 하지만 배제된, 철저히 퇴락한 소설 속 현실의 이 공간들은 그래서 오히려 비현실적으로 다가온다. 상점 안 새장에 갇힌 수십 종의 새들도 마찬가지다. 현실인 듯

---

36) 손홍규, 정지아, 함성호, 정홍수 대담, 「작가들이 만난 현실」, 『창작과 비평』 2013년 여름호, 320쪽.
37) 한기욱, 「우리시대의 객지들」, 『창작과 비평』 2013년 여름호, 214쪽.
38) 위의 글, 214쪽.

환상인 듯 그것들은 박제된 상태처럼 제자리에 놓여 있다가도 어느 순간 홀연히 사라져버리기도 하며 그러다 갑자기 나타나 온갖 소리로 울어댄다. 이러한 장면은 현실과 비현실의 경계를 모호하게 하며 작품에 환상성을 불어넣는다. 하지만 이런 환상적 장면은 현실을 초월하는 새로움이나 현실에 대한 위반을 추구하는 것이라기보다는 현실의 모습을 더 진실하게 드러내기 위한 상징적 장치로 볼 수 있다. 새장 안의 새들은 인물들의 현실 모습 그 자체이다. 남편이 정해놓은 일상에 매여 박제된 삶을 살아가는 미향, 안마사로서의 퇴락한 삶의 운명에서 벗어날 수 없는 홍란, 자신을 찾으러 떠났으나 끝내 죽음을 맞이한 상점주인 최강 등은 모두 그 존재적 측면에서 새장 속의 새들이다. 각기 고유한 제 목소리를 가지고 있고 때때로 안간힘을 다해 제 목소리로 울어보려 시도하기도 하지만 결국 자신을 옥죄는 일상과 퇴락한 운명 속에 갇힌 채 박제되어가는 인물들을 새장 속의 새, 그리고 퇴락해가는 상점 '새'가 상징한다. 이처럼 김숨 소설의 환상성은 결코 현실 바깥이나 그 너머에 있지 않고, 그것은 오히려 끈질기게 현실 속에 머물며 그것을 더 직시하게 만든다.

  이러한 김숨 소설의 환상성은 미학적으로도 어떤 독특한 지점을 확보하는데, 여기에서 중요하게 작동하는 요소가 바로 '이미지'이다. 시적 글쓰기로 느껴질 만큼 낯설고 낯선 이미지를 서사보다도 더 중요하게 다루는 김숨의 작법은 여타 리얼리즘적 재현에 기반한 전통적 소설과는 다른 차원을 갖는다. 그런데 중요한 것은 김숨의 소설에 나타나는 이미지들의 일관된 성격이다. 김숨 소설의 중요하게 나타나는 이미지들은 한결같이 그로테스크한 성격을 지닌다. 음울하고 서늘하며 뭔가 일그러진 듯 기괴한 이미지들이 김숨의 소설을 가득 채우고 있는 것이다. 이러한 그로테스크한 이미지들의 섬세한 직조는 김숨의 소설 속 배경과 인물들을 현실인 듯 현실이 아닌 듯 그 경계를 모호하게 만들며 현실을 묘하게 일그러뜨린다. 그리고 그 일그러진 틈에서 현실의 부조리나 문제성이 처참히 드러나며 그것으로부터의 고통과 공포가 날 것 그대로의 상태로 나타나게 되는 것이다.

김숨의 「부활」은 그로테스크 성격이 가장 잘 보이는 작품 중 하나로, 죽은 듯 살아 있는, 살아 있지만 이미 죽은 것과 다름없는 존재에 대한 공포를 극대화하여 표현하고 있다.

> 노파의 오른쪽 눈동자는 분명히 확장되어지고 있다. 흰자위가 괴괴한 빛을 발했다. 서늘한 기운이 카나코의 등줄기를 타고 흘러내렸다. 카나코는 늘어져 있는 목을 어깻죽지 사이로 집어넣으며 가늘게 떨었다. 그리고 눈동자……오른쪽…… 카나코는 벼락을 맞듯 노파의 육체에서 온전하게 살아 있는 것은 오로지 오른쪽 눈동자뿐이라는 것을 깨달았다. 그리고 눈동자……오른쪽……카나코는 팔을 뻗어 노파의 오른쪽 눈동자 깊숙이 손가락을 찔러 넣었다. (「부활」, 250-251쪽)

자매의 전화로 노파의 딸 대신 노파를 돌보게 된 카나코는 노파의 오른쪽 눈동자에 집착한다. 그것은 플라스틱으로 된 눈동자로 애초부터 생명력이 없는 물질일 뿐이지만 카나코는 매일 그것을 노파에게서 뽑아 닦고 다시 노파의 얼굴에 박아 넣는다. 하지만 어느 순간 그런 노파의 눈동자에서 카나코는 살아 있음을 감지하며 어떤 '서늘한 기운'을 느낀다. 여기에서 '서늘한 기운'은 바로 공포다. 매일 앞뒤로 몸을 움직여대는 게 전부인 노파. 가족에게서조차 외면당한 병든 노년. 노파의 죽음을 대신 기다려 주는 대가로 다달이 카나코 자매에게 입금되는 노파의 딸의 돈은 노파의 생명과 존재성이 이미 가장 가까운 가족으로부터 외면되고 부정된 것임을 보여준다. 그런 이유에서 노파는 생과 사가 불분명한 모호한 상태로 그려지는데 그러한 박제된 존재로서의 노파에게서 인공눈인 오른쪽 눈동자가 보이는 기이한 생명력은 카나코에게 큰 공포를 느끼게 한다.

이러한 기이한 역전의 상태, 살아 있는 노파의 육체가 온전한 죽음의 형태로, 애초부터 생명력이 부재한 노파의 오른쪽 눈동자가 생명성을 지닌 유일한 존재로 역전되는 기괴한 장면에서 강력한 그로테스크가 발생된다. 그리고 이런 그로테스크에서 발생되는 카나코의 공포와 절망은 독자에게도 그대로 전달된다. 독자들은 이 장면에서 죽은 채로 살아 있음의 치욕과 존재적 멸함이 주는 고통과 공포를 간접적으로 경험하며 강력한 불편함의 정서를 전달받는다. "구원을 바라듯 노파의 오른쪽 눈동자로 손을 뻗"(240쪽)은 카나코의 행위는 결국 "노파의 울음소리가 점점 희미해지더니 들려오지 않았다"(245쪽)는 구원의 실패로 결정지어진다. "천국……천국……천국……"(245쪽)을 바라지만 "지진이 오고 있다……"(245쪽), "멸망이 멀지 않았다……"(245쪽)로 귀결되는 이들의 세계는 노파처럼 이미 그 생명력을 잃고 마는 것이다.

이렇듯 김숨 소설에 등장하는 기괴함으로 가득 찬 비현실적인 이미지들은 현실로 환원될 수 없는 어떤 꿈이나 환상이 아니라, 그 자체 내에 이미 현실에 대한 강력한 지시성을 내재하고 있는 것이다.[39] 그로테스크는 기본적으로 소위 정상상태를 벗어나 있는 것으로 과장과 극단이라는 특징을 갖기에 그것은 흔히 공상적이고 환상적인 것과 연관되지만 이것이 소재 자체가 공상적이고 환상적이라는 뜻은 아니다. 그로테스크의 세계는 그것이 아무리 비정상적이고 이상한 것이라고 해도 공상적인 것과 친화적인 관계를 갖기는커녕, 여전히 우리의 당면현실과 밀접한 관련을 갖는다. 그리고 이 점이야말로 그로테스크를 강력한 것으로 만들어내는 힘이다. 어떤 문학작품이 현실과의 관련을 배격하면서 작가에 의해 창조

---

39) 손정수, 「'경건'을 꿈꾸는 '독(毒)'의 이미지들」, 『실천문학』 2005년 여름호, 381쪽.

된 공상세계에서만 '벌어진다'면 그로테스크란 거의 있을 수 없다.[40] 현실과 비현실, 구체와 추상 사이에서 세밀하게 전개되는 김숨 소설의 그로테스크도 마찬가지다. 그것은 현실과의 밀접한 관련성 속에서 존재하며 현실의 진정한 모습을 들추어내기 위한 고도의 전략적 장치인 것이다.

김숨 소설의 그로테스크는 이 과정에서 특히 '공포'라는 강력한 정서를 유발하며 자신만의 독자적인 성격을 확보하는데 작가는 이러한 강력한 공포의 감정을 통해 잔혹한 현실에 대한 지독한 환멸을 드러낸다. 그리고 이러한 환멸은 비관적 세계관으로 이어지며 김숨 소설의 미해결의 결말 양상으로 나타나게 된다. 폭력과 억압, 가난과 결핍, 소외와 죽음 등의 문제들이 언제나 미해결의 상태에서 끊임없이 강박적으로 반복되고 결국 원점으로 회귀하는 김숨 소설의 서사 구조는 본질적으로 '모순의 해결 불가능성', '해소 안 된 긴장상태'를 기반으로 하고 있는 그로테스크[41]의 성격을 잘 보여주는 것이다. 이러한 특징은 김숨의 「지진과 박쥐의 숲」의 결말에 잘 드러나 있다.

아버지인 마르케스는 아내인 아나와 딸인 글로리아를 어둔 숲속에 유폐시킨 채, 아나가 뜬 뜨개질 거리를 팔아 마련한 먹을거리를 챙겨 피곤한 모습으로 숲속의 그들을 찾아온다. 꼽추라는 글로리아가 가진 기형적 신체에 환멸을 느끼고 동시에 그것을 자신의 원죄로 여기며 마르케스는 그들을 깊은 숲속에 가둬두는 것으로써 그들을 은폐하고 또 보호하려 한다. 그런 마르케스를 뜨개질을 하는 아나는 증오하면서도 동정하고 글로리아는 "자신이 마르케스를 그리워하고 있다는 것"(139)을 문득 깨닫기도 한다. 하지만 글로리아는 서서히 숲 밖의 세계에 관심을 갖게 되고 금기시되어온 검은 길로 걸어 나가고 싶어 한다. 아나는 그런 딸의 마음을 이

---

40) 필립 톰슨, 『그로테스크』, 김영무 역, 서울대학교 출판부, 문학비평 총서26, 1986, 31쪽.
41) 위의 책, 69쪽.

해하고 마르케스에게 글로리아를 숲 밖으로 데리고 나가달라고 부탁하지만 마르케스는 단호히 아나의 말을 부정한다. 아나는 결국 마르케스를 죽이고 글로리아를 검은 길로 걸어가게 함으로써 자신들을 억압하는 세계, 마르케스로 상징되는 기존의 질서를 부수고 새로운 세계로 딸을 인도하려 한다.

하지만 이 작품은 희망이라는 세계에 함부로 결말을 안착시키지 않는다. 아나의 집은 무너졌고, 집을 뛰쳐나온 글로리아는 여전히 검은 길 안에서 헤매고 있으며 결국 글로리아가 깨달은 것은 검은 길 안에 발을 들여놓아서는 안 된다는 잔인한 사실이다. 김숨은 당위적인 희망의 결말을 철저히 부정하고 비관적이고 비극적인 결말로 작품을 마무리한다. 왜냐하면 그것이 바로 우리가 사는 잔혹한 현실, 그 자체이기 때문이다. 현실을 미화하거나 현실 너머에 존재하는 환상은 김숨 소설에 존재하지 않는다. 현실에서 일어날 수 없는 결말은 소설에서도 일어날 수 없으며, 소설 속 이야기는 우리가 사는 현실처럼 비정하고 필연적 절망과 비극을 수반하게 되는 것임을 건조하고 냉정한 방식으로 전달한다. 이것이 바로 그로테스크한 환상성을 통해 현실에 더 천착하며 그것의 잔혹한 모습을 과감 없이 드러내는 김숨 소설만의 독특한 이야기 방식이자 미학이라 볼 수 있다.

3.2. 이데올로기적 환상성과 환상의 역설

김숨 소설에서 발견되는 환상성은 얼핏 현실의 한계를 벗어나게 하는 자유로운 상상과 가능성의 영역으로 보일 수도 있다. 일상적 현실이 감옥처럼 조여올 때 그것으로부터 벗어나는 방법으로 작가는 환상을 선택하는데, 이때의 환상은 보다 우월한 대안적 세계를 형성할 가능성을 내포하며 부재와 결핍에 대한 정신적 보상으로서의 환상42)을 의미하게 된다. 그러나 김숨에게 환상은 '지금, 이곳'의 상처를 치유하기 위한 초월성이 아니라 오히려 '지금, 이곳'을 상흔으로 각인하는 환각으로 치부된다.43) 앞서 살펴본 바와 같이 김숨의 소설에서는 환상조차도 현실의 감금을 환기하며, 억압과 죽음이 만연한 김숨의 공간들은 삶이 은폐하고 있는 심연을 깊이 각인하는 하나의 미학적 기획이라고 볼 수 있다.

김숨의 소설이 리얼리즘적 재현에 기반한 전통적 소설들과는 다른 이종(異種)의 계보이면서도 위반을 위한 위반에 몰두하거나 새로움 자체를 목적으로 삼는 소설과는 구별된다는 평가를 받는 것은, 그가 지향하는 소설의 새로움이 리얼리즘적 재현에 한 가지를 더 보탬으로써 획득되는 것44)으로 보기 때문이다. 그 한 가지란 결국 환상인데, 이러한 환상은 실재(현실)45)와의 대면을 회피하는 장치로 이용되고 있다는 비판을 받기도 한다. 여기에서 김숨의 소설 세계에서 주요한 특징으로 부각되는 '환상'에 대해 보다 정밀한 논의의 필요성이 대두된다.

소설 『투견』에서 빈번하게 묘사되는 우리 시대의 불안과 공포, 가난과 계급의 문제는 경제적 운명이 아니라 정치적 선택의 결과이며, 이 같은 삶의 조건을 벗어날 길 없는 숙명처럼 간주하게 만드는 것이야말로 이데올로기의 효과이다.46) 탈출구가 없는 것처럼 보이는 상황은 사회적으로 만들어진 난국을 개인적으로 헤쳐 나가라는 주문을 받고 개인적 자산을

---

42) 강유정(2005), 앞의 글, 308쪽.

43) 위의 글, 301쪽.

44) 김경연, 「김숨에게 묻다」, 『오늘의 문예비평』, 제69호, 2008, 230쪽.

45) 일반적으로 정신분석학에서 이야기되는 실재는 상징계의 '너머'에 존재하는, "너무 가까이 가서는 안 되는 불가해한/불가능한 견고한 중핵"으로 이해된다. 그것은 상징적 세계를 흡입하는 어두운 심연이거나 모든 것을 빨아들이는 소용돌이 혹은 칸트적인 의미의 사물-그-자체에 비유되는 것이 보통이다. (슬라보예 지젝, 『그들은 자기가 하는 일을 알지 못하나이다』, 박정수 역, 인간사랑, 2004, 138쪽.)

46) 박진, 「포스트 IMF 시대, 문학의 욕망과 욕망의 윤리」, 『작가세계』 2011년 봄호, 271쪽.

동원해 헤쳐 나갈 수밖에 없게 된 데서 비롯된다. 이처럼 가난과 계급의 문제를 야기하는 일반적인 배경으로서는 신자유주의와 자본주의를 들 수 있는데, 이러한 체제의 가장 큰 특징은 가난을 함께 극복해야 할 공동의 문제가 아니라 스스로 극복해야 할 개인의 문제로 여긴다[47]는 것이다. 이데올로기는 개인을 구체적인 주체로 형성하고 주체의 실천을 규정한다. 이데올로기는 근본적으로 사물들의 실상을 은폐하는 환영의 수준에 있는 것이 아니라, 우리의 사회적인 현실 자체를 구조화하는 무의식적인 환상의 수준에 있다.[48]

지젝에 의하면, 이데올로기가 주체를 호명하는 과정에는 허구적 요소, 환상적 요소가 개입한다. 그는 이데올로기 비판에서 이데올로기와 주체 형성 사이에 개입하는 동일시의 문제에 우선적으로 주목하면서, 상상적 동일시와 상징적 동일시의 관계[49]를 '구성된' 동일시와 '구성하는 동일시' 간의 관계에 놓고 설명한다.

『투견』의 작품들은 대개 사회적인 현실을 주로 지극히 개인적이고 일상적인 가족과 집이라는 공간으로 이식하여 구조화하는데, 여기에서 발견되는 자본주의와 가족 이데올로기는 마찬가지로 무의식적인 환상의 수준에서 작동된다. 「투견」에서의 아버지, 「중세의 시간」에서의 어머니, 「검은 염소 세 마리」에서의 태식, 「지진과 박쥐의 숲」에서의 마르케스는 모

---

47) 서동진, 「우리 시대의 새로운 빈곤, 새로운 소설 : 마르크스적이라기보다는 홉스적인」, 『문학동네』 2007년 가을호, 404쪽.
48) 슬라보예 지젝, 『이데올로기라는 숭고한 대상』, 이수련 역, 인간사랑, 2002, 68쪽.
49) 상상적 동일시란, 그렇게 될 경우 우리가 우리 자신에게 좋아할 만하게 보이거나 '우리가 그렇게 되고 싶은' 이미지와 동일시하는 것을 말한다. 상징적 동일시는 우리가 관찰당하는 위치와 우리가 우리 자신을 바라보게 되는 위치와 자신을 동일시하는 것이다. (위의 책, 184쪽.) 상상적 동일시는 이상적 자아(Idealich)를 형성하는 유사성에 의한 모방의 단계에 해당되며, 상징적 동일시는 자아이상(Ich-Ideal)을 형성하며 타인을 완전하게 자기화하여 자율적인 인격체가 되는 것이다. 상상적 동일시와 상징적 동일시의 상호작용은 주체를 일정한 사회적-상징적 영역 속에 통합시키는 메커니즘을 구축하며 이 메커니즘은 주체가 자신에게 위임된 역할을 맡는 방식이다.

두 가부장제의 권력의 상징인 부성의 변주이자 자본주의 사회에서 생산 수단을 독점하는 권력자이다. 소설에서는 자본주의와 가부장제의 잔혹한 현실이 재구성되며 여기에서 육식과 폭력을 일삼다 급기야 그것에 무감 해진 아버지는 잔혹한 현실에 대한 제유이다. 딸이나 소녀로 호명되는 인 물들은 그러한 현실의 이데올로기 속에서 환상을 통해 욕망의 실현을 꿈 꾸게 된다. 주체의 입장에서 보면 환상은 욕망의 실현을 의미하기도 한다. 우리의 욕망의 좌표를 제시하는 것도 또한 환상이다. 환상은 우리로 하여 금 욕망을 만족시키는 것이 아니라 욕망할 수 있도록 틀을 짜주면서 욕망 을 구성한다. 우리는 환상을 통해 욕망하는 법을 배우며 이 매개적인 위 치에 환상의 역설이 존재한다. 이데올로기가 제공하는 향락은 이데올로기 적인 환상을 작동하는 근본적인 원인이다. 자본의 이데올로기는 우리에게 환상을 강요하지만 그 강요는 주체들의 요청에 의해서 작동하는 강제이 다. 주체들은 자본이 제공하는 향락 때문에 이데올로기적 환상을 내면화 하게 되는 것이다.[50]

「유리눈물을 흘리는 소녀」에서 소녀의 가정은 가난으로 인해 파탄의 지경에 이른 상태이다. 이 작품은 주인공들의 가난한 삶을 핍진하게 보여 주는데 이들에게 이상이나 전망이 부재한다는 점에서 '신경향파의 귀환' 을 보여준다. 가족들이 함께 모여 사는 평범한 삶을 소망하는 소녀의 바 람은 끝까지 이루어지지 못한다. 이는 계급의 차이에서 기인하는 것이며 그렇기에 가난은 개인의 힘으로 극복하기 불가능한 것이기도 하다. '성냥 팔이 소녀'에게 불빛이 결핍과 부재를 보충해 줄 '환상'이었다면 어두운 골목에 갇힌 이 소녀에게 그러한 환상은 동화에서나 가능할 법한 사치에 불과하다. 소녀가 처한 현실의 구멍과 결핍은 성냥불을 켜서 그은 불빛으

---

50) 김범춘, 「슬라보예 지젝의 이데올로기론에 관한 비판적 접근」, 『시대와 철학』 Vol.19 No.2, 2008, 73쪽.

로 채울 수 있는 것이 아니다. 환상이 그녀를 가난에서 벗어나게 하거나 가난으로 인해 흩어질 수밖에 없었던 가족을 모아주지 않기 때문이다. 이에 결핍에 대한 보상이자 치유였던 '환상'은 부재를 낭만적 노스탤지어로 윤색하고자 하는 지배 이데올로기의 속임수에 해당한다. 소녀의 현실에서 부재와 결핍을 메울 수 있는 유일한 환상은 죽음이며 소녀는 결국 죽음에 이르고야 만다. 이 소설에서는 참담하고 잔혹한 인물들의 일상이 자세하고 꼼꼼하게 묘사되지만 그러한 세부 묘사가 사회의 구조적 모순을 총체적으로 드러내기 위한 장치로 사용되지 않으며 전망 또한 존재하지 않는다.

한편, 호명을 넘어선다는 것은 상징질서라는 현실을 넘어 '실재'로 나아가는 것이다. 현실은 그 자체가 바로 이데올로기에 의해 구조화되어 있기 때문에, 이데올로기는 사물들의 실상을 은폐하는 단순한 환영의 단계가 아니라 사회 현실 자체를 구성하는 무의식적인 환상의 단계이다. 상징적/상상적 동일시가 완전하다고 믿는 한 소외될 수밖에 없고, 그 소외가 환상에 의해 지속된다는 사실 또한 인식할 수 없다.[51]

지젝의 이데올로기 비판은 향락의 핵심을 추출해내어 이데올로기가 환상 속에 구축된 이데올로기 이전의 향락을 조작하고 산출하는 방식을 밝혀내는 것이다. 이러한 환상은 해석될 수 있는 게 아니라 오직 횡단될 수 있다. 환상 횡단하기는 환상 뒤에 아무것도 없다는 것을 체험하는 것, 환상이 어떻게 '아무것도 아닌 것(nothing)'을 감추고 있는지를 체험하는 것이다.

「지진과 박쥐의 숲」에 나타난 환상성은 감금에서 벗어나 현실과 대면할 수 있는 가능성의 지평과 닿아 있다. '우리에 갇힌 동물처럼 한 번도

---

51) 하수정, 「이데올로기의 정신분석학적 전유—알튀세르와 지젝」, 『영미어문학』 제68호, 2003, 181쪽.

숲을 떠나본 적이 없는 글로리아'는 상징계적 억압의 체계 안에 굳게 갇힌 실존의 상징이다. 아버지를 죽이고 어머니의 뜨개질 바늘을 태운 후 숲을 벗어난 글로리아에게 놓여진 '검은 길'은 상징계적 저주에 저항하는 새로운 환상적 이미지에 해당한다. '검은 길 안에서 글로리아가 뒤를 돌아보았을 때, 뜨개질을 하는 여인 아나의 집이 모래로 지은 집처럼 힘없이 무너져 내리고 있었다'는 묘사는 기존의 이데올로기적 방식으로 작동되던 환상의 폐기를 의미한다. 이러한 폐기는 「검은 염소 세 마리」에서도 유사한 방식으로 반복된다.

> 소년이 사당 문을 덜컥 열었다. 소녀가 사당을 돌아다니며 성냥을 뿌렸다. 소녀의 발에서 검은 구두가 벗겨졌다. 개 짖는 소리가 들렸다. 소년과 소녀는 비석들 뒤에 숨었다. 태식이 개의 목줄을 잡아끌며 사당 마당으로 들어섰다. 검은 염소가 삼층석탑을 끼고 미친 듯이 원을 그리며 돌다가 사당으로 뛰어들어갔다. 태식이 개의 목줄을 잡아끌며 사당으로 뛰어들어갔다. 검은 염소가 사당 밖으로 뛰어나왔다. 소년이 사당 문을 닫고 고리를 걸었다. 소녀가 성냥을 그었다. 사당이 불길에 휩싸였다. (「검은 염소 세 마리」, 114-115쪽)

환상의 폐기는 그것을 중심으로 형성되어 있는 상징질서 자체의 폐기에 이르게 된다. 즉 환상은 상징질서에 있어서 그 자체가 불가피한 내재적 요소이다. 이러한 환상의 역설적 속성은 무의식이라는 개념 자체에 이미 내재해 있다. 프로이트가 신경증의 발생 기전으로서 억압을 들었을 때, 억압이라는 메커니즘이 확인될 수 있는 것은 억압된 것들이 회귀하는 순간이다.[52] 중요한 것은 이러한 역설을 폐기하거나 해소하는 것이 아니라

---

52) 무의식의 존재가 확인되는 것도 역시 그 순간인데, 무엇이 증상을 만들었는지는 분석을 통해 드러날 수 있을 뿐이다. 억압되어 있는 과거의 어떤 기억이 있다는 것은 알 수 있지만, 그것이 무엇인지는 알 수가 없다. 분석과정을 통해 억압된 것들이 드러날 때 비로소

오히려 보존하고 생산하는 것이다. 그러한 과정을 통하여 우리는 입이 없어 말하지 못하고 있던 내부의 타자의 목소리를 들을 수 있게 된다.

환상에 불과한 것이되 문제는 그것이 불가피한 환상일 수도 있으며, 그 환상을 가동시키는 욕망을 제거하면 그 배후에서는 더 일그러지고 기이한 대상이 드러난다는 사실이다. 그것은 근본적인 부정성으로서 죽음충동이며, 지젝에 의하면 그러한 죽음충동의 영역에 대하여 우리가 해야 할 일은 그것을 '극복하거나' '소멸시키는' 것이 아니라, 그것과 대면하고 그 무시무시한 차원을 그대로 인정하는 것이다. 그리고 이러한 근본적인 인정에 근거하여 그것을 일상생활의 양태들과 접속시키려고 노력해야 한다.53) 충동뿐 아니라 환상과 역설 또한 그 자체가 충동에 대한 방어이면서 또한 일그러진 충동의 육체를 감싸고 있는 피부와 같은 것이 때문에 같은 말을 할 수 있을 것이다.54) 역설을 마주하는 것이란 곧 충동을 마주하는 것과 같은 차원의 것이라고 할 수 있다.

이처럼 김숨의 소설이 보여주는 환상은 현실에 대한 전복이라기보다 현실의 잔혹함에 대한 우회적 모사이자 그것의 무대화에 가깝다.55) 끔찍한 세상의 잔혹함보다 더 잔혹한 환상을 통해 세계의 잔혹성을 견뎌나가는 것이 김숨이 제시하는 환상의 역할이다.

김숨의 소설에서 나타나는 가난과 빈곤은 닳고 닳은 소재가 아니라 파고들수록 점점 낯설고 난해해지는, 여전히 '기록되기를 기다리는' 무참한 실재로 꿈틀댄다.56) 빈곤에 대한 탐구는 사회구조와 은폐된 계급의 핵심

억압이라는 기전의 존재가 확인되는 것이다. 여기서 드러나는 억압된 기억이란 어느 순간 나타나게 될 미지의 것이며, 과거에 속하는 것이지만 장차 존재하게 될 과거이다. (서영채, 「역설의 생산 : 문학성에 대한 성찰」, 『문학동네』 2009년 봄호, 313쪽.)

53) 슬라보예 지젝(2002), 앞의 책, 25쪽.
54) 서영채(2009), 앞의 글, 314쪽.
55) 강유정(2005), 앞의 글, 314쪽.
56) 정여울, 「우리 시대의 새로운 빈곤, 새로운 소설 : 빈곤의 박물지를 향한 미완성 노트

적 부조리와 만나지 않을 수 없으며, 김숨의 소설은 이 빈곤의 문제에 정면으로 대처한다. 김숨은 통계적이고 추상적인 빈곤과 개별자의 구체적 빈곤 사이의 간극을 존재가 찢기는 고통으로 횡단하면서 점점 프랙털구조처럼 복잡다단해지는 21세기의 빈곤 문제가 타인의 고통으로 그치는 데에 대하여 문제를 제기한다. 정여울은 타인의 고통에 전이/감염되는 것에 그치지 않고 고통을 관음증적으로 향유하지도 않기 위하여, 타인의 고통을 타인만의 고립된 상처로 봉인하지 않기 위하여 문학은 그 고통을 기억하고 기록해야 하며 좀 더 더러워지고 힘껏 혐오스러워야 한다[57]고 말한다.

이와 관련하여 김숨의 소설에서 특징적으로 나타나는 그로테스크한 이미지, 반복적인 구조, 낯선 은유 체계 등을 총괄할 수 있는 미학적 개념어로서 숭고[58]를 생각해볼 수 있다. 지젝은 라캉을 경유한 헤겔의 재해석을 통해 숭고와 무, 숭고와 이데올로기의 관계를 드러내 보여주고자 하였다. 이로써 지젝은 현실이 은폐하고 억압하는 실재의 부정성과의 대면을 강조하는 방식으로 주체의 적극성을 주장한다. 폭력적 세계에 대한 그들의 미약한 몸짓은 단지 타자의 불가피한 수동성이라기보다는, 형언할 수 없는 압도적이거나 불쾌한 대상을 심미적으로 극복하려 하는 숭고에서의 의지와 맞물리게[59] 된다. 그에 의하면 '완결된 총체'로서의 상징적 질서는 존재하지 않으며, 질서를 구현하는 것으로 여겨졌던 상징체계로서의

-2000년대 작가들이 그린 가난의 풍경」, 『문학동네』 2007 가을호, 401쪽.

57) 위의 글, 402쪽.

58) 숭고의 개념은 칸트를 거치면서 근대정신의 산물로 발전하였는데, 미적 범주에서 볼 때 아름다움이 조화와 질서, 균제, 정형과 연관된다면 '숭고(the sublim)'는 보통 부조화와 부정형, 혼돈 또는 파격과 연관된다. 칸트에 따르면 숭고한 것은 세계 내의 경험적, 감성적 대상이 초월적, 초현상적인 도달불가능의 물자체와 맺는 관계이다. (슬라보예 지젝(2002), 앞의 책, 340쪽.)

59) 유예원, 「김숨 소설에 나타난 공백의 숭고 연구」, 『이화어문논집』 Vol.31, 2013, 41-42쪽.

이데올로기의 본질은 근본적 부정성으로서의 무(無)인 것이다. '무'에 대한
체험은 비합리하고 불가능한 사물을 체험하는 것이기에 실재의 체험이다.
구조적인 불가능성, 근본적인 적대로서의 이것을 뚜렷이 인식하는 것은
곧 이데올로기의 무력함을 목도하는 것, 즉 실재의 체험이기 때문이다.

그렇기 때문에 지젝에게 있어 숭고함은 사물과의 마주침, 다시 말해 실
재의 체험과 연결된다. 이는 불가능한 향락으로의 추동을 가로막고 상징
계로 회귀하도록 하는 환상을 가로지르는 것, 즉 '환상을 횡단하기'이다.
환상 뒤에 아무것도 없다는 것을 체험하는 것이 곧 환상의 횡단하기이
다.60) 환상을 넘어설 때 이 환상이 어떻게 공백을 가리고 있었는지를 경
험하면서 환상이 이데올로기의 공백을 은폐하고 있음을 알게 된다. 대타
자의 무기력함과 잔여물에 불과함이 적나라하게 드러나는 순간 "전적으
로 우연적인 실재와의 조우의 충격"61)이 곧 지젝이 말하는 숭고한 순간
이다. 김숨이 자신만의 새로운 직조방식으로 제시하는 환상들은 현실이
은폐하고 억압하는 실재의 부정성과의 대면을 강조하는 방식으로 작동하
는 것이다.

따라서 아도르노 식으로 말하자면 과장만이 진리이다. "극단적인 잔혹
성이 개별 사례 속에서 구체적으로 드러"난다는 것, 그것이 역사의 본질
이며, 세계의 비참함을 통계적으로 총체화하여 그려내는 일보다는 그 비
참의 가장 극한적인 상태를 과장하여 보여주는 것에서 우리가 속해 있는
사회의 진실이 드러난다.62) 김숨의 소설에 특징적으로 부각되는 환상성은
그러한 진실을 드러내는 과장의 진리로 해석이 가능할 것이다.

---

60) 슬라보예 지젝(2002), 앞의 책, 220쪽.
61) 위의 책, 313쪽.
62) 김형중(2010), 앞의 글, 567쪽.

4. 나가며

역사적으로 결핍을 채우고 고통을 해결할 수 있는 방법으로 크게 두 가지 방법이 있어왔는데 하나는 고통의 원인을 제거하기 위해 외부 자원을 확보하는 것이고, 다른 하나는 고통을 고통이 아니라고 해석하는 것이다. 자기 보존, 즉 생명의 연장을 추구하려는 개개인들은 보다 안정된 자원을 축적하기 위해 공동의 자원을 사유화하기 시작하며 이를 위해 지식과 물리력이라는 힘을 동원했다. 이 과정 속에서 사회는 위계화되었고 계급이 탄생했으며 윤리가 만들어졌다. 자본주의는 고통 해결을 위해 자원을 생산하고 축적하는 역사적 구성물이다. 현대 세계의 대부분의 사회가 자본주의를 고통 해결의 전략적 구성물로 받아들이는 이유는 그것이 사회를 구성하는 구성원 전체의 고통을 최적화 상태에서 관리할 수 있는 가장 합리적인 것이라고 판단하기 때문이다. 생산 수단의 소유 여부가 분명한 자본주의는 결국 한 계급이 다른 계급의 고통까지 관리할 수 있는 생산 양식이다.63) 새로운 계급의 가능성은 한 사회가 구조적으로 배태하는 고통을 지각하고 문제화하며 그 고통을 해석하는 능력으로부터 솟아오른다.

이 글에서는 김숨의 소설집 『투견』을 통하여 가난/계급이 재구성되는 양상과 새로운 계급의 가능성으로서 이를 환상적으로 형상화하는 방식을 살펴보았다. 김숨이 그리는 가난과 계급의 전경화는 신경향파의 귀환에 가깝지만, 고통을 지각하고 해석하는 방식에 있어서는 특유의 환상성을 작동시켜 그가 추구하는 소설의 새로움으로 제시하고 있다.

그녀가 제시하는 환상성은 현실의 한계를 벗어나게 하는 자유로운 상상과 가능성의 영역이 아니며 부재와 결핍에 대한 정신적 보상으로서의

---

63) 이승원(2010), 앞의 글, 336-337쪽.

환상도 아니다. 오히려 그러한 환상이 현실 속 상처를 치유하기 위한 초월성이라는 명목 하에 기존의 억압적인 이데올로기를 강화시키는 방식으로 작동하는 반면, 김숨이 직조하는 하나의 미학적 기획으로서의 환상은 현실이 은폐하고 억압하는 실재의 부정성과의 대면을 강조하는 방식으로 작동한다. 그의 작품에 등장하는 환상은 가난과 계급으로부터 파생되는 사회적 부조리의 고통에 관하여 공감과 실감의 능력을 잃어버리고 만 것이 아니라, 파편화된 일상에 매몰된 채 자각하지 못하고 있는 현실을 더 적나라하게 드러내고 바라보게 만드는 중요한 기제이다. 그로테스크한 환상성을 통해 현실의 극단적인 잔혹성을 개별 사례 속에서 구체적으로 드러내는 것에 더 천착하며 그 비참의 가장 극한적인 상태를 과장하여 보여주는 것에서 김숨 소설만의 독특한 이야기 방식이자 미학을 발견할 수 있다.

참고문헌

1. 김숨 작품 목록

『투견』, 문학동네, 2005.

『백치들』, 랜던하우스코리아, 2006.

『침대』, 문학과지성사, 2007.

『철』, 문학과지성사, 2008.

『나의 아름다운 죄인들』, 문학과지성사, 2009.

『물』, 자음과모음, 2010.

『노란 개를 버리러』, 문학동네, 2011.

『간과 쓸개』, 문학과지성사, 2011.

『여인들과 진화하는 적들』, 현대문학, 2013.

『국수』, 창비, 2014.

「뿌리 이야기」, 『2015 제39회 이상문학상 작품집』, 문학사상, 2015.

2. 단행본

슬라보예 지젝, 『이데올로기라는 숭고한 대상』, 이수련 역, 인간사랑, 2002.

자크 랑시에르, 『시차적 관점』, 김서영 역, 마티, 2009.

_____, 『헤겔 레스토랑』, 조형준 역, 새물결, 2013.

_____, 『그들은 자기가 하는 일을 알지 못하나이다』, 박정수 역, 인간사랑, 2004.

조르조 아감벤, 『호모사케르』, 박진우 역, 새물결, 2008.

필립 톰슨, 『그로테스크』, 김영무 역, 서울대학교 출판부, 문학비평 총서26, 1986.

3. 논문 및 평론

공종구, 「김숨의 초기 소설에 나타난 가족」, 『한국 문학이론과 비평』 65, 2014, 31-50 쪽.

김경연, 「김숨에게 묻다」, 『오늘의 문예비평』 2008년 여름호, 226-235쪽.

김범춘, 「슬라보예 지젝의 이데올로기론에 관한 비판적 접근」, 『시대와 철학』 Vol.19 No.2, 2008, 73-106쪽.

김형중, 「돌아온 신경향파」, 『자음과 모음』 2010년 봄호 652-667쪽.

문영희, 「탈근대 서사와 신인류(post-human)의 출현」, 『오늘의 문예비평』 2006년 여름호, 85-100쪽.

박슬기, 「폴리에틱스(polietics), 잉여들의 정치학 혹은 시학」, 『세계의 문학』 2010년 겨울호, 346-362쪽.

박 진, 「포스트 IMF 시대, 문학의 욕망과 욕망의 윤리」, 『작가세계』 2011년 봄호, 257-271쪽.

서동진, 「우리 시대의 새로운 빈곤, 새로운 소설 : 마르크스적이라기보다는 홉스적인」, 『문학동네』 2007년 가을호, 403-418쪽.

서영채, 「역설의 생산 : 문학성에 대한 성찰」, 『문학동네』 2009년 봄호, 294-318쪽.

손정수, 「'경건'을 꿈꾸는 '독(毒)'의 이미지들」, 『실천문학』 2005년 여름호, 375-383쪽.

손홍규, 정지아, 함성호, 정홍수 대담, 「작가들이 만난 현실」, 『창작과 비평』 2013년 여름호, 283-320쪽.

유예원, 「김숨 소설에 나타난 공백의 숭고 연구」, 『이화어문논집』 Vol.31, 2013, 23-45쪽.

이승원, 「신 프롤레타리아의 문학적 도전 : 노동의 해방으로부터 쉼의 해방으로-고통과 생명의 변증법」, 『세계의 문학』 2010년 겨울호, 333-345쪽.

이평전, 「'쓰레기'들의 묵시록, 그 '환멸'의 정치학」, 『사고와 표현』 2012년 가을호, 145-155쪽.

정여울, 「우리 시대의 새로운 빈곤, 새로운 소설 : 빈곤의 박물지를 향한 미완성 노트-2000년대 작가들이 그린 가난의 풍경」, 『문학동네』 2007년 가을호, 382-402쪽.

조효원, 「호모파틸레구스(homo fatilegus)의 기록」, 『세계의 문학』 2010년 겨울호, 363-377쪽.

차미령, 「2009, 문학성의 새로운 구성 : 소설과 정치」, 『문학동네』 2009년 봄호, 338-362쪽.

하수정, 「이데올로기의 정신분석학적 전유-알튀세르와 지젝」, 『영미어문학』 제68호, 2003, 173-188쪽.

한기욱, 「우리시대의 객지들」, 『창작과 비평』 2013년 여름호, 210-239쪽.

황종연, 「매 맞는 아이들의 정치적 상상력」, 『문학동네』 2009년 봄호, 358-381쪽.

4. 기타자료

[작가특집] 김숨, 『작가세계』 2014년 여름호, 4-13쪽.

환상을 통한 공백의 형상화와 2010년대 새로운 주체양상
─이장욱, 『고백의 제왕』*을 중심으로

방소현(이화여대 국문과 박사과정)
엽뢰뢰(이화여대 국문과 박사과정)
이지혜(이화여대 국문과 박사과정)
오은지(이화여대 국문과 석사과정)

1. 들어가며

　21세기가 시작되면서 그 어느 때보다 지극히 하찮아진 주체의 존재는 그 반동으로 주체를 다시 사유해야 할 무엇이자, 질문이 무의미해지기 전에 서둘러 질문해야 하는 질문으로 회귀하게 만들었다.[1] 이장욱은 문학을 통해 끈질기게 주체에 대해 사유하고 있는 작가 중 한 사람이다. 특히 그의 소설집 『고백의 제왕』에서는 '코기토에 대한 부정의식을 구심력'[2]으로 삼아 존재와 비존재의 틈을 살펴보고 있다. 이때 주체는 '주체를 주체답게' 만드는 상징계의 질서와 주체화를 위해 삭제되어야 하는 '공백'으로 이루어지는데, 이장욱은 이 공백을 계속해서 드러내고 있는 작가이다.
　이장욱이 공백을 드러내는 방식은 '환상'을 통해서이다. 하지만 이때의

---

　* 이장욱, 『고백의 제왕』, 창비, 2010. 이하 인용 부분은 괄호 안에 페이지로 표기.
1) 이소연, 「질문 2.0 : 무엇이 '인간'인가」, 『문학동네』 2012년 겨울호, 382쪽.
2) 강지희, 「장르의 표면장력 위로 질주하는 소설들」, 『창작과 비평』 2011년 가을호, 395쪽.

환상은 '현실(reality)이 곧 환상(fantasy)'이라는 지젝(Slavoj Žižek)의 화두 안에
서 구성되는 환상,3) 즉 현실과 환상의 이분법이 무화된 자리에서 시작된
다. 그렇기에 환상은 상징계가 품고 있는 실재계이자 공백이기에, 낯설고
도 친숙한 것이 된다. 따라서 환상은 현실로는 대체 불가능한, 즉 환상으
로만 구현 가능한 주체의 공백을 드러내기 위해 필수적인 요소로 등장하
고 있다.

이때 이장욱 소설 속 주체는 작가가 몸담고 있는 21세기 한국의 상황
으로 인해 복합적인 양상으로 존재한다.4) 따라서 분석의 맥을 맹정현이
논한 세 가지 증상적 주체 양상5)으로 삼는 것은 유효해 보인다. 서구와는
달리 급격한 산업화로 인해 '동시다발적'으로 발생한 주체의 양상, 또한
신자유주의와 사회적 정세에 의해 왜곡된 주체의 형성이 한국사회의 특
징적인 주체의 양상을 설명해낼 수 있기 때문이다. 또한 이장욱 소설에서
는 한국 사회의 증상적 주체 양상뿐만 아니라 '대안적 주체'의 양상 역시
함께 드러나고 있다는 점에서 특징적이다.

따라서 그의 소설에서 드러나는 주체의 양상을 살피는 일은 문학이 주
체와 관련하여 내놓을 수 있는 새로운 주체의 현현을 목격하는 일이 될
것이다. 이를 위해 이어지는 2장에서는 우선 이장욱 소설에서 드러나는
증상적 주체의 양상을 맹정현의 논의에 기댄 '마조히즘적/경쟁적/냉소적

---

3) 김용규, 「지젝의 판타지 이론과 윤리적 행위」, 『대동철학』 23, 2003, 192쪽.
4) 권혁범의 진단에 따르면 한국사회에서 국민적 정체성은 다양한 요소들의 모순적인 결합으
   로 구성되어 있다. 서구 근대국가가 개인의 인권과 자유를 전제로 국가를 성립한 반면, 우
   리 사회는 개인보다 국가 우선, 국가주의가 내면화된 국민으로서 개인인권을 억압하는 전
   체주의적인 전근대성으로서의 국가개념과 국민의식이 자리하고 있기 때문이다. (권혁범,
   「'우리'는 누구인가?-'국민'적 정체성의 문화를 넘어서」, 『녹두평론』 창간호 2000. 유지
   나·전석원, 「영화에 재현된 국가와 개인의 충돌」, 『대한토목학회지』 54, 2006, 84쪽에서
   재인용.)
5) 맹정현, 「마조히즘적 나르시시즘, 경쟁적 나르시시즘, 냉소적 나르시시즘」, 『문학동네』
   2010년 여름호.

나르시시즘'으로 나누어 살펴보고자 한다. 이어 3장에서는 소설에서 대안
적 주체의 양상이 각 증상에 따라 '무위/가능성 감각/멜랑콜리의 주체'로
드러나고 있음을 살펴보려고 한다.

2. 집단적 나르시시즘과 증상적 주체

개인과 집단에서 나타나는 나르시시즘의 양상들은 증상적 현상6)이라고
말할 수 있다. 그리고 이러한 증상들은 주로 '그들은 그것을 알지 못한 채
행하고 있다'는 '순진한 의식'7)에서 비롯되어 왔다. 하지만 현대 사회에
서는 이보다 더 세련된 판본, 이데올로기의 한 형태로서 포함된 '냉소주
의'가 등장하게 되었는데, 냉소적인 주체가 그동안의 '순진한' 주체들과
다른 점은 '그들은 자신들이 무슨 일을 하고 있는지 잘 알고 있지만 그럼
에도 여전히 그것을 하고 있다'8)는 점이다.

맹정현이 구분 짓고 있는 집단심리는 프로이트(Sigmund Freud)의 「집단

---

6) 이는 라캉적 개념과도 연결되는데, 증상은 이데올로기적 기제에도 불구하고 주체에게 항상
   적으로 되돌아오는 어떤 것이며, 상징계로부터 배제된 어떤 것이 '주체 안에 있음'을 가리
   키면서 주체를 늘 주체화로부터 비켜나가게 만드는 것이다. (김현, 「환상의 횡단으로부터
   레닌의 반복으로」, 『범한철학』, 74, 2014, 391쪽.)

7) 지젝은 마르크스의 『자본론』의 유명한 문장을 가지고와 이를 '순진한 의식'이라고 설명한
   다. 이는 자신의 전제와 실질적인 조건들에 대한 '오인'이나 사회적인 현실과 우리의 왜곡
   된 표상 사이의 거리와 차이, 그것에 대한 허위의식 등에 의해 이데올로기의 비판 절차에
   따라 처리되는 것이다. 이러한 절차들의 목적은 자신들의 실질적인 조건들과 자신이 왜곡
   하고 있는 사회적인 현실들을 인정하게 하고, 그렇게 함으로써 결국 그 행위 자체가 스스
   로 와해되어 버리게 만드는 것이다. (슬라예보 지젝, 『이데올로기라는 숭고한 대상』, 이수
   련 역, 인간사랑, 2002, 60쪽.)

8) 냉소적인 주체는 더 이상 순진하지 않다. 그들은 이데올로기적인 보편성 뒤에 숨겨져 있는
   특정 이익에 대해서 잘 알고 있음에도 그것을 포기하지 않는다. 자신의 아이러니한 초연함
   으로 이데올로기적인 환상의 근본적인 수준을, 이데올로기가 사회적인 현실 자체를 구조화
   하는 수준을 그대로 남겨놓는다. 그리하여 냉소적인 주체 앞에서는 전통적인 이데올로기
   비판은 효력이 없어진다. (위의 책, 62~64쪽 참조.)

심리학과 자아분석」을 통해 자아심리와 집단심리를 연결시킬 수 있는 발판이 있었기에 가능한 구분이다. 프로이트에 따르면 집단심리가 성립하기 위해서는 '나르시시즘'과 더불어 '동일시'의 '이중 결합 과정'9)이 필요하다고 말한다. 우선 '나르시시즘'은 개인이 자신의 자아이상의 한계에 부딪힌 지점을 집단으로 대치하여 그것을 이루고자 하는 욕망으로 연결시켜준다.10) 그리고 집단 구성원들을 묶는 과정은 처음에는 같은 이상을 바라본다는 이유로 '적대감'을 보이지만, 후에는 동일한 이상을 사랑하고 있다는 이유로 서로를 '동일시'하여 하나의 집단이 된다.11)

2.1. 수직적 아버지의 옹립과 마조히즘적 주체

마조히즘적 나르시시즘은 식민 치하와 전쟁, 분단의 역사로 인한 '정체성 무(無)'의 상태에서 시작한다. '상실된 정체성' 자체가 하나의 대상이 된 상황에서 그들이 궁극적으로 몰두하게 된 작업은 강력한 초자아적 아버지의 옹립이었다.12) 특히 무너진 국가의 '모멸당한 아비'13)를 본 상처로 인해 상실된 정체성은 내부의 자의식보다는 강력한 사회와 국가로 향하였으며, 그것이 그들의 이상 자아이자 나르시시즘적 환상이 되었다. 이때 환상에 도달하기 위한 집단의 동일시 작업은 바로 국가와 아비·자식에 대한 죄의식과 부채의식의 결합이었다.14) 강력한 부채의식은 곧 그들이 갖는 '막중한 임무'를 역설적으로 증명하는 증거였기 때문이다.

---

9) 지그문트 프로이트, 「집단 심리학과 자아 분석」, 『문명 속의 불만』, 김석희 역, 열린책들, 2004, 145쪽.
10) 위의 책, 144-145쪽.
11) 위의 책, 135-136쪽.
12) 맹정현(2010), 앞의 글, 469쪽.
13) 위의 글, 468쪽.
14) 위의 글, 469쪽.

그러나 죄의식과 희생정신은 타자로부터 상상적 차원의 '인정'을 요구함으로써 자신의 정체성을 만드는 마조히즘적인 경향을 나타내게 된다. 하지만 이는 '타자의 인정'을 원하지만 그것이 자신들의 '정체성을 결정하지는 않는다'는 모순적인 태도를 만들어낸다.15) 특히 타자의 시선이 자신들의 환상을 지탱하지 못하는 순간 더 이상 관심의 대상이 아니며, 자신들은 '우리는 너희들이 알지 못하는, 너희들에게 상처를 입은 '무엇'이다'란 피해자적 태도로 돌변한다.16) 이는 이들이 지우고자 하는 '공백', 주체의 정체성은 여전히 상실되어 있으며 타자에게 종속된 주체이자 타자들과 양립할 수 없다는 주체라는 두려움의 중핵을 보여준다. 또한 그들은 자신들의 환상이 자유를 희생한 대가로 얻은 것임을 필사적으로 가려야만 했다.

「아르마딜로 공간」에서 아르마딜로의 공간을 보는 인물을 제외한 대부분의 인물들은 과거에서 현재로 흘러온 선형적 시간에 놓여 있다. 특히 공원에서 바둑을 두는 노인들은 판 위의 돌로 끊임없이 "쉽게 집을 짓고 부"(116쪽)수면서 완전한 집을 건축하는 과정을 통해 그들의 삶을 은유적으로 보여주고 있다. 완벽한 집과 같이 사회 내에 부권적 질서를 세워야 하는 책임감이 그들을 지탱해 온 정체성이었다. 그들은 "검은 돌과 흰 돌의 위치만큼 중요한 것은 세상에 없다는 투"(116쪽)로 화를 내며 무너지는 집을 계속 다시 짓는다. 마치 그들의 노력과 헌신에도 불구하고 사회적 인정에서 배제된 현실을 탓하듯이 말이다.

포니 자동차의 사내 또한 이러한 마조히즘적 주체의 표상으로 드러난다. 포니를 운전하는 남자에게 "포니는 가장 아름다운 차"(127쪽)였다. 포니는 사내의 시간인 70년대에 "자랑스러운 자립 경제의 상징"이기 때문

---

15) 위의 글, 470쪽.
16) 위의 글, 470쪽.

에, 그에게 포니를 운전한다는 것은 그 안에 안정적인 가정과 미래를 태우고 간다는 의미이다. 앞좌석에 앉은 사내는 아이를 옆자리에 앉히고 첫 시동을 걸면서 포니를 통해 완성된 그의 역할과 책임감, 스스로의 정체성을 확인한다. "바로 이것이, 포니라는 것이다"(127쪽)라고 감격에 겨워 말하는 그는 포니를 그냥 교통수단이 아닌, 중산층의 로망을 담은 이상적 대상으로 호명하고 있는 것이다.

그러나 1978년 저녁을 달리던 그는 알 수 없는 "무언가와 부딪힌 이후, 괜한 우울에 시달리다가"(133쪽) 중동으로 떠난다. 그는 쭉 뻗은 서울의 도로를 달리던 아름다운 포니의 공간과는 대조적인 중동의 비포장도로에서 "화공약품이나 기계 등속을 실은 트레일러"(134쪽)를 몰고 있다. 그러나 그는 "독일이거나 프랑스"인지 알 수 없고 "아침일까. 내일일까 아니면 또 다른 겨울"(134쪽)인지 모르는 낯선 시간에 낯선 도착지라는 것이 상관없다는 듯 계속 달린다. 이는 한국에서와 마찬가지로 끊임없이 과거에서 현재로 흘러가는 직선의 시간만을 달리면 되는 마조히즘적 주체들의 선형적 시간이다. 즉 시대적 상황에서 외부로부터 부정당했던 과거 역사에서 탈피하기 위해 현재와 미래로 나아가야만 하는 사명의 시간인 것이다. 때문에 아르마딜로 공간 밖, 과거로부터 이어지는 시간의 질서 속에서 강력한 아버지와 완벽한 현재 그리고 미래를 세우기 위해 자신의 임무를 행하고 희생을 자처하는 주체로 나타난다.

「안달루씨아의 개」의 주인공 '옹'은 자신의 치열했던 세월을 영화 '이끼루'의 주인공 와따나베와 동일시한다. 영화 속 와따나베는 "기계 같은 성실성으로 수십 년 동안 관청과 집을 오간 공무원"이며 "가난한 이들의 공원을 만드는 데 마지막 인생을 쏟아 부은"(253쪽)인물이다. 그는 학생들에게 이러한 와따나베의 행동이 주는 '교훈'을 생각해보라고 계속적으로 주입한다. 그는 와따나베가 대의를 위해 헌신적으로 봉사한 마지막 모습을 '영원한 가치'라고 강조함으로써, 자기 세대가 헌신한 세월이 그 교훈임을 어린 세대들에게 설명하고 싶어 한다.

이러한 그의 가치관은 그가 속한 '청소년 문화 위원회'를 통해서도 드러난다. 그는 청소년 유해 매체를 심의하는 '청소년 문화 위원회' 집단에 소속됨으로서 어린 세대들에게 강력한 지침과 제한을 설정하는 부권적 자리에 있다. 때문에 그는 터미널 주변에 즐비한 성매매 광고물들과 담배를 피우면서 지나가는 여자들의 흰 다리를 쳐다보는 군인들을 향해 "청소년, 문화, 위원회"(242쪽)를 반복적으로 중얼거린다. 또한 그는 젊은 군인들을 보면서 월남전에 참전했던 자신의 과거를 회상한다. 과거에 그는 현 젊은 세대들의 가벼운 외양과 행동과는 달리 땀과 먼지로 범벅되었던 군복을 입고, 서울 근교의 포천이 아닌 월남으로 향했었다. 그 시절은 그에게 "떨어진 팔이 꿈틀거리는"(247쪽) 것을 봐야만 했던 대의와 책임의 시대였다.

포니의 사내와 '옹'의 두 모습이 겹쳐지는 인물은 바로 택시기사이다. 그는 "길에서 기어 다니면, 누가 밥 먹여준답니까?"(249쪽)라는 자신의 말처럼 자기 속도를 높여가며 살아가는 인물이다. 격렬한 속도 속에서 빠른 차선으로 바꿔가며 달리는 택시기사의 행동은 일과 목표를 위해 달려온 과거 '옹'의 모습과 유사하다. 그리고 포니의 사내처럼 직진으로 뻗은 도로 위를 격렬하게 달리면서 살아온 세대의 전형이 된다.

2.2. 평등적 형제애와 경쟁적 주체

'경쟁적 나르시시즘'은 전 세대의 공백, 즉 초자아적 아버지의 옹립이 사실 자유를 희생하고 있음을 아는 것에서 출발한다.[17] 그렇기에 그들은

---

17) 위의 글, 471쪽.

잔혹하고 권위적인 아버지란 우상을 파괴하고, 그들이 세운 수직적 부조리를 척결하여 '평등과 형제애'를 이룩하는 것을 자신들의 이상이자 나르시시즘적 환상으로 세운다. 이때 환상에 도달하기 위한 동일시는 바로 '상상적 경쟁'이다. 경쟁은 수직적 권위에 맞서는 것이자 그것을 허물었다는 증거이기 때문이다. 따라서 이들은 급진적이고 합리적이라 믿어지는 경쟁사회로 자신을 기꺼이 내몬다.

하지만 그들이 가진 모순은 수직적 차원의 부조리에는 민감하면서도 '수평적인 차원의 부조리'에 대해서는 철저하게 무관심하다는 사실이다.[18] 경쟁이 극으로 치달아 갈수록 남는 것은 '세밀해져 버린 욕망', 즉 무엇을 욕망해야 할지 너무 명확해서 모든 이들이 똑같은 것을 향해 달려가게 만드는 욕망이다.[19] 이는 너무도 자명하게 욕망의 자리를 차지하고 있기에 오히려 욕망이 아님을 반증한다. 그렇기에 한국 사회 내에서 이들이 지우고자 하는 것은 바로 건강한 욕망[20]의 존재이다. 이는 욕망의 찌꺼기를 손에 닿을 수 없게 함으로써 그것이 마치 건강한 욕망인양 위장하고, 건강한 욕망을 지우는 회로를 무한정 생산하는 것으로 가능해진다.

「동경소년」의 청년은 대학을 졸업하자마자 공무원 시험을 준비하기 시작한다. 삼 년째 시험 준비를 하면서 "지칠 대로 지쳤"(14쪽)는데도, 그는 가망이 낮아 보이는 시험을 쉽게 포기하지 못하고 집착한다. 한국 사회에는 청년처럼 안정된 길을 택하려고 공무원 시험이나 취업을 위한 각종 자격증, 스펙 쌓기에 매달리는 사람들이 많다. 단일한 목표, 확정된 목표로서의 욕망을 다수가 별다른 인식 없이 자신의 욕망으로 체화하고 있는 것이다. 소설에서 보이는 것과 같이 한국 사회의 욕망은 너무나도 자명한

---

18) 위의 글, 472쪽.
19) 위의 글, 472~473쪽.
20) 건강한 욕망이란 '명명될 수 없는 무엇', 욕망의 주체가 끝끝내 자신이 무엇을 욕망하는지 알지 못하는 것이기에 절대 가시화 될 수 없고 소유될 수 없는 것이다. (위의 글, 472쪽.)

회로를 따라 움직이고 있다. 이것은 건강한 욕망이 아니라 '요구(demand)에 의해 뭉개져버린 욕망의 찌꺼기'[21]에 불과하다.

「동경소년」의 청년은 일본에서 빠찐꼬 기계 앞에 있는 사람들을 본다. 그들은 "남자건 여자건 침묵 속에서 빠찐꼬 기계에 밀어 넣을 구슬을 손아귀 가득 쥐고", 그것만이 "인생을 보내는 유일한 방법이라는 듯"(33쪽) 기계에 매달려 있다. 그들의 표정이 구립도서관에서 공무원 시험을 준비하면서 매일 "구내식당에서 혼자 점심을 때우고 정기간행물실에서 스포츠신문들을 뒤적거리거나, 영상자료실에 가서 비디오를 보며 시간을 보내는 표정"(33쪽)과 같다는 것을 청년은 빠찐꼬 기계 앞에 앉아서야 깨닫는다. 구립도서관에서의 청년 또한 그렇게 하는 것이야 말로 '인생을 보내는 유일한 방법'이라고 느꼈었던 것이다.

이러한 경쟁적 나르시시즘은 「변희봉」에서도 나타난다. 만기는 "대학로에서 연극을 한 편 관람한 후 사표를 제출"(53쪽)한다. 이에 대한 고향 친구들의 반응은 싸늘하다. 꿈을 찾아가려는 만기를 모든 친구들이 말리며, 다니던 직장을 계속 다니라고 권한다. 만기의 친구들은 사회 안에서 생산적인 일을 해내는 것이야 말로 가치 있는 것이라고 여기는 경쟁적 나르시시즘의 주체들이기 때문이다. 경쟁적 나르시시즘의 주체는 무엇보다 정해진 욕망, 사회에서 가치 있다고 여겨지는 욕망을 욕망한다. 스스로는 자신이 욕망을 따르는 자라고 생각하지만, 사실은 그 욕망 자체가 사회로부터 규정지어진 욕망이자 실제의 욕망이 아닌 욕망의 찌꺼기라는 사실을 모르는 것이다. 그렇기에 만기의 친구들은 만기의 "연극을 하겠다"는 선택 앞에서 "인생을 바꾸는 기 오지게 멋있어 보이나? 그 바닥에서는 땅 짚고 헤엄만 치믄 되는 줄 아나?"(52쪽)라고 비아냥거리는 것이다.

---

21) 위의 글, 472쪽.

2.3. 산발적 초자아와 냉소적 주체

'냉소적 나르시시즘'은 전 세대 '경쟁적 나르시시즘'에서 비롯된 부권
의 해체와 너무도 근접해버린 가족의 원자화22)에서 시작한다. 이제 부모
의 정체성은 아이를 통해서 가능해졌으며, 사랑의 대상으로 변한 아이는
'숭고한 아이'로 호출되기 시작한다. 아이는 자신이 곧 더 없이 소중한 대
상이란 환상을 통해 초자아의 자리에 옹립23)한다. 이때 '산발적인 초자
아'로서의 개인들이 동일시되는 것은 모두 '너나 할 것 없이 집단의 보물'
이지만, 사회로 나가면 확대된 배타적 경쟁관계 속에서 '똥으로 전락'해
야 하는 과정을 통해서이다.24) 따라서 이들은 '스펙(specification)'을 통해
'숭고한 개인'의 정체성(사회적 성공, 육체적 건강 등)을 증명하고자 한다.

하지만 이들은 과대-과소평가를 왕래하는 '고역스러운 체험'으로부터
거리를 두기 위해 자신을 철저하게 대상화하면서도 타자를 전제하지 않
는 냉소적 주체가 된다.25) 이때 절대적 대타자 대신 개개인이 '상상적 이
상' 그 자체가 되어 버렸기에, 상징계는 자신이 더 이상 가리는 공백이 없
음을 내보이는 것처럼 보인다. 하지만 이는 이데올로기의 세련된 방법으
로써, 은폐시키기보다는 일체의 총체적 의미를 사회와 개인의 삶에서 박
탈하는 양상으로 바뀐 것뿐이다.26) 따라서 상징계는 '억압적인 아버지'가
죽었다고 선포하지만 그 자리에 '잔인한 초자아 형상'이 재출현하여 상징

---

22) 부성의 권위는 가족 구성원 간의 '이타화(異他化)'를 가능케 하였다. 거세공포는 육체적으
로 연결된 어머니와 아이를 끊어놓고, 사랑의 대상으로서의 어머니를 상정하였기 때문이
다. 하지만 부권의 몰락은 애증의 망, 환상을 사라지게 했고 너무나 근접해버린 가족을 상
정하게 되었다. (위의 글, 474쪽.)

23) 장성규는 이를 개별 국면의 조건 속에서 자신의 역능을 발현시키는 행위자라고 설명하기
도 했다. (장성규, 「포스트 리얼리즘을 위한 세 개의 논점」, 『오늘의 문예비평』 2014년 봄
호, 55쪽.)

24) 맹정현(2010), 앞의 글, 476쪽.

25) 위의 글, 476쪽.

26) 김성호, 「존재 리얼리즘을 향하여」, 『창작과 비평』 2014년 가을호, 340쪽.

적 금지의 부재를 보완하고 있다는 사실27)을 가린다.

그들이 지우고자 하는 또 다른 공백은 체제적 총체화를 작동시키는 주체가 사실 그것을 불완전하게 만드는 하나의 결정적 요인이라는 것, 즉 '주체적 세계의 보존'28)은 체제적 본질의 폭로보다 무세계의 세계에 더 위협적이라는 사실이다.29) 인격성·내면성·도덕성이 파괴되지 않은 주체의 보존은 타자에 대한 믿음과 '상호적 인정' 아래 이타적 연대가 존재할 수 있다는 '희망'을 불가능 속의 가능성으로 만들기 때문이다.30)

「동경소년」에서 일본의 허름한 여관에 묵는 주인공 일행은 로비에서 사라진 연인 유끼와의 추억담을 말하는 한국인 청년을 만난다. 그러나 주인공 일행은 처음부터 "그에게 관심을 기울일 기분이 아니었"(8쪽)고, 그들은 창밖에 내리는 폭우를 더 걱정할 뿐이다. 청년은 주인공 일행이 냉소적으로 대상화시키는 대상에 불과하다. "우리는" 그를 멍청한 표정으로 쳐다보고 있을 뿐, "솔직히 말해서 차라리 살인 사건 같은 것이라도 일어나주었으면, 하는 기분"을 느끼며, 차라리 그러면 "허망하고도 짧은 여행에 작은 보상 같은 것이 될 수도 있을"(13쪽) 것이라고 생각할 정도이다. 타자를 철저하게 타자화시키면서 냉소적인 주체로 남기 때문에 타인의 절대적 고통-그것이 죽음일지라도-보다는 자신의 무료함을 더 고통스럽게 느끼는 상태가 된 것이다.

「곡란」의 '고희성'과 '코끼리', '스몰', 'DAETH'는 인터넷 자살 카페에

27) Zizek, *The Ticklish Subject : The Absent Centre of Political Ontology*, London/New York : Verso, 1999. p.368. 홍준기, 「슬라보이 지젝의 포스트모던 문화 분석-문화적·정치적 무의식과 행위(환상을 통과하기)-」, 『철학과 현상학』 22, 2004, 208쪽에서 재인용.
28) 이를 김성호는 '되어감' 혹은 '자기다움(being)'이라고 설명한다. 이는 언제나 주체 자신을 벗어나는 것이자, 세계 안에서 주어진 대상뿐 아니라 자기 자신과도 불화하게 되는 '과정의 지속성 자체'라고 할 수 있다. (김성호(2014), 앞의 글, 341쪽.)
29) 위의 글, 339-340쪽.
30) 이정은, 「지금 이곳에서 우리는 어떤 얼굴의 주체인가?」, 『문학동네』 2010년 여름호, 448쪽, 463쪽 참조.

서 만나 함께 자살하기 위해 목란동에 모인다. 여기서 'DAETH'라는 인물의 대문자로 표기된 아이디는 마치 '초자아'가 된 개인을 상징하는 것으로 보인다. 더하여 'DAETH'는 죽음조차 '선택'이라고 말하는데, 이는 초자아를 맹목적으로 따르며 향락을 원하는 자 같다는 점에서 공백조차 응시하지 못하는 주체라 할 수 있다. 따라서 한 번의 부정을 거치는 냉소적 나르시시즘의 주체에도 다다르지 못한 상태라고 볼 수 있다.

더하여 '코끼리'는 자살의 목적을 보험금으로 들고, '스몰'은 이유 없이 그냥 죽고자한다고 말한다. 이는 자신의 생명마저도 물화시키고, 손쉬운 것으로 타자화시키는 냉소적인 태도로 읽을 수 있다. '고희성' 또한 죽음을 향해가는 타자를 단지 자신의 소설을 완성시키기 위한 동력으로 사용한다는 점에서 타자를 물화시키는 냉소적 태도를 지니고 있다.

「밤을 잊은 그대에게」에서는 마치 현세의 이데올로기에 벗어나있는 것처럼 보이는 주체들이 나타나나 면밀히 살펴보면 냉소적 주체로 드러나는 경우가 있다. 싸이코메트리의 능력을 가진 '경찰'은 비동시성의 동시성을 일시적으로 체험하는 능력을 가졌음에도 불구하고, 그것을 일시적인 체험에서 한계 지우고, 그것을 통해 어떤 행위를 하지 않는 점에서 냉소적 나르시시즘의 주체이다.

'정신과 의사' 또한 한 달 동안이나 잠을 못 잔 '여자'의 불면증을 진단하면서도, 자신 역시 불면증을 앓고 있는 사람이다. 죽음이 '절대적 타자'의 예라면, 불면은 존재자가 희미하게나마 '존재의 익명성'을 감지할 수 있는 '예외적 상태'의 예라할 수 있다.31) 그러나 '의사'는 "불면증 전문"(210쪽)이면서도 예외적 상태이자 세계의 틈으로서 사유하지 않는다. '여자'의 불면증을 다만 하나의 증상으로서 진단하고 말 뿐이다. 자신과

---

31) 김형중, 「소설무한육면각체-이장욱의 소설에 대하여」, 『문학동네』 2010년 여름호, 320쪽.

같은 증상을 가진 '여자'에 대한 감정적 나눔 역시 존재하지 않는다. 도리어 '의사'는 불면의 시간에 "잠을 자는 척"(227쪽)이라도 행하는 주체, 즉 세계의 틈으로서의 공백을 겪으면서도 그 공백을 직시하지 않고 세계의 체제에 편입되기 위해 '척'이라도 행하는 주체이다. 이는 세계의 공백을 알기에 부정하면서도 단 한 번의 부정에 그치고, 다른 행위로 나아가지 않은 채 세계의 부조리에 적응해 나가는 냉소적 나르시시즘의 주체 양상으로 볼 수 있다.

3. 시차적 전환과 대안적 주체

　다양한 증상의 주체들은 '새로운 주체'에 대한 질문의 답이 다시 21세기 초반의 하찮은 주체인가란 음울한 전망만을 보여준다. 하지만 지젝에 따르면 이들은 어디까지나 이데올로기에 대한 '부정'에서 멈춘 주체들이다. 이러한 경향은 신자유주의 체제와 주체의 긴밀한 연관관계에서 시작된 것이다. 지젝은 그 관계 안에서 공유하는 것이 '무세계적(worldless)' 특성이라고 지적한다.32) 하지만 이는 자본주의체제가 주체를 '다양한 선택을 통해 동질화하고, 불연속을 통해 영속화하며, 느슨함을 통해 총체화'33)하고 있으면서도, '스스로의 총체성을 은폐하면서 유지되는 체제'34)이기 때문에 그렇게 보이는 것일 뿐이다.35) 그리고 이러한 체제적 총체화가 대

---

32) '무세계적(worldless)'이란 현 이데올로기를 '인식 지도' 안에서 박탈함으로서 마치 이데올로기자체가 소멸된 것처럼 만드는 것이다. (슬라예보 지젝, 『시차적 관점』, 김서영 역, 마티, 2009, 622-627쪽 참조.)
33) 김성호(2014), 앞의 글, 340쪽.
34) 프레드릭 제임슨, 『문화적 맑스주의와 제임슨 : 세계지성 16인과의 대화』, 신현욱 역, 창비, 2014, 104쪽.
35) 결국 체제의 총체성은 그것이 전제하고 있는 전체에서 끝나는 것이 아니라 '그것의 모든

개 주체적 총체화를 통해 작동한다는 점에서, 주체 역시 이러한 과정에 연루될 수밖에 없다. 체제의 총체성이 체제의 결락과 재현의 한계를 포함하고 있다면, 주체는 거기에 더하여 주체의 내재적 불가능성까지 모두 포함하고 있기 때문이다.36) 따라서 대안의 주체는 부정을 다시 부정하는, '부정의 부정', '거절의 거절'이라는 두 "No"들의 뫼비우스 띠 속 주체여야만 한다.37)

이장욱의 소설 속에서는 상징계의 '부정'을 직시하는 것에서 멈추지 않고 그것을 다시 '부정'하는 여러 가능성의 세계와 주체들이 등장한다. 이 때 이장욱 소설 속 '거절의 주체'들은 증상의 뿌리가 다르기에 서로 다른 '시차적 전환'38)을 통해서 나름의 대안에 다가감을 확인할 수 있다. 따라서 이 장에서는 주체가 그들이 어떻게 '다른' 길을 경유하여 같은 대안에 도달하는지가 '대안의 주체'를 나누는 중요한 기준이 된다.

3.1. 비동시성의 동시성과 무위의 주체

'마조히즘적 나르시시즘'이 가진 상징계의 질서(이자 환상)가 그 자신을 지탱하기 위해서는 이 세계가 믿을 수 있는 강력한 초자아 아버지에 의해

'증상들', 그 적대와 불일치들을 뗄 수 없는 내적 일부로 포함하는 한에서 총체적이기 때문이다.-zizek, *Less Than Nothing : Hegel and th Shadow of Dialectical Materialism*, New York : Verso 2012. p.523, 황정아, 「리얼리즘과 함께 사라진 것들」, 『창작과 비평』 2014년 여름호, 24쪽에서 재인용.

36) 김성호(2014), 앞의 글, 341쪽.

37) 지젝은 '0층위'의 부정, 즉 한 번의 "No"는 상징적 금지인 거절, 상징계의 근거를 제공하는 순수하게 형식적인 거절이라고 말한다. 반면 두 번의 "No"는 실재계의 작은 조각에 삽입되어 있는 거절로 상징적 형식으로부터 튀어나온 잔여물이다. 이는 주체를 총체적인 의미로 제시하는 것은 불가능 하다는 것을 규명한 후에 "내가 그러한 '기준의 필요 자체'를 포기한다면"이라고 다시 한 번 묻는 행위이다. (슬라예보 지젝(2009), 앞의 책, 171-174쪽 참조.)

38) 시차적 전환이란 동일한 공간 속에 공존하는 것이 불가능한 대극들이 하나의 공간, 같은 윤곽 속에 공존하고 있음을 인식하는 관점이다. (김서영, 「옮긴이 후기」, 위의 책, 827쪽.)

수직적이고 직선으로 이루어진 어떤 고정된 질서 안에 있음을 믿게 해야만 한다. 하지만 「아르마딜로의 공간」의 '나'와 같이 "모든 것을 볼 수 있"(116쪽)는 공간을 보는 자의 존재로 인해 시공간의 전회가 일어난다.

'나'가 보는 세계는 1980년 겨울의 빨간 모자를 쓴 꼬마가 2005년 여름의 택시에 치이고 1978년 서울의 겨울을 달리던 포니 자동차가 2006년 공연을 하던 가수 큐를 치는 것을 볼 수 있는, '한 공간에 다른 시간'이 겹쳐지는 곳이다. 또한 포니 자동차는 가수 큐뿐만 아니라 그것을 보고 있던 그녀의 옛 남친까지 쳐서 죽이는데, 이는 이곳이 '다른 공간의 같은 시간'까지 겹쳐질 수 있는 곳임을 의미한다. 이러한 시공간은 기존 세계의 어긋난 틈을 감지하게 해준다.

단선적으로 흐르는 시간의 선후만을 볼 수 있는 세계와는 달리, 이 공간은 그 안에 동시적으로 존재할 수 있는 각각의 시공간 이야기들의 압축되는 '비동시성의 동시성'[39]이 가능한 시공간이다. '나'가 시공간이라는 완고한 상징적 질서와 존재의 전제를 왜곡하고, 재배치하는 세계의 틈과 공백을 바라보는 것은 이 세계의 단단한 것—아버지의 언어, 권위, 질서, 가부장제 등—들을 한순간에 녹아내릴 수밖에 없도록 만드는 행위이다.[40] 또한 '나'는 한 발 더 나아가 이러한 시공간의 뒤틀림에 너무도 담담하게 '자의적 호명'("나는 이곳을 아르마딜로라고 부른다"(120쪽))을 하는 주체이기도 하다.

---

39) 블로흐의 '비동시성과 동시성' 간의 모순의 변증법은 다중적 시간·공간에서 일어나는 것이다. 모든 사람은 동일한 현재(Now)에 살고 있지 않다. 어떤 사람들은 현재를 원하지 않기에 '주관적으로(또는 내부적으로) 비동시적'이기도 하고, 현재에 남아 있는 과거 시간의 찌꺼기들은 '객관적으로(또는 외부적으로)' 비동시적이다. 블로흐는 이를 통해 세계는 비동시성의 동시성의 세계이며 사람들은 같은 시간(캘린더의 시간)에 살고 있으나, 같은 시간(역사적 시간) 속에 살고 있지 않다고 주장한다. (임혁백, 『비동시성의 동시성—한국 근대정치의 다중적 시간』, 고려대학교출판부, 2014, 42~43쪽.)

40) 이수형·강유정·정여울·신형철, 『좌담 : 아름다운 정답, 혁신적인 오답—2006년 봄의 한국소설』, 『문학동네』 2006년 여름호, 540쪽.

그리고 이러한 '비동시성의 동시성'의 시공간은 앞서 보았듯 '존재'의 귀속을 가능케 한다는 점에서도 중요하다. '아르마딜로의 공간'에서는 시공간이 착종되듯, 주체와 타자의 존재는 끊임없이 연루되어 얽힐 수밖에 없음을 목도하게 된다. 포니로 가수를 친 '나'의 아버지는 아르마딜로의 공간을 인지하지 못하기에, 우울을 견디지 못하고 가족을 먹여 살릴 돈을 벌기 위해 중동으로 가서 아들에게 "아르마딜로는 잊으라고"(135쪽) 명한다.

그러나 '나'는 아르마딜로의 공간을 포기하지 않는다. 정확히 말해서 "아르마딜로의 공간은 언제나 예민한 각도로 존재하기 때문에 아무 길로나 지나와서는 곤란"(131쪽)하기에, '나'는 아르마딜로의 공간을 단순히 '목격'하기보다는 그것을 '찾는' 주체라 할 수 있다. 그렇기에 '나'는 가수 큐-한 청년-아버지의 관련성을 전혀 '알지 못하는' 사람들이나 종로 한복판에 "제 몸에 다시 휘발유를 끼얹"는 "타오르는 사람"이 있음(132쪽)에도 '무심히' 지나쳐가는 사람들과는 다른 '시각적 전환'이 가능한 주체임을 알 수 있다.

따라서 '나'는 더더욱 아버지의 명대로 아르마딜로를 잊을 수 없으며, 매일 공원에 앉아 "혼자 중얼중얼"(136쪽)거리기만 하는 '무위'[41]를 행할 수밖에 없다. '나'의 행동을 보는 다른 사람들은 그의 말을 이해하지도 믿지도 못한다. 그들이 보기에 '나'는 겨울인데 "오늘은 조금 무더운 초여름"(137쪽)이라는 미친 소리를 하는 자이자 "방화용의자"(136쪽), 그리고 "빨간모자 아이를 친 택시기사"(136쪽)일 뿐이기 때문이다.

---

41) 낭시는 '무위'를 바타유의 '아무것도 아닌 것으로 소진시킬 준비가 되어 있는 자유로운 주체성의 격렬한 움직임'을 초석삼아 개념을 정리한다. 그는 무위를 '과제 내에서 또는 과제 너머에서, 과제로부터 빠져나오는 것. 생산과 완성을 위해 더 이상 없으며, 다만 우연히 차단되고 분산되며 유예에 처하게 되는 것'이라고 설명한다. (장 뤽 낭시, 『무위의 공동체』, 박준상 역, 인간사랑, 2010, 79쪽.)

하지만 '나'는 곳곳에 '아르마딜로의 공간'이 있기 때문에, 즉 상징계의 질서를 이탈하는 공백이 있음을 알고 있기에 그리고 그 공간에서 시공간을 초월하여 끊임없이 타자와 연루되고 있음을 알고 있기에 섣불리 행동할 수 없고 따라서 무위를 행할 수밖에 없다. 이러한 무위는 단일한 생존문법 그 자체에 대한 '존재론적 항변'[42]으로, '작동하지 않음, 목표나 과제를 성취하려고 하지 않는 행위 전반'을 뜻한다. '나'는 의식적으로 무위를 행하고 있기에 '시스템의 일부분으로 작동하지 않는 거리'를 두려는 것이며, 따라서 '수동적인 만큼이나 능동적인 노력'[43]을 하는 주체가 된다.[44]

이는 '나'가 자신이 친 꼬마의 '빨간모자'를 하염없이 들고 있는 것에서도 확인된다. '나'가 죽인 꼬마는 1975년생이며 1980년에 실종신고가 되어 있는, 따라서 경찰들에게는 "행정착오"(137쪽)로 취급될 수밖에 없는 도무지 해석할 수 없는 죽음이다. 하지만 '나'에게 있어서 자신이 아이를 친 일은 실재했던 일이고, 그렇기에 '나'는 꼬마와의 관계성 속에서 그 죽음을 잊지 않고 기억해야만 하는 일이 된다. '나'는 꼬마의 빨간 모자를 손에 쥐고 있음으로써 꼬마와 나의 '관계성'이란 재현불가능한 것의 존재를 보이고 있으며, 계속해서 아르마딜로의 공간과 꼬마아이를 반복해서 말함으로써 잊는 것을 거부하는 주체로 남아 있다.[45]

---

42) 복도훈, 「아무것도 '안' 하는, 아무것도 안 '하는' 문학」, 『문학동네』 2010년 가을호, 399쪽.

43) 위의 글, 388쪽.

44) 무위는 지젝이 말한 '바틀비 정치학'과도 연결된다. 유명한 '그렇게 하지 않는 것을 선호한다(I would prefer not to)'는 말은 부정에 기생하는 '저항' 또는 '항의'의 정치학(단순한 폐지나 은폐된 외설적 보충)에서 헤게모니적 위치와 그 부정 밖의 새로운 공간을 여는 정치학으로의 이행이다. 이는 '시차적 전환'을 가져오는데, '거절의 형식적 행동 그 자체'를 목적으로 삼음으로써 상징계의 붕괴를 대표하는 하나의 기표가 된다. (슬라예보 지젝 (2009), 앞의 책, 746-753쪽 참조.)

45) 버틀러는 불가능한 재현, 즉 자신의 실패를 보여주어야 하는 재현을 윤리적 재현으로 간주한다. 재현할 수 없는 것, 그럼에도 우리가 재현해야 하는 재현불가능한 것이 존재한다

이러한 행위는 상징계 안에서는 체제에서 필요하지 않은 것을 열심히
포기하지 않으려 하는 무위이자 '수동적 공격 행동'46)이라고 할 수 있다.
이러한 행위를 통해 과거에서 현재에 이르는 단 하나의 계열만이 가능하
고 그 계열을 일으키는 조건들은 다른 계열화를 불가능하게 봉쇄해버린
다는 기존의 질서 자체를 벗어나, 저 너머의 전혀 다른 계열로 도약하는
(불)가능의 가능성을 성취할 수 있게 된다.47)

3.2. 건강한 욕망과 가능성감각의 주체

'경쟁적 나르시시즘'이 가진 상징계의 질서가 그 환상을 유지하기 위해
서는 이 세계가 합리적인 평등사회라는 것, 그렇기에 경쟁 역시 '건강한
욕망'을 위한 것임을 믿게 해야 한다. 「동경소년」에 등장하는 '나'는 그러
한 환상을 믿는 주체였지만, 오직 자신에게만 보이는 듯한 유끼란 존재와
마주치게 됨으로써 '가능성감각'48)의 주체로 변모한다.

「동경소년」의 '나'는 공무원 시험을 준비하다가 나중에는 "아무도 나
같은 인간에게 신경을 쓰지 않았지만, 그랬기 때문에 오히려 좋았다"(14쪽)

는 역설을 보유한 재현이 윤리적 재현인 것이다. 이를 통해서 우리가 알 수 있는 것, 들을
수 있는 것, 볼 수 있는 것, 느낄 수 있는 것을 철저하게 의심하는 비판과 질문이 가능해
지고 재현의 영역에 안주하려는 것이 폭력의 순환고리와 어떻게 공모하는지를 깨달은 윤
리적 주체로 거듭난다고 말한다. (양효실, 「역자후기」, 주디스 버틀러, 『불확실한 삶』, 양
효실 역, 경성대학교출판부, 2012, 210쪽.)

46) 슬라예보 지젝(2009), 앞의 책, 670쪽.
47) 최진석, 「데리다와 (불)가능한 정치의 시간」, 『문화/과학』 2013년 가을호, 357-358쪽.
48) 가능성 감각이란 인과적 필연 속에 속박되는 '현실성감각'과는 대조되는 것으로, '어떤 일
이 생길 수 있는 가능성, 당위성 또는 필연성이 '있을 겁니다'라고 이야기함으로써 '그렇
다면 그것은 아마 다른 방식으로도 존재할 수 있겠구나'라고 생각하는 방법을 배우게 한
다. 또한 '존재하는 것을 존재하지 않는 것보다 더 중요하게 받아들이지 않는 능력'이기도
하다. 그렇기에 가능성 감각은 '세상이 요구하는 단일한 생존의 문법에 다르게 존재하려
는 가능성'이자 '존재론적 항변'이 된다. (복도훈, 「아무것도 '안' 하는, 아무것도 안 '하는'
문학」, 『문학동네』 2010년 가을호, 398-399쪽.)

라고 말한다. 그리고 '나'는 아무도 보지 못하는 것 같은 유끼를 발견하여 "사소한 동작 하나하나를 온전하게" 떠올리고(16쪽), '나'를 "말없이 바라보다 잠깐 웃곤 하는" 그녀의 "손"을 다정히 잡아준다.(23쪽) 이러한 순간들은 마치 '나'가 무위를 선택하고, 유끼와의 '순수한' 사랑을 욕망하는 것처럼 보이게 만든다.

하지만 유끼와 함께 하는 시간이 늘어갈수록 그의 행동이 무위가 아닌 단순한 체념이었음을, 순수한 사랑이 아닌 단지 세상 '연인'들이 하는 사랑이 하고 싶었음이 드러난다. '나'는 그녀가 자신의 생각보다 "텅빈 듯 가득한 여자", "알 수 있을 듯도 하지만 도무지 알 수 없는 여자"(17쪽)임을 새삼 알아가게 된다. 그리고 "인생에 대해서 무엇을 어떻게 하려는 생각조차 없"는 유끼를 보며 '나'는 이해할 수 없는 것에서 "점차 마음이 아프다가 급기야 화가 날 정도"(23쪽)의 감정을 느낀다. 특히 유끼가 "너무 희미하고 작"아질 때, "손가락으로 벌레의 몸을 꼭 눌러버리"(23쪽)고 싶었다거나 유끼의 말이 "벌레처럼 기어나왔"(28쪽)다고 표현하는 부분은 점차 자신과 비슷한 부류의 인간이었던 유끼를 마치 '나'의 시선 아래에 존재하는 '벌레'로 격하시켜버리고 있음을 확인하고 있다. 세상의 욕망을 좇지 않는 유끼는 이제 '나'가 보기에 경쟁에 뒤쳐져도 한참 뒤쳐진 '혐오'스런 존재가 된 것이다. 이러한 '나'의 변화는 그가 '욕망의 찌꺼기'를 붙잡고 놓을 수 없는 인간이라는 것을 다시금 직시하게 만든다는 점에서 중요하다.

이후 '나'는 '연인'이라는 명목 하에 유끼를 폭력적인 행위로 짓누르게 된다. '나'는 유일하게 유끼의 존재를 증명해주는 "빨간불을 반짝거리면서 스르르 열리는 자동문"(24쪽) 앞에서 왔다갔다하는 유끼의 손목을 낚아채 목에 "손자국이 벌겋게 남"(24쪽)을 정도로 흔들어 놓고 그것이 '사랑'이라고 당당하게 말한다. 그리고 자신이 유끼가 어느 쪽에 있는지 잘못

파악했을 때, "연인이 된다는 것은 서로에게 위치가 일정해진다는 뜻이 아닌가요?"(35쪽)라고 사랑에 명확한 기준이라도 있는 냥 큰소리를 친다. 이제 유끼가 "치유"(28쪽)되길 기대한다는 '나'의 발언은 이미 유끼의 "순간의 표정을 기억"하던(16쪽) '나'가 아님을 드러낸다.

그에 반해 '나'가 유끼를 소유하려고 하면 할수록 사라지는 유끼의 모습은 유끼란 인물이 '경쟁적 나르시시즘'의 주체의 공백, 즉 '건강한 욕망' 그 자체를 체현하고 있는 인물임을 확인할 수 있다. 이는 그녀의 이름 '유끼'가 일본어로 '눈'이라는 것과도 연결된다. '눈'을 소유하려고 손으로 움켜쥐면 어느새 스르르 녹아 사라져버리는 것처럼, 유끼 역시 '나'가 유끼에게 다가가려 할수록 혹은 소유하려 할수록 점차 사라지고 있기 때문이다. 앞서 건강한 욕망이 절대 가시화 될 수 없고 소유될 수 없는 것임을 확인했듯, 유키라는 환상적 인물을 통해 그러한 욕망이 있음을 확인하는 것이다.

그리고 이러한 해석은 '나'가 유끼에게 있어 사랑과 혐오감을 동시에 느끼고 있는 것 역시 설명해낼 수 있다. 유끼가 건강한 욕망의 체현이라면 그녀는 '나'의 세계 내에서는 가려져 있는 상처를 건드리는 중핵이자 '경쟁적 나르시시즘'의 주체로 하여금 자신이 가진 욕망이 '찌꺼기'임을 가르키는 기표가 되기 때문이다. 따라서 '나'는 유끼를 힘껏 낚아채 "격렬하게 목을" 조르고(42쪽), 저물듯 잠잠해진 손끝을 보며 유끼를 '죽음'을 통해 소유했다는 희열에 "차갑게 미소"(42쪽)지을 수 있었던 것이다.

그러나 욕망이 주체에게서 사라질 수 없듯, 유끼는 역시 절대 사라질 수 없다. "여관의 자동문 쎈서가 붉은 불빛을 깜빡"이며 열리는 순간(44쪽), '나'가 "무언가에 이끌리듯"(45쪽) 걸어간 것은 '나' 역시도 그것을 깨달았기 때문일 것이다. 그리고 희미하게나마 존재하는 유끼와 '나'가 멀어지는 장면은 완벽히 다른 대안을 확보하지는 못했지만, 그럼에도 불구하고 '가능성감각'을 통해 지금까지와는 다른 삶에 다다를 수 있는 '나'를 상상해볼 수 있게 한다. 즉 '나'는 유끼를 통해 건강한 욕망과 마주하는 경험을 했고 '그러므로'49) 단지 경쟁적인 나르시시즘적 주체에서 멈추지 않고 '시차적 전환'을 통해 다른 방식으로 살아갈 수 있는 잠재성을 지닌 존재로의 전환을 기대할 수 있게 된 것이다.50)

3.3. (비)존재와 멜랑콜리의 주체

'냉소적 나르시시즘'의 질서는 이 세계가 '무세계적'이라고 생각하게 하는 것, 그로 인해 공백조차도 사라져버렸고 따라서 상징계의 대안 따위는 불가능한 것이 되었음을 믿게 하는 것이다. 그렇기에 상징계가 내정하는 불가능 속에 갇히지 않기 위해서, 주체는 공백을 주시하고 비판하는 동시에 초자아의 향유하라는 명령도 부정함으로써 어떤 곳에도 위치되지 않는 존재가 되어야만 한다.

이러한 질서를 벗어날 주체를 가능케 하기 위해 선택한 이장욱 소설의 환상은 바로 '유령'이란 (비)존재의 등장이다. 유령이란 '(비)존재'라는 수식어에서도 알 수 있듯 기묘한 위치를 차지하고 있다. 유령이란 (비)존재가 '없는 존재로서 현전'하기 위해서는 우선 살아 있던 사람의 죽음, 즉 인간의 '자기존재 없는 자기출현'을 조건으로 해야 한다.51) 또한 유령은 자신이 죽었다는 것을 확인해줄 사람과 그 영향력을 타인에게 미칠 수 있어야 하는, 즉 타인과의 관계가 필요하다.52) 이때 타인은 유령과의 관계

---

49) 김행숙은 이장욱의 소설 세계가 '그러므로'의 발견에서 가능성감각을 찾는다고 말한다. 'a 그러므로 b'의 세계는 '전적(全的)'이지 않은 수많은 가능성을 감각케 하면서도 그중의 하나가 우뚝 솟는 것이 아니라 그중 하나일 뿐인 것으로 등장하는 것이다. (김행숙, 「이장욱은 어디에 있는가」, 『문학동네』 2010년 여름호, 306쪽.)

50) 복도훈(2010), 앞의 글, 398쪽.

51) 홍윤기, 「유령도 죽을 수 있는 세상을 위하여」, 『인문학연구』 8, 2004, 313쪽.

가 깊을수록 멜랑콜리커가 될 확률이 높다. 유령이 등장했다는 것은 그것을 보는 사람이 애도를 하여 보내고 싶다고 해도 사라지는 것은 이미 유령의 의지가 되었음을, 따라서 계속 유령을 봐야만 하는 이는 그 존재를 절대 잊을 수 없게 되기 때문이다. 더 나아가 도리어 유령을 나와 함께 하도록 할 수도 있다.[53]

「밤을 잊은 그대에게」에서는 한 달 동안 잠을 자지 못한 여자가 등장한다. 하지만 그것보다 심각한 것은 그녀가 죽은 남편을 본다는 사실이다. 그녀는 그를 보며 "당신…죽었잖아"(212쪽)라고 대화를 걸기도 한다. 하지만 마지막 여자가 본 것이 남편이 맞음을 확인시켜주는, 모든 인물들을 아우르는 '시선'이 등장하면서 상황은 역전된다. 이 자유로운 시선은 '세계의 불가해성' 가운데 살아가고 있는 주체들을 확실한 어조로 직시하게 만든다.

이때 유령으로 등장한 남편이 하는 것은 여자가 사는 집에서 자신의 기억과 흔적을 지우는 일이다. 하지만 특이한 점은 그 작업이 벌써 "이미 삼년이나 흐른"(236쪽) 지금까지 계속된다는 점이다. 따라서 그의 작업은 이별을 향해 가지만 이별하지 않은, 오히려 여자가 듣고 있는 노래처럼 "매일 이별하며 살고 있"(236쪽)는 시간 '안'에 있다. 그리고 이 시간은 남편이 (비)존재라는 점에서 의미 있는 행위가 된다. 마지막에 남편이 가져가는 신발(236쪽)이 존재의 부재를 통해 그것이 현관에 존재했음을 알리게 되는 것처럼, 여자 역시 남편의 사라진 신발을 통해 다시 한 번 그를 '기억'하게 될 것이기 때문이다.

또한 유령 남편의 존재는 여자를 불면하게 함으로써 그동안 '잠'으로

---

52) 위의 글, 313쪽.
53) 멜랑콜리커, 즉 우울증적 주체는 타자를 자기화시킴으로써 하나를 이루려는 욕망을 지닌 주체이다. (김동규, 「프로이트의 멜랑콜리론-서양 주체의 문화적 기질론」, 『철학탐구』 28, 2010, 276쪽.)

인해 잊고 살았던 밤의 존재를 확인하게 만든다. 잠은 '세계의 무한함을 분절'하는 것이자, '주체를 확고하게 경계 지어진 제한된 공간 안'에서 유지할 수 있게 하는 '휴지(休止)'이다.54) 하지만 잠을 잊고 밤을 견뎌야 하는 주체는 '세계의 무한함과 여기에서 비롯되는 불안'을 확인할 수밖에 없게 되고, 따라서 '자기 자신을 확고하게 세울 수도 없'게 된다.55) 이는 앞서 죽은 남편을 보는 것으로 인해 죽음을 계속해서 목도해야만 하는 밤의 삶을 사는 여자로 하여금 잊지 못하는 또 다른 밤을 선사함으로써, 그녀는 '이중의 밤'을 잊지 못하는 주체가 된다.

하지만 그렇기에 여자는 '세계 일부를 구성'하지만 보이지 않는 삶의 형식들을 '포착'하는 시차적 전환이 가능한 주체가 된다.56) 그녀는 자려는 노력을 하지 않고 밤마다 라디오를 듣는 '척'하거나, 아주 재미없는 소설을 꼼꼼히 읽고, 뜨개질을 하고서는 아침이 되면 그냥 풀어버리는 등 (211쪽) 의미 없는 행위만을 반복한다. 그리고 삶을 향유하는 것보다 간절하게 원하는 것은 단지 "스위치를 끄듯이, 툭, 몸을 끌 수 있"(236쪽)는 것일 뿐이다. 보이지 않는 삶의 형식을 보는 것이 첫 번째 부정이었다면, 향유하라는 초자아의 명령을 벗어나는 두 번째 부정을 통해 그녀는 어느 곳에도 위치하지 않는, 단지 곳곳에서 남편을 계속 기억할 수밖에 없는 멜랑콜리의 주체가 된다.

또한 「밤을 잊은 그대에게」에서 앞서 세계의 불가해성을 보여주었던

---

54) 권희철, 「불면의 밤, 익명의 중얼거림」, 이장욱, 『고백의 제왕』, 272쪽.
55) 위의 글, 273쪽.
56) 이는 「변희봉」의 "인생은 왜 빛이며 죽음은 왜 어둠인가. 삶은 오히려 어둠의 편에서 오는 것은 아닌가"(120)란 대사를 떠오르게 한다. 그리고 강동호의 말처럼 이를 포착하는 것은 이분화 된 의식구조는 절대 파악할 수 없는 것이 있음을, 즉 밝음의 세계 이면에 존재하는 검은 부분을 구성하는 존재도 있다는 것을 알 수 있음을 의미한다. (강동호, 「암전(暗轉), 빛 속의 검은 빛」, 『2010년 제1회 젊은 작가상 수상 작품집』, 문학동네, 2010, 133-134쪽.)

'시선'은 여자뿐만 아니라 자신이 죽은지도 모르는 수위유령, 사이코메트리 경찰, 의사와 그의 아들 딘 모두를 아울러 보여줌으로써 '여러 기원과 여러 원인을 가진 입방체'[57]를 완성시킨다. 이러한 입방체는 '나의 삶이 의존하는 사람들, 내가 알지 못하고 또 결코 알 수도 없을 사람들이 저기 밖에 있다는 점'을 확인시켜줌으로써, '익명의 타자들에 대한 근본적인 의존성'을 주체가 '폐제(廢除, foreclose)'할 수 없음을 보여준다.[58] 이 역시 불가해한 세계와 기이한 방식으로 연결되어 있는 타자와의 관계로 인해 다른 가능성을 볼 수 있는 시차적 전환을 보여준다.

「곡란」에서 과거의 시간에서 튀어나와 과거를 현재에서 사는 사람들 역시 유령이라고 할 수 있을 것이다. 그 유령들은 "왠지 영원히 완성되지 않을 것 같은" 비행선처럼(204쪽), 계속해서 되돌아오는 여자아이들처럼 202호실 안에서 자신들의 영원한 죽음을 유예시킬 것만 같아 보인다. 그렇기에 죽음을 결심했지만 죽지 못하는 인간들과 영원히 유예되는 죽음을 사는 유령들이 모여 있는 202호실의 풍경은 누구도 '내가 있다(to be)'[59] 라고 말할 수 없는 공간이지만, 그렇기에 (불)가능한 죽음으로 나아가는 '내가 있는 중이다(being)'라고 말할 수 있는 주체들이 존재하게 된다. 따라서 여관은 유령과 인간이 모여 나름의 '연대를 이루는 공간'[60]이 된다. 그리고 이 지점에서 작가의 말, '우리는 결국 유령과 같은 존재들과 함께 살아가는 건 아닌가, 아니면 우리 자신이 이미 그런 존재가 아닌가 생각할

---

57) 김형중(2010), 앞의 글, 311쪽.
58) 주디스 버틀러(2012), 앞의 책, 12쪽.
59) 강지희(2011), 위의 글, 405-406쪽.
60) 이들에게서 '무위의 공동체' 혹은 그 가능성을 볼 수 있다. 인간의 유한성(죽음)을 공유하고 있다는 것, 그 외에는 단지 '더불어-있음', '함께-있음'으로 연합도 원자화도 아닌 다만 기껏해야 장소의 나눔만을 보여주고 있기 때문이다. (장 뤽 낭시, 「마주한 공동체」, 모리스 블랑쇼 · 장 뤽 낭시, 『밝힐 수 없는 공동체 / 마주한 공동체』, 박준상 역, 문학과지성사, 2013, 124쪽 참조.)

때가 있다'61)와 연결될 수 있을 것이다.

따라서 「기차 방귀 카타콤」에서의 '나'가 '당신'의 죽은 아내인 것은 우연한 설정이 아니다. '나'가 내뱉는 발언들과 '나'의 말대로 생각하고 행동하는 '당신'을 보며, '나'는 틀림없이 타인에게 영향을 끼치고 있는 유령이란 확신이 들게 된다.

그러나 '당신'이 "혼자 하는 두 사람의 여행"(143쪽)을 하고 있다란 결론을 내리려는 순간 '당신'과 '나'가 묘하게 어긋나기 시작한다. 초반에 '나'가 생각을 집어넣었던 것과는 달리 어느 순간 "나는 당신을 말린다. 당신, 왜 이러는가?"(163쪽)라고 '나'가 타일러도 '당신'은 알 수 없는 적의가 끓어오르고, "자리에 앉자 피곤이 몰려든다."(161쪽)라며 갑작스레 주어가 사라지는 문장들이 생겨나기 때문이다. 또한 '당신'이 타인과 대화를 시작하면서부터, '나'라는 명칭이 서술을 하고 있는 '나'(아내)인지 '당신'이 누군가와 대화를 할 때 자신을 칭하는 따옴표(" ") 속의 "나"인지가 애초부터 사라져 있었다는 점에서 그들의 경계가 확실히 모호함을 발견하게 된다.

그러다 '당신'이 프런트에 선 알지도 못하는 여자에게 속사포처럼 "되는대로 지껄이다가" "그런데 당신은 누구와 생각합니까?"(167쪽)를 던지는 순간, 그리고 뒤이어 '나'가 가고 싶어 했음에도 보는 것을 거부했던 "카타콤베!"를 '당신'이 외쳐서 가는 순간, 오히려 '나'가 '당신'을 조종하는 것이 아니라 '당신'이 '나'를 합체하고 있는 '우울증적 주체'로 볼 수 있는 가능성이 생긴다. '당신'이 앞서 이장욱이 말한 '이미 그런 존재'로서 죽은 자를 합체하고 있는 우울증적 주체가 될 때, 이는 프로이트가 말한

61) 이훈성, 「현실과 환상 사이, 그 모호한 경계가 결국 우리의 삶이 아닐까?-소설집 '고백의 제왕' 낸 시인 겸 평론가 이장욱」, 『한국일보』, 2010-04-16, http://news.naver.com/main/read.nhn?mode=LSD&mid=sec&sid1=103&oid=038&aid=0002064755

부정적 의미의 주체가 아니다. 현 시스템 안에서 '우울증적 주체'로 기꺼이 남는 것은 "잊고 이제 그만 즐겨라!"라는 명령에 복종하지 않은 것이며, 애도자체를 부인함으로써 잊지 않고 계속 기억하려는 무기력하면서도 적극적인 주체가 되는 것이기 때문이다.

따라서 '당신'은 아이와 아내의 죽음을 애도하지 못하고 있으며, 그렇기에 타자의 죽음들이 가득한 카타콤으로 향하는 '당신'은 '우울증적 주체'라고 말할 수 있다. 그리고 이는 버틀러가 말하듯, 애도와 함께 머무름으로써 '나의 형성이 내 안에 타자를 포함한다는 것, 나 자신에 대한 나의 이질성이 역설적이게도 나와 타자들의 윤리적 관계의 출발점을 이룬다는 것', '나를 이루는 것의 일부가 타자들의 수수께끼적인 흔적들'임을 인정하는 것이자 그로 인해 전혀 다른 연대의 가능성'[62]까지도 꿈꿀 수 있는 주체가 된다.

4. 나가며

이 장에서는 이장욱의 문학세계를 이야기하는 것으로 글을 마무리하려고 한다. 이장욱의 소설집 『고백의 제왕』 속 소설들은 읽고 나면 정리된 이야기가 남기보다는 종잡을 수 없는 의문들만이 남게 된다. 이는 『칼로의 유쾌한 악마들』(2005), 『천국보다 낯선』(2013), 『기린이 아닌 모든 것』(2015) 등 그의 모든 소설들에도 해당되는 평가일 것이다. 따라서 그의 소설들은 김행숙의 말대로 '나의 생각은 확실하지 않고, 그럼에도 불구하고, 아니 그렇기 때문에 생각은 종료되지 않고 계속된다.'[63]란 침묵을 새겨놓

---

62) 양효실, 「역자후기」, 주디스 버틀러(2012), 앞의 책, 209쪽.
63) 김행숙(2010), 앞의 글, 304쪽.

은 이야기로 보이며, 그렇기에 다시 이야기로 돌아가야만 하는 끝없는 도돌이표 안의 소설들 같다.

'모든 사건들이 고도로 중층결정(overdetermined)'되어 있어서 '백지 위에 입체를 구성'[64]하는 이장욱 소설은 일찌감치 등단작 『칼로의 유쾌한 악마들』에서부터 시작된 것이었다. 소설의 마지막 "확실히 이 모든 것은 한 여자의 두통에서 시작되었다. 하지만… 꼭 그렇다고는 말할 수 없을지도 모른다."(213쪽)는 말은 이야기의 시작 "토요일 아침의 이 모든 풍경들은, 한 여자의 두통에서 비롯되었다."(15쪽)를 번복하지만, 마지막의 "글쎄"(215쪽)로 인해 서사적 원근법은 다시 무의미해져 버린다. 이는 오히려 '일관된 종합도 없고 같은 공간에 현존하는 것이 불가능한 도형들이 동일한 공간 속에 자리'하고 있음을 보는 넥커 정육면체[65]를 떠오르게 만든다. 시작과 끝조차 정할 수 없는 모호한 정육면체 이야기와 마주하게 되기 때문이다. 마지막에서야 등장하는 카메라의 존재로 인해 지금까지의 이야기가 사라지고 다른 이야기를 다시 세워야 하는 『천국보다 낯선』, "이 악몽에 대해서" "영원히 끝나지 않는 끔찍한 시", "아름답고 잊히지 않는 단 한 줄의 소설"(『기린이 아닌 모든 것』, 「이반 멘슈코프의 춤추는 방」, 286쪽)을 써보라는 친구 안드레의 말, "정말 기린입니까? 이제 당신이 내게 대답할 차례입니다"(『기린이 아닌 모든 것』, 「기린이 아닌 모든 것에 대한 이야기」, 144쪽)라고 되묻는 마지막 물음들은 '지금까지 말해진 모든 것으로부터 돌아서서 다시 시작되어야'[66] 하는 이야기를 상정하고 있다. 이렇듯 이야기가 끝을 향하지 못하고 반복되는 이장욱의 이야기들을 통해 마주하는 것

---

64) 김형중(2010), 앞의 글, 319쪽.
65) 넥커 정육면체는 입체적인 정육면체 안에서는 어느 곳이 윗면과 아랫면을 구분할 수 없음을, 정확히 말해 현존 불가능한 것들이 언제나 내부로부터 있기에 원래의 도형을 붕괴시키며 내재하고 있었음을 알게 되기에 구분이 불가능한 도형이다. (김서영, 「옮긴이 후기」, 슬라예보 지젝(2009), 앞의 책, 828쪽.)
66) 백지은, 「다른 계절의 원근법」, 『천국보다 낯선』, 민음사, 2013, 272쪽.

은 그의 소설 세계를 이끌고 있는 것이 '죽음충동적 글쓰기'67)임을 확인
하게 한다. 이장욱은 마치 종말을 자신의 소설 세계 안으로 들여와 몸소
앓음으로써 죽음을 유예하는 방식의 글쓰기를 보여주고 있는 듯하다.68)

이장욱이 그토록 유예하며 애도하기를 부인하는 것은 '문학의 종말'이
자 '주체의 종말'에 대한 선언들일 것이다. 그리고 이를 결론삼기 위해
「고백의 제왕」을 다시 불러오고자 한다. 고백의 제왕인 '곽'이 하는 고백
이 사람들의 심기를 건드리는 것은 그것이 상식적인 고백에서 벗어나있
기 때문이다. 그의 고백은 권희철이 말하는 '근원적인 수준에서의 고백',
즉 근대적 주체를 보장해주는 고백이 아니라 '은폐된 의미를 하얗게 드러
내 보이는' 행위이자 '누구도 대면하기 꺼려하는 외설적 진실에서 도망치
지 않는' 고백이다.69) 따라서 근원적 고백에서는 그것이 사실인가 허구인
가보다 '진실'을 겨냥하는지가 중요하게 된다.

이때 근원적인 수준에서의 고백은 무언가를 고백한다고 생각하는 순간
에도 무언가가 은폐되고 있다는 점에서 '고백하는 주체의 성립 불가능성'
을 상상해야만 한다.70) 하지만 이러한 불가능의 지평에서 아감벤이 말하
는 가능성,71) 여기서는 '그러므로 고백을 해야만 하는 주체의 성립 가능

---

67) 죽음충동이 죽음을 향한 욕망이지만 역설적으로 죽음을 향해 가고 있는 모든 과정은 삶에
   의해 구성된다. 따라서 죽음충동은 죽음을 이야기함에도 불구하고 오히려 '아직 죽지 않
   음'을 알리는 '살아 있음'의 징표임을 상기시켜 볼 때(남경아, 「라캉의 "죽음충동"과 주체
   의 자유」, 『범한철학』, 2014, 97쪽.), '죽음충동적 글쓰기' 역시 종말로 나아가려고 하면서
   도 아직은 끝나지 않았음을 알리는 글쓰기라고 할 수 있을 것이다.
68) 김형중, 「살아 있는 시체들의 밤1」, 『살아 있는 시체들의 밤』, 문학과지성사, 2013, 133-
   134쪽 참조.
69) 권희철(2010), 앞의 글, 269쪽.
70) 위의 글, 269쪽.
71) 아감벤은 아우슈비츠의 아포리아를 지적하면서도 그것을 계속해서 말해야만 한다고 말한
   다. 그는 죽은 자들의 증언은 불가능하지만 이것이 역설적으로 생존자의 증언 가능성을
   만든다는 것을 지적한다. 그리고 생존자 역시도 자기 자신의 공백을 말할 수 없기에 계속
   해서 말해야만 할 필요성이 생긴다고 말한다. (조르조 아감벤, 『아우슈비츠의 남은 자들』,
   정문영 역, 새물결, 2012, 58-59쪽. 황정아, 앞의 글, 28쪽.)

성'이 생기는 것이 아닐까? 고백하는 주체가 잊고 있는 무언가로 인해 주체는 고백을 종결지을 수 없고, 그렇기에 계속해서 말할 수밖에 없는 주체가 되는 것이다.

작가 이장욱은 자신의 소설이 '공백, 삶 속에 똬리를 틀고 있으나 완강하게 삶으로 통합되지 않는 어떤 것, 삶이 아니면서 삶을 지탱하는 텅 빈 그것.'72)의 진실을 겨냥하는 글쓰기임을 밝힌 바 있다. 이 지점에서 고백하는 동시에 말하는 작가는 "끊임없이 이야기를 지어내야 목숨을 부지할 수 있는"(106쪽) 세헤라자데와 겹쳐지게 된다.73)

따라서 진실을 말하는 세헤라자데는 "검고 깊게 뚫린 동굴"(113쪽) 같은 입을 벌려 이야기하는 것을 멈추지 말아야만 한다. 무엇이 얼마나 어떻게 가능할지 가늠하는 것조차 불가능한, 동굴 같은 공백 내뱉기를 주저하지 말아야 한다. 그것이 「변희봉」에서처럼 '끊임없이 무인 문장을 생산하는 일. 무효인 인물, 무효인 언어, 무효인 이야기들. 현실을 참조해 참과 거짓을 확정할 수 없는 세계, 혹은 전제 자체가 어긋나 있는 시공간들'74)이라고 할지라도 말이다.75) 오히려 문학은 도무지 글쓰기가 불가능할 것 같은 대상 또는 그런 대상 앞에서 좌절하는 글쓰기의 불가능성과 마주치는 곳,

---

72) 이장욱, 「작가노트-프랑스 왕의 대머리에서 자라는 머리카락은」, 『2010년 제1회 젊은 작가상 수상 작품집』, 문학동네, 2010, 128쪽.
73) 이러한 고백을 겨우 끝낼 수 있는 것은 K처럼 죽음에 이를 때이다.(112) 따라서 고백은 죽음을 향한 과정, '죽음충동'의 행위라 할 수 있다.
74) 이장욱(2010), 앞의 글, 125쪽.
75) 「변희봉」에서 작가는 현실세계와 문학의 미묘한 착시현상을 통해 '변희봉'이라는 기표만을 공백으로 남겨둔 채 현실을 그대로 복제함으로써 불가사의하게 존재하는 세계를 만들어낸다. 이때 '변희봉'이라는 단 하나의 결여에 대해 강동호는 "'변희봉'의 부재가 소설을 읽는 독자로 하여금 텍스트 안으로 들어가게 만드는 통로라면, '변희봉'의 현존은 만기가 텍스트 너머 존재한다고 여겨지는 어떤 다른 삶으로 나아갈 수 있게 만드는 출구'라고 말한다. '변희봉'은 현실과 소설이란 "두 방향의 벡터가 교차하고 있는 일종의 '작은 구멍'"인 것이다. 그리고 이 작은 구멍은 어느 순간 '기시감'을 느끼게 만들면서 일상화된 독자들의 삶의 경로를 순간적으로 흔들어버릴 수 있기에 중요하다. (강동호(2010), 앞의 글, 132-134쪽.)

즉 바로 이 '쓸모없음'에서 다시금 시작되는 무엇이기 때문이다.[76]

그리하여 세헤라자데로서의 역할을 맡은 이장욱 역시 이야기함을 멈추지 않음으로써 문학의 죽음에 대한 애도를 끊임없이 지연시키고, '살아 있는 시체'[77]로서의 주체들을 통해 '부정의 부정'인 '무위'를 행하게 함으로써 아직 분명히 남아 있는 문학의 존재가치를 계속해서 보여주어야 할 것이다.

---

76) 복도훈(2010), 앞의 글, 400쪽.

77) 김형중은 이장욱의 시 「좀비들의 산책」을 떠올리며 죽어버린 채로 계속되는 현재의 영속, 정해진 목적지가 없고 완결되는 삶의 종결도 없어 어딘가에는 도달하지 못하는 좀비같은 문장들을 떠올리며 '살아 있는 시체' 같은 문장이라 명명한다. (김형중(2010), 앞의 책, 127쪽.) 여기에서는 이장욱의 종결을 밀어내는 죽음충동으로서의 '글쓰기', 그리고 그 안에 수동적인 적극성으로서의 무위를 계속해서 행하는(désœuvrement+ing) 주체를 빗대어 표현할 수 있을 것이다.

참고문헌

1. 이장욱 작품 목록
『칼로의 유쾌한 악마들』, 문학수첩, 2005.
『고백의 제왕』, 창비, 2010.
『천국보다 낯선』, 민음사, 2013.
『기린이 아닌 모든 것』, 문학과지성사, 2015.

2. 단행본
강동호, 「암전(暗轉), 빛 속의 검은 빛」, 『2010년 제1회 젊은 작가상 수상 작품집』, 문학
　　동네, 2010.
김형중, 「살아 있는 시체들의 밤1」, 『살아 있는 시체들의 밤』, 문학과지성사, 2013.
임혁백, 『비동시성의 동시성-한국 근대정치의 다중적 시간』, 고려대학교출판부, 2014.

모리스 블랑쇼·장 뤽 낭시, 『밝힐 수 없는 공동체 / 마주한 공동체』, 박준상 역, 문학과
　　지성사, 2013.
슬라예보 지젝, 『이데올로기라는 숭고한 대상』, 이수련 역, 인간사랑, 2002.
　　　　　　　, 『시차적 관점』, 김서영 역, 마티, 2009.
장 뤽 낭시, 『무위의 공동체』, 박준상 역, 인간사랑, 2010.
조르조 아감벤, 『아우슈비츠의 남은 자들』, 정문영 역, 새물결, 2012.
주디스 버틀러, 『불확실한 삶』, 양효실 역, 경성대학교출판부, 2012.
지그문트 프로이트, 『문명 속의 불만』, 김석희 역, 열린책들, 2004.
프레드릭 제임슨, 『문화적 맑스주의와 제임슨 : 세계지성 16인과의 대화』, 신현욱 역,
　　창비, 2014.
Zizek, *The Ticklish Subject : The Absent Centre of Political Ontology*, London/New York :
　　Verso, 1999.

3. 논문 및 평론
강지희, 「장르의 표면장력 위로 질주하는 소설들」, 『창작과 비평』 2011년 가을호, 394-
　　413쪽.
권혁범, 「'우리'는 누구인가?-'국민'적 정체성의 문화를 넘어서」, 『녹두평론』, 창간호

2000, 7-28쪽.

권희철, 「불면의 밤, 익명의 중얼거림」, 이장욱, 『고백의 제왕』 해설, 268-280쪽.

유지나·전석원, 「영화에 재현된 국가와 개인의 충돌」, 『대한토목학회지』 54, 2006, 82-91쪽.

김동규, 「프로이트의 멜랑콜리론-서양 주체의 문화적 기질론」, 『철학탐구』 28, 2010, 259-287쪽.

김성호, 「존재 리얼리즘을 향하여」, 『창작과 비평』 2014년 가을호, 333-352쪽

김용규, 「지젝의 판타지 이론과 윤리적 행위」, 『오늘의 문예비평』 제50호, 세종출판사, 2003, 192-212쪽.

김행숙, 「이장욱은 어디에 있는가」, 『문학동네』 2010년 여름호, 1-7쪽.

김 현, 「환상의 횡단으로부터 레닌의 반복으로」, 「범한철학』 제74집, 범한철학회, 2014, 391-413쪽.

김형중, 「소설무한육면각체-이장욱의 소설에 대하여」, 『문학동네』 2010년 여름호, 308-321쪽

남경아, 「라캉의 "죽음충동"과 주체의 자유」, 『범한철학』 73, 범한철학회 2014, 85-105쪽.

맹정현, 「마조히즘적 나르시시즘, 경쟁적 나르시시즘, 냉소적 나르시시즘」, 『문학동네』 2010년 여름호, 464-484쪽.

복도훈, 「아무것도 '안' 하는, 아무것도 안 '하는' 문학」, 『문학동네』 2010년 가을호, 377-402쪽.

이소연, 「질문 2.0 : 무엇이 '인간'인가」, 『문학동네』 2012년 겨울호, 380-402쪽.

이수형 외 3명, 『좌담 : 아름다운 정답, 혁신적인 오답-2006년 봄의 한국소설』, 『문학동네』 13, 2006, 1-28쪽.

이정은, 「지금 이곳에서 우리는 어떤 얼굴의 주체인가?」, 『문학동네』 2010년 여름호, 444-463쪽.

장성규, 「포스트 리얼리즘을 위한 세 개의 논점」, 『오늘의 문예비평』 2014년 봄호, 51-61쪽.

최진석, 「데리다와 (불)가능한 정치의 시간」, 강좌강연문, 2011, 357-358쪽.

홍윤기, 「유령도 죽을 수 있는 세상을 위하여」, 『인문학연구』 제8호, 경희대학교인문학연구원, 2004, 309-329쪽.

홍준기, 「슬라보이 지젝의 포스트모던 문화 분석-문화적·정치적 무의식과 행위(환상을 통과하기)」, 『철학과 현상학』 제22집, 2004, 195-223쪽.

황정아, 「리얼리즘과 함께 사라진 것들」, 『창작과 비평』 2014년 여름호, 17-32쪽.

4. 기타자료

이훈성, 「실과 환상 사이, 그 모호한 경계가 결국 우리의 삶이 아닐까?-소설집 '고백의 제왕' 낸 시인 겸 평론가 이장욱」, 『한국일보』, 2010.04.16.
    http://news.naver.com/main/read.nhn?mode=LSD&mid=sec&sid1=103&oid=03
    8&aid=0002064755

무감(無感)의 시대, 공감의 가능성을 위한 노력
─황정은, 『일곱시 삼십이분 코끼리열차』*를 중심으로

고정렬(이화여대 국문과 박사과정)
차슬기(이화여대 국문과 석사과정)
황희진(이화여대 국문과 석사과정)

1. 들어가며

그간 황정은은 『百의 그림자』의 작가 황정은으로 인식되었다. 『百의 그림자』를 단지 훌륭한 '연애소설'로 소비하고, 황정은에게서 "두 연인이 보여주는 어떤 윤리적 관계의 가능성"[1]만을 읽어낸다면, 그것은 오독이고 오해다. 그녀의 이 '따뜻한' 윤리적 태도는 절대 낭만적이지 않은 현실에 대한 '냉정한' 인식에서 비롯됐기 때문이다. 그녀에게 현실은 언제나 "개수구멍 없는 개수대" 혹은 "우주처럼 무한한 공간을 낙하할 뿐인 빗방울(「낙하하다」)"과 마찬가지로 지옥적이다. 다만 초기 단편들에서 그 현실을 환상을 통해 '무감하게' 그려냈다면, 최근작인 『야만적인 앨리스씨』에서는 현실을 '씨발됨'의 세계라 명하며 적대를 담아 고발하고 있다는 데

---

* 황정은, 『일곱시 삼십이분 코끼리열차』, 문학동네, 2014(5쇄). 이하 인용은 괄호 안에 페이지로 표기함.
1) 신형철, 「『百의 그림자』에 부치는 다섯 개의 주석」, 황정은, 『백의 그림자』 해설, 189쪽.

차이가 있을 뿐이다. "황정은 소설에서 환상의 노출은 그 빈도와 강도가
조금 억제되는 대신, 세계에 대한 절망적 진단과 분노의 항의는 조금 더
직접적이고 강렬해지고 있는"2) 것이다.

그렇다면 2000년대 이후 소설에서 아니, 황정은의 소설에서 환상은 현
실을 어떻게 사유하는가?3) 『일곱시 삼십이분 코끼리열차』(이후 『코끼리열
차』)를 가득 채우고 있는 소위 '환상'적 장치-환상, 변신, 알레고리의 수사
등-에 대해서 평자들은 제각각 다른 판단을 내놓4)았다. 다만 분명한 것
은, "환상(the fantastic)을 그것의 현실성 여부에 관한 작중인물과 독자의
'지적 불확실성'이라는 형식적 특징으로 파악하든(토도로프), 아니면 '억압
된 것의 귀환'을 통한 현실의 전복 가능성이라는 정신분석적 입장으로 파
악하든(프로이트, 로지 잭슨), 황정은 소설의 '환상'이 이 두 가지 기준과는
무관하게 전개되고 있"5)다는 것이다. 황정은 소설에서 환상은 더 이상 경
이로운 것으로 작동하지 않는다. 고통스러운 현실을 과장하거나 냉소하는
대신, "희노애락이 희박"(27쪽)한, "결정적이지 않은 상태로 살아간다
는"(34쪽) 것에 대해 이야기한다.

따라서 이 글에서는 감정과 고통의 관점에서 황정은의 소설을 분석할
것이다. 2장은 환상을 통해 폭력적인 현실과 거리를 두고자 하는 무감의
기술에 대해 살펴보고, 3장은 여기에서 더 나아가 타인의 고통을 기억하
고 증언함으로써 무감에서 (동정이 아닌) 동감으로 나아가는 지점에 대해
이야기할 것이다. 그리고 각장의 2절에서는 창작방법론의 측면에서 그것
이 어떻게 형상화되고 있는지를 분석해보고자 한다.

---

2) 정홍수, 「시대의 빈곤을 응시하는 가난한 언어」, 『창작과 비평』 2012년 봄호, 362쪽.
3) 양윤의, 「환상은 정치를 어떻게 사유하는가」, 『실천문학』 2010년 여름호, 70쪽.
4) 조연정, 「소설이 가능한 시대」, 『문학과 사회』 2010년 여름호, 293쪽.
5) 조연정, 「순진함의 유혹을 넘어서-황정은과 김사과의 소설들」, 『문학동네』 2008년 겨울호,
   각주 9.

2. 무감의 감정과 거리두기

2.1. 폭력적 현실의 고백과 환상적 사건의 선언

황정은의 소설 속에서 그려지는 현실은 비참하다. 재개발이라는 명목으로 누군가의 생활공간이 슬럼으로 명명되면서 무참하게 소거되는가하면 (『백의 그림자』), 방관되던 소외와 폭력이 몇 개의 단어들로 재현되면서 가십거리나 손쉬운 동정의 대상으로 전락하기도 한다(『야만적인 앨리스씨』). 뿐만 아니라 정상적이라고 여겨지는 가족이데올로기의 바깥에 있는 존재들은 하찮고 무의미한 것으로 치부되면서 규범을 가장한 현실의 폭력적인 질서 안으로 들어서기를 끊임없이 강요받는다(『계속해보겠습니다』). 이러한 현실의 모습은 그의 초기 단편집인 『코끼리열차』에서도 뚜렷하게 드러난다. 그 비참함은 「일곱시 삼십이분 코끼리열차」에서 '파씨'가 유년시절 외삼촌으로부터 겪은 학대와 같이 개인적인 차원에서 겪게 되는 것이기도 하지만, 「초코맨의 사회」에서 '대세'라는 이유만으로 초코맨과 치즈맨을 오가야 했던 'C'의 변신과 같이 시대적인 차원에서 벌어지기도 한다.

그러나 황정은의 소설 속 인물들이나 서술자는 이러한 현실에 대해 분노를 터뜨리거나 섣부른 자기 위안을 삼지 않는다. 마치 '타인'의 이야기를 누군가에게 전하듯이 덤덤하게 현실을 말할 뿐이다. 그의 식대로 말하자면 "희로애락이 희박"(27쪽)한 것이다. 하지만 이러한 무감함이 곧 냉소로 귀결되지는 않는다. 그에게 무감함은 고통을 망각하거나 회피하기 위한 자기방어의 기제가 아니기 때문이다. 오히려 과잉과 몰입을 경계함으로써, 비참한 현실을 비참하다고 말하게 될 때 휘발될 수밖에 없는 날것의 절망과 고통을 보다 잘 말하기 위한 일종의 전략이라 할 수 있다.

「일곱시 삼십이분 코끼리열차」의 '나'와 동생은 외숙모의 방관 아래 외삼촌으로부터 미묘한 형태의 학대를 당한다. 그러나 이는 '나'의 직접적인 발화로 서술되지 않는다. '나'가 겪은 유년시절의 학대는 '파씨'의 경험으로 전치되고, 이를 '파씨'가 '나'에게 다시 들려주는 식으로 이야기된다. '파씨'는 '나'에게 외삼촌이 어떤 방식으로 잔혹한 짓을 저질렀는지에 대해 객관적인 사실만을 진술하고 재현한다. 그 증언에는 감정을 나타내는 형용사가 부재한다. 일정한 톤으로 특별한 감정의 동요 없이 '파씨'는 자신의 기억과 생각들을 되짚을 뿐이다. '나'가 듣고 있는 '파씨'의 경험이 실은 '나'가 겪은 유년 시절임을 생각해볼 때 소설에서 전반적으로 그려지고 있는 서술자의 무감한 태도는 미묘한 거리감을 낳는다. 자신의 외상적인 기억임에도 불구하고 '나'는 그에 대해 어떤 감정도 뚜렷이 드러내지 않기 때문이다.

「일곱시 삼십이분 코끼리열차」에서 나타나는 이러한 거리감은 자신의 고통에만 과잉된 나머지 타인의 고통에 무감해지고, 그 무감함으로 인해 생겨나게 되는 폭력의 "지저분한 연쇄를 되풀이"(90쪽)하지 않기 위한 균형 감각이 된다. 그 거리감을 잃는 것은 곧 "자기 내부의 잔혹한 광경들과 거리를 둘 수 없게 되"(74쪽)는 것과 마찬가지이기 때문이다. 「일곱시 삼십이분 코끼리 열차」의 '파씨'가 '나'에게 덤덤하게 고백하는 일련의 이야기들은 바로 그러한 균형 감각을 유지하고자 하는 무심함이라고 할 수 있다.

이는 다시금 소설 속에서 응시의 거리감으로 나타난다. 외삼촌으로부터 머리를 걷어차였던 '파씨'는 심한 각막혼탁을 입게 된다. 그 사건으로 인해 '파씨'는 이모로부터 구출되어 외삼촌의 집을 나오게 되지만 이후 여러 번 외삼촌의 집 앞을 찾아가 그 집을 바라보며 외삼촌을 난도질하여 죽이는 상상에 빠진다. 외삼촌에 대해 갖는 '파씨'의 분노와 복수심은 '다트'로 형상화된다. 그러나 '파씨'가 상상을 실현하기 전에, 다트를 던지기

전에 외삼촌은 갑작스러운 죽음을 맞고 이후 파씨는 에너지를 가득 다음
채 표적을 잃고 떨어진 다트를 아주 오랫동안 응시한다.

> 그러니까 내가 가지고 있는 다트를 계속 지켜보자, 나는 생각했어. (…)
> 다트가 있고, 그걸 지켜보는 내가 있어. 잔혹한 방법으로 어딘가에 보복하
> 고 싶어 하는 내가 있고, 그것을 하지 않는 내가 있어. 외삼촌과 나는 바
> 로 여기서 구별되는 거야. 나는 다트가 거기에 있다는 걸 알고 있고 그게
> 바로 그것이란 걸 알고 있으니까. (…) 자기 속에 그런 게 어디 있는지 모
> 르거나 그런걸 충분히 보려고 하지 않는 인간들은, 자기가 받은 고통스러
> 운 경험을 남에게 되풀이하는 거야. 할아버지가 아버지를 괴롭혔고 아버
> 지가 자기를 괴롭혔고 이제 자기가 누군가를 괴롭힌다는 식의 (89-90쪽)

'파씨'의 고백에 의하면 "다트의 에너지는 전혀 사라지지 않"(90쪽)는다.
분노나 동정이나 연민과 같은 감정으로 발산되지 않고 그 자리에 응축된
채 여전히 존재한다. 그 힘을 정지 상태로 유지한 채 오랫동안 들여다보
는 일은 일정한 거리감을 지속해야 가능한 것이기에, '파씨'의 응시는 도
취나 위무로 이어지지 않는다. 지나치게 개인의 고통에만 골몰하여 타인
의 고통은 관심 바깥에 있다거나, 고통스러움이 만연한 것이 현실이므로
어쩔 수 없다는 식의 봉합은 이루어지지 않는 것이다. 다만 그 거리감을
지속적으로 유지하면서 현실을 바라보는 것이란 "좀 쓸쓸할 일"(90쪽)이라
고 고백할 뿐이다.

한편 이러한 무감함은 황정은의 소설 속에서 곧잘 등장하곤 하는 환상
적인 요소들과 조우하면서 일련의 감각들을 형성하기도 한다. 현실이 덤
덤하게 그려졌듯, 환상 또한 예사스러운 일로 말해지면서 응당 따를 기이
함이나 경이감이 휘발되기 때문이다. 「문」과 「모자」는 각기 "m의 등 뒤
에는 남이 볼 수 없는 문이 하나 있었다."(9쪽), "세 남매의 아버지는 자주

모자가 되었다."(39쪽)라는 서술로 시작한다. 이 문장들은 일종의 선언과도 같이 받아들여진다. 등 뒤에 망자가 방문하곤 하는 문이 달려 있다든가, 아버지가 모자가 되어버린다든가 하는 것은 초자연적인 사건으로 현실의 자연법칙에 위배된다. "환상이 공통 감각이나 합의된 리얼리티, 혹은 사회적 통념과 양립할 수 없는 어떤 요소의 출현에서 발생"6)하는 것이라 할 때, 이와 같은 변신은 환상적 사건이라 이름 붙일 수 있다. 황정은의 소설은 이러한 환상적 사건을 소설의 초입부터 돌연 등장시키면서 "별스러울 것 없는 자명한 전제"7)로서의 현실로 만들어버린다. 뿐만 아니라 그런 "놀라운 존재나 사건이 등장인물들에게 하등 놀랍지 않게, 덤덤하게, 어느 면 무심하게 받아들여짐"8)으로써 환상과 현실의 이분법적인 구분은 일어나지 않는다.

황정은의 소설 속에서 인물들은 "심드렁하고 무뚝뚝하고 아무렇지도 않아 비인간적으로 느껴지"9)기까지 하는 변신을 반복한다. 「모자」의 아버지는 초라하고 비루해 질 때마다 말없이 '모자'가 되어버리고, 「오뚝이와 지빠귀」의 '기조'는 별다른 징조도 없이 어느 날 갑자기 오뚝이가 되어버린다. 「초코맨의 사회」의 'C'는 시대의 요구에 맞춰 높은 카카오 함량을 지닌 초코맨이 되기도 하였다가 잘 숙성된 치즈맨이 되기도 한다. 대수롭지 않게 이루어지는 이들의 변신담은 존재를 이전의 가치체계와는 전혀 다른 무언가로 바꾸어버리는 세계의 '완강한 질서'10)를 보여준다.

오늘날의 자본주의는 모든 것을 물화하고 계산 가능한 것으로 만들어버림으로써 인간으로 하여금 스스로가 존재를 증명하도록 종용한다. 재화

---

6) 양윤의(2010), 앞의 글, 71쪽.
7) 서영채, 「명랑한 환상의 비애」, 『일곱시 삼십이분 코끼리열차』, 문학동네, 2008, 272쪽.
8) 남진우, 「네 속의 어린 소녀를 구하라―황정은 소설에 나타난 환상의 의미」, 『문학동네』 2009년 봄호, 3쪽.
9) 서영채(2008), 앞의 글, 289쪽.
10) 위의 글, 272쪽.

생산 가능성과 효율성을 기준으로 삼아 (비)자발적인 자기 물화를 통해
이를 충족한 인간만을 인간으로서 취급하는 것이다. 이러한 현실은 때로
대세나 시대의 흐름이라는 일률적인 논리로 설파되기도 한다.

「초코맨의 사회」의 'C'는 이러한 현실에 맞춰 스스로를 인위적으로 바
꾸어나가는 인물이다. 'C'의 변신은 '초코맨'과 '치즈맨'이라는 우스꽝스
러운 기표로 얘기되기는 하지만, 이전과는 완전히 다른 차원의 존재가 되
어야만 한다는 점에서 절망적인 무게감을 지닌다. 더군다나 "복고의 흐름
을 타고 초코가 대세가 되어"(54쪽)버렸기에 그는 다시금 변신을 감수해야
할 선택의 기로에 놓인다. 'C'가 기준에 맞추어 변신할수록 변경되는 현
실의 기준은, 고정되고 정상적인 것으로 보이는 자본주의의 체제가 유동
적이며 불완전함을 가시화한다. 각고의 노력을 기울여 현실의 규범을 내
면화 함에도 불구하고 그 초입에서 미끄러지는 일을 반복하는 C의 모습
은 인간으로서의 자격을 취득하기 어려운 현실의 비참함을 환기한다. 이
는 'C'가 다시 초코맨으로 스스로를 바꿀지, 시대의 흐름이 바뀔길 기다
릴지 '나'에게 묻는 물음에서 강조된다. 자의적인 기준으로 인간을 인간
답게 만들지 못하는 "그런 시대"(155쪽)이기에 '나'는 나중에 원망을 들을
까봐 어느 쪽으로도 대답을 줄 수 없다. '나'의 침묵은 'C'의 변신을 종결
할 수 없으며, 그 공백은 부조리한 현실을 가시화한다.

'C'의 질문은 「오뚝이와 지빠귀」의 '기조'가 '무도'에게 던지는 물음으
로 이어진다. 날이 갈수록 일정한 비율로 줄어들어 오뚝이 된 그는 곧
"효율의 문제"(202쪽)로 인해 실업자가 된다. 오뚝이가 된 '기조'는 "건드
리면 건드리는 대로 뒤뚱거리기나"(202쪽)하는 매우 수동적인 존재처럼 보
이지만, 오히려 가장 비효율적인 것이 되어버림으로써 기존에 존재하던
'효율'의 기준을 문제시 삼는다.[11] 덤덤하게 이루어지는 '기조'의 변신은
예사스럽게 생각되던 현실을 바꾸어 볼 수 있게 하는 것이다. '객관'은 무

엇을 기준으로 삼은 것인지 회의하는 '기조'의 물음은 자명해보이던 기준
들을 "텅 빈 기표로 만듦으로써 그 말의 쓰임새에 달라붙어 있던 폭력을
무화"[12]하고 나아가 폭력적이고 불합리하던 현실을 무감하게 감각할 수
있게 한다.

2.2. 상징적 문법의 위반과 사물의 소리 경청

이와 같이 황정은 소설은 폭력적인 세계에 무감하게 반응함으로써 오
히려 어떤 이들이 처한 고통의 상황에 대해 깊이 사유할 수 있게 해주는
데, 그것은 그가 사용하는 언어들에서 비롯된다고 할 수 있다. 그가 문제
삼는 상징계의 자명한 언어 사용은 폭력적인 현실을 이미 여기에 당연하
게 있는 것으로 생각하게 만들며, 우리는 그 폭력성에 대해 무감각해지고
무신경해진다. 황정은이 사용하는 '무감'의 서술전략은 감각적 차원의 형
용을 최소화하고, 몰입을 의도적으로 방해하는 장치들을 배치하여 거리를
확보하고, 그로써 성찰의 계기를 마련한다는 것에 있다.

「소년」에서 방치와 폭력의 상황에 무방비로 놓여 있는 소년은 자신과
동생 '구야'를 학대하는 남자와 그것을 방관하는 어머니의 무관심에서 벗
어나기 위해 돈을 훔쳐 달아난다. 그러나 그들이 도망쳐 나온 가정 밖의
공간에도 여전히 폭력은 존재했고, 소년은 부랑자 노파에게 돈을 빼앗긴
후 결국 집으로 돌아와 남자에게 극심한 보복성 구타를 당한다. 소년은
미쳐가는 어머니와 남자의 폭력으로부터 동생 '구야'를 떼어놓기 위해 그
를 지하철에 태워 보낸다. "아이를 안전하게 보호해줄 새장"(258쪽)이 없

---

11) 객관이란 '어느 정도'의 객관이라는 걸까, 사람들이 '객관'이라고 생각하는 객관은 누구의
    입장에서 객관이라는 걸까. 그런걸 생각하지 않는 객관이 보통 정도의 객관이라는 걸까.
    (208쪽)
12) 복도훈, 「인형과 꼽추난쟁이-소설가 황정은과 나눈 말들의 풍경」, 『문예중앙』 2010년 겨
    울호, 431쪽.

으므로 아이는 스스로를 보호해야 하는 생존의 차원에 놓여 있지만, 그는 구타의 후유증으로 인해 이런 현실에서 벗어날 수 없다는 절망조차 할 여력도 남아 있지 않다.

소년의 피폐한 의식은 "어른이되자어른이되기싫어매미매미더러운자식열차에치여죽은내가먼저별처럼많은잡아먹혀죽여하나둘모두해서육십팔만배가고파얼마얼마엄마."(260쪽)와 같이 띄어쓰기가 무시되고 화용론의 영역을 벗어난, 끝없이 떠오르는 말들로만 형상화될 뿐이다. 소년을 압도하는 현실과 그가 겪는 고통은 '정상적인' 언어의 체제로는 도저히 설명될 수 없는 어떤 것이기 때문이다. 또한 소년이 겪는 고통은 냉정하리만치 거리감이 느껴지도록 서술되기 때문에, 그의 고통은 전시(展示)되지 않는다.

현실 공간 안에서의 이탈이 불가능하다고 깨닫는 "폐칩된 자아"[13]는 한편 "우주적 개인주의"[14]라 명명할 만한 방법론으로 방어기제를 발동하기도 한다. 예를 들어, 「무지개 풀」에서 K와 P 두 사람이 별모양의 무지개 풀을 마트에서 사온 후, 그것에 바람을 주입하는 장면은 두 페이지에 걸친 "풉풉풉풉"의 향연으로 진행된다. "풉풉풉풉"이라는 의성어의 반복은 K와 P가 열심히 공기를 주입하고 있는 모습을 어떤 묘사보다도 더 선명하게 드러내주며, 이 행위가 "단순한 에어펌핑이 아니라"(101쪽) 그들에게 "무언가 중요한 풉풉풉풉 에너지를 넣고 있다는 느낌"(101쪽)을 독자들에게 전달하는 것이다. "풉풉풉풉"이 남루한 현실을 버틸 수 있게 하는 "굉장한 경험"(121쪽)을 하게 해준 작지만 중요한 의식이라면, 「야행」[15]의 "책책책책" 하는 시계 소리에 집중하는 '곰'은 어른들의 "위신투쟁에 무

---

13) 강유정, 「세계의 암전과 환상」, 『세계의 문학』 2008년 여름호, 285쪽.
14) 위의 글, 285쪽.
15) 황정은, 「야행」, 『파씨의 입문』, 창비, 2012.

심함으로써 치욕을 거절하는 방식을 택한다."16)

작가는 "풉풉풉"과 "책책책"을 비롯, 다양한 의성어를 사용하는데, 이를테면 「문」에서 두리안이 m의 문으로 나오기 전에 하얀 방에서 들었다는 소리인 "싸아아아아아, 아아아아"(25)는 파도소리 같기도 하고 계속 듣다보니 바람소리 같기도 한 소리이다. 또 「무지개풀」에서 K와 P가 풀에 바람을 넣고 물을 채우고, 퍼내는 데 활용되는 모든 의성어들("풉풉풉풉", "새애애", "철벅 쏴 철벅 쏴 철벅 쏴 철벅 쏴."), 「모자」에 등장하는 "비비비비" 하는 벌레의 소리는 사전에 '이것은 이것의 소리이다'라고 기입되지 않은 의성어이지만, 오히려 사전이 포착하지 못했던 사물들의 소리를 더 잘 재현해낸다.17) 이 소리들은 신기하게도 정말 그 사물들이 내는 소리에 가깝게 '들린다.' 이렇게 황정은은 단순히 사물의 외형을 재현하거나 묘사하는 대신, 사전에 없는 단어이지만 그 사물을 가장 잘 표현할 수 있는 단어들을 택하여 우리에게 그것들의 소리를 들려준다.

더 나아가 황정은은 온전히 재현할 수 없는 타자의 목소리를 시각화하여 표현하고자 한다. 「곡도와 살고 있다」에서 '파씨'가 가져다 준 곡도는 "'야옹'하는 것 말고도 상당히 다양하게 울 수 있"(162쪽)는 "상당히 예민한 생물"(163쪽)이다. 곡도라는 생물의 가이드북에는 "덧붙여 이 생물 특유의 음성에 대한 몇몇 문의에 관해서는 …… 시각적으로 예를 들자면 타이프체 같은 음성이라고나 할까,"(163)라고 설명이 되어 있다. 이 단편에서 곡도의 발화는 모두 **"하나도 재미없네요, 그 얘기"**(171쪽)와 같이 타이프

---

16) 조연정(2008), 앞의 글. 301쪽.

17) 『파씨의 입문』에서도 사전에 없는 의성어는 빈번하게 등장하는데, 김남혁이 이를 일목요연하게 정리한 바 있다. "이를테면 그녀의 소설 속 고양이는 코를 치켜들고 "슷슷" 공기를 빨아들이거나 홀로 남아 "미요미요" 울어대거나 "와옹와옹" 소리를 낸다. 냉장고는 "잔, 잔, 잔, 잔"거리며 작동하며, 시계 바늘은 "책.책.책.책" 소리를 내며 돌아가고, 다른 곳으로 옮겨지는 항아리는 "잘각잘각"하는 울림을 낸다." (김남혁, 「변신, 욕설, 이동 : 「파씨의 입문」, 황정은 저 <서평>」, 『자음과 모음』 2012년 여름호, 415쪽.)

체로 처리되어 있기 때문에 이 특이한 생물의 목소리는 시각적으로 다른 발화들과 다르게 재현되고, 따라서 그것만의 고유성을 갖게 된다. 타이프체는 적어도 이 작품 내에서는 '곡도'의 목소리를 담보하는 하나의 방책으로 존재하는 것이다.

3. 공감의 (불)가능성과 계속하기

3.1. 증언의 윤리와 기억의 정치

3.1.1. 비존재의 재현과 부인된 상실의 애도

주디스 버틀러(Judith Butler)는 『불확실한 삶-애도와 폭력의 권력들』에 실린 논문인 「폭력, 애도, 정치」에서 9·11 이후의 미국을 "부인된 애도(disavowed mourning)로 인한 국가적 우울증"의 상태라 진단한다. 미국은 자신이 "살해한 이들의 이름, 이미지, 서사를 공적 재현에서 삭제"하는 반면, 자신의 "상실은 수많은 국가-건설의 행위를 구성하는 공적인 부고란을 통해 신성시"한다. 이를 통해 미국은 이라크 공격을 정당화하는 논리를 세우고자 하는데, 버틀러는 "어떤 종류의 주체가 애도되고 애도되어야 하며 어떤 종류의 주체가 애도되어서는 안 되는가를 결정하는 애도성의 차별적인 할당"에 대해 의문을 제기한다. "애도성의 차별적인 할당은, 누가 규범적으로 인간인가-무엇이 살아 있을 만한 삶과 애도할만한 죽음으로서 가치가 있는가?-에 대해 어떤 배타적인 개념을 생산하고 유지하도록 작동"[18]하기에 문제적이다.

---

18) 주디스 버틀러, 『불확실한 삶 : 애도와 폭력의 권력들』, 양효실 역, 경성대학교 출판부, 2012, 15쪽.

버틀러는 인간의 삶은 인간 공통의 취약성, 즉 타자의 접촉에 양도된다는 조건과 더불어 출현[19]하지만, 이 취약성은 언제나 다르게 절합된다고 보았다. 때문에 "언급할만한 가치가 있는 삶, 소중히 보존할 가치가 있는 삶, 인정을 받을 자격이 있는 삶"[20]과는 다른, "이미 전혀 삶이 아닌 삶, 삶도 죽음도 아닌 채 중간에 매달려 있는 삶"[21]이 산출된다. 황정은의 소설에서도 그들 신체(의 취약성)이 누구에게도 양도되지 못한 자, 아니 오히려 "어떤 불충분한 원조나 포기에 양도"[22]된 자들이 등장한다. 특히 등단작인 「마더」와 첫 소설작인 「소년」의 주인공[23]은 "애도할 만한" 것으로서의 자격마저도 얻지 못한[24] 그러한 인물들이다.

「마더」에서 '오'를 낳은 여자는 오를 종이가방에 담아 전철에 버렸다. 오의 서류파일 속에는 당시의 신문기사도 함께 들어 있었는데, 오는 갓난아기 때의 자기 사진을 들여다보고 "성인(成人)으로 자라날 수 있는 생물이라는 것이 믿어지지 않았다"(226쪽)고 회상한다. '배드 섹터를 품고 있는 엄마가 낳은 아이'라는 자의식은 오가 성인으로 자라는 것을 방해한다. '배드 섹터(bad sector)'란 컴퓨터의 하드디스크에서 정보가 저장되는 트랙의 어느 부분에 물리적인 손상이 발생하는 경우 그 손상된 구간을 이르는

---

19) 위의 책, 61쪽.
20) 위의 책, 65쪽.
21) 위의 책, 67쪽.
22) 위의 책, 61쪽.
23) 정영훈은 『일곱시 삼십이분 코끼리열차』 수록작 내에서 단절을 발견한다. "「마더」 계열의 작품(「소년」, 「벽」)이 실제 삶과 밀착되어 있는 소설이고, 최근작(「모자」, 「오뚜기와 지빠귀」, 「곡도와 살고 있다」)이 현실에서는 불가능한 일들이 자연스럽게 펼쳐지는 다소 환상적인 형태의 소설이며, 「무지개풀」은 이 중간에 놓인 작품"이라는 것이다. 그는 「마더」 계열의 작품에서 "몹시도 궁핍한 소설 속 풍경도 그렇지만, 극심할 정도의 긴장 속에서 어깨에 잔뜩 힘을 넣고 쓴 듯한 인상"을 받는다. 황정은은 가족과 살던 집에서 친구 집으로 거처를 옮긴 것과 관련이 있을 거라 대답한다. (정영훈, 「그녀의 골방을 들여다보다」, 『세계의 문학』 2008년 여름호, 269-270쪽.)
24) 위의 글, 62쪽.

명칭으로, 배드 섹터를 품은 하드디스크는 공회전을 거듭하다가 망가지고
만다. 오는 이것을 "가장 은밀한 형태의 암호", 즉, "나쁜 기억을 품은 사
람은 언젠가는 자멸한다"(226쪽)는 암호로 받아들인다.

「소년」의 기저를 이루는 세계관 역시 "태어난 아이들이 모두 무사히
자라 어른이 되는 건 아니다. 안전하게 보호해줄 새장이 없으면, 병아리는
죽"(258쪽)는다는 것이다. 아무런 보호막 없이 가정폭력에 전방위적으로
노출된 "소년은 텔레비전에서 방영해주는 동화의 세계를 믿지 않는다. 소
원을 들어주는 요정이 있고 작은 목소리로 자장가를 불러주는 혈색 좋은
어머니가 있고 아이를 때리는 어른은 항상 벌을 받는 동화의 세계 따위,
거짓말이라는 걸 소년은 알고 있다."(248쪽) 성(姓)을 갖지 못한 소년은 자
신의 남동생이 "뾰족한 이빨로 물어 뜯겨도 끄떡없는 철창"으로 둘러싸인
성(城)에 살기를 바라며 어머니가 버리기 전에 남동생을 지하철에 버린다.
하지만 그리하여 그 소년들이 성인(成人)이 되리라고, 현실원칙이 지배하는
사회에 '정상적으로' 편입되리라고 예상하기는 힘들다.

이처럼 「마더」와 「소년」이 "비인간적인 것", "인간 이하의 것"이라는
이미지를 생산하는 방식으로 작동한다면, 그리하여 고통스러운 삶의 감정
들을 전통적인 소설의 문법으로 리얼하게 그려낸다면, 앞으로 살펴볼 「문」
등에서의 인물 재현은 "전혀 삶 혹은 죽음이 존재하지 않도록, 어떤 이미
지, 이름, 서사도 제공하지 않음으로써 작동"[25]한다. 버틀러는 전자를 "재
현 자체를 통한 삭제"로, 후자를 "폐색(occlusion, 閉塞) 자체를 통한 삭제"[26]
로 명명한다. "첫 번째의 경우라면 나타남의 영역으로 이미 떠올랐던 것
이 과연 인정할만한 인간인가를 놓고 논쟁이 있어야" 하며, "두 번째 경
우 공적 영역으로서의 나타남 자체는 이미지의 배제에 근거하여 구성된

---

25) 위의 글, 200쪽.
26) 위의 글, 202쪽.

다." 그리고 "이런 이해관계는 폭력을 보여주지 않지만 보여지는 것의 틀 내에는 폭력이 존재한다. 보여지는 것의 틀 안에 존재하는 폭력의 메커니즘을 통해서 어떤 삶과 죽음은 재현될 수 없는 것으로 남"는다.[27]

정치-와 권력-가 "나타날(appear) 수 있는 것과 들릴 수 있는 것을 조절함으로써 작동"[28]되는 방식은 황정은의 ("폐색 자체를 통한 삭제"를 보여주는) 두 번째 계열의 소설에서 잘 드러난다. "보여질 수 있는 것"과 "말해질 수 있는 것"[29]이 불가능하고 그것에 실패한 인물들[30], 그러니까 "눈에 띠지도 않는 사람들"(여기서 '눈에 띠지 않는다'는 말은 말 그대로 보이지 않는다는 의미로, 즉 인지될 수 없는 것이라는 의미로 이해되어야 한다.)[31] 그리고 "목소리를 내어 말을 했다고 생각했는데 자신의 목소리가 들려오지 않는"(257쪽) 인물들이 등장하는 것이다. 『계속해보겠습니다』에서는 딸 소라가 엄마 애자를 보지 못하고,[32] 「모자」의 자식도 아버지가 "뭐라고 말을 한 것 같은데 듣지 못"한다. 심지어 "모자가 되었을 때의 아버지는 조용했다. 한마디도 말을 하지 않았다."(46-47쪽)라고 서술된다.

---

27) 위의 글, 201쪽.
28) 위의 글, 201쪽.
29) 주디스 버틀러(2012), 앞의 책, 18쪽.
30) "공동체의 몫을 분배하는 바탕인 사회의 상징 질서는 다수의 말하는 존재들을 마치 말(logos)을 갖지 않은 짐승인 양 침묵의 어둠 속에 던져버림으로써 구축된다. 말을 갖지 않은 자는 정의와 부정의를 명시할 수 있는 이성(logos)을 갖지 않았기에 정치 무대에서는 보이지도 들리지도 않(아야 하)는 존재이다. 인민(데모스)이란 이렇게 보이는 자와 보이지 않는 자, 말을 갖는 자와 갖지 않는 자의 나눔 속에서 후자에 배정된 이름이다." (자크 랑시에르, 『정치적인 것의 가장자리에서』, 양창렬 역, 길, 2013, 113쪽. 각주 1.)
31) 조르조 아감벤, 『아우슈비츠의 남은 자들—문서고와 증인』, 정문영 역, 새물결, 2012, 15쪽.
32) "여기 있잖아. 그렇게 말하자 소라는 숟가락을 입에 문 채로 눈을 동그랗게 뜨고 방 안을 두리번거렸습니다. 애자가 내 발치에 앉아 있었는데도 말입니다. 애자가 앉은 방향을 보고도 보지 못하고 어리둥절한 얼굴을 하고 있었던 것입니다. 애자는 내가 덮고 있는 이불자락을 깔고 앉은 모습으로, 자신을 보지 못하는 소라를 잠자코 바라보고 있었습니다. 열 때문에 맺힌 눈물로 그렁그렁해진 내 눈에는 소라도 애자도 모두, 비등한 정도로 섬뜩하게 여겨진 순간이었습니다. 누군가가 자신을 보지 못하거나 보거나 애자에게는 사실 상관없는 일인지도 모르겠습니다. …… 금주씨가 죽은 시점에 애자는 이미 죽은 것이 아닌가,라는 생각을 할 때가 있습니다." (황정은, 『계속해보겠습니다』, 창비, 2004, 92-93쪽.)

무엇보다 「문」의 (후에 m이 '두리안'이라 이름 붙여준) '그'는 압도적으로 "비실제적인 사람"이다. "얻고자 하는 사람에게도 별로 주는 것이 없는 세계"에서 그는 "어느 순간엔가 자기 자신에 대한 의무도 버리고 말(言)도 버리고 의욕도 버린 채로"(28쪽) 그러니까 이미 죽음(deadness)인 상태로 계속 살아 있는 것처럼 보인다. 그리고 이 비존재에게는 '말(言)'이 부재[33]한다. 그는 "말을 건네지도 말을 건네받지도 못하면서 내가 누구에게 대답하는 일도 없이 누군가 내게 대답하는 일도 없이" 그리고 "이름을 좀처럼 불린 적이 없"이(21쪽) 상징계의 공백(lacuna)으로 존재하는 것이다.

「문」의 그는 지하철 벤치에 앉아서 삼각 김밥을 먹는 m과 "그런 건 어디서 삽니까.", "편의점에서 샀습니다."라는 대화(15쪽)를 마지막으로 사과같이 "레일 위로 툭 떨어져"(16쪽) 죽는다. 자살(신체적 죽음) 이후 "말을 하고 싶다"는 생각에, "뭘 말하고 싶은지도 모르"지만 "들어줄 누군가가 있으면 좋겠다"(25쪽)는 생각에 사로잡힌 그는, m의 등 뒤에 있는 "남이 볼 수 없는 문"(9쪽)을 열고 나와 m과 대면한다. 그런데 왜 죽은 이가 살아 있는 이처럼 출현하는가? 그리고 하필이면 m 앞에 나타나는가?

그것은 애도가 불가했던 자가 애도되기 위함이다. "애도할 수 있는 삶이 어떤 조건하에서 확립되고 유지되는지, 어떤 배제의 논리를 통해서, 그리고 어떤 삭제와 탈명사화(denominalization)의 실천을 통해서 그렇게 되는지"[34]를, "존재론적 층위에서 무엇이 실제인가, 누구의 삶이 실제인가, 실

---

33) 사회에서 말이 부재하는 자는 곧 야만인으로 취급된다. "야만인(barbaric)의 고대 그리스어 어원인 βάρβαρος(barbaros)는 서툴게 재잘거리다는 뜻의 babbling 혹은 소리 ba-ba에서 유래한 것으로서, 이는 '그리스어를 할 수 없는 사람' 혹은 그리스적 관점에서 '말을 할 줄 모르는 사람'을 의미하는 것이며, 당시에 종종 시민 citizen의 반대말로 사용되었다. 즉 야만이란 어원적으로 언어 밖의 사태를 일컫는다." (최종철, 「'재난의 재현'이 '재현의 재난'이 될 때-재현불가능성의 문화정치학」, 『미술사학보』 42, 2014년 6월, 67쪽 각주 5.) 황정은의 장편소설 『야만적인 앨리스씨』(문학동네, 2013)는 고귀함을 뜻하는 '앨리스(Alice)'에 '야만적인'이라는 수식어를 붙임으로써 우리에게 '야만'의 진정한 의미를 묻는다.

재는 어떻게 해야 다시 만들어질 수 있을까"[35]를 물으면서 말이다. 애도의 금지는 재현가능성(representability)의 경계선-말해질 수 있는 것과 보여질 수 있는 것을 정한 틀-으로 등장[36]하는데, 삭제되어 재현되지 못하는 이들, 보이지 않는 이들, 말할 수 없는 이들은 공적으로 애도하는 것이 금지된다. 「문」의 그 역시 이미 부인되고 있었으며 그는 이미 항상 상실되었거나 결코 "존재한 적"이 없기에 애도될 수 없었다.[37]

하지만 역에서 m이 이미 "살아 있는 죽음"[38] 상태인 그를 "제대로 바라보며 대답해"(21쪽)주었기 때문에 그는 m에게서 어떤 가능성을 보고 다시 "잘 죽기" 위해 m을 찾아간다. m은 "최근 이름을 불린 적이 없는" 그를 '두리안'이라고 불러주고, 두리안의 "흐릿한[39] 얼굴"을 봐주고 "집중해서 듣지 않으면 잘 들리지 않"는 "흐릿한 목소리"를 들어준다. 이때 이야기의 내용이 중요한 것이 아니다. 여기서 중요한 것은 "애도하지 말라는 요청이 내려진 상실을 알려고 하는 것, (그 상실에) 우리가 이름을 붙이려고 하는 것"[40]이다. m은 부인된 애도를 수행했고, 두리안은 m에게 "다 말해버렸"기 때문에 "이제 가장 무겁고 무서운 말들이 사라졌으니까, 얼마든지 흐릿해져도 괜찮"(33쪽)다고 말한다.

---

34) 주디스 버틀러(2012), 앞의 책, 70쪽.

35) 위의 책, 63쪽.

36) 위의 책, 202쪽.

37) 위의 책, 64쪽.

38) 박진영 역시 "황정은 소설의 좀비/유령은 외계의 상상적 산물이라기보다는 사회적으로 양산되는 체제 내적 산물이며, 그 안에서 소외된 살아 있는 죽음을 형상화한다"고 보았다. (박진영, 「이물(질)의 서사와 '것(thing)'들의 상상력 : 황정은·윤이형 소설을 중심으로」, 『문학수첩』 2009년 가을호, 86쪽.)

39) 황정은의 소설에서 '진하다(짙어지다)/흐리다(흐려지다)', '무겁다/가볍다(흩어지다, 묽어지다)' 등의 어휘 쌍이 자주 등장하는데, 이는 존재의 있음과 없음 사이에 있는 수많은 양태들을 존중하기 위함일 것이다.

40) 주디스 버틀러(2012), 앞의 책, 80쪽.

3.1.2. 외상적 기억의 출현과 오드라덱의 증언

하지만 황정은 소설은 어떠한 상실과 고통에 대해 손쉬운 애도로 끝나지 않는다. 애도하고 망각하는 것을 거부하기라도 하는 듯 도돌이표처럼 계속하여 되돌아오는 기억들이 있다. 「곡도와 살고 있다」에 삽입된 "병아리 얘기"가 그것을 증명한다. 키우던 병아리가 죽자 「곡도」의 화자인 G는 순수하게 애도하며 병아리에게 무덤을 만들어주었다. 다음날, 묻혀 있어야 할 병아리를 창 밑의 수챗구멍에서 발견한 G는 거즈로 말아서 다시 묻어주었다. 이걸 나흘이나 반복한 이후, 닷새째 아침에 벌거벗은 병아리를 보고 애도의 의식마저 귀찮아져버린 G는 병아리를 슬쩍 밀어서 수챗구멍 속으로 넣어버렸다. 그러면 더는 그걸 보지 않아도 된다고 생각한 거였지만, 구멍이 좁아 걸려버렸다. 그리하여 그로부터 한 달 동안 G는 조금씩 가라앉는 병아리를 내다보게 되었다. 잊고 싶었지만, 자꾸 되돌아오는 병아리에 신경이 쓰여 결국엔 무심해지려고 해도 결코 무심해질 수 없게 되었다는 이야기였다.

이 얘기는 환상 같지만 작가가 어릴 적에 직접 경험했던 사건으로, 복도훈은 끈질기게 되돌아오는 이 병아리 이야기를 일종의 '목격담'이나 '증언(testimony)'으로 받아들인다. "벌거벗은 병아리는 고집스럽게도 살아 돌아왔고, 그런 방식으로 자신의 살아 있음을 끈질기도록 G에게 주장하는 것 같다."[41] 애도되지 못하고 고집스럽게 출현하는 것은, '외상적 기억'이기도 하다. 이 때 '외상'[42]이란 "사건 발생 시 충분히 의식되거나 동화되지 못했다가 뒤늦게 주체에게 반복적으로 나타나는 현상"[43]을 일컫

---

41) 복도훈(2010), 앞의 글, 430-431쪽.
42) 라캉(Jacques Lacan)은 외상을 상상적, 상징적 방어막을 뚫고 나오는 '실재의 복귀(the Return of the Real)'로 읽어낸다. 이를 통해 그는 내적 충동의 분출이라는 프로이트의 한 해석을 발전시켜 외상을 특정 문화가 부여하는 상징적 정체성을 붕괴시키고 상징적 우주에 파열을 일으키는 파국과 연결시킨다.

는다. 「코끼리열차」와 「모기씨」는 끊임없이 나타나서 주체를 괴롭히는 '외상적 기억'을 계속해서 증언하려는 문학적 시도이다.

「코끼리열차」에서 파씨와 파씨의 동생 기린은 외삼촌으로부터 "미묘한 형태의 학대(72쪽)-물리적인 형태가 느껴지는 악담들. 악의적인 행동들. 쾌적하지 않은 접촉들"-를 당했다. 예를 들어, 외삼촌은 "귀를 잡아당기거나 연필 같은 뾰족한 물건을 눈앞에서 흔들며 악담"을 했는데, 이 외상적 기억들은 보통의 기억들보다 더욱 강하게 파씨의 몸44)에 달라붙어 있다.

"기존의 기억체계에 편입되어 다른 경험들과 의미의 연결망을 형성하는 '서사적 기억(narrative memory)'과 달리, '외상적 기억(traumatic memory)'은 의미의 연결망을 형성하지 못하고 파편으로 떠돌다가 신체적 증상, 플래시백, 악몽 등으로 나타난다."45) 이 '외상적 기억'에 사로잡힌 파씨는 가스검침원의 방문에도 문을 열어줄 수가 없을 지경이다. 문을 열면 검침원이 틀림없이 (외삼촌처럼) 볼펜으로 찌를 거라고 생각했기 때문이다. 파씨는 "망상이라는 걸 머리로는 알고 있었는데, 몸이 그걸 믿었"(69쪽)다고 이야기한다. 그리고 이 몸(/귀)에 기입된 외상적 기억46)이 떠오를 때마다 파

---

43) 이명호, 「역사적 외상의 재현 (불가능성) : 홀로코스트 담론에 대한 비판적 읽기」, 『비평과 이론』, 2005, 127-128쪽.

44) "육 년을 그곳에서 살다가 열두 살 때 이모에게 구출되었다. 육 년의 기억은 하나의 자세로 압축되었다. 팔꿈치와 무릎이 닿도록 엎드려서 바닥에 손등을 대고 손바닥 위에 이마를 얹고 허벅지를 꽉 붙인 채 왼쪽 발바닥 위에 오른쪽 발등을 얹은 다음 관절을 딱딱하게 조인다. …… 파씨가 창을 향해 엎드려 있었다. 단지 '엎드려 있다'고만은 할 수 없는 압도적인 몰입으로 만들어진 자세였다. 모든 뼈마디가 하나하나의 자물쇠로 완벽하게 잠겨서, 파씨의 의지 말고 그것을 풀 수 있는 열쇠는 없는 것처럼 보였다. …… 나는 구토가 치밀었다."(71쪽)

45) 이명호(2005), 앞의 글, 128-129쪽.

46) 몸에 기입된 외상적 기억은 황정은의 다른 작품에서도 찾아볼 수 있다. 「마더」 : "나의 기록을 훔쳐본 그날 이후로 나는 가끔, 종이가방에 담겨 온몸으로 들었던 소리를 기억해내곤 한다. 쿵쿵쿵. 쿵쿵쿵, 쿵쿵쿵, 쿵쿵쿵. 봐, 지금도 이렇게 쿵쿵쿵, 쿵쿵쿵, 하고. 살아가려면 그런 생각을 끊임없이 해서는 안 된다는 걸 알고 있지만 머릿속에 멋대로 떠오르는 생각은 나도 어쩔 수가 없다."(227쪽), 「뼈도둑」(『파씨의 입문』) : "그는 여전히 장의 얼굴을 분명하게 떠올릴 수 없었으나 그것보다는 분명한 기억이 남아 있었다. 촉각에 남아 있었

씨는 "귀가 달아오르는"(73쪽)[47] 신체적 징후를 보인다.

"외상적 기억을 문제적으로 만드는 것은 너무나 직접적인 사건의 현시가 역설적이게도 불확실성을 초래한다는 점이다. 그것은 주체에게 발생했으면서도 기억 속에 부재하는 경험이다. 그것은 존재하면서도 부재하는 경험, 주체의 '앎'의 지평에서 누락되어 있는 '무의식적' 경험이다. 부재하거나 상실된 것을 인지하거나 소유할 수는 없다. 따라서 외상적 경험의 존재증명은 부재의 알리바이가 될 수밖에 없다."[48] 즉, "외상적 사건에 대한 재현과 증언은 재현불가능성과 증언불가능성[49] 속에서만 가능하다."[50]

파씨는 "외삼촌의 악담을 견디면서, 이것은 이상하고 괴롭다고 생각했지만, 그걸 남에게 이상하고 괴롭다고 말할 수가 없었어. 그게 왜 이상하고 괴롭게 여겨지는지, 설명할 수 있는 방법이 없었"(73-74쪽)다고 회상한다. '나'의 앎의 지평에서 해석되고 의식적으로 언어화되지 못한 폭력의 경험은, 분명 나에게 발생했으면서도 나의 기억 속에 부재하는 경험이다.

다. 만지고 닿아서 느낀 것들. 만지고 만져서 손바닥으로 **기억**해둔 몸의 요철. 세포에 남았으므로 잊을 수도 없었다."(195쪽)

47) "귀가 너무 뜨거워서 물을 묻혀 식혔다."(70쪽), "파씨는 귀에서 손가락을 떼고, 달아오른 귀를 손으로 문질렀다."(72-73쪽)

48) 이명호(2005), 앞의 글, 128-129쪽.

49) "증언의 가치는 본질적으로 증언이 결여하고 있는 것에 있다. 증언은 깊은 곳에 증언될 수 없는 무언가를, 살아남은 이에게 자격(authority)을 내려놓게 하는 무언가를 담고 있다. '참된' 증인, '온전한 증인'은 증언하지 않았고 증언할 수 없었던 사람들이다. 그들은 '맨 밑바닥에 떨어졌던' 사람들, 즉 이슬람교도들, 그러니까 익사한 자들이다. 생존자들은 그들 대신에, 대리인으로서, 의사(擬似)-증인으로서 말한다. 즉 그들은 사라진 증언을 증언한다. 그들의 이름으로 증언의 부담을 지는 누구라도 자신이 증언의 불가능성의 이름으로 증언해야 함을 알고 있다." (아감벤(2012), 앞의 책, 51쪽.)
황정아는 이 대목을 생존자의 증언 자체가 불가능하다거나 그 증언이 지시하는 내용이 곧 증언의 불가능에 관한 것이라는 이야기가 아니라고 본다. 오히려 "(생존자의) 증언이 (죽은 이들의 증언하기의) 불가능성에서 발생한다는 것, 다시 말해 불가능성에 토대를 두고 증언의 가능성이 생긴다"는 뜻으로 해석한다. (황정아, 「리얼리즘과 함께 사라진 것들 : 운동으로서의 '총체성'」, 『창작과 비평』 2014년 여름호, 28쪽.)

50) 이명호(2005), 앞의 글, 130쪽.

이 부재하는 경험의 재현을 위해 나는 "어렸을 때 기른 토끼"(88쪽)인 파씨를 소환하는데, 이제 폭력은 내가 경험한 것이 아니라 (실제로는 부재하는) 파씨가 경험한 것으로 재현된다.

「모기씨」의 화자인 체셔 역시 외상적 기억에 시달리고 있다. 그것은 "교통사고로 체셔의 어머니는 목숨을 잃었고 체셔의 아버지는 손가락 두 개를 잃었고 체셔는 하반신의 감각을 잃었"(129쪽)기 때문이라기보다는, "상황이 달라질 수 있었다"(133쪽)는 것이 "고통스러운 확신"이 되었기 때문이다.

"어머니의 방"에 누워 체셔는 "세 개의 점"을 떠올린다. "첫 번째 점. 거품이 솟아올랐다. 두 번째 점. 큰일이 벌어질 것 같다는 확신이 있었다. 세 번째 점. 그것에 대해 이야기할 수 있는 기회가 있었는데, 하지 않았다. 체셔는 이렇게 세 개의 점을 찍어놓고 점과 점 사이를 잇는 작업을 되풀이했다. 그것은 거대한 삼각형이 되었다."(133쪽) 자기가 도래할 "'그것'-그것으로 밖에 표현되지 않는, 불길한 사고의 예감-을 느끼고 있다는 느낌"(128쪽)에 대해 입을 다물었기 때문에 사고가 일어났다는 그래서 어머니가 죽었다는 일종의 죄책감에 체셔는 사로잡혀 있는 것이다.

그런 체셔 앞에 "거대한 삼각형의 주민"(147쪽)으로서 모기가 등장하는데, 이 모기는 「코끼리 열차」의 파씨와 같은 기능을 한다. 그것들은 주체가 "자기 내부의 잔혹한 광경들과 거리를 둘 수"(74쪽) 있도록 만드는 장치로서, "외상적 사건이 부재로서 현존하는 방식과 재현 불가능성을 통해 나타나는 방식"[51]을 증언한다. 파씨와 모기라는 환상을 통해서만 재현 불가한 것은 재현될 수 있으며, 증언 불가한 것은 증언될 수 있는 것이다.

파씨와 모기 외에도 "곡도(「곡도와 살고 있다」), 집 안의 원령(「대니 드비토」),

---

51) 위의 글, 132쪽.

"세 개의 점이 하나의 직선 위에 있지 않고 면을 이루는 평면은 하나 존
재하고 유일하다"라고 중얼거리는 또 다른 부스러기 원령(「대니 드비토」, 「낙
하하다」), '서쪽에 다섯 개가 있어'라는 말을 반복하는 항아리(「옹기전」), 다
섯 번 죽고 다섯 번 태어난 고양이 '몸'(「묘씨생」), 그리고 사람의 머리 앞
에 일어서서 '차피, 차피'라고 속삭이는 섬뜩한 그림자(『백의 그림자』)" 등
은 "뭔가를 증언하려는, 세계에 그것들을 위한 '자리'는 더 이상 없지만,
그럼에도 분명히 '거기'에 존재하는 역설의 피조물"[52]이다. 이 역설의 피
조물은 발터 벤야민(Walter Benjamin)의 '꼽추 난쟁이'[53]와 프란츠 카프카
(Franz Kafka)의 '오드라덱(Odradek)'[54]을 상기시킨다.

벤야민의 '꼽추 난쟁이'는 망각(과 증언에 대한) 알레고리이다. 꿈자리를
사납게 하면서도 자신을 위해 함께 기도해 달라고 요구하는 이 난쟁이는
우리가 중요한 무엇인가를 망각했음을 끊임없이 상기시키는 존재이다. 벤

---

52) 복도훈(2010), 앞의 글, 434-435쪽.
53) 난쟁이는 모든 곳에서 나를 앞질렀다. 내 앞을 가로막아 거치적거렸다. 하지만 이 음침한
감독관은 내가 부딪히게 될 모든 것 중 그렇지 않아도 **망각**에 내맡겨질 것에서 부득이 절
반만 거둬드리는 것 말고는 아무것도 하지 않았다. …… 난쟁이는 종종 그렇게 서 있었다.
단 내가 그를 본 적은 한 번도 없었다. 항상 그가 나를 보고 있었던 것이다. [그것도 내가
내 자신을 보지 않으면 않을수록 그만큼 더 예리한 시선으로. 사람들은 죽어가는 사람의
눈앞에 '전 생애'가 스쳐 지나간다고 말하는데, 그것은 난쟁이가 우리 모두에 대해 갖고
있는 상상(像)들로 이루어져 있다는 생각이 들었다.] …… 난쟁이는 벌써 오래전에 물러나 있
다. 그러나 가스버너의 지직거리는 소리 같은 ["지직거리는 소리를 연상시키는"] 그의 목
소리가 세기의 문턱 너머로 나에게 속삭이고 있다. (발터 벤야민, 「꼽추 난쟁이」, 『베를린
의 어린 시절』, 조형준 역, 새물결, 2014(10쇄), 185-189쪽.)
54) 그는 항상 충실하게 우리 집으로 돌아온다. 당신이 문을 나섰을 때 그가 우연히 바로 당신
아래에서 계단의 난간에 기대어 있던 수많은 날, 당신은 그에게 말을 걸고 싶어진다. ……
"저기, 당신의 이름은 무엇입니까?"라고 당신이 묻는다. 그는 **"오드라덱"**이라고 말한다.
"그리고 어디에 삽니까?" 그는 "특히 정해진 곳은 없습니다"라고 말하며 웃는다; …… 그
가 죽을 수도 있을까? 죽은 모든 것은 일종의 삶의 목적과 소진된 특정 활동을 가지고 있
었을 것이다. 그러나 이는 오드라덱에게는 해당되지 않는다. 그는 주위의 아무에게도 피해
를 끼치지 않는다; 그러나 그가 나 이후에도 살아남을 것이라는 생각은 상당히 고통스럽
다. (Franz Kafka, "The Cares of a Family Man", 슬라보예 지젝, 『시차적 관점』, 김서영
역, 마티, 2011, 232-234쪽에서 재인용.)

야민은 「꼽추 난쟁이」라는 제목의 에세이에서 카프카의 『가장의 근심』에 나오는 '수수께끼 사물', '오드라덱'[55]은 겉보기에 매끄럽게 진행되는 일상에 예고 없이 찾아온 망각을 드러낸다고 기술한다. 그렇다면 황정은 소설에 등장하는 역설의 피조물은 "불가능해 보이지만 실제로 일어났던 어떤 사건을, 벌어져서는 안 되는 일을, 망각한 것을 증언"하는 '증언의 문서보관소(아감벤)', '망각되어진 것의 보관창고(벤야민)'[56]라 부를 수 있지 않을까.

벤야민에 따르면 일그러진(=왜곡된) 삶 속에서만 기거하는 꼽추는 메시아가 오면 사라지게 될 형상이다. 하지만 폭력이 재생산되는 한, 꼽추는 사라지지 않을 것이고, 이 꼽추 난쟁이는 현실의 왜곡된 모습만을 알리는 것이 아니라 바로 그 왜곡을 바로잡을 수 있는 능력, '희미한 메시아적 힘'이 우리 자신에게 주어져 있음을 상기시켜 줄 것이다.[57]

---

55) "대상으로서의 오드라덱은 세대를 초월하여 (세대의 순환에서 제외되어) 불멸이며, (성차의 밖에 있으므로) 유한성의 외부이고 시간의 외부이며 어떤 목표 지향적 활동이나 목적, 효용도 보여주지 않는다. 이는 체현된 **주이상스**이다."(234쪽), "오드라덱은 라깡이 라멜라(lamella)로 발전시킨 것이라고 할 수 있다. 그것은 기관으로서의 리비도이자, 신체 없는 "불사의" 비인간적·인간적 기관이며, 신비로운 "불사의" 전주체적 생명-물질이다. 또는 그보다 상징적 속박을 벗어난 생명 물질의 잔여이며, 일반적인 죽음 너머 부정적 권위의 영역 밖에서 어떤 고정된 거처 없이 유목적으로 지속되는 "무두적(headless)" 충동의 끔찍한 박동이다. 오드라덱은 아버지의 대안으로서 "더 나쁜 것"이다."(239쪽), ""불사의" 대상인 라멜라는 온전한 거세의 일격을 어떻게든 피한 작은 부분으로서 거세의 잔여라는 뜻이 아니라 문자 그대로 거세의 상처의 산물, 거세에 의해 생성된 잉여라는 뜻이다."(249쪽), "오드라덱은 ("거세"라는) 법을 부과하는 과업을 달성하지 못한 아버지의 실패를 상기시키는/나타내는 것이 아닌가? 또는 여기서 우리는 다시 <u>시차의 구조를 다루고 있는가? 즉 만약 결여와 잉여가 동일한 현상을 가리키는 것이며 단순히 동일한 현상에 대한 두 가지 관점들이라면?</u>(248쪽), 요점은 <u>구조 속의 빈자리가 그 자리를 잃은 채 배회하는 요소와 엄격히 관련되어 있다는 것이다.</u> 두 개의 다른 실체들이 있는 것이 아니라 하나의 동일한 실체의 앞과 뒤가 있는 것이며 하나이자 동일한 실체가 뫼비우스의 띠 양면에 각인되어 있는 것이다."(249쪽)-지젝(2011), 앞의 책.
56) 복도훈(2010), 앞의 글, 440쪽.
57) 최성만, 「역사인식의 방법으로서 '기억하기'」, 『독일어문화권연구』 15, 2006, 327-328쪽.

3.2. 반복의 형식과 망각의 거부

한 작가에게 "자주 쓰이는 단어 하나"58)는 "그 작가의 말하기 방식을 대변하고, 그처럼 어떻게 말하는가 하는 태도의 문제는 무엇을 말하려고 하는가와 같은 내밀한 진심에 닿기 마련이다."59) 그러므로 우리는 작가가 의식적, 무의식적으로 자주 쓰이는 단어를 몇 개 살펴보고자 한다. 이것이 그의 소설이 성찰하고 있는 타자에 관한 윤리, 그리고 기억과 증언의 정치와도 긴밀하게 연관됨은 물론이다.

먼저 "'처지'라는 단어가 빈번하게 쓰인다."60) 김나영이 적절하게 지적한 바에 따르면, 처지는 "입장이나 수준, 상황과 같은"61) 단어들과는 사실 완전히 다른 뜻을 가진 단어이다. 처지라는 단어의 사용은 "애매모호에서 그르다고도 그렇다고 옳다고도 할 수 없는 그런 지점에 누군가의 처지가 있다는 것"62)을 계속해서 보여준다. 이 '처지'는 각자에게 각자의 방식으로 존재하는 고유한 것이다. 그렇기 때문에 누군가의 '처지'를 선부르게 판단하거나 혹은 그것에 손쉽게 개입하려는 것은 그에게 폭력이 될 수 있다.

또 하나 자주 쓰이는 단어는 '이것은', '이 경우'와 같은 단어들이다. 황정은은 자주 '나는'으로 시작하는 문장 대신 앞의 단어들을 선두로 한 문장을 써내려 간다. '나'라는 단일한 인지 주체에 묶이면서 화자는 '믿을 수 있는 화자'가 된다. 그러나 황정은은 인칭 주어 대신 차라리 무인칭 주어라 부를 만한 것을 택한다. 믿을 수 있는 화자가 되는 것을 포기한 문

58) 김나영, 「본의가 아닌 본의로 : 최근 소설의 수사학적 특징」, 『문학동네』 2012년 봄호, 563쪽.
59) 위의 글, 563쪽.
60) 위의 글, 562쪽.
61) 위의 글, 562쪽.
62) 위의 글, 563쪽.

장들이 얻는 것은 일종의 '거리두기'이다. 그리고 이러한 '거리두기'는 '나'가 아닌 다른 사람들의 '처지'를 고려할 수 있는 공간을 만든다.

황정은 소설에서 또 하나 특기할만한 것은 '반복'이 여러 형태로 등장한다는 것이다. 그런데 양윤의에 따르면, "황정은의 반복은 동어반복이 아니라 이질적인 것들을 생산하는 고유성의 반복이다."[63] 왜냐하면 무언가를 반복한다는 것은 그 과정에서 오히려 기존의 화용론과는 다른 어떤 '차이'를 생성해 낼 수 있기 때문이다.

반복을 통해 '차이'를 생산하는 시도는 「오뚝이와 지빠귀」에서 자주 오뚝이와 오뚝이가 아닌 상태를 오가게 된 기조의 이야기에서 찾아 볼 수 있다. 기조는 조카의 집에서 본 논술교재에서 "하필 '인쇄가 잘못되'어서 같은 구문이 네 번이나 오토리버스되고"(208쪽) 있었다는 이야기를 하며, '객관'과 '보통'에 대해 묻는다. 실제로 이 부분에서는 "왜 그렇게 열심히 일하는 걸까요?"(206쪽)라는 물음에 "먹을 것을 모으기 위해서", "미래를 위해 저장하기 위해서", "애벌레들을 먹이기 위해서" 열심히 일한다는 개미의 순차적 대답이 네 번씩이나 반복 인쇄되어 있다. 이것을 반복적으로 읽게 되는 독자는 그리하여 어떤 것도 의심하지 않고, 아무것도 묻지 않으며, 맹목적으로 열심히 일하는 세계의 자명함을 의심하게 된다. 동일한 구절의 반복은 자연스럽게 읽기 속도를 지체시키고 이는 당연하게 생각해왔던 그 말의 뜻을 새삼 다시금 생각하게 만드는 것이다.[64] 이렇게 해서 우리는 반복을 통해 기존의 세계에서는 생각해 보지 못했을 새로운 '차이'에 대해 생각해 보게 된다.

한편, 황정은 소설 속 인물들은 무언가를 계속해서 중얼거리는 '말하

---

63) 양윤의, 「앨리스의 축음기(gramophone)」, 『자음과 모음』 2014년 봄호, 258쪽.

64) 강동호·강지희·김나영·송종원, 「한여름밤 소설의 꿈 : 2010년 여름의 한국소설 <좌담>」, 『문학동네』 2010년 가을호, 710쪽.

기'로써 증언하기, 기억하기를 실천한다. 대화의 내용보다는 대화를 지속한다는 것 자체가 이들에게는 중요해지는 것이다. 누군가 이야기를 들어준다는 것을 전제로 하는 '말하기'는 그 자체로 이야기의 존재함을 긍정하는 것이며, 그렇기에 그것은 증언이 되고 기억에서 잊히지 않는다. 「문」에서 두리안이 m에게 자신의 "가장 무겁고 무서운 말들"(33쪽)을 모두 털어놓고 "얼마든지 흐릿해져도 괜찮아"(33쪽)지는 것과 같이 「코끼리열차」에서의 '나' 역시 괜찮기 위해서 '파씨'라는 인물을 창조하고 그와 대화를 나눈다. 그리고 '나'와 '파씨', '기린'의 대화는 "가자고, 동물원에. / 가자. / 그래. 주말에? / 주말에."(76쪽), "깨워주기만 해. / 전화로? / 응, 전화로. / 그러면 입구에서 봐. / 주차장에서. / 그래, 주차장에서."(78쪽)와 같이 겹쳐서 흐르는 방식으로 이뤄진다. 앞 사람의 말을 받아서 그대로 읊조리는 이런 화법에서 중요한 것은 언어의 의미가 아니라 그리고 대화 내용에의 몰입이 아니라 계속해서 끊임없이 무언가를 발설하고 있다는 사실 그 자체일 것이다.

4. 나가며

황정은의 소설에서 나타나는 '희미한 메시아적 힘'은 그 미약함에도 불구하고 세계의 변화 가능성을 최후로 담보하는 일종의 '기미'[65]가 된다. 「문」에서 말을 가지지 못하던 '그'는 하고 싶었던 이야기를 끝마친 뒤 ㄱ자로 구부러진 작은 조각이 된다. 말을 다 끝낸 이후에도 '그'가 "아무것도 씌어지지 않은, 엔터 모양의 조각"(34쪽)이 되었다는 것은 종결되지

---

65) 김홍중, 「행복의 예술, 그 메시아적 힘」, 『문학동네』 2009년 봄호, 325쪽.

않을 글쓰기를 환유한다. 일회적인 증언으로 그치지 않고, 공백의 상태에
서 무언가가 기록되기를 이미 예비하고 있는 것이다.

이 어렴풋한 힘은 「일곱시 삼십이분 코끼리열차」의 '일곱시 삼십이분'
이라는 시간에서도 드러난다. '나'와 '기린'이 방문한 동물원은 "사람들에
게 통제되고 영향받는 동물들이 사람들이 붙인 이름이 적힌 우리 안에서
온순하게 살고 있는"(85쪽) 공간이다. 폐장 시간은 일곱시, 입구로 나오는
마지막 코끼리 열차의 운행 시간은 일곱시 이십분과 같은 규정에 따라 운
영되는 세계인 것이다. 그러나 '나'와 '기린'은 일곱시 십칠분 이후에도
계속 남아 우리 안에 갇혀 있던 오릭스들의 눈이 복잡한 빛깔로 반짝이는
것을 언제까지나 바라본다. 소설의 제목에서 명명된 '삼십이분'이라는 시
간은 이 지속되는 응시의 시간이다. 동시에 동물들이 인간을 위해 전시되
고, 그런 동물을 관람하는 인간이 다시 관리되던 기존의 질서가 잠시나마
풀어지는 시간이기도 하다. 에너지가 사라지지 않은 다트를 오랫동안 바
라보고 있던 '파씨'의 이야기가 앞서 서술되었다는 것을 전제할 때, '삼
십이분'의 시간은 더욱 의미심장해진다. 잘 맞물린 톱니바퀴처럼 연쇄 작
용하는 폭력을 자각함으로써 이를 조금이나마 중단할 수 있는 가능성의
시간이 되기 때문이다.

이처럼 황정은은 일련의 작품들을 통해 '희미한 메시아적 힘'을 반복적
으로 구현해낸다. 그는 오늘날 폭력적인 현실이 입히는 상흔을 별다른 감
정의 동요 없이 고요하게 그려낸다. 그 무감한 태도는 자극의 온도를 낮
춤으로써 통각과 기억의 역치를 떨어트리는 한편, 기존의 현실에서 덧없
고 하찮은 것으로 치부되어 말해지지 않고 보이지 않던 존재들의 의미를
되살린다. 황정은의 최근작인 『계속해보겠습니다』의 제목이 말하고 있듯
이 이는 단발적인 것으로 그치지 않는다. "계속해보겠습니다"라는 문장은
소설의 곳곳에서 문득문득 튀어나온다. 목적어를 밝히고 있지는 않지만

이 문장이 서술된 이후 계속되는 것은 고통의 감각에 대한 반복적인 상기이다.66) 세계가 미미하게나마 변할 수 있는 '기미'의 끊임없는 출현인 것이다.

---

66) '나나'는 어린 시절 검은 금붕어를 괴롭히다 '나기'에게서 뺨을 맞은 기억을 떠올린다. 갑작스러운 폭력에 얼떨떨해하는 '나나'에게 '나기'는 "내가 아프지 않으니까 너도 아프지 않은"(130쪽) 거냐고 묻는다. 이어 그는 '나나'에게 뺨을 맞은 '나나'와 지느러미가 찢겼던 검은 금붕어가 다르지 않음을 상기시킨다. 그 사실을 "잊어버리면 남의 고통 같은 것은 생각하지 않는 괴물이 되는 거"(131쪽)를 '나나'에게 각인시킨 것이다. 이후로도 소설 속에서 '나나'는 타인의 고통에 무감해질 때 인간은 곧 괴물이 되고 만다는 것을 반복적으로 떠올린다. 부부가 되길 강요하는 '모세'에게 목이 졸리는 순간, 증오하던 친척이 자식을 잃고 오열하는 것을 목격한 순간 '나나'는 '나기'가 뺨을 때려 가르쳐준 것을(이) 쉽게 잊(혀지)고 있었다는 사실을 기억해낸다.

참고문헌

1. 황정은 작품 목록

『일곱시 삽십이분 코끼리 열차』, 문학동네, 2008.

『百(백)의 그림자』, 민음사, 2010.

『파씨의 입문』, 창비, 2012.

『야만적인 앨리스씨』, 문학동네, 2013.

『계속해보겠습니다』, 창비, 2014.

「더 월」, 『실천문학』 2005년 여름호.

「입을 먹는 입」, 『문학동네』 2009년 겨울호.(르포 : 작가의 눈)

「목요일, 나비」, 『현대문학』 2009년 1월호.

「양의 미래」, 『양의 미래 외 : 제59회 現代文學賞 수상소설집』, 현대문학, 2013.

「上行(상행)」, 『(2013 제4회) 젊은작가상 수상작품집』, 문학동네, 2013.

「아무도 아닌, 명실」, 『한밤의 산행 : 테마 소설집』, 한겨레출판, 2014.

「상류엔 맹금류」, 『(2014 제5회) 젊은작가상 수상작품집』, 문학동네, 2014.

「웃는 남자」, 『문학과 사회』 2014년 가을호.

「가까스로, 인간」, 『문학동네』 2014년 가을호.(4·16, 세월호를 생각하다.)

2. 단행본

발터 벤야민, 『베를린의 어린 시절』, 조형준 역, 새물결, 2014.

슬라보예 지젝, 『시차적 관점』, 김서영 역, 마티, 2011.

자크 랑시에르, 『정치적인 것의 가장자리에서』, 양창렬 역, 길, 2013.

조르조 아감벤, 『아우슈비츠의 남은 자들-문서고와 증인』, 정문영 역, 새물결, 2012.

주디스 버틀러, 『불확실한 삶 : 애도와 폭력의 권력들』, 양효실 역, 경성대학교 출판부, 2012.

3. 논문 및 평론

강동호·강지희·김나영·송종원, 「한여름밤 소설의 꿈 : 2010년 여름의 한국소설 <座談>」, 『문학동네』 2010년 가을호, 681-731쪽.

강유정, 「세계의 암전과 환상」, 『세계의 문학』 2008년 여름호, 276-289쪽.

권희철, 「당신의 얼굴이 되어라 : 질식해가는 정치를 위한 소설의 심폐소생술」, 『창작과 비평』 2010년 여름호, 49-66쪽.

김나영, 「본의가 아닌 본의로 : 최근 소설의 수사학적 특징」, 『문학동네』 2012년 봄호, 560-577쪽.

김남혁, 「변신, 욕설, 이동 : 「파씨의 입문」, 황정은 저 <서평>」, 『자음과 모음』 2012년 여름호, 415-420쪽.

김성호, 「존재 리얼리즘을 향하여」, 『창작과 비평』 2014년 가을호, 333-352쪽.

김윤식, 「글쓰기의 한 형식 : 날조된 소리에 의미 부여하기」, 『문학사상』 2011년 6월호, 220-244쪽.

김홍중, 「행복의 예술, 그 메시아적 힘」, 『문학동네』 2009년 봄호, 1-15쪽.

남진우, 「네 속의 어린 소녀를 구하라–황정은 소설에 나타난 환상의 의미」, 『문학동네』 2009년 봄호, 1-19쪽.

노태훈, 「소설이 감당해야 하는 일–황정은, 『야만적인 앨리스씨』(문학동네, 2013)」, 『문학동네』 2014년 봄호, 1-4쪽.

박진영, 「이물(질)의 서사와 '것(thing)'들의 상상력 : 황정은·윤이형 소설을 중심으로」, 『문학수첩』 2009년 가을호, 80-94쪽.

백지은, 「이상하고 당연하고 쓸쓸한」, 『세계의 문학』 2008년 겨울호, 327-332쪽.

_____, 「감당의 윤리 : 황정은, 『계속해보겠습니다』(창비, 2014)」, 『세계의 문학』 2015년 봄호, 342-345쪽.

복도훈, 「인형과 꼽추난쟁이–소설가 황정은과 나눈 말들의 풍경」, 『문예중앙』 2010년 겨울호, 424-443쪽.

서영인, 「탈현실의 문학에서 현실을 묻다」, 『오늘의 문예비평』 2011년 여름호, 112-128쪽.

서영채, 「명랑한 환상의 비애」, 『일곱시 삼십이분 코끼리 열차』, 문학동네, 2008, 269-291쪽.

소영현, 「연대 없는 공동체와 '개인적인 것'의 행방」, 『상허학보』 33집, 2011년 10월, 137-168쪽.

손홍규·정지아·함성호·정홍수, 「작가들이 만난 현실」, 『창작과 비평』 2013년 여름호, 283-320쪽.

신형철, 「『百의 그림자』에 부치는 다섯 개의 주석」, 『百의 그림자』, 민음사, 2010, 173-192쪽.

양윤의, 「환상은 정치를 어떻게 사유하는가」, 『실천문학』 2010년 여름호, 70-84쪽.

_____, 「서울, 정념의 지도 : 2000년대 소설을 중심으로」, 『현대소설연구』 제52호, 2013년 4월, 45-78쪽.

_____, 「앨리스의 축음기(gramophone)」, 『자음과 모음』 2014년 봄호, 248-272쪽.

이명호, 「역사적 외상의 재현 (불가능성) : 홀로코스트 담론에 대한 비판적 읽기」, 『비평과 이론』 제10권 제1호, 2005년 7월, 125-153쪽.

이장욱, 「어딘지 무표정하고 갸우뚱하면서도 화가 날 만큼 슬픈」, 『창작과 비평』 2012년 봄호, 348-358쪽.

이지훈, 「"그렇게 길게 망해가면 고통스럽지 않을까" : 황정은, 『계속해보겠습니다』」, 『학산문학』 2015년 봄호, 329-345쪽.

장성규, 「포스트-리얼리즘을 위한 세 개의 논점」, 『오늘의 문예비평』 2014년 봄호, 51-61쪽.

정영훈, 「그녀의 골방을 들여다보다」, 『세계의 문학』 2008년 여름호, 266-275쪽.

정홍수, 「시대의 빈곤을 응시하는 가난한 언어」, 『창작과 비평』 2012년 봄호, 360-368쪽.

조연정, 「순진함의 유혹을 넘어서 : 황정은과 김사과의 소설들」, 『문학동네』 2008년 겨울호, 294-312쪽.

_____, 「소설이 가능한 시대」, 『2002 올해의 문제소설』 2010년 여름호, 287-304쪽.

_____, 「구조적 폭력 시대의 타나톨로지(thanatology) : 황정은과 김애란의 근작이 묻는 것들」, 『문학동네』 2011년 겨울호, 524-542쪽.

차미령, 「소설과 정치 : '소설은 무엇을 할 수 있는가'에 대한 단상」, 『문학동네』 2009년 봄호, 1-20쪽.

최성만, 「역사인식의 방법으로서 '기억하기'」, 『독일어문화권연구』 제15집, 2006, 313-334쪽.

최종철, 「'재난의 재현'이 '재현의 재난'이 될 때 : 재현불가능성의 문화정치학」, 『미술사학』 제42집, 2014년 6월, 65-89쪽.

한기욱, 「문학의 새로움과 소설의 정치성-황정은 김사과 박민규의 사랑이야기」, 『창작과 비평』 2010년 가을호, 391-411쪽.

_____, 「야만적인 나라의 황정은씨 : 그 현재성의 예술에 대하여」, 『창작과 비평』 2015년 봄호, 226-253쪽.

황정아, 「리얼리즘과 함께 사라진 것들 : 운동으로서의 '총체성'」, 『창작과 비평』 2014년 여름호, 17-32쪽.

황정은, 「입을 먹는 입」, 『문학동네』 2009년 겨울호, 1-18쪽.

_____, 「가까스로, 인간」, 『문학동네』 2014년 가을호, 440-449쪽.

황정은·복도훈, 「대담 : 뫼비우스의 씨발 월드, 그 바깥을 꿈꾸기」, 『자음과 모음』 2012년 여름호, 212-247쪽.

역설적 공감과 심화적 고통의 가능성
—김사과, 『02 영이』를 중심으로

권혜린(이화여대 국문과 박사과정)
김미현(이화여대 국문과 석사과정)
심현희(이화여대 국문과 석사과정)
이승은(이화여대 국문과 석사과정)

1. 들어가며

현대는 타인의 고통에 무감해질 것과 고통을 빠르게 망각하기를 종용하는 "무통문명(無痛文明)"[1]의 시대다. 무엇이 예외적이고 상시적인지 분간할 수 없는 오늘날의 사회에서 주체의 최우선적인 목표는 자기 자신을 보존하는 일이다. "현실주의적이고 효용론적인 윤리 감각"[2]을 지닌 주체들은 자신을 무너뜨리지 않는 범위 내에서 타인을 긍정한다. 그리고 자신이 용인할 수 있는 정도를 상회하는 고통을 대면할 경우 그것을 빠르게 봉합하며 망각한다.

힘과 강제로 작용하던 기존의 권력과 달리 오늘날의 상징권력은 개인의 내부에 깊이 침투하여 신체적 동일화를 이룬다. 그러나 현대의 주체들

---

1) 박성창, 「고통의 문학적 재현과 비극적 모더니티의 수사학–김이설의 소설을 중심으로」, 『세계의 문학』 2010년 겨울호, 405쪽.
2) 서영채, 「광주의 복수를 꿈꾸는 일」, 『문학동네』 2014년 봄호, 236쪽.

은 왜곡된 현실을 고발하며 눈앞의 우상을 파괴하는 것을 바라지 않는다. 불구가 된 현실의 상태만이 그들에게 허용된 단일한 생존의 문법이며 그 불균형은 해소될 수 없다는 사실을 알고 있기 때문이다. 이를 반영하듯 2000년대 한국소설에는 시대의 문제에 저항하지 않는 것처럼 보이는 '왜소하고 체념적인 주체'들이 무중력 상태 같은 비현실적인 공간을 떠다니는 모습으로 등장했다.3)

그러나 그 이후, 고통을 더욱 고통스럽게 발설하고자 하는 소설들이 등장했다. 비루하거나 추하고, 때때로 공격적이기까지 한 그 양태의 다양성 내지는 극단성으로 인해 2010년대 비극의 주인공들은 지나치게 특수한 그들만의 상황에 놓여 있는 것처럼 보인다. 유사성이라는 공통기반을 잃은 그들 간에, 혹은 그들과 독자 간에 공감과 이해가 오고가기란 불가능할 것 같다. 그러나 오늘날의 비극은 오히려 그 불가능성에 집중한다. 고통이라는 증상을 앓는 장소는 개인들의 고유한 영역이지만 증상 자체는 주체의 내부에서 자생적으로 생겨난 것이 아니라 외부에 대한 수동적 반응으로 발생하기 때문이다. 즉 수동적이 될수록, 더욱 반응하며 받아들일수록 증폭되는 고통은 외부와의 관계를 보여주는 '공통감각'이 될 수 있다.4) 그러한 2010년대적 고통의 자화상을 김사과의 소설집 『02 영이』5)를 통하여 살펴보고자 한다.

앙팡 테리블, 앙팡 스키조 등으로 불리며 문단에 등장한 김사과의 소설은 신체에 새겨진 계급의 재현으로,6) 파괴적 쾌락주의의 내부에서 자기

---

3) 김영찬, 「문학 뒤에 오는 것」, 『비평의 우울』, 문예중앙, 2011, 39쪽.
4) 양윤의, 「정념의 수용기, 공감의 문학」, 『세계의 문학』 2011년 겨울호, 315쪽.
5) 김사과, 『02 영이』, 창작과비평, 2010. 이하 인용 부분은 괄호 안에 쪽수만 표기하고, 작품 이름이 필요할 경우에는 괄호 안에 같이 표기한다. 또한 「이나의 좁고 긴 방」은 「이나」로, 「움직이면 움직일수록 이상한 일이 벌어지는 오늘은 참으로 신기한 날이다」는 「움직이면」으로 축약해서 표기한다.
6) 이경재, 「21세기를 담아내는 세 가지 방식-김사과의 '분노의 정념 3부작' (「미나」, 「풀이

자신의 파국을 향해 도리어 빠르게 달려가는 '인간쓰레기'들의 메시아주의[7]로, 극단적으로 순수하거나 신경질적으로 비만한 화자들의 망상[8]으로, 더 나아가 일상을 준-전시상태로 간주하며 피해망상에 가까운 강도로 그에 반응하는 인물들의 '망상적 리얼리티'[9]로 읽혔다. 이렇듯 다양한 관점들에도 불구하고 김사과의 소설에는 언제나 분노, 공포, 폭력이라는 단어들이 따라붙었다.

김사과는 분노와 그에 의한 폭력이 일상화된 시공간에 대해 쓰며, 상징권력 내부의 쾌적함에도 불구하고 무통의 병을 앓는 자의 벌거벗은 감정 자체를 드러낸다. 인물들은 시스템 안의 그 어떤 이름으로도 호명되지 않으며, 미규정성 속에서 스스로를 자발적으로 드러내며 폭발한다. 따라서 김사과 소설의 분노와 폭력은 완결된 텍스트 안에서 묘사되거나 추상적인 관념의 차원에서 논의될 수 있는 것이 아니라 끝나지 않는 고통의 연속이자 과정을 보여준다.

이 글에서는 이러한 논의들을 바탕으로 '감정과 고통'이라는 키워드에 집중하여 김사과의 첫 소설집 『02 영이』에 드러나는 분노와 폭력이 예외적인 주체의 일탈 행위나 분열증적 증상의 채록에 머무는 것이 아니라, 상징권력에 이미 내재되어 있는 구조적 균열을 드러내고 있음을 보여주고자 한다. 이러한 맥락에서 고통을 쓰는 일은 2010년대 이후에 새롭게 귀환한 분노와 폭력의 의미가 될 수 있다. 따라서 2장에서는 일관된 인과관계로 환원되지 않는 분노의 정조가 어떠한 효과를 발생시키는지 살펴

눕는다」, 「테러의 시」)을 중심으로」, 오창은·맹문재 엮음, 『비등하는 역사, 결빙의 현실』, 푸른사상, 2013 참조.

7) 권희철, 「인간쓰레기들을 위한 메시아주의」, 『문학동네』 2009년 겨울호, 138–162쪽.

8) 이경재·차미령·유준·양윤의, 「갑힘의 사회학과 떠남의 존재론 : 2007년 봄의 한국소설 〈座談〉」, 『문학동네』 2007년 여름호, 514쪽.

9) 차원현, 「망상(妄想)의 리얼리티-김사과론」, 『크리티카 : 비평의 새로운 공간 6』, 올 : 사피엔스 21, 2013, 108–109쪽.

보고, 3장에서는 그러한 분노가 일깨운 고통이 어떻게 폭력과 연관되며 그 폭력의 의미는 무엇인지 짚어볼 것이다. 마지막으로 4장에서는 고통 자체를 발설하기 위해 김사과가 선택한 형식적 방법론을 분석하려 한다.

2. 역설적 공감과 분노의 구조적 확장

2.1. 무목적의 분노와 공감의 (불)가능성

김사과의 소설에서 가장 선명하게 읽히는 것은 "거칠고 분방하게 날뛰는 감정들 자체이다. 감정의 강렬한 파동은 승화나 변용, 비유나 환상과 같은 제어 장치를 거치지 않고서 정직하고 투명하게 우리 앞에 도래한다. 그것이 김사과 소설의 불온함이며 가공할 파괴력"[10]인데 이때 분노의 감정은 감정 그 자체로만 머물지 않고 구조로 확장될 가능성을 지닌다. 따라서 유사하게 반복되는 분노의 양상과 그 이면에 놓인 문제에 주목할 필요가 있다.

김사과의 소설에 나타나는 분노의 특징은 특정한 목적이나 방향성을 상실한 '무목적성'이다. 고추장을 안 먹는 한나의 목을 '어쩔 수 없이' 조르는 '나', 커터칼을 볼 때마다 선생님을 찔러 죽이고 싶었다고, 죽어주시면 안되겠냐며 매일 선생님에게 메일을 보내는 자퇴생, 피곤한 일상에서 할아버지의 수술 성공에 기쁨보다 분노를 느끼는 '한', 주위의 모든 것에 분노하여 국밥집 여자와 가난한 아이를 살해하고 가족에게까지 폭력을 행사하는 '나' 등의 인물에게서 합리적인 이유나 목적을 찾기는 힘들다.

---

10) 권채린, 「푸리아의 후예들 : 김사과와 구병모 소설에 나타난 분노의 상상력」, 『2012 오늘의 문제평론』, 푸른사상, 2012, 188-189쪽.

따라서 이해하기 어려운 이들의 분노에 "도대체 이 모든 분노는 어디에서 오는 걸까"(「움직이면」, 191쪽)라는 질문을 하는 것은 불가피해 보인다.

이러한 무목적성의 분노는 공감을 어렵게 하거나 불가능하게 함으로써 "애도의 휴머니즘"[11]을 차단한다. "따뜻하고 인간적인 시선"[12]을 담은 '애도의 휴머니즘'이 쉬운 공감을 통해 문제를 쉽게 해결하고 독자를 설득한다면, 공감이 불가능한 분노는 인물을 철저하게 혼자 남게 하면서 오히려 그들의 분노를 자세히 들여다보게 한다는 점에서 문제적이다. 김사과의 소설에서 해결되지 않은 채 끊임없이 회귀하는 분노는 그 이면에 구조적인 문제가 있음을, 그리고 그것이 여전히 해결되지 않았음을 드러내는 것이다.

인물들에게 분노를 일으키는 것은 불투명한 구조와 그 앞에서 투명해지는 인물의 대립[13]이다. 김사과의 소설에서 시스템은 모든 것을 가로막는 '불투명한 유리(「준희」, 99쪽)'로 존재한다. 「움직이면」에서 '나'는 자신이 "지금까지 모든 것을 타인의 의지로 해왔"(190쪽)으며 이에 따라 "점점 투명해져만 간다"(190쪽)고 말한다. 그러나 그는 '쎌로판지'가 아니며 자신도 그것을 알기 때문에, 거짓의 삶을 조장해 인간을 길들이고 지배하는 세상의 모든 시스템에 대해 분노한다. 이처럼 "거대 폭력의 실체는 규격화된 칸막이의 삶, 허영심으로 쌓아올린 소비 유토피아의 환상, 깨져버린 환상을 견뎌야 하는 고통, 고통을 잊으려는 착란에 불과한 희망 등에 대한 의식으로서 수시로 진술된다."[14]

문제는 '사회-공간적 상황'이 "언제 어디서부터 잘못됐는지 모르고 변

---

11) 박성창(2010), 앞의 글, 411쪽.
12) 위의 글, 411쪽.
13) 강지희, 「[주간문학리뷰] 천국의 바깥에서」, http://moonji.com/7876/.
14) 백지은, 「구조화된 폭력, 2000년대 소설이 그것을 묻는 세 가지 방식-김이설, 김사과, 황정은의 소설」, 『한국문학과 민주주의』, 소명출판, 2013, 386쪽.

화는 불가능"[15)]해 보인다는 점이다. 빈부는 대물림되고 외부에서 선험적으로 주어진다. '영이'는 "예쁜 치마를 입고 있"고, "똑똑하"고 "공부도 잘"(「영이」, 9쪽)하는 '주희'의 '영이'를 좋아한다. 이러한 '주희'의 영이는 한국 사회가 양산한 지배 이데올로기에 적합한 미(美)와 부(富)의 조건을 충족한다.[16)] 반면 '영이'에게는 술을 마시고 엄마를 때리는 아빠와 아빠를 싫어하는 엄마, 싸우는 엄마·아빠의 반복되는 일상만 있을 뿐이다. 이러한 문제의식은 「이나」에서 이나가 겪는 현실로 변주되어 나타난다. 이나는 4년제 대학에 다니지만 이것이 자신의 처지를 나아지게 하는 것은 아니며 오히려 "사회가 계속해서 평화롭게 흘러가는 데에 기여"(80쪽)하면서 지금의 체제를 공고히 한다는 것을 잘 안다. 또한 이나에게는 "서울에 있는 유명한 사립대학의 학생에게 어울리는 야망도 비전도 없"(79쪽)는데, 이것이 자신의 삶 속 오류에서 기인한 것이 아니라는 점이 더욱 고통스럽다. 이나에게 미래는 두부공장과 연결되면서 희망 자체가 불가능한 오늘의 연장으로 나타나는 것이다. 환상이 깨진 자리에서 견뎌야 하는 고통은 착란으로 출몰하고 할머니의 환각이 강박으로 나타난다. 이나는 할머니를 죽였는데도 거기에서 벗어나지 못하는 모습을 보임으로써, 벗어날 수 없는 지긋지긋한 현실이 계속될 것임을 드러낸다. "오늘을 견디면 내일이 올 뿐", "또 같은 날이 올 뿐"(「영이」, 29쪽)이다.

구조적 시스템 앞에서 공포에 떨던 이들은 어느 날 문득 분노를 느낀다. 「정오의 산책」의 '한'은 조부모를 봉양하는 지난한 일상을 지내던 중 점심시간에 산책하다 "일종의 깨달음"(170쪽)을 얻고 회사를 그만두며, 「움

---

15) 위의 글, 387쪽.
16) 한국 사회에서 가난하다는 말은 최소한 '선하지 못하다', 최대한 '악하다'는 말과 등가적이다. 진리의 자리를 부(富)가 대체함으로써, '진=선=미'의 등식이 '부=선=미'의 등식으로 대체되었고, '빈=악=추'가 반대급부의 등식으로 나타났다. (허윤진, 「너, 김사과」, 『세계의 문학』 2010년 가을호, 151쪽.)

직이면」에서도 "똑같은 눈"(189쪽)으로 "겁에 질려"(189쪽) 공포에 마비된 채 무감하게 바라보는 일상 자체가 문제 상황이었다는 것을 깨닫는다. 이렇게 무탈한 것 같은 일상에 구조적 문제가 있다는 것을 안 인물들은 문제의 원인이 일상 자체라는 것을 알고 분노를 표출한다. 「움직이면」의 '나'는 구조적 시스템에 대한 어떠한 비판도 불가능할 것 같은 국밥집 여자에게 분노를 느끼고 살인을 저지른다. 이는 국밥집에 매일 밥을 먹으러 오는 아이가 현재의 구조적 문제를 자각하지 못하는 것과 더불어 변하지 않을 것 같은 미래에 분노를 느껴 또 한 번의 살인을 감행하는 것으로 이어진다.

이와 같이 김사과 소설의 인물들이 화를 내고, 파괴적인 행동을 하는 이유는 남궁선의 비유[17]를 통해 명료하게 이해할 수 있다. '일상'이라는 전쟁이 도처에서 일어나는데 죽어나는 사람들의 고통에는 무심한 채, 방 안의 화병이나 커튼에 대해서만 이야기하는 사람들 틈에서 화병을 집어 던지고 깨뜨리는 김사과 식의 분노는 광기, 비이성적 폭주, 단순 사태의 연발이 아니라 '여기에 문제가 있음'을 알리는 징후이다. 따라서 백지은의 말처럼 '폭력적으로 구조화된 시스템'에 대해 불쑥 무섭고 화가 나는 것을 인물들의 '막 나가는 아이들'의 '괴물성'이라고 치부할 수만은 없다.[18] 고통의 일상화에 무감해진 시대적 구조라면 "화병은 계속해서 집어 던져져야 하고 커튼은 몇 번이고 찢겨야 한다. 깨지고 찢기는 소리는 곧 잠잠해지고 얼어붙었던 분위기는 다시 화기애애해질 것이므로 (…) 폭주

---

17) 전쟁 같은 일이 밖에서 벌어지고 있고 방 안에는 시체 한 구가 있는데 사람들은 아무 일도 없는 듯 무감하게 화병의 무늬가 어쩌고 하는 이야기나 하고 있는 상황을 상상해 보자. 뭔가 이상하고, 무섭고, 화가 난 아이는 "여기에 시체가 있다"고 자꾸 말했지만, 사람들은 "우린 벌써 이 시체를 수백 년 동안이나 보아 왔단다"라며 아이를 성가셔하고는 또 화병이나 날씨 이야기를 한다. 급기야 아이는 화병을 집어 던져 깨뜨린다. "김사과는 저런 아이다." (남궁선, 「끝없이 쏟아내는 아이」, 『문학동네』 2009년 겨울호, 135-136쪽.)
18) 백지은(2013), 앞의 글, 388-389쪽.

는 중단되지 않아야 한다."19)

목적이 불분명한 분노는 공감하기 쉽지 않다. 그러나 공감을 통해 고통을 쉽게 해결하기보다 그 불가능성을 지속하는 것은 그것에 대한 관심을 환기하며, 분노가 개인적인 차원에서 구조적인 차원으로 확장되는 계기가 될 수 있다. 그리고 인물들의 분노가 구조에서 비롯되는 것임이 폭로될 때 그들의 분노는 '그들'의 것이 아니라 '우리'의 공통감각으로 자리 잡을 수 있다. 고통에 대한 공감 불가능성이 오히려 가능성으로 전환되는 것이다. 김사과의 인물에 동정과 연민을 느끼기는 처음부터 불가능했을 것이다. 그러나 김사과의 소설은 이렇게 공감할 수 없는 분노를 통해 감정이입을 차단하고, '고통과 동정의 낭만적 신화'를 깨뜨리면서 쉬운 공감 대신 어려운 공감, 불가능한 공감을 통해 역설적으로 공감을 향해 나아간다.

2.2. 자기분열적 분노와 수용의 능동성

쉽게 해소되지 않는 김사과의 분노는 등장인물들의 자기분열로서 그들이 외부세계를 자기 자신과 혼동하는 장면으로 귀결된다. 그러나 그 혼동은 타자의 고유함을 외면한 채 자신과 동일시하고자 하는 강력한 주체가 일으키는 혼동이 아니며, 타자와의 완벽한 교감을 상정하기 때문에 발생하는 혼동과도 다르다.

> 내가 울고 있는데 갑자기 니가 나타났어. 그리고 니가 내 거울이 되어주겠다고 했어. (…) 너는 나는 똑같았어. 나는 내가 넌지 니가 난지 몰랐어. (…) 내가 말했어. 아니 니가 말했어. 아니 내가 말했어. 아니 니가 말했어. 다시 내가 말했어. 다시 (…) 그리고. 그리고. 그리고 나는 꿈에서 깨어났어. 아니 그건 꿈이 아니었어. (「나와 b」, 133쪽)

19) 위의 글, 389-391쪽.

김남혁에 의하면 '영이와 순이(「영이」),' '나와 한나(「과학자」),' '나와 b(「나와 b」),' '이나와 할머니'(「이나」) 등 짝패처럼 등장하는 인물들의 관계는 '나와 너'처럼 접속 조사를 통해 발생하는 타인과의 관계, '나'의 일관성을 저지하는 '너'의 영향 아래 이루어지는 정신의 긴장 혹은 연대의 양상을 드러내지 않는다. 그들은 오히려 접속 조사 '와'의 기능이 어떻게 몰락하는지를 드러낸다.[20)]

"나는 늙고 추한 할머니가 될 거예요. 저 멀리 놓여 있는 수천 개의 아파트들도 언젠가 버려져요. 나처럼요."(「이나」, 92쪽)에서 알 수 있듯이 '이나'는 자신의 현실을 낡은 아파트, 두부 공장, 주름진 부모의 얼굴과 같은 것으로 인지한다. 나아질 것이 없는 현실에서 '이나'는 언젠가 버려질 자신이나 '아파트'와 마찬가지인 '할머니'를 죽인다. 요컨대, '나'의 자리에 '너'를 넣거나 '너'의 자리에 '나'를 넣어도 내용은 바뀌지 않으며, 사람들은 점점 '나' 혹은 '너'로서의 단독성을 잃는다. 이렇게 김사과의 인물들이 분노를 표출하는 대상은 친구, 가족, 선생님, 이웃으로 각기 다른 양상을 보이지만 동시에 그들은 서로 다를 바 없는 인물들이기도 하다.[21)] 인물들의 분노는 그들 외부의 특정한 적을 향한 것이 아니다. 그 분노의 대상 안에 자기 자신도 포함되어 있기 때문이다.[22)] 김사과의 '나'들이 결국 깨닫게 되는 것은 외부를 향해 분노를 표현하고 난 뒤에도 그 분노가 여전히 남아 있다는 사실이다. 그들은 당황한다("이런 식으로 해결될 수 있는 게

---

20) 김남혁, 「자본주의가 만든 폐허 속에서」, 『문예연구』 2009년 봄호, 170-182쪽.

21) 따라서 김사과 소설의 분노를 인물들의 특수한 관계에서 발생한 감정으로 읽으면 분노에 공감하지 못하는 것이 당연할 뿐 아니라 상황 자체가 이해 불가능한 것으로 보인다. 왜 본드에 취해 죽은 '깡패'를 태우며 '나'는 "불은 깡패였고 나였고 b였다"(142쪽)고 말하는지, 왜 결혼이라는 시스템처럼 '행복과 안정이라는 보호 이데올로기'에 의구심을 갖지 못하는 여자의 눈 때문에 '나'가 갑자기 분노를 느끼고 그녀를 죽이는지 단번에 이해하기 불가능하다. 그러나 오히려 그 불가능성을 통해 특수한 관계를 무화하는 자기 분열적 양상을 볼 수 있다. 세계 내에서 함께 고통 받는 한 이들은 모두 동일해지는 것이다.

22) 모리오카 마사히로, 『무통문명』, 이창익·조성윤 역, 모멘토, 2005, 101쪽.

아니었어?"(「움직이면」, 199쪽)). 김사과 식 비극의 주인공들은 그러한 당혹감
을 겪고 나서야 자신이 처해 있는 세계의 구조를 목격한다.

세계의 진정한 구조가 고통이 내재한 구조라면, 소설의 표면적인 배경
은 모리오카 마사히로가 말하는 '고통 없는 문명', 즉 '무통문명'의 시
대23)로 나타난다. 사회의 무통화는 눈가림의 장치가 되어 공포에서 보호
해 준다. 이는 "차가운 유리문 너머" "수많은 종류의 아이스크림"(150쪽)
중 하나를, 신문 진열대에 놓인 것 중 "진보적인 성향의 주간지"(150쪽)를
선택할 수 있는 자유를 누리며 "사십팔만육천원인데 쎄일 기간이라 삼십
퍼쎈트 디스카운트"(90쪽)를 해 주는, "마음에 쏙 드는 원피스"(90쪽)를 사
서 성취감을 획득하기 위해 기꺼이 일하게 만든다. 그런 세상에 있는 사
람들의 선택과 행위는, 아이스크림을 고르는 일에서부터 깡패와 연애하며
본드를 흡입하기를 선택하는 데에 이르기까지 그들이 살아가는 세계, 무
통을 확산하는 "이데올로기적 구성물 위에서 조형된다"24).

그런데 중요한 것은 김사과 소설의 인물들이 여기에서 그치지 않고
"열심히 살지 않으면 뒤처지고 뒤처지면 끝장"(「움직이면」, 188쪽)이라는 말
을 들으며 살아온 사람들의 눈 속에서 공포를 본다는 것이다. 소설 속에
서 이러한 공포는 평온한 삶의 질서를 교란하거나 전복하지 않지만, 김사
과가 하려는 일은 '무통문명'의 평온함을 파괴하는 것 자체로서 이로 인
해 세계에 만연한 공포를 다시금 불러내는 것이다.

이에 따라 김사과 소설에 나타나는 분노가 사실 관계로 일관성 있게 구
성되거나 치유될 수 없도록 나타나는 것은, 모리오카 마사히로에 따르면
'무통문명'에서 치유란 가능성이 아니라 오히려 '무통문명'의 흐름에 스
스로를 적응시키는 길25)이기 때문이다. 인물들은 '안전한' 공포를 바라보

---

23) 박성창(2010), 앞의 글, 405쪽.
24) 강유정, 「지금 여기의 비극, 당신의 고통」, 『세계의 문학』 2011년 가을호, 408쪽.

는 단순한 방관자로 남는 것이 아니라 자신이 연루된 '위험한' 고통을 통해 적극적인 '관계자'26)이자 '참여자'로 나타난다. 자신이 연루된 고통을 느낄 때 나타나는 '수동성의 수동성'이자, 적극적으로 '느끼는 것'을 보여주는 것이다.27) '무통문명'의 질서에 기입할 수 없는, '무통문명'을 위협하는 사상이나 언어나 행동으로서 분노는 가능성을 지닌다.28) 그것이 "상황에 예민하게 반응하고 그것을 수용한다는 (…) 큰 능력"29)을 암시하기 때문이다.

'나'들은 고통을 감지하지 못한 채 무통사회가 제공하는 쾌락을 향유하는 사람들을 예민하게 바라본다. 그들이 통증을 모른다는 사실은 개인의 삶이 거대한 상징권력을 이루는 일부분이자, 그 질서를 내면화하여 조형된 구성물에 불과하도록 만들어져 있음을 드러낸다. 그럼에도 그들이 자신을 특별하다고 여기거나 심지어 행복하다고 생각할 때, '나'는 무통사회 자체에 분노를 느낀다. 이와 같은 '견딜 수 없음'은 숨 막히는 상징권력 안에서 느끼는 박탈감을 호소한다. 이는 "너무너무, 마치, 이미 죽었다고 해도 믿을 만큼 (…) 시시한 할머니"(「이나」, 87쪽)를 죽인 이나에게도 나타난다. 이나는 할머니의 유령을 계속 보는 당혹스러운 상황에서 유령을 상대로 끝없이 자신의 이야기를 쏟아내는데, 자신의 소유물과 자신이 향유하고 있는 사물들의 나열로 점철된 이야기의 끝에서 이나가 보는 것은 바코더를 들고 달려온 상인에게 가격이 매겨지는 이나 자신의 모습이다. 이렇게 회의실과 학교 등 일상의 삶에 자신 역시 속하기 때문에 자기분열은 오히려 '나'와 타인의 삶이 무관하지 않다는 것, 우리 모두가 고통

---

25) 모리오카 마사히로(2005), 앞의 책, 98쪽.
26) 이경진, 「앨리스씨를 위한 동정론」, 『문학동네』 2014년 봄호, 269쪽.
27) 양윤의(2011), 앞의 글, 312쪽.
28) 모리오카 마사히로(2005), 앞의 책, 100쪽.
29) 양윤의(2011), 앞의 글, 312쪽.

에 연루되어 있다는 것을 반복적으로 표출한다. 이경진에 의하면 이러한 반복은 우리가 외면하고 있었던 사실, 우리가 비극의 공범이라는 불편한 진실을 마주하게 한다.30)

따라서 인물들은 '나'이면서 '나'가 아니며, 그 분열을 통하여 피해자와 가해자의 자리를 극단적으로 오가면서 고통의 가해자/피해자라는 이분법을 무화시킨다. 그리고 비극 안에서 스스로 고통 받기를 자처함으로써("이 악몽은 절대로 끝나지 않을 테니까요. 할머니는 사라지지 않을 테니까요. 나는 절대로 벗어나지 못할 테니까요. 왜냐하면 나는/그러고 싶지 않으니까! 나는 이런 게 좋으니까!"(「이나」, 90쪽)) '나'를 둘러싼 세계의 고통을 노출한다.

그러므로 김사과의 소설을 주목하는 것은 단순히 그 거친 표현이 문제적이기 때문이 아니라 지금 우리 세대의 고통이 김사과의 소설에서 새롭게 귀환하고 있기 때문이다. 김사과의 분노는 지금, 우리의 고통이라 할 수 있다. 낯설게만 보이는 거친 인물들이 발생시키는 사건을 목도하고 우리가 느끼는 두려움은 결국 이경진에 의하면 '나' 자신을 염려하는 두려움으로서,31) 그들의 불행이 우리의 불행일 수 있다는 자각을 가능하게 한다.

3. 심화적 고통과 폭력의 시차적 전환

3.1. 극단적 고통과 객관적 폭력의 가능성

고통을 문학에서 동정·위로·냉소 등으로 형상화할 때 이는 거리두기를 통해 틀 안에서 '어떻게' 대응하는지를 질문하는 것인 반면, 김사과의

---

30) 이경진(2014), 앞의 글, 267-268쪽.
31) 위의 글, 257쪽.

작품에 나타나는 폭력은 고통을 극단으로 밀어붙이면서 제대로 이야기하며, 고통을 독하게 귀환시키면서 틀 자체를 보게 한다. 즉 김영찬에 따르면 폭력적인 세계의 폭력적인 증상을 고통스럽게 앓고, 독자에게 그 고통을 선사하는 것32)이다. 이렇게 고통을 비일상적인 폭력을 통해 이야기할 때, 고통을 스펙터클로 만들면서 공감을 소진하고 반성적 사유를 봉쇄33)하는 것과 반대 지점으로 나아가게 된다.

이를 위해 폭력의 '시차적 전환'34)이 필요하다. 『영이』의 폭력을 평온한 상태를 혼란스럽게 만드는 '주관적 폭력'뿐 아니라, '정상적인' 상태에 내재하는 폭력인 '객관적 폭력'35)으로 봐야 하는 것이다. 「매장」에서 나오듯 "세계는 이미 오래전에 사라져 버렸고, 일반적 견해와 달리 끝은 오고 있다기보다는 오래전에 지나갔"(237쪽)기 때문에 정상처럼 보이는 세계는 지옥이자 "반사된 상에 불과"(244쪽)하다. 이러한 세상에서는 "누군가 누구를 칼로 찌르는 일이 벌어져도 상관없"(244쪽)다. 안정된 것 같았던 세계를 클로즈업했을 때, 주관적인 것 같았던 폭력은 세계의 끝을 '미리 산 사람'의 고통이 극단화한 모습을 드러내는 것이다.

『영이』의 폭력들은 일차적으로 '주관적 폭력'의 모습을 보인다. '주관적 폭력'은 직접적·가시적인 폭력으로서 명확히 식별 가능한 행위자가 저지르는 폭력이다.36) 「영이」에서 엄마가 아빠를 삽으로 때리는 것, 「과

---

32) 김영찬, 「앙팡 스키조」, 김사과, 『02 영이』 해설, 257쪽.
33) 박성창(2010), 앞의 글, 406쪽.
34) 시차란 두 층위 사이에 공통 언어나 공유된 기반이 존재하지 않기 때문에 고차원적인 종합을 향해 변증법적으로 매개 지양될 수 없는 이율배반적 성격을 갖는다. 시차적 간극이라는 개념은 변증법에 되돌릴 수 없는 장애물을 배치하는 것이 아니라 전복적 핵심을 간파할 수 있게 만드는 열쇠를 준다. (슬라보예 지젝, 『시차적 관점』, 김서영 역, 마티, 2009, 14쪽.)
35) 슬라보예 지젝, 『폭력이란 무엇인가』, 이현우·김희진·정일권 역, 난장이, 2011, 24-25쪽.
36) 위의 책, 23쪽.

학자」에서 거식증인 한나에게 고추장을 먹이고 몸에 바르는 것, 「이나」에서 차에 깔린 할머니의 목을 조르는 것, 「나와 b」에서 깡패를 불에 태우는 것, 「움직이면」에서 국밥집 주인과 아이를 연달아 죽이고 가족들과 싸우는 것 등, 다양한 폭력의 양상들은 정상적인 상태를 혼란에 빠뜨린다. 특히 폭력의 대상이 자신보다 약한 여성, 아이, 노인이라는 점에서 문제적이다. 이러한 대상에게 폭력을 가하는 이들은 분열증을 겪는 주체로서 비정상적이고 비이성적인 인물로 보이는 것이다.

그러나 이러한 관점에서만 폭력을 보면 그러한 폭력과 싸우면서 폭력을 제거하거나, 헤게모니를 위협하지 않는 대상에 대한 관용을 통해 정상으로 되돌리려는 노력으로 방향을 잡게 된다. 이는 정상 상태에 대한 믿음을 전제로 하며 폭력을 처리의 대상으로 보는 것이다. 이때 폭력에 대한 '불편함'은 피해자의 고통에만 집중함으로써 비폭력의 세계로 회귀하고자 하는 휴머니즘과 연결된다. 이렇게 가해자–피해자의 도식에서 본다면 여전히 고통을 매우 협소하게 보는 것이며 고통 역시 가시적인 차원에서만 인식하게 된다.

하지만 『영이』에 나타난 고통은 보다 근원적이며, 세계에 내재한 비가시적인 고통도 포함하기에 심화적이다. 따라서 폭력을 소재나 대상의 차원에서 접근하는 것에서 범위를 넓혀야 하는데, 시스템과 관련된 세계의 고통을 보여주는 '객관적 폭력'과 연결되기 때문이다. '객관적 폭력'은 정치·경제 체계가 정상적으로 작동할 때의 결과인 '구조적 폭력'을 포함하는데 이것이 보이지 않는 이유는 주관적 폭력을 지각할 때의 기준이 되기 때문이다. 이러한 구조적 폭력을 고려하지 않으면 폭력은 주관적 폭력의 '비이성적' 폭발로만 보인다.[37] 인물들은 일상적인 회의실에서 공포를 느

---

37) 위의 책, 24–25쪽.

끼듯이(「움직이면」, 189쪽) 오히려 세계의 고통을 외면한 채 평온하게 살아
가는 '보통'과 '정상'의 사람들에게 공포를 느낀다. 그리고 이러한 상황을
견디지 못할 때 폭력을 표출한다. 또한 시스템에 적응하기 위한 노력을
하면서 분노를 견딜 때, 그리고 상황이 아무것도 해결해 주지 않으며 임
계점을 돌파할 때 폭력이 나타난다.

이렇게 폭력이 구조적인 것까지 보여주기 때문에 폭력의 원인은 세계
자체에 있으며, 폭력의 대상과 특정한 원한 관계를 맺지 않고 무차별적이
다. 그러나 자신과 비슷한 대상에게 폭력을 가하기 때문에 분열적인 동시
에 자기파괴적인 폭력은 세계의 구조가 바뀌기 힘들다는 것을 증명한다.
기존의 신경향파에서 나타나는 폭력이 상층 계급에 대한 복수의 차원에
서 나타나 세계의 구조를 보기 힘든 반면, 김사과의 소설에서 새롭게 귀
환한 폭력은 폭력을 하는 과정에서는 폭주하지만 폭력의 원인은 '알고 한
다'는 특징을 보인다.[38] 인물들의 폭력은 "무지한 것이 아니라 세상에 대
해 너무 많이 알고 있기 때문"[39]인 것이다.

그러므로 폭력의 행위는 그 행위에 대한 평가와 관련되는 합리성/비합
리성의 이분법을 벗어난다. 「과학자」에서 고추장을 위험한 물질로 인식하
면서 비합리적인 인과관계를 구축하는 '나'는 고등학교 과학 선생님의
"원인은 언제나 의혹으로 가득 차 있었고 결과는 언제나 터무니없었
다"(39쪽)는 것을 비판하기 때문에, 오히려 합리적인 것 같은 인과관계가

---

38) 김사과의 소설을 '대안도 없는 막막한 상황 앞에서의 폭주'를 보여준다는 점에서 최서해
적인 주제를 계승하며 '돌아온 신경향파'라고 볼 수 있지만(김형중, 「돌아온 신경향파」,
『자음과 모음』 2010년 봄호, 655쪽.) 단순히 광기와 폭주를 보여주는 것은 '주관적 폭력'
에서만 보는 것으로서 새롭게 귀환한 폭력을 설명하지 못한다. 김사과의 폭력에서는 광기
로 폭주하는 '주관적 폭력'뿐만 아니라 그 폭력의 구조 자체를 드러내는 부분이 공존함으
로써 '객관적 폭력'도 이야기되고 있다.
39) 정홍수, 「현실의 귀환, 그리고-김사과 소설을 중심으로」, 『흔들리는 사이 언뜻 보이는 푸
른빛』, 문학동네, 2014, 49쪽.

거짓임을 폭로한다. 이에 따라 고추장이 인과가 되는 새로운 필연성을 수립하는데, 위험한 물질인 고추장이 원인이 되는 순간 '필연적으로' 세계는 위험해진다. 딕시랜드에서 햄버거를 만들기 위해 고추장을 양에게 먹이는 것이 필연적으로 자본주의를 풍요롭게 한다고 할 때 고추장의 "길의 끝엔 도살장이 있"(38쪽)는 것처럼 폭력으로 귀결된다. 그러므로 세계의 풍요 속에 고통이 있다는 것을 알게 된 '나'는 고추장을 먹는 행위를 반복함으로써 '스스로 고통을 바라는 것'[40]을 추구한다. 고추장은 고통과 연결되기 때문에 이미 위협적인 것이다.

「영이」에서도 고통을 형상화하는 방식은 폭력을 단순히 비합리적인 것으로 말하는 것에서 한 단계 나아간다. 시간의 흐름과 장소의 이동을 나열하면서 CCTV처럼 폭력이 표출되는 상황을 기술하며, 폭력의 단계를 화살표로 표시하고, '다음 장면'이라는 말처럼 폭력을 '논리적'으로 보여줄 때 이는 영이가 하는 숙제의 비합리적인 대답과 맞물리면서 합리성/비합리성의 이분법을 교란하고 폭력의 구조를 보게 한다. 영이의 고통은 텔레비전처럼 폭력의 스펙터클로 볼 수 없다. 영이의 고통을 기술하는 '나'조차 영이의 집에 들어가고 싶지 않다고 하면서 고통을 명확하게 말하지 못한다. 또한 영이에게 감정이입을 하지 못하도록 영이를 "너무 멍청하다"(18쪽)고 하는 순이가 등장하지만, 영이가 순이로 증식하는 이유는 "영이 혼자서는 견딜 수가 없었기 때문"(14쪽)이며 순이를 없앴을 때 "피투성이가 된 영이"(33쪽)를 보게 한다. 이때 중요한 것은 폭력의 잔혹성뿐 아니라 해결 불가능한 고통으로서 "어차피 영이의 말을 들을 사람이 아무도 없"(33쪽)는 것처럼 고통을 외면하는 세상에 있다.

이것이 폭력을 삐딱하게 바라봐야 하는 이유인데 이는 불가능한 대극

---

40) 강유정(2011), 앞의 글, 402쪽.

들이 동일한 공간에 공존함을 인식하는 '시차적 관점'[41]과 연관된다. 안정된 세계와 폭력은 공존 불가능해 보이지만 폭력을 다른 관점에서 보았을 때 세계가 이미 폭력적이고, 폭력적인 인물은 세계의 폭력성을 미리 경험한 인물이 된다. 반면 지젝(Slavoj Žižek)이 말하듯 폭력을 직접 건드리면 폭력 행위가 갖는 압도적인 공포감과 희생자에 대한 감정이입 때문에 폭력이 신비화된다.[42]

따라서 김사과 소설의 폭력은 말이나 사유로 표현할 수 없는 좌절감에서 나온 '행위로의 이행'[43]으로만 볼 수 없다. 이렇게 보면 이들의 폭력이 자기혐오에 근거하면서 기존의 폭력을 내면화·확대재생산한다는 것으로 귀결된다.[44] 그러나 '행위로의 이행'은 정해진 규칙을 따르거나, 반대로 (자기)파괴적인 폭력 말고 선택의 여지가 없는 상황[45]을 보여주므로 중요하다. 특히 전 세계를 포괄하는 자본주의는 동시에 '세계 없는' 이데올로기적 상황을 유지하며 대부분 '인식론적 지도'를 그릴 기회가 박탈된다.[46] 그러므로 이들이 자기혐오에 근거한 폭력을 보이는 것은 단순한 충동이 아니라 비가시적인 구조적 폭력에 둔감했던 자신을 직시하는 것이다. 이렇게 무심한 세계에 대한 순응/저항을 벗어나 세계를 파괴하고자 하는 것은 '가능성의 불가능성'이 아닌 '불가능성의 가능성'을 보여준다. 세계를 파괴하는 것이 불가능함에도 불구하고 불가능성을 지속하므로 "절박함"[47]을 가지는 것이다. 따라서 주관적·객관적 폭력의 상호 작용을

41) 슬라보예 지젝(2009), 앞의 책, 827-828쪽.
42) 슬라보예 지젝(2011), 앞의 책, 26-27쪽.
43) 위의 책, 119쪽.
44) 류보선, 「한국소설의 새로운 발명품들 : 살인기계, 괴물들의 세계사, 나무의 시간, 그리고 소년 : 2010년 겨울 한국소설의 풍경」, 『문학동네』 2011년 봄호, 508쪽.
45) 슬라보예 지젝(2011), 앞의 책, 118쪽.
46) 위의 책, 123쪽.
47) 김예림, 「조로 혹은 변사(變死)하는 아이들을 위한 비망록」, 『오늘의 문예비평』 2009년 여름호, 208쪽.

이야기해야 하며, 가장 가시적인 주관적 폭력으로서 '사회적 행위자·사악한 개인·억압적 공권력·광신적 군중'에만 현혹되지 말아야 한다.[48] 김사과 소설의 인물들은 스스로를 "아무것도 아"(「나와 b」, 119쪽)닌 자 혹은 "무시당할 만한 인간"(「과학자」, 40쪽)이라고 하지만 권채린이 말하듯 이러한 정체성이 오히려 세계의 배치에 속하는 데 관심과 흥미가 없다는 것을 보여주면서 '오염된 세계의 구획을 무력화'[49]하는 것이다.

3.2. 시대착오적 고통과 동시대인의 독특성

『영이』에서 나타나는 폭력은 시스템에서 이미 배제된 상태에서 나타나는 계급적인 분노 때문이거나, 시스템에 순응한 상태에서 우발적으로 '아무 이유 없이' 나타난다는 점에서 시대착오적이다. 두 가지 경우 모두 시대에 제대로 적응하지 못하는 결과로서 이때 나타나는 폭력은 '광기' 혹은 '분열증'의 결과로 세계가 만들어낸 '괴물'로 이야기되었다.[50]

그러나 김사과의 작품에서 폭력이 귀환할 때, 이는 단순히 비합리적·파괴적인 폭력만을 묘사하는 데 목적이 있는 것이 아니다. 오히려 폭력을 통해, 고통을 느끼지 못하는 '무감'한 상황을 제시하면서 새롭게 귀환하는 것이다. 문학에서 그려내는 고통마저 스펙터클이 될 수 있는 '무통문명'의 상황에서 김사과는 고통을 '전시'하는 데 그치지 않는다. 역설적으로, 조르조 아감벤(Giorgio Agamben)이 말하듯이 인물들의 고통이 '시대착오적'일수록 시대를 더 잘 보는 '동시대인'이 되기 때문이다. 동시대적인 사람은 시대와 일치하지도, 시대의 요구에 부응하지도 않는 비시대적

---

48) 슬라보예 지젝(2011), 앞의 책, 38쪽.
49) 권채린(2012), 앞의 글, 193쪽.
50) 류보선의 글에서는 김사과 소설의 행위들이 분열증이라기보다 정신병적이라고 보면서, 객관적 폭력이 얼마나 지독한 괴물로 전락하게 만드는지를 보여줌으로써 '주관적 폭력의 아포리아'를 이루고 있다고 말한다. (류보선(2011), 앞의 글, 508쪽.)

(inattuale)인 사람이지만 시대에 진정 속한 사람으로서 단절과 시대착오 때문에 다른 사람들보다 그들의 시대를 더 잘 파악할 수 있다.[51]

먼저, 이들은 반시대적인 인물들로서 시대가 원하지 않는 일을 하면서 쓸쓸함, 피곤함, 지루함을 느끼는데 이와 관련된 고통 역시 '열심히 사는' 사람들과 반대되는 것으로서 시대착오적이다.[52] 그러나 이는 역으로 고통스러운 시대를 견딜 수 없기 때문에 나타난다. 따라서 이들이 심화적 고통이 만연한 시대를 더 잘 본다는 의미에 집중할 필요가 있다. 이들은 세계의 고통에 가장 예민한 사람들이며, 고통을 견디는 것이 오히려 세계를 공고하게 만드는 데 기여한다는 것을 알기에 삶의 비참함을 설파한다. 따라서 한 좌담에서 제기하듯 무차별로, 무감각하게 사람을 죽이는 것 같으면서도 앞뒤에 서술되는 감정들이 예민하고 자기 검열적[53]이다. 이들의 살인은 지겨운 삶을 탈피하기 위한 것이지만, 이나가 '살인'과 '노동'을 동일시하는 것처럼 살인도 지겨운 행위가 된다. 또한 이들이 살인을 하는 대상이 약자라는 점에서 살인이 문제를 해결해 주지 않는데, 그 대상이 곧 자신의 과거나 자신의 미래가 되기 때문이다. 살인을 한 자는 현재가 그대로 진행되었을 때 겪게 될 고통인 부정성을 미리 안 '동시대인'으로

51) 조르조 아감벤, 『벌거벗음』, 김영훈 역, 인간사랑, 2014, 22-23쪽.
52) 「나와 b」에서 어느 대학에 다니고, 무엇을 하고, 꿈이 무엇인지 묻는 할아버지의 질문에 아무 대답도 못하는 '나'는 지루함과 쓸쓸함과 증오를 느낀다. 대신 '나'가 열심히 하는 것은 본드를 부는 것인데, 이것이 b가 돈 버는 것과 결국 다 똑같으므로 노력해도 소용없다고 이야기한다. 「과학자」에서도 모든 것이 지겹다고 하면서 "동그라미에서 빠져나올 수 있을 것 같지가 않"(55쪽)은 절망감을 느낀다. 「이나」에서도 좁고 긴 방이 관을 연상하는 것처럼 끝나지 않을 악몽을 말한다. 가장 반시대적인 행위로서 살인을 한 인물에게 남는 것 역시 살인 후에도 아무것도 변하지 않는다는 것으로서 '출구 없는 고통'을 확인한다. 이렇게 고통의 악순환 속에서는 회복의 가능성을 찾아볼 수 없다. 「과학자」에서 한나에게 폭력을 행한 '나'의 "기분은 역시 그대로"(63쪽)이며, 입 밖으로 도움을 요청할 수 없을 정도로 심화된 고통만 남는다.
53) 강동호·강지희·김나영·송종원, 「리뷰 좌담 : 이야기의 인력, 떠오르는 여백 : 2010년 봄의 한국소설」, 『문학동네』 2010년 봄호, 22쪽.

서 "우리가 결코 살아본 적이 없는 현재로 되돌아"[54]간다. 즉 "지금 여기 있는 현재를 단절시키고 또 다른 현재를 볼 수 있게"[55] 하는 것이다.

「이나」에서 이나는 할머니를 살인한 뒤 세상이 자신에게 원하는 것이 무엇인지 모르겠으며, 세계가 자신을 위협한다고 느낀다. 이는 자신을 정당화하는 것 같지만 이면에 죄책감이 있고, 근본적으로는 이미 더럽혀진 캔버스처럼(69쪽) 슬럼프에서 못 벗어나게 하는 세계의 고통이 있다. 이나는 자신의 손도 할머니처럼 "회색 승용차에 깔려 천천히 말라비틀어질"(92쪽) 것이며 "늙고 추한 할머니가 될"(92쪽) 것이라고 말한다. 그러므로 "이미 죽은 거나 마찬가지"(87쪽)였던 할머니를 죽인 것은 미래의 자신을 죽인 것이며, 미래의 현재를 의미한다. 마찬가지로 「움직이면」에서 '나'는 아이를 살인할 때 "아무도 벗어날 수가 없"(208쪽)는 "삶의 비밀"(208쪽)을 말한다. 또한 삶은 익숙하게 견뎌내는 것이므로 사람들이 자신보다 먼저 죽는 것을 보고 싶어 죽였다고 말한다. 이는 견딤의 결과를 알기 때문이다.

또한 시대착오적 고통은 '지진'으로 상징된다. 「움직이면」에서 '나'는 자신의 "인생에서 한번도 일어난 적 없는 진부한 고통"(195쪽)으로 삶을 채운 국밥집 여자를 이해할 수 없고, 그러한 고통은 텔레비전이 보여주는 것으로 만족해야 한다고 말한다. 그러나 여자의 고통을 보는 순간 "삶이 바닥부터 흔들리"(197쪽)는 것을, 가게 전체가 자신에게 무너지는 것을 느낀다. 「이나」에서도 "세상이 자신을 향해 천천히 무너져 내리고 있다는 망상"(69쪽)을 한다. 이와 달리 「정오의 산책」에서 한의 역할은 평온한 세계에 오히려 지진을 일으키는 것인데, '세계의 흔들림'인 고통은 회와 정을 공포에 떨게 한다. 이러한 공포는 사실 '아무 일도 일어나지 않은 세

---

54) 조르조 아감벤(2014), 앞의 책, 33쪽.
55) 류보선(2011), 앞의 글, 504쪽.

계'에 내재해 있던 것이다. 이러한 지진을 '나'부터 느낀다는 점에서, 이는 자신도 예외가 될 수 없는 고통을 스펙터클로 보지 않고 함께 느끼는 것이다. 그러므로 이 시대를 지진으로 보는 것이 세상을 제대로 보는 것이 된다.

따라서 시대와의 불일치나 시대감각의 '시차성' 때문에 '동시대인'을 '다른 시간을 사는 사람'이라고 생각해서는 안 되는데, 동시대성은 '시대와 갖는 독특한(singular) 관계'이기 때문이다. '동시대인'은 시대에 들러붙어 있으면서 동시에 시대와 거리두기를 하는 것이며, 이접(disjunction)과 시대착오를 통해 시대와 특수한 관계를 맺는다. 시대에 너무 잘 맞고, 모든 면에서 완벽히 시대에 묶여 있는 사람은 '동시대인'이 아니다. 바로 그 때문에 그들은 시대를 쳐다보지도, 확고히 응시하지도 못하기 때문이다.[56]

특히 시대와 독특한 관계를 맺는 '동시대인'이 나타나는 작품이 「정오의 산책」이다. 한은 텔레비전과 관련된 스펙터클로서, 텔레비전 장면 사이에 회와 정의 일상적인 장면을 자연스럽게 틈입시키며 '무통문명'을 보여준다. 이렇게 고통을 느끼지 못하고 사는 한에게 가장 많이 나타나는 감정은 '피곤함'이다. 등록금과 치료비를 위해 열심히 돈을 버는 한은 회사 생활을 "깍듯하지만 무미건조"(157쪽)하게 한다. 또한 그는 "단 한 번도 타인의 슬픔이나 고통 따위에 신경을 쓸 틈이 없었"(173쪽)기 때문에 "남들에게 무심"(173쪽)했다. 그러나 무감하게 살아가던 한에게 분노가 쌓이기 시작하는데, 이는 괴로운 일이 생겼을 때가 아니라 반대로 회의 수술이 성공적으로 끝났을 때나 윤의 명랑함이 자신의 업무를 방해했을 때이다.

그러다 한이 산책을 하는 도중 갑자기 '그 일'이 일어난다. 이는 "언어로 설명할 수 없는" "거대한 힘"(170쪽)이다. 이를 통해 한은 세계에 "감추

---

56) 조르조 아감벤(2014), 앞의 책, 23-24쪽.

어진 겹"(171쪽)을 보게 되는데 이는 과거, 현재, 미래를 동시에 직관적으로 이해할 수 있게 한다. 이는 그 자체로 비일상적·비합리적인 사건이라는 점에서 반시대적이다. 또한 자신이 지금까지 얼마나 "시시한 고통"(172쪽) 속에서 바보처럼 살아왔는지 깨달으면서, 평온한 일상이 티베트 수도자들의 고행과 같다는 것을 알게 된다. 이후 한은 모두가 몇 초 전의 자신과 마찬가지로 시시한 고통 속에서 살고 있으므로, 그들을 자신과 같은 길로 이끌어야 한다고 생각한다.

> 고통 그 자체인 푸른 지폐들, 그의 집, 그의 성실성, 그의 희생, 그따위 것들로는 그 자신과 정과 회를 고통에서 해방시킬 수 없다. (⋯) 그것들은 문제를 해결하는 것이 아니라 오히려 문제를 악화시켰다. 그런 식으로는 아무도 아무것도 해방될 수 없다. (⋯) 그는 더 이상 그런 식으로 노력하지 않을 것이다. (⋯) 그는 차라리 이 모든 것을 무시할 것이다. 그는 완전히 다른 전략을 취할 것이다. (178-182쪽)

이렇게 한이 '고통 자체'인 심화적 고통을 느낄 때 인물의 이름은 허윤진의 말처럼 恨, 情, 懷 등 마음 심(忄) 변이 들어간 감정의 어휘로 연상된다.[57] '동시대인'이 시대의 빛이 아닌 어둠을 인식하기 위해 시선을 고정하는 존재인 것처럼, 자신과 타인의 고통을 인식하는 한은 시대의 어둠을 보는 존재가 된다. 이는 타성이나 수동적 양상이 아니라 특수한 활동과 능력을 내포하므로, 한처럼 어둠을 보는 '동시대인'은 '드문 존재'로서 용기가 필요하다.[58]

그러므로 김사과의 소설에 나타나는 폭력은 합리적/비합리적 또는 도덕적/비도덕적인 이분법적 도식으로 환원되기 어렵다. 류보선에 따르면, 김

---

57) 허윤진(2010), 앞의 글, 158쪽.
58) 조르조 아감벤(2014), 앞의 책, 27-29쪽.

사과의 소설은 자신만의 시차와 시대착오로 전달해준 우리 시대의 자화상[59)]인 것이다. '동시대인'은 '지킬 수 없는 약속을 지키려고 노력하는 자'인데 이때의 약속은 연대기적인 시간 안에 있지만, 시간을 재촉하고 압박하면서 변화를 이끌어낸다.[60)] 이것이 한이 갑자기 느낀 깨달음과 연결되며 이러한 긴급성이야말로 반시대적이다. 그리고 자신뿐만 아니라 회와 정에게도 변화를 전파한다는 점에서 한의 "시대착오 덕분에 '너무 늦게'나 '너무 빨리', '아직'이나 '이미'라는 방식으로 시대를 포착"[61)]할 수 있게 된다. 한이 세계의 고통을 보는 것은 그 고통이 이미 세계의 연속되는 구조에 내재했다는 점에서 '너무 늦게'나 '이미' 드러난 것이지만, 남들보다 '아직', '너무 빨리' 보았기 때문에 한은 '괴물'이 아니라 '드문 존재'가 되는 것이다. 따라서 이러한 '동시대인'으로 인물을 분석할 때, 김사과 소설에서의 고통과 폭력을 여러 겹으로 볼 수 있게 된다.

4. 고통의 발설과 세계의 분석

『02 영이』에서 두드러지는 특성은 다듬어지지 않은 감정의 발설과 인물이 처한 상황에 대한 분석적 문장이 함께 나타난다는 것이다. 상반된 형태의 문장이 등장하는 것은 작품 속 인물들이 느끼는 감정을 전달하는 한편, 그것의 원인을 분석하여 그들의 분노가 개인의 차원에 국한된 것이 아님을 지적하여 인물의 분노를 구조적으로 전환하는 효과를 갖는다.

먼저, 인물의 우발적·충동적 심리를 반영하는 "문장 이전"[62)]의 문장

---

59) 류보선(2011), 앞의 글, 504쪽.
60) 조르조 아감벤(2014), 앞의 책, 29쪽.
61) 위의 책, 29쪽.
62) 김형중, 「'탈승화' 혹은 원한의 글쓰기」, 『문학과 사회』 2013년 봄호, 378쪽.

들은 서사를 구축하기보다 그것을 파괴하는 단위로 기능한다.[63] '갑자기', '아무튼'의 빈번한 사용은 사건의 인과적인 연관성을 끊어내며, 이유를 설명하지 못하는 '왜냐하면'은 인물이 처한 상황과 그의 행위에 대한 근거를 대지 못한다. "영이의 손은 맥주색 철문을 만나자 모기처럼 약해졌다. 왜냐하면 영이는 문을 열고 싶지 않기 때문이다. 영이의 발들은 돌계단 삼형제를 만나자 깜짝 놀라 움츠렸다. 왜냐하면 영이는 계단을 오르고 싶지 않기 때문이다"(「영이」, 11쪽)에서처럼 '왜냐하면'은 행위나 감정의 근본적 원인에 닿지 못하고 미끄러진다. 분노의 원인이 가시적으로 존재하는 것이 아니라 한없이 소급되면서 결국 시스템의 문제에 닿기 때문이다.[64]

상황에 대한 논리적 설득력을 상실한 문장들은 그것을 대신하여 인물이 처한 상황의 느낌을 전달하는 데에 치중되어 있다. 김사과의 소설에서 인물의 눈앞에 펼쳐지는 상황은 인물의 생각과 느낌의 배경으로 존재하며, 언어로 포획되기 이전에 감각으로 전달된다.

> (1) <네덜란드? 뜬금없이 웬 네덜란드? (…) 그래 차라리 유럽으로 가라가서 유럽 남자 만나서 결혼하고 애 낳고 그리고> (개새끼 죽여버릴 거야) <뭐? 안 들려 웅얼거리지 말고 크게 말해> <배가 고파서요> (…) (자 이거 가지고 가서 읽어봐라 (…) 자퇴생의 꼬리표가 평생 너를 따라다니게 되겠지만 그래도 열심히) 개새끼 정말 (살도록 해 그러나 어딜 가더라도 대마초가 허용되는 자유로운 나라에서 살게 되더라도 너 정말 계속 이런 식으로 건방지겐 굴다간) 아무래도 저 눈동자를 잘라내야겠다 혓바닥에 칼집을 내야겠다 그래야겠다 (「준희」, 109-110쪽)

> (2) 안먹으면죽여버릴꺼야먹어먹**어**어서**다먹**으라고**!** (「과학자」, 61쪽)

---

63) 권채린(2012), 앞의 글, 190쪽.
64) 위의 글, 190-191쪽.

(3) <좀 크게 말해봐 아니 안 들려> <바빴어 요즘 좀 바빴어 내가 나중
에 전화할게> <엄마 나 재즈댄스 배우고 싶어 그리고 병원에 좀 가야겠
어 머리가 아파 너무> <눈에 초점이 안 맞는 것 같고요 버스 손잡이가>
<너 아프다며 니 친구한테 연락 왔어> <엄마 엑스레이를 찍어야겠대>
<죽고 싶다며?> <아니야 안 아파> <아니요 안경 안 써요> <어 죽고 싶
은 거지 아픈 건 아냐> <별 이상은 없고 단지 스트레스> <그게 그거지>
<그게 왜 그게 그거야> (「준희」, 95쪽)

(1)처럼 대화의 표지인 각괄호(< >)와 생각의 표지인 소괄호(( ))가 역전
되는 모습은 대화 상황을 배경으로 위치시키고 인물의 감정을 전면화한
다. 또한 (2)처럼 목소리 크기에 따라 글씨 크기가 변하는 것, (3)처럼 동
시다발적으로 들리는 소음을 한 문단으로 처리한 것 등은 상황을 언어로
정리하여 전달하지 않고 감각을 그대로 보존하여 형상화한다. 인물 역시
즉각적·단편적인 언어로 반응한다. 대화뿐 아니라 일반적인 서술에서도
반복적으로 등장하는 감탄사 '어,'와 '존나', '씨발' 같은 비속어의 사용
등, 구어체를 이용한 것이 대표적이다. 김형중의 말처럼 갑자기 떠오른 생
각 혹은 말문이 막혔을 때의 표지와 같은 '어,'와 비속어의 등장은 승화되
지 않은 정념을 드러낸다.[65] 또한 작품에서 남발되는 '그래서'는 행동의
원인이 바로 앞선 장면이라는 것을 보여주고, 따라서 그 행동이 깊은 사
고를 거치지 않은 것임을 드러낸다.[66] 인물들의 서술과 대화도 사고와 행
동의 범주를 경계 없이 넘나들며 간극을 보이지 않는다.[67] 이는 작중 인

---

65) 김형중(2013), 앞의 글, 380쪽.
66) 난 한나가 죽이고 싶도록 미워졌다. 그래서 난 당황했고, 그래서 고추장을 먹었고, 다시
당황했고, 다시 먹었고, 다시, 다시, 다시, 다시, 다시, 난 그 동그라미에서 빠져나올 수 있
을 것 같지가 않았다. (「과학자」, 55쪽.)
67) 우린 담배를 살 거다. 한나랑 살 거다. 슈퍼에 갈 거다. 그리고 우리는 63빌딩에
맞다, 우리 63빌딩 가기로 했지?
우리가? 언제?(「과학자」, 43쪽.)

물의 목소리가 다듬어지지 않은 채 발설되고 있음을 보인다.

이러한 문장의 현장성은 인물이 드러내는 폭력의 상황에서 극대화된다. 「과학자」에서 '싫어'라는 말을 문장 부호를 생략하면서 반복할 때 이는 가독성을 높이며 문장이 '발화'되는 것이 아니라 '발설'되고 있다는 느낌을 자아낸다. 띄어쓰기는 의도적으로 어긋나며, 정념은 날것으로 드러난다. 언어는 정보 전달의 기능을 완전히 상실한 채 "기관총을 쏘는 것 같기도 하고", "구토를 하는 것 같"[68]기도 한 모습이다. 작가는 발악하는 인물들의 목소리를 독자들이 '느낄' 수 있도록 '감각하는 문장'을 이용하는 것이다.

> 중학교때과학시간에오징어를해부했는데갑오징어고무장갑초고추장선생님이오징어를잡더니눈똑바로뜨고봐라이게바로오징어의눈이다부루스타스뎅냄비나무도마냄비에물을붓고끓이는데냄새가아주반장엄마가초고추장을만들어와서먹는데음음음음음음음음음그뒤로나는내가오징어를좋아한다고생각했어그뒤로칠년동안이나좋아한다고오징어를진짜나사실은오징어를싫어하는데진짜오징어오징어오징어지금도오징어만생각하면오징어죽도록화가난다 (「나와 b」, 131쪽)

이렇듯 분노를 발설하는 문장은 상황과 감정에 거리를 두고 그에 대해 설명하는 분석의 문장을 통해 단순한 분노를 넘어 구조적 차원으로 전환된다. 앞선 문장들이 상황에 대한 설명과 논리를 의도적으로 배제함으로써 인물의 감정을 '표출'한다면, 이 문장들은 인물들의 분노의 연원을 '설명'함으로써 작품을 단순한 정념의 덩어리로 남지 않도록 만드는 것이다.

분명한 사실은 우리가 가난하다는 사실이다. 그리고 더욱 확실한 것은

---

68) 허윤진(2010), 앞의 글, 164쪽.

우리가 계속해서 돈이 없을 것이라는 사실이다. 따라서 우리 누구도 결혼을 하고 자식을 낳지 않을 것이다. 왜냐하면 상황은 점점 더 나빠질 것이고 우리는 자식에게 부랑자라는 직업을 선사하고 싶지 않기 때문이다. (「매장」, 235쪽)

세계의 고통은 포화상태에 이르렀고 따라서 세계는 더 이상 사소한 노력, 즉 더 많은 노동과 더 많은 전쟁 따위로는 해결될 수 없다. 돈은 돈을 부를 뿐이며 전쟁은 전쟁을 부를 뿐이다. 세계는 근본적인 해결책을 원한다. (「정오의 산책」, 182쪽)

이때 문장들은 묘사하고 있는 상황의 절박함에 비해 간결하고 건조하게 나타난다.[69] 수식어는 극도로 절제되며, 이유를 설명하지 못한 채 미끄러지던 '왜냐하면'은 논리적인 이유를 설명한다. 여기서 도드라지는 특징은 관념어의 사용이 잦다는 것이다. 가령 '세계', '빈곤', '전쟁' 같은 단어는 인물들이 분노하는 대상인 구조를 사유하고 있음을 드러내며, 그들의 분노가 개인적인 결함처럼 "우발적인 것이 아니라"[70] 객관적 상황에서 비롯됨을 시사한다. 감상을 배제한 논리적 문장은 곧 김사과 소설에서의 폭력이 구조의 폭력성을 인지한 인물들의 '동시대'적 행위임을 보여주는 것이다.

동시대적 행위로서 폭력은 작품에서 반복적으로 등장한다. 구조적 폭력을 인지한 인물들의 고통이 휴머니즘이나 웃음으로 쉽게 해결되지 않고 강박적으로 나타나는 것이다. 작가는 "한 문장―삼초의 고통이 아니라 천 문장―삼천초의 고통을 안겨줘야"(「영이」, 24쪽)하는데, "그래야 영이가 당신 마음속에 오래도록, 영이가 죽고 내가 죽은 뒤에도, '영원히' 살

---

69) 김성진, 「학교 폭력에 대한 청소년 소설의 서사화 양상」, 『문학치료연구』 제26집, 2013, 344쪽.
70) 차원현(2013), 앞의 글, 109쪽.

아남을 것이기 때문"(「영이」, 25쪽)이다. '한 문장'과 '백 문장'의 고통의
무게는 다르며, '한 문장'으로 끝낼 경우 쉽게 애도되고 잊히므로 작가는
분노와 폭력의 문장을 끊임없이 늘어놓는다. 이는 작품에서 반복되는 폭
력적 행위가 소비되는 대상인 스펙터클이 아니라 망각을 저주하는 행위
로서 기억하기71)의 글쓰기를 보여주며, 고통과 함께 머물고 있음을 드러
낸다.

철저하게 고통으로 직조되어 "한 번 더 사는 것처럼 느껴질 만큼 오랫
동안"(「영이」, 25쪽) 나타나는 김사과의 문장 속에서 독자들은 고통을 망각
할 수 없다. 다른 사람의 고통을 경험하는 것은 명백하게 '당황'스러운 일
이다.72) 그러나 독자들은 인물들의 고통과 분노를 느낌으로써 그들과 "홀
로, 더불어, 함께 존재"73)하게 된다. '읽는 당신'이 아니라 아주 오래 '느
끼는 당신'을 요구하는 것(「영이」, 25쪽), 그리하여 '함께 존재하는 것'의 가
능성은 김사과가 멈추지 않고 계속해서 쓰는 이유일 것이다.

5. 나가며

김사과의 『02 영이』는 "현재의 암흑에 펜을 적셔 글을 쓰는"74) '동시
대인'을 보여주며, 개인적인 분노와 폭력에서 나아가 세계의 구조에 내재
해 있는 폭력까지 볼 수 있게 해 준다. 이에 따라 이 글에서는 분노의 범
위를 확장하고 폭력 역시 '시차적 관점'으로 보고자 하였다. 이는 표면적

---

71) 서영채(2014), 앞의 글, 248쪽
72) 한은 그런 식의 경험 혹은 사건을 단 한번도 상상해본 적도 기대해본 적도 없었기 때문에
    몹시 당황했다. (「정오의 산책」, 170쪽.)
73) 허윤진(2010), 앞의 글, 159쪽.
74) 조르조 아감벤(2014), 앞의 책, 27쪽.

인 분노와 폭력에서 드러나지 않았던 비가시적인 문제들을 보게 한다.

목적과 대상이 없는 분노는 쉬운 공감을 거부하고 역설적으로 공감의 불가능성을 가능성으로 전환하며, 자기분열적 분노는 모두에게 연루되는 분노를 가능하게 하면서 예민한 수동성에서 능동성을 획득한다. 이는 분노를 구조적으로 확장한다. 또한 개인적인 원인으로 설명할 수 없고 해결 불가능한 극단적 고통은 가시적인 주관적 폭력뿐 아니라 비가시적인 객관적 폭력까지 보여줌으로써 심화적 고통으로 나아간다. 이러한 고통은 시대를 가장 잘 볼 수 있게 하면서 '동시대인'의 시대착오와 연결된다. '동시대인'은 '너무 늦게'/'너무 빨리', '아직'/'이미'의 시차를 통해 시대를 제대로 보게 되는 것이다. 또한 형식적인 면에서도 감정의 발설뿐 아니라 인물이 처한 상황도 설명하면서, 세계를 '아는' 인물의 고통이 실감 나게 그려지고 있음을 말하고자 하였다. 『02 영이』는 소설 전체가 하나의 비명처럼 보일 정도로 고통을 감각화하지만, 상황에 거리를 두고 논리적인 분석을 하면서 고통을 구조적으로 전환한다. 이렇게 『02 영이』에 나타나는 분노와 폭력은 개인적인 분열증으로만 볼 수 없다.

이러한 김사과의 소설들은 '지금 여기의 비극으로서 "우리 시대의 비극"75)에 해당한다. 기존의 비극이 이해할 수 없는 괴물 같은 인간이자 '나'를 발견하게 하는 이야기76)들을 다룬다면 새로운 비극으로서 김사과의 소설은 부정성의 구조 위에서 존재하고, 간극과 틈이 폭력적 사건으로 구체화되며, 우리가 살아가는 현재와 후기 자본주의 사회 혹은 신자유주의 경제 체제의 사회성을 구조화77)해서 보여준다.

이에 따라 2010년의 한국소설에서 고통을 이야기할 때, 고통을 어떻게

---

75) 강유정, 「지금 여기의 비극, 당신의 고통」, 『세계의 문학』 2011년 가을호, 392쪽.
76) 위의 글, 391쪽.
77) 위의 글, 408쪽.

다루는지가 중요할 뿐만 아니라 고통 자체를 보는 일도 중요해진다. 김사과의 문학은 분노의 감정을 이야기하면서 고통을 형상화하는 방식인 폭력도 함께 다루는데, 이 과정에서 우리가 왜 고통을 외면하지 말아야 하는지를 질문한다. 고통은 내버려 두거나, 일시적인 해결책으로 치유될 수 있는 것이 아니다. 휴머니즘으로는 고통을 해결할 수 없다. 그러므로 문학에서도, 고통을 계속 이야기해야 한다. 이 시대에 내재하는 고통을 가장 독하게 이야기하는 작가 중 하나인 김사과는 이를 기억하기의 글쓰기를 통해 계속해서 보여준다. 그러므로, '우리 시대의 비극'의 주인공은 바로 우리이다. 그것도, 고통을 제대로 '느끼는' 우리여야만 한다.

참고문헌

1. 김사과 작품 목록

『미나』, 창작과비평, 2008.
『풀이 눕는다』, 문학동네, 2009.
『02 영이』, 창작과비평, 2010.
『나b책』, 창작과비평, 2011.
『테러의 시』, 민음사, 2012.
『천국에서』, 창작과비평, 2013.
『설탕의 맛』(산문집), 쌤앤파커스, 2014.
「한국소설이 젊어지는 방법 : 젊은 소설가가 바라본 젊은 소설」(산문), 『대산문화』 2006
        년 봄호.
「물 마시러 갑니다」, 문장 웹진 2006년 8월호.
「뒷문」(산문), 문장 웹진 2007년 5월호.
「내 취미는 반항이다」(산문), 문장 웹진 2008년 10월호.
「동생」, 『실천문학』 2009년 여름호.
「소설가 김사과의 창작노트」(산문), 『오늘의 문예비평』 2009년 여름호.
「하루키와 나」(산문), 『오늘의 문예비평』 2009년 여름호.
「더 나쁜 쪽으로」, 『작가세계』 2011년 봄호.
「몰」, 『문학동네』 2011년 가을호.
「공백으로서의 청소년」(산문), 『문학동네』 2012년 봄호.
「샌프란시스코」, 『문학동네』 2012년 가을호.
「헤카베」, 『자음과 모음』 2013년 봄호.
「여름을 기원함」, 『세계의 문학』 2013년 가을호.
「maps and people」, 『창작과 비평』 2015년 봄호.

2. 단행본

김영찬, 『비평의 우울』, 문예중앙, 2011.
맹문재·장성규·홍기돈 엮음, 『2012 오늘의 문제 평론』, 푸른사상, 2012.
백지은, 『한국문학과 민주주의』, 소명출판, 2013.
오창은·맹문재 엮음, 『비등하는 역사, 결빙의 현실』, 푸른사상, 2013.

정홍수,『흔들리는 사이 언뜻 보이는 푸른빛』, 문학동네, 2014.
차원현,『크리티카 : 비평의 새로운 공간. 6』, 올 : 사피엔스21, 2013.

모리오카 마사히로,『무통문명』, 이창익 · 조성윤 역, 모멘토, 2005.
슬라보예 지젝,『시차적 관점』, 김서영 역, 마티, 2009.
_____,『폭력이란 무엇인가』, 이현우 · 김희진 · 정일권 역, 난장이, 2011.
조르조 아감벤,『벌거벗음』, 김영훈 역, 인간사랑, 2014.

3. 논문 및 평론

강동호 · 강지희 · 김나영 · 송종원,「리뷰 좌담 : 이야기의 인력, 떠오르는 여백 : 2010년 봄의 한국소설」,『문학동네』 2010년 봄호, 585-629쪽.
강유정,「매개된 위안과 무위의 힘」,『세계의 문학』 2011년 여름호, 273-288쪽.
_____,「지금 여기의 비극, 당신의 고통」,『세계의 문학』 2011년 가을호, 385-409쪽.
권희철,「인간쓰레기들을 위한 메시아주의」,『문학동네』 2009년 겨울호, 138-162쪽.
_____,「그때 최후의 심판이 시작된다 : 최진영,『끝나지 않는 노래』(한겨레출판, 2011), 김사과,『테러의 시』(민음사, 2012)」,『문학동네』 2012년 여름호, 624-630쪽.
김남혁,「자본주의가 만든 폐허 속에서」,『문예연구』 2009년 봄호, 170-182쪽.
김성진,「학교 폭력에 대한 청소년 소설의 서사화 양상」,『문학치료연구』 제26집, 2013, 333-354쪽.
김영찬,「앙팡 스키조」, 김사과,『02 영이』해설, 246-260쪽.
김예림,「조로 혹은 변사(變死)하는 아이들을 위한 비망록」,『오늘의 문예비평』 2009년 여름호, 195-209쪽.
김형중,「돌아온 신경향파」,『자음과 모음』 2010년 봄호, 652-667쪽.
_____,「'탈승화' 혹은 원한의 글쓰기 : 박솔뫼, 김사과, 황정은의 소설에 대하여」,『문학과 사회』 2013년 봄호, 366-384쪽.
남궁선,「끝없이 쏟아내는 아이」,『문학동네』, 2009년 겨울호, 1-9쪽.
류보선,「한국소설의 새로운 발명품들 : 살인기계, 괴물들의 세계사, 나무의 시간, 그리고 소년 : 2010년 겨울 한국소설의 풍경」,『문학동네』 2011년 봄호, 503-525쪽.
박성창,「고통의 문학적 재현과 비극적 모더니티의 수사학-김이설의 소설을 중심으로」,『세계의 문학』 2010년 겨울호, 405-422쪽.
서영채,「광주의 복수를 꿈꾸는 일」,『문학동네』 2014년 봄호, 228-254쪽.
양윤의,「정념의 수용기, 공감의 문학」,『세계의 문학』 2011년 겨울호, 311-324쪽.

이경재 · 차미령 · 유준 · 양윤의, 「갇힘의 사회학과 떠남의 존재론 : 2007년 봄의 한국소
　　　설 <座談>」, 『문학동네』 2007년 여름호, 512-545쪽.
이경진, 「앨리스씨를 위한 동정론」, 『문학동네』 2014년 봄호, 255-272쪽.
허윤진, 「너, 김사과」, 『세계의 문학』 2010년 가을호, 144-165쪽.

4. 기타자료
강지희, 「[주간문학리뷰] 천국의 바깥에서」, http://moonji.com/7876/

새로운 파국적 상상력과 포스트재난서사
−최제훈, 『퀴르발 남작의 성』*을 중심으로

최다정(이화여대 국문과 박사과정)
강소희(이화여대 국문과 석사과정)
김민지(이화여대 국문과 석사과정)
전소연(이화여대 국문과 석사과정)

1. 들어가며

재난의 이미지들이 범람하는 시대에서 21세기 문학은 더 이상 자연재해, 경제 공황, 집단 학살 등의 잔혹상들을 전시하는 것에 머무르지 않는다. "디스토피아의 묘사"에나 어울릴 법 해 보였던 "재앙, 파국, 종말 같은 단어들"이 "현실감"을 갖게 된지 오래이기 때문이다.[1] 일상화된 재난의 이미지들이 매일 목격되는 가운데 이제 우리는 '보이는 적'이 어떻게 만들어지는가 보다 적이 보이기만 하면 되는 상황[2]에 놓여 있게 되었다.

더불어 명징한 이미지들로 전시되는 재난서사 앞에 길들여진 우리들의 모습은 또 다른 의미에서 '재난의 일상화'라 부를 수 있을 것이다. 달라질 것이 없다는 '만연한 절망'[3]은 현재의 문제를 알면서도 외면할 뿐 아니라

---

* 최제훈, 『퀴르발 남작의 성』, 문학과지성사, 2010. 이하 인용 부분은 괄호 안에 쪽수만 표기하고, 작품명이 필요한 경우에는 괄호 안에 같이 표기한다.
1) 황정아, 「재앙의 서사, 종말의 상상」, 『창작과 비평』 2012년 봄호, 292쪽.
2) 강유정, 「재난은 어떻게 재난이 되나」, 『세계의 문학』 2014년 봄호, 281쪽.

심지어 그 지배적 질서에 순응하는 태도라는 점에서 이미 그 자체로 '만성화된 재난'이다. 더 이상 재난은 언제 도래할지 알 수 없는 미지의 존재가 아니라 '이미 와 있는' 것으로 존재한다. 그러므로 21세기 한국문학은 필연적으로 '재난 그 이후'의 삶에 주목하고[4] 더불어 이러한 재난의 현장에서 어떻게 살아가야 하는지에 대해 말하고 있다. 한국문학은 일상에 침투해 있는, 때문에 더는 그다지 매혹적이지도 또 그렇게 파괴적이지도 못한 재난에 대하여 '이데올로기(비판)적인 독해'[5]를 시도하고 있는 것이다.

따라서 최근 한국문학에서 나타나는 재난서사란 반드시 특정 소재의 재난을 전면화한 작품에만 국한되지 않는다. 파국을 설명하지 못하는 재난서사는 단지 재난을 스펙터클로 전시하며 흥미 유발의 요소로 사용한다. 잔혹한 재난상이 그리는 표피적인 이미지들은 그저 더 나은 세계를 향하는 유토피아적 열망 혹은 현재보다 더 큰 재난의 도래만을 바라는 파국적 상상력을 촉진시킨다. 이러한 상상력은 현재 우리가 이미 처해 있는 일상화된 재난을 망각하게 만든다. 그러므로 기존의 상상력과 구별되는 새로운 재난서사란 더 이상 재난에 대하여 휴머니즘 혹은 반휴머니즘과 같은 봉합의 방식을 택하지 않는다.

이러한 맥락에서, 최제훈의 소설은 사회 시스템의 문제점을 성토하는데 그치지 않고 우리가 속해 있는 체제의 프레임 그 자체를 드러내는 방식을 취한다. 특히 이는 최제훈 특유의 기발한 서사형식과 함께 구현되고 있기 때문에 그의 소설에 대한 평가는 형식적 측면에 대한 논의가 주를 이루고 있다. 예컨대, "시공을 뒤섞어 한바탕 난장을 벌여봅시다"라는 등장인물의 말로 『퀴르발 남작의 성』을 요약한 우찬제는 이 소설집의 가장 큰 특

---

3) 이소연, 「폐허에서 온 고지」, 『자음과 모음』 2014년 가을호, 167쪽.
4) 강유정(2014), 앞의 글, 281쪽.
5) 박가분, 「재난의 상상력」, 『세계의 문학』 2014년 봄호, 284쪽.

징으로 "난장의 탈주를 통해 다채로운 이질 혼성적 이야기들을 변형 생성한 것"[6]을 꼽고 있다. 즉 최제훈의 작가적 특성을 "기존의 서사 문법으로부터 벗어"나는 "삐딱하게 보기, 뒤집어 보기 등"으로 정리한 것이다.[7] 남진우 역시 『퀴르발 남작의 성』에 수록된 작품들의 특징으로 소설 전반에 걸쳐 나타나는 다시 쓰기와 고쳐 쓰기를 꼽으며, 이러한 텍스트가 결국 끊임없는 변형과 첨삭의 역사를 드러내고 이에 대한 해석 역시 오독될 수 있음을 보여준다고 지적한다.[8] 즉 최제훈의 『퀴르발 남작의 성』은 "텍스트에 개입해서 서사의 빈틈을 더 크게 열고 또 다른 시각과 목소리를 보태는"[9] 새로운 서사형식을 통해 우리가 지금까지 듣지 못했던 이야기들을 들려준다는 것이다.

한편 『퀴르발 남작의 성』 이후로 발표된 소설집 『일곱 개의 고양이 눈』[10]은 연작 단편소설들을 엮은 것임에도 불구하고, 마치 하나의 장편소설과 같은 느낌을 준다. 여기서도 최제훈은 "무한대로 뻗어나가지만 결코 반복되지 않는 이야기 사슬"을 통해 "단 한권의 책이 무한히 이어"져 "전체 시리즈가 되는 이야기"(361쪽)를 보여주고 있다. 정여울은 이에 대해 "'우리 시대의 죽음'이라는 테마를 탐구하면서도 죽음이라는 무거운 소재에 질식되지 않는다. … 최제훈의 『일곱 개의 고양이 눈』은 바로 죽음조차 엔터테인먼트의 대상으로 만드는 사회에서 죽음의 실체란 무엇인가를 질문한다."[11]고 평가한다.

---

6) 우찬제, 「난장의 문화 공학과 그 그림자」, 『퀴르발 남작의 성』, 문학과지성사, 2010, 286쪽.
7) 우찬제, 「서사도단의 서사」, 『문학과 사회』 2009년 봄호, 297쪽.
8) 남진우, 「부유하는 서사, 증식하는 세계」, 『문학동네』 2011년 봄호, 119-165쪽.
9) 노대원, 「홈스 콤플렉스」, 『문학동네』 2011년 겨울호, 420쪽.
10) 최제훈, 『일곱 개의 고양이 눈』, 자음과모음, 2011.
11) "살인을 다루는 대부분의 문화 콘텐츠들은 살인사건과 시체 해부 장면을 끊임없이 보여주면서 정작 '죽음' 자체는 타자화하는 아이러니를 보여준다. 우리는 그 어느 때보다도 죽음이 일상화된 세상 속에 살아가면서도 정작 죽음에 대한 성찰을 끊임없이 유예시키는 세상에서 살고 있다. (…) 감당할 수 없을 정도로 자주 일어나는 살인사건을 '머나먼 타인의

이러한 기존 논의들을 종합해보았을 때, 최제훈은 재난을 단지 스펙터클로 전시하는 작가가 아니라 재난의 근원을 파고드는 작가라고 할 수 있다. 선형적인 시간을 가로지르며 거듭 덧붙여지는 이야기들은 혼돈의 시대를 극복하는 방식으로 또 다른 혼돈이라는 새로운 파국적 상상력을 보여준다. 이렇게 재난을 새로이 마주하는 방식은『일곱 개의 고양이 눈』에서 보다 본격적으로 나타나지만, 첫 소설집인『퀴르발 남작의 성』에 수록된 작품 곳곳의 기저에도 이미 내재되어 있다.

따라서 이 글은 최제훈의 첫 소설집인『퀴르발 남작의 성』을 분석함으로써 21세기 문학이 성취하는 포스트재난서사의 모습을 그려보고자 한다. 먼저 2장에서는 재난을 직접적으로 언급하지 않으면서도 보이지 않는 재난을 상기시키고 이를 극복하는 최제훈 소설만의 특징을 살펴보고자 한다. 즉 소설은 일상화된 재난의 원인으로 이데올로기의 편집증적 구조를 지목할 뿐 아니라 그 안에 속한 개인 또한 재난을 추동하고 있음을 드러낸다. 그리고 궁극적으로 3장에서는 이러한 최제훈의 소설이 새로운, 글쓰기 형식과 파국적 상상력을 통해 재난 이후를 극복하는 방식을 제시하고 있음을 밝혀낼 것이다.

2. 일상화된 재난과 파국의 서사

2.1. 편집증적 망상과 시차적 관점

슬라보예 지젝(Slavoj Žižek)은 9·11 테러 사건을 통해 재난이 우리에게

죽음'으로 거리두기 함으로써 '진짜 죽음'에 대한 성찰은 끊임없이 미뤄진다.", "최제훈의 소설은 속삭인다. '죽음이 당신의 눈에 보이는 것보다 훨씬, 가까운 곳에 있습니다.'" (정여울, 「우리 시대의 죽음」,『일곱 개의 고양이 눈』, 자음과모음, 2011, 365-366쪽.)

전시되는 방식[12]을 고찰하고 이를 바탕으로 이데올로기의 구조를 '편집증적'이라 진단한 바 있다. 지젝에 따르면, 이 사건은 가장 극단적인 외연만을 스펙타클하게 전시할 뿐 재난의 세부를 제시하지 않음으로써 우리를 편집증적 망상으로 밀어 넣는다. '대량살상무기'를 가진 절대 악만을 제거하면 모든 갈등이 해결될 것이라는 믿음을 살포하는 이 폐쇄된 세계의 서사는, 개인을 이데올로기적 환영으로 이끌고 동시에 그에 조력하게 만든다.

이라크의 대량살상무기와 같은 '맥거핀(Macguffin)'은 "위협이 가상적이기 때문에, 그 현실화를 기다리기에는 이미 늦었으며, 너무 늦기 전에 우리는 먼저 공격해야만 한다."[13]는 주장을 가능하게 하고 이는 이데올로기의 편집증적 망상을 전개하는데 기여한다. 이처럼 맥거핀은 현실에서 직면해야 할 문제점들을 가리는 대리 표적으로 기능하며, 대리 표적은 현실보다 더 거대한 재난을 상상하여 일상에 밀접한 문제점들을 직시하지 못하게 만드는 재난의 상상력과 맞닿는다. 이는 일상의 억압을 넘어서려는 대중의 무의식적인 유토피아적 열망이자 동시에 그러한 대중의 열망을 길들이는 이데올로기적 대체물이다.[14] 결국 더 큰 재난이 닥쳐 파국이 오기만을 바라는 기존의 '파국적 상상력'은 개인을 억압하는 견고한 이데올로기를 결코 파기하지 못한다.

그러므로 최제훈 소설에서 나타나는 재난은 "묵시록적인 상징도, 유토피아를 매개하는 반어적 사건도 아닌 단지 이 순간에 발생한 규정할 수 없는 실체"[15]라는 점을 염두에 두어야 한다. 그가 재난을 보여주는 방식

12) 김서영, 「재난과 회복을 변주하는 정신분석의 해석학」, 『문학과 사회』 2010년 겨울호, 319쪽.
13) 슬라보예 지젝, 『시차적 관점』, 김서영 역, 마티, 2009, 730쪽.
14) 박가분(2014), 앞의 글, 285-286쪽.
15) 강유정, 「재난 서사의 마스터플롯」, 『세계의 문학』 2014년 봄호, 296쪽.

은 재난을 야기한 이데올로기의 구조를 노출시키는 것이기 때문이다. 「마녀의 스테레오 타입에 대한 고찰」은 『퀴르발 남작의 성』에서 가장 명확하게 이데올로기의 편집증적 구조를 드러내는 작품이다. 이 소설은 역사적 사건과 문화적 코드 전반을 아우르며 마녀의 의미 변화를 집요하게 추적한다. 이는 일차적으로는 이데올로기의 역사를 벗겨내고 이어 그 역사 안에 담긴 모순을 지적함으로써 그 개념의 안정된 상태에 대한 의문을 제기한다.16)

'마녀사냥'이라 불리는 역사적 사건과 그로 인한 "마녀의 스테레오타입 형성 과정"(162쪽)에 대한 고찰은 '마녀의 스테레오타입'이란 말 자체에서도 짐작할 수 있듯, 마녀의 실체가 인간 사회의 평화를 유지하기 위해 의도적으로 왜곡된, 임의적 실행일 뿐이라는 것을 보여준다. "새로운 신들이 주도권을 잡"은 "무렵부터 인간은 마녀와의 사이에 경계선을 긋고 음침한 이미지를 하나씩 덧씌우기 시작했다"(179쪽). 이렇듯 마녀의 스테레오타입은 결코 마녀의 실체가 아니다. 마녀가 인간 세계의 평화를 유지하기 위한 맥거핀으로 활용되는 과정에서 정작 살해당한 것은 "순수 혈통의 인간"(181쪽)들이기 때문이다.

또한 소설 속에서 마녀로 오인된 인간들의 화형 과정은 그 경계 밖으로 밀려나지 않은 경계 내의 존재들을 위한 스펙터클 쇼로 향유된다. 특별석에 앉은 귀빈들이나 광장을 가득 메운 평민들 모두 "생생한 쇼"(191쪽)를 원한다. "그들은 자신이 무슨 짓을 하고 있는지 전혀 알려고 하지 않았다는 거야. (…) 다수에 끼어 살인을 저지를 때는 망설임도 후회도 필요 없었어. 옳은 일을 하고 있다고 믿어버리면 그만이더군"(182~183쪽)이라는 서술에서 잘 드러나듯, '마녀사냥'을 향유하는 이들은 보이지 않는 적을

---

16) 이경재, 「텍스트 바깥에는 텍스트가 있다」, 『문학과 사회』 2011년 겨울호, 368쪽.

드러내주는 적절한 형상[17]에 기꺼이 사로잡혀 있다. 즉 폐쇄적 이데올로기가 제공한 편집증적 망상을 내면화하고 있는 것이다.

결국 최제훈의 소설은 무지한 참여자들을 실제로 현혹하는 이데올로기의 편집증적 구조뿐 아니라, 무지하지 않더라도 특정 이익을 위해 이데올로기적 보편성 뒤에 숨어 가면을 유지할 평계를 찾는[18] 집단까지 드러낸다. 다시 말해, 「마녀의 스테레오 타입에 대한 고찰」은 집단의 이데올로기가 결국 참여자들의 무지를 통해서만 존재할 수 있는 사회적 현실이며, 이러한 이데올로기의 사회적 효과가 자기 자신이 무엇을 하고 있는지 알지 못하게 만든다는 점[19] 또한 지적하고 있다.

이러한 사회에서는 "마녀 판별법을 앞세"웠던 "마녀 사냥꾼"(163쪽)조차 마녀로 내몰린 채 교수형을 당했듯, 모든 존재가 언제나 마녀로 몰려 살해될 수 있다. "인간들이 사냥한 것은 마녀가 아니라 마녀라는 환상"(183쪽)이기 때문이다. 편집증적 망상에 사로잡힌 사회로 인해 개인은 파국을 예비한 존재가 되어버린다. 이렇게 최제훈의 소설은 거대한 재난 대신 이데올로기적 구성물 그 자체를 폭로함으로써 '일상화된 재난'으로서의 현실을 드러낸다. 그리고 이를 통해 텍스트는 우리에게 진짜 재난을 은폐하는 대리 표적으로서의 상상된 재난을 인지시키고 동시에 이러한 재난의 상상력에 어떻게 우리의 열망이 용해되는지를 이야기하고 있다.

결국 『퀴르발 남작의 성』은 일상의 재난을 극적으로 부각시키는 동시에 그것을 은폐하는 이중적 역할을 수행하지 않기 위해서 파국의 상상력에 기대는 것이 아니라 이데올로기의 구조 자체를 노출시킨다. 그리고 이

---

17) 슬라보예 지젝, 『실재의 사막에 오신 것을 환영합니다—9 · 11 테러 이후의 세계』, 이현우 · 김희진 역, 자음과모음, 2011, 105쪽.

18) 김범춘, 「슬라보예 지젝의 이데올로기론에 관한 비판적 접근」, 『시대와 철학』 2008년 여름호, 81쪽.

19) 슬라보예 지젝, 『이데올로기라는 숭고한 대상』, 이수련 역, 인간사랑, 2002, 48쪽.

는 서사형식을 통해 보다 상세히 설명될 수 있다. 지젝은 이른바 '시차적 관점'이라는 개념을 내놓으며, "당연한 것으로 인식되던 것이 전혀 다른 방식으로 되풀이 될 때"[20]가 바로 이데올로기의 작동 방식이 드러나는 순간임을 강조한다. 최제훈 소설의 서사형식 역시 이러한 '시차적 관점'으로 해석될 만한 가능성을 내포하고 있다. 「퀴르발 남작의 성」은 명확한 기의에 도달하지 못하고 끝없이 미끄러지며 확장되는 기표의 움직임을 보여준다. 그것은 실체에 근접하지도 못한 채 자의적인 해석만을 양산하고 있다.

12개의 삽화로 구성되어 있는 「퀴르발 남작의 성」은 실제로 퀴르발 남작이 생존해 있던 시절의 소문에서 시작해 그 이야기가 어떻게 변형되고 또 얼마나 자의적으로 해석되며 전해져 내려오는지를 보여주고 있다. 여기서 주목할 점은 이 삽화들이 파편화된 채 비선형적인 시간으로 서술되고 있다는 점이다. 소설은 가장 기본적인 서사형식인 "처음-중간-끝을 교란하는" 형태로 진행되고 있다.[21] 물론 시간의 흐름을 해체하는 형식은 다른 작가들의 소설에서도 흔히 찾아 볼 수 있는 특징 중 하나다. 그럼에도 불구하고, 최제훈의 소설에서 시간의 흐름을 흩트리는 형식은 결말의 궁극적인 의미를 도출하기 위한 장치로 작동하지 않는다는 점에서 변별된다. 즉, 각 삽화들을 시간 순서에 맞게 나열한다고 해도 '퀴르발 남작의 성'에 대한 진실에는 결코 닿을 수 없는 것이다.

대신 각 삽화들은 하나의 대상에 대한 상이한 인식을 동시에 보여주고 있다. 예컨대, 딸 카트린느를 퀴르발 남작의 성에 하녀로 들이기 위해 길을 떠난 부모조차 퀴르발 남작에 대해 정확히 아는 바가 없다. 카트린느의 부모는 남작이 "악마의 자식이라 애를 잡아먹는다"고 말하면서도 동시

---

20) 김서영(2010), 앞의 글, 330쪽.
21) 우찬제(2009), 앞의 글, 296쪽.

에 "다 헛소리다"(44쪽)는 상반된 주장을 함으로써, 그저 '퀴르발 남작'이라는 불투명한 기표 근처를 배회한다.

또한 소설 속에서 에드워드 피셔 감독이 각색을 맡은 '퀴르발 남작의 성' 시나리오는 주연 여배우의 협박에 가까운 권유와 "관객이 절로 비명을 지르게 되는 자극적인 장면들을 연출해보라"(35쪽)고 요구하는 제작자에 의해 거듭 수정된다. 이렇게 수익에만 초점을 맞춰 제작된 영화는 결국 흥행에 참패한다. 그러나 이 영화는 훗날 이데올로기의 대립이 극심했던 1953년 미국의 한 저널에서 "폭압적이고 폐쇄적인 공산주의 체제의 몰락 과정을 보여주"며(38쪽) "호러 영화의 도식의 기대어 동시대 사회체제를 고발하는"(39쪽) 영화라고 알려진다. 원작의 의도를 훼손하면서까지 오직 흥행만을 목적으로 각색된 것임에도 불구하고, 이러한 사정을 알 리 없는 후대에선 "냉전 체제 최후의 승자에 대한 역사적 전망을 암시"(39쪽)하는 작품으로까지 평가되는 것이다. 심지어 1993년 한국의 서울 K대학교 교양 수업에선 "여성성에 대한 무의식적 혐오와 두려움"(10쪽)을 고발한 페미니즘 계열의 영화라고 해석된다.

이처럼 「퀴르발 남작의 성」은 선형적 시간관을 해체한 탈구성적 형식을 통해 퀴르발 남작이 살아 있던 당대부터 영화로 각색된 후대까지, 공존할 수 없는 상반된 인식이 '퀴르발 남작의 성'이라는 대상을 향해 투사되고 있음을 보여준다. 그리고 소설은 끝까지 실제 퀴르발 남작이 어떠한 인물이며 그가 살던 곳에서 무슨 일이 벌어졌는지에 대한 아무런 설명도[22] 하지 않음으로써, 그저 하나의 이야기가 제 멋대로 변형, 조작, 해석될 수 있음을 드러낸다.

이러한 해석의 전환을 가능케 하는 탈서사화는 모든 해석들을 편집증

---

22) 이경재(2011), 앞의 글, 363쪽.

적 서사의 일부로 동화시키는 이데올로기의 편집증적 구조로부터 빠져나
올 실마리를 제공한다. 즉, 기존의 "틀을 낯설게 만듦으로써 새로운 사유
가 가능해지는 것이다."[23] 이처럼 최제훈의 소설은 어떠한 중립적 공동
기반도 가능하지 않지만 그럼에도 밀접하게 연결되어 있는 두 관점들,[24]
동일한 대상을 바라보는 서로 다른 시점의 간극을 노출시킴으로써 이데
올로기라는 편집증적 구조 밖으로 새어나온다.

2.2. 개인의 욕망과 종말의 직시

앞서 밝혔듯, 21세기 한국문학은 일상이 되어버린 재난과 파국을 일종
의 알레고리로 추상화해 그리고 있다. 즉 최근 한국문학은 '지금 바로 당
신이 서 있는 곳이 재난의 핵심 장소다'라는 암울한 메시지를 바탕으로,
특정 재난을 모델로 하기보다는[25] 일상적 재난을 발음하고 있는 것이다.
따라서 이전의 재난서사가 재앙의 종류와 인과관계에 초점을 맞추고 있
었다면[26] 근래의 재난서사는 재난을 맞이하는 개인의 종말에 주목하고
있다.[27]

이처럼 종말에 근접하는 재난의 원인은 거대한 사회 시스템의 오류나
구조적인 문제뿐만 아니라 '그 속에서 살아가는 평범한 인간들 개개인의'
욕망과도 연루되어 있다. 한나 아렌트(Hannah Arendt)가 '악의 평범성'이라
는 테마를 지적한 것처럼,[28] 파멸은 평범한 인간들이 가지는 스스로의

---

23) 김서영(2010), 앞의 글, 330쪽.
24) 슬라보예 지젝(2009), 앞의 책, 14쪽.
25) 정여울, 「구원 없는 세계에서 살아남기 : 2000년대 한국문학에서 나타난 '재난'과 '파국'
    의 상상력」, 『문학과 사회』 2010년 겨울호, 337쪽.
26) 위의 글, 336쪽.
27) 강유정(2014), 앞의 글, 295-296쪽.
28) 정여울(2010), 앞의 글, 339쪽.

'욕망'에서도 기인한다. 아렌트가 사용하고 있는 '평범성(banality)' 개념은 유대인 학살의 주범이었던 아이히만이 "자기가 무슨 일을 하고 있었는지 전혀 깨닫지 못했던"[29) 사례로부터 도출된다. 그러므로 여기서의 '평범성'이란 "평범하고 또 익숙할 정도로 많이 접해서 진부해졌다"[30)라는 의미로 이해되어야 한다. 따라서 "재난이나 파국은 시스템 전체를 좌지우지하는 소수의 독점적 권력의 전적인 책임이 아니라 그 시스템에 무비판적으로 순응하는 '평범한 인간'의 행위와 욕망 자체"일 수 있다. 이러한 "세계관에 따르면 우리는 누구라도 자신도 모르는 사이에 '파국의 주체'가 될 수 있"는 것이다.[31) 즉 재난은 이데올로기적 차원에서만 발발하는 것이 아니라 인간의 욕망에서도 근거하여 자기 파멸이라는 파국으로 이어질 수 있다.

그리고 이렇게 종말을 맞는 개인의 서사는 일종의 '파국의 서사'라고 정의될 수 있다. 본래 종말은 묵시록의 세계와 맞닿으며 "특정한 '개인'의 종말이 아니라 종으로서의 인류의 종말"[32)로 이해되어 왔다. 그러나 근대 서사로 진입하면서 '개인과 성장에 대한 믿음과 욕망이 마스터플롯'으로 여겨지기 시작했고, 이제 종말은 개별적인 한 인간에게로 닥쳐오기 시작했다.[33) 어원적으로 파국은 '기대했던 바의 전도'를 뜻하는데, 통상적인 '서사 용어'로서의 파국은 '서사의 주체인 주인공이 원치 않았던 결말에 가 닿는 결말'을 가리킨다.[34) 이러한 서사적 은유를 바탕으로 볼 때, 최근 파국의 서사는 '기대하지 않았던 것의 도래로 인해 주인공이 겪는 불행한 결말'로 보다 넓게 정의될 수 있다.[35)

---

29) 한나 아렌트, 『예수살렘의 아이히만』, 김선욱 역, 2006, 한길사, 391쪽.
30) 위의 책, 15쪽.
31) 정여울(2010), 앞의 글, 339쪽.
32) 강유정(2014), 앞의 글, 296쪽.
33) 위의 글, 296-297쪽.
34) 위의 글, 296쪽.

최제훈의『퀴르발 남작의 성』은 한 개인이 스스로의 욕망에 의해 파국
으로 치닫는 파국의 서사적 특징을 드러내고 있다. 그의 소설은 한 개인
의 욕망에서부터 기인하는 '기대하지 않았던 것의 도래'를 보여준다. 즉
최제훈의 소설 속 인물들은 재난에 어쩔 수 없이 대처하는 인간이 아니라
스스로 재난을 (무)의식적으로 창조하는 인간으로 형상화되고 있는 것이
다.36)

예컨대, 「그녀의 매듭」에선 "내가 선택한 삶과 선택하지 않은 삶"(83쪽)
가운데서 파국을 향해가는 인물이 등장한다. 선택하지 않은 삶에서 '나'
는 '그 애'의 아름다움과 능력을 욕망한다. 마치 "신에게" "매혹되어"(93
쪽) 가듯이 '나'는 '그 애', 즉 이현정을 질투한다. '나'는 '그 애'와의 격차
를 '돈'으로 극복하고자 하지만37) 이현정은 이후 '나'가 가지 못한 대학
에 한 번에 합격하고 모두가 선망하는 선배와 연애를 하며 싹싹한 성격으
로 인기 있는 학생이자 장학금까지 받는 우등생이 된다. 결국 이현정의
삶을 갖지 못한 '나'는 그녀가 원조교제를 한다는 소문을 퍼뜨려 그녀의
인생을 망가뜨리고자 한다.

이처럼 '나'는 욕망을 성취하기 위해 그 어떤 일도 서슴지 않는다. 그리
고 이러한 행위는 사회적으로 인정받고 싶은 욕망과 연관되며 양심의 가
책도 없이 이뤄진다. 「그녀의 매듭」에서 '나'가 처음 욕망한 것은 '그 애'
의 아름다움이었고 이는 인간관계 전반에서 긍정적인 평가를 받는 이현

---

35) 위의 글, 296-297쪽.
36) 정여울(2010), 앞의 글, 338-339쪽.
37) "점심시간에 한적한 등나무 벤치로 그 애를 불러냈다. 일부러 미술 학원이 아닌 학교를
택했다. 감성과 자율이 아닌 이성과 규율이 지배하는 곳. 저기…… 오해 없이 들어줬으면
좋겠어. 시험 볼 때까지, 네 학원비 내가 빌려주면 안될까? 부담 갖지 말고 대학 가서 천
천히 갚으면 돼. (…) 네가…… 왜애? 어젯밤 이 대답을 가장 고심해서 짰다. 직접 언급하
지 않으면서도 내가 비밀을 알고 있다는 사실을 충분히 눈치챌 수 있는 대답, 수치심을
걷어내고 제안을 수락하면서도 자괴감은 남겨두게 만드는 대답." (「그녀의 매듭」, 93-94
쪽.)

정의 삶 자체에 대한 욕망으로 확대된다. 그리고 이러한 욕망은 '나'를 자기파멸로까지 이끈다. 이 과정 속에서 '나'는 자신의 욕망을 "나에게 기회가 없다는 건 공평하지 않다."(96~97쪽)며 합리화한다.

하지만 최제훈 소설은 이러한 인물을 결코 태생적인 악인으로 묘사하지 않는다. 이들은 그저 자신의 행위가 가져오는 결과에 대해 일부러 생각하지 않은 채 행동하고 있을 뿐이다. 즉, 인물은 자기가 잘못하고 있다는 것을 알거나 느끼는 것이 무효화되는 상황을 전제한 채로 행동한다.[38] 그래서 「그녀의 매듭」의 '나'에게 이현정과의 과거는 의도적으로 기억나지 않는, 자신과는 무관한 사건으로 여겨질 뿐이다. 때문에 소설 속에서 욕망에 따라 행동했던 '나'의 모습은 기억의 이면에 숨어 있는 것으로 그려지며, '나'의 삶 속에서 불쑥 귀환한 순간에만 명시적으로 재현된다.

한편 「마리아, 그런데 말이야」에서는 파국의 매너리즘 속에 침잠해버린 인물들이 등장한다. 소설 속에서 '나'는 무의미하며 권태롭게 그려진다. 오로지 '의식'만 있는 '나'는 사실상 "대타자의 호명대로 다만 살아가는 기계일 뿐"이며 "대타자의 욕망을 대신 실현하는 괴뢰"에 불과하다. 그렇기에 "대타자의 욕망에 순종하는 신체들끼리의 만남",[39] 즉 '나'와 '수현'의 만남은 '마리아'라는 가상의 인물을 상상하지 않고는 견딜 수 없을 정도로 지루할 뿐이다.[40] 이러한 '나'에게 매너리즘은 그다지 큰 문제가 되

---

38) 한나 아렌트(2006), 앞의 책, 379쪽.

39) 류보선, 「한국 소설의 새로운 발명품들 : 살인기계, 괴물들의 세계사, 나무의 시간, 그리고 소년 : 2010년 겨울 한국소설의 풍경」, 『문학동네』 2011년 겨울호, 509~510쪽.

40) "자주 만나다 보니 사소한 문제가 하나 생겼다. 어쩌면 사소하지 않은, 만남 자체에 존재론적 의문을 제기하는 중대한 문제로 볼 수도 있다. 바로 할 말이 없다는 것. 수연이나 나나 말밑천을 탄창 가득 채워놓고 반자동으로 쏴대는 스타일은 아니었다. … 대화는 불어터진 칼국수처럼 뚝뚝 끊어지기 일쑤였다. … 특별한 화제가 없으면 우리는 눈알 굴리기 시합을 하는 로봇처럼 멀뚱히 앉아 있기 일쑤였다. 덕분에 커피빈의 정식 명칭은 'The Coffe Bean & Tea Leaf'라거나, 스타벅스 로고의 인어는 목이 거의 없고 머리 위 왕관에 별이 붙어 있다는 것, 빕스보다는 베니건스에 귀여운 아가씨들이 많이 일한다는 것 등등, 별로 유용하지 않은 상식을 차곡차곡 쌓아갔다. 그때 혜성처럼 등장한 구원투수가 있었으

지 않는다. 오히려 '나'는 이러한 현상을 '마리아'라는 가상의 인물을 설정하고 떠들어대는 정도의, 최소한의 자극으로만 유지하고자 욕망하는 것처럼 보인다.

이처럼 최제훈의 『퀴르발 남작의 성』에서 나타나는 재난은 개인의 욕망을 시발점으로 삼고 있다. 그저 '평범한 인간'인 '나'는 기존의 질서와 체제에 맹종하고자 하는 스스로의 욕망을 통해 자신에게 닥칠 재난에 일조한다. 따라서 소설은 누구나 재난을 만든 가해자임과 동시에 그 재난의 피해자가 될 수 있음을 알린다.

결국 최제훈의 소설은 제 자신도 모르는 사이에 파국의 주체가 되어 자기 파괴적 종말을 향해 갈 수 있음을 드러내고 있다. 일상화된 재난이 이데올로기에 의해서만 유지되는 것이 아니라 우리 스스로 역시 파국을 불러일으키고 있는 주체일 수 있음을 폭로하는 것이다. 이를 통해 이데올로기뿐 아니라 평범한 인간의 행위와 욕망 자체 역시 일상화된 재난에 기여할 수 있다는 사실이 드러난다.

하지만 최제훈의 소설은 결코 이들을 그저 자기 파멸을 향해 나아가는 파국의 주체로만 규정하지 않는다. 인물들은 점차 자신이 어떤 위치에 놓여 있는지, 또 무엇을 욕망했는지를 자각하고 이러한 의식 그 자체를 이용해 일상화된 재난을 극복하려는 모습을 보이게 된다. 즉 최제훈의 소설은 우리 모두가 파국의 주체라는 점을 상기시킨 후, 이에 머무르지 않고 만성화된 재난 이후에 어떻게 생존할 것인지에 대한 대답 또한 시도한다.

니, 그녀의 이름은 마리아였다." (「마리아, 그런데 말이야」, 207쪽.)

3. 재난의 극복과 행위의 주체

3.1. 백색의 글쓰기와 무한텍스트

편집증적 망상에 처한 오늘날의 현실이 곧 일상화된 재난의 나날들임을 폭로하는 최제훈 소설의 특징은 그만의 서술기법을 통해 더욱 효과적으로 부각된다. 그는 『일곱 개의 고양이 눈』에서 마치 원주율처럼 "무한대로 뻗어나가지만 결코 반복되지 않는 이야기 사슬"(583쪽)에 대한 열망을 직접적으로 드러내는데, 그것을 가능하게 하는 최제훈만의 독특한 기법은 『퀴르발 남작의 성』에서 실질적으로 형상화되어 있다. 그의 소설 쓰기 방식은 '브리콜라주 소설', '데이터베이스 기반 소설', '차이 나는 반복', '흔적의 글쓰기'[41] 등으로 명명된 바 있다. 이러한 다수의 평가들은 기존 서사 위에, 그것과 비슷하지만 결코 같지는 않은 자신의 이야기를 다시 쓰는 특징으로부터 기반을 두고 있다. 그러므로 다시 쓰기와 겹쳐 쓰기는 그의 소설 기법에서 가장 중요한 부분 중 하나다.

그렇다면 이러한 다시 쓰기와 겹쳐 쓰기는 어떻게 "원주율을 닮은 무한소설"[42]을 향한 길을 열어주는가? 마녀의 세계사나 괴물에 대한 기존의 서사를 살펴보고 그것을 차례로 무너뜨리면서 자신의 서사를 덧씌우는 방식에서 확인할 수 있듯이, 그의 텍스트는 다시 쓰기와 겹쳐 쓰기를 통해 해체-구성을 기반으로 한 추론적 서사를 구성하며[43] 이러한 탈구성적 서사는 필연적으로 기존 텍스트의 전복을 야기한다. 이때 해체와 재구성은 두 가지 차원에서 일어난다. 하나는 주류 이데올로기의 산물인 셜록

---

41) 김형중, 「불안과 무한 텍스트 : 최제훈의 소설에 대한 단상들」, 『문예연구』 2012년 겨울호, 226쪽.
42) 위의 글, 226쪽.
43) 노대원(2011), 앞의 글, 419-420쪽.

홈즈, 프랑켄슈타인, 마녀 등등에 겹겹이 쌓인 기존 논의를 하나하나 나열한 후 그것을 창조적으로 오독하는 것이고, 다른 하나는 암묵적으로 합의된 서사형식인 선형적 시간관과 독자적 세계관을 허물어버리는 것이다. 그리고 이 둘은 때로 중첩되어 나타나기도 한다. 즉 다시 쓰기와 겹쳐 쓰기는, 견고히 구축되어 있던 기존의 의미들을 무용하게 만들면서 동시에 그것을 반복하여 무한히 이어지는 서사구조를 만들어낸다.

김형중은 "아무것도 쓰지 않지만 무엇인가 쓰는 글쓰기"가 "죽음과도 같은 에너지 유동 0 상태, 곧 항상성의 원칙이 지켜진다"는 점에서 일종의 '백색의 글쓰기'라고 명명한다.44) 그런데 최제훈의 『퀴르발 남작의 성』에서 지배적으로 나타나는 서술기법은 이와 흡사하지만 거꾸로 뒤집힌 모양을 하고 있다. 즉 '무엇인가 쓰여 있지만 아무것도 남아 있지 않은' 것이다. 따라서 전자는 뒤 문장이 앞 문장의 의미를 지워가면서 무의미해진다는 점에서 백색이라면, 후자는 차곡차곡 쌓아온 문장이 최종적으로는 어떠한 고정된 의미도 없다는 점에서 백색이라 명명할 수 있다.

원작에 대한 철저한 탐구를 바탕으로 한 의도적 오역과 유희적 글쓰기는 「셜록 홈즈의 숨겨진 사건」과 「괴물을 위한 변명」에서 잘 드러난다. 「셜록 홈즈의 숨겨진 사건」은 코난 도일의 죽음을 셜록 홈즈가 수사한다는 설정의 메타픽션적인 특성을 보이는 작품이다. "숨겨진 사건"이라는 제목에서 알 수 있듯 이 사건은 공식적으로 발표되지 않은, 기존의 셜록 홈즈 위에 덧대어져 쓰인 이야기이며 따라서 쓰여 있지만 언제든지 지워질 수 있는 이야기이다. 즉 소설은 셜록 홈즈라는 이름이 주는 기대감을 의도적으로 배반함으로써 백색의 글쓰기를 보여준다.

예컨대 홈즈는 요양 차 머무르던 한적한 시골 마을에서 증거물 없는 밀

---

44) 김형중, 「살아있는 시체들의 밤1」, 『문예중앙』 2012년 봄호, 512쪽.

실 살인 사건을 마주하게 되는데, 현장을 살펴본 뒤 사건을 자살로 판단하고 "아령에 연결된 줄에 칼이 같이 매달려 있을 테니 함께 가져오라"(64쪽)고 말한다. 홈즈는 자신의 추리에 대해 "어떤가, 정말 아름답고 완벽한 논리 아닌가. 상상력을 과학적으로 사용하는 추리의 진수를 보여주는 과정일세."(66쪽)라고 자화자찬 하지만, 그의 추리와는 달리 아령의 끝에 매달려 있던 것은 칼이 아닌 국자였다. 이처럼 에피소드는 셜록 홈즈라는 인물에 대해 이미 익숙해진 독자들의 기대를 깨트리며 장르문법을 위반한다. 이 삽화를 시작으로 셜록 홈즈는 계속해서 추리에 실패하고 점차 모든 것을 추측과 상상에 의존하는 모습을 보인다.

"마치 내 머릿속을 훤히 꿰뚫고 있는 것처럼", "도일 경이 어떻게 그렇게까지 내 관찰과 추리를 미리 예측할 수 있었을"지 "아직도 의문"(67쪽)인 홈즈는 이내 자신의 근원조차 모르는 존재로 그려진다. 늘 독자보다 한 발 앞서 추리서사를 추동하던 근대 소설의 주체인 홈즈는, 이 소설에서만큼은 독자보다 정보량이 적은 '믿을 수 없는 화자'로 전락하게 되는 것이다. 도일 경이 죽은 이유에 대해 "추측"과 "상념"(74쪽)만을 이어가던 홈즈는, 결국 도일 경의 미스테리를 풀어낸다. 그러나 "명쾌하게 수수께끼를 풀어냈건만 뭔가 개운치가 않"은 느낌을 받는데, "사건을 풀 수 있었던 결정적인 계기"가 "햇살에 한순간 반짝, 빛난 이슬" 덕분이었기 때문이다. 즉 그는 "단서를 통한 추론 과정을 거치지 않고 그냥 벼락처럼 내리꽂힌"(78쪽) 얼음 칼의 이미지에 따른 것일 뿐이다.

이렇게 홈즈의 논리적인 (것처럼 보이는) 추론은 그의 무능함을 증명할 뿐이다. 결국 사건이 우연히 떠올린 어떤 이미지에 의해 해결되었다는 사실은 "코난 도일의 죽음이 하나의 짜여진 네러티브라면 홈즈가 그것을 완전히 해석해낸다는 것은 애초에 불가능하다"[45]는 점을 상기시키는 것이다. 따라서 홈즈의 실패한 추리와 이에 이어진 추측들은 "텍스트의 진정한 의미를 드러내려는 모든 시도"가 "하나의 오독에 불과"[46]할 뿐임을 형상화한다.

「괴물을 위한 변명」은 이보다 더 직접적으로 '백색의 글쓰기'를 보여주는 작품이다. 소설가로 보이는 화자는 원작 프랑켄슈타인의 서술기법에 대해 "이 다중액자 기법의 핵심은 서술의 객관성을 담보하는 제스처를 취하지만 실은 모두 전해들은 말의 연쇄, 일명 '카더라 통신'"이라고 말한다. 때문에 "(인물들이) 과연 진실만을 말했다고 믿어야 할 이유가 있을까?"(254쪽)라는 질문은 그동안 침범해선 안 되는 영역으로 인지되어온 원작의 의미를 재사유하게끔 하며, 이어 "좋을 대로 생각하라 했겠다. 안 그래도 그럴 참이었다."(255쪽)는 언급은 고정된 의미의 무효함을 입증하겠다는 일종의 선언처럼 들리기도 한다.

소설은 결말부에 이르러 저자인 메리 셸리조차도 주목하지 않았던 프랑켄슈타인 박사의 남동생인 에르네스트의 시점에서 괴물의 실체를 밝히려고 한다. "조각을 하나하나 끼워갈수록 편지 내용과는 다른 그림이 나타났다"(259쪽)는 에르네스트의 말을 따라가면, 결론적으로 "어디에서도 형님이 만든 괴물의 흔적을, 그놈이 여기저기 다니며 살인을 저질렀다는 증거를 찾을 수 없었죠. 반면 세 건의 살인 현장에 모두 빅터 형이 있었던 게 과연 우연일까요?"(262쪽)라는 질문과 함께 살인을 저지른 것은 괴물이 아닌 프랑켄슈타인 박사라는 가설을 마주하게 된다. "형님이 창조한 건 시체로 만든 괴물이 아니라, 망상을 꿰매어 만든 이야기"(263쪽)에 불과하며, 비밀이 유출되지 않은 이유는 선장 또한 "펜을 들고, 빅터 형의 이야기 위에, 다시 당신의 이야기를 겹쳐 써내려"(266쪽)갔기 때문이라는 것이다.

---

45) 이경재(2011), 앞의 글, 363쪽.
46) 위의 글, 363쪽.

결국 최종적으로 재창조된 서사에서 우리가 알고 있는 괴물은 없다. 우리가 알던 프랑켄슈타인이 지워진 자리에는 자기 안의 괴물을 점점 키우다가 정신분열에 걸린 한 남자가 있을 뿐이다. 괴물에 대한 기존 논의의 빈틈에 기입된 새로운 서사는 대상의 실체에 접근하는 듯 보이지만, 결말에 다다르면 괴물의 존재 자체가 지워져 있다. 괴물을 위한 '변명'으로 시작한 이 소설은 주류담론이 삭제해온 소수의 담론을 활용해 기존 텍스트를 다시 씀으로써만 의미화 될 뿐이다.

"시체를 꿰매어 만든 괴물 같은 건, 처음부터 존재하지도 않았어요."(266쪽)라는 말은 괴물을 둘러싼 수많은 기표들이 모두 허상이라는 점을 드러낸다. 이로써 『퀴르발 남작의 성』에 깔려 있는 무수한 예외적 해석들은 재난의 이미지들이 매일 목격되는 만성화된 재난의 시대에 공모하지 않는 방법을 제시한다. 즉 최제훈 소설의 다시 읽기와 다시 쓰기는 "주류적인 해석의 틈을 파고들어 뒤집어엎는 것"[47]으로, 이는 이데올로기적 난장을 벗어나기 위해 모두가 직접 볼 수 있도록 서사에 틈을 열어놓는 행동[48]인 것이다. 나아가 소설은 "내가 실패를 가려줄 방패가 필요했다면, 자넨 증오할 대상이 필요했겠군. 그래서 자네도 펜을 들고, 내 이야기 위에, 다시 자네의 이야기를 겹쳐 써내려간 건가?"라는 서술을 통해 자신이 다시 쓴 이야기마저도 다른 이야기로 반복해 쓰일 필요가 있음을 시사한다.

코난 도일의 죽음과 메리 셸리의 모호한 대답 등을 통해 메타적으로 나타나듯, 그의 소설에서 작가는 결코 작품을 지배할 수 없고 나아가 독자 역시 작품을 지배할 수 없다. 최제훈에게 있어 소설은 "그 자체로 무한한 증식을 거듭하는 하나의 괴물"[49]이며, "기존의 서사 문법으로부터 활달하

---

47) 노대원(2011), 앞의 글, 421쪽.
48) 슬라보예 지젝(2009), 앞의 책, 671쪽.

게 벗어난"[50) '백색의 글쓰기'이다. 이러한 글쓰기는 우리에게 "모든 것이 질서의 자리를 넘어 카오스로 치닫고, 존재 지속 가능성의 영도에서 휘청거리는", 즉 "크고 작은 재난들로 넘쳐나는"[51) 우리의 세계를 직시하는 새로운 파국적 상상력을 제안한다. "카오스를 닮은 재난의 상황은 코스모스의 서사 형식으론" 도저히 담아낼 수 없기 때문에 "서사의 길이 끊긴" 재난 이후의 시대에 대응하는 방법은 "이야기가 되지 않는" 현재의 "상황과 정면 대결"하는 것뿐이다.[52) 다시 말해, 기존의 의미를 무용한 것으로 돌리는 탈구성적 서사 즉 '백색의 글쓰기'는 재난 이후의 혼돈을 혼돈으로 극복하는 방법을 제시한다. 따라서 최제훈의 소설은 서사형식으로서도 재난 이후의 혼돈과 종말을 밑바닥까지 앓을 것을 요청하며, 그리고 이러한 작업이 '자가 증식'하는 '무한 텍스트'로 이어져야만 포스트재난서사라 부를 수 있는 서사적 탈주 과정이 가능함을 암시하고 있다.

3.2. 부정의 내면화와 수동적 공격성

최제훈의 『퀴르발 남작의 성』은 재난 이후의 시간을 종말로 상정하지 않고, 그저 이 시간을 통과 중인 인간들을 보여줌으로써 일상화된 재난의 시대에 어떻게 틈을 만들 수 있을까에 대한 단서를 내놓고 있다. 이러한 인간들은 더 이상 주체의 정체성을 보장하는 대타자, 즉 이데올로기에 종속되지 않는다. "현실에 안주하여 인간들이 기형적으로 만들어낸" "상에 맞춰 살아가"(「마녀」, 194쪽)는 것, 다시 말해 자신의 욕망을 이데올로기에 녹여버리는 것이 이미 얼마나 폭력적이고 파괴적인지를 자각한 인물들은

---

49) 이경재(2011), 앞의 글, 362쪽.
50) 우찬제(2009), 앞의 글, 297-298쪽.
51) 위의 글, 290쪽.
52) 위의 글, 290쪽.

주체를 소외시키는 상징적 동일화로부터 탈출 혹은 저항한다. 그런데 재 난 이후의 생존은 단순히 이데올로기라는 편집증적 구조로부터 벗어나는 사유에서만 이뤄지는 것이 아니라 더 나빠질 수 있다는 상상을 통해 가능 해진다.

「그녀의 매듭」에선 "내가 선택한 삶과 선택하지 않은 삶"(83쪽)이라는 "서로 다른 두 개의 삶이" "내 안에" "공존"(83쪽)하는 '나'가 등장하고 있 다. 선택한 삶 속에서 '나'는 사람들에 떠밀려 지하철을 타고, 퇴근길에 아메리카노 커피 한 잔을 마시고, 이따금 서점에 서서 인테리어 잡지를 뒤적인다."(83쪽) 하지만 '나'는 점차 "지금의 내가 선택하지 않았기에 알 지 못하는 삶, 알지는 못하지만 그 속에 변함없이 존재하는"(84쪽) 삶을 찰 나적으로 경험하게 된다.[53] 이렇게 '나'는 "지금의 내가 선택하지 않았기 에 알지 못하는 삶"과 조우함으로써 자기 파멸을 넘어설 가능성을 드러낸 다. '나'는 선택하지 않았다고 생각한 삶 혹은 내 삶의 중요한 내용이었으 나 너무 무시무시해 내 삶이 아닌 것이라고 원초적으로 억압해버린,[54] 괴 물 같은 '나'를 직면하기 시작하는 것이다.

이렇게 '나'는 스스로 파국의 주체였음을 인지함에 따라, "그때, 나는 어떻게 했을까?"(87, 95, 103, 109쪽)를 다시금 되풀이해 물으며 이데올로기 적 호명의 실패를 탐구한다. 자신의 사회-이데올로기적 정체성에 대한 동 일시로부터 어긋나는 '나'를 자각하는 것이다. 그리하여 '나'는 원하는 것 을 얻고픈 욕망 때문에 좋아하는 친구를 곤란에 빠뜨렸고, 뺑소니를 치고 도 모른 척을 했으며, 친구의 치명적인 비밀을 소문을 냈던, 무의식 속에 억압되어 있던 '나'를 꺼내놓는다. 이어 '나'는 스스로가 지금까지 자신의 끔찍한 가해 행위를 무의식 속에 봉합하고 이러한 기억의 출현을 막으려

---

53) 류보선(2011), 앞의 글, 510쪽.
54) 위의 글, 510쪽.

했음을 인정하기에 이른다.[55]

하지만 이렇게 원초적으로 억압된 무의식을 그저 마주하는 것만으론 지배적인 이데올로기 체제를 위협할 수 없다.[56] 즉, 자신의 사회-이데올로기적 정체성 속에서 스스로를 온전히 인지하는 것만으로는 보이지 않는 일상화된 재난으로부터 벗어날 수 없는 것이다. 지젝에 따르면, 이데올로기적 행위로부터 온전히 벗어나 주체적 욕망을 욕망하기 위해선 "순간적인 '정지'(suspension)를 무릅쓰는" 행위[57]가 필요하다. 상징적 질서 그 자체를 '파괴'하고 상징적 질서의 매끄러운 흐름을 '정지'시키기 위해선 행위자의 정체성 그 자체를 근본적으로 변화시키는 행위가 요구된다. 이는 강제된 선택의 상황에서 주체가 어떤 점에서는 스스로를 쓰러뜨리는, 즉 "자신에게 가장 소중한 것을 쓰러뜨리는 '미친', 불가능한 선택"을 행하는 것[58]을 의미한다. 이것이 바로 21세기 한국문학, 다시 말해 "자신을

---

55) 『쿼르발 남작의 성』 이후 출간된 『일곱 개의 고양이 눈』에서도 이와 흡사한 설정을 찾아볼 수 있다. 김형중에 따르면, 「π」에서 기억상실증과 망상증에 걸린 하루에 대해서도 "유사한 해석이 가능"하다. "그가 정신증을 앓으면서도 기어이 대면하기를 회피하고 있는 것, 그것은 자신이 쌍둥이 누이동생과 근친상간 관계였고 갱도에서 죽은 그녀의 시신을 먹어 치웠다는 사실이다."(김형중(2012), 앞의 글, 231쪽.)

56) 지젝은 크리스타 볼프의 『크리스타 T.를 생각하며』가 인용하고 있는 요하네스 R. 베허의 질문, 즉 '인간이 자기 자신에 이른다는 것-그것은 무엇인가'라는 질문이 "상징적 동일시"에 "히스테리적 도발"임에도 불구하고, '내가 그 이름인가'라는 몸짓만으로 이데올로기의 체제를 위협할 수 없다고 지적한다. 그것은 오히려 궁극적으로 이데올로기를 "'살아갈 만한' 것으로 만든다." (슬라보예 지젝·주디스 버틀러·에르네스토 라클라우, 『우연성 헤게모니 보편성』, 박대진·박미선 역, 도서출판 b, 2009, 153-154쪽 참조.)

57) Slavoj Zizek, *The Ticklish Subject : The Absent Centre of Political Ontology*, London/New York : Verso, 1999, 264쪽, 홍준기, 「슬라보예 지젝의 포스트모던 문화 분석-문화적·정치적 무의식과 행위(환상을 통과하기)」, 『철학과현상학연구』 2004년 봄호, 214쪽에서 재인용.

58) 지젝은 최근의 영화들을 이러한 사례로 들며 논의를 전개하고 있다. 지젝은 그중에서도 <유주얼 서스펙트(The Usual Suspects)>의 회고 장면을 최고의 예시로 꼽는다. 영화 속에서 주인공 카이저 소제(케빈 스페이시)는 집에 돌아와 라이벌 갱단의 한 무리가 아내와 어린 딸에게 총을 겨누고 있는 모습을 발견한다. 그런데 그 상황에서 카이저 소제는 도리어 자신의 아내와 딸을 스스로 쏴 죽이는 극단적 몸짓에 의지한다. 이 행위를 통해 그는 무자비하게 라이벌 갱단의 일원들, 그들의 가족, 부모, 친구들을 추격할 수 있게 되고, 그들 모두를 죽이게 된다. (…) 자신을 가로막기 위해 적들이 손에 쥐고 있는 소중한 대상에서

소진하는 세대에 의해 쓰인 '쇄말(瑣末)'의 문학이 가까스로 찾아낸 위태로운 전망"[59]이다.

예컨대, 「그림자 복제」의 '나'는 무기력하고 지루한 일상과 진정한 내 것이 아니기에 어떤 방식으로도 채워지지 않는 욕망의 허기에 시달리다가[60] 이러한 권태로부터 벗어나기 위해 의도적으로 "제 안에 다른 사람을 만들어보기"(127쪽)를 수행한다. 9년 동안 회계사로 일하던 평범한 가장이었던 '나'가 거친 성격의 톰과 극도로 소심한 성격의 제리를 탄생시키는 것이다. 억압된 무의식을 자발적으로 소환한 '나'는 "자기만의 세계가 있"(129쪽)는, 톰과 제리와 공존함으로써 주체가 스스로 자신의 좌표를 변화[61]시키도록 유도한다. 그리고 소설은 '나'가 모든 인물들의 힘을 압도해 다른 사람을 죽이는 것으로 끝나버린다.[62]

> 망상 속에서 형님은 차츰 둘로 분열되었어요. 내면에 있던 또 하나의 자아가 뒤틀리고 왜곡되어 부풀어 오르기 시작했죠 (…) 용납할 수 없는 자신의 일부분, 자신의 광기, 자신의 죄의식, 격정, 공포, 분노, 절망, 자기 안에 버려진 온갖 찌꺼기들을 누덕누덕 기워 전기 충격으로 생명을 부여한 겁니다. (263-264쪽)

「괴물을 위한 변명」에서 프랑켄슈타인 박사 역시 마찬가지로 "레테의 강을 건너 영원한 망각 속에서 안식을"(258쪽) 취하지 않고 스스로를 "망상 속에서" "분열"된 괴물로 만든다. 그리고 그것은 "순진무구한 자신의

스스로를 끊어냄으로써 주체는 자유로운 행동의 공간을 얻게 된다. '스스로를 쓰러뜨리는' 그런 극단적 몸짓이 주체성 그 자체를 구성하는 게 아닌가? (슬라보예 지젝 외(2009), 앞의 책, 181쪽 참조.)

59) 이소연, 「폐허에서 온 고지」, 『자음과 모음』 2014년 가을호, 70쪽.
60) 류보선(2011), 앞의 글, 511쪽.
61) 슬라보예 지젝 외(2009), 앞의 책, 181쪽.
62) 류보선(2011), 앞의 글, 511쪽.

어린 시절인 윌리엄을, 닿을 수 없는 연모의 대상인 클레르발을, 안타까움 만 더해주는 일편단심 약혼녀 엘리자베스"(261쪽)를, "자신의 비참한 껍데 기를 해맑게 비추는 밝은 세상의 거울들을…… 모두 깨뜨려버린"(262쪽) 행위로 이어진다. 즉, "나를 가장 사랑해주는 이들"(262쪽)을 무참히 파괴 해버리는 것이다. 그렇게 프랑켄슈타인 박사는 "미치광이 살인마"(262쪽) 가 된다.

이러한 행위는 결코 자기 자신에게로 향하는 무능력한 공격성만을 의 미하지 않는다. 알랭 바디우(Alain Badiou)에 따르면 일상화된 재난의 시대 에서 "주체는 현실 속에서 소진된 무엇, 현실로 다시 소환할 수 없는 공 백" 즉, "기존 질서의 측면에서 바라볼 때 철저히 실패와 다르지 않은 형 상으로 나타날 가능성이 크다."[63] 지젝 역시 칸트(Immanuel Kant)를 빌려와 "실패가 시작으로 전화(轉化)하는 변증법적 과정"[64]을 제시한다. 지젝은 "그는 죽지 않는다(he is not dead)"와 "그는 안 죽은 자다(he is undead)"의 차 이를 구분하며 전자의 문장에서 부정(not)이 외부로부터 부과된 것이라면 후자의 문장에선 부정이 존재 안으로(undead), 즉 존재 자체의 특성으로 기 입됨으로써 변화를 일으킨다고 말한다. 그러므로 '안 죽음(undead)'은 산 것도 아니고 죽은 것도 아닌 상태가 된다. 그것은 정확히 괴물 같은 '산 죽음(living dead)'을 뜻한다.[65] "그는 인간이 아니다"와 구분되는 "그는 비 인간이다"의 '비인간' 역시 부정의 내면화를 통해서만 설명될 수 있는 근 본적으로 다른 어떤 것을 의미한다.

그러므로 최제훈의 『퀴르발 남작의 성』에서 나타나는 인간도 아니고 인간이 아닌 것도 아닌 실패한 존재들로서 프랑켄슈타인, 톰과 제리 등과

---

63) 이소연(2014), 앞의 글, 173쪽.
64) 위의 글, 173쪽.
65) 슬라보예 지젝, 『How to Read 라캉』, 박정수 역, 웅진지식하우스, 2007, 74-75쪽.

같은 인물들은 "주위를 가리고 있던 장막, 꼭두각시를 끼워 넣으려 했던 현실 세계"(「괴물을 위한 변명」, 261쪽)에 결코 포획되지 않는다. 그리고 이들은 스스로를 소진함으로써 일상화된 재난에 대응한다.

또한 비인간들은 단순히 재난 이후 덮어둔 정신적 외상의 순간들과 직접적으로 대면하는 것에 멈추지 않고 행위의 주체로 나아간다. 단순히 분열증 환자가 되는 것은 재난의 매너리즘을 반복하는 것에 불과할 수 있다. 그래서 지젝은 '진정한 행위'란 내 안의 사드를 불러내 자신을 파멸시키는 '사디즘적 고문'에 대한 '열정적 애착'을 넘어, 이러한 사디즘적 '환상을 횡단'하는 것[66]이라 정의한다.[67] 즉 행위의 주체는 자신의 일관성을 보증하는 근본적 환상을 취소하고 상징적 동일시를 계속해서 벗어남으로써 상징적 그물망을 교란시키는 것이다.[68] 그리고 그 방식은 '능동적 행위'가 아니라 사실상 '행위하지 않음'이라는 행위를 통해 이루어진다.

결론적으로 「그녀의 매듭」에서 분열된 '나'는 끝내 "그래, 이렇게 생각을 해보자"(116쪽)라고 말하며 자발적으로 수동적인 의식의 흐름에 스스로를 내맡긴다. 「괴물을 위한 변명」에서 역시 프랑켄슈타인에 대한 수많은 "의문점"은 그저 "많은 독자들의 몫으로 남겨"(269쪽)질 뿐이다. 「퀴르발

---

66) 슬라보예 지젝 외(2009), 앞의 책, 183-184쪽.
67) "우리가 단지 행위를 그것의 갑작스런 출현이 그것의 행위자 자신을 놀라게 한다는/변모시킨다는 사실만으로, 그리고 그것은 소급적으로 자신의 (불)가능성 조건을 변화시킨다는 사실만으로 정의한다면 나치즘은 탁월한 행위가 될 것이다. 히틀러는 '불가능한 것을 행하고', 자유민주주의 세계에서 '수용 가능하다'고 여겨지는 것의 전체장을 변화시키지 않았던가? 집단 수용소의 친위대로서 유대인을 고문한 존경할만한 중산계급 쁘띠 부르주아 또한 이전의 '점잖은' 존재방식에서는 불가능하다고 여겨졌던 바를 성취하고 사디즘적 고문에 대한 자신의 '열정적 애착'을 승인한게 아닌가? 그러므로 '환상의 횡단'이라는 개념, 그리고-다른 층위에서는-사회적 증상을 발생시키는 좌표를 전환시킨다는 개념이 결정적이게 되는 지점이 여기다." (위의 책, 184쪽 참조.)
68) 지젝은 이를 주체가 승화로 반전되기 이전의 그 순수한 지점에서의 라캉적인 죽음 충동과 대면하는 자신을 발견하는 한계-경험들이라고 설명한다. (슬라보예 지젝, 『까다로운 주체』, 이성민 역, 도서출판 b, 2005, 263쪽.)

남작의 성」에서 또한 갖은 소문에도 불구하고 딸을 데리고 여전히 성으로 향하는 남자와 여자가 남을 뿐이다. 「그림자 박제」에서도 '나'는 "그때 저는 어디 있었냐고요? 글쎄요…… 그게 중요한가요?"라고 말하며 분열된 '나'의 모습 그대로 머물러버린다. 이처럼 최제훈의 소설은 실재와의 대면을 회피하거나 억압하는 새로운 상징적 질서를 세우는 작업과는 무관한 '수동적 공격성'69)을 예고한다. 즉, "틀을 벗어난다면 어떤 저항의 양태도 실천적으로 수행될 수 없다"70)는 점에서 최제훈의 소설은 틀이란 것 자체를 벗어나는 것이 아니라 기꺼이 부정적인 것과 머무름으로써 이제까지의 삶의 조건들을 소급적으로 재구성하도록 열어둔다.

이처럼 최제훈의 『퀴르발 남작의 성』은 재난이 만연한 현실을 전면적으로 부정하기 위해, 더 이상 이전의 파국의 주체만으론 설명되지 않는 철저한 실패를 중심으로 응결된 주체를 등장시킨다. 인물들은 분열된 자신과 조우함으로써 자기 자신도 모르는 새에 스스로가 살해되고 있음을 인지한다. 이로써 그들은 "삶과 죽음을 동시에 겪는 '안–죽음(undea)'이자 비인간이라는 낯선 실체"71)로 존재한다. 또한 이들은 그러한 상태로부터 벗어나기 위해 섣부른 봉합을 이루거나 혹은 새로운 창조만을 향해 복무하는 것이 아니라 그저 부정에 머무르기를 '선택'한다. 즉 재난 이후 파국에 압도되어버린 존재가 아닌 부정에 머무름으로써 행위를 일으키는 주체로 거듭나는 것이다. 이러한 행위는 "다른 사람에게 자포자기"한 것처

---

69) 여기서 지젝이 인용한 바틀비의 '거절'과 같은 행위 또한 떠올릴 수 있을 것이다. 지젝은 체제를 부정하면서도 실은 거기에 기생하는 공격적 수동성과 대비하여 멜빌의 「필경사 바틀비」에 나오는 바틀비의 제스처를 '수동적 공격성'으로 정의하면서 그런 것이야말로 진정한 행위의 공간을 열어주는 급진적인 정치적 제스처라고 평가한다. 바틀비가 순수한 물러남의 제스처를 통해 거부를 '폭력'적으로 행사하고 있다는 것이다. (황정아(2012), 앞의 글, 306쪽 참조.)

70) 김서영(2010), 앞의 글, 329쪽.

71) 이소연(2014), 앞의 글, 174쪽.

럼 보여도 "'진짜 끝'을 유예시켜"[72])간다.

결론적으로 최제훈의 『퀴르발 남작의 성』은 스스로를 완전히 소진시켜 버려도 아직 더 망할 것이 남은 것 마냥 탕진하는 주체를 통해 재난 '이 전'에 감각하던 것들을 회복하고자[73]) 한다. 편집증적 구조 속에 대중을 길들이는 도구로서의 파국적 상상력이 아니라 편집증적 구조가 가졌던 힘을 이용해[74]) 극단으로 실패함으로써 환상을 횡단해버리는 새로운 '파 국적 상상력'을 보여주는 것이다. 이렇게 반복적으로 실패함으로써 끝내 도래하지 않는 최후는 재난 이후의 시대에 우리에게 내려진 사형 선고를 간신히 거부하게 만들며, 이를 통해 결코 절멸하지 않는 희망을 예고한다. 그리고 이처럼 불가능에서 가능성을 회소시키는 파국적 상상력이야말로 포스트재난서사라 이름 붙일 수 있을 것이다.

4. 나가며

최제훈의 『퀴르발 남작의 성』은 기본적으로 편집증적 내러티브로부터 벗어남으로써 편집증적 구조로 작동하는 일상화된 재난을 붕괴시킨다. 또 한 그의 소설은 무한대로 뻗어나가지만 결코 반복되지 않는[75]) 무한 증식 의 서사로 계속해서 스스로를 소진시킴으로써 파국의 시간을 통과해가는 주체를 보여준다. 이렇게 내용과 형식의 기묘한 맞물림은 최제훈 스스로 가 "「퀴르발 남작의 성」은 형식과 내용을 밀착시키고 싶은 제 욕구가 구 현된 소설이기도 해요. 형식 자체가 내용이 되고, 내용 자체가 형식이 되

---

72) 위의 글, 170쪽.
73) 위의 글, 170쪽.
74) 김서영(2010), 앞의 글, 331-332쪽 참조.
75) 김형중(2012), 앞의 글, 226쪽.

는."76)이라고 말한 바를 떠올리게끔 한다.

이렇게 최제훈의 소설은 무엇을 해도 가망이 없는 것으로 여겨지는 혹은 완전한 유토피아를 열망하는 기존의 파국적 상상력 대신 재난 이후를 서술하는 것이 불가능하다는 것에서부터 그 가능성을 찾는다. "우리에게 더 나빠질 수 있는 '잠재성'이 남아 있다는 사실은 전면적인 '불가능성'과는 엄연히 다른 것이기 때문이다."77) 그리고 이러한 새로운 파국적 상상력은 21세기 한국문학에서 포스트재난서사를 이끌어내고 있다.

극단의 실패에 계속해서 머무름으로써 재난을 극복하는 최제훈의 소설은 그의 글쓰기 과정 또한 떠오르게 만든다. 작가는 "소설을 계속 쓰는 과정에서 제가 소설에서 마구 삼켜지는 것 같은 느낌을 받았어요. 예를 들어 「π」를 쓸 때에는 마치 그 속의 M처럼 저도 모르게 잠도 안 자게 되고, 스스로를 막 몰아붙이는 식으로, 그렇게 썼던 것 같아요"78)라고 말한 바 있다. 이러한 작가의 말에 반증하듯, 최제훈의 소설들은 최근작에 이를수록 더욱 "무한대로 뻗어나가지만 결코 반복되지 않는 파이"(「π」, 258쪽)의 경향을 보이고 있다.

이는 『일곱 개의 고양이눈』에 수록된 연작소설 중 마지막 「일곱개의 고양이 눈」에서 보다 극명하게 드러난다. "자, 이야기를 계속해봐. 잠이 들지 않도록"이라는, 이 작품을 열고 닫는 문장은 그의 글쓰기 자체가 죽음을 마주하면서까지 지속될 것임을 암시하는 것 같다. 이렇게 최제훈의 원주율을 닮은 무한소설79)은 분명히 우리의 재난에 끝까지 매달리는 소설로서 읽힐 수 있을 것이다.

---

76) 최제훈, 「작가 인터뷰—최제훈의 숨겨진 사건」, 『문학과 사회』 2010년 겨울호, 351쪽.
77) 이소연(2014), 앞의 글, 171쪽.
78) 최제훈, 「『일곱개의 고양이 눈』을 위한 여섯 명의 대화」, 『자음과 모음』 2011년 여름호, 557쪽.
79) 김형중(2012), 앞의 글, 226쪽.

참고문헌

1. 최제훈 작품 목록
『퀴르발 남작의 성』, 문학과지성사, 2010
『일곱 개의 고양이 눈』, 자음과모음, 2011.
『나비잠』, 문학과지성사, 2013.
「미루의 초상화」, 『문학동네』 2011년 여름호.
「위험한 비유」, 『문학동네』 2012년 봄호.
「현장 부재 증명」, 『창작과 비평』 2013년 봄호.
「철수와 영희와 바다」, 『현대문학』 2013년 10월호.
「단지 살인마」, 『문학과 사회』 2013년 가을호.

2. 단행본
슬라보예 지젝, 『이데올로기라는 숭고한 대상』, 이수련 역, 인간사랑, 2002.
_____, 『까다로운 주체』, 이성민 역, 도서출판 b, 2005.
_____, 『How to Read 라캉』, 박정수 역, 웅진지식하우스, 2007.
_____, 『시차적 관점』, 김서영 역, 마티, 2009.
_____, 『실재의 사막에 오신 것을 환영합니다―9·11 테러 이후의 세계』, 이현
　　　　우·김희진 역, 자음과모음, 2011.
슬라보예 지젝·주디스 버틀러·에르네스토 라클라우, 『우연성 헤게모니 보편성』, 박대
　　　　진·박미선 역, 도서출판 b, 2009.
한나 아렌트, 『예수살렘의 아이히만』, 김선욱 역, 한길사, 2006.

3. 논문 및 평론
강유정, 「재난은 어떻게 재난이 되나」, 『세계의 문학』 2014년 봄호, 280-281쪽.
_____, 「재난 서사의 마스터플롯」, 『세계의 문학』 2014년 봄호, 295-308쪽.
김범춘, 「슬라보예 지젝의 이데올로기론에 관한 비판적 접근」, 『시대와 철학』 2008년
　　　　여름호, 73-106쪽.
김서영, 「재난과 회복을 변주하는 정신분석의 해석학」, 『문학과 사회』 2010년 겨울호,
　　　　318-332쪽.
김형중, 「살아있는 시체들의 밤1」, 『문예중앙』 2012년 봄호, 503-520쪽.

_____, 「불안과 무한 텍스트 : 최제훈의 소설에 대한 단상들」, 『문예연구』 2012년 겨울호, 218-333쪽.

남진우, 「부유하는 서사, 증식하는 세계」, 『문학동네』 2011년 봄호, 119-165쪽.

노대원, 「홈스 콤플렉스」, 『문학동네』 2011년 겨울호, 418-427쪽.

류보선, 「한국 소설의 새로운 발명품들 : 살인기계, 괴물들의 세계사, 나무의 시간, 그리고 소년 : 2010년 겨울 한국소설의 풍경」, 『문학동네』 2011년 겨울호, 503-525쪽.

박가분, 「재난의 상상력」, 『세계의 문학』 2014년 봄호, 282-294쪽.

우찬제, 「서사도단의 서사」, 『문학과 사회』 2009년 봄호, 288-302쪽.

_____, 「난장의 문화 공학과 그 그림자」, 최제훈, 『퀴르발 남작의 성』 해설, 284-304쪽.

이경재, 「텍스트 바깥에는 텍스트가 있다」, 『문학과 사회』 2011년 겨울호, 360-372쪽.

이소연, 「폐허에서 온 고지」, 『자음과 모음』 2014년 가을호, 164-181쪽.

정여울, 「구원 없는 세계에서 살아남기 : 2000년대 한국문학에서 나타난 '재난'과 '파국'의 상상력」, 『문학과 사회』 2010년 겨울호, 333-346쪽.

_____, 「우리 시대의 죽음」, 『일곱 개의 고양이 눈』, 자음과모음, 2011.

최제훈, 「작가 인터뷰-최제훈의 숨겨진 사건」, 『문학과 사회』 2010년 겨울호, 348-359쪽.

_____, 「『일곱개의 고양이 눈』을 위한 여섯 명의 대화」, 『자음과 모음』 2011년 여름호, 550-575쪽.

홍준기, 「슬라보예 지젝의 포스트모던 문화 분석-문화적·정치적 무의식과 행위(환상을 통과하기)」, 『철학과현상학연구』 2004년 봄호, 195-223쪽.

황정아, 「재앙의 서사, 종말의 상상」, 『창작과 비평』 2012년 봄호, 292-308쪽.

진리로서의 시(詩), 문학의 정치성
—조현, 『누구에게나 아무것도 아닌 햄버거의 역사』*를 중심으로

최예슬(이화여대 국문과 박사과정)
박혜원(이화여대 국문과 석사과정)
서은지(이화여대 국문과 석사과정)

1. 들어가며

조현은 어느 날 혜성처럼 문단에 등장하였다. 2008년 동아일보 신춘문예에 단편소설 「종이 냅킨에 대한 우아한 철학」으로 데뷔한 그는, SF 풍의 작품으로 당선된 이례적인 사례로 회자되며, 자신은 '클라투 행성 지구 주재 특파원'으로 활동하는 외계인임을 줄기차게 고백하는 독특한 작가이기도 하다. 첫 소설집 『누구에게나 아무것도 아닌 햄버거의 역사』를 비롯하여 아직 단행본으로 출간되지 않은 그의 발표작들을 되짚어보면, SF적 사고실험을 보여주는 작품부터, 수십 수백 년을 거슬러 올라간 이국의 변방, 역사적 자료를 바탕으로 한 과거 등을 자유자재로 넘나들며 매우 넓은 창작의 스펙트럼을 보여준다. 그를 소개할 때 반드시 따라 붙는 '우주적 상상력'은 단지 소재 차원에서 한정되는 의미가 아니다. 시공간을 넘

---

* 조현, 『누구에게나 아무것도 아닌 햄버거의 역사』, 민음사, 2011. (이하 인용부분은 괄호 안에 페이지로 표기).

나들며 축조된 작품들이 조각 퍼즐처럼 모여서 의미의 기호계를 구성하고, 이러한 체계는 외계와 무관하게 스스로 작동하면서 자신 내부의 진리를 산출[1] 해내기 때문이다. 다시 말해서, 조현은 소설을 통해 자신만의 우주를 축조하여 의미망을 형성해내는 창조주와도 같은 작가이다.

거대한 크로노토프(Chronotope)가 형성된 조현의 소설 세계는 다양한 경로로 읽어낼 수 있다. 서희원은 조현의 상상의 행성은 대중문화에서 기원함[2]에 착안하여, 그의 소설에서 루카치(Georg Lukács)의 세계관과 영화 <스타워즈>의 흔적을 추적한다. 이소연은 조현의 작품 세계를 낙관적인 역설의 체계[3]로 보았으며, 그 속에서 세계의 파국에 대한 비관적인 성찰은 새로운 갱신에 대한 희망으로 선회하는 것으로 보았다. 백지은은 조현의 세계는 현실에서 조금 어긋나 있는 평행 세계로, 현실에 대한 전복 대신 '대안(alternative)' 세계로 해석하며, 그의 분신인 작중 인물들 역시 실패하거나 포기한 자가 아닌 조금 '다른' 선택을 한 자들로 보았다. 권희철은 경우, 조현이 작품마다 표면적 주제와 심층적 주제를 동시에 읽어내며, 그의 소설에는 SF적 요소가 출현하는 자리에 이중의 비틀림[4]이 있음을 지적한다.

많은 평론가들이 지적하는 바와 같이, 조현의 소설에서 가장 독특한 점이라면 '우주'라고 일컬어지는 거대한 소설 세계가 축조되고 있다는 점이다. 2000년대 이후 소설에서 현실과 관련하여 빼놓을 수 없는 소설적 흐름이 바로 '외부의 탄생'[5]이다. 이 외부 세계는 우리와 같은 규칙과 감각을 공유하는 내부가 아닌 이질성과 혼혈성을 특징으로 하는 외부로서 발

---

1) 이소연, 『응시하는 겹눈』, 문학동네, 2014, 170쪽.
2) 서희원, 「누구에게는 모든 것이 우연 또는 시적 상상력의 소설」, 『문학동네』 2011년 겨울호, 440쪽.
3) 이소연(2014), 앞의 책, 173쪽.
4) 권희철, 「코스믹 포에틱스(cosmic poetics)」, 『세계의 문학』 2010년 가을호, 193쪽.
5) 이경재, 「2000년대 소설의 윤리와 정치」, 『창작과 비평』 2010년 겨울호, 65쪽.

견6)된다는 점이다. 이러한 2000년대의 소설적 흐름 속에서, 조현의 소설
은 '우주'라는 외부 세계를 발견하고 인식한다는 점을 주목할 수 있다. 조
현의 우주는 '윤회'의 세계관을 가진다. 즉, 온 우주가 연결되어 있다는
일관된 믿음이 작품 전체를 관통한다. 이러한 총체성에 대한 믿음은 조현
의 소설만이 점유하고 있는 독특한 자리이다. 그의 소설은 절망과 허무주
의의 제스처를 취하지 않는다. 그의 소설은 '사랑'을 찾아 떠나고, '시(詩)'
에 대해 탐구하며 삶의 본질적인 '진리'를 탐구한다.

조현의 소설에서 반복적으로 등장하는 모티프는 '시(詩)'이다. 엘리엇부
터 김경주까지, 작가가 시인이 아닐까 싶을 정도로 시와 시인에 대한 해
박한 지식과 위트 있는 해석이 더해진다. 작가는 '시'에 대한 끈질긴 탐구
를 통해, 시가 생산하는 진리를 추구하며 우리 시대에도 여전히 시의 가
치가 유의미하게 작동하고 있음을 환기한다. 즉, 조현의 우주는 거대한
'문학론'으로서 자리한다. 바디우가 『윤리학』에서 밝힌 바와 같이, 윤리
는 올바른 '존재 방식'의 추구, 또는 행위의 지혜를 의미한다. 다시 말해
서 윤리란 인간의 자연적인 권리들을 수호하고 존중하는 것7)을 의미하는
데, 윤리는 이 세계에 특정한 진리들을 도래시키는 노고의 윤리8)로 존재
한다. 이때, 사건으로서의 진리가 이미 확립되고 승인된 지식, 사실, 구조,
공리, 법 등의 영역과 대비되며 그 영역으로 결코 환원될 수 없는 잉여나
초과로서 예외적인 영역을 구성9)한다.

조현의 첫 소설집 『누구에게나 아무것도 아닌 햄버거의 역사』는 시적
세계를 열렬하게 탐구하는 소설로 구성되어 있다. 기존의 내부 세계의 감

6) 위의 글, 66쪽.
7) 알랭 바디우, 『윤리학』, 이종영 역, 동문선, 2001, 11쪽.
8) 위의 책, 38쪽.
9) 황정아, 「묻혀버린 질문 : 윤리에 관한 비평과 외국이론 수용의 문제」, 『창작과 비평』 2009
년 여름호, 105쪽.

각과는 전혀 다른 규칙과 가치를 가진 시적 우주가 등장한다. 윤회를 통해 모든 것이 연결되어 있는 둥근 시공간, 과거 지구에서의 삶을 추억하는 미래의 어류 인간, 사랑을 찾기 위해 지구를 배회하는 외계인들. 이들이 만들어내는 우주 세계는 우리의 내부 세계와는 전혀 다른 양식을 가지며, 전혀 다른 감각의 진리를 창출해낸다. 이 글에서는 조현 소설이 점유하는 형식적인 독특함에 대해 주목하고, 그러한 낯선 세계가 생산하는 새로운 진리에 대해 고찰하고자 한다.

2. 재현 불가능성의 형식적 형상화

2.1. 역사와 우주의 재구성

루카치에 의하면 문학이 총체성을 반영하기 위해서는 올바른 형식(correct form)을 부여받아야 한다. 여기서 말하는 형식이란, 작품 속의 인물과 상황의 상호작용이나 서사의 시간과 같은 기법적 특질을 통해 드러나는 형태, 즉 내용에 주어진 미학적 형태를 뜻한다.10) 루카치는 우연적이고 비본질적인 삶이 어떻게 필연적인 삶으로 고양될 수 있는지11) 문제시하였고, 이 문제의 진정한 해결 방법은 오로지 미적인 형식을 통해서이

---

10) 루카치의 초기 미학에서 "형식"은 가장 큰 관심사였다. '형식'은 '삶'의 문제로까지 환원되며, 1911년에 출간된 『영혼과 형식』이라는 에세이집에 집약되어 나타난다. 일상적 삶은 비본질적인 삶으로서, 필연성과는 거리가 먼 부정적인 것으로 묘사된다. 그럼에도 불구하고 인간은 또한 이러한 삶의 불확실성을 사랑하기도 함을 말한다. '아무것도 실현되지 않은 곳에서는 모든 것이 가능한' 그러한 가능성으로서만 남게 되는 삶 속에서 '인간의 겁 많은 꿈'은 스스로 안전하다고 믿으면서 일상적 삶을 영위한다. 루카치가 파악한 이러한 삶의 감정은, 삶의 현상이 점점 분열되어 가는 후기 시민사회 속에서 지식인이 느끼는 불안한 감정이 잘 드러나 있다. (이주영, 「G. 루카치 초기 미학에 나타난 삶과 형식의 관계」, 『한국미학회』, 1987, 82~88쪽.)
11) 위의 글, 94쪽.

다. 조현 소설이 제시하는 삶의 본질은 소설 형식적인 측면과도 연관되어 있다.

　표제작 「누구에게나 아무것도 아닌 햄버거의 역사」와 등단작 「종이 냅킨에 대한 우아한 철학」에서 가장 중요한 특징은 시간에 대한 인식[12]이다. 인간의 문명에서 '시간'은 '과거-현재-미래'라는 직선적이고 목적론적인 방향성을 가지고 있다. 우리는 과거에 태어나 현재를 살아가며 미래에 죽음을 맞으며, 인류의 시간은 '창세기'에서 시작되어 '묵시록'으로 끝난다.[13] 이러한 인과론적 시간 인식은 과거와 미래가 필연적인 원인과 결과로 연결되어 있다고 단정하며, '역사'를 기술하는 확고한 믿음으로 작용한다. 반면에 조현 소설에서의 시간은 직선적이거나 목적론적[14]으로 에피소드를 배열하지 않는다. 사실상 그의 소설의 시간 의식은, 기존의 소설에서의 시간 감각을 해체한다. 시간은 둥글게 '윤회'하는 방식으로 흘러간다. 이 세계의 모든 사건은 시공간을 초월하여 우연의 원리로 연결되어 있다. 따라서 지구에서 일어나는 하나의 사건은 과거부터 미래까지 다양한 시공간의 사건들을 살펴가며 사건이 생산해내는 진리를 파악할 수 있다.

　역사는 필연이 아닌 '우연'의 원리를 통해 진행된다. 조현의 소설에서는 알려진 과거, 각종 텍스트, 심지어 '역사'조차도 텍스트가 된다. 「초설행」은 조선 전기 유학자 관료들의 세계에서 글과 권력, 권력과 사랑, 사랑과 시 등의 테마를 담은 에피소드들로 엮어 낸다. 여기서 공식적 역사와 창조적 허구는 경계 없이 상호 침투해 있다.[15] 역사와 허구의 뒤섞임은

---

12) 서희원, 「외계인 비밀 보고서 공개 "지구인은…"」, 프레시안, 2011.
　　http://www.pressian.com/news/article.html?no=66818
13) 위의 글.
14) 위의 글.
15) 백지은, 「솔마스터(soul master)의 실험실」, 『세계의 문학』 2010 여름호, 243쪽.

조현 소설에서 빈번하게 사용되는 장치이다. 작가의 능청스러운 농담을 읽어 내려가다 보면, 독자는 어느 샌가 사실과 허구를 혼동하게 된다. 백지은은 이러한 '가정'과 '우연'의 원리는, 이 세계의 절대성이 없음을 폭로한다고 보았다.[16] 그러나 실제 역사에서 조금 어긋나게 진행되는 이 '평행 세계'[17]는, 현실을 전복하거나 탈주의 기능으로 나아가지는 않는다. 오히려 '대안(alternative)' 세계로 작동하며 인물들이 마음껏 조우할 수 있는 '확장된 현실'로 기능한다.

이처럼 조현의 소설에서는 다양한 텍스트들이 복잡한 원리로 교직되어 '역사'를 만들어낸다. 이러한 글쓰기 전략은 보르헤스로 연상되는 백과사전적 글쓰기, 상호텍스트성, 패러디, 페스티쉬와 같은 포스트모던의 전략들과도 유사하다. 하지만 시간을 재구축하고 역사와 허구의 경계를 침투하는 파편화된 에피소드의 배열들은 기존의 포스트모던 전략에서 말하고자 하는 '출구 없음'을 의미하는 것이 아니다. 지젝(Slavoj Žižek)에 의하면, 역사주의 시간관은 실제 있었던 그대로의 사건에 국한하여 '안전한 메타언어적 거리에서 역사를 보면서 '역사적 진화'의 직선적인 서사를 구축하는 전형적으로 '승리한 자들'의 선험적인 응시'이다. 이러한 '주인'의 응시는 "역사를 현재의 지배자들의 통치로 귀결되는 진보라는 완결된 연속성으로 파악하고, 역사 속에서 실패한 부분과 부인되어야 할 부분을 논외로 삼음으로써 '실제로 발생한 것'의 연속성이 정립될 수 있도록 만든다.[18] 조현의 소설은 주인으로서의 응시가 아니다. 주인의 역사에서 미처 다루지 못했던, 역사와 세계를 이루는 사소한 원동력이 되는 인물과 사건들에 대해서 사랑스러운 감정으로 이야기한다.

---

16) 위의 글, 245쪽.
17) 위의 글, 245-247쪽.
18) 홍준기, 「슬라보이 지젝(Slavoj Žižek)의 포스트모던 문화 분석 : 문화적 · 정치적 무의식과 행위(환상 가로지르기)」, 『철학과 현상학 연구』, 2004, 204-208쪽.

이소연은, 조현의 글쓰기 전략을 '오토-포이에시스(auto-poiesis)'[19] 개념으로 설명한다. '포이에시스(poiesis)'란 모방에서 비롯되지 않은 '제작', '생산'이란 뜻으로, 문학에서의 서사 구축 과정을 설명하기 위한 용어이다. 그렇다면 '오토-포이에시스'란 한 작품 속에서 진실이라고 생각되었던 사실들은 다른 작품들 속에서 인증되었던 사실에 의해 재차 인증되면서 진리치를 갖게 됨[20]을 말한다. 이러한 체계는 고유의 '자기생산력'[21]으로 유지된다. 조현의 소설은 현실의 모사라기보다는 현실의 틈을 벌려 새로운 현실의 자리를 만들고 있다. 그리하여 그것이 애초에 있어야 했다고 느끼게 만들며, 그렇게 현실의 지평에, 우리의 감각에 변화를 가져온다. 조현의 소설은 기존의 소설에서 그리고 이 세계에서 너무나 익숙해져 있는 직선적·목적론적·역사주의 시간관을 통쾌하게 벗어난다. 이러한 대안 우주는 기존의 세계와 불화(不和)하지 않는 방식으로 존재한다. 조현의 우주는 기존의 세계를 공격하거나 해체하려고 애쓰지 않는다. 자신만의 진리를 창출해내는 새로운 형식의 우주를 구축함으로서, 기존의 질서로는 환원될 수 없는 예외적인 영역을 구축한다.

2.2. 믿을 수 없는 인물과 진실의 재구성

『누구에게나 아무것도 아닌 햄버거의 역사』를 읽어가다 보면 능청스럽게 제시된 일종의 '반전'에 당혹스러움을 느끼게 된다. 이러한 당혹감은 갑작스럽게 서술자가 자신이 미래 문명의 휴머노이드 인류임을 밝힌다거나, 혹은 자신이 외계인임을 고백하는 데에서 온다. 이러한 고백은 평온하게 작품을 읽어가던 독자를 잠시 놀라게 하는 것은, 이미 어떤 '세계'에

---

19) 이소연(2014), 앞의 책, 170쪽.
20) 위의 책, 170쪽.
21) 위의 책, 171쪽.

익숙해져 있던 의식이 다시 낯섦으로 돌아서는 순간을 예상치 못한 순간, 우연히 조우한 어떤 것이기 때문이다. 「라 팜파, 초록빛 유형지」에서 고 (古)시인의 심령전이를 맡고 있는 소울마스터가 작품의 말미에서 자신 역시 또 다른 무엇의 심령전이일지도 모른다는 고백은 이중적인 구조로서 독자로 하여금 무엇이 사실이고 허구인지 알 수 없게 경계를 흐린다.

외계인, 휴머노이드, 미래 문명 인류로 형상화되어 지구를 살아가는 이들과 거리를 둔 채 이야기하고 있으나 이들의 '낯설게 하기'는 또 다른 '낯설게 하기'로 뒤집어지는 것이다. 그리하여 사실과 허구의 경계선은 해체되고, '무엇이 사실인가'라는 의문은 무의미해진다. 그 후에 남는 것은 '무엇이 진실인가'라는 질문이다. 리얼리티가 우리의 인식 속에 존재함과 존재하지 않음을 넘나들며 리얼리티에 대한 우리의 인식을 위협하는, 리얼리티의 탈현실화가 겹겹이 전개되는 것이다.

「라 팜파, 초록빛 유형지」에는 이중의 비틀림 구조가 담겨 있다. 첫 번째 비틀림은 다음과 같다. 아르헨티나 후기 낭만주의 시인 라파엘 오블리가도에게는 우리가 몰랐던 비밀이 하나 있다. 그 자신도 죽음에 이르러서야 알게 된 사실이지만, 그에게는 한 외계인의 영혼이 덧대어져 있는 것이다. 이 외계인의 정체는 과거 외계 문명의 탐사선 책임자였으며, 탐사를 통해 새롭게 발견한 행성의 생명체들을 몰살시킨 뒤 그것이 일종의 예술 행위라고 주장하는 비인간적인 행보를 걸었다. 행성 연방의 법정은 그의 이러한 행동에 대한 처벌로 라틴아메리카 대초원의 한 영혼으로 전이될 것을 명령했다. 이 소설은 시인 라파엘 오블리가도의 생의 마지막 순간 진실을 전하며("사실 당신은 당신이 아니오.") 그의 윤회를 돕는 소울마스터의 독백으로 이루어져 있다.

첫 번째 비틀림이 보여주는 흥미로운 상상력만으로도 얼마든지 즐거움을 느낄 수 있지만, 보다 결정적인 것은 첫 번째 비틀림에서 자연스럽게 딸려 나오는 두 번째 비틀림 혹은 어떤 질문, 어떤 성찰이다. 지구인의 영혼에 외계인의 영혼이 덧대어져 있는 라파엘 오블리가도는 지구인인 것만도, 외계인인 것만도 아니다. 그는 "정체성이 뒤섞인 새로운 방랑자"(365쪽)로 태어난 것이다. 그런데 라파엘 오블리가도가 단지 한 행성을 파괴한 탐사선의 책임자인 것만도 아니고 또 아르헨티나의 시인인 것만도 아니라면, 이 모든 이야기를 들려주는 화자 소울마스터 역시 단지 소울마스터인 것만은 아니지 않을까.

> '하여 나는 고향 행성 아카데미에 오랫동안 내려오던 기이한 전설을 생각하였다. 우리들 소울마스터의 삶 역시 어쩌면 다른 존재의 심령전이일지도 모른다. 그리하여 우리가 소울마스터의 삶을 끝내는 미래의 어느 날 우리 역시 우리 심령에 덧대어진 더 큰 존재의 정체성을 깨닫게 되리라는(…).' (369쪽)

그렇다면 이 소설을 읽고 있는 우리가 단지 우리 자신일 뿐이라고 어떻게 단정할 수 있겠는가. 이제 「라 팜파, 초록빛 유형지」는 심령전이를 조작할 수 있는 외계인에 대한 재미있는 이야기가 아니라 우리 존재에 대한 물음으로 도약한다. 나는 단지 나 자신일 뿐인가. '나에게는 어떤 영혼이 덧대어져 있는가. 우리가 이번 생에서 무엇을 깨달아야 더 큰 존재의 정체성에 이를 수 있는가'[22)와 같은 것에 대해서 말이다. 이 소설은 믿을 수 없는 서술자[23)의 전형을 보여준다. 자신은 외계에서 온 소울마스터라고 소개하는 엉뚱한 서술자는, 시인 오블리가도에게 영혼이 덧대어져 있다는 황당한 이야기를 늘어놓는다. 그리고 서술자의 태도는 사뭇 진지하다. 조현의 다른 작품에서도 마찬가지로, 곳곳에서 자신은 외계 존재라고

---

22) 권희철(2010), 앞의 글, 193쪽.
23) 이소연(2014), 앞의 책, 172쪽.

주장하는 서술자 혹은 인물들이 등장한다. 그들이 주장하는 말들이 사실 인지 허구인지 진위를 넘나들며 신뢰성을 떨어뜨리는 듯하지만, 그들은 삶에 대한 새로운 감각의 진리를 생산해내며 문제는 사실과 허구의 진위 여부의 차원이 아님을 말한다.

이러한 우주적 스케일에 이르는 세계를 구축하기 위해 작가가 공들여 구성한 인물들은 작품 전반에 배치된다. 그토록 공을 들여 주춧돌을 올리 고, 세심한 기예를 사용해서 배치한 텍스트의 성좌를 통해, 작가는 존재의 진실을 보여주고 한다. 조현의 소설은 사실이 아닌 '진실은 무엇인가'라 고 우리에게 묻고 있다. '충분히 존재할 수 있는 권리'를 주장하는 저 텍 스트의 우주를 넘치도록 채우고 있는 것은, 도래할 유토피아에 대한 꿈, 그리고 그 실현에 대한 넉넉한 낙관이라고도 할 수 있을 것이다.[24]

3. 메타 소설과 문학의 역설적 윤리

3.1. 사랑과 공감의 시학

조현의 소설에서 인물들은 현실에 안착할 수 없는 인물들이다. (현재 지구로 대표되는) 현실 세계는 이들이 가진 상흔을 다만 정상에서 벗어난 것, 예를 들면 '환각'이나 '트라우마', 혹은 '해리 장애' 등으로 부를 뿐이 다. 마치 달의 크레이터를 보며 나사의 군인들이 "아름답지 않소? 마치 베트남을 B-52로 폭격한 것 같군!"(74쪽)이라고 말하듯, 현실 세계는 인물 들이 가진 심연에 아무렇지 않게 폭력적인 이름을 붙인다. 그리하여 이들 은 번민한다. "관습화된 말은 일종의 편견이다."(78쪽)는 말을 한 생애도

---

24) 위의 책, 171-172쪽.

모자라 윤회를 거듭하면서까지 업보로 지니는 이들의 번민은, "존재의 본질에 어울리는 참다운 이름을 찾"(91쪽)는 과정이며, 상징계의 관습화된 인식에 대한 거절이다. "너의 앙상한 가슴", "너의 숨죽인 호흡"(61쪽)이 무엇인지 알지도 못하고 만나본 적도 없는 폭력적인 세계를 떠나, "존재의 본질에 어울리는 참다운 이름을 찾아…존재와 존재 사이의 빈 공간을 떠도는 브라운 운동"(91쪽)을 하는 것이다. 조현은 그것을 "사랑"이라고 부른다. 사랑은 조현의 우주에서 가장 근원적인 진리 체계로 작동한다.

바디우에 의하면 "진리의 사건적 보편성이 지속적으로 세계 속에 스스로를 기입하고 주체들을 삶의 길로 결집시킬 수 있도록 사랑은 법이 될 의무가 있다."[25] 사랑은 법의 완성이되 이 법을 "문자를 넘어선 법" "정신의 법" 혹은 "보편적인 법"[26]이다. 즉, 사랑은 기존의 법 체계의 대안으로 제시되는 것이 아니라, 전적으로 새로운 종류의 법으로 존재한다. 보편주의적 진리가 "단순히 사사로운 확산"이 아니라 "공적인 선언"이며 이 공적인 선언이 새로운 가능성을 알려주는 데 그치지 않고 모두에게 '효력을 갖는 선언'이 되기 위해 사랑은 또한 일정한 규범과 원칙이 되어야 하는 것이다.[27] 바디우에 따르면 즉각적인 구원이 아니라 '노고(labor)'로서 정립되는 보편적 주체가 있을 뿐이며 '사랑은 노고의 이름'이므로, "보편적인 힘(Power)으로서의 사랑"[28]이 도래한다. 『누구에게나 아무것도 아닌 햄버거의 역사』에서 등장인물들을 추동하는 원동력은 "보편적인 힘"으로서의 사랑이다. 그것은 작가가 말하는 것처럼 '사랑의 본질'이기도 하다. 인물들은 사랑을 통해 스스로 상처로부터 치유되며, 존재를 사유하고, 행복을 찾아간다. 그들은 각자 "소심한 혁명가"로서 개별적 진리를 추구하

---

25) 알랭 바디우, 『사도 바울』, 현성환 역, 새물결, 2008, 88쪽.
26) 황정아, 「이방인, 법, 보편주의에 관한 물음」, 『창작과 비평』 2009년 겨울호, 82쪽.
27) 위의 글, 82쪽.
28) 위의 글, 82쪽.

는, 보편적 세계의 인물들이다.

상징계가 가진 관습화된 인식의 폭력은 존재들이 "모두 자신의 촉각과 경험의 범주 안에서만 타인을 이해"(156쪽)할 수밖에 없기 때문에 비롯되는 것이다. 인간이란 "자기의 위장으로 소화해 낼 수 있는 사랑"(71쪽), 자기의 감각과 인식 체험 내에서 이해할 수 있는 존재만 받아들일 수 있을 뿐이며, 거기서 "한 뼘 정도만 위치를 옮겨도 이루 말할 수 없는 멀미로 구토"(70쪽)를 하고 만다. 그것은 마치 강력한 중력이 지배하는 행성에 살기 때문에 '도약'이라는 개념을 떠올릴 수도 없는 생명체에게 발레의 파드샤 스텝을 보여주는 것과 같다. 그 갑각류 생명체는 파드샤에게서 아무런 미감도 느낄 수 없을뿐더러 극단적인 공포를 느낄 것이다. 그러므로 우리에게 가장 불가해한 것은 "한 인간이 다른 인간의 심해를 모르고 살아가는 것"(85쪽)이다.

이런 한계를 조금이나마 극복하기 위해 조현이 택한 것은 "은유의 원리"(109쪽)이다. 은유란 전달할 수 없는 의미를 표현하기 위하여 유사한 특성을 가진 다른 사물이나 관념을 써서 표현하는 어법이다. 즉 은유란 보조관념을 통해 원관념에 닿으려는 시도인데, 이 보조관념은 습관적이지 않고 참신한 심상을 요구한다. 조현은 여러 은유를 통해 브라운 운동을 하듯 존재의 심연에 닿으려고 한다. 작게는 「생의 얼룩을 건너는 법, 혹은 시학」에서 로르샤흐 테스트의 연상법을 통해 자신의 경험을 전하려고 하는 것부터, 「돌고래 왈츠」에서 하나의 생명체가 느끼는 감각을 다른 생명체가 느끼는 감각으로 '번역'하는 것이기도 하고, 「라 팜파, 초록빛 유형지」에서 "하나의 영감을 다른 영혼에 덧대어 존재의 영적 자각을 돕는"(123쪽) 소울마스터의 일, 「생의 얼룩을 건너는 법, 혹은 시학」에서 다른 생명체에게 의식이 전이되는 트랜스 경험이기도 하다. 이 은유의 목적은 명확하다. **"다야드밤(공감하라)!"** 한 존재가 다른 존재의 심연에 대해 공감하게 될 때, 그리하여 자신의 내부에 숨겨진 또 다른 타인의 얼굴을 마주하게 될 때, 우리는 결국 모든 우주가 그물망처럼 연결되어 있다는 깨달음 앞에 설 것이다. 그것을 위해 생과 몸을 탈바꿈하여 반복되는 지난한 은유의 과정은 불가피했던 것이다.

그러나 조현이 이야기하는 은유나 시는 말에만 그치는 것이 아니다. 또한 은유를 거듭하며 존재와 존재 사이를 부유하는 브라운 운동에 무한히 머무는 것도 아니다. 「돌고래 왈츠」에서 '나'는 사랑하는 사람에게 자신이 고향 행성에서 보았던 아름다운 석양의 풍경을, 고향 행성의 색감으로 들려주고 싶어 한다. 그러나 지구의 언어로는 그것을 담아낼 수가 없어 '그로우-움'이라는 미감 번역기에 감각의 번역을 의뢰한다. 그는 석양의 풍경을 '산산이 부서지는 노랑', '서리 낀 빨강' 등의 은유로 도출하려고 하지만, '그로우-움'은 그보다 더 근사한 표현이 있다고 말한다. 가장 적절한 번역은 같이 황혼을 바라보며 그녀에게 깊고 따뜻한 키스를 하는 것이다. 설리번의 입을 빌려 "하나의 상징은 하나의 행동으로 연결될 때 우아하게 빛난다."(57쪽)고 말하는 것도 같은 의미이다. "사랑의 본질에는 아름다운 시어와 함께 아늑한 입김도 필요"(57쪽)하기 때문이다. 은유가 존재의 본질에 닿으려는 사랑의 표현이라면, 이것에는 말뿐만 아니라 구체적인 행동까지도 수반되어야 한다. 「초설행」에서 우겸이 생의 마지막에 후회하는 것은 과거를 못 본 것도, 비인비속으로 유랑했던 것도 아니라 사랑했던 설영의 손을 한 번 따뜻하게 잡아주지 못했던 것처럼, 구체적인 사랑의 행동들은 중요한 의미를 가진다. 한때 그리운 사물의 이름으로 인해 영혼의 깊은 우물로 들어가, 수많은 은유들을 거쳐 돌아온 자리는 결국 구체적인 삶의 자리이다. 「생의 얼룩을 건너는 법, 혹은 시학」에서 에우로파의 신인류가 "그건 참 좋은 윤회."(116쪽)라고 명랑한 깨달음처럼 중얼거리는 순간이 인간의 몸을 입고 온 감각으로 맞아들이는 첫눈 속이었던 것처럼.

이들은 자신에게 상흔을 입혔던, 그리고 그 상흔에 폭력적인 이름을 붙였던 현실로 다시 돌아오지만 이 세계에 포섭되지는 않는다. 이들은 지구 내부에 남아 있기를 선택하지만 현실의 법에 의해서 분류되거나 그 원리에 맞춰서 살지 않는다. 그들은 세계의 공백으로 남아 있는 방식으로 발 딛고 선 구체적인 땅을 사랑한다. 그래서 이들은 샤먼과도 같은 존재들이 된다. 소설이 지금까지 알려져 있던 세계에 틈을 내어 새로운 인식과 감각을 경험하게 하는 것이라면, 조현의 인물들은 세계의 공백으로 남아 있기에 그 틈에 접속할 수 있다. 아직 도래하지 않은 새로운 세계의 감각을 구체적인 현실의 땅 위에서 발을 붙이고 받아내는 '사이의 존재'가 되는 것이다.

3.2. 행복에의 추구와 진리 체계로서의 문학

소설가, 그리고 시인, 예술가는 지금 여기에 발을 디딘 채 이 세계와 저 세계를 연결해주는 일을 하고 있다는 점에서 샤먼의 역할과도 맞닿아 있다고 말할 수 있을 것이다. 샤먼의 운명은 한 세계의 경계 안에 갇혀 있는 평범한 사람들이 상상할 수 없는 미지의 세계에까지 걸쳐있기 마련이다. 이승과 저승, 차안과 피안, 우리별과 다른 은하의 경계를 끊임없이 넘나드는 작가의 투사력은 팍팍한 일상에 몸을 가누지 못하는 사람들을 위해 경계를 허무는 샤먼의 치유력을 닮았다.[29] 이러한 지점에서 조현은 현실과 공상, 지구와 우주, 소설과 그 밖의 세계를 유영하는 자이며, 현실을 치유하고자 하는 샤먼이다.

사랑의 역할 또한 예술의 것과 크게 다르지 않다. 조현의 작품에서 일

---

29) 이소연(2014), 앞의 책, 160쪽.

관되게 사랑이라는 중심된 제재가 시학 그리고 은유와 더불어 등장하는 것이 이에 설득력을 더해준다. 인간이 현실적인 무엇을 우연히 마주했을 때 이러한 우연에 인간이 덧붙일 수 있는 것은 마주침을 의미 있게 만들어줄 "시적 상상력"뿐이다. 조현은 이 우연이 만들어내는 놀라운 변증법에 시적 상상력이 더해진 역사를 상상하며 이렇게 말한다. "아무래도 인간에게 세계는 사랑의 기억에 대한 애틋한 연민이나 가족에 대한 이해심, 혹은 시적 상상력과 진보에 대한 점진적인 확신이 적절하게 버무려지면서 조금씩 사랑스러워지는 법인 모양이다. 물론 그렇지 않은 우주도 있을 터이지만 말이다."30)

그것은 마치 마이클 버거라는 햄버거에 끼워 넣어진 시(詩)와 같다. 햄버거 자체는 정크푸드로 인식되며, 그것을 만들어내는 수많은 자본주의의 부조리한 시스템과 연결되어 있다. 그러나 조현은 「햄버거의 역사」에서 마이클 버거 하나가 만들어지기까지의 역사를 세심하게 짚어본다. 이 역사는 상업주의의 산물인 햄버거와 그것의 마케팅 전략 중 하나로 전락된 시를 보여주기 때문에 자본주의적인 세계에 대한 블랙 코미디31)라고도 볼 수 있다. 그러나 그것은 거시적인 역사관에 의한 해석이다. 조현이 주목하는 것은 자본주의의 산물이라고 불리기 때문에 지나치기 쉬운, 햄버거 하나에도 담겨 있는 수많은 사람들의 삶과 이야기이다.

> "사실 햄버거의 역사만 하더라도 누구에게나 아무것도 아닌 것 같지만 거기에는 보이지 않는 수많은 사람들의 고통과 땀이 얼룩져 있겠지요. 모든 사물들의 역사가 그렇듯이 말이죠."(37쪽)

---

30) 서희원(2011), 앞의 글, 445쪽.
31) 권희철(2010), 앞의 글, 191쪽.

조현의 공백적인 인물들은 여전히 세계라는 햄버거 안에 끼워져 있기 때문에, 패스트푸드 판매점에 납품되는 시들처럼 세계에서 패배한 것처럼 보일지도 모른다. 그러나 미시적인 관점에서 보면, "인간에게 세계는 사랑의 기억에 대한 애틋한 연민이나 가족에 대한 이해심, 혹은 시적 상상력과 진보에 대한 점진적인 확신이 적절하게 버무려지면서 조금씩 사랑스러워"(37쪽)지는 것이다. 조현은 공백으로 남아 시적 상상력으로 미시적인 역사를 만들어가는 사람들로 인해 세계가 여전히 사랑스러워질 것이라고 믿는다. 설리번이 한탄했듯 "우리 시대의 문화는 그토록 풍요로우면서도 그토록 빈곤하지만"(56쪽) 항상 플레바스를 생각하는 사람들, 불굴의 시적 상상력으로 "몇 번씩이고 생을 윤회하고, 행동으로 운명을 저항하는 사람들에 의해 종말은 유예될 것이다.

비록 그의 시적 상상력은 "신비주의자의 몽롱한 상상력에서 빠져나오지 못"했고, 그의 시학은 "너무 추상적인 곳으로 상승하고 그 때문에 무력해진다"[32]는 평을 받기도 하지만, 최소한 조현이 겨냥하고 있고 사랑스럽게 끌어안으려고 하는 곳은 현실이다. 비록 그의 작품이 추상적이거나 신비주의적으로 보일 수는 있어도 그것은 작품들의 한 단면일 뿐, 본질은 되지 못하는 것은 그 때문이다. 비록 그의 우주적·시적 상상력에 반사된 작품들이 아직 현실에 파장을 일으킬만한 핵심을 짚어내고 있는 것은 아니지만, 고유한 방식으로 끊임없이 현실에 대해 사유하는 조현의 작품은 분명 우리에게 현실을 보는 또 다른 감수성을 일깨운다.

김홍중은 예술을 메시아에 빗대어 은유한다. 무능과 전능이 구별할 수 없는 일체를 이루고 있는 숭고한 메시아─예술은, 오직 행복을 통해서만 가느다란 구원을 꿈꿀 수밖에 없는 강박적 현실을 사는 소시민들을 불가

---

32) 위의 글, 192쪽.

피하게 억압한다.[33] 그렇다면 이 시대 예술은 전능과 무능 사이에 어떤 '약한' 메시아가 예술의 형상으로서 존재할 가능성이 없는지[34] 자문할 수 있다. 구원이란 이 시대 가장 평범한 존재들의 '행복에의 추구'를 끌어안 으며 새로운 구원의 관념을 재구성해야 하는 과제를 짊어져야 하는 것[35] 은 아닐지 물음을 던져볼 수 있다. 즉, "희미한 메시아적 힘"[36]으로 자신 의 삶에서 작은 차이, 작은 변화의 지속적 성취와 실천을 이끈다.

이렇듯 세계를 인식하고 받아들이는 방식, 그리고 이를 타인과 소통하 는 방식에서 아주 작은 변화의 차이로서 은유, 시학, 소설, 예술이 필요하 다. 그리고 이들은 현실을 '조금씩' 사랑스럽게 만든다. 「옛날 옛적 내가 초능력을 배울 때」에서 현과 S가 그들의 고향을 "가니메데"와 "수성"로 꼽은 것은 그들의 '지구'에서의 상처가 크기 때문임을 짐작할 수 있으 며[37], 이러한 상상 혹은 은유를 바탕으로 그들은 서로를 사랑하기에 이른 다. 현이 S의 "심연"인 성전환 사실 혹은 성정체성에 대해 알게 됐을 때 에도 그의 열정이 갑작스레 식는 것을 경험하지만 S를 끊임없이 그리워하 며 호명한다. 이미 저쪽으로 가버린 S와 현의 간극에 대해 현은 그리움으 로 S를 부르며 부유하는 "브라운운동"을 마치고 "해후"할 것을 희망하는 것이다. 그리고 그 사이엔 결국 사랑이, 호명이라는 시학이 있다. 그리하 여 우리는 "시의 작용이나 은유의 현상학", 그리고 사랑을 통하여 "생의 얼룩을 건너 존재의 본질에 다다를 수 있"게 되며 상상 너머의 세계가 아 닌 지금 여기, 바로 이곳을 살아갈 수 있는 것이다.

궁극적으로 조현의 소설은 사랑과 공감의 시학을 완성함으로써, 우리

---

33) 김홍중, 「행복의 예술, 그 희미한 메시아의 힘」, 『문학동네』 2009년 봄호, 334쪽.
34) 위의 글, 334쪽.
35) 위의 글, 334쪽.
36) 벤야민, 「역사의 개념에 대하여」, 『역사의 개념에 대하여/폭력비판을 위하여/초현실주의 외』, 최성만 역, 길, 2008, 331쪽.
37) 이소연(2014), 앞의 글, 168쪽.

시대에 시적인 것이 추구하는 본질, 나아가 문학의 역할과 문학이 생산하는 진리가 무엇인지를 탐구하는 거대한 메타 소설 작업으로 읽히게 된다. 문학이란 무엇인가, 문학은 무엇을 할 수 있는가. 어쩌면 문학은 종언된 것이 아니라 몰락 이후의 세계에서 새로운 진리를 생산해내는 초과적인 영역으로 존재하는 것이 아닐까. 그리하여 조현의 문학은 더 이상 무의미와 우울함, 파괴와 해체에 골몰하지 않는다. 조금 더 공감할 수 있도록 윤회하는 우주, 사랑과 행복의 완성으로서의 우주를 축조하기 위해 상상의 세계를 유영하고 있는 것이다.

4. 나가며

가라타니 고진이 선언했던 "근대 문학의 종언"은, 문학이 책임지고 있던 사회적 역할이 끝났음을 시사하며,[38] 문학이 윤리적·지적인 과제를 짊어지기 때문에 영향력을 갖는 시대는 끝났음을 말한다.[39] 그의 선포는 사실상 문학의 죽음을 의미한다. 하지만 역설적이게도 문학이란 자신의 죽음을 안고 가는 유령적 존재[40]와도 같다. 즉, 문학성이란 실체가 아니라 효과이며, 따라서 존재가 아닌 비존재에 가깝다. 문학성의 속성이란, 오로지 존재에 대한 의심 속에서만, 또한 문학의 구체적 사용 속에서만 가까스로 그것의 존재를 확인할 수 있으며, 완성되고 파악되는 순간 죽음을 맞이하는 것이다.[41] 따라서 우리가 할 수 있는 일은, 문학의 죽음과 대면하는 것이며, 문학의 가치와 역할이라는 환상과 역설을 마주하는 것

---

38) 가라타니 고진, 『근대문학의 종언』, 조영일 역, 도서출판 b, 2006, 64쪽.
39) 위의 책, 65쪽.
40) 서영채, 「역설의 생산 : 문학성에 대한 성찰, 2009」, 『문학동네』 2009년 봄호, 204쪽.
41) 위의 글, 304-305쪽.

이다.

조현 소설은 '우주'라는 창조적인 공간을 통해, 외부 세계를 발견하고 기존의 가치 체계에 포섭되지 않는 새로운 감각 세계를 만들어낸다. 이 공간에서 창출되는 사랑은 진리 체계로서 작동하며 사건으로서 존재한다. 인물들은 사랑의 진리를 추구하기 위해 끊임없이 노고하는 여정을 걸어간다. 그리고 더욱더 사려 깊게 사랑하기 위해 시(詩)의 원리, 은유의 원리가 필요한 것이다. 다시 말해서 조현은 시의 존재, 문학의 존재를 통해 진정한 '공감'과 '소통'으로 나아간다. 이것은 소설집 전체를 관통하는 주제이자, 문학에 대한 작가의 굳은 신념과도 같은 것이다. 이 세계의 모든 사람들이 문학의 죽음에 대해서 논하더라도 그것을 품에 안고 묵묵하게 걸어가는 자, 어딘가에서 엘리엇의 시를 읊고 시의 의미에 골몰하는 자, 은유의 원리가 곧 우리 삶의 양식이라고 굳게 믿는 자. 조현은 우리 시대에 '문학의 존재방식'을 골몰하는 보기 드문 몇 작가 중 한 명이다.

참고문헌

1. 조현 작품 목록
『누구에게나 아무것도 아닌 햄버거의 역사』, 민음사, 2011.

2. 단행본
이소연, 『응시하는 겹눈』, 문학동네, 2014.

가라타니 고진, 『근대문학의 종언』, 조영일 역, 도서출판 b, 2006.
발터 벤야민, 『역사의 개념에 대하여/폭력비판을 위하여/초현실주의 외』, 조영일 역, 길, 2008.
알랭 바디우, 『윤리학』, 이종영 역, 동문선, 2001.
_____, 『사도 바울』, 현성환 역, 새물결, 2008.

3. 논문 및 평론
권희철, 「코스믹 포에틱스(cosmic poetics)」, 『세계의 문학』 2010년 가을호, 179-195쪽.
김홍중, 「행복의 예술, 그 희미한 메시아의 힘」, 『문학동네』 2009년 봄호, 319-337쪽.
백지은, 「솔마스터(soul master)의 실험실」, 『세계의 문학』 2010년 여름호, 239-254쪽.
서영채, 「역설의 생산 : 문학성에 대한 성찰, 2009」, 『문학동네』 2009년 봄호, 294-318쪽.
서희원, 「누구에게는 모든 것이 우연 또는 시적 상상력의 소설」, 『문학동네』 2011년 겨울호, 439-453쪽.
이경재, 「2000년대 소설의 윤리와 정치」, 『창작과 비평』 2010년 겨울호, 65-82쪽.
이주영, 「G. 루카치 초기 미학에 나타난 삶과 형식의 관계」, 『한국미학회』, 1987, 78-107쪽.
황정아, 「묻혀버린 질문 : 윤리에 관한 비평과 외국이론 수용의 문제」, 『창작과 비평』 2009년 여름호, 100-120쪽.
홍준기, 「슬라보이 지젝(Slavoj Žižek)의 포스트모던 문화 분석 : 문화적·정치적 무의식과 행휘(환상 가로지르기)」, 『철학과 현상학 연구』, 2004, 195-223쪽.

4. 기타자료
서희원, 「외계인 비밀 보고서 공개 "지구인은…"」, 프레시안, 2011.
　　　　http://www.pressian.com/news/article.html?no=66818

제3부

21세기 문학의 새로운 구보씨들

최진영론
─자치와 비인간적 주체의 가능성

권혜린(이화여대 국문과 박사과정)

1. 들어가며

신자유주의에서 화폐로 인한 상징적 폭력은 인간 존재를 하찮게 만들었는데,[1] 이는 높아진 교육 수준과 넓어진 소비의 영역이 모두에게 동일하게 적용되는 것은 아니라는 점을 시사한다. 오히려 계급 격차가 커지면서 비인간적인 삶을 사는 이들이 증가하기 때문이다. 특히 "호모 데비토르(Homo Debitor)"[2] 혹은 마우리치오 라자라토(Maurizio Lazzarato)가 말하는 '부채인간'들은 빚의 대물림 때문에 이미 운명적으로 소멸될 위기에 처한다. 신자유주의 경제 정책이 노골화되고 신경제(New economy), '정보 사회', '지식 사회'가 부채 경제에 용해된 것이다.[3] 이러한 상황에서 인간은 살아 있되 죽어 있는 삶, 좀비에 가까운 "마지막 인간"[4]으로 나타나는데 이

---

1) 홍기빈, 「인간의 위기와 자치 기획」, 『문학동네』 2010년 여름호, 426쪽.
2) 이소연, 「질문 2.0 : 무엇이 '인간'인가」, 『문학동네』 2012년 겨울호, 387쪽.
3) 마우리치오 라자라토, 『부채인간』, 허경·양진성 역, 메디치, 2012, 26쪽.
4) 홍기빈(2010), 앞의 글, 429쪽.

형상에 대해 문학 역시 침묵을 그친다. 냉소·유머·위로로 해결할 수 없는 인간적 문제를 직시하게 된 것이다.

이러한 상황에서 2010년대 한국소설에서 신자유주의의 '부채인간'과 '비인간'의 양상을 핍진하게 그리는 작가가 최진영이다. 최진영은 2006년에 「팽이」로 『실천문학』 신인상을 받으며 등단했으며, 현재까지 장편 4권과 단편집 1권뿐 아니라 다수의 단편들을 발표했을 정도로 다작을 한 작가이다. 이 중 이 글에서는 최근 장편소설에 집중하여 『끝나지 않는 노래』, 『나는 왜 죽지 않았는가』, 『구의 증명』 등 3편을 중심으로 분석하면서 단편소설들도 보완하고자 한다. 최진영의 장편소설에서 오늘날의 인간이 어떻게 실패하고 몰락하며, 그러한 인간을 넘어선 주체가 어떻게 드러나는지를 잘 보여주고 있기 때문이다.

구체적으로, 『끝나지 않는 노래』에서는 마조히즘적·경쟁적·냉소적 나르시시즘을 통해 인간을 대상화하면서도, 가장 젊은 세대에서는 대물림되는 여성 수난과 동시에 '부채인간'을 보여준다. 그러나 이러한 상황에서도 '자치'의 주체와 '상호 인정'의 가능성이 나타난다. 또한 『나는 왜 죽지 않았는가』와 『구의 증명』에서는 '부채인간'의 모습이 최진영의 소설 중에서 가장 잘 드러난다. 그리고 이것이 결국 인간의 소멸로 귀결되었을 때 '부인된 애도(Disavowed mourning)'가 나타나면서 단순히 인간이 아니라고 부정하는 것 대신, '비인간'을 긍정하는 것으로써 '기억하기'를 수행하는 글쓰기가 나타난다.

이를 바탕으로 2장에서는 인간의 실패와 '자치'의 주체를 이야기하며, 3장에서는 인간의 몰락과 '비인간'의 주체를 이야기하고자 한다. 각 장의 1절에서는 '인간'의 양상을 사회적인 구조와 연결해서 '나르시시즘의 인간'과 '부채인간'으로 설명한다. 그리고 2절에서는 이러한 인간의 모습에서 새롭게 나타나는 2010년대 주체의 모습을 '자치의 주체'와 '비인간의 주체'로 나누어 살펴볼 것이다. '자치의 주체'와 '상호 인정'이 2010년대 적인 특성이 아니라고 생각될 수 있으나, '가족'을 새롭게 받아들이는 방식과 연관되면서 '새로운 가족의 귀환'을 고찰하는 측면에서 의미가 있을 것이다. 또한 '비인간의 주체'는 죽음 앞에서 '부인된 애도'를 수행하면서 수동성을 넘어선 능동성을 보여준다는 점에서 새로운 주체가 될 수 있다.

2. 인간의 실패와 자치의 주체

2.1. 나르시시즘의 인간과 인간의 대상화

현 시대의 인간을 말하기 위해서는 변화 과정을 통시적으로 살펴보는 것이 필요한데, 이를 위해 세대 구분이 유용하다. 이때 세대를 맹정현의 분류에 따라 노년 세대의 '마조히즘적 나르시시즘', 중년 세대의 '경쟁적 나르시시즘', 신세대의 '냉소적 나르시시즘'으로 나눌 수 있다. 이때 나르시시즘은 '민족'의 문제로 환원되지 않고 각 세대의 정체성이 구성되는 방식 속에서 드러난다.[5] 최진영의 소설에서는 특히 아버지로 대변되는 '마조히즘적 나르시시즘'이 두드러지게 나타난다. 이는 자신의 정체성을 타자에게서 찾고, 국가나 가족이라는 대의를 위해 봉사함으로써 봉사하는 대상에 스스로를 동일시하며 아버지를 옹립하는 작업[6]이다.

『끝나지 않는 노래』[7]는 '엄마/새엄마-두자-수선/봉선-은하'로 이어지는 4대 여성의 수난사를 그리기 때문에 세대 문제를 면밀하게 볼 수 있는

---

5) 맹정현, 「마조히즘적 나르시시즘, 경쟁적 나르시시즘, 냉소적 나르시시즘」, 『문학동네』 2010년 여름호, 467쪽.
6) 위의 글, 469쪽.
7) 『끝나지 않는 노래』, 한겨레출판, 2011. 이하 인용 부분은 괄호 안에 쪽수만 표기한다.

데, 특히 '할머니-며느리'의 대비적인 구도가 두드러진다. 정체성이 '아들'이라는 타자에 있는 할머니는 '마조히즘적 나르시시즘'을 보여주며 이로 인한 수난은 며느리가 물려받는다. 이선우의 말처럼 할머니/시어머니는 내면화된 모성 이데올로기를 폭력적으로 대물림하면서 가부장제를 적극적으로 유지하는 '이율배반적인 존재'인 것이다.[8] 두자의 할머니는 아들을 낳다 죽은 며느리 때문에 울면서도 동시에 손자를 봤다는 기쁨에 미소 짓는다. 또한 "아들과 손자의 밥그릇 채우는 데만 골몰"(17쪽)하는 마조히즘적 태도를 보여준다. 두자의 시어머니 역시 아들과 남편의 술안주를 만들면서 두자의 밥그릇에는 나물 위에 보리밥을 얇게 깐다. 게다가 씨받이로 간 두자가 유산했을 때, 시어머니는 임신한 큰며느리에게 폐가 될까봐 이를 은폐하기까지 한다.

이러한 '마조히즘적 나르시시즘'을 두자의 엄마/새엄마, 두자는 순응한다. "단 한 번도 좋아 산 적이 읎다"(45쪽)고 말하는 새엄마의 말에서 인고와 희생의 삶이 단적으로 드러나는 것이다. 뿐만 아니라 젊은 세대들로서 현모양처가 되고 싶다고 말하는 복순, 아버지와 장수의 것을 먼저 챙기는 두자의 언니들, 두자에게 순종하는 수선까지 이를 내면화한다. 수선은 "남의 인생을 살고 있다는 느낌"(206쪽)을 받으면서도 자신의 삶에 순응하는데 이는 자신의 정체성을 잃어버리거나, 처음부터 없었던 것처럼 보이게 함으로써 인간을 대상화한다.

그런데 인간의 대상화는 사회 구조의 문제에서도 나타난다. 이 작품에서는 구조적 현실을 일상적 삶의 배경으로 두면서 시간의 흐름과 역사적 변화를 보여준다. 일제강점기, 해방, 분단, 전쟁, 4·19 혁명, 6월 항쟁, IMF 등 경제적·정치적·사회적인 공적 현실[9]에서 대두되는 주체는 국

---

8) 이선우, 「끝나지 않는 것은 고통만이 아니다 : 최진영, 『끝나지 않는 노래』, 한겨레 출판, 2011」, 『실천문학』 2012년 봄호, 391쪽.

가이다. 그러나 이 작품에서는 국가보다 가족에 대한 봉사 쪽에 초점을 맞춘다. 전쟁이나 부정 선거, 경제 위기 등의 현실은 가난의 구조적인 원인으로 기능하며, "근현대사의 굵직한 사건들을 원경으로만 제시"10)하는 것이다. 따라서 전경이 되는 여성의 사적 현실은 정체성을 가족에 두지만, 공적 현실만큼 치열한 것으로서 생존의 문제를 부각한다.

반면 『나는 왜 죽지 않았는가』11)에서는 '냉소적 나르시시즘'이 나타나는데, 몰락하기 전의 원도는 스스로를 철저하게 '계산 가능한' 대상으로 환산하는 '스펙형 인간'12)으로서 은행원이 되기까지 수많은 경쟁을 한다. 이는 자신이 사회에서 요구되는 대상이기를 바라지만, 그의 영혼은 자신의 구매자인 기업·조국을 향한 것이 아니라 대의 없는 대상화13)에 있다는 점에서 냉소적이다. 경쟁의 룰을 최대한 이용하면서 "빈틈과 불합리와 부조리가 있는 곳"(55쪽)에서 승산을 찾는 원도는 돈을 사물화하고, 냉소적인 태도를 가지면서도 역설적으로 폭주하는 욕망을 갖는다. '저것은 내 것이 아니다. 나도 저것을 갖고 싶다'가 아니라, '저것은 내 것이다. 저것을 되찾아야 한다'고 생각하는 것이다. 이는 자동차, 아파트, 사업 자금 등 횡령의 목적이 커지면서도 없어지지 않는 것과 연결된다.

---

9) 공적 현실에는 교육 현실도 속하는데 여기에서 '경쟁적 나르시시즘'이 드러난다. 아들/손자를 편애하는 할머니가 존재하는 시골과 달리 도시에서는 '어머니-아들'의 관계를 중등학교에 들어가기 위한 '입시경쟁'으로 본다. 이때 어머니는 자신의 정체성을 자식을 통해 인정받으려고 하면서 유아를 가장 숭고한 대상으로 보고, 물신화하며 육아가 경쟁의 장이 된다. (맹정현(2010), 앞의 글, 474쪽.) '다른 이들'이 가진 것을 주려고 하는 것(위의 글, 475쪽.)이다. 그러나 이때도 아들을 공부시키는 이유가 집안을 일으킬 사람을 만들기 위해서라는 점에서 '마조히즘적 나르시시즘'과 연결된다. 시간이 더 흐른 뒤에도 교육의 이유는 일류 대학을 통해 계급을 상승시키기 위해서이며, 이에 따라 자녀의 성공에는 어머니의 능력이 중요해진다.
10) 이선우(2012), 앞의 글, 390쪽.
11) 『나는 왜 죽지 않았는가』, 실천문학사, 2013. 이하 인용 부분은 괄호 안에 쪽수만 표기한다.
12) 맹정현(2010), 앞의 글, 480쪽.
13) 위의 글, 480쪽.

그러나 '냉소적 나르시시즘'은 여전히 '아버지'의 문제로 나타난다. '냉소'와 관련된 아버지는 초자아의 부재가 아닌 산발적 초자아의 출현으로서 파편화된 초자아가 유령처럼 배회[14]하는 것과 관련된다. 이것이 먼저 「어디쯤」[15]에서 나타난다. 이 작품에서 아버지가 그려준 약도를 들고 빌딩을 찾는 '나'는 미로에서 방황한다. 이때 '나'에게 압박을 가하는 대상은 아버지뿐 아니라 안, 어머니, 안의 아버지까지 다양하다. 이들은 이름만 다른 '산발적 초자아'이자 '파편화된 초자아'에 해당하며 이들이 어디인지에 대한 대답을 요구하는 것은 넓게는 '나'의 인생에 대한 답을 요구하는 것이다. 안과의 결혼, 이직 등 '나'를 지치게 만드는 문제들은 길을 헤매며 겪는 피로와 중첩되면서 찾아야 할 빌딩을 "블랙홀 같은 검은 구멍"(91쪽)으로 만든다. 그 구멍에서 남는 것은 '아직이냐'고 묻는 산발적 초자아의 목소리뿐이다.

이렇게 분리되는 초자아들은 『나는 왜 죽지 않았는가』에서 '산 아버지/죽은 아버지'의 구도로 나타난다. 자유로운 선택과 책임을 강조하면서 합리적인 규율 권력을 상징하는, 심지어 직업까지도 형사로서 이미 억압적인 '산 아버지'의 말을 원도는 거부하며 책임지지 않는 주체로서 무위를 추구하기도 한다. 그러나 실제 삶에서 무위를 실천하지 못하고[16] '산 아

---

14) 위의 글, 481–482쪽.
15) 『팽이』, 창작과비평, 2013. 이하 인용 부분은 괄호 안에 쪽수만 표기한다.
16) 예외적으로 '무위의 주체'의 가능성이 나타나는 소설이 「囚」이다. 이 작품에서는 방에 갇힌 '나'가 적극적으로 '나가고 싶지 않다'고 반복하면서 문을 열고 나오라는 팀장의 제안을 계속 거절한다. 이러한 거절은 바틀비의 '그렇게 안 하고 싶습니다'(I would prefer not to)와 연결된다. 팀장이 나오라고 한 이유는 돈을 벌어야 하기 때문인데, '나'는 돈을 벌었을 때의 지루한 삶을 예상한다. 이렇게 '나'는 복도훈의 말처럼 아무것도 '안' 하는 것이 아니라 아무것도 안 '하는' 것으로서 자기계발과 속물 되기를 강요하는 세상의 대오에서 이탈한다. 또한 나간다고 해서 상황이 다르지 않으며, 외롭게 살다 홀로 죽는다고 여기며 "지긋지긋한 물음표"(329쪽)를 끊임없이 제시한다는 점에서 크라카우어의 '성찰적 권태'를 보여준다. 자신을 소모시키는 밥벌이는 자아상실의 지름길이므로 무위는 목표를 이루는 데 동참하지 않는 것이고, 시스템의 일부분으로 작동하지 않으려고 하는 것이다. (복도

버지'의 말을 따르는 원도[17]는 분열된다. 특히 분열의 원인은 단순히 원도의 저항에서 끝나는 것이 아니라, 죽은 아버지의 목소리가 끊임없이 원도의 말과 충돌하는 데서 드러난다.

> (1) **너 때문이라고 생각했다. 다른 것을 위해서는 절대 울지 말아야 한다고 생각했다.** 어머니의 눈물은 중요하지 않다. 다른 것을 기억해야 한다. **아니다, 그것이다.** (30쪽)

> (2) 질문이 원하는 것은 대답이 아니다. **내가 원하는 것은 대답이 아니다.** 대답 따위 필요 없다. 복종이다. 아버지는 모든 것을 알고 있다. **나는 네가 모르는 것을 알고 있다.** (174쪽)

인용문에서 볼드체로 나타난 아버지의 목소리는 (1)처럼 어머니를 거부하는 원도의 말을 재거부하며 원도를 강제하거나, (2)처럼 원도의 입장을 아버지의 입장으로 번역한다. 그런데 이는 '죽은 아버지'의 유령적 목소리로서, 파편화된 '산발적 초자아'로 원도의 머릿속을 배회한다. 그리고 이 목소리들은 삶과 죽음의 경계를 넘나들면서 원도의 삶을 강제하게 된다.

2.2. 자치의 주체와 상호 인정의 가능성

최진영의 작품에서 인간은 나르시시즘으로 대상화되기만 하는 것이 아니라 그 상황을 극복하는 주체의 가능성을 보여준다. 특히 『끝나지 않는

훈, 「아무것도 '안' 하는, 아무것도 안 '하는' 문학」, 『문학동네』 2010년 가을호, 377-399쪽.)

17) 합리는 산 아버지다. 산 아버지는 절대 틀린 말을 하지 않았다. 원도는 단 한 번도 산 아버지를 이길 수 없었으며, 산 아버지의 말처럼 살 수 없었다. (55쪽)

노래』에서 여성 인물들은 수난의 피해자로만 그치지 않고 '자치의 주체'를 보여준다. 자치(autonomy)는 스스로가(auto) 스스로의 질서(nomos)를 부여할 수 있는 인간의 부활[18]을 의미한다. 자치의 주체가 되기 위해서는 먼저 자신의 현 상태에 대한 인식이 필요한데, 이는 두자의 생각에서 잘 나타나고 있다.

> 무슨 주의든 사람 무시하지 말고 때리지 말고, 빼앗지 말고 죽이지만 말았으면 좋겠다. (…) 그들은 제 자식이 너무 아깝고 소중해서, 제 자식 아닌 것들은 모두 도둑놈에 잡것에 막 대해도 되는 물건 취급했으니까. 무언가가 너무 소중하고 대단해 보이면 그 외 다른 것은 모두 하찮게 보이나 보다. (72-73쪽)

이렇게 두자는 '마조히즘적 나르시시즘'에 대한 저항을 보여준다. 두자는 현모양처가 사람이 아니라 "무당을 불러내 때려잡아야 할 귀신"(26쪽)이라고 여기며, 아버지에게 괭이를 휘두르는 새엄마에게 통쾌함을 느낀다. 또한 자기 자식만 귀한 줄 아는 엄마를 '마귀'이자 '도깨비'라고 하면서 수선과 봉선에게 매몰차게 대한다. 참고 견디라는 동네 사람들의 말에 평생을 노예처럼 살고 싶지 않다고 생각하기도 한다. 그러나 두자는 결국 주변 사람들의 자비 없는 시선 때문에 자신을 극복하지 못하고, 자신을 버렸던 태철을 받아들이면서 살아간다.

이와 달리 자치의 가능성을 적극적으로 보여주는 인물은 두자와 살았던 분녀와, 봉선이다. 이는 '상호 인정'과 연결된다는 점에서 중요한데, 자치는 혼자서 이루어지는 주체가 아니라 "평등한 두 인격이 사랑과 존경에 의해 하나됨"[19]을 뜻하는 우애와 연결되면서 "상호 이익을 의도로 한

---

18) 홍기빈(2010), 앞의 글, 442-443쪽.
19) 백종현, 「<실천이성비판> 연구」, 임마누엘 칸트, 『실천이성비판』, 백종현 역, 아카넷,

결합 이상의 것"[20]을 보여주기 때문이다. 이러한 우애는 타인을 목적적·인격적 존재로 만든다.[21]

이 작품에서 '우애'는 '복수의 엄마들'로 나타난다. 분녀는 두자와 함께 쌍둥이를 키우며 이름도 지어주고, 수선과 봉선 역시 은하와 동하를 함께 키우며 두 사람 모두에게 엄마라고 불린다. 차미령에 의하면 '복수'의 엄마는 수정란상의 엄마, 자궁상의 엄마, 양육하는 엄마로 존재[22]한다. 이때 낳은 엄마와 양육하는 엄마는 평등한 상태에서 하나가 되며, 서로에 대한 존경과 사랑이 나타난다. 이 역시 앞에서 말한 우애·상호 인정과 관련된다. 칸트(Immanuel Kant)에 따르면 사랑은 타인의 목적을 나의 목적으로 만드는 것이고, 존경은 타인을 나의 목적을 위한 수단으로 격하시키지 않는 것이다.[23] 이렇게 서로를 목적으로 삼는 관계는 수선과 봉선이 '함께 먹기'의 중요성을 설파하면서 '상호 의존'을 보여주는 것으로 나타난다. 이는 IMF 이후 국가에서 희생적 어머니를 재요구할 때, '마조히즘적 나르시시즘'처럼 내 자식에게만 모든 것을 먹이는 엄마를 이상화하는 것과 반대 지점으로 나아간다. 이에 따라 은하는 "음식은 원래 누구랑 같이 먹어야 최고 맛있는"(264쪽) 것이며, "같이 먹는 밥이 얼마나 맛있는 건지"(299쪽)를 엄마들에게서 배운다. 자식에게 모든 것을 걸지 않고 평등하게 '나눠주는' 방법을 택하는 것은 오히려 스스로를 설 수 있게 하는 자치의 가능성을 보여준다.

이는 나아가 "타인에 대한 증오심, 질투심, 타인의 불행을 즐거워하는 감정을 극복할 뿐만 아니라, 타인을 비방하고 타인을 무시[24]하고 타인을

2009, 405쪽.

20) 위의 책, 405쪽.

21) 이정은, 「지금 이곳에서 우리는 어떤 얼굴의 주체인가?」, 『문학동네』 2010년 여름호, 461쪽.

22) 차미령, 「몸뚱이는 말하지 않는다」, 『문학동네』 2010년 가을호, 359쪽.

23) 임마누엘 칸트(2009), 앞의 책, 402쪽.

배제하는 이기적 행동25)과 마음 상태도 넘어서도록 한다."26) 이는 동하를 괴롭힌 아이에게 수선과 봉선이 찾아가서 혼내는 것이 아니라, 동하의 어렸을 적 사진을 주면서 부탁하는 장면에서 드러난다.

우리는 니를 잡으러 온 것도 따지러 온 것도 아이고, 이거 하나 줄라고 왔다. (…) 이거이 우리 아 어릴 땐데. (…) 이거만 갖고 가라. 가 가서 버리지 말고 어디 잘 넣어만 둬라. 부탁이다. (…) 우리 아 없다고 또 다른 아 때리고 그라믄 안 된다. 누굴 패고 싶으면 차라리 공을 차라. 뛰고 달리고 땀 흘리고, 그래도 분이 안 풀리면……우리 집에 온나. 오믄, 우리가 뜨뜻한 밥 해주께. (…) 가 갈까. / 가져 가진 않애도 기억은 안 하겠나. 기억하고, 우리가 왜 그랬나 오래오래 궁금해 안 하겠나. (289-290쪽)

이는 수선과 봉선이 동하를 괴롭힌 아이를 모욕하면서 부당하게 대접하는 등 무시27)하는 것이 아니라 아이를 인정하는 것과 동시에, 동하를 괴롭힌 아이도 동하를 인정하기를 요구하는 '동등성'을 추구한다는 점에서 '동등한 권리'의 인정을 형성하는 상호인정을 보여준다.28) 이렇게 무시와 관련된 '상호 배제'를 극복하기 위해 '상호 배려'를 하고, '상호 의존'하는 것은 '참다운 상호 인정'의 근원29)에 해당한다. 특히 이것이 가족

---

24) 악셀 호네트에 의하면 타인에게 부당하게 대접받고 있다고 느끼는 것은 '모욕'이나 '굴욕' 같은 무시의 형태 또는 거절된 인정의 형태와 관련이 있다. 이는 주체의 자유를 저해하기 때문에 정의롭지 못한 것이 아니라, 오히려 개인이 상호주관적 과정에서 획득한 적극적 자기이해를 훼손한다는 측면에서 해롭다. 그러므로 무시에 대한 경험은 한 인격체 전체의 정체성을 무너뜨릴 수 있는 파괴의 위험을 동반한다. (악셀 호네트, 『인정투쟁-사회적 갈등의 도덕적 형식론』, 문성훈·이현재 역, 사월의책, 2011, 250-251쪽.)
25) 칸트에 따르면 이기심은 자기 사랑, 곧 모든 것을 능가하는 자기 자신에 대한 호의(自愛)의 마음이거나, 자기 자신에 대한 흡족(自滿)의 마음이다. 전자를 특별히 사애(私愛), 후자를 자만(自慢)이라 일컫는다. (임마누엘 칸트(2009), 앞의 책, 153쪽.)
26) 이정은(2010), 앞의 글, 461쪽.
27) 악셀 호네트(2011), 앞의 책, 250쪽.
28) 위의 책, 15쪽.
29) 이정은(2010), 앞의 글, 463쪽.

안에서 나타난다는 점에서 '새로운 가족'을 보여준다.[30] 자치를 바탕으로
한 상호 인정은 개인의 문제이거나 집단의 문제이기만 한 것이 아니다.
스스로의 질서를 만드는 것에서 출발하여 상호 인정까지 나아갈 때, 자치
는 나르시시즘으로 남지 않으며 개인을 배제하지 않는다. 그리고 이는
2010년대에 다시 가족을 불러오면서 가족 안의 '우애'를 통해 무조건적인
합일이 아니라, 각자를 있는 그대로 두면서 자치를 인정하는 새로운 연대
의 가능성을 보여준다.

3. 인간의 몰락과 비인간의 주체

3.1. 부채인간과 인간의 소멸

최진영의 소설에서 청년들은 가난과 빚을 대물림 받으면서 태어날 때
부터 채무자가 될 운명을 가지며, 노동은 자아실현의 수단이 아니라 저당
노동(bonded labor)이 된다. 빚을 갚을 때까지 해야 하는 무상 노동[31]으로서
젊은 세대는 평생 노예처럼 살아야 되는 것이다. 이러한 '호모 데비토르'
를 '부채인간'으로 지칭할 수 있다. 부채 이론은 화폐의 기원을 상품 교환
과 무관한 것으로서, 가족적·사회적·종교적·정치적 관계에 내재한 위
계에서 발생하는 채권·채무의 연쇄 관계에 있다고 본다.[32] 이러한 인간

---

30) 이는 『당신 옆을 스쳐간 그 소녀의 이름은』에서 시초를 찾을 수 있다. 스스로 진짜와 가
짜의 질서를 만드는 언니는 자치의 주체에 해당한다. 또한 이렇게 자치를 한 뒤 만나는 사
람들은 새로운 가족으로서 상호 인정을 보여준다. 조형래 역시 이 소설에서 낯선 아이를
자신의 가족으로 받아들여 돌보는 장미 언니와 할머니 또는 각설이패의 대장과 달수 삼촌
등과의 유대가 나타나고, 나리의 트라우마가 자신의 트라우마와 분리되지 않는 등 '상호부
조'가 드러난다고 말한다. (조형래, 「반사회적 상상력과 상호부조라는 간극 : 최진영 소설
의 유아기적 경험의 문제」, 『문학동네』 2012년 겨울호, 486쪽.)
31) 차미령(2010), 앞의 글, 367쪽.

들이 양산되는 이유는 "채무, 변제, 상품 가치 등으로 만사를 환산하고 규제하는 '금융화'된 사회"[33] 구조 때문이다. 모두가 자본 앞에서는 죄인이자 책임이 있는 자인 '채무자'가 되며 자본은 '거대 채권자', '포괄적 채권자'의 모습으로 드러난다.[34] 이에 따라 죄인인 채무자는 인간의 소멸, 즉 죽음으로 귀결된다.

『끝나지 않는 노래』에서 맨 마지막 세대인 은하는 죽으면 안 되는 이유가 '빚'일 정도이며, 죽어서 남길 것도 빚뿐이라고 말한다. 편의점과 호프집 아르바이트를 하면서 휴학과 복학을 반복하며 "허겁지겁 살아치"(292쪽)우고, "언제나 대여중"(292쪽)인 삶에서 벗어나지 못한 은하는 고시원에서 화재로 목숨을 잃는다. 단순히 여성 수난의 반복일 뿐만 아니라 신자유주의의 부채라는 피해까지 겹친 은하는 '저당 잡힌 삶'으로서 소멸된다. 부채가 아무런 죄도 없는 은하에게 전해지면서 무고한 고통이 심화되며, 부채가 "현대 경제의 주체적·경제적 동력"[35]이라는 점에서 열심히 살수록 부채가 늘어나는 아이러니가 발생한다. 자본주의는 부채를 상환하지 못하는 '무한한 부채'를 지닌 채무자만을 양산하는 것이다.[36]

『나는 왜 죽지 않았는가』의 원도 역시 파산한 뒤 빚쟁이들에게 쫓기는 도망자 신세가 된다. 원도는 자신을 가정과 사회에서 '큰 소용'이 없지만 버리지 못한 '계륵' 같은 존재로 그린다. 그러나 원도는 실패의 원인을 사회구조적인 것이 아니라 자신의 삐뚤어진 욕망에서 찾는데 이는 개인에게 죄가 있고, 책임이 있다고 묻는 구조적 메커니즘을 은폐한다. '채무자'의 형상은 공동 영역 전체를 점령해 버린 형상이 되며 개인을 자신의 운

---

32) 마우리치오 라자라토(2012), 앞의 책, 13쪽.
33) 이소연(2012), 앞의 글, 388쪽.
34) 마우리치오 라자라토(2012), 앞의 책, 26-27쪽.
35) 위의 책, 50쪽.
36) 위의 책, 115쪽.

명에 책임이 있고 죄를 지은 '채무자'라는 실존적 조건으로 몰아가기 때문이다.[37]

특히 '부채인간'의 특성이 잘 드러나는 작품은 『구의 증명』[38]이다. 행방불명된 부모의 빚을 물려받은 '구'는 이삿짐 나르기, 공사장 일, 대리기사, 주차요원, 호스트바 등 수많은 노동을 하면서도 빚을 극복하지 못하고, 결국 '담'과 유랑하면서 목숨을 부지한다. 그리고 빚을 갚기 위한 몸은 인격이 아닌 몸뚱이가 된다. "돈이 있는 자와 없는 자의 영혼 값은 달"(144쪽)랐던 상황에서 '구'는 "사람이라는 고기, 사람이라는 물건, 사람이라는 도구"(144쪽)가 되는 것이다. '구'는 법으로 상황을 해결하는 것을 시도했지만 실패하는데, 부채는 노동의 도덕과 다르지만 상보적인 도덕을 확장하기 때문이다. 즉 노동의 '노력-보상'과 대응하는 것으로서 '(빚을 갚겠다는) 약속 및 (계약을 했다는) 죄의 도덕에 의해 빚은 이중화된다.[39] 이렇게 약속과 죄의 이중화인 빚 때문에 구는 출구 없는 노동을 반복하는데 이는 "구의 인간다움을 좀먹고 구의 삶을 말라비틀어지게"(149쪽) 만든다.

또한 '구'를 찾는 사람들 때문에 유랑은 끝이 없다. 산골로 들어가 '청설모'처럼 살아야 한다고 말하는 '구'에게서 '담'은 인간의 소멸을 엿본다. 결국 주머니에 "지갑이나 핸드폰 대신 돌멩이 같은 주먹이 들어 있었"(81쪽)던 '구'는 거리에서 비참한 죽음을 맞이한다. '구'의 죽음을 목격했던 '담'의 묘사는 소멸된 인간의 비참함을 보여준다.

> 구의 몸은 상처와 멍으로 가득했다. 눈은 벌겋게 부어올랐고 코는 뭉개졌고 앞니가 빠져 있었다. (…) 구의 서른 걸음을 상상했다. 죽어가며 간신

---

37) 위의 책, 27쪽.
38) 『구의 증명』, 은행나무, 2015. 이하 인용 부분은 괄호 안에 쪽수만 표기한다.
39) 마우리치오 라자라토(2012), 앞의 책, 57-58쪽.

히 움직인 그 의지를, 뼈와 근육을, 구의 마음을, 어떤 상상도 견딜 수 없
어 차라리 나의 뇌를 꺼내 내팽개치고 싶었다. / 구는 길바닥에서 죽었다.
/ 무엇이 구를 죽였는가. / 나는 사람이길 원하는가. (165쪽)

그러나 '부채인간'의 이면에는 '잘 살고 싶은' 욕망이 들어 있다. 제대
로 된 인간으로 살고 싶지만 빚이 대물림되는 사회적 구조는 이들을 결국
소멸하게 한다. 이 지점에서 최진영은 섣불리 잘 살아야 한다는 의지나,
상황이 나아질 것이라는 희망을 보여주지 않는다. 다만 그 소멸 앞에서의
태도를 계속해서 이야기하는데 이는 인간의 소멸이 한순간의 위로로 극
복하기 어려운 근본적 문제라는 것을 드러낸다.

3.2. 비인간의 주체와 부인된 애도의 가능성

소멸의 상황에서 희망이나 전망 대신 나타나는 것은 '비인간의 주체'의
'부인된 애도'이다. 먼저, 비인간의 주체는 칸트의 무한판단과 관련된다.
'그는 죽지 않았다(he is not dead)' 같은 부정판단과 '그는 안 죽었다(he is
undead)' 같은 무한판단의 진술은 구분된다. 전자에서 부정은 외부에서 부
과되지만 후자에서는 존재의 특성으로 기입되면서 근본적인 변화를 일으
킨다. 즉, 무한판단은 부정적인 내용을 담고 있으므로 부정판단('p'는 q가
아니다)과 유사하지만 형식적으로는 긍정('p는 비q이다')으로 정립된다. '그는
인간이 아니다(he is not human)'와 '그는 비인간이다(he is inhuman)'라는 진술
도 같은 맥락에서 차이가 있다. 부정판단에 의해 부정되던 '인간'은 부정
의 내면화, 즉 부정의 부정을 통해 '비-인간(inhuman)'이라는 새로운 존재
로 거듭나는 것이다.[40]

---

40) 이소연, 「폐허에서 온 고지」, 『자음과 모음』 2014년 가을호, 173-174쪽.

비인간은 「월드빌 401호」[41]에서 시초를 찾아볼 수 있다. 쓰레기장 같
은 방에서 쓰레기처럼 살아가는 '나'는 죽는 것은 두렵지 않지만, 죽어가
는 자신을 지켜봐 줄 사람이 없었기 때문에 죽지 못했다고 이야기한다.
그러면서 삶/죽음 사이에 있는 비인간을 이야기한다. "삶과 죽음 사이에
가느다란 틈"(159쪽)에 속한 '나'는 스스로를 '좀비'라고 지칭한다. 좀비
역시 '살아 있는 시체들'로서 비인간의 다른 이름이다. '나'의 삶은 "사람
이 아닌 쓰레기"(172쪽)로서 "잊힌 존재"/"청소된 존재"(172쪽)라는 점에서
일차적으로는 '인간이 아닌' 부정판단이지만, '사이'와 '틈', '중간'을 인
식함으로써 '비인간인' 무한판단의 가능성을 지닌다.

그러나 비인간의 특성이 본격적으로 나타나며, '부인된 애도'의 가능성
까지 보여주는 작품은 『나는 왜 죽지 않았는가』와 『구의 증명』이다. 먼
저, 『나는 왜 죽지 않았는가』에서 원도는 횡령죄로 빚을 지고, 가족들이
떠나고, 간경화까지 걸린 상태에서 "검은 봉지에 담겨 으슥한 곳에 버려
진 불법 쓰레기"(11쪽)로 산다. 여관에 들어가 죽을 자리를 마련해야 하는
상황에서 원도는 '왜 사는가'를 질문하지 않고 '왜 죽지 않았는가'를 질문
한다. 서영인에 따르면 '왜 사는가'가 미래를 위한 질문이자 추구의 지표
를 전제한 질문이라면, '왜 죽지 않았는가'는 과거를 향한 질문에 해당한
다.[42] 원도는 작품의 제목이기도 한 이 질문을 반복적으로 하면서 산/죽
은 아버지, 어머니, 장민석, 유경과의 과거로 거슬러 올라간다.

이러한 원도는 살아 있는 것도, 죽은 것도 아닌 괴물 같은 '살아 있는
죽은 것'[43]으로서의 '비인간'이다. '만족스럽다'는 말을 원도의 스케치북
에 남긴 채 죽은 아버지, 원도를 이해한다고 하면서 자유와 책임을 강제

---

41) 『팽이』, 창작과비평, 2013. 이하 인용 부분은 괄호 안에 쪽수만 표기한다.
42) 서영인, 「근원적인 것의 심연」, 『자음과 모음』 2014년 봄호, 369쪽.
43) 슬라보예 지젝, 『헤겔 레스토랑』, 조형준 역, 새물결, 2013, 310쪽.

했던 산 아버지, 자신보다 고아원에서 자란 장민석을 친아들처럼 여기며 공허한 용서만 반복하는 어머니, 모든 면에서 자신보다 뛰어났던 장민석은 원도에게 반복적인 죽음을 가져오게 한다. 비인간이 단번에 죽은 것이 아니라 반복적으로 죽을 가능성을 염두에 두는 주체[44]라면, 원도는 기억 속에서 반복적인 죽음을 겪으며 주위 사람뿐 아니라 자기 자신의 애도까지 지연하는 것이다. 이는 자신의 "인생이 삐끗한 단 한 순간"(23쪽)을 찾기 위한 퍼즐 맞추기지만 기억을 찾을수록 그것은 공백으로 남는다. 남는 것은 '왜 죽지 않았는가'라는 질문뿐이며 대답은 계속 미끄러진다. 각 장에 나온 무한대(∞) 표시는 이렇게 영속되는 질문이자, 해명 불가능한 질문을 상징하는 기호에 해당한다.

이는 '부인된 애도(disavowed mourning)'로서 누가 인간이고, 인간이 아닌지 결정짓는 틀을 거부하며 애도를 부인한 대상을 망각에서 끌어내고 이야기[45]하게 한다. 원도는 '기억하기'로 죽은 아버지와 장민석을 끊임없이 불러내는데, 이는 '나는 왜 (그들처럼) 죽지 않았는가'에 대한 질문의 기원을 탐색하는 과정과 맞물리면서 '누가 인간인가'에 대한 근원적인 질문을 하게 한다. 이는 '인간이 아니다'를 재부정하는 '그는 비인간이다'로서 부정성에 대한 부정을 의미한다. 고유한 주체의 형상으로서 삶/죽음을 동시에 겪는 '안-죽음(undead)'이자, 기존의 질서와 인식 체계에 포획되지 않는 낯선 실체 및 텅 빈 구멍들로서 스스로 소진하는 것이다.[46] 원도는 "죽음이나 삶이 아닌, 죽지도 살지도 않은 채로 존재할 수 있다면 기꺼이 그것을 선택할 것"(77쪽)이라고 말함으로써 비인간을 '선택'[47]한다. 또한

---

44) 이소연(2014), 앞의 글, 175쪽.
45) 이소연(2012), 앞의 글, 396-397쪽.
46) 이소연(2014), 앞의 글, 174-175쪽.
47) 이는 산 아버지가 이야기하는 선택과 반대된다. 산 아버지의 선택은 '이것'과 '그것'을 선택지로 하고 있지만 그 조건들은 공평하지 않다. 담배를 피우는 것은 자유지만 담배는 건강에 안 좋다고 하면서 흡연의 단점과 금연의 장점을 비교하는 것이다. '그것'이라든지,

질서에 포획되지 않는 '구멍'은 '상처' 대신 '통로'로 구멍을 정의하는 것48)에서 드러난다. 원도는 구멍을 메울 수 있는 가능성을 지닌 상처가 불가능하다고 여기는데, 이는 고통을 견딘 것에 대한 보상이 불가능하다고 생각하는 것과 통한다. 대신 '통로'의 구멍은 몸의 바깥으로서 자신을 소외시키지만, 구멍 자체를 상실하게 할 수 없다. 따라서 '다른 존재'로 살 수 있는 가능성은 차단되며 비인간으로 사는 일만 가능하다. 몸과 바깥을 구멍으로 이어주는 '통로'는 애도의 완결을 불가능하게 하는 '부인된 애도'를 상징하는 것이다. 그러므로 구멍을 기억하는 것만 가능한데 원도는 이를 기억의 실패를 반복하는 것을 통해 수행한다.

> 실패는 많았다. 성공보다 많았다. 실패라는 말만으로는 부족한, 좌절이나 절망이라는 말로도 부족한 그것. 따지고 보면 모든 것이 실패다. 사랑했으나 헤어졌고 응시했으나 떨어졌고 돈을 가졌으나 파산했고 결혼했으나 이혼했고, 이혼하지 않았더라도 그것은 실패고, 그리고, 태어났으나 죽을 것이다. 아니, 태어났으니 죽을 것이다. (…) 시작과 끝이 텅 빈 구멍이다. 그 구멍으로 온 생이 콸콸 쏟아져 사라질 것이다. (30쪽)

이렇게 원도는 "거듭 실패하여 다시 시작할 수밖에 없는"49) 비인간의

선택하지 않는 선택은 존재하지 않는다. 산 아버지는 '자유를 강조하며 자유를 비좁은 틀에 가두고', '자유를 명령하는 방법으로 자유를 몰수'하기 때문에 원도는 아버지 모르게 담배를 피우는 것을 선택함으로써 아버지가 제시하지 않은 선택을 선택한다. 그러나 궁극적으로 원도의 선택이 결국 죽은 아버지와 장민석의 죽음과 관련이 있기 때문에, 이러한 선택 역시 긍정적인 무위의 영역으로 나아가지 못한다.
48) 원도를 꿰뚫어버린 것. 메워지지 않는 구멍을 내버린 그런 것. 상처는, 징그럽게 곪다가도 자연과 약속한 시간을 정직하게 지키면, 새로운 살로 그 구멍을 메운다. 메워진 구멍은 고통을 견딘 대가다. 메워지지 않고 계속 썩어 들어가 더 깊은 구멍을 만들어버리는 것은 그러므로, 상처라기보다 통로다. 상처는 몸의 일부지만 통로는 몸을 뚫고 지나가는, 몸의 바깥이다. 나와 닿아 있지만 오직 나만의 것은 아닌 것. 내 의지로는 어쩔 수 없는 것. 나를 뚫고 지나가기에 나를 소외시키는, 나는 절대 볼 수 없는 비밀을 간직한 길. (64쪽)
49) 이소연(2014), 앞의 글, 175쪽.

주체로서 '더 나쁜 쪽으로' 나아가는 주체가 된다. 사무엘 베케트가 「더 나쁜 쪽으로」에서 말했듯이 '다시 시도하라, 또 실패하라, 더 낫게 실패하라'[50]는 것을 실천하는 것이다.

이는 '증기기관의 글쓰기'로서 욕망의 충족을 위한 글쓰기[51]가 아니라, 삶의 충동과 욕망을 삭제해버린 텍스트로서 죽음 충동만으로 백지들을 채우는 '백색의 글쓰기'를 보여준다. 제자리를 달리고, 서사는 진행하지 않는[52] 좀비의 글쓰기는 이 작품에서 '무한대(∞)의 글쓰기'로 변주되어 나타난다. "길고 긴 이야기", "평생 이어질 기억"(168쪽)으로서 "쉬지 않고 기억"(186쪽)하며 유령과 좀비처럼 기억도 배회하는 것이다. 뫼비우스의 띠처럼 안/바깥의 구별이 없는 글쓰기는 그대로 과거/현재의 구분이 없는 글쓰기로 나타난다. 원도는 현재에 살면서도 현재에 살지 않으며, 과거로 돌아가면서도 과거에 머물러 있지 않다.

『구의 증명』에서도 '구'의 죽음을 유예하고 싶은 '담'이 '구'를 먹으면서 장례를 치르는 과정을 보여준다. 이때의 식인(食人)은 '부인된 애도'를 상징한다. 오래 살아남아 최후의 1인이 되고 싶은 '담'의 욕망은 구의 죽음을 망각하게 놓아두지 않고, 오래도록 기억하기 위한 욕망과 연결한다.

> 나는 너를 먹을 거야. / 너를 먹고 아주 오랫동안 살아남을 거야. 우리를 사람 취급 안 하던 괴물 같은 놈들이 (…) 완전히 사라진 다음에도, 나는 살아 있을 거야. (…) 네가 사라지도록 두고 보진 않을 거야. (…) <u>살아서 너를 기억할 거야.</u> (20쪽)

> 구의 손과 팔. 그것을 뜯어먹으며 나는 절반쯤 미쳤다. 완전히 미치지는

---

50) 위의 글, 175쪽.
51) 김형중, 「살아 있는 시체들의 밤 1」, 『문예중앙』 2012년 봄호, 505쪽.
52) 위의 글, 510-512쪽.

않기 위해 나를 때리며 먹었다. 내 볼을, 눈을, 내 사지를 때렸다. 내가 무엇을 먹고 있는지 똑똑히 보기 위해서. 잊지 않기 위해서. (81쪽)

그러므로 '구'라는 이름은 공 구(球) 자를 연상하면서 '원(圓)'으로 이어진다. 이 역시 『나는 왜 죽지 않았는가』에 나타난 무한대의 글쓰기처럼, 무한대의 원으로 이어지는 기억의 글쓰기를 수행한다. 그러므로 제목처럼 '구'를 '증명'하는 것은 불가능하다. 오히려 증명의 불가능성을 끊임없이 보여주면서, "아무것도 쓰지 않지만 무엇인가 쓰는 글쓰기"[53]를 드러내는 것이다. '담'의 독백인 흰 원(○)과 '구'의 독백인 검은 원(●)은 흑과 백인 동시에 삶과 죽음으로 분리되는 것처럼 보인다. 그러나 가난이 중첩된 빚으로 도배된 이들의 삶은 죽음과 분리되지 않는다. 좀비처럼 살아가는 이들은 비인간으로서 삶과 죽음이 함께 있다. 그러므로 산 자인 '담'의 독백과 죽은 자(유령)인 '구'의 독백은 죽은 채 계속되는 현재의 영속이자, 힘들게 전진하지만 전진이라고 말할 수 없는 걸음[54]을 보여준다.

'담'의 독백에서 현재의 사건은 죽은 '구'를 먹으면서 장례를 치르는 것이지만, 이는 애도를 빨리 끝내기 위해서가 아니라 애도를 완성하지 못하게 하고, '구'의 죽음을 아무도 알지 못하게 하기 위해서이다. '담'은 성숙한 사람이 죽음을 의연히 받아들인다면 평생 성숙하고 싶지 않다고 말하면서 애도를 부인한다. 주디스 버틀러(Judith Butler)에 따르면, 죽은 사람을 잊거나 다른 것이 그 자리를 차지하는 완전한 대체가능성은 성공적인 애도가 아니다. "오히려 애도는 자신이 겪은 상실에 의해 자신이 어쩌면 영원히 바뀔 수도 있음을 받아들일 때 일어난다."[55] 따라서 애도가 완성된다는 것은 애도를 쉽게 중단한다는 말과 동일하다.

---

53) 위의 글, 512쪽.
54) 위의 글, 514쪽.
55) 주디스 버틀러, 『불확실한 삶』, 양효실 역, 경성대학교출판부, 2008, 47쪽.

반대로 '담'은 어렵게 '구'를 애도하고, 애도를 부인하고, 지속적으로 애도하면서 비인간의 주체로 나타난다. 여기에서 애도를 계속한다는 것은 곧 '애도의 부인'을 계속한다는 것과도 통한다. '구'를 찾는 사람들이 '구'의 죽음을 안다면 몸을 팔 것이므로, '담'의 식인은 역설적으로 '구'의 몸이 팔리지 않도록 지키는 것이 된다. 이는 '구'를 존재하지 않는 것으로 여기고, 애도의 대상으로도 여기지 않는 사람들56)에게서 '구'가 망각되지 않도록 불러와 '구'의 몸을 최대한 인간답게 하기 위한 시도이다. 인간됨을 완성하기 위해 필요한 것은 살아남아 있는 이들의 애도이며, 애도하는 죽음에 의해 자기 자신도 구성57)된다. 그리고 "이미 죽은 상태로 죽음을 끊임없이 유예"58)하는 '담'의 행동은 유령인 '구'의 행동과 맞물린다.

그러므로 "세상의 잣대로 보자면 나는 미친년이다. 사이코패스다. 인간이 아니다"(104쪽)라고 절규하는 '담'은 '부정판단'을 하는 것이 아니라 '무한판단'을 하고자 한다. 즉 '담'이 '인간이 아니다'라고 말할 때 이는 표면적인 의미로서 단지 인간적인 것에 외재적인 '동물적'임을 뜻하는 것이 아니다. 이와 반대로 우리가 '인간성'이라고 이해하는 것을 부정하면서 인간에 내속적인 '초과'를 특징짓는 것이다.59) '담'은 자신만 살아 있

---

56) 그들의 삶은 이미 부인되고 있는 것이기에 그들의 삶을 훼손하거나 부정할 수는 없다. 그러나 그들의 삶은 이상한 방식으로 살아 움직이고 있기에 다시(또 다시) 부인되어야만 한다. 그들은 이미 항상 상실되었거나 결코 "존재한 적"이 없기에 애도될 수 없고 그들은 이런 죽음(deadness)의 상태로 고집스럽게 계속 살아 있는 것처럼 보이기에 살해되어야만 한다. (…) '타자'의 탈실재화는 타자가 살아 있지도 죽지도 않았다는 것, 타자가 유령처럼 끝나지 않고 계속될 것이라는 점을 의미한다. (…) 이미 전혀 삶이 아닌 이들, 삶도 죽음도 아닌 채 중간에 매달려 있는 삶, 표식이 아닌 표식을 남긴 이들에게 자행되는 폭력 어떤 공적인 애도의 행위도 없을 것이다. (위의 책, 63-67쪽.) 여기에서 '이미 전혀 삶이 아닌 이들, 삶도 죽음도 아닌 채 중간에 매달려 있는 삶'은 '비인간'을 의미하는데 최진영의 소설에서 이들은 단순히 탈인간화에 그치는 것이 아니라 끊임없이 망각을 거부하고, 죽음을 기억함으로써 능동적으로 '비인간적 주체'로서 나타나게 된다.
57) 이소연(2012), 앞의 글, 396쪽.
58) 김형중(2012), 앞의 글, 518쪽.
59) 슬라보예 지젝(2013), 앞의 책, 310-311쪽.

는 것에 대해 매일 생각하고, 죽음은 '지나가지 못하고 고유하게 거기 고
이는 것'(125쪽)이기 때문에 죽음 앞에서 인간이 무엇인지 질문한다. 이때
세상의 잣대에서 벗어난 '식인'으로서 인간성의 초과가 비인간의 특성을
보여준다.

> 그 어떤 범주에도 나를 완전히 집어넣을 수 없었다. 그렇다면 나는 사람
> 인가. (…) 사람은 돈으로 사고팔 수 있다. 사람은 뭐든 죽일 수 있고 먹을
> 수 있다. (…) 아주 오래전 인간은 동족을 먹었을지도 모른다. (…) 지극히
> 존경해도 먹었을 것이고 위대해도 먹었을 것이다. 사랑해도, 먹었을 것이
> 다. 그들은 미개한가. 야만적인가. 지금의 인간은 미개하지 않은가. 돈으로
> 목숨을 사고팔며 계급을 짓는 지금은. (…) 인간의 돈도 유전된다. 유전된
> 돈으로 돈 없는 자를 잡아먹는다. (163-164쪽)

따라서 '담'의 식인은 세상의 체계로 분류되지 않으며, 오히려 세계를
유지하는 사람이 하는 일에 속한다. 사람을 돈으로 사고팔고, 죽이는 일을
겪은 '담'은 식인 역시 세계를 유지하는 일로 두는 것이다. 또한 식인의
기원을 짐작하며 식인이 삶 자체일 수도 있다고 이야기하며, 현대의 식인
을 자본주의로 번역한다. 물려받은 돈으로 물려받은 가난을 잡아먹고, 돈
있는 사람이 돈 없는 사람들을 잡아먹는 것도 식인이다.[60] 이에 비하면
'담'은 '구'를 사랑해서 먹었다는 점에서 '구'뿐만 아니라 스스로를 비인
간으로 만들지만, 역설적으로 가장 '인간다운' 식인을 행하게 된다. 이는
식인에서의 삶/죽음의 경계 역시 무화한다. 이렇게 식인을 쓰는 것이 아
니라 식인을 하면서 살고 식인이 곧 삶이 될 때, 인간이라는 종말에 '대
해' 쓰는 것이 아니라, 종말 자체와 '함께' 사는 것[61]을 의미하게 된다.

---

60) 이는 사람들을 잡아먹는 '소니 빈' 가족의 전설과 맞물리는데 이 전설은 현대에도 되풀이
   된다. 약한 놈만 먹으며, 아이들에게도 잘 잡아먹는 게 능력이라고 가르치고, 힘이 세지
   않은 걸 후회하고, 죄책감을 갖는 것을 비정상이라고 여기는 것이다.

이렇게 '담'은 '구'라는 종말과 함께 살면서 부인된 애도를 수행하고, '구'
와 함께 비인간으로서 '기억하기'를 반복한다.

4. 나가며

> 덮지 말고 끝까지 보라. 이것은 숱한 구멍 중 가장 광활한 구멍, <u>당신</u>에
> 대한 기억이다. (168쪽)

> 그리고 지금 여기, <u>당신</u>. / 지금까지 원도의 기억을 쫓아온 당신도 한 번
> 쯤은 이렇게 생각했을 수 있다. / 이런 인물이라면 차라리 죽는 게 낫지
> 않나? (242쪽)

> 왜 사는가. / 이것은 원도의 질문이 아니다. / 왜 죽지 않았는가. / 이것
> 역시 아니다. / **그것을 묻는 당신은 누구인가.** / 이것이다. (243-244쪽)

『나는 왜 죽지 않았는가』에서 다시 세 부분을 인용해 본다. 인용문에서
공통적으로 나타나는 단어는 '당신'이다. 이는 곧 독자에 해당한다. 최진
영은 이렇게 궁극적으로 독자를 연루시키는 글쓰기를 보여준다. 이 글에
서는 '마조히즘적·경쟁적·냉소적 나르시시즘적 인간'과 '부채인간'이라
는 두 가지 인간의 양상을 살펴보고, 이를 극복하는 새로운 주체로서 '자
치의 주체'와 '비인간의 주체'라는 두 가지 가능성을 제시했다. 여기에 더
하여, 2010년대에 문학을 읽고 쓰는 작가와 독자 역시 문학의 새로운 주
체로서 다시 고민할 필요가 있다. 이를 통해 2010년대에도 왜 문학을 해
야 하는지, 그리고 최진영이라는 작가가 2010년대 작가로서 어떠한 글을

---

61) 김형중(2012), 앞의 글, 519쪽.

쓰고 있는지 마지막으로 볼 필요가 있을 것이다.

최진영은 인간의 위기를 맞이하는 현 상황에서 인간이기를 포기하는 것이 아니라 비인간으로서 다른 인간, 다른 주체의 형상을 제시한다. 이는 수동적인 포기가 아니라 능동적인 시도에 해당한다. 위기를 억지로 극복하는 것이 아니라 위기와 함께 사는 것, 유령이나 좀비처럼 사는 것이다. 이렇게 '죽음을 산다'는 역설을 그대로 오늘날의 문학에 적용할 수 있을 것이다. 현재 문학은 위기를 맞고 있으며, 1990년대부터 제기된 이 담론은 2000년대에 들어 일상적인 것이 되었고 2004년에 가라타니 고진이 '근대문학 종언론'을 발표하면서 '위기의 위기'를 불러왔다.[62] 이러한 위기 상황에서 "역설을 폐기하거나 해소하는 것이 아니라 오히려 보존하고 생산"[63]하며, 경계까지 나가면서 경계를 발견하는 것이 오히려 경계 너머에 대한 사유의 가능성을 열어놓을 수 있다.[64] 그 자리에서 2010년대 한국문학이 다시 시작할 수 있으며 이 시대를 살아가는 작가인 최진영도 하나의 좌표로 위치할 수 있을 것이다. 인간과 주체의 경계를 사유하면서 '역설을 사는' 현재진행형의 최진영 소설은 그 가능성을 보여주고 있다.

---

62) 서영채, 「역설의 생산 : 문학성에 대한 성찰, 2009」, 『문학동네』 2009년 봄호, 297쪽.
63) 위의 글, 313~314쪽.
64) 위의 글, 318쪽.

참고문헌

1. 최진영 작품 목록

『당신 옆을 스쳐간 그 소녀의 이름은』, 한겨레출판, 2010.

『끝나지 않는 노래』, 한겨레출판, 2011.

『팽이』, 창작과비평, 2013.

『나는 왜 죽지 않았는가』, 실천문학사, 2013.

『구의 증명』, 은행나무, 2015.

「크레파스」, 『문학과 의식』 2008년 겨울호.

「아빠!」, 『실천문학』 2009년 여름호.

「악어」, 『웹진문장』 2011년 1월호.

「자칫」, 『자음과 모음』 2012년 가을호.

「어린이」, 『현대문학』 2013년 7월호.

「후」, 『한밤의 산행』, 박성원 외, 한겨레출판, 2014.

「후2-공룡이 있는 곳에」, 웹진문장 2014년 4월호.

「因」, 『첨벙』, 최진영 외, 한겨레출판, 2014.

2. 단행본

마우리치오 라자라토, 『부채인간』, 허경·양진성 역, 메디치, 2012.

슬라보예 지젝, 『헤겔 레스토랑』, 조형준 역, 새물결, 2013.

악셀 호네트, 『인정투쟁-사회적 갈등의 도덕적 형식론』, 문성훈·이현재 역, 사월의책, 2011.

임마누엘 칸트, 『실천이성비판』, 백종현 역, 아카넷, 2009.

주디스 버틀러, 『불확실한 삶』, 양효실 역, 경성대학교출판부, 2008.

3. 논문 및 평론

김형중, 「살아 있는 시체들의 밤 1」, 『문예중앙』 2012년 봄호, 503-520쪽.

맹정현, 「마조히즘적 나르시시즘, 경쟁적 나르시시즘, 냉소적 나르시시즘」, 『문학동네』 2010년 여름호, 464-484쪽.

복도훈, 「아무것도 '안' 하는, 아무것도 안 '하는' 문학」, 『문학동네』 2010년 가을호, 377-402쪽.

서영인, 「근원적인 것의 심연」, 『자음과 모음』 2014년 봄호, 367-374쪽.

서영채, 「역설의 생산 : 문학성에 대한 성찰, 2009」, 『문학동네』 2009년 봄호, 294-318쪽.

이선우, 「끝나지 않는 것은 고통만이 아니다 : 최진영, 『끝나지 않는 노래』, 한겨레 출판, 2011」, 『실천문학』 2012년 봄호, 388-392쪽.

이소연, 「질문 2.0 : 무엇이 '인간'인가」, 『문학동네』 2012년 겨울호, 380-402쪽.

_____, 「폐허에서 온 고지」, 『자음과 모음』 2014년 가을호, 164-181쪽.

이정은, 「지금 이곳에서 우리는 어떤 얼굴의 주체인가?」, 『문학동네』 2010년 여름호, 444-463쪽.

조형래, 「반사회적 상상력과 상호부조라는 간극 : 최진영 소설의 유아기적 경험의 문제」, 『문학동네』 2012년 겨울호, 475-486쪽.

차미령, 「몸뚱이는 말하지 않는다」, 『문학동네』 2010년 가을호, 352-376쪽.

홍기빈, 「인간의 위기와 자치 기획」, 『문학동네』 2010년 여름호, 426-443쪽.

박솔뫼론
-무위의 주체들과 (비)동일성의 공간

김미옥(이화여대 국문과 박사과정)

1. 들어가며

헤겔의 '예술의 종언'이나 가라타니 고진의 '근대문학의 종언'이 있은
후 문학(예술)이 할 수 있는 일은 일상을 재현하는 것이다. 이 일상은 "아
무것도 아닌 동시에 참을 수 없는 것"[1]으로 일상에서 새로운 일상을 만
들어 내는, 즉 반복과 차이를 미학적으로 구성하는 작업이다. 또한 일상의
삶이란 아무 일도 일어나지 않고 지루하게 반복되는 가운데 선형적 시간
이 만들어내는 순환성이며 여기서 발생하는 차이에 의미를 두는 것이 문
학(예술)이다. 그렇다면 이러한 일상을 어떻게 재현할 것인가. 그것은 노력
으로 얻어지는 것이 아니라 삶을 있는 그대로 보여주는 것이다. 문학성이
"개별 작품들에 대한 다양한 평가 속에서 순간적으로 나타나는 어떤 양태
나 텅 빈 중심으로 존재할 수밖에 없는 것"[2]이라고 할 때 이러한 재현 불

---

1) 김홍중, 「행복의 예술, 그 희미한 메시아적 힘」, 『문학동네』 2009년 봄호, 325쪽.
2) 서영채, 「역설의 생산 : 문학성에 대한 성찰, 2009」, 『문학동네』 2009년 봄호, 296쪽.

가능한 일상이 문학성이며 이것이 21세기 소설의 한 양상인 것이다.

소설이 말하고 있는 '일상성'3)은 '차이'에서 찾아볼 수 있다. 이 일상성은 현실의 내부에 실재가 '차이'로서 존재하고 있음을 보여주는 것으로 이러한 일상성은 반복이라는 구조 안에서 형성된다. 이러한 일상성은 '권태'를 포함하고 있는데, '권태'는 무엇인가를 하고 있지만 아무것도 하지 않는 진부한 반복에서 오는 것이며 이는 2010년대 소설의 주체들이 보여주고 있는 무위와도 연결된다. 이처럼 권태롭고 무언가 하고 있지만 딱히 무어라 말 할 수 없는 지루한 일상성을 잘 표현해 내고 있는 것이 박솔뫼의 『을』4)이다.

박솔뫼의 소설 『을』은 함께 있지만 서로에게 집착하지 않는, 같이 있으면서 따로 있는 주체들의 이야기이다. 이 소설의 인물들은 최소단위의 공동체 안에서 세상과 거리를 두고 오직 소일을 하며 살아가는 개별자의 모습으로 나타난다. 이들은 생존을 위해 최소한의 노동을 하면서 최소한의 것만을 소유하며 언제라도 떠날 수 있는 상태에 머물러 있다. 이들은 연인이면서 서로 모르는 타인처럼 관계에 소극적이기도 하고, '단수이면서 복수'이며 아무것도 하지 않지만 무엇인가를 하면서 살아가는 주체들이다. 장 뤽 낭시의 '무위'의 개념이 "작동하지 않음, 목표나 과제를 성취하려고 하지 않는 행위 전반"5)을 뜻한다고 할 때 『을』의 인물들은 무위의

---

3) "앙리 르페브르는 순환과 직선이라는 시간성의 차이를 조명하면서 일상성의 리듬에 대해 설명한다. 전자가 지리 기후 현상이나 죽음과 재탄생 같은 것이라면 후자는 반복적 망치질이나 지하철의 규칙적 검표작업 같은 것을 의미한다. 여기서 순환과 직선의 시간은 영구적으로 상호작용하는 관계에서 타자의 척도가 된다. 직선과 관련된 수학적 정확성이나 정확한 반복은 모든 인간 노동 과정의 고유한 구성요소이므로 우리의 물리적 생존을 위해 필요하다. 마찬가지로 순환적 시간은 기술공학적으로 가장 발전된 사회에서도 완전히 사라지지 않는다. 그러므로 이 둘은 모든 사회에서 발견된다." (장세룡·신지은, 「일상의 리듬분석 : 쇼핑센터와 기차역을 중심으로」, 『역사학연구』 46집, 2012, 218쪽.)
4) 박솔뫼, 『을』, 자음과 모음, 2010. 이하 인용은 괄호 안의 쪽수로 표기.
5) 복도훈, 「아무것도 '안'하는, 아무것도 안 '하는'문학」, 『문학동네』 2010년 가을호, 389쪽.

주체들이라 할 수 있다. 반복되는 일상이지만 완전히 같지는 않은, 반복으로서의 차이를 보여주고 있는 이들의 삶은 권태롭다. 하지만 이 또한 그들 스스로가 만들어 낸 것이며 이것이 이 소설의 일상성이다.

이 소설의 주체들은 얼핏 보기에 체제에서 밀려난 하위주체들처럼 비치지만 이들은 철저히 개인적인 삶을 살아가면서 기존의 질서를 '거절(refusal)'하는, 체제에 편입하지 않고 스스로 물러나 바깥에 거주하는 능동적인 주체들이다. 이들은 함께 지내지만 서로에게 매이지 않고 연대하지 않는 것이 특징이다. 그렇다고 해서 결핍감이 있는 것도 아니다. 이러한 '연인들의 공동체'는 가능하면서 불가능한 상태로 무료한 일상을 생산해 낸다. 여기에 새로운 일상이 끼어들면 '참을 수 없는 것'이 되고 이로 인해 사건이 발생하게 된다.

이 글은 이러한 선형적 시간이 만들어내는 일상의 순환성과 그 안에서 호흡하고 있는 주체들에 대해 장 뤽 낭시의 '무위'의 개념을 중심으로 박솔뫼의 『을』을 살펴보고자 한다. 먼저 인물들을 중심으로 이들의 '관계'에 대해 살펴보고 이들이 주고받는 침묵의 언어, 즉 소통 (불)가능한 '언어'에 대해 살펴볼 것이다. 나아가 주체들이 머무는 장소가 이들의 삶에서 어떠한 의미를 지니는지에 대해 공간을 둘로 나누어 살펴볼 것이다. 하나는 '바깥'의 공간으로 호텔과 숲에 대해 분석할 것이고 다른 하나는 또 다른 '바깥'으로서의 호텔을 중심으로 분석할 것이다. 이 호텔은 인물들이 활동하는 중심 영역으로 이중의 '바깥'을 구성하고 있다.

2. 주체들의 관계와 기호로서의 언어

2.1. 연대(불)가능한 연인들과 무위의 주체들

장 뤽 낭시는 모든 존재가 세계와 관계하는 방식을 '단수성과 복수성'으로 구분한다. 이 단수성과 복수성은 서로 분화될 수 없으므로 '타자'와 '나'의 단수성 혹은 복수성이 아니라 '우리'의 단수성 또는 복수성이다.[6] 낭시가 말하는 단수성은 단수성 안에 복수성을 포함하고 있기 때문에 "동일화 될 수 없는 편위의 영역에서 발생하며 이는 탈자태(공동체)와 관계가 있고, 탈자태(공동체)가 단수적 존재에 도래"[7]한 것이라고 보고 있다.

이러한 관점으로 『을』의 주체들을 살펴보면, 이들은 서로 연대하고 있는 듯 보이면서도 모두 각자 홀로이며 함께 살아가고 있는 것 같지만 각자의 삶을 살고 있는 것을 알 수 있다. 이들은 같이 살고 있지만 서로에 대해 연연해하지 않는다. 낭시의 관점으로 보면 이들은 연인이라 할지라도 완전한 하나로서의 연인이 아니라 움직이는 관계로서 '편위'의 상태에 있다. 이들은 서로 간섭하지 않으며 서로에게서 어떤 것도 바라지 않는다. 서로를 이해하려고도 하지 않지만 그렇다고 서로에게 무관심 한 것도 아니다.

『을』의 인물들을 분류해보면 세 명씩 묶어 네 부류로 나눌 수 있다. '민주와 윤과 바원', '을과 민주와 씨안', '조이와 프래니와 302호 여자', 씨안이 즐겨 보는 영화 속 주인공인 '아버지와 딸과 젊은 남자'가 그들이다. 여기서 씨안은 장기투숙호텔 일을 하면서 모든 사람들과 관계를 맺고 있다. '민주와 을과 씨안'은 씨안이 하우스키퍼 일을 하면서 자연스럽게

---

6) 박준상, 「『무위(無爲)의 공동체』의 몇몇 개념들에 대하여」, 『철학과 현상학 연구』, 2010, 73쪽.
7) 위의 글, 73쪽.

얼굴을 익혀 알게 된 사이다. '조이와 프래니'와는 룸메이트로 있으면서 알고 지내는 사이이며, 영화 속 인물들도 씨안만이 홀로 알고 있는 인물들이다. 씨안은 마치 카메라처럼 이들의 삶 속으로 들어가 이들을 관찰한다. 하지만 숲속의 윤과 바원은 민주만 알고 있는 존재들로 민주의 과거 속에 있는 인물들이다. 이렇게 볼 때 현실에 존재하는 인물들, 즉 호텔에 투숙하고 있는 인물들은 모두 씨안과 관계를 맺고 있음을 알 수 있다.

이 소설의 인물들은 마치 거미줄처럼 씨안을 중심으로 서로 연결되어 있다. 이 소설의 인물들이 세 명씩 연결되어 있는 것은, 세 명은 "'사회'가 이루어질 수 있는 최소한의 숫자"[8]이기 때문으로 해석할 수 있다. 즉 씨안이 본 영화 속 인물들처럼 둘이 있을 땐 서로 뒹구는 것밖에 할 수 있는 일이 없었지만 여기에 한 사람이 더 개입하면서 "나라도 세울 듯이 열심히"(60쪽) 일을 한다. 셋이라는 숫자가 경제적 활동을 만들어 내는 '사회'의 최소 단위라고 할 때 이는 둘만의 자유로운 상태에 제3의 시선이 개입되면서 억압이 발생함을 뜻하기도 한다. 즉 셋이 되는 순간 감시의 시선이 생기면서 부자유가 유발되는 것이다. 하나의 사회가 형성되는 순간 그 안에는 질서가 요구되며 이로 인해 권력이 생산되고 나아가 권력은 폭력을 유발하게 된다. 이러한 구조로 이 소설 속 영화의 인물들의 관계가 해체되는 것을 볼 수 있는데 결국 이 가상의 영화는 이 소설의 미장아빔(miseen abyme)에 해당하는 것으로 "민주의 과거 속에서 민주가 바원, 윤과 함께 셋이 되었을 때와, 현재의 시간에서 프래니와 주이 사이에 302호 손님이 끼어들 때, 그리고 을과 민주의 삶에 씨안이 합류할 때",[9] 즉 둘이 셋이 되는 순간 둘 사이에 제 3의 시선이 개입되면서 새로운 질서가 형성되는 것과 맞물린다.

---

8) 정여울, 「흔적 없는 존재, 쾌락 없는 소통」, 박솔뫼, 『을』 해설, 앞의 책, 217쪽.
9) 복도훈(2010), 앞의 글, 393쪽.

을과 민주는 연인사이로 이곳 장기투숙 호텔에 함께 머문다. '을'은 대학에서 한국어를 가르치고 딱히 할 일이 없는 민주는 빨래나 요리 같은 소소한 일상의 일들을 하면서 지낸다. 처음 소설을 읽으면 민주가 여자인지 남자인지 모호하다. 하지만 민주가 남자라는 사실을 알게 되면 소설의 중성적인 면에 관심이 가게 된다. 즉 민주라는 이름에서 여자를 먼저 떠올리게 되는데 이런 민주의 이름만큼이나 이 소설은 모호한 구석이 많다. 민주와 을이 나누는 언어가 그렇고 이들이 묵고 있는 장소도 그렇다. 민주는 '을'에 대해 아는 것이 별로 없다. 다만 '을'이 "늘 어딘가로 사라져 버릴 것"(40쪽) 같기만 하다. '을'과 민주는 연인이면서 딱히 연인이라고 볼 수도 없는 독립적인 관계로 살고 있다. 이들은 혼자이면서 '우리'일 수 있는 관계로 이 둘은 서로에게 집착하지도, 간섭하지도 않는다. 그러므로 이들은 둘이면서 혼자다. "혼자라는 것은 관계없음의 함축이다. 곧 무관계성이다"[10] 이 '무관계성', 즉 연대하지 않는 이들은 "아무런 공통의 목표를 공유하지 않는 공동체라 불릴 수 없는 공동체"[11]를 이루고 있는 것이다.

민주가 이곳에 온 것은 을의 권유 때문이었다. 이 둘 사이에는 각자만의 기억 속에 존재하는 이들이 있다. 민주의 꿈에 자주 나타나는 '윤과 바원'은 민주의 기억을 사로잡고 있는 인물들이다. 이들은 민주의 사촌일수도 그렇지 않을 수도 있다. 민주가 매료된 건 그들이 처음부터 하나가 아니었으며 "'둘'인 적도 있고 '셋'인 적도 있었던 그들이 지금은 완전한 하나처럼 보인다는 것"[12]이다. 민주는 그들 사이에 있고 싶었다. 하지만 둘이 셋이 되고 이들 셋이서 잘 지내던 와중에 바원이 사고로 죽게 되면

10) 조효원, 「호모 파틸레구스의 기록」, 『세계의 문학』 2010 겨울호, 364쪽.
11) 박슬기, 「폴리에틱스polietics, 잉여들의 정치학 혹은 시학」, 『세계의 문학』 2010년 겨울호, 356쪽.
12) 정여울(2010), 앞의 책, 213쪽.

서 셋은 다시 둘이 되고 이 둘은 이전의 둘이 아니게 되면서 관계는 해체된다.

'을' 또한 민주가 오기 전 잠시 만났던 '제이'와의 강렬했던 기억을 끊임없이 상기한다. '을'이 제이를 기억하는 방식은 제이의 연인이었던 린다의 상기된 목소리를 통해서이다. 린다의 목소리에 대한 기억은 제이에 대한 기억까지 끌어온다. 하지만 제이는 얼굴이 아니라 자신을 쓰다듬던 촉감으로 기억된다. 이렇듯 민주와 '을'은 서로의 기억 속에 자리하는 인물들로 인해 서로에게 온전히 자리를 내어주지 못한다. 그러는 가운데 씨안의 틈입은 이들의 관계에 더욱 큰 간격을 벌려놓았고 이들은 끝내 헤어지고 만다.

민주와 을의 이별은 구체적이지 않다. 어쩌면 이 둘이 모국이 아닌 낯선 나라에서 다시 재회 했을 때 이들의 관계에 이미 금이 간 상태였는지도 모른다. 민주는 이것을 알고 있었을 것이며 그러므로 아무 일 없이 돌아갈 수 있었던 것 아닐까. 하지만 민주가 떠나고 '을'은 민주를 생각한다. 천정에 오직 민주 얼굴뿐이다. 이 천정은 을에게 민주를 기억하는 공간으로 천정에는 '제이'도 아닌 오직 민주의 얼굴만이 그려진다. 이로 인해 을은 자신보다 열 살이나 어린, 그러므로 잡을 수 없는 민주를 진심으로 사랑했음을 알 수 있다.

이 소설에서 무위와 권태의 삶을 잘 보여주고 있는 인물은 '씨안'이다. 씨안의 본명은 '산초아'다. 그러나 부르기 편하게 그냥 씨안이라고 말한다. 씨안은 학교를 휴학하고 각국을 여행하는 중이며 씨안의 고향이 어디인지는 알 수 없다. 다만 장기투숙호텔이 편안하고 마음에 들어 하우스키퍼로 일하면서 잠시 머물고 있는 여행객일 뿐이다. 그녀는 언제든 떠날 수 있게 짐을 늘 가볍게 한다. 그리고 날마다 늘 맥주 한 병을 사고 옥상에 올라가 자신만의 시간을 가지기를 좋아하고 오전 일을 마치고 영화를 보거나 서점에 가서 책을 사거나 하면서 하루를 보낸다. 이러한 일상은 씨안의 생활에 질서로 정해져 있으며 이러한 반복의 리듬 안에서 편안함을 느낀다. 씨안은 늘 혼자 지낸다. 그녀는 "누군가 좋아하는 사람이 생겨도 마음을 다해 끝까지 좋아하지 않는다."(173쪽) 이것은 언젠가 떠날 것을 대비한 것일 수도 있고 자신의 균형 잡힌 삶에 균열이 생기는 것이 싫어서일 수도 있지만 같은 공간에 함께 지내면서 매일 얼굴을 보는 사이임에도 연대하지 못한다는 점에서는 다른 인물들과 같다. 그러나 우연히 민주를 보게 되면서 "아무런 욕심도 욕망도 없이 살아가려던 자신의 세계에 돌이킬 수 없는 균열이 일어날 것만 같은 불안을 느낀다."[13] 이는 씨안의 일상에 '참을 수 없는 것' 즉 새로운 일상이 개입하려는 순간이며 기존의 지루하게 반복되는 질서에 균열이 가는 것에서 오는 불안인 것이다. 방을 청소해 주면서 씨안과 민주와 을은 서로의 얼굴을 익히게 되고 함께 지낼 수 있게 되었지만 이들의 관계는 그리 오래가지 못한다. 긴 장마를 견디는 것처럼 지루하고 반복되는 일상에 프래니가 302호 여인을 쏜 사건이 발생한 것이다. 이후 호텔에 투숙하던 이들이 떠나고 이들의 관계에도 균열이 생기면서 사건을 계기로 이들은 해체된다. 이렇듯 이 소설은 "무위와 권태가 실재와 무관한 것이 아니라 실재 삶의 한가운데 있"[14]음을 씨안을 통해 말해주고 있다.

'조이와 프래니'는 사촌관계이면서 동성의 연인 사이이다. 이 둘은 가족의 시선을 피해 이곳으로 왔다. 이들은 하우스키퍼로 일을 하면서 살고 있다. 프래니가 302호의 여자를 총으로 쏘는 사건이 발생한 것은 프래니와 조이 사이에 302호 여자가 개입하면서 부터이다. 프래니와 조이 둘 사이에 제삼의 인물이 끼어들고 둘이 셋이 되면서 관계에 균열이 생기고

---

13) 위의 책, 211쪽.
14) 복도훈(2010), 앞의 글, 402쪽.

'틈'이 발생한다. 이 틈이 사건을 만들고 그러므로 둘마저 해체된다. 소설은 조이가 프래니에게서 마음이 떠났거나 302호 여자에게 마음을 주었다는 어떠한 증거도 보여주지 않는다. 단지 조이가 302호 여자와 함께 있었다는 것과 둘이 술에 취해 있었다는 것을 보여 줄 뿐이다. 하지만 프래니에게는 조이가 배신한 것으로 보였으며 프래니가 감당하기에 '조이'의 배신은 참을 수없는 것이었다. 이는 이들의 질서 잡힌 일상에 균열이 생긴 지점이다. 이러한 사건이 말하고 있는 것은 프래니와 조이 역시 서로 사랑하지만 연대하지 않는 관계라는 것이다. 프래니는 조이를 진심으로 사랑하지만 조이가 생각하는 사랑은 서로에게 자유로운 것이며 이는 프래니의 생각과는 다르다. 조이는 함께 있지만 따로 사는 것, 언제라도 둘이 헤어질 수 있는 관계라는 것을 프래니가 알기를 원했던 것 아닐까. 조이와 프래니의 관계 역시 반복되는 일상의 권태에서 자유롭지 못했음을, 나아가 관계란 이렇듯 쉽게 변질된다는 것을, 또한 이 시대 진정한 연대는 이루어질 수 없다는 메시지를 이 소설은 함축하고 있다. "망설임과 머뭇거림, 무위와 권태로운 반복은 근대에 이르러서 갖게 된 젊음의 유동(liquid)하는 특질만큼이나 응결되는(solid) 특질"[15]임을 이 소설은 말해주고 있다.

2.2. 백색의 글쓰기와 침묵의 언어

"우리는 말이 소통에 힘겹게 복무하고 여분의 침묵을 불편해하는 데서 벗어나 상대방의 표정과 눈빛으로 언어를 읽고 침묵을 공유하는 연인의 실존"[16]을 소설 『을』에서 찾아볼 수 있다. 『을』에서 주목할 것은 이들의

---

15) 위의 글, 402쪽.
16) 위의 글, 402쪽.

언어이다. 이 소설의 인물들은 말이 별로 없다. 이들은 말보다는 침묵으로 소통하거나 혹은 글쓰기로 자신의 언어를 대신한다. 이들의 언어라고는 고작해야 상투적인 언어 몇 마디가 전부이지만 『을』에서는 "소통이나 재현의 매개체로 기능하던 말이, 쓸모를 다한 기계마냥 작동을 서서히 멈추고 침묵과 무의미, 표정과 몸짓에 점차 동화되어가는 것"17)을 찾아볼 수 있다.

신자유주의 시대 이후 추구해야 할 가치를 잃어버린 상태에서 무목적적인 삶을 살아가는 인물들을 재현한 소설들이 등장한다. 이러한 소설은 "기존의 체제에서 별달리 얻을 것도 잃을 것도 없는"18) 인물들을 통해 보여준다. 이들의 삶에는 관습적 질서가 깨져 '참을 수 없는' 새로운 질서가 만들어지는 것에 대한 불안함이 있으며 그 불안함은 이들의 언어 방식에서도 나타난다.

"을은 풀리지 않는 기호와 오래된 신호 같은 것을 사랑"(21쪽)한다. "소통의 매개가 아니라 기호의 등가물이 되는"(21쪽) 그런 언어를 을은 좋아한다. 을이 민주를 좋아하는 이유도 여기에 있다. 민주는 "동사의 변화나 다른 뜻을 일곱 개쯤 가지고 있는 같은 발음의 단어"(21쪽)와 같이 외적 요소로 단번에 파악할 수 없는 다양한 내재적 속성을 가지고 있다.

이 소설 속 주체들은 말하지 않는다. 그렇다고 벙어리처럼 아무 말도 하지 않는 것은 아니다. 무언가 이야기를 하지만 그것은 소통이 불필요한 언어이다. 이들의 언어는 침묵의 언어다. 말하고 있으나 말하지 않는 것, 이것은 "세상의 대오에 합류하기 어렵고 합류하지도 않으려는 이들의 조용한 거절"19)에서 오는 언어이고 "사람들에게 공평하지만 무관심한 사려

---

17) 위의 글, 392쪽.
18) 민가영, 「불안정성과 전망 상실의 평준화 : 신빈곤층 십대의 문화와 주체」, 『문학동네』 2007년 가을호, 428쪽.
19) 복도훈(2010), 앞의 글, 402쪽.

깊음"(37쪽)의 표현이 내재된 언어이기도 하다. 나아가 미끄러지는 욕망과 실재에 대한 환상 사이에 존재하는 '공백'의 언어이기도 하다.

민주는 종종 '윤과 바원'의 꿈을 꾼다. '을' 역시 종종 '제이'를 생각한다. 이것은 이들에게 대타자에 대한 환상으로 존재한다. 즉 이는 상징계적 질서 안에서 미끄러진 실재에 대한 환상인 것이다. 이들은 서로 함께 지내지만 완전한 하나라고 생각하지 않는다. 이들은 함께 있으면서 최소한의 말을 하거나 말하지 않아도 불편하지 않은 독립된 주체들이다. 심지어 궁금한 것이 있어도 상대방이 말할 때까지 기다리거나 서로의 행위를 통해 대상의 언어를 읽어낸다.

이 소설에 네 부류의 연인들이 등장하지만 이들 중에 성적 욕망을 극단적으로 표출하고 있는 연인은 현실 공간의 연인이 아니라 영화 속 연인이다. 이는 현실 속 연인들의 억압된 욕망이 스크린이라는 매체를 통해 간접적으로 나타나고 있는 것으로 해석할 수 있다. 또한 이성이나 동성이나 근친상간적 관계까지 아우르면서 연인들을 설정한 것은 어떠한 것으로도 잃어버린 대타자에 근접할 수 없다는 것을 보여주기 위한 것이며 이에 대한 미끄러진 환상을 이들의 연인들을 통해 상징적으로 보여주고 있는 것이다. 이러한 대타자에 대한 욕망이 극단의 향락(jouissance)의 형태로 스크린의 남녀를 통해 나타나고 있는데, 이 남녀가 현실 속 연인들에 대한 미장아빔(miseen abyme)라고 할 때 이들의 성 행위는 현실 속 연인들의 억압된 욕망의 표출인 동시에 몸의 언어에 해당하는 것이라고 볼 수 있다.

이 소설의 주체들은 "소유보다는 존재를, 정주보다는 유목을 선택하는 삶, 말보다는 침묵에 행위보다는 무위에 이르는 삶"[20]을 살고 있다. 그러므로 이들은 간소하고 간단하고 가벼워지고 싶어 한다. 문학적 언어가

---

20) 위의 글, 391쪽.

"단어들 사이에서, 바깥에서 솟아나는 익명의 정념이며, 의식에 포착되지 않는 야생적 몸의 현전"[21]이라고 할 때 민주와 을이 각각 '윤과 바원'이나 '제이'를 통해 느끼는 언어가 바로 이것이다.

> 을의 확고한 관점에서 볼 때 민주는 다른 사람들과는 많이 달랐다. 민주는 남에게 강요하는 목소리를 내지 않았다. 유들유들한 목소리도 내지 않았다. 그런 목소리들은 위협하는 목소리보다 더 폭력적이었다. 을은 민주의 목소리와 민주와 나누는 대화가 좋았다. 민주는 자신의 목소리를 내면서 침묵의 행간을 짚어낼 줄 알았다. 그런 사람은 드물었다. 민주는 공평했고 사려 깊었고 을은 그런 민주를 알아볼 수 있었다. 민주의 사려 깊음은 한 사람을 향한 것이 아니라 모든 사람을 향한 공평한 것이었다. (37쪽)

'을'은 민주보다 열 살 많은 연상이다. 삼 개월 전 '을'이 이곳에서 일을 시작하기 전에 민주와 을은 함께 살았었다. 민주는 말이 없었고 그런 민주를 을은 좋아했다. '을'은 사람들의 목소리를 싫어했다. 을은 자신의 "꼭 다문 입술도 민주 앞에서만 열었다."(40쪽) 하지만 '을'은 자신이 말하고 있지 않을 때라도 민주가 자신의 이야기를 들어주기를 원했다. '을'은 "자신이 가장 싫어하는 것을 늘 민주에게 요구 했다."(37쪽) 그때나 지금이나 민주는 '을'을 바라보며 '을'의 이야기를 들었고 지금은 그 일이 훨씬 힘들어졌다. 민주는 말하는 것도 듣는 것도 좋아하지 않는 침묵으로 말하는 주체임을 알 수 있다. 결국 일방적인 언어는 소통의 부재를 가져오고 둘의 관계에 벽을 만든다.

'을'은 민주의 소리를 좋아했다. 그것은 을이 듣고 싶은 "유일한 목소리"(76쪽)였다. 하지만 민주는 최소한의 말만 한다. 자신의 감정이나 의견

---

21) 박준상, 「침묵의 소리-말라르메, 블랑쇼, 데리다」, 새한철학회 논문집 『철학논총』 제50집, 2007, 182쪽.

을 표출하지 않고 언제나 침묵으로 일관한다. 을은 그런 민주의 마음을 읽으려고 애쓴다. '을' 앞에서 침묵하는 '민주'라는 이름은 그러므로 '을'에게는 슬픔이다. 이들은 딱히 많은 말을 하지 않아도 잘 지내는 것처럼 보인다. 하지만 이들의 진짜 언어는 자신들 속에 있으며 내재해 있는 과거의 대상들과 소통한다. 이들은 그리움도, 불안도 홀로 느끼며 언어로 표현하지 않는다. 프래니가 302호의 여자를 쏜 이후 호텔을 옮길까의 문제로 민주와 을의 대화가 잠깐 오고가지만 결론은 짓지 못한 상태에서 암묵적으로 그대로 있기로 결정한 것처럼 이들의 언어는 늘 이런 식이며 침묵은 말 이상의 언어로 이들에게 작용한다. 민주가 집을 나가 밤늦게 돌아왔을 때도 을은 민주가 어디 갔는지, 민주가 아픈 건 아닌지 궁금했지만 민주에게 어디에 다녀왔는지 묻지 않는다. 며칠 후 민주가 극장에서 잠들었었다고 말함으로써 그가 그때 극장에 있었다는 것을 '을'은 알게 된다. 하지만 그것으로 끝이다. 무슨 일 때문이었는지 더 이상 묻지 않는다. 이들은 서로에게 질문하지 않는다. 스스로가 말할 때까지 기다린다. 이것이 이들의 대화법이다.

씨안은 늘 무엇인가를 쓴다. 그러나 자신이 쓰고 있는 것이 무엇인지 알지 못한다고 말한다. 씨안의 글쓰기는 "아무것도 쓰고 있지 않지만 무엇인가를 쓰는"[22] 백색의 글쓰기이며 이러한 씨안의 무(無)목적적 글쓰기는 민주가 을과 식당에서 밥을 먹을 때도 자신의 노트에 생각나는 대로 아무 말이나 적어 넣으면서 이루어진다. 자신도 알지 못하는 글쓰기는 옥상에서도 이루어지는데, 이러한 "목적이나 욕망도 없이 오로지 우연에 의해 자신에게 일어난 일들을 기록하겠다는 의지"[23]로 글을 쓰는 씨안의 글쓰기는 그녀의 언어를 대신한다. 이러한 무목적의 글쓰기는 감옥에 간

22) 김형중, 「살아있는 시체들의 밤 1」, 『문예중앙』 2012년 봄호, 512쪽.
23) 위의 글, 515쪽.

프래니에게까지 계속된다. 씨안은 프래니에게 엽서를 보내면서 그에게서 답장이 올 것을 기대하지 않는다. 프래니가 잘 있는지 궁금해서 엽서를 쓰는 것도 아니고 자신이 잘 지내고 있다고 쓰는 것도 아니다. 씨안은 자신이 잘 지내고 있는 건지도 모른다고 말한다. 씨안은 그저 목적 없는 글쓰기를 하고 있는 것이다. 이것이 21세기 문학의 무위의 속성이며 그럼에도 불구하고 쓰는 이것이 백색의 글쓰기라고 할 수 있다.

3. 응축의 공간과 바깥의 바깥

3.1. 바깥으로서의 호텔과 숲

바깥은 "세계로부터 추방되어 존재하는"[24] 곳으로 블랑쇼는 문학이 바깥에서 유래하며 바깥을 향해 가고 있다고 보고 있다.[25] 신자유주는 "거시적 영역부터 미시적 영역까지 모조리 붕괴시킨 후"[26] 개인들을 철저히 개인화 시켜 놓았다. 이로 인해 생존 경쟁은 심해지고 기존의 숭고했던 가치가 추락하면서 분화된 주체들의 정신적 영역에 결핍이 생기고, 우울증은 이 시대를 살아가는 사람들의 고질병이 되었다. 이러한 가운데 시스템 밖으로 밀려난 주체들이 할 수 있는 것은 아무것도 안 하는 것이며, 시스템에 편입할 수 없는 이들의 삶에서 목표나 목적이 사라졌고, 그러므

---

24) '이 바깥의 경험은 세계로부터 추방되어 존재하는 경험으로 여기서 세계는 "우리에게 열려 있는 공간, 우리가 향해 나아가고 있는 공간, 거기서 사물들이 발견되는 공간이며 세계와의 관계는 오로지 사물들을 적극적으로 규정(지배.관리.이해)할 수 있는 가능성으로부터만 정립될 수 있다. 사물들에 대한 규정은 현실적(도구적)일 수도 있고, 이상적(정신적)일 수도 있다."' (박준상, 「바깥, 죽음—하이데거에 대한 블랑쇼의 응답」, 『철학과 현상학 연구』 제21호 2003, 149쪽.)
25) 위의 글, 148쪽.
26) 이소연, 「질문 2.0 : 무엇이 '인간'인가」, 『문학동네』 2012년 겨울호, 385쪽.

로 거절의 형태로서 최소한의 것으로 자족하며 자발적 잉여의 삶을 살아가는 사람들이 늘어났다. 하지만 애도하지 못한 슬픔은 이들의 공통감각으로 자리하고 정신적 피로는 이들을 현실로부터 도피하게 하였다. 이러한 주체들이 현실에서 도망친 곳은 국외이거나 도시를 벗어난 깊은 산속으로 『을』에서의 주체들이 이 경우에 해당한다.

을과 민주는 한국을 떠나 낯선 이국의 어느 도시에 머물고 있다. 소설은 이들이 머무는 곳이 어디인지 구체적으로 밝히지 않는다. 다만 그곳이 국내가 아니라 외국이라는 것과 이국의 한 대학가의 장기투숙 호텔에 자리 잡고 있다는 것만 말해주고 있다.

이 미지의 도시에서 '을'은 한국어를 가르치고 있는 강사로 일하고 있다. 한국에서 '을'은 통역을 전공했고, 외국어 학원에서 영어를 가르치던 강사로 부족함이 없는 삶을 살았다. 그런 '을'이 왜 이곳으로 오게 되었는지는 알 수 없지만 '을'이 어린 시절 공장지대에서 살았었고 사람의 말이 아니라 기호로서의 기계음을 더 좋아한다는 것을 감안할 때 이곳 이국의 도시는 을에게 말이 기호로서 언어를 대할 수 있다는 점에서 적절한 곳이라고 볼 수 있다.

'을'은 먼저 이 도시에 도착했다. 후에 민주를 불렀지만 돈이 없던 민주는 '을'이 비행기 표를 끊어주고 나서야 합류할 수 있게 되었다. 이들이 외국에 나온 것은 체제에 적응하지 못해서도 아니고, 적응하지 못한 체제 밖으로 밀려난 것도 아니다. 이들을 스스로 나라를 벗어나 유랑의 길을 택했고 자발적 잉여로서의 삶을 선택한 것이다. 이들의 행위는 능동적이지만 현실적으로 이들이 처해 있는 공간은 이들이 원하든 원하지 않았든 결과적으로 시스템 '바깥'에 위치해 있으며 국외라는 점에서도 벌거벗은 채 보호받지 못하는 이방인으로 존재하고 있는 주체들이다.

국외라는 공간 외에 또 하나의 바깥으로 민주의 꿈에 자주 나타났던

'숲'을 들 수 있다. 민주는 엄마가 죽은 후 엄마에 대한 애도를 방임한 채 슬픔을 가슴에 묻고 엄마의 유언대로 이모를 돌보기 위해 그 숲으로 갔다. 하지만 거기에 이모는 없었고 윤과 바원이 있었다. 이 숲에서 민주는 완전한 평화를 느꼈는데 세상에 적응하지 못하고 그로 인해 학교까지 중퇴한 민주로서는 이 숲이 최상의 도피처였다. 그 숲속의 집에서 민주는 윤과 바원과 함께 지낸다. 하지만 완전한 공간이었던 숲의 질서는 민주의 등장으로 깨지게 된다.

이 숲은 민주에게 하나의 바깥이다. 이런 숲은 체제 안에 편입할 수 없는 민주가 스스로 찾은 공간이지만 이곳은 위협에 노출된 곳으로 언제든지 사고를 당할 수 있는 공간이며 자연으로부터 자신을 지킬 수 없는 폭력의 공간이기도 하다. 즉 이 숲은 인간이 태어나면서 처음 경험하는 세계와 같은 공간으로서 그런 의미에서 민주에게 이 숲은 바깥이 된다.

이 숲은 도시라는 공간으로부터 멀리 벗어나 있다는 점에서도 바깥이다. 사회의 체제가 도시를 중심으로 돌아간다고 할 때 이 숲은 도시의 외부 공간에 해당하는 곳으로서 바깥인 것이다. 민주가 머물던 숲은 기존의 질서로부터 멀리 떨어져 있는 어느 낯선 산 속에 위치해 있다. 이곳은 엄마의 죽음에 대한 기억을 유보시킬 수 있는 공간으로 외관상으로는 누추하지만 민주는 이곳에서 유토피아를 만난다. 이곳은 익명적 공간에 위치하고 있으며 어떠한 간섭도 허용하지 않는 공간으로 민주가 머물고 싶을 때 머물고 떠나고 싶을 때 떠날 수 있는 자유롭고 이상적인 공간이다. 그리고 이곳은 바원과 윤과 함께 하나가 되고 싶었던 공간이기도 하다. 하지만 이 숲에서 민주는 바원의 죽음을 목격한다. 바원은 애도되지 못한 채 이국까지 따라와 민주의 꿈속에 나타난다. 이 숲은 민주에게 이상적인 공간인 동시에 공포의 공간이었던 것이다. 이처럼 바깥은 그곳이 이상적인 유토피아의 공간처럼 보이지만 결국 외부의 위협으로부터 보호받지 못하는 공간임을 말해준다.

민주와 '을'이 머무는 곳은 외국의 한 장기투숙호텔이다. 이곳은 지역적으로 한국에서 보면 바깥에 해당하는 공간이다. 이곳은 세계의 어느 누구라도 머물 수 있는 공간이며 열린 공간으로 이곳에 머무는 사람들 대부분은 이방인이다. 이곳에 잠시 이방인으로 머무는 이들에게 "고립된 자아, 사물들과 관계하지 않는 자아, 세계를 소유하지 못한 자아는 없다."[27] 이들은 이 열린 공간인 호텔에 머물면서 세계의 사물과 새롭게 조우하며 이방인으로서 또 다른 이방인을 만나면서 자신들이 바깥에 벌거벗은 채 서 있다는 것을 잊는다. 이는 숲의 사람들도 마찬가지다. 열린 공간의 위협 앞에 내몰려 있지만 이들은 자신들만의 세계를 소유하고 고립이 아닌 고독의 삶을 즐기면서 자연과 하나 된 완전체로 살아가고 있는 주체들인 것이다.

이 소설의 주체들이 머물고 있는 '숲'이나 '호텔'은 주체들이 언제든 떠날 수 있는 가능성을 남겨둔 채 일시적 머무름 상태에 있는 장소이다. 이러한 삶은 체제의 보호아래 있지 않는 것처럼 불안한 삶이며 '미래 없음'이라는 측면에서 불확실한 삶처럼 느껴진다. 그러나 이곳에서는 누구도 미래를 생각하지 않으며 나아가 자신의 현실에 대해 불안해하지도 않는다. 이것이 무위의 주체들이 바깥에 머물며 살아가는 방식인 것이다.

3.2. (불)가능한 공동체로서의 호텔

신자유주의는 시스템에 편입되기를 거부하는 분화된 주체들, 자발적 잉여들을 생산해냈다. 이들은 연대하지 않으며 한 장소에 오래 머무르지도 않으므로 공동체를 이루지 않는 주체들이다. 이러한 "공동체의 (불)가능성

---

27) 박준상(2010), 앞의 글, 150쪽.

에 대한 사유는 사회 속에서 존재하는 공동체들이 더 이상 진정한 공동체로"[28]서의 기능을 하지 못 한다고 하는 인식에서 출발한 것으로 본다. 이러한 가운데 공동체의 개념도 축소되어 두 세 명의 단위로도 공동체로 묶이는데 이러한 축소된 공동체의 모습을 잘 보여주고 있는 것이 박솔뫼의 『을』이다.

『을』의 인물들의 주요 활동 공간은 대부분이 호텔이다. 이곳은 국외라는 관점에서 바깥이지만 국외에서도 이방인들이 장기투숙하면서 잠시 머물다 간다는 점에서 또 다른 바깥이라고 볼 수 있다.

이 호텔은 각지에서 모여든 이방인들이 모여 있는 공간이다. 이들은 목표도 없고 방랑의 목적도 없는 인물들로 홀로 왔거나 혹은 둘이 머물고 있다. 씨안도 그 여행객 중 한사람이다. 여행하다 잠시 이곳에 장기투숙하면서 호텔 방을 청소 하며 머물고 있다. 이곳 사람들을 공동체로 묶어주는 것이 씨안이다. 씨안은 주체들 사이에 흘러들어 둘이 셋이 되게 하고 이로써 하나의 공동체를 형성하게 하는 역할을 한다.

'을'이 머무는 방은 이인용으로 민주가 오기 전에는 단기 투숙객들과 함께 지내던 곳이다. 이들은 '을'을 거쳐 가면서 을의 기억 속에도 희미한 이미지를 남기고 떠난다. 하지만 며칠 을과 함께 잠을 잤던 '제이'는 예외다. 제이는 을의 기억 속에 있다.

'을'의 천정에는 민주의 얼굴이 있다. 하지만 제이의 얼굴은 천정에 없다. 이는 제이와의 잠자리에서 을이 제이의 아래에 누운 적이 없음을 의미하며 이들의 관계가 적극적이었음을 의미한다. 이는 몸으로 사람을 기억하는 것이라고 할 때 을이 민주에게 수동적이었음 알 수 있다. '을'은 단기투숙객으로 온 린다가 며칠 자리를 비운사이 린다의 남자친구인 제

---

28) 최수임, 「공동체의 장소, 상상의 공동체 : 마리로 가르시아 토레스 ≪당신은 눈을 본 적이 있나요?≫, 박솔뫼 『을』, 배수아 『북쪽 거실』」, 『인문과학』 제99집, 2013, 35쪽.

이와 잠을 자는 사이가 되었다. 을이 제이와 잠자리를 가진 후 린다를 다시 만났을 때 제이의 아무렇지 않은 행동 때문에 을도 아무렇지 않은 척할 수 있었다. 결국 이 둘은 떠났지만 제이는 을의 기억 속에 '을'을 만지던 손길로 남았다. 이렇듯 호텔은 이방인과 이방인이 만나 하나의 새로운 관계를 만들어 내는 장소이기도 하다. 즉 바깥은 바깥에 있는 사람끼리 공동체를 만들 수 있는 가능성을 열어 놓은 장소로 존재하는 것이다.

프래니와 조이는 동성의 연인으로 이 둘은 사촌관계이다. 이 둘은 자신들의 관계를 인정하지 않는 각자의 집에서 나와 이 호텔에 머물면서 하우스키퍼 일을 하면서 생활한다. 이 둘 사이에 302호의 여자가 개입되면서 이 둘의 관계가 깨지고 이들은 해체된다.

민주와 을이 그랬고, 을과 제이가 그랬고, 조이와 프래니가 그랬던 것처럼 이 호텔은 마치 사람이 태어나서 잠시 머물다 가는 세상을 상징적으로 보여주고 있는 장소로 묘사된다. 이 호텔은 마치 생의 정거장 같은 곳으로 호텔의 여행객들 역시 아무 일도 일어나지 않는 권태로운 삶을 반복하다 결국 하나의 사건을 만나게 되면 헤어지고, 공간은 곧 다시 다른 인물들로 채워지면서 삶이 계속 되는 것처럼 이 호텔은 축소된 인간 세상을 비유적으로 보여주고 있는 공간이라고 볼 수도 있다. "어디가?/잘 모르겠어/그거 멋지다, 어디로 가는지 모르면 아무데나 갈 수 있잖아"(110-111쪽)라고 하는 프래니와 씨안의 대화에서처럼 이곳에 머무는 여행객들은 "아무데로나, 어딘가로"(117쪽) 목적지 없이 떠도는 사람들이다. 이들이 호텔에 머무는 것은 단지 오래 머무는 것이 필요하기 때문이다. 이것이 이 소설에서 호텔이라는 장소가 의미하는 것이며 이는 인간 주체들 모두에게 해당하는 삶의 공간이기도 한 것이다.

씨안은 학교를 휴학하고 몇 개의 나라를 여행하는 중에 이 호텔이 편안해서 머물게 되었다. 그렇지만 언젠가는 돌아가야 한다는 것을 씨안은 알고 있다. 이것은 우리가 인생의 항로에서 경험하는 것들이다. 딱히 어디로 가는지, 언제 가야 할지 정해진 것이 없는 삶에서 사람들은 무엇인가를 하면서 산다. 언젠가는 떠나야 하지지만 지금은 아직 아닌 것이다. 될 수 있는 한 그것이 "늦어지기를"(90쪽) 바랄 뿐이다.

이 호텔에서는 단 한번 프래니가 302호의 여자를 총으로 쏘는 사건이 발생한다. 이는 사람들이 평범한 일상의 공간에서 벗어날 때 기존의 질서에 균열이 생기는 것처럼 조이가 프래니와의 둘만의 장소를 벗어나 다른 공간을 찾을 때 둘의 관계에 균열이 생김으로 해서 온 불화이다. 즉 이 호텔은 모르는 사람들과 연결해주는 곳이기도 하며 누군가에게는 긴장의 장소이거나 억압의 장소가 될 수도 있는 것이다. 프래니와 조이가 함께 머무는 방으로부터 벗어나 제삼의 공간인 302호에서 사건이 발생했다는 것은 프래니와 조이의 삶에 변화가 생겼음을 의미한다. 일상의 반복되는 리듬에서 변화는 불안을 야기한다. 이는 자신이 만들어 놓은 질서의 바깥에서 오는 불안이며 이렇게 볼 때 302호라는 공간은 '바깥'이라는 호텔에서의 또 다른 '바깥'인 것이다. 이처럼 이 소설에서 호텔은 비동일성의 공간으로서 '바깥'의 바깥의 바깥을 보여주고 있으며 이는 공간의 확장이 아닌 응축의 공간을 구성하고 있다. 이러한 의미에서 호텔은 공동체를 이룰 수 있는 가능성의 공간인 동시에 '방'이라고 하는 각각의 내재된 공간 안에서 분열을 일으킬 수 있다는 점에서 불가능한 공동체를 이룰 수밖에 없는 환경이 된다.

인간은 태어나면서 바깥을 경험한다. 벌거벗은 채 '바깥'에 내동댕이쳐진 인간은 위협으로부터 노출된 이 '바깥'에서 생존해야 한다. 하지만 국가가 이들을 보호하고 있다는 의미에서 '바깥'은 안이 될 수 있다. 이러한 보호 아래에서 벗어나 국외에 거주하는 이방인들은 두 번째 '바깥'에 머물고 있는 것이 된다. 이러한 의미에서 이 호텔은 노출된 채 방치된 이방

인들에게는 또 다른 바깥인 것이다. 이처럼 '바깥'에서 공동체를 만든다
는 것은, 씨안이 민주를 보면서 느꼈던 것처럼 약간의 설렘을 가져오기도
하지만 이러한 설렘은 평범했던 일상에 균열을 가져오게 하는 것으로 기
존의 질서에서 이탈하는 것에 대한 두려움으로 자리할 수 있다. 그러므로
이 소설에서 말하고 있는 무위의 주체들은 아무것도 안함으로써 책임질
일을 만들지 않고, 홀로 떠나도 부담 없는 가벼운 삶을 살고자 하는 것이
다. 이렇듯 연대하지 않는 이들은 그러므로 공동체 안에서 불가능한 공동
체를 이룰 수밖에 없는 것이며 이것이 21세기 소설 속 무위의 주체들이
살아가는 방식인 것이다.

4. 나가며

지금까지 박솔뫼의 『을』을 '인간과 주체'의 관점으로 살펴보았다. 이
소설 속 인물들은 씨안을 중심으로 셋이라는 공동체를 형성하고 있는 동
시에 결국 모두 떠날 수밖에 없다는 점에서 불가능한 공동체를 형성하고
있다. 이는 '아무것도 안 하는' 주체들로 이들은 함께 있으면서도 연대하
지 않고 서로를 간섭하지 않는다. 이 소설에서 연인들은 서로의 속마음을
말로 하지 않지만 이것을 불편해 하지도 않는다. 이들은 소통을 기대하지
않는다. 그러므로 이들의 언어는 기호에 해당한다. 이들의 언어는 침묵의
언어이며, 몸으로 말하는 언어이며, 의미보다는 기호로 존재하는 언어인
것이다. 이는 또한 주체들의 "존재론적 항변"[29]의 언어이기도 하다. 이러
한 주체들은 자신들만의 언어로 자신들만의 세계를 새롭게 구축하고 있

---

29) 복도훈(2010), 앞의 글, 399쪽.

는 것이며 이는 '그렇게 하지 않는 게 좋겠습니다'라고 하는 "바틀비의 단 하나의 표정"[30]처럼 기존의 체제를 '거절'하고 '거부'하는 언어인 것이다.

이 소설에서 주체들 사이에서 둘이 셋이 되게 만들면서 공동체를 형성하는 것이 씨안이다. 씨안 역시 여행객으로 장기투숙호텔에서 잠시 일을 하면서 그곳의 일상을 글로 적는다. 하지만 그 글들은 자신도 알 수 없는 말들이며 글 쓰는 행위 자체는 아무런 의미를 획득하지 못한다. 프래니에게 엽서를 보내면서도 답장을 기다리지 않는 씨안의 글쓰기는 무목적적 글쓰기이며 그럼에도 불구하고 쓸 수밖에 없는 백색의 글쓰기로 무위의 글쓰기를 하고 있는 것이다. 나아가 씨안은 언제든 떠날 수 있게 짐을 가볍게 하면서 어느 것에도 집착하지 않고 욕망을 가지지 않는 무위의 삶을 실천하는 주체라고 볼 수 있다.

이 소설의 주체들은 벌거벗은 생명으로 체제의 바깥에 머물고 있는 존재들이다. 이 바깥은 나라의 관점에서 '국외'라고 하는 '바깥'이며 또한 도시에서 멀리 떨어져 있는 공간으로서 '숲'이라고 하는 바깥으로 묘사된다. 이 이국의 대학도시에 위치하고 있는 호텔은 이중의 의미를 지닌 공간으로 여행객들 대부분이 이방인이라는 점에서 호텔은 바깥(국외)의 또 다른 바깥이 된다. 나아가 호텔 안의 각각의 방들은 이방인들끼리 이룬 공동체에 균열을 가져온 다는 점에서 불가능한 공동체를 만들게 하는 공간이며 프래니가 302호 여자를 살해한 것처럼 위협 앞에 노출 된 공간으로 호텔 안에서의 또 하나의 바깥인 것이다. 즉 이 소설의 공간은 '바깥' 의 '바깥'의 '바깥'을 형성하고 있는 것으로 이는 확장이 아닌 응축의 공간, 즉 안으로 수렴되는 형식의 공간으로 묘사된다.

---

30) 위의 글, 402쪽.

이처럼 이 소설은 세 명이라는 최소 단위의 사회적 공동체를 보여주고 있지만 이들은 언제든 떠날 수 있는 자들로 구성되어 있다는 점에서 연대하지 못하는 불가능한 공동체다. 나아가 이들의 언어는 몸의 언어, 혹은 침묵의 언어, 기호로서 존재하는 언어이다. 이들이 위치하고 있는 공간 역시 세계로부터 열려 있는 공간이며 이들이 머물고 있는 바깥은 확장이 아닌 응축된 공간으로 최소한의 바깥까지 묘사하고 있음을 알 수 있다. 이러한 공간에 머물러 있는 주체들은 권태로우며, 위태로우며, 자신이 무엇을 쓰고 있는지도 모른 채 글을 쓰고 있는 씨안처럼 무(無)목적적 삶을 살아가는 무위의 주체들인 것이다.

참고문헌

1. 박솔뫼 작품 목록
『그럼 무얼 부르지』, 자음과모음, 2014.
『을』, 자음과모음, 2010.
『백 행을 쓰고 싶다』, 문학과지성사, 2013.
『도시의 시간』, 민음사, 2014.

2. 논문 및 평론
김형중, 「살아있는 시체들의 밤 1」, 『문예중앙』 2012년 봄호, 503-520쪽.
김홍중, 「행복의 예술, 그 희미한 메시아적 힘」, 『문학동네』 2009년 봄호, 319-337쪽.
민가영, 「불안정성과 전망 상실의 평준화 : 신빈곤층 십대의 문화와 주체」, 『문학동네』
　　　2007년 가을호, 419-434쪽.
박슬기, 「폴리에틱스polietics, 잉여들의 정치학 혹은 시학」, 『세계의 문학』 2010년 겨울
　　　호, 346-362쪽.
박준상, 「바깥, 죽음-하이데거에 대한 블랑쇼의 응답」, 『철학과 현상학 연구』 제21호,
　　　2003, 147-172쪽.
＿＿＿, 「『무위(無爲)의 공동체』의 몇몇 개념들에 대하여」, 『철학과 현상학 연구』 2010,
　　　61-86쪽.
＿＿＿, 「침묵의 소리-말라르메, 블랑쇼, 데리다」, 새한철학회 논문집 『철학논총』 제50
　　　집, 2007, 181-194쪽.
복도훈, 「아무것도 '안 하는, 아무것도 안 '하는'문학」, 『문학동네』 2010년 가을호,
　　　377-402쪽.
서영채, 「역설의 생산 : 문학성에 대한 성찰, 2009」, 『문학동네』 2009년 봄호, 294-318쪽.
이소연, 「질문 2.0 : 무엇이 '인간'인가」, 『문학동네』 2012년 겨울호, 380-402쪽.
장세룡·신지은, 「일상의 리듬분석 : 쇼핑센터와 기차역을 중심으로」, 『역사학연구』 46
　　　집, 2012, 213-245쪽.
정여울, 「흔적 없는 존재, 쾌락 없는 소통」, 『을』, 자음과 모음, 2010.
조효원, 「호모 파틸레구스의 기록」, 『세계의 문학』 2010년 겨울호, 363-377쪽.
최수임, 「공동체의 장소, 상상의 공동체 : 마리로 가르시아 토레스 ≪당신은 눈을 본 적이
　　　있나요?≫, 박솔뫼 『을』, 배수아 『북쪽 거실』」, 『인문과학』 제99집, 2013, 33-63쪽.

조해진론
—무통문명 시대의 고통에 대한 성찰

엽뢰뢰(이화여대 국문과 박사과정)

1. 들어가며

문학은 인간학의 가장 소중한 성취를 이루어 왔으며, 특히 고통에 대해 민감하게 반응해왔다. 타인의 고통을 진심으로 자기의 고통으로 이해한다는 것은 드넓은 인간과 역사, 그리고 세계와 소통하고자 하는 인문정신의 핵심인 것이다. 하지만 고통을 외면하는 이 '무통문명'의 시대에 사람들은 고통을 원치 않고 쾌락만 추구한다. 문학과 고통의 상관관계도 전과 다른 양상들로 나타나고 있다. 주체가 고통을 직면하지 않고 망각할 뿐만 아니라 타인의 고통까지 외면하게 되는 것이다. 한편, 물질적 번영과 경제적 성장에 눈 먼 이 시대에 '냉소주의'와 '속물주의'가 만연하고 있다. 사람들은 무엇보다도 사적 이익에 더 몰두하고 있고 타인의 고통에 무관심하기 때문에 버려진 인간들을 수없이 양산하게 된다. 21세기의 문학작품에서 이런 무감의 주체들을 흔히 볼 수 있다.

또한, 자본과 노동의 전 지구적 이동 및 신자유주의의 전면화로 인한 사회 격차가 심화되고, 이를 배경으로 한 인종·국민·계급·성적·인류적 경계 넘기가 활발히 이루어지기도 하였다.[1] 이런 이동성의 증가와 더불어 사회적인 문제로 대두되는 이방인은 새로운 문제를 가져오게 된다. 작가 조해진[2]의 소설집『천사들의 도시』[3]에서는 이방인을 비롯한 타자들의 고통에 귀를 기울이고 있다. 2장에서는 작중인물들을 통해 이 시대의 타자의 도래와 그들의 감정과 고통을 살펴보고 이 시대에 만연한 '냉소주의'와 '속물주의'에 대해서도 살펴보겠다. 3장에서는 '무통문명'이 이끌어낸 무감의 주체들의 양상을 살펴보고 고통에 대한 성찰의 가능성을 제시해 보려고 한다. 2010년대의 소설 속에서 고통의 문학이 '고통스럽게' 귀환하고 있을 때,[4] 그 가운데 작가 조해진의 소설이 있다.

2. 비존재적인 존재로서의 고통의 양상

조해진님의 소설에는,
세상 한 귀퉁이에서 홀로 떨어져 나와 허공을 응시하는 듯한 인물들이 등장한다.
한 없이 외롭지만, 어디에도 귀속되지 못하는 사람,
말이 없고 고요한 시선들,
자신의 삶에 몰입하지도, 누군가와 마음을 나누지도 못하는 완벽한 타

---

1) 이경재, 「2000년대 소설와 윤리와 정치」, 『창작과 비평』 2010년 겨울호, 65쪽.
2) 조해진은 1976년에 서울에서 태어났다. 2004년『문예중앙』신인문학상으로 등단했으며 소설집『천사들의 도시』, 『목요일에 만나요』와 장편소설『한없이 멋진 꿈에』, 『로기완을 만났다』, 『아무도 보지 못한 숲』 등을 펴냈다. 2010년 대산창작기금을 수혜하였고, 제31회 신동엽문학상, 제5회 젊은작가상을 수상하였다.
3) 조해진, 『천사들의 도시』, 민음사, 2008. (이하 인용 부분은 괄호 안에 쪽수만 표기하고, 작품 이름이 필요할 경우에는 괄호 안에 같이 표기한다.)
4) 박성창, 「고통의 문학적 재현과 비극적 모더니티의 수사학」, 『세계의 문학』 2010년 겨울호, 408쪽.

자. (독자 독후감, http://didisay.tistory.com/1498)

2.1. 타자의 도래와 타자의 고통

"이방인이란 무엇을 의미하는가? 누가 이방인인가?" 데리다(Jacques Derrida)
의 이와 같은 물음을 작금의 한국문학이 피해가기는 힘들어 보인다. 2000
년대 한국 사회의 객관적인 변화 자체가 문학에서도 이 질문에 대한 성실
한 답변을 요청한다. 유입 외국인 인구 백만 시대의 도래는 철학에 있어
서나, 예술에 있어서나, 정치에 있어서나, 사랑하고 결혼하는 방식에 있어
서나 공히 기존의 패러다임 내에서는 해결할 수 없는 문제들을 제기한
다.5) 아감벤(Giorgio Agamben)이 말한 '호모 사케르(Homo sacer)'6)의 소설적
재현이라 할 수 있는 타자들-탈국경 서사의 디아스포라, 이주노동자, 난
민 등-이 소설집에 다수 등장하고 있다. 한 사건으로서 이방인은 90년대
어느 시점에 노동 인력 수입 자유화 조치와 함께, 탈북자 및 연변 조선족
의 대대적인 유입과 함께, 매춘을 방불케 하는 국제이민 결혼의 증가와
함께 도래했다.7)

이방인은 실제 지역 공동체의 일원으로 자리 잡고 있지만, 오늘날 자본
주의로 통합된 하나의 세계는 이동의 자유를 단지 자본과 화폐에게만 허
락할 뿐이다. 내부에 존재하는 외부로서, 이방인-타자는 공동체의 통일성
을 위협할 수 있는 존재이다. 신자유주의가 재구축해 놓은 자본주의 경제
질서에서 밖으로 밀려난 이 하위주체들은 누구도 그 존재를 원치 않고 머

---

5) 김형중, 「사건으로서의 이방인-'윤리'에 관한 단상들」, 『문학들』 2008년 겨울호, 28쪽.
6) '호모 사케르(Homo sacer)'의 원래 의미는 비천해서 제물로 바쳐질 수는 없지만 살인 면책권
   이 있어서 아무나 이 사람을 죽여도 살인죄가 적용되지 않는 '벌거벗은 생명'이다. 최근에는
   사회 안으로 내쳐져서 사회 안에서 배제되고 추방된 사람들, 국가 안에 속해서 함께 사회를
   이루고 있지만 법의 영역에서 배제되어 권리가 없는 사람을 말한다. (조르조 아감벤, 『호모
   사케르-주권 권력과 벌거벗은 생명』, 박진우 역, 새물결, 2008, 173-182쪽 참조)
7) 김형중(2008), 앞의 글, 29쪽.

물 것을 허락받지 못한 자들이다. 특히 조해진 소설의 인물들이 그러한데 이들은 벌거벗은 자들로 체제 안에 편입하지 못한 '호모 사케르'들이다. 이들은 퓌시스와 노모스, 배제와 포함 사이의 비식별역이자 이행의 경계선에 있으며 두 세계의 어디에도 속하지 않으면서 두 세계 모두에 거주하는 추방된 자들인 것이다.[8]

문학평론가 신형철은 "이 작가는 지금 육체적으로 죽어가고 있거나 이미 사회적으로 죽어 버린 사람들에 대해서만 쓴다"고 평했다.[9] 『천사들의 도시』의 주체들은 벌거벗은 생명으로 체제의 바깥에 머물고 있는 존재들이다. 소설집을 읽으면 모두 하나로 통하는 듯한 느낌이 든다. 표제작 「천사들의 도시」와 「그리고, 일주일」, 「인터뷰」, 「지워진 그림자」, 「등 뒤에」, 「기념사진」, 「여자에게 길을 묻다」, 이 일곱 편의 단편은 모두 소외당하고 외면당한 사람의 삶에 관심을 기울이고 있다. 작가가 이 소설집에서 다룬 인물들은 하나같이 타자다. 에이즈 감염자(「그리고, 일주일」), 우즈베키스탄 고려인(「인터뷰」), 존재감이 사라진 노숙자(「지워진 그림자」), 전과자와 맹인(「기념사진」), 거인증 여자(「여자에게 길을 묻다」) 등이 그들이다. 또한 그들은 다수가 아니라 소수고, 소수를 넘어서 우리가 외면하고 있는 타자다. 그들은 지금은 살아 있는 인간이지만 "육체적으로 죽어 가고 있거나" 사회적으로 존재감이 사라지고 있으므로 비존재적인 존재로 존재하고 있는 타자들이다.

「그리고, 일주일」은 에이즈에 감염되어 죽어 가고 있는 '나'의 이야기다. 이야기는 4년 전 타국에서 충동적인 성관계를 통해 에이즈에 감염된 34세 직장인 여성의 일주일을 따라간다. '나'는 식사시간에 항상 불안하

---

8) 조르조 아감벤(2009), 앞의 책, 215쪽.
9) 박종현, 「세상서 지워져가는 벼랑끝 인생들」, 『세계일보』, 2008.10.17
   http://www.segye.com/content/html/2008/10/17/20081017002606.html

다. 식욕이 떨어진 지도 오래되었고 "땀이나 타액같은 체액은 전혀 위험하지 않다고"(37쪽) 의사가 말해 주었지만, '나'는 "태연스럽게 그곳에 앉아 직원들과 함께 김치 전골을 나눠 먹을 수는 없었다"(37쪽). 그 이유는 "죄책감을 느껴서였다기보다는 죄책감을 느끼는 스스로를 감당할 자신이 없어서였을 것이다"(37쪽)라고 '나'는 고백한다. 치명적인 바이러스를 품은 독신자(52쪽)에다가 불행한 가족사, 일방적인 짝사랑 등이 에이즈 환자인 '나'의 고통을 전달하는 데에 보조하고 있다.

「인터뷰」에서 우즈베키스탄 고려인인 29세의 여자 나탈리아 쪼이는 한국 남자 조와 결혼해 이주했으나 남편에게 버려졌다. 분식집에서 쪼이는 "나! 는! (…) 한, 국, 사, 람, 입, 니, 다, 아!"(79쪽)라고 외치지만 여전히 그녀는 이방인이고 어느 사이에 우리에게 익숙해져 버려 더 이상 관심을 끌지도 못하는 타자다. "소통할 수 있는 언어를 갖지 못했기에 스스로 열등한 존재임을 인정할 수밖에 없는 치욕감"(70쪽) 때문에 그녀는 "언제부터인가 유리문을 안쪽에서 잠가 놓은 채 지낸다"(70쪽).

> 나는 이 도시에 있으니 내 슬픔도 이곳에 있어야 하는데 이 도시엔 슬픔이 보이지 않지. 이곳에서 내 인생은 되돌려 도망갈 수도 없고 그렇다고 빨리 달아날 수도 없는, 오로지 원래의 속도에 맞게 플레이만 될 뿐인데 하루 종일 내 머릿속은 과거와 미래만 횡단하지. 내 슬픔과 내 진짜 인생, 그리고 내 애인들, 대체 모두 어디에 있는 걸까. (「인터뷰」, 88쪽)

「지워진 그림자」는 공금을 횡령하고 도피 중이지만 서류상으로는 자살자로 처리돼 버린 노숙인 남자의 이야기다. 평범한 은행원이었던 사내는 어떤 '목마름' 때문인지 고객의 돈을 횡령했다. 범죄 사실이 발각되자 한강 둔치에 차를 버리고 위장 자살을 시도했는데 공교롭게도 보름 뒤에 한강의 하류에서 다른 남자의 시체가 발견되어 사내의 자살은 사회적으로 공인돼 버린다. 사내는 이제 돌아갈 곳이 없게 된다. 이미 죽어 '신분과 명분이 없는 존재'로 존재해야 하기 때문이다. 죽은 사람보다 더한 타자가 있겠는가. 밖에서 나타나면 남들의 "경멸과 동정심 어린 시선을 침착하게 받아 내야 했"(97쪽)기 때문에 사내는 "누구의 시선도 없"(97쪽)는 빌딩 옥상으로 숨는다. 그리고 자동판매기에서 동전을 훔쳐서 라면으로 끼니를 때운다. 한 번은 사내가 아내를 찾으러 갔지만, 귀신인 줄 알고 충격을 받은 아내는 쓰러졌고 주위 사람들이 쳐다보기 시작하자 사내는 도망칠 수밖에 없었다.

> 사람이 죽으면 별이 된다는 허황된 거짓말을 가장 처음으로 퍼뜨린 자는 누구였을까. 그 자를 만나면 자신 있게 말해 줄 수 있을 것 같다. 사람이 죽으면 시체가 된다고. 아니, 먼지가 된다고. 아니다. 그저 소문이 될 뿐이라고. 그래서 죽은 자가 감히 소문을 뚫고 나오면 그는 곧 살아 있는 사람을 몸서리치게 만드는 소름끼치도록 괴기스러운 유령이 되는 거라고. (「지워진 그림자」, 113쪽)

「기념사진」에서 여자 연극배우는 시야가 조금씩 좁아지는 아르피라는 병에 걸렸다. 하지만 여자는 무대를 너무 사랑해서 무대를 떠날 수 없었다. 사람들을 속이면서 그녀는 연극을 해 왔다. 하지만 나중에 연극은커녕 일상생활조차 제대로 해낼 수 없을 때 그녀는 더 이상 무대에 설 수 없게 된다. 「지워진 그림자」 중의 '녀석'(선인장)처럼, "적절한 온도만 있으면 죽지 않는, 죽을 생각 따위 절대로 하지 못하는 강한 생명력을 타고났다 해도 원래 있던 자리에서 벗어나면, 원래 있던 곳에서 잊혀지면 누구라도 죽어야 한다."(116쪽) '원래 있던 자리'—무대에서 잊혀지면, 여자는 완전히 타자가 되어 버린다. 심지어 남동생을 포함한 가족들도 자신을 외면한다. 같이 등장하는 인물로는 610호 남자가 있다. 그는 전과자다. 인터넷 회사의 성실한 AS 기사였으나 억울한 누명을 쓰고 2년간 옥살이를 했다. 진범이 붙잡혀 누명을 벗고 출소했으나 세상은 그를 받아주지 않았다. 불륜 현장을 찍으며 밥벌이를 하는 그 남자가 마침내 여자와 만난다. "그때 남자에게 절실하게 누군가가 필요했던 것처럼 지금 여자에게도 자신의 말을 들어 줄 누군가가 있어야 한다는 것, 남자는 그것만 알 뿐"(170쪽)이라는 말처럼, 서로가 이 세상의 타자인 것을 확인할 때 서로에게 가까이 다가갈 수 있고 서로를 받아들일 수 있는 것이다. 바로 그렇기에 그들의 소통이 오히려 자연스럽다.

마지막으로 「여자에게 길을 묻다」를 읽자. 거인증에 걸린, 병 때문에 정신도 온전하지 못한 벙어리 여자는 두말할 것도 없이 이 세상의 우리와 다른 타자다. '그'가 거인증 여자를 자주 도왔다고 말해 주는 '깊은 집' 여자가 "그런 말을 할 때마다 걱정스러운 표정을 짓"(189쪽)는 척 하지만 "조금만 방심하면 곧바로 터져 나올 것만 같던 웃음기까지는 미처 숨기지 못했다"(189쪽)는 것을 '나'는 눈치 채지 못한 건 아니었다.

'모서리와 그늘의 삶'이라는 책 표지 문구처럼, 이 소설집에 수록된 총 7편의 단편 속 주인공들은 하나같이 불우의 얼굴로 상상 속에서 형체화되어 갔다. 한결같이 삶의 고독을 안은 듯한 표정이거나 일상생활의 소란스러움에는 절대로 낄 수 없어 보이는 뒷모습이 보이는 느낌이다. 이처럼 이 사회의 테두리에 배회하고 있는 타자들은 고통을 안고 살고 있다. 경제 이익이나 세속 권력에만 눈 먼 현대인들 중 누가 그들의 고통을 알아줄까?

2.2. 이 시대의 냉소주의와 속물주의

"감동이 없어지고 감격이 없어지고 존경심이 없어져 있는 사회, 차디찬

웃음, 쓰디쓴 웃음, 업신여기는 웃음만이 가득 차 있는 사회. 이것이 현재 우리 사회의 특징이 아닐까. 30년이나 50년 후 우리사회의 한 단면을 파헤치는 사람이 있어 이 시대의 성격을 특징짓는다면 틀림없이 냉소주의가 만연된 사회로 못 박을 것이 아닌가?"10)하는 말처럼, 한국사회에서 냉소주의는 뿌리가 깊다. 그리고 30여 년 후의 오늘날, 사람들이 갈수록 현대 과학기술과 신자유주의 노예가 되고 있는 이 시대가 점점 우리를 생존의 동물로 만들고, 속물성을 강화시키고 있다. 따라서 이 시대의 성격은 여전히 냉소주의(속물주의)이다.

우리 시대에 속물주의와 냉소주의가 팽배해 있다는 것은 엄연한 사실이고, 특히 97년 이후에 그런 경향이 더욱 심해지고 노골화된 것도 분명해 보인다.11) "이 시대는 온통 냉소적이 되었다."12) 이때의 냉소주의는 불신과 비웃음을 넘어, 잘못인 줄 알면서도 그렇게 행동하는 보편화된 행위다. 자기가 만족스럽지 못한 부분을 비판하고 개선해 나가기 위하여 노력하지 않고 멀리서 팔짱만 끼고 지켜보는 태도가 그것이다. 이는 현실에 대해 못마땅해 하면서도 변화를 바라지 않는다. 타인에 대해서는 더욱 그러한 태도를 보인다. 조해진의 소설에서는 인간의 냉소주의와 속물주의가 동시에 나타난다. 소설 속의 사람들은 누구나 타자에 대해 무감각하고 냉소적인 시선을 보내고 있고, 타인의 고통이나 호소를 들으려 하지 않고 타인을 일방적으로 짓밟으면서도 전혀 눈치 채지 못한다. 본인이 자각하지 못하는 무의식적인 내면에 폭력성까지 띠는 것이다. 타자에 대한 이런 무관심은 조해진 소설에서 또 하나의 주목할 만한 것이다.

『천사들의 도시』를 읽자. '나'는 32세의 한국어 강사다. 유일한 동양인

---

10) 송 복, 「냉소주의의 탈에서 벗어나자」, 『경향신문』, 1981.4.24, 9쪽.
11) 한기욱, 「문학의 새로움과 소설의 정치성」, 『창작과 비평』 2010년 가을호, 396쪽.
12) 페터 슬로터다이크, 『냉소적 이성 비판』, 이진우·박미애 역, 에코리브르, 2005, 27쪽.

남학생이 '나'의 눈길을 끈다. 다섯 살이었을 때, 그의 부모님이 "친자 포기 각서와 입양 동의서에 도장을 찍은 후"(19쪽), 그를 "지구 반대편으로 보냈"(19쪽)다. 그는 미국 중서부 미네소타 주의 작은 마을에서 15년을 살다가 고국에 돌아온다. "32세의 '나'와 19세의 '너'는 과연 사랑이라 불러야 할지 알 수 없는 어떤 감정의 이끌림 때문에 동거를 시작한다. 그러나 '나'와 '너'는, 설명하기 어렵고 이해받기 난망한 상처들을 각자 품고 있었고, 그 상처를 한국어로 의사소통할 수 없었기 때문에 각자 서로에게 타자일 뿐이었다."(250쪽, 작품해설) '나'는 타인에게 보여주고 싶지 않아하는 '너'의 수첩을 몰래 들춰보며 '너'에게 내재되어 있는 폭력을 끄집어 낸다. "나는 다만, 오래전 사람들이 너를 부르던 한국 이름만이라도 알고 싶었을 뿐, 그뿐이었다."(23쪽) 하지만 "너는 저벅저벅 다가와 나의 머리를 때린다"(23쪽). "아프다는 감각보다 네가 나를 때렸다는 사실이 한 발 앞서 각인된다"(23쪽). 두 개의 사건을 연이어 겪으면서 동거는 끝나고 '너'는 한국을 떠난다.

「등 뒤에」에서, 미결수를 죽음에 몰아넣은 S는 밤마다 악몽 속에서 괴로워하고 있다. "그 새끼가 자꾸 목을 졸라"(136쪽)라고 하면서. 하지만 '그녀'는 늘 죽은 동생들의 원혼에 시달리는 여자다. "동생들이 난간 밖으로 떨어졌을 때 내가 어디에 있었을까"라고 자책하며 '그녀'는 말할 수 없는 고통을 안고 살아야만 한다. 그렇기 때문에 S에게 '그녀'는 "진짜 고통은 이런 거야. (…) 그러니까, 아픈 척 좀 그만 해, 응?"(143쪽)이라고 말해 주고 싶어 할 뿐, S의 고통을 '진짜 고통'도 아니라고 생각하고 "아주 조용히 S의 고통을 비웃어 주었을 뿐이다"(136쪽). 악몽 속에서 몸부림치는 S를 그저 바라만 보는 그녀의 냉소는 폭력성까지 띤다.

이런 냉소주의는 「기념사진」에서 더욱 잘 나타난다. 전과자인 남자가 "살인과 방화"를 했다는 누명을 쓰게 될 때 "아무도 남자의 얘기를 들어

주려 하지 않았고 남자와 눈을 맞추려 하지 않았다"(162쪽). "남자는 철저하게 혼자였"고 주위는 "사람들의 더없이 냉정한 시선뿐이었다"(162쪽). 2년 후, 비슷한 수법으로 추가 범행을 저지르다 덜미가 잡힌 진범이 잡혔다. 남자가 "감옥에서 교도관에게 했던 처음이자 마지막 질문"인 "그 자의 얼굴이 나와 닮았습니까?"(163쪽)에 교도관은 단지 "낮은 목소리로" "잊어요, 사람들은 아무것도 기억하지 못합니다."(163쪽)라고 말을 마쳤다. 그의 얼굴에 웃음이 보인다. "너무 차가워서 잔인하게까지 보이던 웃음"(163쪽)이다.

「인터뷰」에서 쇼윈도 안쪽의 4인용 화이트 파농 식탁에 앉아 있는 우즈베키스탄 고려인인 29세의 나탈리아 쪼이는 한국인 남편에게 버려진 여자다. 한국 국적을 획득했지만 "소통할 수 있는 언어를 갖지 못하"(70쪽)기 때문에 그녀는 여전히 이방인이고 타자다. 남편이 떠난 후에도 계속 남편의 가구점을 지키려고 하지만 가구점 본사 직원들이 "하루에도 몇 번씩 전화를 걸어와 당장 대리점을 처분하라고 요구하고 있다"(75쪽). "주어진 기일 안에 가게를 처분하지 않으면 억지로라도 가구를 모두 철거하겠다고 으름장을 놓기도"(75쪽)했으므로 나탈리아는 이런 상황에서 더없이 초라해지기만 한다.

> 가구점 바로 왼편엔 분식집 하나가 있다. 그녀는 하루에 두 번, 그곳에서 김밥 한 줄씩을 사고 얼마간의 물을 얻는다. 주방과 김밥을 마는 바에는 중년의 여자들이 자리를 차지하고 있지만 카운터엔 언제나 그 남자가 서 있다. 그 무엇에도 진정한 성찰을 해 본 적이 없을 것 같은 인상의 키 작은 초로의 남자. 나탈리아도 안다. 간혹 그 남자의 시선이 집요하게 자신의 얼굴을 할퀴기도 하고 때로는 두터운 옷 안쪽을 투시하기 위해 교활하게 빛나기도 한다는 것을. 분식집 문을 닫은 후에도 가구점 쇼윈도 앞을 오가며 조의 부재를 확인하곤 하는 남자. 김밥과 물 한 병을 받으며 나탈

리아는 재빨리 천 원짜리를 내민다. 그 순간, 카운터의 나무 바구니에 담아 놓았던 사탕들을 나탈리아의 손에 쥐여 주는 남자의 억센 손. 거칠고 투박하며 힘이 들어가 있는 남자의 두 손이 나탈리아의 손바닥에, 29년 전 생애에 얹힌다. 손을 빼기 위해 안간힘을 쓰면서 사탕들이 바닥으로 떨어진다. 바에 앉아 있던 여자와 주방 쪽에 서 있던 여자들이 동시에 나탈리아를 쳐다본다. 이곳에 있다는 동질감을 확인받기 위하여 저곳의 사람을 경계 짓는 적대감 가득한 눈빛으로, 나탈리아를 보고 있다. (「인터뷰」, 76-77쪽)

　속물주의라는 말은 돈이나 지위, 세속적인 권력을 중시하고 당장의 이익에만 관심을 갖는 생각이나 태도를 말하는 것이다. 영어로 '스놉'(snob)이라고 불리는 '속물'은 근대 이행기인 19세기에 유럽 사회에서 등장했다. 이 말에는 돈과 명예 등 세속적인 가치 추구에만 몰두하는 부르주아에 대한 경멸·비판의 어조가 담겨 있다.[13] 사람이나 일의 진정한 가치를 찾고 인정하려 하기보다는 겉으로 드러난 단편적이고 세속적인 가치 기준에 따라 서열을 매기고 그 서열에 따라 대하는 태도를 달리하는 것이다.

　「지워진 그림자」에서, 공금을 횡령하고 도피 중인 남자가 어느 빌딩의 옥상에 은신한다. 빌딩에서 일하는 각종 사무실의 직원들과 마주치면 들킬까 봐 남자는 걱정을 했다. 하지만 "우려했던 일은 거의 일어나지 않았다"(97-98쪽). 그들은 "깨어 있는 시간의 대부분을 밀폐된 빌딩에서 보내는 사람들"이라서 "인큐베이터 안의 미숙아처럼 연약하고, 스스로 환부를 치료하지 못하는 혈우병 환자처럼 작은 상처에도 과장된 통증을 호소하게 마련이다"(98쪽). 갈수록 경쟁이 치열해지는 이 세상에서 살아남기 위

---

13) 강성만, 「'속물 시대' 해법을 찾아라」, 『한겨레』, 2008. 03. 05
　　http://www.nanam.net/index.php?doc=bbs/board.php&bo_table=press&page=31&wr_id=36

해서 그들은 무엇보다도 자기중심적이고 세속적인 재물, 지위, 권력에 눈이 멀고 당장의 이익에만 최대한의 관심을 가진다. 따라서 "최초의 목격자는 그 이유만으로도 많은 책임을 떠맡아야 하고 그것은 곧 시간을 소비해야 한다는 의미가 된다"(98쪽). "그들은 권태보다 책임을 더 두려워한다. 책임보다 손해를 끔찍하게 증오한다"(98쪽). 따라서 "그들은 복도나 비상계단에서 복면한 사내를 목격한다 해도 신고할 여유가 없는 사람들이다"(98쪽) 사익과 돈 제일주의를 추구하는 속물, 속물주의가 한국 사회의 중심가치 및 행동범주로 등장하였다는 것은 "그들"을 통해서 잘 나타나 있다.14)

위에서 보듯이 『천사들의 도시』는 행복만 느끼는 사람들의 이야기가 아니라 어려움과 어둠 속에서 버둥거리는 사람들의 이야기다. 따라서 소설을 통해 우리가 그동안 감추고자 했던 못된 마음을 들쑤셔 내어 그들의 아픔에서 끝나는 것이 아니라, 타인의 무관심이 얼마나 아픈 것인지를 느끼게 해 준다.

3. 작가 조해진의 '고통 성찰법'

3.1. 무통문명(無痛文明)의 시대와 무감의 주체

현대에 살고 있는 우리들은 고통을 원치 않는다. '웰빙'이 화두인 시대에 문학마저 삶의 고통을 외면하는 듯하다. 현대는 타인의 고통에 무심한

---

14) 장은주 영산대 교수는 글 '상처 입은 삶의 빗나간 인정투쟁'에서 속물주의 이면에는 "우리의 근대성에서 일상화된 체계적인 모욕과 무시의 경험이" 자리하고 있다면서 "모든 개인이 평등하게 존중받으면서도 그들의 자질과 속성이 저마다 나름의 방식으로 인정받을 수 있는 사회정치적 조건을 만들어낼 수 있는 비판적 문화운동과 정치"가 절실하다고 했다. (위의 글)

시대이며 고통을 빨리 잊어버리도록 촉구하는 시대다. 현대인의 삶은 고통 없는 삶이 아니라 고통을 잊게 하고 피하게 하며 되도록이면 쾌락을 추구한다는 점에서 일종의 '무통문명(无無痛文明)'이라고 할 수 있다.15) 이 용어를 창안한 일본의 생명과학자 모리오카 마사히로의 『무통문명』16)에 따르면 21세기는 고통 없는 시대라기보다는 고통을 외면하는 '무통문명'의 시대이다. '무통문명'은 겉으로는 안정을 확보한 채 잘 살고 있는 것 같지만 실제로는 산 것도 아니고, 죽은 것도 아닌 마치 중환자실에서 꼼짝하지 않고 잠만 자는 인간을 대량으로 만들어내는 문명에 해당한다. 이것은 오늘날 한국 사회의 모습과 아주 많이 닮아 있다.17)

오늘날 영화나 텔레비전은 다양하고 수많은 고통의 이미지를 우리에게 전달하고 이를 통해 고통의 스펙터클을 선사한다. 또한 신문과 방송, 그리고 인터넷과 같은 정보 매체는 시시각각 세계 곳곳에서 고통의 현장을 포착하여 우리에게 생생하게 전달한다. 대중매체는 마치 고통과 재난의 현장을 보다 생생하게 보여줄수록 그 리얼리티가 구체적으로 전달될 것이

---

15) 박성창(2010), 앞의 글, 405쪽.
16) 특히 모리오카 마사히로는 이 책에서 자본주의 문명에 대해 아주 새로운 방식으로 문제를 제기한다. 그는 현대 자본주의 문명이 '신체의 욕망'에 기초한 무통문명이 되고 있다고 지적하는데 '신체의 욕망'은 그의 책에 따르면 아래와 같다.
   1. 쾌락을 찾고 고통을 피한다.
   2. 현상유지와 안정을 추구한다.
   3. 틈새가 보이면 확대 증식한다.
   4. 타인을 희생양으로 삼는다.
   5. 인생·생명·자연을 관리한다.
   '신체의 욕망'은 현재 자신의 쾌적한 '틀'을 유지한 채, 쾌락을 추구하면서 고통을 피하고, 물건을 계속 사들인다. '틀'을 유지한 채 받아들이므로 내용물은 끝없이 불어나고 비대해져 간다. 다른 사람과 충돌해도 자기의 '틀'을 바꾸려 하지 않으므로 대화는 기대할 수 없고, '타인을 밀어내면서까지' 자기 자신을 확장하게 된다. 현대사회의 뿌리에 자리 잡고 있는 것은 이와 같은 욕망의 행동방식이다. (모리오카 마사히로, 『무통문명』, 이창익·조성윤 역, 모멘토, 2005. 195쪽 참조.)
17) 김준형, 「무책임과 무통의 '괴물' 나라」, 『경향신문』 온라인 칼럼, 2015. http://opinionx.kh an.kr/7858

라고 굳게 믿는 듯하다.[18] 수전 손택(Sontag, Susan)는 정보 매체에 실린 사진들을 분석하면서 우리가 고통을 재현한 사진의 이미지에서 타인의 고통을 즐기고 있는 것이 아닌가, 라는 뼈아픈 질문을 던진 바 있다.[19] 이처럼 고통의 이미지들의 과잉 속에서 정작 고통 그 자체는 실종되고 고통에 대한 공감과 자각은 소진된다.

'고통의 스펙터클화'라는 현대의 병리적 현상은 고통을 받는 타자를 대상화함으로써 타자의 고통을 표본화한다. 사진이 보여주는 고통의 스펙터클에서 고통으로 불행에 처한 사람들은 항상 대상으로 타자화된다. 이미지가 보여주는 고통의 장면에 순간 연민의 정을 느끼지만 정형화된 틀로 반복되어 전달되는 고통의 이미지들은 진부한 일상이 되어 우리 곁을 스쳐갈 뿐이다. 자본의 논리에 따라 움직이는 기업들은 고통을 상품화하여 타인을 도구화하고 대상화한다.[20] 따라서 현 시대의 사람들이 고통을 외면하는 이유를 알 수 있다. 이런 무통의 문명 속에서 살고 있는 현대인의 무감한 모습을 조해진의 소설 곳곳에서 발견할 수 있다.

「천사들의 도시」에서 "모든 것에 의욕이 없던"(12쪽) '나'와 "조숙해 버린 다섯 살 아이"(14쪽)같은 '너'의 사이에 늘 "침묵만이 쌓인다"(32쪽). 입양아로 한국에 머물면서 한국어를 배우기 시작한 '너'에 대해 화자는 '사랑'에 빠진 것 같이 말하면서도 수첩 한 번 보는 행위로 뺨을 맞는 등의 일들이 벌어진다. 둘만의 시간, 둘만의 이상하게 흘러나오는 인간적 교류는 차갑기도 하면서 무감하기까지 하다.

「등 뒤에」에서 '그녀'는 어머니가 세상을 떠난 후에 아버지의 새 가정을 거부했다. "가질 수도 없고, 갈 수도 없는 세계에 그녀는 결코 동경이

---

18) 박성창(2010), 앞의 글, 406쪽.
19) 수전 손택, 『타인의 고통』, 이재원 역, 이후, 2004.
20) 박성창(2010), 앞의 글, 407쪽.

나 호기심을 품지 않았다"(138쪽). 그렇게 무감하게 이 세상에서 살아남는 것은 "그녀가 터득한 삶의 진리였다"(138쪽).

「기념사진」에서 여자는 연극배우다. 3년 전에는 데뷔 5년 만에 첫 주연을 따냈는데 망막색소변성증으로 무대에 설 수 없게 된다. 캄캄한 무대 위로 그녀의 "눈을 뜨지 말자"(157쪽)라는 독백이 나직하게 울려 퍼지고 있다. 같은 타자인 전과자 남자는 억울한 누명을 쓰고 2년간 옥살이를 했다. 이제 "감금 생활은 끝이 났지만 2년이 지나가 버린 세상은 낯설었다"(159쪽). 여자를 만나지 않았더라면 남자는 언제까지나 살아 있는 송장 같은 삶을 해야 할까. "오늘, 제 생일입니다."(172쪽)라는 남자의 말을 듣고 여자가 "남자를 향해 쓰윽"(172쪽) 웃어 줬다. 남자가 역시 웃었다. 그의 기억이 맞다면, "3년 만의 웃음이었다"(172쪽).

이런 무감의 주체는 「여자에게 길을 묻다」에서 더 잘 나타나 있다. 아버지의 가정폭력에 시달린 '나'는 끝까지 무감했다. 아버지가 죽고도 "약속이라도 한 듯"(200쪽) 남동생과 나는 울지 않았다. 장례식의 모든 절차는 '나'에게 "전화를 받고 영수증을 모으고 복사를 해야 하는 회사의 고단한 일과와 다를 것이 없었다"(200쪽). '나'와 '남동생'보다 더 무감한 주체가 또 있겠는가.

3.2. 고통에 대한 성찰의 가능성

문학은 근본적으로 제도 속에 살고 있는 인간과 삶의 고통을 이야기하지, 그 행복을 이야기하지 않는다는 점에서 문학과 고통의 상관성은 자명해 보인다.[21] 고통의 문학적 재현이 중요한 까닭은 일상생활의 비극적 사건들은 무의미하거나 무덤덤하게 지나치기 마련인 반면, 문학이 형상화하

---

21) 위의 글, 407쪽.

는 비극은 이와는 다른 형태의 의미를 고통에 부여하기 때문이다.[22]

아내조차 자신을 못 알아보는 현실에 직면한 은행원 출신의 노숙인은 라면 한 그릇 이상의 음식을 탐하지 않는 '절제의 윤리'를 발휘함으로써 고통을 감내하고, 사랑에 배반당한 고려인 여성은 고작 손바닥만 한 고급 부엌가구의 팸플릿을 들여다보는 일로 자신의 존재감을 확인할 뿐이다.[23] 그리고 나탈리아가 끝까지 한국인 남편을 기다리는 것처럼 그들은 절망하지 않는다. 작가는 동정이 아닌 담담한 응시로써 관심과 소통을 열망하는 이들의 몸짓에 대한 공감을 유도해 낸다.[24] 그것은 분노가 아니라 주인공들의 내밀한 간절함으로 나타난다.

「천사들의 도시」를 다시 생각해 보자. 32세의 한국어 강사 '나'와, 5세 때 미국에 입양됐다가 15년 만에 한국에 온 한국어 수강생이 동거를 한다. 두 사람 사이에는 늘 침묵만 쌓인다. '천사들의 도시(Los Angels)'행 비행기를 포기하며 '나'에게 유리한 증언을 해줬던 '너'와의 연락은 끊긴다. 3년 만에 찾아든 '너'의 편지에 '나'는 단 한 문장도 답장을 쓰지 못한다. 절절한 그리움은 고사하고 메마른 침묵뿐이다. 그러나 작가가 드러내고자 하는 것은 침묵이나 단절이 아니라 억제된 내밀한 간절함이다. '나'는 딱 한 번 편지지에 침묵이 아닌 글을 쓰려고 했던 적은 있다.[25]

「등 뒤에」에서 죽은 여동생들의 원혼에 하루 종일 시달리는 '그녀'는 악몽 때문에 고통 받고 있는 S에게 일깨워 주려고 했다. "진짜 고통은 이런 거야. 도대체 생각하려야 생각이 나지 않는 이 상태. 그러니까, 아픈 척 좀 그만 해, 응?" 이 말처럼, 꼭 있는 힘을 다해 절규하고 호소해야 고

22) 위의 글, 407쪽.
23) 「있던 곳에서 잊혀지면 누구든 죽어야해」, 한국일보, 2008. 10. 11
   http://news.naver.com/main/read.nhn?mode=LSD&mid=sec&sid1=103&oid=038&aid=0001977347
24) 위의 글.
25) 박종현(2008), 앞의 글.

통인 것은 아니다. 작가는 사회적 배제자로 규정되지는 않지만 늘 사회의 테두리에만 배회하는 타자들의 몸짓들에서 고통에 대한 공감을 이끌어낸다. 이 외에도 소설집 속 작품들은 타자를 만들어내는 폭력에도 주목하고 있다. 작가는 일상에서 존재하고 있는 폭력의 다양한 층위를 치밀하게 포착하고, 폭력이 우리 가까이에 있다는 것을 보여준다. 하지만 작중 인물들은 폭력으로 인해 체념하지 않고 단지 피할 수 없는 폭력에 소리 없는 몸짓으로 대항하고 있을 뿐이다.

4. 나가며

> 말해 주고 싶었다.
> 독자와 친한 작가가 되고 싶었다고, 문장과 문장 사이의 여백에서 뒤를 돌아볼 수 있게 해 주는 글을 쓰고 싶었다고도. 혹은 읽을 땐 즐겁고 읽은 후엔 단 하나의 단어로라도 남을 수 있는 그런 소설을 쓰고 싶었다고, 오랫동안. (『천사들의 도시』, 작가의 말, 242쪽)

지금까지 '감정과 고통'의 관점을 통해 조해진의 『천사들의 도시』에서 '고통'과 '문학'의 상관관계를 확인해 보았다. 이에 따라 그 새로움에는 신자유주의와 자본주의라는 배경이 있을 뿐 아니라, '무통문명'이라 불리는 이 시대가 욕망을 무통의 시스템 안에서 부풀리고, 고통의 감각인 소외와 물질화 같은 문제는 처음부터 존재하지 않는 것처럼 취급하였음을 살펴보았다. 작가는 그동안 '무통문명' 사회에서 가려진 진짜 고통에 대해 계속적으로 반복하여 말함으로써 공감의 가능성을 찾는 시도를 해 보았다.

이 외에 「기념사진」에서, 시력을 잃어가는 연극배우와 경비원의 잘못된 증언으로 사회에서 매장당한 전과자가 고단한 세상에서 오해 받고 인격과 존엄까지 상실할 때, 주위 사람들의 무관심과 무감각에 대해 하소연하는 작가의 희미한 바람도 소설집을 읽는 동안에 느끼게 된다. 입양아, 에이즈 환자, 전과자, 맹인 여배우, 이렇게 사회집단의 구성원에서 벗어난 일탈된 인물들만을 대상으로 소재를 고른 이유는 소외된 집단의 사람들을 이해시킬 수 있어야 한다는 듯한 작가의 사명감이 아닌가 싶다. 타인의 고통에 다가가기 위해 우리를 어느 곳에 위치시키고 무엇과 동일시해야 할지, 그리고 타자의 고통이 나의 고통과 어떻게 연결되어 있는지, 이런 윤리적인 사고는 조해진의 다른 작품인 장편소설 『로기완을 만났다』에서도 나타나 있다.26) '작가의 말'에서 작가는 '읽을 땐 즐겁고 읽은 후엔 단 하나의 단어로라도 남을 수 있는 그런 소설을 쓰고 싶었다'고 말했다. 일곱 편의 단편들은 모두 타자의 고통으로 이야기를 이루고 있어 후자는 이미 이룬 것이라고 할 수 있지만 전자는 작가의 바람과 달랐다고 해도 되는지 모르겠다. 같은 이유로 이 소설집을 읽을 때 결코 즐거울 수 없었기 때문이다. 이번의 책을 통해 타자와의 소통에 대한 윤리적인 문제를 되짚어볼 필요가 있다는 것도 우리가 다시 반성해야 할 문제가 아닌가 싶다.

최근 3년간 대학에서 외국인을 대상으로 한국어를 가르쳐 온 작가 조해진은 "입양아, 동성애자, 결혼이주자 등 경계인들의 정체성에 대한 고민을 다음 작품들에서 더 설득력 있게 형상화하고 싶다"27)고 말했다. 조해진 작가의 다음 작품이 기대된다.

---

26) 허정, 「타인의 고통과 증상과의 동일시 : 조해진의 『로기완을 만났다』를 예로 하여」, 『코기토』 제76호, 2014. 160쪽.

27) 한국일보(2008. 10. 11), 앞의 글.

참고문헌

1. 조해진 작품 목록

『천사들의 도시』, 민음사, 2008.

『한없이 멋진 꿈에』, 문학동네, 2009.

『로기완을 만났다』, 창비, 2011.

『아무도 보지 못한 숲』, 민음사, 2013.

『목요일에 만나요』, 문학동네, 2014.

『여름을 지나가다』, 문예중앙, 2015.

2. 단행본

모리오카 마사히로, 『무통문명』, 이창익·조성윤 역, 모멘토, 2005.

수전 손태그, 『타인의 고통』, 이재원 역, 이후, 2004.

조르조 아감벤, 『호모 사케르-주권 권력과 벌거벗은 생명』, 박진우 역, 새물결, 2008.

페터 슬로터다이크, 『냉소적 이성 비판』, 이진우·박미애 역, 에코리브르, 2005.

3. 논문 및 평론

김형중, 「사건으로서의 이방인-'윤리'에 관한 단상들」, 『문학들』 2008년 겨울호, 28-51쪽.

박성창, 「고통의 문학적 재현과 비극적 모더니티의 수사학」, 『세계의 문학』 2010년 겨울호, 405-422쪽.

이경재, 「2000년대 소설와 윤리와 정치」, 『창작과 비평』 2010년 겨울호, 65-82쪽.

한기욱, 「문학의 새로움과 소설의 정치성 : 황정은 김사과 박민규의 사랑이야기」, 『창작과 비평』 2010년 가을호, 391-411쪽.

허 정, 「타인의 고통과 증상과의 동일시 : 조해진의 『로기완을 만났다』를 예로 하여」, 『코기토』 제76호, 2014, 160-197쪽.

4. 기타자료

강성만, 「'속물 시대' 해법을 찾아라」, 『한겨레』, 2008. 03. 05
http://www.nanam.net/index.php?doc=bbs/board.php&bo_table=press&page=31&wr_id=36

김준형, 「무책임과 무통의 '괴물'나라」, 『경향신문』 온라인 칼럼, 2015. 04. 16
　　　http://opinionx.khan.kr/7858
박종현, 「세상서 지워져가는 벼랑 끝 인생들」, 『세계일보』, 2008. 10. 17
　　　http://www.segye.com/content/html/2008/10/17/20081017002606.html
송 복, 「냉소주의의 탈에서 벗어나자」, 『경향신문』, 1981.4.24, 9쪽.
「있던 곳에서 잊혀지면 누구든 죽어야해」, 『한국일보』, 2008. 10. 11
　　　http://news.naver.com/main/read.nhn?mode＝LSD&mid＝sec&sid1＝103&oid＝03
　　　8&aid＝0001977347

정용준론
—고통에 관한 물음과 문학공동체의 가능성

이지혜(이화여대 국문과 박사과정)

1. 들어가며

정용준은 등단 이후부터 지금까지 양립할 수 없을 것 같은 것들을 함께 담아냄으로써 새로운 감각의 글쓰기를 시도하는 작가이다. 삶과 죽음, 극한으로 치닫는 폭력과 사랑(서정), 그리고 언어가 지닌 불가능성을 말하면서도 계속해서 언어에 천착하는 그의 글은 그렇기에 무겁다.[1] 문체 역시 집요한 묘사를 통해서 인물이 처한 폭력적이고 어두운 상황 등을 세밀하게 제시하지만, 시적인 문체를 통해 기묘한 아름다움으로 만들어낸다. 하지만 무엇보다 어떤 절망의 상황에도 '불구하고' 인간에 대한 따스한 시선을 거두지 않는다는 점에서 따뜻한 위로의 문학을 계속해서 이어나가

---

[1] 글의 종류 역시 「벽」과 같은 유의 작품–차갑고 냉정한 리얼리즘적인 소설–'과 '여러 종류의 사랑'이야기로 크게 나누어지는데, 사랑 이야기도 「벽」 못지않게 무거운 질량이 존재하고, '파괴와 구원', '파괴와 깨달음', '어둠에 섞여 있는 좁은 빛의 이미지' 등 양가적 감정이 다 드러난다. 김성중 이를 '사랑조차도 고통의 극단적인 다른 모습처럼 보이기도 한다'고 말한다. (김성중, 「좌훈기에서의 명상」, 『문학동네』 2014년 가을호, 77쪽.)

고 있는 작가이기도 하다.

따라서 첫 소설집 『가나』(2011)의 평론 제목, '아팠지, 사랑해'는 정용준의 글쓰기를 표현하기 적합한 한 문장이 된다. 정용준의 소설에서 모든 인물들에게 주어진 고통은 한 없이 이어진다. 고통의 종류는 다양할지라도, 그들은 모두 처절하게 고통을 견뎌야 하는 자들로 등장한다. 하지만 작가는 고통을 그리는 것에서 멈추지 않고, 그들에게 다가가려고 노력한다. 그리하여 그는 그들의 고통에 대해 '사랑해'라는 위로를 건넬 수 있게 된다.

그러므로 이 글에서는 '고통'과 '공감'을 정용준 소설을 읽어낼 수 있는 중요한 키워드로 삼아 보려고 한다. 현 21세기는 '무통문명'[2]이란 독특한 시대양상으로 인해 '고통의 망각과 무통화'가 흐름이 되었고, 그로 인해 그간 '고통–문학'의 자명했던 관계는 더 이상 자명하지 않게 되었다.[3] 이런 상황에서 그의 문학은 그 틈을 비집고 고통스럽게 귀환하였으며, 동시에 시대양상의 '중핵'을 포착할 수 있는 '새로운' 고통과 공감의 문학으로 도래하였다.

이러한 전제를 바탕으로 하여 2장에서는 고통의 파국적 양상과 공감 불가능성과 정면으로 마주하게 하는 거짓된 공감의 양상들을 살펴보려고 한다. 이어 3장에서는 무통문명의 상황과 고통의 공감 불가능성에서도 불구하고, 작가가 어떻게 불가능성의 가능성으로 나아가려고 시도하는지 살

---

2) 모리오카 마사히로의 개념인 '무통문명(無痛文明)'은 삶의 원초적 조건이었던 고통을 지워버린 현대문명을 의미한다. 이러한 변화는 고통을 절대적 고통(인간과 분리불가능한 고통)과 무통문명이 허락하는 고통(만들어지고 짜여진 고통)으로 분화시켰고, 이에 대한 공감의 감정 역시 진정한 공감과 부정적인 공감(치유와 힐링을 강조하지만 결국은 자기위로적인 동정이나 연민 혹은 무공감)으로의 분화가 이루어졌다. (모리오카 마사히로, 『무통문명(無痛文明)』, 이창익·조성윤 역, 모멘토, 2005, 11쪽, 27-28쪽, 98쪽 참조.)

3) 박성창, 「고통의 문학적 재현과 비극적 모더니티의 수사학 : 김이설 소설을 중심으로」, 『세계의 문학』, 2010년 겨울호, 408쪽.

펴보고자 한다. 이를 통해 정용준 소설이 결국은 독자를 향한 '고통과 공감에 대한 물음'에 닿아 있다는 것, 그렇기에 끝끝내 다다르게 되는 작가의 문학론이 작가와 문학 그리고 독자를 연결하는 '연대'이자 '문학의 공동체'임을 밝혀보려고 한다.

2. 고통의 파국적 양상과 공감의 불가능성

2.1. 무자각의 일상화와 무공감

정용준의 소설 속에서 고통에 무감한 인물들은 극적인 형태로 등장하는 경우가 많다. 그중 「벽」과 「여기 아닌 어딘가로」는 '무통문명이 어떻게 현실을 무통화'하는지 그리고 '아무것도 자각하지 못하고 타인의 고통에 무공감하는 주체란 어떠한 양상을 보이는지' 즉 파국이 도래한 일상을 선명하게 보여주고 있다.

「벽」은 '어떻게 사람들이 고통에 무감해지는가'를 과격하고 극단적인 설정을 통해, 하지만 그렇기에 무통문명을 날것으로 강렬하게 드러낸다. 다만 이 둘의 운영방식이 비슷하다는 것을 쉽사리 떠올릴 수 없는 것은 하나의 커다란 차이, 무통문명이 일상을 '거대하고 부드러우며 투명한 시스템'으로 감싸고 있어서 인지하는 것조차 힘들다면,[4] 굴도의 시스템은 선명하게 전시됨으로써 그 과정을 다 드러내고 있다는 점에서이다.

굴도의 염전 시스템 안에서의 인간 조건은 "일하지 않는 자! 먹지도 말라!"(84쪽)로 결정된다. 문제는 인간의 조건이 곧 생존의 조건이란 것이며, 생존을 가까스로 통과해 '인간'이 되어도 얼마안가 삶과 죽음의 선택지-

---

4) 모리오카 마사히로(2005), 앞의 글, 317쪽.

"벽", 혹은 벽을 만든 "반장"(92쪽)-만을 남겨놓는다는 점이다. 이러한 "극단의 폭력과 모멸"은 죽음을 "너무도 사소하고 끊임없이 반복"되게 함으로써(89쪽) 죽음이란 절대적 고통마저도 지워버린다. 폭력은 '인간의 복수성'을 위해 존재해야 하는 '차이'를 지우려 할 때 생긴다는 것5)이 굴도의 삶에서는 적나라하게 드러난다.

굴도의 염전이 노동만을 인간의 조건으로 세우고 있는 것처럼, 현 자본주의 시스템은 인간의 욕망을 오직 물질적 풍요와 돈에 맞추어 자가 증식하고 있다. 더하여 그 반대편에는 공포의 전략이 존재한다. 상징계는 "너희가 국가적 권위와 질서에 복종하지 않는다면, 신자유주의로의 편입을 거부한다면…너희는 끔찍한 빈공과 소외와 무능력의 상태에 빠지게 될 것이다"6)를 협박하며 '죽음/삶'이라는, 답이 하나밖에 없는 선택지를 내민다. 선택 아닌 선택은 주체를 가장 수동적인 존재로 만들어버린다. 결국 염전의 일꾼들과 자본주의의 노동자들은 지극히 수동적 존재라는 점에서 서로가 다를 바 없는 존재가 된다.7)

"지금의 상태라도 유지하고 싶은 무력감"(89쪽)이 희망이 된 땅에서, '21'이 마침내 '반장 21'이 되는 순간은 자신을 다독였던 '9'를 "아주 빠르고 간단"하게 그리고 본능적으로 살인한 순간(100쪽)이다. 무감하기를 희망하던 '21'(87쪽)은 "통증을 느끼는 감각과 신경이 비교적 빠른 시간에 분해된 것"을 느끼며 "차라리 다행"(100쪽)이다라 생각하고 반장이 된다. 타인의 고통에 무감해진 것, 사람을 죽이는 일에 망설임이 없었던 것이 생존방법이 된 것이다.8)

5) 정화열, 「악의 평범성과 타자 중심적 윤리」, 한나아렌트, 『예루살렘 아이히만』, 김선욱 역, 한길사, 2006, 42쪽.
6) 진은영, 「감응과 유머의 정치학」, 『시대와 철학』, 2007, 437쪽.
7) 작가는 「벽」에 대해 '인간으로서 자존감이 가장 낮아지고 굴종감이 깊어질 때', 그럴 때 느끼는 '공통된 통증'이 무엇인지가 궁금했다고 저작 의도를 밝힌바 있다. (정서린, 「말을 빼앗긴 인간, 잔혹한 상상일 뿐일까」, 『서울신문』, 2014. 02. 21, 20쪽.)

또한 '21'이 시체를 바다에 버리며, "이것은, 사람이 아니다."라며 "주
문"처럼 같은 말을 되뇌고, 비로소 자신의 마음이 "한결 편안해졌"음을
느끼는 장면(101쪽)은 이중사고(Double Think)[9]의 과정을 확실히 보여준다.
그는 '반장21'이 되기 위해 했던 고통스러운 행위를 잊기 위해, 자신이 데
려온 '점박이 영감'의 시체(101쪽)마저도 애써 외면한다. 그렇게 하지 않으
면 반대로 자신이 너무도 고통스러워지기 때문이다.

현 시대의 인간들 역시 고통의 감정은 더 이상 중요하지 않다. 정확히
말해 도처에 깔린 '희미한 죽음의 이미지'들이 끊임없이 일상에 침투함으
로써 마치 염전의 '벽'처럼 고통을 일상화시키고, 그로 인해 타인의 고통
에 대해서도 무(無)공감하는 인간을 만들었다.[10] 21세기에 들어와 현저하
게 증가한 냉소적 주체들은 그런 인간의 전형이다.[11] 이들은 자본주의에
적극적으로 봉사하는 인간들과 다르지 않다. 복종과 (암묵적) 지지가 동일
한 것이라는 아렌트(Hannah Arendt)의 말[12]을 떠올려 볼 때 이들은 결국 상
동한 인간이다.[13]

「여기 아닌 어딘가로」의 청년 역시 파국의 일상화로 인해 고통에 무자

---

8) 이는 존재말소의 극단적인 예가 될 수 있을 것이다. '9'와 '21'이 둘 다 고통 없이 살 수 있
  는 방법이란 존재하지 않는다. 따라서 '21'에게는 '9'를 없애는 것만이 자신에게 닥칠 '미
  래에 생길 고통'을 말소시키는 방법 그 자체가 된다. (모리오카 마사히로(2005), 앞의 글,
  29쪽.)
9) 이중사고(Double Think)란 '자신이 현실에게 속임수를 쓰고 있는 것'을 알면서도, 그것을
  통해 '현실이 침해되지 않는다고 스스로를 안심'시키는 과정이다. (주디스 허먼,『트라우
  마』, 최현정 역, 플래닛, 2007, 156쪽.)
10) 모리오카 마사히로(2005), 앞의 글, 286쪽.
11) 냉소적인 주체 역시 이데올로기적인 가면과 사회현실 사이의 거리를 잘 알고 있음에도 불
  구하고 가면을 고집한다. 즉 '그들은 자신들이 무슨 일을 하고 있는지 잘 알고 있지만 그
  럼에도 여전히 그것을 하고 있'는 주체이다. (슬라예보 지젝,『이데올로기라는 숭고한 대
  상』, 이수련 역, 인간사랑, 2002, 62쪽.)
12) 한나 아렌트,『예루살렘 아이히만』, 김선욱 역, 한길사, 2006, 381쪽.
13) 지젝 역시 냉소적 주체는 객관적인 인식을 할 뿐 아무것도 하지 않음으로써 이데올로기의
  구성작업에 자발적으로 참여한단 점에서 '부도덕성에 봉사하는 도덕성'에 가깝다 말한다.
  (슬라예보 지젝(2002), 앞의 책, 63쪽.)

각해져버린 인물이다. 방에 처박혀 사는 백수인 그가 전쟁이 일어났음을 아는 것은 게임을 하지 못하게 되었기 때문이다. 하지만 전쟁이 일어났음을 확인한 후에도 청년은 그저 무감할 뿐이다. 이는 아군도 적군도 전혀 보이지 않는 상황이 전혀 실감 없기 때문이기도 하지만, 더 이상 전쟁이 그리 대단치 않아질 만큼 그의 일상 역시 매일 파국이 도래하고 있기 때문이다.

일상화 된 파국은 필연적으로 일종의 '파국의 매너리즘'을 경험하게 한다.[14] 사회적으로 배제되어 있는 그가 이미 일상의 파국에 무자각해졌음은 그의 행동에서 잘 드러난다. 그는 "더 이상 귀엽지 않았고 보고 싶지도 않"다는 이유(201쪽)로 햄스터를 집단으로 익사시키고도 아무런 감정도 느끼지 못한다.

> 껍질이 으깨진 곤충의 다리처럼 규칙적으로 떨고 있는 사람들의 팔과 다리를, 바람 빠진 공처럼 찌그러져 있는 머리를, 상의가 벗겨진 채 죽은 남자의 오돌토돌한 척추뼈를, (…) 마치 꿈속에서 등장한 무의미한 사물들인 것처럼 아무 감정도 없이 그는 주위를 둘러본다. (206쪽)

그리고 그것이 갑자기 날아온 포탄으로 인해 죽음을 맞게 된 사람의 훼손된 시체들이라고 해도 마찬가지이다. 그는 그저 무감각하게 사태를 바라보고만 있을 뿐이다. 오히려 자신이 있는 건물에 불덩어리가 날아와 "고통 없이 나도 사라졌으면"(211쪽)이라고 바라는데, 이는 타인의 고통을 바라보는 시선이 무감한 이유를 잘 보여준다. 그에게 죽음은 그저 일상화된 고통을 '고통 없이' 사라지게 해줄 해결책과도 같은 것처럼 느껴지기 때문이다. 그렇기에 그는 "여기 아닌 어딘가로 가야 하는데 … 어디로 가

---

14) 정여울, 「구원 없는 세계에서 살아남기」, 『문학과 사회』, 2010년 겨울호, 334쪽.

야 할지 모"른다(212쪽). 전쟁이건 일상이건 피할 곳 없이 모든 곳이 파국의 상황이기 때문이다. 따라서 모든 파국이 끝나지 않는 이상 그는 여전히 무감한 주체로 남을 수밖에 없음을 보여준다.15)

2.2. 동정의 조건과 이기적 공감

앞선 장에서 극적인 파국의 도래로 인해 무감의 일상을 보여주었다면, 이 장에서는 일상의 파국은 여전하지만 그래도 공감이 가능해 보이는 조건-시각적으로 보이는 고통--을 가지고 있는 상황의 인물들이 등장한다는 점에서 차이를 보인다.

「굿나잇, 오블로」에서 남동생에게 '오블로'로 불리는 장미는 "세상에 믿기 어려운 일"들을 소개하는 TV프로그램(106쪽)에 출연한 적이 있다. 그 방송에서 장미는 "비대한 몬스터의 실물, 그 자체"로 등장하였고, 그걸 본 방청객은 "극적 효과를 위한 비명과 탄성"을 지른다. "네거티브 효과를 통해 공포스럽게 반전"되어 등장한 "붉은색의 550킬로그램"이란 숫자와 때에 맞게 "눈물을 흘리는 오블로의 아버지"가 클로즈업(106쪽)된다. "누나 대소변을 다 받아내"는 동생 위로 "흑백필터"와 함께 "단조의 피아노 음악"이 흐르고, 드디어 "여러분의 사랑이 필요할 때 입니다. 당신의 관심이 세상을 아름답게 만듭니다."란 문구가 "후원계좌"와 함께(107쪽) 천천

---

15) 일상의 파국에 대한 무감은 「화자에게」라는 작가의 에세이에서 좀 더 확실하게 드러난다. 그는 시위에 참여했다가 '무력감 아니면 무감각'이라 부를 감정을 느꼈다고 고백한다. 작가는 그곳이 심각한 사안을 논의하는 곳이었음에도 '피아를 구분할 수 없고 적을 발견할 수 없는 전장' 같았음을, 그리고 문제의식을 무화시키며 사안을 시시하게 만드는 진압방식을 통해 '계속되는 패배감과 무기력'만을 생산해내는 곳임을 깨닫는다. 결국 아무렇지도 않은 듯 보도되는 시위를 보며 '꿈꾸고 난 뒤 밀려드는 희미함이 오늘의 일을, 서사를, 기억을, 감각을, 어떤 그림의 윤곽과 색채를 모두 지워버리는 것 같다'고 말하는 부분은 무통문명 시대를 포착해내는 작가적 감각을 확인할 수 있다. (정용준, 「화자에게」, 『문학동네』 2014년 봄호, 5쪽, 7-8쪽.)

히 움직인다. 이는 지금 당장 티비를 켜도 반드시 하나쯤은 볼 수 있는, 타인의 고통을 보여주는 하나의 '클리셰'가 되어버린 장면이다. 하지만 이것은 고통 받는 타자를 '대상화'하고 '타자의 고통을 표본화'하는 것16)이기에, 현대의 병리적인 현상 중 하나인 고통의 스펙터클화에 지나지 않는다.17)

방송 이후 후원계좌에 "필요 이상의 돈"이 들어오고, 아이들이 "편지"를 보내는 모습(118쪽)은 타인의 고통을 공감하는 표지라고 반박할 수 있을 것이다. 하지만 이조차 금세 끊어진다. '온정'이라 불린 손길은 금세 변하기 쉬운, 계좌에 손쉽게 돈을 보내는 행동조차도 곧 시들어지는 '연민 혹은 동정'이었음이 드러난다.18) 이유는 간단하다. 넘쳐나는 고통의 스펙터클들은 오블로의 사연을 "더 이상 아무도 관심"을 일으키지 못하는 것으로 금방 폐기시킨 것이다. 여기서 목도하게 되는 것은 '고통의 장관(壯觀)'이 정작 고통을 '증발'시킴으로써, '공감과 자각'은 소진되는 장면이다.19) 이제 그나마 자각되는 타인의 고통은 그간과 다른 새로운 이미지의 고통일 경우이다. 반면 반복되어 쏟아지는 정형화되어 버린 타자의 고통들은 그전에 보아왔던 것과 다를 바 없는 그저 그런 이야기로 아무런 자각 없이 흘러가게 된다.20)

더하여 자기위로적 연민과 동정이 불러온 이후 상황 역시 그저 타인의 고통으로 남을 뿐이다. 오블로의 후원금은 무능력한 아버지를 더욱 무능

---

16) 꽤 유명한 식품 회사에서 오블로를 돕고 있다는 문구를 사용하는 대신 오블로가 먹을 음식을 3년 동안 후원하겠다(118)는 장면은 자본의 논리에 의해 고통을 '상품화'하고 타인을 '도구화·대상화'하는 현 세태를 적나라하게 보여준다. (박성창(2010), 앞의 글, 407쪽.)
17) 위의 글, 406쪽.
18) 수잔 손택, 『타인의 고통』, 이재원 역, 도서출판 이후, 2011, 153쪽 참조.
19) 박성창(2010), 앞의 글, 406쪽.
20) '어마어마한 양의 이미지들이 그들에게 쏟아지기 때문'에, 그들은 수동적으로 그것을 받아들이고 이내 감정이 무뎌지게 된다. (수잔 손택(2011), 앞의 책, 153-154쪽.)

력하게 만든다. 오블로 앞으로 들어 온 후원금은 더 이상 "치열하게 살지 않아도 되는…편리함과 달콤함"(118쪽)을 주었고, 결국 그는 도박으로 모든 돈을 날리게 된다. 그 뒤 아버지가 하는 일은 오블로가 "저번보다 더 볼만"해지도록(119쪽) 음식을 주고 끊임없이 방송국에 전화를 하며, 후에는 오블로가 움직일 수 없도록 다리에 금이 가도록 만든다(123쪽). 이러한 아버지의 행위를 사람들의 짧았던 동정 탓으로 모두 돌릴 수는 없다. 다만 그저 동정에서 멈추는 행위가 자기만족을 바탕으로 하는 이기적 공감일 수 있음을, 단 한 번의 온정을 통해 타인의 고통을 자신과 아무 연관이 없는 양 봉합해버리는 행위와 이후 예상치 못한 영향력에 대해 한번쯤 숙고해야 함을 지적하는 것이다.

「어느 날 갑자기 K에게」의 K는 어머니의 자랑에서 "아무 성과 없이 서른두 살이 된" 취업 준비생(220쪽)이다. 그런 그에게 갑자기 돋아난 뿔은 K에게 지금까지 그 어떤 것보다 큰 고통이 된다. 하지만 그에 대한 가족들의 반응은 그저 병원에 보내야 한다, "너무 오랫동안 공부만 해서 … 머리에 저렇게 이상한 것이 생기지", "하나밖에 없는 아들을 잘못 키운 것 같구나"(239쪽)라며 그의 뿔을 걱정하는 것 같지만 결국은 사랑할 자격조차 없는 아들을 키웠다는 자기 자신을 위무하는 말만을 던질 뿐이다.

「사랑해서 그랬습니다」 역시 가족들은 '사라'의 고통을 함께하는 것 같지만, 자신들이 사랑하고 자랑할 만한 자식이었던 사라가 임신을 했다는 사실 자체에 더 고통스러워한다. 그녀의 엄마는 "딸을 사랑하는 엄마가 취할 수 있는 가장 현명한 방법"이 "딸의 마음을 풀어주고 말을 잘 들어주는 것이 아니라, 받게 될 피해를 최소화시키는 것"이라고 말(262쪽)한다. "온갖 지저분한 추측과 소문"으로부터 '사랑'하는 딸을 지키기 위해라는 핑계를 대지만, 그에 더하여 "멋진 딸을 낳고 기른" 자신의 자랑스러움(258쪽) 역시 지키기 위함이다. 사라의 아버지 역시 "나는 딸을 사랑해. 대신 죽으라고 하면 죽을 수도 있어."(270쪽)라고 말하지만, 자신의 말을 거부하는 사라를 때리고 구급대원들을 불러 억지로 끌어내려고만 한다. 즉 사라의 부모는 자식이 자신의 기대를 벗어났다는 자신들의 고통과 앞으로 닥쳐올 미래의 고통을 예방하기 위해 급급할 뿐, 사라가 겪는 현재의 고통은 잊고 있다. 이는 타인의 존재를 승인하고 축복하는 사랑이 자신의 '삶의 틀을 무너뜨리지 않는 범위 내'에서 이루어지고 있음을 확인할 수 있다.[21] 그것은 오히려 '가족'이라는 이름의 정체성을 지키기 위한, 애정 게임의 형태와도 같아 보인다.[22]

부모를 막아서는 사라의 동생 역시 마찬가지이다. 처음 그는 "가족들이 서로를 물고 물리며 구겨져가는 것을 관망"(279쪽)할 뿐이었지만, 그와 친구가 구한 환각제가 누나에게 사용되었음을 짐작하게 된 후부터 "그는 사라를 볼 때마다 알 수 없는 죄책감"에 시달린다(282쪽).

> 그는 전에는 한 번도 느껴보지 못한 누나에 대한 동정과 사랑이 샘솟는 것을 느꼈다. 누나의 편에 서면 설수록 이상하게 그는 맘이 편해졌다. (283쪽)

부모를 막는 그의 행동 역시 누나의 고통을 이해했다기보다는 자신의 죄책감을 덜기 위한 이기적인 공감임이 드러난다. 그가 느끼는 동정은 '자신이 사랑을 아는 인간'임을 확인케 하는 것이자, 자신의 죄책감을 조금이라도 줄이려는 '자기 자신을 위하는 셈'인 이기적 공감의 제스처일 뿐이다. 따라서 사라 가족들의 '사랑해서 그랬습니다'는 '(나를) 사랑해서

---

21) 모리오카 마사히로(2005), 앞의 글, 61쪽.
22) 이때의 정체성은 '나는 이러저러한 존재임에 틀림없다란 내면적 규범'을 포함한 개념이다. 구체적으로 '나는 이렇게 너를 생각하고 있다'는 정체성을 자기 자신이 증명해서 거기에 도취되기 위할 뿐'인 사랑이지만, 겉으로는 무엇이든 들어주는 것처럼 보이는 사랑의 형태이다. (위의 글, 79쪽.)

(너에게) 그랬습니다.'라는 말로 '번역'될 뿐이다.23)

3. 부정의 형식과 환상을 통한 공감 (불)가능성

3.1. 고통 안에 머물기를 통한 침묵의 공감

죽음마저도 무의미하게 만들었던 「벽」의 처절한 상황에서도 타인의 고통에 눈 돌리지 않았던 '9'의 침묵("9는 움직이지 않는다."(95-6쪽))은 죽음으로 끝남으로써 쉽게 도달할 수 없지만, 그럼에도 다른 길을 감지할 수 있는 새로운 가능성을 보여주었다.24) '9'는 자신이 벽이 되는 상황에 처하지만, 의연하게 "반장 5의 눈에 눈을 맞추며 천천히 고개를 끄덕"(96쪽)임으로써 자신이 고통을 안고 가겠다는 '의지'를 표명한다. 이때 자신의 의지를 담은 그의 침묵은 어떤 말보다도 강한 의미를 담고 있다. 지극히 수동적이었던 수난(passion)을 자신이 직접 '선택'함으로써 고통의 의미를 능동적 존재의 열망(passion)으로 변환시켰기 때문이다.

「구름동 수족관」의 농과 송은 '구름이'로 연결된 각자의 고통을 온전히 감내해냄으로써, 서로에게 침묵함에도 함께 "봄"(161쪽)을 맞이하는 새로운 관계를 연다. 농에게 구름이는 아내의 죽음과 연결된다. "촛농이 흘러 굳은 것처럼 밑으로 처져 있었고, 윗입술이 벌어져 입을 다물어도 잇몸"이 보이는 구름이의 얼굴(141쪽)은 "이런 병신을 낳으려고 구름이 엄마가 죽었다"란 사실만을 상기시킨다. 그렇기에 그는 생선을 잡는 "칼로 그대

---

23) 조연정, 「슬프지 않은 자는 사랑할 수 없다」, 『젊은소설』, 문학나무, 2012, 264쪽.

24) 양윤의는 정용준의 소설이 '수난담 자체보다 그 수난담에서 파생되는 느낌'에 초점을 맞추고 있음을 지적하며, 다른 이를 죽여야 살아남는 지옥도에서 살인을 거절하고 살해당한 '9'의 존재에 주목한다. (양윤의, 「느낌의 서사학」, 『포즈와 프로포즈』, 문학동네, 2013, 73쪽.)

로 왼쪽 손목을 부드럽게 떠내는 상상"을 하고, "수족관에…울고 있는 구름이를 물속에 집어넣고 싶"어 한다(155쪽). 결국 구름이의 존재는 아내의 죽음이자 그를 끊임없이 죽음으로 이끄는 죽음충동에 다름 아니다. 송 역시 구름이를 보며 자신의 죽은 두 아이를 생각한다. 송이 열아홉 살 때 지운 첫 번째 아이는 송의 꿈에서 기형인 채(149쪽) 마주치고, 두 번째 아이 역시 "달걀처럼 모든 부분이 맨들맨들"(151쪽)하게 태어나 죽는다. 따라서 구름이의 기형적인 얼굴은 송으로 하여금 아이들의 죽음을 상기시킨다.

하지만 농과 송은 구름이를 보며 고통 안에 머물며 기억을 반추함으로써, 죽음이 군림하는 곳에서 죽음의 순간을 '살아내게' 된다. 농에게 남은 것은 죽음을 상징하는 수족관뿐이다. 하지만 "유리벽" 속에 갇혀 "금붕어"처럼 살아가는 송(141쪽)이 "우럭의 해진 주둥이"(145쪽)와 "자신의 입술"이 닮았음을 느끼고 빵 부스러기를 수족관 안에 흘려 넣을 때, 농은 "그냥 저것들도 아직 살고 싶은 욕구가 있나 싶어서"(156쪽)라며 먹이를 주던 아내를 떠올린다. 그는 아내의 죽음이 구름이가 탄생하던 순간임을, 아내의 얼굴이 송의 얼굴과 겹쳐지는 기억의 교차를 통해 죽음 같은 고통 속에서도 자신이 삶을 살아가고 있음을 느끼게 된다. 송 역시 다른 이들이 "누구도 아이에 대해서 말하지 않"음으로써(157-158쪽) 그녀의 고통을 애써 지우는 것과는 달리, 침을 흘리는 구름이를 아무렇지도 않게 항상 안아준다. 그리고 농과 마찬가지로 죽은 아이와 겹쳐지는 구름이가 생의 처음으로 걸음마를 했을 때, 농의 냄비를 들고 가는 길에 떨어지는 벗꽃을 볼 때 그럼에도 불구하고 삶을 살아내는 자신과 마주하게 된다.

따라서 기형인 아이를 가진 농과 몸을 팔며 살아가는 송은 서로의 고통을 이야기하지 않았음에도 죽음 같은 고통과 삶이 하나라는 것을 상기시켜주는 구름이를 통해 '침묵'으로 서로를 공감하게 된다. 마지막 "송의 눈

빛이 잠깐 놓과 마주"치는 때(160쪽)는 서로 알 수 없는 고통이기에 완전한 공감은 불가능하지만, 함묵함으로써 오히려 이어지는 기이한 순간을 목도하게 된다. 이 순간은 블랑쇼(Maurice Blanchot)가 말한 '제3의 유형의 관계'와도 연결된다. 이는 글쓰기와 바깥에 있는 독자와의 소통을 통해 나타나는, '사이에서-말함'이자, 소통 효과에서 나오는 '어떠한 의미로도 환원되지 않는 언어'를 통해 가능해지는 관계이다.[25]

「떠떠떠, 떠」는 간질병 환자인 여자와 말더듬이 '나'의 사랑 이야기이지만, 정확하게는 롤랑 바르트가 말한 '고통의 공유 불가능성'을 바탕으로 하여 '사랑의 (불)가능성'을 탐색하는 이야기라고 해야 할 것이다.[26] 그리고 '이야기' 역시 '아무것도 쓰지 않지만 무엇인가 쓰는 글쓰기'[27], 더 정확히 '말해질 수 없지만 이야기되는 이야기'이다. 따라서 「떠떠떠, 떠」는 사랑과 공감, 언어의 (불)가능성 모두를 탐색하고 있는 글이 된다.

우선 「떠떠떠, 떠」가 '아무것도 말해질 수 없지만 이야기되는 이야기'인 이유는 서술자인 '나'가 말을 하지 못하지만, 말을 하고 있다는 점에서이다. "떠,떠,떠…"(15쪽)로 입에 맴도는 말을 하는 대신 그는 입을 닫아버린다. 그러므로 판다 양은 소설에서 '나'의 말을 마지막 장면 외에는 들은 적이 없다. 그녀의 등에 써내려간 그의 글씨 역시 "휘발된 알코올처럼 흔적도 없이 사라"진다(36쪽). 하지만 그럼에도 소설은 그의 생각의 말로 말해지고 있다는 점에서 이야기되고 있다. 이러한 '언어의 지향'은 비록 타자-판다양-에게는 이르지 못하지만, '뫼비우스의 띠'처럼 의식의 안과 밖

---

25) 박준상, 『바깥에서 : 모리스 블랑쇼와 '그 누구'인가의 목소리』, 그린비, 2014, 130쪽.

26) 강지희, 「사랑에 빠진 혀」, 『젊은작가상 수상작품집』, 문학동네, 2011, 311-312쪽.

27) 김형중은 이를 '백색의 글쓰기'라고 말한다. 백색의 글쓰기는 죽음과도 같은 에너지 유동 0 상태이자 어떠한 욕망에 의해서도 추동되거나 좌절되지 않는 글쓰기이다. (김형중, 「살아 있는 시체들의 밤1」, 『살아 있는 시체들의 밤』, 문학과지성사, 2013, 124쪽.) 이를 정용준 식으로 살짝 비틀어 말하자면, '현재의 고통을 영속화하는 글쓰기'이자 '고통 밖에 남지 않는 글쓰기'일 것이다.

을 오가며 '하나의 간절한 멜로디'를 만들어내고 있다.[28]

이때의 멜로디는 '나'와 판다양의 영속화되는 고통의 언어를 통해 구성된다. 이 언어는 '신체의 음성적 표현이자 탈존의 표현'으로 등장하여 '언어가 갖는 물질적·감각적 표현의 층위'에서 나타내고 있다.[29] '나'는 말을 하지 못하는 고통을 자신에게 말을 시킨 선생님을 찔러 죽이는 상상을 통해 전하고(12-13쪽), 자신의 보이지 않는 장애를 물질화하여 표현(18쪽)하기도 한다. 하지만 고통은 철저하게 개인적인 것이며 공감불가능한 것이기에, 그는 자신의 고통을 끝끝내 "죽음"으로밖에 비유할 수 없게 된다(20쪽).

이는 판다양, 그녀의 고통 역시 마찬가지다. 그녀는 자신의 고통을 "갑자기 잠이 드는" 시간으로 표현(25쪽)한다. 하지만 그녀가 느끼는 "끔찍하고 더러운" 고통은 그 꿈에서 깨었을 때 자신을 보고 있는 "가장 끔찍한 표정"들을 확인하는 일(27쪽)이다. 그리고 그녀 역시 고통의 여러 언어 끝에 "너는 죽어도 알 수 없을 거야"(27쪽)라고 말한다. 결국 고통의 절대성에 가장 가깝게 다가갈 수 있는 언어는 마찬가지로 언어로는 설명이 불가한 '죽음'뿐인 것[30]이다.

이로써 '고통의 언어'는 블랑쇼가 말하는 '본질적 언어'가 된다. 본질적 언어는 '무규정된 바깥의 것'을 규정하려는 시도가 '무위'로 남을 때, 즉 '존재와 인간'이 만나는 순간 '침묵'-다만 '열림의 사건, 현전과 부재의 사건'으로 남을 수밖에 없는-으로 되돌아갈 수밖에 없는 공간이다.[31] 그리고 이 '절대적 고통' 아래 열린 새로운 세계로 인해, 불가능은 하나의

---

28) 김화영, 「심사평」, 『젊은작가상 수상작품집』, 문학동네, 2011, 326-327쪽.

29) 박준상(2014), 앞의 책, 134쪽.

30) 이때 언어는 말하는 자의 존재와 응답하는 자의 탈존을 개시하게 되며, 보이지 않지만 감지되는 울림이자 흔적으로, 즉 무규정적인, 개념화 될 수 없는 '관념'으로 전환된다. (박준상(2014), 앞의 책, 161-162쪽.)

31) 위의 책, 163-164쪽.

가능성으로 전환된다. 이들은 이 세계를 공유하고 있음으로써, 철저히 단수적(單數的, singulier)인 개인들을 인정하면서도 소통으로 열려 있는 움직임[32] 안에서 '연인들의 공동체'란 불가능한 관계를 이뤄낸다.

> 갑자기 그녀가 몸을 비틀었다. (…) 아무 저항 없이 땅으로 추락하는 것들이 갖는 거침없음과 위태로운 속력으로 그녀는 (…) 떨어졌다. (…) 그녀는 홀로 싸우고 있다. (…) 나는 말한다. 그녀는 듣는다. (…) 떠, 떠떠, 떠떠, 떠떠떠, 떠, 떠, 아아, 아아아하아아, 아아아, 아, 사, 사, 사아, 아, 아아, 아아아, 라라, 라라라라, 라, 라라라, 아, 아아앙, 해. (38-39쪽)

따라서 이 소설의 방점은 수많은 불가능성을 가능성으로 전환시키는 몸부림, "'떠떠떠,떠'에 놓인 쉼표'처럼 가장 처절한 순간에 '불가능을 감행하는 시도' 그 자체에 있게 된다.[33] 이러한 시도는 각자의 고통을 철저히 인정하지만, 그럼에도 불구하고 그 고통을 나누기 위해 서로를 향해 열려 있는 관계로 그들을 남아 있게 한다. 사랑과 공감의 (불)가능성 앞에서도, '침묵'의 공간 안에서 하나이면서도 여전히 둘인 채로 각자의 고통을 견디는 두 사람의 모습은 그들의 새로운 관계를 인정할 수밖에 없도록 만든다.

3.2. 아포리아의 재현을 통한 고강도의 공감

정용준은 '우리 자신과의 유사성'에 입각한 공감을 뛰어넘는 '고강도의 공감'[34]을 위해 재현의 아포리아[35]를 환상으로 불러내어 직접 대면하게

---

32) 모리스 블랑쇼, 「밝힐 수 없는 공동체」, 『밝힐 수 없는 공동체/마주한 공동체』, 박준상 역, 문학과지성사, 2005, 40-41쪽.

33) 강지희(2011), 앞의 글, 315쪽.

34) 이경진은 동정의 무력과 문학의 무력 앞에서 '과연 공감이라고 불릴 수 있을까'란 한계까지 나아가는, 공감 불가능성이 가능성으로 전환되는 한계 지점에 대해 다시 물어야 한다

만든다. 이는 고통의 공감 불가능성에 무통문명의 거짓된 공감까지 더하여진 시대에 휩쓸리지 않을 수 있는 문학적 대응책이자, 새로워진 고통과 감정의 끝에서 '문학이 무엇을 사유할 수 있을까'를 실험하는 장이 된다. 이로써 문학은 실패를 내정한 것임을 알면서도 계속해서 다른 실패를 시도함으로써 '재현해야 하는 재현불가능'한 것이 존재한다는 역설을 보이는, '윤리적 재현'을 가능케 하는 방법이 된다.36)

우선 고통 '전'에 이미 상정되어 있는 아포리아, 즉 '완전한 공감의 불가능성'과 '삶 안에서 고통을 제거하는 것의 불가능성'은 「사랑해서 그랬습니다」의 사라 뱃속 '태아'의 목소리란 환상을 통해 등장한다. 사라와 탯줄로 연결된 태아는 사라가 아닌 타자이지만, 동시에 사라의 감정을 모두 공유하고 있다는 점에서 완전한 공감 가능성을 상상하게 만드는 존재이다.

태아는 사라의 "감정과 기분"을 다 "흡수"(283쪽)할 수 있기에, 사라 자신조차도 인지하지 못하고 있는 진심을 파악한다. "미소 이면에 고통"을, "지켜줄게"란 고백 뒤의 "두려움"과 "정체불명의 생명을 무서워하는 진심"은 태아로 하여금 "사라를 사랑하기 때문"에라며 자신의 "모든 것을 지금 멈추"게 만든다(284쪽). 이 진정한 '사랑해서 그랬습니다'의 의미와 마주하게 만드는 장면이라 할 수 있다. 소설의 마지막에 이르러서야 사랑이란 감정이 가지고 있는 깊이와 타인의 고통을 공감한다는 것에 대한 무

고 말한다. 과연 이러한 '고강도의 공감'이 가능할까?라는 질문을 나오는 한계지점까지 몰아붙이는 것이 이 시대 문학의 윤리적 자세인 것이다. (이경진(2014), 앞의 글, 271-272쪽.)

35) 아포리아는 '가고자 하는 길 혹은 통로가 없음'이라는 의미로 아리스토텔레스의 개념이다. 여기서는 재현할 수 없는 것, 즉 고통이 가지고 있는 공감불가능성이나 한계를 의미하는 개념으로 사용하고자 한다. (이재현, 「아리스토텔레스의 아포리아적 변증술에 대한 이해」, 『중세철학』 16, 2010, 3-4쪽.)

36) 양효실, 「역자후기」, 주디스 버틀러, 『불확실한 삶』, 양효실 역, 경성대학교출판부, 2012, 210쪽.

게감을 제대로 실감하게 되는 것이다.

또한 목소리의 주인공이 '어떤 상징화도 가능하지 않은', 어쩌면 '진짜 피해자'일지 모르는 태아라는 점37)에서 '예방적 무통화'38)로 인해 만연해진 '조건부 사랑'에 대한 확장된 사유를 이끈다. 사라의 태아는 가족들이 말하는 대로 모두를 불행하게 하는 조건 그 자체이다. 하지만 그럼에도 '조건부' 사랑에 대해 고민을 해보아야 하는 것은 그것이 인간의 존재와 직결되는 문제이기 때문이다. 인간의 탄생부터 '조건'이 개입되었다는 감각은 분명 다른 시대와는 다른 감각의 분할39)을 가지고 온다. 이 시대에 깊이 침전된 불안은 '조건'이 생의 탄생에서부터 개입된 감각에서 비롯된 것일 수 있다.40) 그렇기에 이러한 구조 자체를 인식하는 일은 나의 선택이 전혀 상관없는 타자의 고통에 영향을 줄 수 있다는 것을 깨닫게 만들고, 이를 통해 공감의 외연을 확장하는 새로운 계기가 마련된다.41)

「먹이」에서는 "실존하는 죽음"이자 "몸에 꼭 맞는 관"과도 같은(171쪽) 검은 표범의 이야기가 등장한다. 하지만 마지막 경찰의 눈에는 보이지 않는 먹이를 보는 '나'로 인해 그것이 환상이었음이 드러남으로써, 먹이를 고통의 극한 즉 앞서 밝힌 '실존하는 죽음'으로 해석될 수 있는 가능성이 열린다. 즉 먹이는 고통 '중'의 아포리아, '삶의 매 순간 존재하는 재현불가능한 죽음(고통)'이 현현된 환상 그 자체가 되는 것이다.

먹이와 함께 하기 전 '나'는 "자유를 박탈당한" 동물원의 동물(172쪽)의

---

37) 양윤의(2013), 앞의 책, 76쪽.
38) 예방적 무통화란 지금 존재하는 고통뿐만 아니라 엄습할 고통마저도 지금 여기서 존재를 말소시켜 예방조치를 취하는 것이다. (모리오카 마사히로(2005), 앞의 글, 29쪽.)
39) 랑시에르의 개념으로 '감성의 분할'이라고도 부를 수 있다. 이는 가능성들의 공간 속에서 존재 방식들과 점유들에 대한 논쟁적 분배방식을 말한다. 감성의 분할을 통해 공통세계의 참여에 대한 자리들과 형태들을 나누는 감각 질서를 지배하는 잠재적 원칙이 나타나게 된다. (자크 랑시에르, 『감성의 분할』, 오윤성 역, 도서출판 b, 2012, 57-58쪽, 115쪽.)
40) 모리오카 마사히로(2005), 앞의 글, 56쪽.
41) 이경진(2014), 앞의 글, 271쪽.

삶을 부러워하는 사람이었다. '나'가 부러워하는 삶은 괴로움도 아픔도 없는 무통문명 안 인간의 삶과 겹쳐진다. 하지만 이러한 삶은 '중환자실에 누워 있는 인간'이자 '가축공장의 가축'[42]과 다를 바 없다. 이는 사실 삶의 감각이 무뎌져버린 것이며, 안락함을 담보로 다른 자유를 박탈당한 것에 불과하기 때문이다.

그런 '나'가 변모하게 되는 것은 죽음과도 같은 먹이의 존재를 감각하기 시작하면서부터이다. "모든 자극이 죽음처럼 무의미하게 스쳐 지나가는 그런 종류의 잠"(175쪽)을 자다가도 먹이의 눈을 마주치게 되자 '나'는 밤의 육중한 무게를 온몸으로 느낀다(176쪽). 이는 절대적 고통을 오로지 견디는 시간이 됨으로써 역으로 '나'의 존재를 확신할 수 있는 순간이 된다.

그리고 "먹이처럼 행동"(176쪽)하는 '나'의 모습은 죽음을 매순간 느끼는 삶을 지향하게 된 그를 보여준다. 죽음을 향해 가는 이러한 '나'의 행위는 오히려 "작은 변화"가 주는 "기쁨"을, 그 기쁨이 "내부를 만지고 변화시킬 때의 감동"이 어떻게 표현될 수 없음(177쪽)을 고백하게 만든다. 삶은 도리어 '죽음을 매우 가까운 곳에서 마주'할 때서야, 비로소 평범함이 놀라움으로 소박한 것이 절실한 것으로 다가오는 생생한 감각으로 다가오게 된 것이다.[43]

먹이가 "그대로 죽으려는 것 같"은 순간, 그는 "내장이 녹아내릴 것 같고 심장이 부서지는 것 같은 고통"을 느낀다(179쪽). 하지만 이내 먹이가 다시 되돌아오는 장면(185쪽)은 결국 죽음(고통)은 삶에서 지울 수 없는 것이자 분리불가능한 것임을, 다만 잊고 사는 것임을 자각하게 만든다. 즉 삶과 죽음은 '죽음에 이르는 병'과 같은 '실존의 두 양태'인 것이다.[44] 이

---

42) 모리오카 마사히로(2005), 앞의 글, 11쪽.
43) 서영채, 「역설의 생산 : 문학성에 대한 성찰, 2009」, 『문학동네』 2009년 봄호, 305쪽.

로써 시대적 감각이 되어버린 무통문명의 구조를 재인식해보게 된다. 삶
과 죽음(고통)이 곧 한 존재의 실존이라면, 그것을 없애려고 하는 무통화의
시도는 인간의 실존을 위협하는 것이며, 고통에 대한 새로운 감각-나른
함·의연함이 사실은 건조하고 무력하며 비참한 것일 수 있다는 것-을
가능케 하는 것이다.

　마지막 세 번째 환상은 고통 '후'에 상정되어 있는 아포리아, '죽음 이
후라는 인식 불가능한 사태'에 관한 것이다. 「가나」에서는 해경들이 보기
에 남자는 붉게 떠오른 시체에 불과(46쪽)하다. 하지만 죽은 '나'의 목소리
로 펼쳐지는 환상은 아내인 '하비바'를 고통스럽게 했던 기억과 아이와
아내에 대한 그리움으로 점철되어 있다.

　죽은 엄마를 생각하며 벙어리 아내의 "소리 없이 열린" 입에서 나오는
노래이자 바람(50쪽)은 '나'의 "마음을 뚫고" 지나가는데, 그 "뚫려진 면이
거칠어 너무도 따"갑다는 생각(51쪽)을 하게 되면서 그는 변화한다. 타인
의 고통을 지각하는 순간은 그간 자신이 그 고통의 가해자였음을 기억하
게 함으로써 더 큰 고통으로 자신을 짓누른다. 이는 또한 기억이 '이미 죽
은 사람들과 공유할 수 있는 유일한 관계'임을 살아 있는 자로 하여금 상
기하게 만들고, 우리도 곧 죽을 것이라는 진리와 마주하게 함으로써 그
모든 것을 잊지 않는 '윤리적 행위'를 가능하게 한다.45) 따라서 「가나」는
기억과 고통 그리고 공감에 관해 말하는, 결코 말해질 수 없는 것들의 사
라짐을 통해 아름답지만 아픈 노래와도 같은 글이 된다.

　또한 「가나」가 그간의 죽음 이후 상상과 다른 지점은 죽은 '나'가 자
신의 '훼손된 사체'에 대한 사유를 너무도 집요하고 끈질기게 한다는 점
이다.

44) 복도훈, 「언데드(undead)」, 『눈먼 자의 초상』, 문학동네, 2010, 117쪽.
45) 수잔 손택(2011), 앞의 책, 168쪽.

힘을 잃어버린 피부에 수없이 많은 생채기가 났다. (…) 피부가 벗겨진 손가락의 뼈가 하얗다. 툭, 오른손 검지의 끝마디가 물속으로 가라앉았다. 깨끗하게 벗겨진 뼈는 하얀 진주 같다. (…) 절대로 발견되지 않고, 누구에 게도 속하지 않고, (…) 나름의 이유를 품고 존재하게 될 것이다. (64-65쪽)

그의 훼손된 신체는 아름다운 문장으로 녹아들지만, 그럼에도 그것이 고통스러운 것은 앞서 우리도 곧 죽을 것이라는 진리가 낱낱이 전경화 된 신체로 더욱 강하게 밀어붙이기 때문이다. 그의 육체는 죽음이라는 사태 를 오직 '나'의 상황으로만 만들지 않고, 그것을 지켜보는 모든 사람으로 하여금 '외존(外存)'46)의 경험으로 열리게 만든다. 타인의 죽음은 외존을 경험할 수 있는 가장 근본적인 체험이자, 그로 인해 '나를 어떤 공동체로 열리게 만드는 유일한 분리'를 경험하게 한다.47) 그리고 이러한 공동체는 '죽음의 대속(代贖)이 연합을 대신'함48)으로써, 고통의 연대를 통한 '타인 과의 공명(共鳴)'49)을 가능케 한다. 따라서 「가나」를 읽은 독자들은 '나'를 그저 "신원 미상. 아랍계 외국인 노동자로 추정"(65쪽)이란 한 마디로 정리 하지 못한다. 한 인간의 수난담(passion)이었던 이야기는 '개별적인 수난들 의 총체(com+passion)'으로 다가오게 되고,50) 이는 고통과 공감의 연대 가 능성으로 전환되기 때문이다.

---

46) 외존(外存, exposition)은 자신의 유한성을 인식하는 것을 통해 바깥에 실존하는 자신을 체 험하는 것이다. (모리스 블랑쇼(2005), 앞의 책, 20쪽.)

47) 위의 책, 23쪽.

48) 위의 책, 26쪽.

49) 양윤의, 「정념의 수용기(受容器), 공감의 문학」, 『세계의 문학』 2011년 겨울호, 311쪽.

50) 위의 글, 324쪽.

4. 나가며

정용준의 소설집 『가나』는 '고통과 공감'에 대해 눈을 돌리지 않고 집요하게 파고든다. 그 끝에는 독자를 향해 '고통을, 고통 받는 타자를, 공감해야만 하는 '우리''를 잊지 말라는 정언을 반복해서 남긴다. 이러한 천착은 '죽음충동'과도 비견될만하다. 지젝(Slavoj Žižek)은 죽음충동은 '해결책도 탈출구'도 없기에, 도리어 그것과 마주함으로써 그것의 '무시무시'함을 그대로 인정하고, 일상과 연결시키려해야 한다고 말한다.[51] 그리하여 죽음을 향해 가는 동시에 반복강박적 형태로 삶으로 되돌아오는 죽음충동은 역설적으로 죽음을 유예하고 아직은 살아 있음을 알리는 방식이 된다.[52]

정용준 소설 속의 잔인한 상황들에서도 인간에 대한 따뜻한 시선을 느낄 수 있는 것은 개개인이 처한 고통에 끝 간 데까지 다가서려는 그의 반복된 시도 때문일 것이다. 고통에 머물기를 자처함으로써, 재현불가능한 것이라도 그 한계영역까지 몰아넣음으로써 '진정한 공감'에 대한 물음을 그치지 않는 것 그것이 정용준이 지니는 소설의 윤리이다.[53]

고통과 공감에 대한 작가의 움직임은 이후의 텍스트에서도 이어진다. 이는 '어쩔 수 없는 것은 어쩔 수 없다'라고 말하면서도 그 질문에서 헤어나지 못하고 있는,[54] '불가능한 꿈을 꾸며 살고 싶지는 않다'라고 늘 다

---

51) 슬라예보 지젝(2002), 앞의 책, 25쪽.
52) 남경아, 「라캉의 "죽음충동"과 주체의 자유」, 『범한철학』, 2014, 97쪽.
53) 이는 「화자에게」에서 무감함과 마주친 작가가 '망가지는 건 정상이다…하지만 망가지는 걸 낭만화하는 것은 진짜로 망가지는 것이다.…나는 망가진 느낌과 어떤 통증을 감각하고 싶었을 뿐 마음과 생각까지 망가뜨리고 싶은 것은 아니었다.…살기가 어렵다면 애를 써서라도 살아내기로 했다.'라고 말하며 삶의 자세 혹은 화자의 자세를 피력한 것에서도 알 수 있다. (정용준(2014), 앞의 글, 9쪽.)
54) 정용준, 「어쩔 수 없는 일에 대하여」, 『젊은작가상 수상작품집』, 문학동네, 2013, 246쪽.

짐하면서도 '불가능한 세계에서 불가능한 방식으로 사는 것을 멈추지 않겠다'[55)]라 말하는 작가의 고민이 반복해서 돌아오는 것이라 할 수 있다.

> 문학 (…) 제게는 '위로'였어요. (…) 그 자체로 인정하는. 슬픔은 슬픔대로 인정하고, 아픔도 아픔대로 인정하지만 제 글을 읽고 자신이 딛고 있는 땅 같은 것이 단단해지는 경험을 했으면 (…)[56)]

정용준은 자신의 문학관에 충실한 작가이다. 그의 글에 난무하는 폭력과 실패, 여러 아픔과 고통에도 '그럼에도 불구하고'를 쓸 수 있었던 것은 작가가 바라는 것이 '있는 그대로의 존재에 대한 위로'였기 때문이다. 그리고 삶이라는 긴 여정에서 고통은 사라질 수 없는 것이기에, 그는 고통을 반복해서 되묻는 '열망(passion)'을 갖게 되었다. 고통이 사라질 수 없다면 그에 대한 위로도 사라져서는 안 되기 때문이다. 그렇기에 작가는 앞으로도 고통과 공감에 대한 질문을 묻고, 되묻고, 또 되물을 수밖에 없을 것이다.

작가는 '작가의 정체성'이란 '아무 영향력이 없다고 느껴지더라도' 처음부터 마지막까지 '글'이어야 한다고 말한다.[57)] 그의 말대로 작가는 '어리석음과 허약함'의 자리를 고수함으로써 자기 삶을 존재의 삶으로 완성시키고 문학이 아직 건재함을 알릴 수 있는 자가 되어야 한다.[58)] 이렇게 탄생하는 문학이 결코 강하지는 않더라도 '이 세계의 변화를 실현할 수 있는 (약한) 능력이자, 그 변화가 이루어질 시간 그 자체'[59)]가 될 수 있기에 의미를 갖게 된다.

---

55) 정용준, 「작가노트」, 『웹진문지문학상 수상작품집』, 문학과지성사, 2011, 58쪽.
56) 정용준, 「인터뷰」, 『웹진문지문학상 수상작품집』, 문학과지성사, 2011, 56-57쪽.
57) 정용준(2014), 앞의 글, 10-11쪽.
58) 서영채(2009), 앞의 글, 301쪽 참조.
59) 김홍중, 「행복의 예술, 그 희미한 메시아적 힘」, 『문학동네』 2009년 봄호, 335쪽.

그리고 독자 역시 이러한 작가와 문학의 고뇌에 대해 함께 동참해야 할 것이다. 문학은 김현의 말처럼 '배고픈 거지를 구하지 못하지만, 그 배고픈 거지가 있다는 것을 추문으로 만들고, 그래서 인간을 억누르는 억압의 정체를 뚜렷'하게 보여주기 때문이다.[60] 독자는 소설을 읽고 소설과 함께 세계와 불화하며 결국 세계를 조금씩 함께 바꾸어나가야 하는데 동참해야만 한다. 바로 이 자리에서 '문학의 공동체'가 생성된다. 그리고 이것이 문학이 있어야만 하는 존재 이유 그 자체가 될 것이다.

---

60) 차미령, 「소설과 정치」, 『문학동네』 2009년 봄호, 361쪽.

참고문헌

1. 정용준 작품 목록

『가나』, 문학과지성사, 2011.

『바벨』, 문학과지성사, 2014.

『우리는 혈육이 아니냐』, 문학동네, 2015.

「토미타미」, 『캣캣캣』, 태기수 외, 현대문학, 2010.

「돼지가 방으로 들어간다」, 문장 웹진, 2011년 8월호.

「그들과 여기까지」, 『30』, 김연수 외, 작가정신, 2011.

「빌립」, 『문예중앙』 2012년 봄호.

「유령」, 『현대문학』 2012년 6월호.

「위대한 용사에게」, 『문학과 사회』 2013년 봄호.

「당신의 피」, 『2013년 젊은 작가상 수상집』, 김종옥 외, 문학동네, 2013.

「코스모스」, 『영화 같은 시간』, 김소영 외, 이음, 2013.

「아무것도 잊지 않았다」, 『한밤의 산행』, 박성원 외, 한겨레출판, 2014.

「이면의 독백」, 『창작과 비평』 2014년 가을호.

2. 단행본

강지희, 「사랑에 빠진 혀」, 『젊은작가상 수상작품집』, 문학동네, 2011.

김화영, 「심사평」, 『젊은작가상 수상작품집』, 문학동네, 2011.

김형중, 「살아 있는 시체들의 밤1」, 『살아 있는 시체들의 밤』, 문학과지성사, 2013.

박준상, 『바깥에서 : 모리스 블랑쇼와 '그 누구'인가의 목소리』, 그린비, 2014.

복도훈, 「언데드(undead)」, 『눈먼 자의 초상』, 문학동네, 2010.

양효실, 「역자후기」, 주디스 버틀러, 『불확실한 삶』, 경성대학교출판부, 2012.

양윤의, 「느낌의 서사학」, 『포즈와 프로포즈』, 문학동네, 2013.

정화열, 「악의 평범성과 타자 중심적 윤리」, 한나아렌트, 『예루살렘 아이히만』, 김선욱 역, 한길사, 2006.

정용준, 「인터뷰」, 『웹진문지문학상 수상작품집』, 문학과지성사, 2011.

_____, 「작가노트」, 『웹진문지문학상 수상작품집』, 문학과지성사, 2011.

_____, 「어쩔 수 없는 일에 대하여」, 『젊은작가상 수상작품집』, 문학동네, 2013.

조연정, 「슬프지 않은 자는 사랑할 수 없다」, 『젊은소설』, 문학나무, 2012.

모리오카 마사히로, 『무통문명(無痛文明)』, 이창익·조성윤 역, 모멘토, 2005.

모리스 블랑쇼, 「밝힐 수 없는 공동체」, 『밝힐 수 없는 공동체 / 마주한 공동체』, 박준상
　　　역, 문학과지성사, 2005.

수잔 손택, 『타인의 고통』, 이재원 역, 도서출판 이후, 2011.

슬라예보 지젝, 『이데올로기라는 숭고한 대상』, 이수련 역, 인간사랑, 2002.

자크 랑시에르, 『감성의 분할』, 오윤성 역, 도서출판 b, 2012.

주디스 허먼, 『트라우마』, 최현정 역, 플래닛, 2007.

한나 아렌트, 『예루살렘 아이히만』, 김선욱 역, 한길사, 2006.

3. 논문 및 평론

김성중, 「좌훈기에서의 명상」, 『문학동네』 2014년 가을호, 72-79쪽.

김형중, 「아팠지, 사랑해」, 정용준, 『가나』 해설, 285-299쪽.

김홍중, 「행복의 예술, 그 희미한 메시아적 힘」, 『문학동네』 2009년 봄호, 319-337쪽.

남경아, 「라캉의 "죽음충동"과 주체의 자유」, 『범한철학』, 2014, 85-105쪽.

박성창, 「고통의 문학적 재현과 비극적 모더니티의 수사학 : 김이설의 소설을 중심으로」,
　　　『세계의 문학』 2010년 겨울호, 405-422쪽.

서영채, 「역설의 생산 : 문학성에 대한 성찰, 2009」, 『문학동네』 2009년 봄호, 294-318
　　　쪽.

양윤의, 「정념의 수용기(受容器), 공감의 문학」, 『세계의 문학』 2011년 겨울호, 311-
　　　324쪽.

이경진, 「앨리스씨를 위한 동정론」, 『문학동네』 2014년 봄호, 255-272쪽.

이재현, 「아리스토텔레스의 아포리아적 변증술에 대한 이해」, 『중세철학』 16, 2010,
　　　1-36쪽.

정여울, 「구원 없는 세계에서 살아남기」, 『문학과 사회』, 2010년 겨울호, 333-346쪽.

정용준, 「화자에게」, 『문학동네』 2014년 봄호, 1-12쪽.

진은영, 「감응과 유머의 정치학」, 『시대와 철학』, 2007, 423-456쪽.

차미령, 「소설과 정치」, 『문학동네』 2009년 봄호, 338-362쪽.

4. 기타자료

정서린, 「말을 빼앗긴 인간, 잔혹한 상상일 뿐일까」, 『서울신문』, 2014-02-21.

김유진론
−무감의 감정과 새로운 연대의 가능성

최다정(이화여대 국문과 박사과정)

1. 들어가며

"뒤늦게 감정을 배우고 있었다"(「바다 아래서, Tenuto」, 32쪽)는 소설 속 증언처럼, 김유진의 근작들은 무감(無感)을 감각하는 것에서부터 시작해 차근히 감정을 배워나가는 과정을 그리고 있다. '타인의 고통'에 '무심'할 뿐아니라 심지어 '고통을 빨리 잊어버리도록 촉구'하는 '무통문명(無痛文明)'[1]의 시대에 저항하듯 김유진의 소설은 이미지들을 통해 감정을 암시함으로써 무감으로부터 벗어난다. 즉, 소설은 극렬한 방식으로 고통을 표출하지 않을 뿐더러 개인의 내면에만 천착하는 재현 또한 취하지 않는다.

대신 그녀의 소설은 풍경이라는 '복화술'을 통해, 이미지의 '모호함'이인물의 '복합적인 내면'과 '조응'하도록 유도함으로써 서사를 이해하는 '실마리'를 '제공'한다.[2] 그리고 이렇게 구체적으로 빚어지지 않는 감정은

---

1) 박성창, 「고통의 문학적 재현과 비극적 모더니티의 수사학」, 『세계의 문학』 2010년 겨울호, 405쪽.

현실에 만연해 있는 무감의 양태를 직시하게 만들며 역설적으로 고통을 환기하고 새로운 관계를 감각하는 기반을 이룬다. 마치 '인상주의 회화' 처럼 '묘사적 풍경'을 통해 '순간'과 '감각'으로 열리는 것이다.3)

하지만 김유진의 작품세계가 처음부터 그랬던 것은 아니다. 2004년 문학동네 신인상을 통해 「늑대의 문장」으로 등단할 당시만 해도 김유진의 소설은 심사위원들로부터 "신선한 상상력과 특유의 그로테스크한 묘사가 인상적인 작품이다. … 그로테스크한 풍경을 적절하게 담아내고 있다"4)는 평가를 받은 바 있다. 이처럼 그녀의 소설은 등단 초기에도 풍경에 집중하고 있었지만, 그 풍경의 모습이 지금과는 확연한 차이를 보였던 것이다. 당시 그녀의 풍경 앞에 따라붙는 수식어는 '그로테스크'였다. 원인을 발견할 수 없는 폭사(爆死)가 전염병처럼 번지고(「늑대의 문장」), 돌풍이 휘몰아치며(「마녀」), 유례없이 쏟아진 폭우에 집들이 물에 잠기는가 하면(「목소리」), 수백 명이 죽거나 다치고 집과 건물들이 일제히 쓰러지는 큰 지진이 일어나는(「움」) 등 항상 스펙타클한 재난의 풍경이 묘사되고 있었다.

그리고 이러한 세계 속에 기거하던 인간은 야만적인 자연에 압도된 나머지 비-인간적인 모습으로 변해갔다. "사지가 날아간 상태에서 늑대에게 수유를 하는 이모(「늑대의 문장」), 배설물과 함께 태어난 기형적 아이(「빛의 이주민들」)", 발목으로 존재하는 자살한 엄마(「마녀」), 붉고 커다란 오른팔을 가진 소년(「움」)과 같이 소설 속에선 "동물성과 인간성이 혼재"5)되어 있는 기괴한 이미지들이 범람했던 것이다.

작가 스스로도 "극단적이면서도 아름다운 재앙이나 열망이라는 소재가

2) 차미령, 「인상파의 복화술」, 『문학과 사회』 2012년 봄호, 390쪽.
3) 위의 글, 389쪽.
4) 김미현 외, 「소설 부문 심사평」, 『문학동네』 2004년 가을호, 35쪽.
5) 강동호, 「그로테스크 적막-김유진 소설집, 『늑대의 문장』(문학동네, 2009)」, 『문학과 사회』 2009년 여름호, 513쪽.

매혹적으로 다가왔지요."[6]라고 밝힌 바 있듯, 김유진은 당시 "비애감과 고독감에 가득 찬 눈"(「늑대의 문장」, 25쪽)으로 세계를 바라보며 고통이 만연한 시대를 극적으로 펼쳐놓는 것에 열중했다. "인간 문명에 대한 묵시록적인 동시에 창세기적인 예언"[7]을 하는 작가로 평가되었던 이유도 바로 이 때문이다.

이 같은 김유진의 초기 소설들이 세계에 대한 불안과 무력감을 괴기한 분위기로 드러낸 소설들(편혜영, 김숨, 박형서)[8]의 마지막 흔적이었다면, 세계를 바라보는 그녀의 눈은 2011년 발표된 첫 번째 장편소설 『숨은 밤』[9]에서부터 변모한다. 고통이 더 이상 위기나 재앙과 같이 운명적인 것, 즉 범접할 수 없는 거대한 사건이 아니라 내 몸에서부터 감각되는 형태로 묘사되기 시작한 것이다. 이처럼 그녀의 소설은 타인의 고통에 거리를 둔 채 그저 바라보기만 하는 초월적인 태도로부터 벗어나 일상화된 고통에 대한 자각을 시도한다. 이러한 경향이 본격화 된 작품들이 그녀의 두 번째 작품집 『여름』[10]에 묶여 있다고 할 수 있다.

그러므로 2010년대를 전후한 작품들만 수록된 『여름』[11]은 김유진 소설에 등장하던 "무서운 아이들과 분노"가 "그 임계점을 넘어선 직후의 산물"이라고 평가된다. 또한 이는 "2000년대가 시작한 후 십여 년 동안 미묘한 차이들의 변화를 증명하는 것"이기도 하다.[12] 김유진 소설의 새로운

---

6) 정철훈, 「김유진 첫 소설집 '늑대의 문장'」, 『국민일보』, 2009. 04. 10.
7) 서희원, 「비애와 고독이 가득한 죽음의 책」, 『문학수첩』 2009년 가을호, 470쪽.
8) 김미정, 「불안은 어떻게 분노가 되어갔는가」, 『문학동네』 2011년 여름호, 343쪽.
9) 김유진, 『숨은 밤』, 문학동네, 2011.
10) 김유진, 『여름』, 문학과지성사, 2012. 이하 인용 부분은 괄호 안에 쪽수만 표기하고, 작품명이 필요한 경우에는 괄호 안에 함께 표기한다.
11) 『여름』에 수록된 작품목록을 발표순으로 정리하면 다음과 같다. 「눈은 춤춘다」(『문학들』 2008년 가을호), 「바다 아래, Tenuto」(『문학과 사회』 2009년 여름호), 「A」(인터파크 웹진 <북&>, 2009년 9~10월호), 「희미한 빛」(『창작과 비평』 2010년 봄호), 「여름」(『문학동네』 2010년 가을호), 「우기」(『한국문학』 2011년 봄호), 「나뭇잎 아래, 물고기 뼈」(『문학동네』 2011년 여름호), 「물보라」(웹진 <문장>, 2011년 9월호)

자각은 '무통문명'이라 불리는 이 시대에 감정 그 자체를 사유하는 것에서부터 이뤄진다. 특히 『여름』은 '사건'을 '뒤로' 감추고, '인물이 느끼는 감정'을 '극도로 절제'한 '이미지'만을 통해 '간접적으로'13) 고통을 전달한다. "환상, 유령, 가상현실, 사이버 공간, 무중력 상태 등의 비현실적 요소들"14)을 전면에 앞세움으로써 고통을 외면하고 그 압박감으로부터 벗어나던 이전의 소설들과 달리 21세기 한국문학은 새로운 방식으로 고통을 귀환시키고 있는 것이다.

이러한 흐름에 따라, 이 글은 2010년대 작품이라 부를 수 있는 김유진의 두 번째 작품집 『여름』을 중심으로 그녀의 작품세계를 조명해보고자 한다. 우선 2장에서는 무감이 어떻게 역설적으로 고통을 환기하는 토대가 되는지를 밝히고, 3장에서는 말을 대신한 이미지들을 통해 이뤄지는 진정한 연대의 가능성에 대하여 서술할 것이다. 그리하여 이 글은 결론적으로 2000년대 소설들의 틈을 비집고 '귀환'한 새로운 '고통의 문학'15)으로서 김유진의 『여름』을 호명해 보고자 한다.

2. 무감의 자각과 풍경의 응시

2.1. 무통의 세계와 감정의 직시

김유진의 『여름』에선 유독 '감정'을 습득하기 시작하는 인물들이 많이 등장한다. "뒤늦게 감정을 배우"(「바다 아래서, Tenuto」, 32쪽)기 시작한 K를

---

12) 김미정(2011), 앞의 글, 345쪽.
13) 강지희, 「무성한 감각의 풍경」, 『문학동네』 2011년 겨울호, 407쪽.
14) 백지은, 「이설(異說)의 현실, 현실의 이설」, 김이설, 『나쁜 피』 해설, 민음사, 2009, 196쪽, 박성창(2010), 앞의 글, 408쪽에서 재인용.
15) 박성창(2010), 앞의 글, 408쪽.

비롯해 '나' 역시 남매로부터 "수많은 것들 중 가장 놀라운 감정"(「눈은 춤춘다」, 135쪽)을 배웠다고 발화하고 있다. 이처럼 인물들이 감정을 "뒤늦게"(32쪽) 배운다는 사실은 처음부터 감정을 갖지 못했거나 혹은 상실했음을 전제하고 있는 것이다. 즉, 김유진의 소설 속 인물들은 이미 무감의 상태에 빠져 있다. 그리고 소설은 이들이 무감해진 이유를 인물들이 처한 상황을 통해 드러내고 있다.

먼저 「바다 아래서, Tenuto」에서의 K는 "감정 기복이 거의 없"(12쪽)는 인물로 그려진다. K는 일 년 내내 어두운 밤색 양복을 입고 피아노학원에서 한 달에 팔십만 원 남짓한 적은 돈을 받으며 일하고 있다. 그럼에도 K는 자신이 처한 현실에 어떠한 불만도 품지 않는다. K에겐 "특별히 기쁜일도 슬픈 일도 일어나지 않"(12쪽)는다. 그저 "자연스레 자리 잡은 규칙들, 사소한 습관들에 의지해 일과를 나"(12쪽)눌 뿐이다.

이렇게 현실을 맹목적으로 따라가는 인물은 「물보라」에서도 어김없이 등장한다. 「물보라」의 '나'는 "너는 하고 싶은 일 없어?"(190쪽)라는 질문에 "아직은"(190쪽)이라고 답하며, "나는 네가 뭔가 일을 해야 한다고 생각해"(191쪽)라는 조언에도 "왜?"(191쪽)라고 되물을 뿐이다. '나'는 전국의 도서관 목록을 정리하는 일이나 "3천6백 가지의 경우의 수로 나뉜 올해의 운세에 말을 덧붙이는 일"(188쪽)과 같이 지루하고 따분한 아르바이트를 끊임없이 하면서도 못마땅해 하지 않는다. 그저 막연하게 "그만두고 싶을 때"(189쪽)가 있을 뿐이다. 또한 「희미한 빛」에서의 '나' 역시 해직을 당한 후 고용센터를 오가는 무료한 일상 속에 침잠해 있다.

이처럼 김유진의 『여름』에 등장하는 인물들은 『늑대의 문장』에서의 비현실적인 인물들과 큰 차이를 보인다. "이들은 안정된 직업 없이 일시적인 아르바이트로 생활을 이어나가거나, 직업을 가지더라도 볼품없는 공간에서 단조로운 일을 반복하며 피로 속에서"[16] 살아가는, 즉 현실에 충분히 존재할 법한 생활인들인 것이다. 이렇듯 『여름』은 이미 고통을 진지하게 사유할 가능성을 소거하고, 고통 그 자체를 감각할 수 없게끔 억압하는 세계를 보여준다. 그리고 이러한 무감의 세계는 천재지변과 같은 재앙으로부터 기인하지 않는다. 이제 고통은 일상 "구석구석까지 스며들어"[17] 무화(無化)된 채 어디든 존재하는 것으로 그려지며, 이 같은 세계에서 살아가는 인물들은 무통문명의 흐름에 스스로를 적응[18]시킨 모습을 보인다. 소설 속 인물들은 자신들이 속해 있는 체제의 문제를 자각하지 못한 채 무감의 상태에 머물러 있는 것이다.

그런데 김유진의 『여름』에서 주목할 점은 남루한 일상을 근근이 이어나가는 어른들의 '기원'이 제시되고 있다는 점이다. 앞서 나열했던 다 자란 어른들의 세계뿐만이 아니라 아직 성장하고 있는 아이들마저 감정이 상실되어 있음을 보여주는 것이다. 소설 속에서 어른들이 생활이라는 굴레에 갇혀 고통 그 자체를 잊어버리고 무통의 안락함 속에 방관자가 되어버렸다면 아이들은 사회의 아주 작은 단위, 체제의 가장 기초적인 관계들에서부터 버려짐으로써 감정을 잃어버린다.

예컨대, 「눈은 춤춘다」에서 '나'는 처음부터 부모 없는 아이로 등장한다. 나는 "혼자 받아쓰기 놀이를 하며 하루를 보"내고 "허기가 들면 잡히는 대로 입에 집어넣"으며 "아무것도 먹지 않은 채 사흘을 보내기도"(123쪽) 한다. "오랫동안 학교에 가지"(123쪽) 않은 나에겐 오로지 상상의 친구들만이 존재할 뿐이다. 모든 관계로부터 단절된 어린 아이는 감정을 느끼지 못하고 심지어 언어마저도 획득하지 못한다. 「A」에서의 혼자 사는 아이 역시 "아이다움이 없다"(160쪽)는 소릴 듣고, 말과 관련해서도 곤란[19]

---

16) 강지희(2011), 앞의 글, 409쪽.
17) 모리오카 마사히로, 『무통문명』, 이창익·조성윤 역, 모멘토, 2005, 27쪽.
18) 위의 책, 98쪽.
19) 조연정, 「마음의 풍경, 풍경의 마음」, 김유진, 『여름』 해설, 앞의 책, 248쪽.

을 겪고 있다. 이처럼 김유진의 『여름』은 아이마저도 무감해지도록 개량
된 세계를 보여주고 있는 것이다.

따라서 김유진의 소설은 철저하게 감정이 사라져버린 세계를 전제하고
있다. 일상의 피로에 짓눌려버린 삶은 그 자체로 고통임에도 불구하고 그
대로 만성화되어 이에 대한 '자각'마저 '소진'시켜버렸다.[20] 그리고 '괴로
움'과 '아픔'을 느끼지 못하는 인간들은 '기쁨'과 '삶의 의미'마저도 감지
하지 못한다.[21] 쳇바퀴 같은 일상에 대해 전혀 분노하지 않는 어른들, 부
모로부터 버려졌지만 슬퍼하지 않는 아이들, 즉 희노애락을 상상할 수 없
는 모든 이들은 아무것도 결정적이지 않은 백지처럼 모호한 상태에 놓여
있게 된다.

하지만 김유진의 소설은 결코 서로의 고통에 대한 이해와 공감마저 사
라져버린 무감의 상태에 그치지 않는다. 즉, 무감으로부터 끝을 발음하는
것이 아니라 무감 그 자체를 숙고함으로써 역설적으로 고통을 환기하고
감정을 이야기하게 된다.

2.2. 고통의 환기와 죽음 충동

김유진의 소설은 최초의 관계 맺음을 통해 무감의 상태 그 자체를 감각
하는 인물들을 등장시키기 시작한다. '비극'이 그리스의 관객들에게 스스
로 '나는 누구인가'라는 '질문'을 마주하게 만들었듯[22], 소설 속에서 치명
적인 외상에 대한 응시는 고통의 사유로 이어진다. "오이디푸스가 사건의
진실을 접한 이후 자신의 눈을 훼손"[23]하는 것처럼, 김유진의 소설 속 인

---

20) 박성창(2010), 앞의 글, 406쪽.
21) 모리오카 마사히로(2005), 앞의 책, 10쪽.
22) 강유정, 「지금 여기의 비극, 당신의 고통」, 『세계의 문학』 2011년 가을호, 391쪽.
23) 위의 글, 390쪽.

물들 역시 무감의 세계를 자각함으로써 고통을 맞닥뜨리고 스스로를 발견하게 되는 것이다.

최초의 관계 맺음 그리고 그것의 실패는 가장 원초적인 욕망의 좌절 중 하나이다. 정신분석에서 흔히 말하듯, 인간이 가장 먼저 맺는 관계 즉 어머니의 상실이 바로 이에 해당할 수 있다. 앞서 언급했던 「바다 아래서, Tenuto」에서 무미건조한 일상을 영위하던 K는 이전까지 어머니의 상실을 깨닫지 못하다가 문득 현재의 시간에 기입되는 과거를 마주한다. 그 과거는 어린 시절 K가 어머니와 함께 유람선을 탔다가, 유람선 위에서 "어머니가 욕망하는 대상이 자신이 아님을 불현듯 인식하고 불안"[24]에 휩싸였던 기억이다.

> 어머니는 풍경을 보았고, K는 내내 어머니 옆에 붙어 있었다. 그는 갑자기 불안한 마음이 들어, 어머니의 손을 가져다 꼭 잡아보았다. 그러나 어머니는 손에 힘을 주지 않았다. … 어린 K는 두려움이 일었다. 그는 어머니와 눈을 맞추려고 노력했지만, 어머니는 배에서 내릴 때까지 돌아보지 않았다. K는 홀로 남겨진 것 같았다. 그는 물결을 가르고 천천히 나아가는 유람선 안에서, 영혼의 반쪽이 잘려나간 듯한 고통을 느꼈다. (28쪽)

어머니의 시선을 빼앗은 것은 "발광하는 빌딩의 불빛"과 같은 "아름다운 풍경"(28쪽)이다. 하지만 K에게 그러한 풍경은 전혀 아름답게 느껴지지 않는다. 이렇듯 K는 심심한 일상 속에 급작스럽게 출현한 유년 시절의 기억으로 새삼 "고통"(28쪽)을 상기한다. 모리오카 마사히로에 따르면, 무통문명은 기본적으로 고통의 원인을 보이지 않는 곳으로 쫓아냄으로써 통증 자체 말소시키고자 한다.[25] 즉 고통스러운 '기억'이 스스로를 괴롭히

---

24) 차미령(2012), 앞의 글, 393쪽.
25) 모리오카 마사히로(2005), 앞의 책, 29-30쪽.

지 못하게 하도록 알고 있으면서도 모른 척하는 '이중사고(Double Think)' 를 발생시키는 것이다.[26]

이처럼 K는 그동안 고통이 자신의 눈앞에 있으면서도 '그런 것은 없다' 라고 대답하는 이중사고에 빠져 있었다. 실제로는 '거짓임을 의식 어디에 서인가'[27] 알고 있으면서도 이를 철저히 은폐해왔던 것이다. 하지만 마침 내 의도적으로 삭제되었던 기억이 수면 위로 떠오름으로써 K의 감정은 작동하기 시작한다. 비로소 상실을 의식하고, 지금까지 자신이 무감에 빠 져 있었다는 사실을 직시함으로써 마음 속 어딘가에 기록되어 있던 고통 이란 감정이 솟아오르는 것이다.

그러나 소설은 어린 K가 최초로 맺은 관계에서 느꼈던 분리 불안에 대 하여 더 이상 서술하지 않는다. K가 느꼈을 고독에 대한 상세한 설명이 이어지진 않는 것이다. 소설은 단 한 번의 원초적 장면을 활용한 후, 고통 을 마주한 K의 감정에 대한 구체적인 묘사를 제시하지 않는다. 대신 K는 어린 시절을 떠올린 이후 "뒤늦게 감정을 배우고 있었다."라고 중얼거릴 뿐이다. "누군가가 결코 답을 내려주지 않는, 스스로 해결책을 찾아야 하 는 그런 감정들에 대해서 말이다"(32쪽). 이처럼 「바다 아래서, Tenuto」는 K가 배우고 있는 그 감정이 무엇인지를 알려주지 않는 대신 K가 무감으 로부터 벗어날 것을 그저 암시한다.

소설은 K가 "자신이 아끼는 풍경의 일부가 되는 것"(32쪽)을 보여준다. 이제 무감이 고통을 가려버린 양태임을 인식했을 K는 그저 "나무 기둥에 등을 기대고 오랫동안 그 자리에 서 있"(34쪽)을 뿐이다. 그리고 이어지는 "천천히, 걸었다"(34쪽)라는 소설의 마지막 문장은 앞으로 K가 제 나름의 속도로 자신의 감정에 의미를 부여해나갈 것을 추측하게끔 만든다. 고통

---

26) 주디스 허먼, 『트라우마』, 최현정 역, 플래닛, 2007, 155쪽.
27) 모리오카 마사히로(2005), 앞의 책, 30-31쪽.

을 전시하거나 손쉽게 애도해버리는 것이 아니라 고통 그 자체에 복무함으로써, 즉 무감을 무감으로 버텨냄으로써 감정을 새롭게 환기하는 것이다.

이는 「눈은 춤춘다」에서도 마찬가지이다. 혼자 빈집에서 지내던 어린 아이는 자신처럼 부모로부터 버려진 한 남매와 마치 가족과 같은 관계를 맺는다. 이런 '나'를 가르치는 것은 남매의 오빠이다. "상상 속의 문자" 즉 자신만의 언어를 갖고 있던 '나'는 그를 통해서 "정형화된 문자"와 "문자의 규칙"(132쪽)을 익히게 되고 그와 그녀의 관계를 보며 "감정을 분배하고 공유하는 것이 익숙한 관계"(125쪽)가 무엇인지를 깨닫게 된다. 이를 정신분석의 용어로 표현해본다면, "상상계를 상징계로 덧쓰는 과정이 뒤늦게 시작되는 것"[28]이라 할 수 있을 것이다. 따라서 「눈은 춤춘다」에서의 관계 역시 자연스럽게 아버지와 어머니 그리고 '나'라는 삼각형의 구도를 이루며 다시 한 번 최초의 관계를 상기시킨다.

> 그녀는 자리를 털고 일어나 그의 옆에 누웠다. 모로 누워 있는 그의 뒤에 바싹 몸을 붙이고 두 팔 가득 허리를 껴안았다. 곧 잠이 들었다. 나는 머리카락을 한데 모으고, 침대 위 한몸처럼 달라붙은 둘을 바라보았다. 둘의 낮고 더운 숨소리가 번갈아가며 들려왔다. 나는 그때 느꼈던 감정이 어떤 것인지 정의내릴 수 없었다. 내가 알고 있는 단어로는 설명이 불가능했다. 나는 단지 그 콧소리가 아름답다고 느꼈으나, 내 것은 아니라고 생각했다. (81쪽)

하지만 '나'는 "한몸처럼"(137쪽) 붙어 있는 그와 그녀의 사이에 끝내 끼어들 수 없다고 느낀다. 이는 「바다 아래서, Tenuto」의 K와 마찬가지로 최초의 관계를 맺고, 이내 그것이 상실되어버리고 마는 원초적 고통의 과

---

28) 차미령(2012), 앞의 글, 394쪽.

정을 떠올리게끔 한다. 자신이 그 속에 속할 수 없음을, 그 관계는 "내
것"이 아님을 마주하게 되는 것이다.

그러나 "나는 그때 느꼈던 감정이 어떤 것인지 정의"(137쪽)내리진 못한
다. 소설은 또다시 그저 "눈이 내렸다. 그것이 일과의 전부인 날들이 지나
갔다"(143쪽)라는 모호한 문장을 부연할 뿐이다. 소설은 고통을 마주한
'나'가 느낀 "미묘한 감정"(143쪽)의 본질에 대해 결코 발설하지 않는다.
"그게 뭔데?"라는 물음에도 "모르겠어."(145쪽)라고 대답하는 '나'의 말에
는 '나'가 고통을 감각하고 있다는 사실만이 유추될 뿐이다.

소설은 끝까지 감정 그 자체를 서술하지 않은 채, 다시 한 번 "눈은 그
치지 않는다. 그것이 일과의 전부인 나날들이 있다."(146쪽)라는 문장을 되
풀이한다. 이렇게 "그치지 않"(146쪽)고 내리는 눈은 고통에 무감해져버린
현실에서 마침내 고통을 자각한 '나'가 다시금 무감을 여러 번 읽어내는
방식으로 현실에 대응해나갈 것임을 예상케 만든다.

정리하면, 김유진의 소설은 무감의 세계에 절대적 고통(근친상간적 욕망)
을 기입함으로써 "외상적 체험을 무대화"했다. 그리고 "그 과정 속에서
이들이 갖게 되는 혼란과 혼돈은 그 자체의 미적인 자질로 구현"되고 있
다.[29] 소설은 고통을 정면으로 응시함으로써 고통을 환기시키되 그 고통
을 적극적으로 표출하진 않는다. 오히려 그저 그 고통의 사유 속으로 침
잠함으로써, 감정이 무엇인지에 대해 숙고하는 무감의 풍경들로써 고통에
무감해진 현실을 견뎌내는 최소한의 해결책을 보여주고 있는 것이다.

이처럼 『여름』은 고통으로 인한 절규를 내지르지 않는 대신 감정 자체
를 서술하지 않고 대화 또한 거의 소거함으로써 무감의 형상으로 존재하
던 고통을 무감으로 돌파한다. 특히 "압도적인" 재난의 이미지가 아니라

---

29) 위의 글, 394쪽.

"일상에 드리운" 풍경으로 등장하는 자연은 감정의 "심연"을 불러일으킨다. "병렬"된 풍경의 이미지들이 서로 겹쳐지고 부딪치는 가운데, "고요하게 소용돌이치는 내면의 긴장"이 드러나는 것이다.[30] 물론 이러한 이미지들에 대한 본질적인 해석은 불가능할 것이다.

그러나 풍경과 인물 사이의 경계가 흐려지는 모호한 묘사들은 고통을 마주하고도 고통과 함께 있기를 자처한 것으로 해석될 여지가 충분하다. 즉 김유진의 소설은 "마음의 최초의 움직임들의 출현"[31]에 계속해서 복무하고 있는 것이다. 이렇게 고통의 기억이 은폐되지 않고 반복해 떠오른다는 점은 죽음이라는 결말을 끊임없이 연기하고 역설적으로 삶을 표지하는 죽음충동과 흡사하다. 즉 소설 속에서 "감정을 가진 형태들은 풍경"(「여름」, 224)으로 되풀이됨으로써, 무감으로 존재하던 고통은 무감으로 되풀이됨으로써 결코 절멸하지 않는다. 이로써 우리는 무사히 이 세계의 고통을 망각하지 않고, 공감의 불가능성에서 가능성을 향해 나아갈 하나의 단초를 마련하게 된다.

3. 무감의 감각과 이미지의 현현

3.1. 공감 불가능성에서의 가능성

김유진의 『여름』은 한편으론 '나'와 '타인의 실존 자체'가 '서로에게' '부름'과 '응답'으로 '접촉'하는 공동 존재임을 드러낸다.[32] 이를 살피기

---

30) 강지희(2011), 앞의 글, 410쪽.
31) 조연정(2012), 앞의 글, 245쪽.
32) 박준상, 「장-뤽 낭시와 공유, 소통에 대한 물음」, 장 뤽 낭시·모리스 블랑쇼, 『밝힐 수 없는 공동체 / 마주한 공동체』, 박준상 역, 문학과지성사, 2005, 141쪽.

위해, 어른들의 기원이었던 아이들 대신 관계를 이미 맺은 어른들의 세계로 다시 돌아갈 필요가 있다. 소설 속에서 이들은 어린 아이들과 달리 이미 타인과의 관계를 맺고 있지만 위기에 봉착해 있거나, "결별하기 직전"이거나, "헤어진 지 제법 지난"[33] 상태로 등장한다.

먼저 「희미한 빛」에서의 인물들은 '나', B, L 그리고 L의 여자 친구로 모두 네 명이다. '나'는 삼 년 전에 잠시 사귀었던 L의 집에서 방세를 내며 함께 살고 있는데, L의 집에 수시로 찾아와 거리낌 없이 행동하는 L의 여자 친구에게 묘한 적대감을 가지고 있다. 한편 외국에 입양되었던 B는 자신이 태어난 모국으로 돌아와 적응하려 노력하지만 결국 실패하고 만다. 이 과정에서 '나'는 B를 부담스러워하면서도, "그를 이해하는 것은 자신 말고는 세상 어디에도 없었다"(56쪽)라는 속내를 명확히 드러내지 않은 채 관계를 유지한다.

한편, 「여름」에서는 Y와 B가 현재 동거 중인 커플로 등장한다. 소설 전반은 별다른 서사 없이 어느 여름날의 일상을 묘사하고 있다. 그런데 이들의 이야기는 로맨스 서사와는 거리가 멀다. "주로 Y를 통해 재현되는 B는 Y의 감정에 무심한 듯 보이고 Y는 그런 B를 유심히 관찰"[34]하고 있을 뿐이다.

「희미한 빛」과 「여름」이 동거 중인 인물들의 미묘한 관계를 서사의 중심축으로 삼고 있다면, 「물보라」는 예전에 함께 살았던 L과 '나'가 다시 만나 하루를 보내는 이야기로 구성되어 있다. L은 "내 말을 무시한 채"(197쪽) 꼭 가지 않아도 되는 한정식 집에 가야만 한다고 억지를 쓰고 '나'는 이러한 L의 태도에 피로감을 느낀다.

마지막으로 「우기」는 K와 헤어질 위기에 놓여 있는 '나'가 혼자 이국

33) 차미령(2012), 앞의 글, 397쪽.
34) 조연정(2012), 앞의 글, 234쪽.

으로 여행을 떠나와 K와의 기억을 반추한다는 내용을 골자로 하고 있다. "머지않아 K는 나를 떠날 것이었다."(108쪽)는 예감 속에서 '나'는 여행지의 풍경을 관찰하고 있다.

위에 열거한 소설들은 2장에서 주되게 언급했던 소설들과 달리 이미 타인과의 깊은 관계를 맺은 후 무기력에 빠져 있는 인물들을 출현시키고 있다. 특히 서술자와 관계를 맺는 인물들은 대체적으로 서술자를 배려하지 않으며 무심하게 행동하는 것처럼 보인다. 그래서 서술자 역시 상대에 대하여 "말하고 싶지 않"(「우기」, 106쪽)다고 느낀다. 즉 이들은 분명히 관계를 맺고 있음에도 불구하고, 어떠한 감정도 공유하지 않으며 서로 이방인인 것 마냥 대우하고 있는 것이다.

그런데 여기서 주목할 점은 이들이 "말한다 해도 이해할 리 없"(「우기」, 95쪽)다며 소통을 포기하는 것처럼 행동하면서도 끝까지 관계를 놓지 않는다는 점이다. 즉 이들은 "타인의 고통과 결핍을 살피는 데 무심한 듯"[35] 행동하고 또 관계로 인해 고통 받으면서도 기어이 공존하고 있다. 이는 이들의 무감함 속에 흐르는 미세한 기척들을 통해 더욱 부각된다.

『여름』에 수록된 대부분의 소설들은 숨소리, 물소리, 인기척과 같은 자취들을 섬세하게 표현하고 있다. 각기 다른 단편들이 묶여 있음에도 불구하고, 일상 속에서 흔히 흘려보내는 내밀한 심상들이 반복적으로 묘사됨으로써 일관된 분위기를 조성하고 있는 것이다. 서사 구석구석에 배치된 감각적 표현들은 김유진 소설 특유의 "나른하면서도 모호한"[36] 공기를 자아낸다. 따라서 인물들은 서로 떨어져 있다할지라도 자신의 주변에 맴도는 상대의 공기를 느끼는 것처럼 보인다. 예를 들어, 「희미한 빛」에서의 인물들은 서로에 대한 "몰이해" 속에서도 "모든 소음을 공유"(39쪽)하

---

35) 강지희(2011), 앞의 글, 415쪽.
36) 조연정(2012), 앞의 글, 230쪽.

며 살아가고 있다. 이처럼 김유진의 소설은 관계 내부에 사라진 말을 대신해 그 자리를 소리, 먼지, 빛, 모래 등의 이미지들로 채움으로써 인물들 간의 공동 감각을 마련하고 있는 것이다.

그러나 김유진의 소설은 부유하는 이미지들을 넘어 감정의 동일화를 이루려는 지점에선 오히려 상대와 완벽히 결합할 수 없다는 사실을 노출시킨다. 소설 속에선 오로지 타인의 실존 그 자체를 보존하는 방식을 통해서만 접촉이 가능한 것이다. 즉, "미세한 기적과 세밀한 풍경을 발견하며 자신이 속한 침묵의 관계들을 응시"[37]할 때만 감정의 연대가 일어난다. 그 예로 「희미한 빛」에서 L, L의 여자친구 그리고 '나'가 일시적으로 소통하는 장면을 들 수 있다. L의 여자 친구의, 나체 사진을 찍는 과정에서 서로를 향해 "외톨이"(56쪽)처럼 굴던 인물들 사이의 긴장이 순간 무너져 내리는 것이다.[38]

공동 사진 작업을 하는 동안 그들은 거의 아무런 대화도 나누지 않지만, 그 순간의 공기만큼은 그들 사이에 공동 감각을 부여한다. '나'는 "천천히 마음이 진정되는 것을 느"(58쪽)낄 뿐 아니라 이내 "이해라는 단어가 참 재미있는 말"이라는 "생각을 문득"(61쪽) 한다. 하지만 '나'는 여전히 그들과 "아무런 대화도 나누지 않"는다.(61쪽) 단지 소설은 이들이 공유하고 있는 공동 감각이 오로지 '무감'임을 보여준다.

> 볕이 잘 드는 담장과 지붕 위에는 어김없이 고양이들이 오수를 즐기고 있었다. 건조하고 시원한 바람, 푸르른 활엽수들, 잎 사이로 산산이 부서지며 쏟아지는 햇빛 냄새와 뒤섞인 나무줄기의 풋내를, 나는 무감하게 받아들였다. B를 어디까지 이해하고 용인해야 할지 감당할 수 없었다. (54쪽)

---

37) 위의 글, 231쪽.
38) 강동호 외, 「이야기의 인력, 떠오르는 여백-2010년 봄의 한국소설」, 『문학동네』 2010년 여름호, 603쪽.

이러한 무목적성의 연대감은 「희미한 빛」에서의 '나'와 B 사이에서도 나타난다. '나'는 B와 마을을 산책하는 동안 B를 도통 "이해하고 용인"할 수는 없다고 느끼면서 동시에 B와 함께 바라본 자연의 이미지들만은 "무감"(54쪽)하게 받아들이는 모습을 보인다.

이처럼 김유진의 소설은 "관계의 소통 불능을 절망적으로 증명"하지도 혹은 "진정한 소통은 침묵에서 시작된다는 어떤 태도를 강조"39)하지도 않는다. 대신 복잡한 관계망 속에 공존하는 이미지들을 통해 결국 타자와의 동일성을 추구하는 것이 아니라, 서로 간의 정념과 정념이 접촉하는 것만이 유일한 '우리'의 가능성임을 드러낸다. 소설 속 인물들은 그저 '무감' 그 자체를 자연스레 공유함으로써 타자라는 고통을 이겨낼 가능성을 가지게 된다. '우리'가 탄생하는 것은 '무엇'을 '나누기 위해서'가 아니라 '다만 함께 있기 위해 함께 있음',40) 즉 공감의 불가능성이라는 토대로부터 가능성이 발견되는 것이다.

3.2. 개별성의 보존과 연인들의 공동체

김유진의 소설에서 인물들은 '어떤 공동체'라는 규정 속에 편입되기 위해 애쓰거나 '고정된 공동의 속성'을 담보하기 위해 매진하지 않는다. 소설은 오로지 우연한 발생으로 '우리'의 가능성을 드러낸다. 이는 서로의 고통이 동일화되는 것이 아니라 '나의 존재 자체'가 '관계 가운데 해소될 때, 그 순간에 가능한' 공동 존재를 뜻한다.41) 이런 점에서 「여름」과 「희미한 빛」의 결말을 보다 주목할 필요가 있다. "인물의 내면적 진실이 그

---

39) 조연정(2012), 앞의 글, 232쪽.
40) 박준상(2005), 앞의 글, 141쪽.
41) 박준상, 「모리스 블랑쇼, 얼굴 없는 "사제"」, 장 뤽 낭시·모리스 블랑쇼, 『밝힐 수 없는 공동체 / 마주한 공동체』, 박준상 역, 문학과지성사, 2005, 97쪽.

의 말과 행동보다 그가 목격하는 '풍경' 속에 더 잘 간직되어"42) 있다는 사실은 "나의 존재에로도 타자의 존재에로도 환원될 수 없는 공동의 영역"43)을 암시한다. 즉 그들은 '함께-있음' 그 자체를 통해 타자라는 고통의 공감 불가능 속에서 정념의 접촉을 시도하는 것이다.

> Y는 체리나무 앞에서 걸음을 멈췄다. 시멘트는 체리나무 그늘에 작은 봉분 모양으로 단단하게 굳어 있었다. 봉우리 부분이 피로 검게 물들었다. 바람이 불었다. 올여름 들어 가장 시원한 바람이었다. 완벽히 익은 체리는 제 무게를 이기지 못하고 쉼 없이 땅으로 떨어졌다. 떨어진 체리들이 나무 주위에 쌓여, 거대한 화관을 만들고 있었다. Y는 그 화관 안으로 발을 디뎠다. 검은빛에 가까운 진녹색의 잎사귀와 한여름의 햇빛을 받으며 뒤늦게 여물어가는 어린 열매가 보였다. Y는 힘껏 뛰어, 길게 늘어진 체리나무 가지를 꺾어 보였다. (89쪽)

위 인용문은 「여름」의 마지막 장면으로, Y와 체리나무의 모습이 정교하게 묘사되어 있다. "쉼 없이 땅으로 떨어"져 마치 "피로 검게 물"든 것과 같은 '체리나무'의 이미지는 소설 중후반부에 서술되어 있던 과실수 장면을 떠올리게 만든다. 인용문보다 앞서서 "한 그루는 열매가 너무 익어 땅에 떨어진 것들이 제법이었고, 다른 나무는 이제 막 열매를 맺고 있었"다는 "각기 생장이"(85쪽) 다른 두 과실수에 대한 묘사가 있었던 것이다. B로 추정되는 서술자는 과실수를 바라보며 "같은 나무일지라도, 나뭇잎들은 저마다 다른 시간 속을 사는 것"(85쪽)이라고 중얼거린다. B의 눈에 비친 과실수의 나뭇잎은 "크기가 같은 것이 없"고 "표면에 솜털이 돋은 어린잎"부터 "끝부터 말라가는, 죽어가는 잎"(85쪽)까지 다양하다.

---

42) 차미령(2012), 앞의 글, 400-401쪽.
43) 박준상(2005), 앞의 글, 97쪽.

이를 염두에 두며 다시 인용한 소설의 결말부로 돌아가면, '체리나무'가 사실상 Y와 동거 관계에 있는 B를 의미함[44]을 추론할 수 있다. B는 어렸을 적 추억이 있는 '체리'로 체리주를 만들어먹자고 제안했을 뿐 아니라 그보다 앞서 B가 각혈하여 "시멘트와 땅이 검붉게 물"(84쪽)드는 장면 또한 제시된 바 있기 때문이다. 소설은 여러 번 '붉음'의 이미지를 B와 포개놓음으로써, '체리나무'를 통해서 자연스럽게 B를 떠올리게끔 만든다.

소설은 결말부에 이르기까지, Y가 상대적으로 B에게 더 의존하는 모습을 보여주었다. Y에 비해 B는 무심한 듯 보였으며, 이들의 사랑에는 일정 정도의 온도차가 존재했던 것이다. 그러나 "뒤늦"었지만 "여물어가는 어린 열매"(89쪽)를 맺고 있는 체리나무에 대한 묘사는 B의 사랑이 앞으로 보다 짙어질 것을 암시한다. 소설은 '체리나무'로 상징되는 B의 정념이 Y의 정념과 풍경을 통해 공존하고 있음을 보여주는 것이다. 이렇게 풍경으로써 '함께-있음'은 「희미한 빛」에서도 흡사하게 나타난다.

> 늙은 공작은 구애 중이었다. … 구애는 약 15분간 이어졌다. 그러나 우리 안의 암컷들은 그에게 관심이 없었다. 여행하는 내내 날이 흐렸다. 흐린 날을 기다려 구애하는 것이 공작의 습성이라고 했다. … 공작의 생태에 관한 안내문과 경고 문구가 적힌 표지판을 단 원형 철조망, 그 주변을 에워싼 개화한 모감주 나무, 나뭇잎과 닮은 모양새의 비늘구름 사이로 이제 막 들이치기 시작한 희미한 빛을, 나는 바라보았다. (「희미한 빛」, 61쪽)

---

44) 이 부분의 해석에 있어 차미령은 "몇 페이지에 앞서서 Y가 각혈을 했다는 사실을 잊지 않"았다면 '체리나무'가 Y일 것이라고 짐작하고, 체리가 "쉼 없이" 떨어지는 것을 B로부터 벗어나는 Y의 해방감을 암시하고 있다고 보고 있다. (차미령(2012), 앞의 글, 402쪽.) 그러나 「여름」에서 "B가 왈칵 피를 토했다."(83쪽)라는 문장을 찾아볼 수 있듯, 각혈을 한 것은 Y가 아니라 B이다.

「희미한 빛」에서 '나'는 B를 사랑하지 않음에도 계속해서 B를 사랑한다고 고백하는 편지를 보낸 바 있다. '나'는 B를 부담스러워하면서도 관계를 끊지 않은 채 사랑을 발음했던 것이다. 이런 점에서 "흐린 날을 기다려 구애하는" "공작의 습성"과 싫은 내색을 하지 못하고 '수동적으로 타인의 눈치를 보며 관계를 지속시켜온 화자'는 매우 흡사해 보인다.[45] 그런데 서술자가 자신과 같은 공작을 바라보는 그 순간에 "비늘구름 사이로" "희미한 빛"이 "막 들이치기 시작"한다.

이처럼 소설은 나와 B의 감정이 명확히 규명되어야 할 결말부에서 다시금 서사의 인과관계를 무너뜨리며 풍경에 기대어 연대의 가능성을 암시한다. 지금까지 '나'는 날씨의 영향을 받아 습관적으로 이뤄지는 공작새의 구애처럼, B를 전혀 이해하려 들지 않으면서도 B에게 사랑한다고 고백하는 일방적 관계를 맺어왔다. 그런데 서술자는 공작새를 관찰한 이후 순간 "주변을 에워싼" "희미한 빛"이 들이치는 것을 바라봄으로써 자신의 '변화'를 깨닫는 것처럼 보인다.[46] 우리는 마침내 빛을 응시하는 서술자를 통해 이들이 소통에 끊임없이 실패하더라도, 우연히 발하는 빛처럼 자신들도 모르게 고무되어 계속해서 서로 헛되이 접촉할 것을 감지하게 된다. 즉 '무(無)를 위한 사랑의 시도'[47]를 발견하게 되는 것이다. 이로

---

45) 강동호 외(2010), 앞의 글, 605쪽.

46) 이 부분에 대해서는 여러 해석이 존재한다. 우선 차미령은 구애를 펼치고 있는 공작새가 "자동 반사적으로 이루어지는 연상의 반대편에서" '나'를 의미할 수도 있다고 해석하며, "그런 시선으로 본다면, 공작에 대한 묘사는 게으른 자기만족이 아니라 신랄한 자기 해부"라고 지적한다. (차미령(2012), 앞의 글, 403쪽.) 강지희 역시 공작이 '나'를 의미한다고 바라보며 "공작이 구애에 실패해서 깃털을 접는 순간 희미한 빛"이 비친다는 점에 주목, '나'와 B의 관계가 "그저 우연처럼 어느 날 문득" "미묘한 변화"를 겪을 수 있다는 점을 암시한다고 해석하고 있다. (강동호 외(2010), 앞의 글, 605쪽.) 한편 송종원은 구애를 하는 공작새의 모습에 쓸쓸한 B의 모습이 겹쳐진다고 해석하지만 "인물들의 관계망 속에서 B의 자리는 화자의 자리이기도"하다는 점에서 "인물들의 연대적 분위기"가 일어나고 있다고 지적한다. (위의 글, 605쪽.)

47) 모리스 블랑쇼, 「밝힐 수 없는 공동체」, 『밝힐 수 없는 공동체 / 마주한 공동체』, 박준상

써 소설은 마치 실수처럼 순간적으로 들이쳐 빛날, 연인들의 공동체48)를 드러낸다. 따라서 이 장면은 나와 B를 비롯한 관계들의 완전한 단절 혹은 뚜렷한 이름을 가진 공동체가 아니라 서로의 개별성을 그대로 보존함으로써 공동의 영역을 알리는 새로운 고통의 연대를 암시한다. 김유진의 소설은 아무것도 아닌 것, 결국 어떠한 다른 목적도 가지지 않은 상태에 도달하는 관계들을 통해 공동체의 가능성을 발현하는 것이다.

정리하면, 김유진의 소설은 개별적 존재들의 소통 불가능성을 '무감' 그 자체를 숙고함으로써 이겨내고 이로부터 서로의 이질적인 부분들을 환원하지 않는 새로운 공동체를 예감한다. 특히 「여름」과 「희미한 빛」의 결말부에 공통적으로 묘사된 새어나오는 '빛'의 이미지는 '내 바깥의 존재'로49) 향해가는 순간을 상징한다. 즉 '나의 존재가 관계 안에서 해소되는 때'50)에야 비로소 가능해지는 새로운 연대를 시사하는 것이다. 이렇게 김유진의 『여름』은 '미래'를 '이미지의 파편'들을 통해 '희미하고 모호하며 비밀스럽게 현시'하고 있지만, 어느새 나에게 '부드럽게 스며드는 타인'51)을 통하여 진정한 고통의 연대를 넌지시 실현하고 있다.

4. 나가며

김유진의 『여름』은 21세기 문학에 귀환한 고통을 새롭게 보여주고 있다. 김유진의 초기작이 고통을 거대한 재앙으로만 펼쳐놓거나 휴머니즘과

역, 문학과지성사, 2005, 80쪽.
48) 강지희 역시 김유진의 2010년대 작품이라 할 수 있는 장편소설 『숨은 밤』에서 이러한 연인들의 공동체를 발견한다. 자세한 내용은 강지희(2011), 앞의 글, 416쪽 참고.
49) 박준상(2005), 앞의 글, 97쪽.
50) 위의 글, 97쪽.
51) 강지희(2011), 앞의 글, 417쪽.

같이 손쉽게 공감해버렸다면, 김유진의 『여름』은 타인의 고통에 무감한 현실에 무감 그 자체를 감정으로 진화시킴으로써 역설적으로 일상화된 고통을 알린다. 그리고 이를 통해 진정한 '우리'를 이야기하기 시작한다. 무감을 감각함으로써 발현될 공동 존재의 가능성을 시사하는 것이다. 특히 이러한 '함께-있음'의 순간이 풍경과 이미지를 통해 이뤄진다는 점은 김유진 소설만이 가진 특징이라 할 수 있다.

앞서 언급한대로 김유진의 초기 소설들은 고통을 이미 삶의 원초적 조건으로 설정하고, 이를 맹렬하게 드러내는 쪽에 가까웠다. 그래서 김유진은 자주 편혜영의 계보를 잇는 작가로 논의[52]되어온 바 있다. 즉 등단 시기인 2004년부터 2007년 사이에 발표된 작품들이 묶인 『늑대의 문장』은 2000년대 초중반 발표된 한국소설들의 연장선상이라는 좌표 속에 배치[53] 되었던 것이다.

그러나 지금까지 살펴본 바와 같이, 김유진의 작품세계는 2010년을 전후하여 확연히 변화하고 있다. 그녀는 더 이상 고통을 20세기식 재앙의 사건으로 형상화하지 않는다. 거대한 고통을 전시함으로써 현실에 가득한 고통을 외면하거나 혹은 동정과 연민으로 안일하게 갈음해버리지 않는 것이다. 따라서 소설에서 극적으로 재현되던 자연의 풍경은 이제 그 원시성이 가지고 있던 난폭함의 옷을 벗고, 일상에 조용히 스며든 빛의 문장으로 나타난다.

이러한 김유진 특유의 "미문(美文)"은 이미지의 나열에 그칠 위험을 가

---

52) 손정수는 편혜영의 시체들과 김유진의 꿈을 상상계의 한쪽 끝으로 설정해 비교하고 있고 (손정수, 「사라진 이름들이 우리에게 말해주는 것」, 『오늘의 문예비평』 2006년 여름호), 박진은 편혜영, 김유진, 김중혁의 소설들을 새로운 기호계의 상상으로 해석하고 있으며(박진, 「달아나는 텍스트들」, 『문예중앙』 2005년 가을호), 서희원은 박성원과 김유진의 소설을 비교하는데 있어 앞선 작가로 '편혜영'을 언급하고 있다. (서희원, 「죽음이 말하지 못한 것, 문학이 말하는 것」, 『자음과 모음』 2009년 가을호.)

53) 김미정(2011), 앞의 글, 343쪽.

지고 있음에도 불구하고, "이미지를 매개로 감정을 발견하고 공유하는"[54] 시적인 작동 방식을 구현해낸다. 즉 무감에서 끝나지 않는 감정의 세계를 확보하는 것이다. 비록 스토리가 사라진 자리에 제시되는 모호한 이미지들은 '오독'될 여지를 남기지만, 이는 분명히 김유진 소설만이 가진 '매혹'[55]임에 틀림없다.

그녀의 소리 없는 풍경에서 탄생한, 즉 공감의 불가능성에서 가능해진 '함께-있음'의 세계는 우리에게 감정과 고통을 새롭게 사유하게끔 한다. 다시 말해, 김유진의 『여름』은 고통에 무감해져만 가는 현실에서 그 무감의 감정 자체를 직시함으로써 결코 고통을 망각하지 않는다. 더불어 그녀의 소설은 감정을 천천히 배워나갈 것을 요청하기까지 한다. 이처럼 21세기 한국문학은 기존과는 다른 방식으로 세계를 읽어내고자 부단히 노력하고 있는 것이다. 이러한 한국문학의 흐름 속에서 김유진의 작품세계가 짧은 기간 사이 변화했다는 점은 앞으로 더욱 빛을 발할 그녀의 풍경을 기대하게끔 만든다.

---

54) 조연정(2012), 앞의 글, 229쪽.
55) 강지희(2011), 앞의 글, 408쪽.

참고문헌

1. 김유진 작품 목록

『늑대의 문장』, 문학동네, 2009.

『숨은 밤』, 문학동네, 2011.

『여름』, 문학과지성사, 2012.

「눈동자」, 『젊은소설(2006)』, 문학나무, 2006.

「눈 위의 발자국」, 『사랑해, 눈』, 열림원, 2011.

「커트」, 『제1회 웹진문지문학상 수상작품집』, 문학과지성사, 2011.

「글렌」, 『한밤의 산행(테마 소설집)』, 한겨레출판사, 2014.

2. 단행본

모리스 블랑쇼·장 뤽 낭시, 『밝힐 수 없는 공동체 / 마주한 공동체』, 박준상 역, 문학과
　　지성사, 2005.

모리오카 마사히로, 『무통문명』, 이창익·조성윤 역, 모멘토, 2005.

주디스 허먼, 『트라우마』, 최현정 역, 플래닛, 2007.

3. 논문 및 평론

강동호, 「그로테스크 적막-김유진 소설집, 『늑대의 문장』(문학동네, 2009)」, 『문학과 사
　　회』 2009년 여름호, 511-515쪽.

강동호 외, 「이야기의 인력, 떠오르는 여백-2010년 봄의 한국소설」, 『문학동네』 2010
　　년 여름호, 585-629쪽.

강유정, 「지금 여기의 비극, 당신의 고통」, 『세계의 문학』 2011년 가을호, 385-409쪽.

강지희, 「무성한 감각의 풍경」, 『문학동네』 2011년 겨울호, 407-417쪽.

김미정, 「불안은 어떻게 분노가 되어갔는가」, 『문학동네』 2011년 여름호, 331-346쪽.

김미현 외, 「소설 부문 심사평」, 『문학동네』 2004년 가을호, 26-37쪽.

박성창, 「고통의 문학적 재현과 비극적 모더니티의 수사학」, 『세계의 문학』 2010년 겨
　　울호, 405-422쪽.

박　진, 「달아나는 텍스트들」, 『문예중앙』 2005년 가을호, 47-62쪽.

서희원, 「비애와 고독이 가득한 죽음의 책 : 「늑대의 문장」, 김유진 저 <書評>」, 『문학
　　수첩』 2009년 가을호, 468-471쪽.

_____, 「죽음이 말하지 못한 것, 문학이 말하는 것 : 박성원과 김유진의 소설」, 『자음
과 모음』 2009년 가을호, 1020-1038쪽.

_____, 「분노의 날」, 『문예중앙』 2012년 봄호, 541-554쪽.

손정수, 「사라진 이름들이 우리에게 말해주는 것」, 『오늘의 문예비평』 2006년 여름호,
46-60쪽.

조연정, 「마음의 풍경, 풍경의 마음」, 김유진, 『여름』 해설, 문학과지성사, 2012,
222-254쪽.

차미령, 「인상과의 복화술」, 『문학과 사회』 2012년 봄호, 388-403쪽.

4. 기타자료

정철훈, 「김유진 첫 소설집 '늑대의 문장'」, 『국민일보』, 2009. 04. 10.

배명훈론
－보편적 우주와 사랑의 윤리

최예슬(이화여대 국문과 박사과정)

1. 들어가며

2000년대 이후 소설에서 현실과 관련하여 빼놓을 수 없는 소설적 흐름이 바로 '외부의 탄생'[1]이다. 이 외부 세계는 우리와 같은 규칙과 감각을 공유하는 내부가 아닌 이질성과 혼혈성을 특징으로 하는 외부로서 발견[2]된다는 점에서 독특성을 가진다.

분명 배명훈의 우주는 2000년대의 현실과 관련하여 빼놓을 수 없는 소설적 흐름인 낯선 외부[3]로 존재한다. 개인의 자발성과 고유성에 대한 허구적 신념을 무너뜨리면서 인식의 전환을 유발[4]하는 SF 장르의 특징으로도 바라볼 수 있고, 공상과학소설이 요구하는 장르적 특성과 소설내적 총체성이라는 이율배반적인 요소가 기이한 형식으로 병존[5]하는 전략으로

---

1) 이경재, 「2000년대 소설의 윤리와 정치」, 『창작과 비평』 2010년 겨울호, 65쪽.
2) 위의 글, 66쪽.
3) 위의 글, 65-66쪽.
4) 박진, 「장르들과 접속하는 문학의 스펙트럼」, 『창작과 비평』 2008년 여름호, 48쪽.

볼 수도 있다. 배명훈은 소설집 『안녕, 인공존재!』[6]는 여전히 우주적 상상력을 발휘하여 한껏 낯선 외부를 보여준다. 이 낯선 외부는 일상을 한층 더 기이하게 변화시킨다. '우주'라는 외부 세계와의 마주침을 통해 일상에 대한 감각은 재구성되며 새로운 삶의 형식으로 나아간다.

배명훈의 소설은 언제나 '장르소설', 'SF소설'이 수식어처럼 붙어 있지만, 배명훈 소설의 새로움은 장르적 문법에서 오는 독창성만은 아닐 것이다. 『안녕, 인공존재!』에서 불완전한 존재인 인간은, '우주'라는 낯선 외부와 접속하여 도리어 '시대와 장소를 초월한 보편적인 인간의 영혼'을 찾아가게 된다. 인물들은 우주 공간을 경유하면서 상처를 위로받고, 진리로서의 사랑을 추구하도록 승인받는다. 작가에게 있어서 우주는 때로는 한없이 사랑스러운 시공간으로 변모하는 곳이기도 하다. 이 글에서는 배명훈의 단편집 『안녕, 인공존재!』에서 나타나는 우주적 세계관이 어떤 의미인지 살펴보고, 이 소설집이 배명훈의 작품 세계에서 점유하고 있는 유의미한 지점에 대해서 되새기고자 한다.

2. 존재의 단독성과 보편적 우주

2.1. 공백의 주체와 불안정한 세계

『안녕, 인공존재!』에서 소설집 전체를 관통하는 주제는 '존재'에 관한 물음이다. 배명훈의 소설에서 인물들은 허무와 절망에 사로잡히거나 나르시시즘적 주체에 머물러 있지 않는다. 그들은 끊임없이 존재에 대한 탐구

---

5) 류보선, 「우주적 상상력과 반복의 윤리」, 『문학동네』 2011년 겨울호, 145쪽.
6) 배명훈, 『안녕, 인공존재』, 문학동네, 2011. (이하 인용부분은 괄호 안에 페이지로 표기).

를 통해 자아를 들여다보고, 나아가서 '나'와 '너'의 관계, '나'와 '세계'와의 관계를 규명하려 한다. 「크레인, 크레인」에서 어느 날 갑자기 사랑하는 은경이를 찾아 가족과 직장을 버리고 중국으로 떠나는 '나', 「누군가를 만났어」에서 '너'의 부재를 잊기 위해 중국의 사막으로 떠나는 고고심령학자 '나', 「얼굴이 커졌다」에서 '너'를 사랑하고 있다는 사실을 깨닫기까지 세상 모든 얼굴이 크게만 보였던 '나' 등, 이 소설집에서는 유독 '존재'에 대한 깊은 성찰의 과정을 보여준다.

「안녕, 인공존재!」는 '존재에 대한 의심'을 통해서만 '존재' 가능한 역설적인 상황이 발생한다. 자살한 신우정 박사의 유작 "조약". 이경수는 "조약"의 존재를 증명하기 위해 고군분투한다. "조약"은 데카르트의 '방법론적 회의' 공법으로 디자인되었다. 즉, 회의(懷疑) 회로를 통해 데카르트의 존재 추출법을 반복적으로 시행하여 순도 높은 결정형태의 존재, Cogito를 추출해내는 원리다. 의심하는 자아를 의심하는 논리 순환이 무한 반복을 거듭하여 존재가 발생하는 것이다. 따라서 전원을 연결해도 그 어떤 감각기관을 자극하는 출력이 발생하지 않는 형태로 존재하며, 외부의 시선으로 보기에 "조약"은 전원을 연결해도 아무런 작용이 일어나지 않는 것처럼 보이게 된다. "조약"은 감각기관을 자극하여 발생되는 실재하지 않는 '세상'을 차단하고, 오로지 순수 결정체로서의 존재에 이르기 위해 노력을 거듭한다.

그 어떤 상황에도 묵묵부답인 "조약"을 바라보며, 이경수는 "존재가 어떻게 다른 존재에게 전해질 수 있을까"(114쪽)를 밝혀내기 위해 고민한다. 이경수는 신우정이 남긴 유작의 정체를 밝혀내려 노력하지만, 그럴수록 "조약"의 정체는 희미해져가고, 오히려 그것을 만든 신우정에 대한 기억만이 선명해진다. 우주왕복선 비행을 기다리는 우주비행사 이경수는, 일년에 한 번씩 발사되기에도 어려운, 어쩌면 영원히 자신의 비행 차례가

돌아오지 않을지도 모르는 막연한 불안감을 안고 "조약"을 연구한다. 그럴수록 신우정이 남긴 '제품 설명서'가 '유서'처럼 느껴지고, 신우정의 죽음이나 외로움이 자신의 막막하고 불안한 처지와도 같아 모든 것을 이해할 것만 같았다. 이경수의 말처럼, 그는 신우정의 부재(죽음)를 통해서 역설적으로 그녀의 존재를 체감하게 된다. 신우정의 존재는 '빈자리'로서 그 크기가 드러나게 된다. 그리고 "조약"을 우주로 날려 보냈음에도 불구하고, 역설적으로 존재의 빈자리는 이경수의 내면에 커다란 구멍을 내게 된다. 그 구멍을 통해 이경수는 신우정의 존재가 자신에게 매우 큰 자리였음을 깨닫게 된다.

홍미로운 점은, "조약"은 방법론적 회의를 거듭하여 신의 증명, 깨달음에 도달하는 순간 폭발하며 소멸하게 된다. 존재에 대한 압도적인 사유가 이어지는 중간에 필연적으로 발생하게 되는 공백. 즉, 존재가 존재하지 않는 순간을 인식하는 공백의 순간, 존재는 사라지게 되는 것이다. 우주의 관점에서는 아주 미세한 공백이지만, 인간의 관점에서는 한없이 커다란 일그러짐이다. 이경수 역시도 "조약"을 우주로 날려 보내고, 조약과 신우정에 대한 기억을 지워갈 즈음이었다. 더 이상 존재가 존재하지 않는 순간에 이르자, 존재는 우주에서 대폭발을 일으키며 영원히 소멸하기에 이른다.

「안녕, 인공존재!」에서 존재는 부재하는 중심으로서만 존재[7]한다. "조약"의 존재 방식은, 바디우(Alain Badiou)가 말하는 '공백으로서의 공집합'이다. 공백은 직관이나 지각, 경험을 통해 파악할 수 없는 것이다. 공백은 현시될 수 없는 것의 현시이며, 고정할 수 없는 것이고, 상황 속에서 배회하는 구조화될 수 없는 다수이기 때문에 구조화 작용 이전의 존재이다.[8]

---

7) 서영채, 「역설의 생산 : 문학성에 대한 성찰」, 『문학동네』 2009년 봄호, 305쪽.
8) 서용순, 「바디우 철학에서의 존재, 진리, 주체 : 존재와 사건을 중심으로」, 『철학논집』 27호,

공백의 존재는 상황의 안정적 일관성을 위협한다. 공백은 상황의 셈이 가져오는 불안정한 결과이기 때문에, 다수의 현시로서의 상황은 항상 공백의 위협 아래에 있다.9) 부재함으로서 오히려 존재한다는 '존재의 역설'은 자살한 신우정이 남기고자 했던 유서와도 같은 메시지이다. 그리고 존재폭발과 함께 사라지는 순간 "존재는 누구의 도움도 받지 않고 혼자 힘으로 스스로를 증명"(133쪽)하게 되는 것이다. 이 말을 다시 역설적으로 생각해 보자면, 존재란 늘 불안정하다는 속성이 있다. 거대한 우주 속에서 미세한 존재에 지나지 않는 인간은, 늘 자신의 불안정함에 대해서 필연적으로 안고 가야 하는 운명인 것이다.

「엄마의 설명력」에서 입양된 딸 묵희는 끊임없이 자신의 존재에 의문을 제기한다. 혼혈소녀 묵희는, 아빠에 대한 거듭되는 엄마의 거짓말로 인해 점점 자신의 존재가 미궁에 빠지고 있음에 괴로워한다. 이때 묵희의 엄마는, 묵희의 특별하고 비밀스러운 존재의 당위성을 위해 '천동설'과 '지동설'을 끌어온다. '천동설'은 '지동설'에 밀려 폐기된 이론이다. 이 소설에서는 '천동설'이 진실이고, '지동설'은 기득권 세력의 음모에 불과하다. 미국 나사를 비롯한 전 세계 우주개발기구들은 대중들을 지동설의 세상에 붙들어 두기 위해 온갖 음모를 꾸며서 진실을 호도한다는 요점이다. 그리고 '천동설'을 신봉하는 로켓 공학자 아빠로 인해, 묵희는 은폐되어야만 하는 특별한 존재로 거듭난다.10) 혼혈 소녀 묵희의 존재는 '우주' 공간을 매개로 '혼혈'이라는 소수의 삶에서, 단독성(singularity)의 존재로 나아가게 되는 것이다.

2011, 91쪽.

9) 위의 글, 91쪽.

10) 신형철, 「그는 상상력이다」, 배명훈, 『안녕, 인공존재!』해설, 북하우스, 2010, 317-318쪽.

2.2. 진리의 단독성과 보편적 세계로서의 우주

'우주'는 인물들이 자신의 존재 증명을 위해 필수적으로 경유하는 곳이다. 특히 영매, 무녀, 고고심령학, 숨겨진 예언자 등을 통해 이질적인 존재와 공간을 연결해주는 매개자들이 등장한다.

「누군가를 만났어」의 '나'는 '고고심령학'이라는 학문을 연구한다. 고고심령학은 '혼령의 존재'를 과학적으로 측정해내는 작업이다. 이 학문이 밝혀내고자 하는 목표는 "시대와 장소를 초월한 보편적인 인간의 영혼"(77쪽)이다. '나'는 중국의 어느 사막 지역에서 고대 투르크계 민족의 분노하는 영혼, 중일 전쟁 당시 묻힌 폭탄, 공룡 화석이 차례로 발견되는 것을 경험한다. 동일한 장소에서 시간 차이라는 간극을 두고 다른 사건이 발생한 것이다.

'나'는 영혼, 폭탄, 화석을 발굴하는 세 탐사단을 우주적인 관점에서 바라본다. 모두들 '자기 나름대로의 땅'을 재단하기에 여념이 없을 뿐이다. '나'는 문제의 땅에서 영혼-폭탄-화석이라는 세 가지 사건을 연결해주는 새로운 단서를 발견한다. 지층의 가장 하층부에서, 공룡들이 땅 위를 활보하던 시절에 외계 행성에서 지구로 보낸 탐사 차량을 발견한 것이다. 아주 오랜 옛날, 그토록 먼 우주에서 누군가가 이곳에 왔었다는 사실을 알아낸 것이다. 결국 '나'가 찾았던 것은 단순한 외계인의 흔적이 아니라, "시대와 장소를 초월한 보편적인 영혼"(77쪽)에 관한 것이었다. 누군가가 이곳에 왔었다는 사실의 발견을 통해, '나'는 불확실함과 불안감에 시달리던 어제까지와는 달리 "오늘은 그냥 행복하기만 하다"(95쪽)고 말한다. 외계의 흔적을 통해 과거와 현재의 역사가 연결된다. 고고심령학자인 '나'와 화상 탐사 장비 디자인 일을 맡은 '너'가 연결되고, 땅과 하늘, 지구와 우주가 연결된다.[11] '나'는 외계의 흔적을 통해 비로소 위로받는다. 머나

먼 중국 사막에서 땅을 파고 있는 '나', 사랑하는 '너'로부터 버림받았다고 생각했던 '나', 과거 언제쯤인가, 심지어 외계의 누군가와도 전혀 다르지 않는 고민과 아픔을 넘나들었던 보편적인 존재인 것이다.

「크레인 크레인」에서도 무녀 은경은 인간 세계와 신을 매개하는 존재이며, 그녀가 운전하는 '크레인'은 하늘과 땅을 매개하는 역할을 한다. 독특하게도 은경에게 신내림이란, 언니 대신에 가업을 물려받아 크레인을 운전해야 하는 사명감이다. 은경은 이것을 "하늘과 땅을 이어주는 일"(25쪽)이라고 칭한다. 내륙과의 길이 끊어진 중국의 오지 산간 마을. 매일같이 마을 사람들을 내륙과 이어주는 것은 은경이가 운전하는 거대한 크레인이다. 은경이는 크레인을 조종하여 마을 사람들이 타고 있는 버스를, 절벽과 절벽 사이를 건널 수 있도록 옮겨주는 역할을 한다. 마을 사람들에게 크레인이란 신격화된 존재와도 같다. 심지어 크레인은 창세 설화에도 등장하며 자신의 존재에 설득력을 더한다.

나와 은경은 각자의 삶에 놓인 운명을 거스르고 '사랑'에 도달하려 하고, 이 때 크레인으로부터 우주의 시공간을 거스르는 변화를 겪게 된다. '나'와 은경을 실은 크레인은, 지구를 벗어나 우주 공간을 거스르며 끝없이 수직상승하여 '태초의 크레인'이 존재하는 지점으로 나아간다. 나와 은경의 관계는 태초의 크레인인 '기중신'의 승인을 받는다. 작가가 인지하는 광활한 우주 공간이란, 모든 일이 '동시에' 발생하며, 다만 너무 광활한 시공간에 펼쳐져 있기 때문에 한 곳에서 일어난 일이 다른 곳으로 전달되는 데까지 걸리는 시간이 아주 오랫동안 소요되는 곳이다. 에른스트 블로흐가 말한 '비동시성의 동시성'과도 같은 의미로, 광활한 우주에 펼쳐져 있는 우리는 근대적인 다중적 시간을 살고 있으며, 대게 자신이

---

11) 위의 글, 304-305쪽.

옳다고 믿는 대로 사랑하면서 살고 있다. 그러나 우리가 믿고 전부라고 알고 있었던 개별적인 방식들은 결국 우주적 관점에서 바라보면 '보편성'과 맞닿아 있는 것이다.

『안녕, 인공존재!』에서 인물들은 우주 공간을 경유하면서 자신의 상처를 위로받고 치유한다. 그들은 우주를 거치면서 "시대와 장소를 초월한 보편적인 인간의 영혼"(77쪽)과 조우한다. 그리고 자신의 선택이, 자신의 상흔이 결코 이 세계와 단절된 것이 아니라는 것을 깨닫고 위로받는다. 더 이상 외로워지지 않아도 되는 것이다. 진리의 '단독성(singularity)'이란 "즉각 보편화할 수 있다"는 의미이다. 바디우에게는 진리만이 그 자체로서 차이에 무관심하고 모든 자에게 동일한 것이며, 사건으로서의 진리는 바로 이런 의미의 '보편성'이 기존의 것들에 대해 갖는 절대적 새로움을 뜻한다.12)

배명훈의 소설에서 등장하는 '우주'는 개별적 진리를 광활한 시공간으로 품고 있는 세계이다. 그 개별적 진리의 '단독성(singularity)'은 "시대와 장소를 초월한 인간의 보편적 영혼"으로 나아간다. 우주는 인물들이 자신의 상처를 치유 받는 곳이다. 다시 말해서, 배명훈의 우주는 공감과 소통으로 나아가는 넉넉하고 낙관적인 세계인 것이다.

---

12) 황정아, 「묻혀버린 질문 : '윤리'에 관한 비평과 외국이론 수용의 문제」, 『창작과 비평』 2009년 여름호, 106쪽.

3. 공제된 세계와 보편적 사랑

3.1. 공제된 세계와 사랑에의 열망

> 어느 날, 저녁, 보통 때보다 일찍 잠자리에 누웠다가 문득 누군가를 사랑하고 있다는 사실을 깨달았다. (9쪽)

소설집 『안녕, 인공존재!』에서 작가가 끊임없이 탐구하는 대상은 "사랑"이다. 「크레인 크레인」에서 '나'는 어느 날 문득 은경이를 사랑하는 마음을 깨닫고, 가족과 직업을 포기한 채 은경이가 살고 있는 중국 산간 마을로 향한다. 뒤늦게 깨달은 사랑을 통해 '나'에게는 '감각적인 것의 재구성'[13]이 일어난다. 애착의 대상이 상실된 세계에서 주어지는 감각의 깨어남을 통해, 일상은 완벽하게 새로운 체험의 대상으로 정립된다. '나'는 오로지 '사랑' 때문에 '불완전한' 존재가 된다. '사랑'은 '나'의 삶의 감각을 송두리째 바꿔 놓은 계기가 되며, '우주적인 승인 절차를 겪을' 만큼 그 가혹한 대가를 감내하는 것이다.

감각적인 것의 재구성은 바디우가 말하는 '실재에의 열망'으로 나타난다. 「얼굴이 커졌다」의 '나'는 어느 날 갑자기 얼굴이 커지는 일을 겪으며, 자신을 둘러싼 세상이 뭔가 변화한 것을 느낀다. 자신뿐만 아니라 암살을 의뢰받은 표적, 상대 저격수, 길거리의 택시기사, 교통경찰 등등 도시 모든 사람들의 얼굴이 거대함을 발견하게 된다.

'나'와 은경은 연인이며 둘 사이에서 아이를 임신했지만, 한편으로는 공인된 '프로' 저격수이다. 소속 없이 개별적으로 활동하는 저격수들은, 언제 어디서든 의뢰 현장에서 상대 저격수로서 서로를 만날 수 있음을 뜻

---

13) 김홍중, 「행복의 예술, 그 희미한 메시아적 힘」, 『문학동네』 2009년 봄호, 322쪽.

한다. 현장에서 은경과 마주친 '나'는, 자신은 '프로'이기 때문에 연인인 은경을 저격할 수 없음을 깨닫는다. 따라서 '나'는 둘 사이에 아이가 생겼음에도 불구하고 '프로답게' 이별을 결심한다. '나'는 사랑에 충실한 삶보다는, '프로' 저격수로서의 삶을 택하기로 결심한 것이다. 그 이후부터 나에게는 온통 얼굴이 큰 사람들만 보이는 기이한 현상이 일어난다. 이 소설에서 얼굴이 커진다는 것은 "프로"와 동일한 의미를 가진다. 우리의 세상은 하루하루를 치열하게 살아가는 '프로'로 가득하다. '나'를 포함, 도시의 모든 사람들은 '프로'이다. 그런데 이 '프로' 의식이 역설적으로 기이한 현실을 생산하는 것이다.

일반적으로 정신분석학에서의 '실재'는 상징계의 '너머'에 존재하는, "너무 가까이 가서는 안 되는 불가해한/불가능한 견고한 중핵"으로 이해된다.14) 반면, 실재에 접근하는 또 다른 방법이 존재하는데, 바디우는 이를 공제(subsaturation)라고 한다. 공제의 방법이 제시하는 실재는 상징계의 밖에 있는 것이 아니라, 그 내부에 나타나는 최소한의 간격이다.15) 즉, 얼굴이 커지는 현상은 일상에서의 '차이'를 만들어내는 실재를 대면하는 것과 같다. '나'는 도시의 모든 사람들이 큰 얼굴을 갖게 된 우스꽝스러운 경험을 한 후에, '프로'이기를 포기하고 임신한 은경에게로 다시 돌아간다. 그 순간 은경의 얼굴은 크지 않음을, '나'의 얼굴이 크지 않음을 발견한다. 또한 그 누구도 얼굴이 커지지 않았으며, 자신이 본 것이 잘못된 것임을 깨닫게 된다. 결국 '나'는 '프로'로서의 삶이 아닌 '사랑'을 택한 후에야 모든 것이 제자리로 돌아왔음을, 비로소 "행복"을 깨닫게 되는 것이다.

---

14) 슬라보예 지젝, 『그들은 자기가 하는 일을 알지 못하나이다』, 박정수 역, 인간사랑, 2004, 138쪽.
15) 위의 글, 323쪽.

「누군가를 만났어」의 '나'는 사랑으로 인한 상처로부터 달아나기 위해 중국행에 오른다. 인적 하나 없는 중국의 사막 한가운데는 이상한 장소이다. 그곳은 죽은 영혼들이 출몰하는 지역인데, 그들은 인간과 좀처럼 다를 바가 없다. 그들은 인간과 똑같은 형상을 하고, 자신들의 세계를 지키기 위해 외부 침입자에게 경고를 보내기도 한다. 이들은 '유령적 주체'와도 다름 아니다. '나'는 영혼 탐사와 지층 발굴 작업을 통해, 누군가가 아주 오랜 옛날 먼 우주에서 이곳에 당도했다는 사실을 발견하게 된다. 외계의 흔적을 통해 '나'는 화성 탐사를 하는 '너'와도 연결된다는 우주의 보편적 법칙을 느끼게 되고 비로소 상처를 극복하고 "행복"을 발견한다.

사랑은 배명훈의 작품 세계 전반을 아우르는 모티브로 작동한다. 소설 속 인물들은 '은경'을 사랑하기 위해, 그녀를 찾아 떠나고, 때로는 그녀를 숨겨주며, 목숨을 내놓으며 음모에 휘말리기도 한다. 이전까지의 인물들의 삶은 엉망이었다. 뒤틀리고 비뚤어진 간격이 존재하는 공제된 삶이었다. 하지만 그들은 '사랑'이라는 가치를 추구하면서부터, '사랑'에 대한 노고를 아끼지 않는 순간부터 그들의 삶은 조금씩 회복한다. 조금씩 정상적으로 되돌아간다. 비록 '은경'이와 영원히 만나지 못한다고 해도, '나'가 죽음에 이르게 되는 비극적인 상황에 처해진다고 하더라도, 그것은 인물들이 이 세계를 극복하기 위한 나름의 방식으로 정의될 수 있을 것이다. "너에 대한 나의 태도를 설명하기 위해 딱 한 마디로 정리해서 이해할 수 있었을까. 그 한마디는 왜 하필 '사랑'이었을까"(62쪽). 그들은 '하필 사랑' 때문에 우주 어디에선가 한참을 서성이고 있는 것이다.

3.2. 희미한 메시아의 도래와 보편적 힘으로서의 사랑

지금까지 살펴본 『안녕, 인공존재!』의 여덟 편의 단편들은 불완전한 세계, 불완전한 존재로 살고 있는 나약한 인간들이 우주를 통해 자신의 존재를 승인받고 위로 받으며, 사랑을 추구하고 있음을 알 수 있었다. 배명훈은 인간의 불완전함과 나약함을 잘 알고 있는 소설가이다. 그러나 그의 인물들은 결코 허무나 절망에 빠지거나, 아무것도 하지 않는 나르시시즘에 정체되지 않는다. 그는 인간의 존재에 대해 끊임없이 대답하며, 2010년대 소설의 윤리에 대해서 말하고 있다. 무능과 전능이 구별할 수 없는 일체를 이루고 있는 숭고한 메시아—예술은, 오직 행복을 통해서만 가느다란 구원을 꿈꿀 수밖에 없는 강박적 현실을 사는 소시민들을 불가피하게 억압한다.16) 그렇다면 이 시대 예술은 전능과 무능 사이에 어떤 '약한' 메시아가 예술의 형상으로서 존재할 가능성이 없는가.17) 구원이란 이 시대 가장 평범한 존재들의 '행복에의 추구'를 끌어안으며 새로운 구원의 관념을 재구성해야 하는 것 아닌가.18)

『안녕, 인공존재!』 작가는 '메시아'의 존재를 탐색하기도 한다. 「변신합체 리바이어던」의 결말 부분에는 직접적인 메시아의 형상이 등장한다. 메시아는 외계의 적들과 싸우고 있는 인류를 도우기 위해 등장하지만, 구원자를 알아보지 못한 인류는 그를 무참하게 파괴한다. 외부에서 도래하는 구원자는 인류에 의해서 거부되고 파괴된다. 인류가 발명해낸 전체주의는 자신을 구원해줄 메시아마저도 파괴함으로서 기술문명의 극단으로 나아간다. 파괴에 파괴를 거듭하는 속성은 인간의 것과 닮아 있다. 작가가 소설을 통해서 은유적으로 그려내는 기술문명의 극단은 오늘날의 세계와 매우 닮아 있다. (이미 3차 세계 대전이 일어나고 있다고 보는 시각이 있을 정도니 말이다.) 그렇다면 인류에게 진정 메시아란 존재하지 않는 것

---

16) 위의 글, 334쪽.
17) 위의 글, 334쪽.
18) 위의 글, 334쪽.

일까?

「메뉴얼」에서는 종말을 막기 위한 예언자의 등장이 필요하며, 핸드폰 사용 설명서를 자신만의 독특한 방식으로 읽어내는 예성의 존재는 'UES'라는 단체가 찾는 예언자가 도래했음을 암시한다. 몽골 마르길란 지역에 전해오는 양가죽 두루마리에는, 마로하 구전설화가 기록되어 있다. 그런데 이 구전설화는 현지어로는 도저히 알아볼 수 없는 언어로 적혀 있었고, 수천 년 동안 마로하 설화는 미궁에 빠져 있었던 것이다. 아이러니하게도 이 설화는 한국어로 기록된 핸드폰 사용 설명서이다. 핸드폰 사용 설명서를 마로하 구전 설화로 읽어내는 예성은, 종말을 막기 위한 예언자가 가까이 있으며, 우리가 눈치 못하지만 어린 존재일 수도 있는 가능성을 보여주는 것이다. 예언자로서의 예성의 능력은 소설에서 재현되지 않는, '잠재적' 가능성으로 남게 된다. 다시 말해서, 메시아란 외부에 있는 존재가 아니다. 그는 우리 내부에 있으며, '너'일수도 있고 혹은 '나'일수도 있다. 인간 존재는 태생적으로 불완전함이 있지만, 동시에 존재를 구원할 수 있는 메시아로서의 속성 역시 함께 가지고 있는 것이다.

『안녕, 인공존재!』가 매력적일 수밖에 없는 이유는, 자기 스스로를 구원하는 메시아적 주체들이 등장하기 때문이다. 단편집 속에 수록된 여덟 편의 단편들은 동시대를 배경으로 한다.[19] 인물들은 지극히 일상적인 삶을 살고 있는데, 다만 조금 다른 삶의 도래를 통해 스스로를 구원한다. 벤야민의 표현을 빌려 오자면, 일상적으로 형성되는 사회적 관계들, 사랑의 형식들, 무상하고 덧없는 현세적 삶의 논리에서 행복을 찾는 것에서 구원은 시작된다. 즉, "희미한 메시아적 힘"[20]으로 자신의 삶에서 작은 차이,

---

19) 우미영, 「한국 현대 소설의 '과학'과 철학적·소설적 질문 : 김보영과 배명훈의 SF를 중심으로」, 『외국문학연구』, 2014, 251쪽.

20) 벤야민, 「역사의 개념에 대하여」, 『역사의 개념에 대하여/폭력비판을 위하여/초현실주의 외』, 최성만 역, 길, 2008, 331쪽.

작은 변화의 지속적 성취와 실천을 이끄는 것이다.

바다우에 의하면 사랑은 법의 완성이되, 이 법은 "문자를 넘어선 법", "정신의 법" 혹은 "보편적인 법"[21]이다. 진리의 사건적 보편성이 지속적으로 세계 속에 스스로를 기입하고 주체들을 삶의 길로 결집시킬 수 있도록 사랑은 법이 될 의무가 있다.[22] 사랑은 대안이 아니다. 전적으로 새롭게 완성된 법으로 존재한다. 여기에서 보편주의적 진리는 "단순히 사사로운 확산"이 아니라 "공적인 선언"이다. 이 공적인 선언이 새로운 가능성을 알려주는 데 그치지 않고 모두에게 '효력을 갖는 선언'이 되기 위해 사랑은 또한 일정한 규범과 원칙이 되어야 한다.[23] 바다우에 따르면 즉각적인 구원이 아니라 '노고(labor)'로서 정립되는 보편적 주체가 있을 뿐이며, 사랑은 노고의 이름이므로, "보편적인 힘(Power)으로서의 사랑"[24]이 도래하게 되는 것이다.

『안녕, 인공존재!』의 인물들에게 메시아적 힘을 부여하는 원동력은 "보편적인 힘"으로서의 사랑이다. 그것은 작가가 말하는 것처럼 '사랑의 본질'이기도 하다. 인물들은 보편적 힘으로서의 사랑을 통해 스스로 상처로부터 치유되며, 존재를 사유하고, 행복을 찾아간다. 그들은 각자 개별적 진리를 추구하기에, 보편적 세계의 인물들이다.

---

21) 황정아, 「이방인, 법, 보편주의에 관한 물음 : 우리 시대 문학/담론이 묻는 것」, 『창작과 비평』 2009년 겨울호, 82쪽.
22) 알랭 바디우, 『사도 바울』, 현성환 역, 새물결, 2008, 88쪽.
23) 황정아(2009), 앞의 글, 82쪽.
24) 위의 글, 82쪽.

4. 나가며

배명훈의 소설집 『안녕, 인공존재!』에서 '존재'에 대한 탐구는 나르시시즘적 주체에 머물러 있지 않고, '나'와 '세계'와의 '관계'를 규명하는 적극적인 주체의 도래를 기획한다. 그들은 "우주적 세계"를 경유함으로서 존재를 증명하기도 하며, 그렇게 증명된 개별적 진리의 '단독성(singularity)'은 '시대와 장소를 초월한 인간의 보편적 영혼'으로 나아간다. 소설집 전편을 관통하는 주제는 "사랑"인데, 인물들은 '사랑'에 빠지는 계기를 통해 일상에서 벗어나게 되고 '감각적인 것의 재구성'이 일어난다. 그리고 사랑에 빠진 주체들은 스스로를 구원하는 희미한 메시아, 일상의 작은 차이를 일으키는 혁명가가 되어 스스로를 치유하고 존재를 사유하며 행복을 찾아간다. 연작소설 『타워』를 비롯, 장편소설 『신의 궤도』, 『은닉』 등이 한국 사회 전반을 장악한 권력의 부조리함에 대한 알레고리로 작동한다면, 『안녕, 인공존재!』에서는 사랑의 윤리가 작동함으로써, 인물들이 문자로서의 법, 제도로서의 규범이 아닌, 완전히 새로운 법으로서의 사랑에의 추구를 통해, 일상에 대한 감각을 재구성하는 움직임을 보인다. 이처럼 사랑의 윤리는 주체 개별이 자신의 삶에 경계 지워져 있는 분할선을 해체하고 일상을 재구성하는 작은 혁명 주체로서 자신의 역능을 발현하게 한다.

참고문헌

1. 배명훈 작품 목록

『타워』, 웅진씽크빅, 2009.

『안녕, 인공존재』, 문학동네, 2011.

『신의 궤도』, 문학동네, 2011.

『은닉』, 북하우스, 2012.

『총통각하』, 북하우스, 2012.

『청혼』, 문예중앙, 2013.

『가마틀 스타일』, 은행나무, 2014.

『맛집폭격』, 북하우스, 2014.

2. 단행본

발터 벤야민, 『역사의 개념에 대하여/폭력비판을 위하여/초현실주의 외』, 조영일 역, 길,
　　　　2008.

슬라보예 지젝, 『그들은 자기가 하는 일을 알지 못하나이다』, 박정수 역, 인간사랑,
　　　　2004.

알랭 바디우, 『사도 바울』, 현성환 역, 새물결, 2008.

3. 논문 및 평론

김홍중, 「행복의 예술, 그 희미한 메시아의 힘」, 『문학동네』 2009년 봄호, 319-337쪽.

류보선, 「우주적 상상력과 반복의 윤리」, 『문학동네』 2011년 겨울호, 143-161쪽.

박 진, 「장르들과 접속하는 문학의 스펙트럼」, 『창작과 비평』 2008년 여름호, 31-48
　　　　쪽.

서영채, 「역설의 생산 : 문학성에 대한 성찰, 2009」, 『문학동네』 2009년 봄호, 294-318
　　　　쪽.

서용순, 「바디우 철학에서의 존재, 진리, 주체 : 존재와 사건을 중심으로」, 『철학논집』
　　　　27호, 2011, 79-116쪽.

이경재, 「2000년대 소설의 윤리와 정치」, 『창작과 비평』 2010년 겨울호, 65-82쪽.

이주영, 「G. 루카치 초기 미학에 나타난 삶과 형식의 관계」, 『한국미학회』, 1987,

78-107쪽.

우미영, 「한국 현대 소설의 '과학'과 철학적·소설적 질문 : 김보영과 배명훈의 SF를 중심으로」, 『외국문학연구』, 2014, 121-131쪽.

황정아, 「묻혀버린 질문 : 윤리에 관한 비평과 외국이론 수용의 문제」, 『창작과 비평』 2009년 여름호, 100-120쪽.

_____, 「이방인, 법, 보편주의에 관한 물음 : 우리 시대 문학/담론이 묻는 것」, 『창작과 비평』 2009년 겨울호, 76-94쪽.

홍준기, 「슬라보이 지젝(Slavoj Žižek)의 포스트모던 문화 분석 : 문화적·정치적 무의식과 행휘(환상 가로지르기)」, 『철학과 현상학 연구』, 2004, 195-223쪽.

최민석론
─사건으로서의 이방인과 미학적 정치성

한혜진(이화여대 국문과 박사과정)

1. 들어가며

문학이 정치 혹은 윤리와 어떠한 매개 없이 접합이 가능한지에 대한 질문은 한국문학에서 오래된 논의를 거친 첨예한 주제 중 하나이다. 이와 관련하여 진은영은 '사회참여와 참여시 사이에서의 분열'이라는 문제를 '문학과 윤리 또는 미학과 정치의 관계에 대해 영원 회귀하는 질문들'이라고 전제한 바 있다.[1) 논의의 근거로써 주로 인용되는 랑시에르(Jacques Ranciere)는 감성적 체제에서 예술로 식별되는 활동을 정치와 조우시킨다. 그에게 정치는 감성적인 것을 새롭게 분배하는 활동, 즉 감성적 혁명을 가져오는 활동에 다름 아니며, 이러한 그의 이론을 토대로 하여 볼 때 문학은 세계의 낡은 감각적 분배를 파괴하고 다른 종류의 분배로 변환시킴으로써 삶의 새로운 형태들의 발명을 동반할 수 있다.

---

1) 진은영, 「감각적인 것의 분배 : 2000년대의 시에 대하여 : [특집] 문학이란 무엇인가」, 『창작과 비평』 2008년 가을호, 69쪽.

여기에서 명백해지는 것은 특정 '정치적 사건'에의 참여 여부가 문학의 정치성을 좌우하는 기준일 수 없다는 것이다. '미적인 것'은 감성의 활동에 대한 것이고, 예술이 감성적 활동인 한에 있어서 그것은 감성적인 것들의 분배 형태를 쇄신하는 일과 관련해서만 정치적일 수 있다. 즉 미는 매개적으로만 정치적이라고 할 수 있다.[2] '문학에는 자신만의 정치가 있다'는 표현을 랑시에르 식으로 말하자면, 문학이 감성적인 것의 새로운 분배를 행할 때 그러한 이유 때문에 정치적인 것이다.

한편, 문학과 정치 논의가 활발히 진행되는 가운데 그 이전부터 빈번하게 등장하던 또 하나의 주제는 '윤리'이다. 2000년대 이후 비평담론에서 윤리는 '절대적'이라거나 '무조건적'과 같은 억압적인 형용구들을 동반하며 한층 강화된 모습으로 나타난다. 윤리를 논한 비평들이 명시적으로 제시하는 배경이자 윤리가 시급히 요청되고 실현되어야 할 근거로 거론되는 개념이 '타자'인데, 이 때 타자는 '이방인' 혹은 '외국인'이라는 구체적 이름[3]과 함께 거론된다.

바디우(Alain Badiou)가 '윤리로의 회귀' 현상을 비판하는 것은 더 이상 사회혁명이나 집단적 해방을 위한 새로운 정치적 모색을 하지 못하는 지식인들의 무능함을 지적[4]하는 것과 연결된다. 특히 바디우의 윤리 비판에서 주된 표적이 되는 레비나스(Emmanuel Lévinas)의 타자 혹은 차이의 윤리는 타자의 윤리적 우선성에 기반하며, 이는 근본적인 타자성을 담보로 요구하는 절대적 타자성이다. 그는 이러한 윤리 이데올로기들이 타자와 같은 추상적 범주에 기댈 뿐 어떤 적극적인 것에도 기반을 두지 못한 탓에 현존 질서를 추인하거나 심지어 무와 죽음을 열망하는 허무주의에 빠진

---

2) 김형중, 「문학과 정치 2009-'윤리'에 관한 단상들2」, 『문학과 사회』 2009년 가을호, 46쪽.
3) 황정아, 「묻혀버린 질문-'윤리'에 관한 비평과 외국이론 수용의 문제」, 『창작과 비평』 2009년 여름호, 102-103쪽.
4) 알랭 바디우, 『윤리학』, 이종영 역, 동문선, 2001, 11-12쪽.

다고 비판하면서, 윤리는 오로지 진리와 관련하여 존재할 수 있을 뿐이라고 선언[5]한다. 바디우가 말하는 '사건으로서의 진리' 또는 '진리의 사건성'은 이미 확립되고 승인된 지식이나 사실, 구조, 공리, 법 등의 영역과 대비되며 그러한 영역으로 결코 환원될 수 없는 잉여나 초과로서 예외적인 영역을 구성한다.

이러한 예외적인 영역을 구성하는 바디우의 사건성 혹은 진리는 역사와 주권을 성립시키는 '분할선'과 관련하여, 랑시에르가 주장하는 감각적인 것의 재분배와 맞닿아 있다. 기존의 주권적인 구조적 분할선을 파괴하며 새로운 감각적 재분배를 시도하는 것은 더 이상 벌거벗은 생명의 예외화에 기반하지 않은 새로운 정치이다. 정치는 하나의 관계맺음이라고 볼 때, 그것이 사물이 되었건 타인이 되었건 나의 세계 바깥에 있는 것들과의 대면은 정치를, 또한 윤리를 발생시킨다.[6] 문학을 포함한 예술이 정치적이고 윤리적일 수 있는 것은 인간 특유의 동일성 사유에 의한 대상의 포획으로부터 벗어나 나와 다른 존재자들이 '있음'을 경험하게 해주기 때문이다. 그러한 의미에서 문학은 정치에 대해서도 윤리에 대해서도 필수적이다.

이 글에서는 이러한 관점을 바탕으로 사건으로서의 이방인과 미학적 정치성이 지닌 함의를 최민석의 소설집 『시티투어버스를 탈취하라』[7]를 통해 살펴보고자 한다. 2장에서는 먼저 바디우의 윤리학을 토대로 최민석의 소설에 등장하는 단독자이자 정치적 주체로서의 이방인이 지닌 독자성과 정치성의 측면을 고찰하게 될 것이다. 3장에서는 미학적 타율성과 미학적 자율성 사이의 영구적인 길항작용을 주장하는 랑시에르의 미학적

---

5) 황정아(2009), 앞의 글, 103쪽.
6) 김형중(2009), 앞의 글, 357쪽.
7) 최민석, 『시티투어버스를 탈취하라』, 창비, 2014. (이하 인용부분은 괄호 안에 페이지로 표기).

정치성과 미적 메타 정치로서의 사랑이 작품 속에서 형상화되는 양상을 살펴보고자 한다. 이는 문학과 소설이 정치 혹은 윤리와 연관되는 접합점에 대한 또 하나의 구체적인 모색이 될 것이다.

2. 진리의 윤리학과 정치적 사건

2.1. 단독자로서의 이방인과 독자성

이방인은 문학에서 윤리 논의와 관련하여 타자, 소수자, 외국인, 디아스포라 등의 용어와 더불어 자주 회자된 용어이다. 여기서 이방인이 누구이며 무엇을 의미하는지에 대한 의문에 대하여 바디우적인 의미에서 '이방인이란 사건이다'[8]라고 대답할 수 있다. 사건이란 '상황·의견 및 제도화된 지식과는 다른 것을 도래시키는 것'[9]이며 우리로 하여금 새로운 존재 방식을 결정하도록 강요하는 것이다. 이러한 사건은 어떠한 진리 절차[10]도 가동시키지 못하는 다양태적 의견만이 난무하는 상황 속에서 일상적 기입으로는 환원될 수 없는 무엇인가가 일어났을 때 발생하는 잉여적 부가물이다. 이 잉여적 부가물은 기존의 의견들 속에서 한 번도 고려의 대상이 되어 본 적이 없는 절대적 외부에 속하는데, 이는 멈춰버린 진리 산출적 공정을 작동시켜 사건에 대한 충실성으로 새로운 진리를 도래하게 한다.

---

8) 김형중, 「사건으로서의 이방인-'윤리'에 관한 단상들1」, 『문학들』 2008년 겨울호, 28-29쪽.
9) 알랭 바디우(2001), 앞의 책, 84쪽.
10) 바디우가 말하는 네 가지 진리절차, 즉 예술과 과학, 정치, 사랑 중에서 예술은 다른 세 가지 분야와 다르다는 점에서 독특성을 지닌다고 할 수 있다. 예술은 그 자체로 진리를 생산할 수 있는 내재적 구조를 가진다는 점에서 예술의 내재성을 지닌다고 할 수 있다. (김기수, 「알랭 바디우와 현대미술」, 『현대미술학 논문집』 Vol.17 No.2, 2013, 68쪽.)

이처럼 바디우는 진리가 사라진 시대에 진리절차가 시작되기 위해 도 래되어야 할 것으로 사건의 개념을 제시한다.[11] 사건은 새로움과 변화의 출발점이 되며[12] 상황에서 현시되는 특성을 보인다. 이 때 현시적 다수성 을 지니는 상황은 재현적 특성을 지니는 상황 상태로서 국가의 영향력 속 에서 간극이 발생하게 된다. 그리고 사건은 상황에서는 현시되지만 상황 상태에서는 재현되지 않는 다수의 공백들로부터 발생하게 된다. 사건의 자리는 공백의 가장자리에서 분출됨으로써 현시된 무한으로서의 상황을 사유의 영역 내로 이끌어낸다.[13] 결국 바디우에게 사건은 기존 사회를 지 배하는 법칙이 누락시킨 공백이 드러나는 과정인 것이다.

이방인이 바디우적인 의미에서 사건이 될 수 있는 이유는, '상황·의견 및 제도화된 지식과는 다른 것을 도래'시킬 가능성, 최소한 세 가지 진리 산출적 공정을 이전과는 전혀 다른 방식으로 가동시킬 수 있는 가능성을 내장하고 있기 때문이다.[14] '타자의 윤리'에 관한 담론들은 이 세 가지 진 리 산출 공정에 공속적인 개념과 장소를 마련하기 위해 전개되는 것으로, '윤리'를 '사건에 대한 충실성'으로 정의하는 바디우의 개념에 근거하면 '진리의 윤리학'으로도 번역이 가능할 것이다. 2000년대 한국의 상황에서 사건으로 도래하는 이방인은 이처럼 정치와 사랑과 예술, 세 가지 진리 산출적 공정을 작동시킴으로써 진리의 윤리학의 대상이 된다.

사건으로서의 진리가 그러하듯, 사건으로서의 이방인 역시 이미 확립되 고 승인된 지식, 사실, 구조, 법 등의 영역과 대비되며 그 영역으로 환원

---

11) 알랭 바디우, 『모호한 재앙에 대하여』, 박영기 역, 논밭출판사, 2013, 106쪽.
12) 대표적으로 드는 사건들은 정치에서 스파르타쿠스의 지도 아래 발생한 노예 반란이나 파 리 코뮌들의 초반기 양상, 예술에서는 쇼베 동굴의 동물그림들이나 브라질리아의 건축물, 사랑에 있어서는 루소와 베를리오즈의 오페라, 과학에서는 갈루아의 군론 발명과 유클리 드의 소수이론 등을 들 수 있다. (알랭 바디우(2013), 앞의 책, 107쪽.)
13) 위의 책, 108쪽.
14) 김형중(2008), 앞의 글, 31쪽.

될 수 없는 없는 잉여나 초과로서 예외적인 영역을 구성한다. 메시아주의를 중심으로 새로운 주체와 정치를 모색해왔던 아감벤(Giorgio Agamben) 역시 '호모사케르'[15]라는 개념을 통하여 새로운 삶과 정치의 가능성을 부각[16]시켰다. 아감벤의 사유에서 근본적인 문제는 생명-목소리를 인간의 질서 바깥으로 몰아내면서 역사와 주권과 같은 인간의 질서를 성립시키는 분할선이다.

이에 대해 아감벤이 도래하는 정치의 새로운 주인공으로 제시하는 '임의의 독특성' 혹은 '있는 그대로의 독자성(whatever singularity)'은 '무엇이라도 상관없는 존재'라기보다 오히려 '그러하기에 항상 중요한 존재'에 해당한다. 즉, 어떤 정체성을 초월해 있거나 상관하지 않겠다는 것이 아니라, 상관은 있되 그러한 구분법에 귀속되지 않고 있는 그대로 받아들이겠다는 의미에 가깝다. '딴사람-되기'를 시도하면서 자기 동일성으로부터 탈주하려는 들뢰즈(Gilles Deleuze)의 단독자와는 대조적으로, 아감벤의 단독자는 '딴사람 되지 않기'의 잠재성을 수행하면서 '있는 그대로의 독자성'[17]을 추구한다.

최민석의 소설에서 이러한 단독자로서의 이방인은 이주노동자, 외계인, 원숭이 인간, 북한 인민 등 다양한 인물들로 형상화된다. 「시티투어버스를 탈취하라」에서 조명되는 인물들은 각국에서 한국으로 건너온 외국인

15) 조르조 아감벤, 『호모사케르 : 주권 권력과 벌거벗은 생명』, 박진우 역, 새물결, 2008.
16) 이는 국적, 인종, 종교, 언어, 문화, 계급, 성 등 기존의 패러다임으로는 동질적인 실체적 집단으로 구성할 수 없는, 새로운 차원의 정치적 소외와 고통 속에서 겨우 살아가는 외국인들의 헐벗은 삶과 소외된 정치적 위상을 사유하는 데 적절한 개념적 도구를 제공한다. (김재희, 「외국인, 새로운 정치적 대상 : 아감벤과 데리다를 중심으로」, 『세계의 문학』 2008년 가을호, 239-240쪽.)
17) 아감벤의 이러한 여여한 '독자성'(singularity) 개념은 '무엇이 될 잠재성(potentiality to be)' 보다 '되지 않을 잠재성(potentiality not to be)'을 중시하는 그의 잠재성 개념과 맞물려 있다. (한기욱, 「문학의 새로움과 소설의 정치성」, 『창작과 비평』 2010년 겨울호, 400-401쪽.)

노동자들로 대부분 불법체류자로 낙인찍힌 채 안산의 가발공장에서 일한다. 이들은 자기 나라에서부터 지니고 온 저마다의 이름이 있으며, 때로 주인공처럼 독특한 이름을 소유하고 있다. 화자인 주인공의 이름은 "유리스탄 스타코프스키 아르바이잔 스타노크라스카 제인바라이샤 코탄스 초이아노프스키"(8쪽)이다. 그는 조국 키르기스스탄을 수호한 용사인 선조들의 이름이 반영되어 있는 자신의 이름에 자긍심을 지닌 인물이다. 이름이 길어서 조국에서부터 '초이아노프스키'나 '초이'로 불리기도 하였지만, 그럼에도 불구하고 그는 자신의 이름을 "민족의 자랑스러운 역사이며, 나를 존재하게 하는 정체성"(9쪽)과도 같은 것이라 여긴다.

그러나 그와 더불어 외국인 노동자들이 주를 이루는 가발공장의 사장 안면수는 직원들의 이름을 들으면 곧장 한국식으로 이름을 바꾸어 버린다.

> 나는 최씨, 바타르는 박씨, 공고의 주글레리는 주씨, 에티오피아의 위크네시는 내씨, 네팔의 쿠마리는 구씨, 이런 식이다. 인도의 라시가 라씨가 된 건 당연한 귀결이었다. 그나마 내 이름이 가장 정성 들인 작명이라 한다.
> 그는 이렇게 모든 것에 한국식을 강요한다. (「시티투어버스를 탈취하라」, 12쪽)

주인공은 이에 순응하지 않고 동료들을 부를 때 '바타르 박씨', '쿠마리 구씨' 등 그들의 독자적인 이름으로 그들을 호명한다. 그뿐만 아니라 불법체류자임에도 불구하고 동료들을 독려하여 인간으로서의 기본권을 되찾기 위해 민원을 제기하도록 하고, 대형 신문사나 인터넷 매체를 통해 안산공장이라는 공간 외부에서 그들만의 예외적인 영역을 구성하고자 노력한다. 이들은 그들을 무자비하게 착취하는 공장주인 '안면몰수'가 가발

공장에 확립시키고자 하는 사실과 구조에 대비되며 그 영역으로 환원이 되지 않는 잉여로서의 호모 사케르들이다. 급기야 서울 시티투어버스를 탈취하여 청와대를 폭파하려는 그들의 혁명적 시도는 바디우적 의미에서의 사건이라 할 수 있다. 이들은 더 이상 '벌거벗은 생명'으로 남겨지는 데 그치지 않고 '사건으로서의 이방인'으로 존재하며 있는 그대로의 독자성에 부합하게 된다.

소설 「괜찮아, 니 털쯤은」에서는 이러한 단독자로서 이방인이 한 원숭이 인간의 모습으로 나타난다. 주인공 '나'는 자신이 평범한 인간이 아니라 원숭이 인간임을 깨닫고 가족을 비롯한 주위 사람들에게 고백하지만, 그러한 고백으로 인해 그가 알게 된 것은 "소위 정상적인 인간들을 힘들게 하지 않기 위해서는 진실을 철저히 밀봉해야 한다"(85쪽)는 것이다. 그것은 일종의 '사회화'(88쪽)이며 '나'는 매일 정상적인 인간 중심의 시대를 살아가기 위해 면도를 할수록 더욱 '사회화'되어 가는 자신을 발견할 뿐이다. 소설가 하루키와 비틀즈의 폴 매카트니 역시 원숭이 인간이었다는 사실이 밝혀지는 것은 '정상적인 인간'이 강요하는 기존 사회를 지배하는 법칙이 누락시킨 공백이 드러나는 과정이다.

그러나 '나'는 자신이 원숭이 인간임을 부정하거나 외면하려 하지 않는다. 그는 "더욱더 근면 성실한 원숭이 인간이 되기로 작정"(92쪽)하고, "사람들이 아무리 치켜 세워줘도, 나는 그저 원숭이일 뿐"(101쪽)이라는 사실을 인정한다. '세상에서 소외당한 한 소녀가 자아 정체성을 찾아간다'는 영화를 사랑의 대상인 '그녀'와 함께 보게 되는 장면은 주인공의 삶에 대한 하나의 은유로 기능한다. 이러한 그의 행동과 태도는 인간의 질서 바깥으로 내몰린 주체가 아닌, 상황상태에서는 재현되지 않는 다수의 공백들 중 하나로 기존 질서에 균열을 내는 틈을 발생시킨다. 사랑하는 그녀 앞에서만큼은 거절에 대한 두려움으로 스스로를 "세상이 요구하는 모습에 끊임없이 맞춰가야 살 수"(129쪽) 있는, "그래야 남들이 눈살을 찌푸리지 않는 원숭이"(129쪽)라는 고백을 하게 된다. 이러한 그에게 "괜찮아, 니 털쯤은"(128쪽)이라고 말해주는 그녀 덕분에 그는 다시금 '그러하기에 항상 중요한 존재'로써 '있는 그대로의 독자성'을 회복하게 된다.

2.2. 정치적 주체로서의 이방인과 정치성

정치는 실제로 권력의 행사와 권력을 위한 투쟁이 아니다. '정치적인 것(le politique)'이란 무엇인가 라는 질문에, 랑시에르는 이질발생적인 두 과정의 마주침이라고 대답한다. 첫째는 '통치'의 과정이다. 그것은 사람들을 공통체로 결집하여 그들의 동의를 조직하는 것으로 이루어지며 자리와 직무를 위계적으로 분배하는 것에 바탕을 둔다. 랑시에르는 이 과정을 '치안'[18]이라고 이름 짓는다. 둘째는 '평등'의 과정이다. 그것은 아무나와 아무나 사이의 평등 전제와 그 전제를 입증하려는 고민에 이끌리는 실천들의 놀이로 이루어진다. 이 놀이를 가리키기에 가장 적합한 이름은 '해방'이다. 그리고 이 해방 과정에 '정치(la politique)'라는 이름을 부여할 수 있다. 따라서 세 항, 즉 치안과 정치 그리고 정치적인 것이 존재하는데, 정치적인 것은 해(害)[19]를 다루는 가운데 정치와 치안이 마주치는 현장이

---

18) 랑시에르는 'la police'를 '사회 내에서 아르케의 원리-출생, 부, 능력-에 따라 위계적으로 자리, 직무, 몫을 배분하고 그에 따라 정체성을 부여함으로써 공통 공간에 보일 수 있는 것과 없는 것, 들릴 수 있는 것과 없는 것, 말할 수 있는 것과 없는 것을 셈하고 나누는 법'을 지칭하기 위해 쓴다. (자크 랑시에르, 『정치적인 것의 가장자리에서』, 양창렬 역, 길, 2013, 27쪽.)

19) 랑시에르는 플라톤과 아리스토텔레스를 중첩시켜 정치의 핵심에 있는 이중의 '해'를 지적한다. 공동체의 몫을 분배하는 바탕인 사회의 상징 질서는 다수의 말하는 존재들을 마치 말(logos)을 갖지 않은 짐승인 양 침묵의 어둠 속에 던져버림으로써 구축된다. 말을 갖지 않은 자는 정의와 부정의를 명시할 수 있는 이성(logos)을 갖지 않았기에 정치 무대에서는 보이지도 들리지도 않(아야 하)는 존재이다. 인민(데모스)이란 이렇게 보이는 자와 보이지 않는 자, 말을 갖는 자와 갖지 않은 자의 나눔 속에서 후자에 배정된 이름이다. 하지만 인

라 할 수 있다.

이처럼 랑시에르의 이론에 근거한 정치는 특수한 공간의 구성이고 경험의 특수한 영역의 분할이며, 공동으로 놓여 있고 공동의 결정에 속하는 대상들의, 이 대상들을 지칭하고 그것들에 대해 주장할 수 있는 능력이 있다고 인정된 주체들의 특수한 영역의 분할[20]이다. 대립을 창조하는 이러한 작업은 정치의 미학을 구성하며, 이것은 벤야민(Walter Benjamin)이 '정치의 미학화'[21]라고 지칭한 권력 연출이나 대중 동원의 형태들과는 아무 관계가 없는 것이다.

예술의 '정치'가 하는 임무는 감각적 경험의 정상적 정보들을 중지시키는 것이라는 명제는 문학에도 동일하게 적용이 가능할 것이다. 이질적이고 감각적인 형태의 고독에 가치를 부여하는 것이나, 공동의 공간을 그리는 행위에 가치를 부여하는 것 모두 동일한 원래의 구성이 두 개로 갈라진 파편이라고 할 수 있다. 즉, 하나가 정치이고 나머지 하나가 문학이 아니라는 이야기이다. 문학(예술)과 정치는 이미 항구적으로 분리된 항이 아니며 동일한 감성의 분할을 수행하기에 서로 관계를 '맺어야' 할 필요가 없는 것이다. 결국 문학(예술)과 정치는 모두 감각적 경험의 정상적 정보들을 중지시키고 새로운 감성적 분할에 참여함으로써 낡은 분할의 형태들과 불일치를 꾀하는 동일한 작업을 해온 것이다.

민은 자신이 당한 이 '해'를 바로 그 '해'의 이름-데모스 또는 프롤레타리아 등-으로 주체화한다. 그리고 성질 없는 다수의 인간들의 모임이야말로 전체라고 주장하면서 말하는 신체들의 분배 한가운데에 공통의 척도로 잴 수 없는 것을 도입함으로써 기존 질서를 해친다. (위의 책, 113쪽.)

20) 자리와 신분의 이러한 배분과 재배분, 공간과 시간의, 보이는 것과 보이지 않는 것의, 소리와 말의 이러한 절단과 재절단은 랑시에르가 감성의 분할이라고 부르는 것을 구성한다. (자크 랑시에르, 『미학 안의 불편함』, 주형일 역, 인간사랑, 2008. 54-55쪽.)

21) 벤야민은 『기술복제시대의 예술작품』(1936)에서 파시즘이 예술을 권력 연출 및 대중 선동의 목적을 달성하기 위해 도구화하고 있는 것을 '정치적 미학화'라고 표현하며 비판한 바 있다.

정치의 논리는 부분들, 자리들, 그리고 직무들의 치안적 셈에 포함되지 않았던 보충적 요소의 도입으로 정의된다. 정치의 논리는 자리들의 나눔을 흐트러뜨리는 동시에 전체의 셈, 그리고 가시적인 것과 비가시적인 것의 나눔을 흐트러뜨린다. 또한 어두운 삶에만 속해 있는 것으로 셈해지던 자들을 말하고 생각하는 존재들로서 가시적으로 만들며, 소음으로밖에 지각되지 않았던 것을 담론으로서 들리게 만든다. 바로 이것이 랑시에르가 '몫-없는 것들의 몫', 또는 '셈해지지 않은 것들을 셈하기'라고 불렀던 것들이다. 그는 이로부터 '민주주의'의 개념[22]을 다시 생각하자고 제안한다. 민주주의의 주체인 '인민(demos)'은 주민의 총합이 아니다. 인민이란 '아무나'의 능력, '실력 없는/무능력한 자들'의 능력이 현실화되는 것이다. 실력 없는 자들은 출생, 부, 힘, 또는 지식에 기초하는 통치에 필요한 모든 자격의 보충으로서 들어온다.

소설 「국가란 무엇인가」는 문학이 정치와 치안, 그리고 정치의 논리에 대한 질문을 던지는 작품이다. 주인공 리혁수는 졸면서 보초근무를 서다가 자기도 모르는 사이 엉겁결에 귀순을 하게 된 북한 엘리트 장교이다. 공동경비구역 JSA에서 근무하던 그는 뜬눈으로 졸다가 오른쪽으로 쓰러지고야 마는데 그곳은 우파인 남한의 땅이었던 것이다. 그가 원래 거주하던 북한은 철저한 '통치'가 이루어지는 곳으로, 리혁수 역시 그러한 통치의 과정에서 장교라는 자리와 직무를 위계적으로 분배받는다. 그가 근무

---

22) 민주주의 통치, 그것은 선재하는 어떤 권위적 관계에 기초해 있지 않은, 따라서 어떤 특정한 집단에도 속하지 않는 통치이다. (…중략…) 랑시에르는 이것을 '몫을 갖지 않는 자들' 혹은 '셈되지 않은 자들'의 통치라고 부를 것을 제안한 바 있다. 그러나 랑시에르에게 몫을 가지지 않은 자들 혹은 셈되지 않은 자들은 어떤 특수한 인구 범주를 지시하지 않는다. 이 용어는 인구의 부분들에 대한 모든 셈, 그 부분들의 몫들과 지위들을 넘어서는 정치 공동체의 과잉을 지시한다. 이러한 의미에서 민주주의는 하나의 특정한 정치체제가 아니다. 그것은 정치의 원리 그 자체이다. (자크 랑시에르, 「민주주의와 인권(Démocratie et droits de l'homme)」, 랑시에르 방한 서울대학교 강연문, 2008.12.2.)

하는 공동경비구역 JSA는 치안의 형태가 극명하게 형상화되는 공간으로 자리와 직무, 몫이 위계적으로 배분되고 그에 따라 정체성을 부여받은 자들이 모여 국가에 복속된 조직을 이루고 있다. 그러나 리혁수는 '사실 국가에 대해 뚜렷한 생각이 없는 인민'으로 소개된다. 그는 남한에서 집권 여당의 국회의원으로 지내던 도중 납치되어, 다시 북으로 넘어가 모든 것이 남한의 공작이었으며 자신은 희생자인 것처럼 연기해야 할 처지에 놓이게 된다. 후에 납치에서 풀려나 억압과 죽음의 공포에서 벗어나게 되었을 때, 그는 소설 속에서 국가와 국민에 대해 단도직입적이고 직설적인 질문을 던진다.

> "도대체 국가란 무엇인가?"
> 왜 국가는 국민을 선택하고, 국민은 국가를 선택할 수 없는가. 왜 태어난 곳이 국가가 되어야 하고, 왜 부모의 조국이 나의 조국이 되어야 하고, 왜 국가는 그토록 많은 장치를 설치하여 내가 살고자 하는 곳, 즉 나에게 가장 맞는 국가로 가는 것을 제도적으로 방해하고 있는가. (「국가란 무엇인가」, 168쪽)

주인공의 향후 행보 대신 위와 같은 질문으로 소설이 마무리되긴 하지만, 해묵은 질문이나 "고민조차 제대로 되지 않은 질문"(168쪽)이 가시적으로 들리게 만듦으로써 작품 전반에 정치의 논리가 떠오르게 된다. 이전의 리혁수가 생각이 없는 존재로 비가시화 된 정치적 주체였다면, 이제는 말하고 생각하는 존재로서 '실력 없는/무능력한 자들'의 능력이 현실화되는 인민이자 가시화된 정치적 주체로 드러나게 된 것이다. 이로써 소설 「국가란 무엇인가」는 정치와 치안이 마주치는 현장으로서 '정치적인 것'의 자리를 점유하게 된다. 이 가운데 한국에서 북한 인민 출신이라는 이방인의 존재는 정치의 논리를 수행하는 정치적 주체로 발현된다.

3. 정치적 불화와 미학의 정치

3.1. 분할선의 거부와 감각적 재분배

랑시에르는 정치의 원리로 '불화(disagreement)'를 정의함으로써 포함과 배제의 관계에 대한 이중의 전복을 이론화하려 했다. 불화란 계쟁적인 공통의 대상들을 그것들을 '보지 않는' 자들에게 부과하는 논쟁적인 공통 공간을 구성하는 것이다. 이는 지배 공간에서 말로 인정되지 않고 그저 고통이나 분노의 소음으로만 간주되던 말들을 그 지배 공간에서 듣게 만든다.23) 이러한 정치적 불화는 랑시에르가 『문학과 정치』에서 말하고 있는 '문학적 오해' 혹은 오산에 해당한다.24) 정치적 불화와 문학적 오해는 각각 낱말들과 사물들 간의 '합의(consensus)'된 비례 패러다임의 한 측면을 공격한다25)는 점에서 공통점을 지닌다.

한편, 랑시에르가 평등의 구현을 위해 우선적으로 주장하는 것은 '분할 (partage)'이라는 개념이다. 주로 '분배'나 '분할', 혹은 '나눔'26)으로 번역되는 이 개념은 불어에서 '분리'를 의미하는 동시에 '공유'를 의미한다.27) 랑시에르에 따르면 이러한 미묘한 분할선이 직접적으로 '정치의 미학'28)

---

23) 자크 랑시에르(2013), 앞의 책, 25쪽.
24) 자크 랑시에르, 『문학의 정치』, 유재홍 역, 인간사랑, 2011. 52쪽.
25) 위의 책, 67쪽.
26) 랑시에르에게 가장 근본적인 나눔은 언어적인 재현이 아니라 감각적인 것의 나눔이다. 감각적인 것의 나눔은 지배와 피지배에 기초하는 통치에 참여하는 행위에 선행하기 때문이다. (정혜욱, 「랑시에르의 미학적 공동체와 '따로·함께'의 역설」, 『비평과 이론』 Vol.18 No.1, 2013, 194쪽.)
27) 황정아의 경우는 'sense'를 '감지 가능한 것'으로, 'le partage'는 '배분'으로 번역하는 것을 수용한다. (황정아, 「자끄 랑씨에르와 '문학의 정치'」, 『안과 밖』 Vol.31, 2011, 52쪽.) 『정치적인 것의 가장자리에서』의 역자는 'le partage du sensible'을 '감각적인 것의 나눔'으로 번역하였다. (자크 랑시에르(2013), 앞의 책, 18-19쪽.) 랑시에르에게서 분할의 의미는 감성의 분할, 곧 평등의 구현을 위한 시발점이며 모든 경계를 무화시키는 의미를 지닌다.
28) 랑시에르가 주장하는 미학과 정치의 관계는 결코 '정치의 미학화'가 아니라 '미학의 정치

이 일어나는 장소가 된다. 랑시에르가 정치와 미학을 연관시키는 것은 이 양자가 어떤 공유영역을 갖고 있다고 보기 때문이다. 그것을 랑시에르는 '감성의 분할 체제'로, '각각의 역할과 지위를 결정하는 경계와 공유물의 존재를 동시에 드러내는 감각지각의 자명한 사실체계'[29]라고 부른다. 감성의 분할 체제는 언어와 이미지들 사이에서 일어나기 때문에 정치적 예술의 무대가 된다. 감성이란 이러한 분할선이 우리 자신의 감각, 우리 자신의 행동에 새겨져 있음을 뜻한다. 이런 의미에서 '정치란 우리가 보는 것과 우리가 그것에 대해 말할 수 있는 것에 관한 것이고, 그리고 그런 능력의 전제로서 공간들의 속성과 시간의 가능성에 관한 것'[30]이다.

이런 점에서 정치는 또한 우리의 감각적 능력을 규정하는 분할에 관한 것이 된다. 따라서 랑시에르에 따르면 정치는 곧 우리의 익숙한 감성을, 그 감성이 작동되는 체제를 바꾸는 것이다. 랑시에르가 감성을 정치와 연관시키고 미와 예술의 영역으로까지 확장시키고자 하는 것은 바로 이러한 이유 때문이다. 그에게 있어서 반미학[31]과 비미학은 기본적으로 분할과 경계선, 자리 부여를 인정하는 개념이므로 반미학, 비미학이란 용어는 합의의 동의어이다. 합의의 정치는 정치가 아니며 정치가 제대로 작동하

화'이다. '정치의 미학'과 '미학의 정치' 사이의 차이를 살펴보기 위해서는 랑시에르의 '불일치로서의 예술'(art as dissensus)에 대해 살펴볼 필요가 있다. '정치의 미학'은 주체의 구성, 즉 사회적 역할의 분할 체계를 파열시키는 요소가 되는 사람들, 즉 아무런 역할과 몫도 가지고 있지 않은 사람들을 구성하는 것에 있으며, '미학의 정치'는 예술의 가시적 실천을 통해 감각적 경험의 구조를 형식적으로 재편하는 것에 있다. (김기수, 「랑시에르의 '정치적 예술'에 관하여」, 『미학예술학연구』, 38집, 2013, 41쪽.)

29) 자크 랑시에르, 『감성의 분할』, 오윤성 역, 도서출판 b, 2012, 11-19쪽.
30) 위의 책, 14-15쪽.
31) 랑시에르에 따르면 현대의 '반-미학'(anti-esthetique)은 예술의 고유성을 확립하려는 모더니즘 운동의 마지막 단계로 규정될 수 있으며, 바디우의 비미학은 "모더니즘의 반-미학적 완수"에 다름 아니다. 따라서 그의 비미학이 무엇인지를 이해하는 것은 그의 반-미학이 갖는 독특성을 파악하는 것과 다르지 않다. (박기순, 「랑시에르에서 미학과 정치」, 『美學』, 61집, 2010, 8쪽.)

려면 합의를 거부해야만 한다. 이는 분할의 경계선을 움직이고 분리된 구역들을 뒤섞고 각자에게 부여된 자리들을 부정하는 작업이며, 이 작업이 바로 랑시에르가 생각하는 미학의 작업이다. 정치가 가능해지기 위해 감각되는 것들이 서로 부딪치고 충돌하는 이견을 만들어낼 수 있는 행위가 진정 미적인 행위이자 정치적인 행위인 것이다.

아감벤의 사유에서도 확인할 수 있듯이 문제는 누가 주권과 정의와 법과 언어 그리고 진리를 차지하는가 하는 것이 아니다. 보다 근본적인 것은 역사와 주권을 성립시키는 분할선으로, 생명-목소리를 인간의 질서 바깥으로 몰아내면서 인간, 주권, 법, 언어와 같은 인간의 질서를 성립시키는 분할선이다. 주권적 구조에서 벗어난 '새로운 정치'를 실현한다는 것은 '인간의 질서'에서 벗어나는 일에 육박하는 근본적 변화[32)]에 해당한다.

최민석의 소설에서 언어와 관련하여 이러한 분할선이 미학의 정치성을 보여주는 작품으로 「부산 말로는 할 수 없었던 이방인 부르스의 말로」를 살펴볼 수 있다. 이 소설의 주인공은 "사람들의 표현 방식에 따르자면"(41쪽) 외계생명체이다. 그는 지구에서 5년간 살아오며 이곳에서의 소통이 "자신들의 경험과 가치관에 부합하면 진실이고, 불편하면 거짓"(43쪽)이 되는 방식으로 작동되고 있음을 깨닫는다. 자신이 "이해하고 싶은 말들만 진실이라"(42쪽) 여기는 이러한 방식은 일종의 합의를 거쳐 고정된 경계선이 작동되는 것을 의미하며, 외계생명체와 같은 목소리를 경계 밖으로 몰아냄으로써 인간의 질서를 성립시키는 분할선이다. 강에 몸을 맡긴 채 떠내려오듯 살아온 그가 이러한 분할선을 거부하고 미학의 정치를 수행하고자 결심하게 된 계기는 언어와 관련된 하나의 선언을 통해서이다.

---

32) 황정아(2009), 앞의 글, 112쪽.

그러나 나는 오늘, 이곳에서 중요한 실천을 하나 하려 한다. 그것은 말을 하는 것이다. 선언을 하는 것이다. 그리고 나의 존재와 진실을 찾는 것이다. 나는 오늘 선언을 하고, 우리를 찾을 것이다. (「부산 말로는 할 수 없었던 이방인 부르스의 말로」, 43쪽)

선언 이후 언어 습득에 매진한 주인공은 뒤늦게야 자신이 배운 것이 부산 사투리임을 깨닫고 낙심하게 된다. 글로벌 생존 어학원 원장이 "말을 하는 순간, 여러분의 권위와 지적 능력, 그리고 삶의 등급이 매겨지는 겁니다"(57쪽)라고 가르치는 것처럼, 부산 사투리를 쓰는 외계인이나 중국어 억양이 배인 조선족 상인 리씨, 일본어 억양 때문에 차별당하는 재일교포 키무 상과 같은 인물들의 말은 여전히 지배 공간에서 말로 인정되지 않고 기존의 경계선 밖으로 밀려나기 때문이다. 소설의 마지막 부분에서 사람처럼 생긴 297명의 외계인들이 영어를 배우기 위해 길게 혀를 빼물고 'r' 발음을 하는 장면은 언어와 관련하여 정치적 불화의 필요성을 역설적으로 보여준다.

소설 「국가란 무엇인가」에서는 이러한 분할선에 대한 문제 제기가 단도직입적이고 직설적으로 제시되는데, 이는 주권이라는 인간의 질서를 성립시키는 분할선에 대한 주인공의 의문이다.

북한은 그가 태어난 곳일 뿐, 그가 주체사상에 동의하여 북에 태어난 것은 아니었다. 마찬가지로 남쪽으로 (졸다가) 넘어오긴 했지만, 그가 자유민주주의 사상으로 전향한 것은 아니었다 (⋯) 국가와 관련된 그의 행위 중 그가 의지를 가지고 선택한 것은 하나도 없었다. 그것은 이리 보면 자연적으로 뻗어나간 줄기가 이뤄낸 열매였고, 저리 보면 철저한 우연의 산물이었다. (「국가란 무엇인가」, 149쪽)

주인공 리혁수의 발언은 분할선에 의문을 제기함으로써 합의를 거부하는 태도를 통해 랑시에르가 생각하는 미적인 행위이자 정치적인 행위로서의 가능성을 보여주고 있다. 북한과 남한을 가르는 경계선은 국가 주권과 관련된 분할선을 가시적으로 나타낸다. 그가 의도적으로 랑시에르가 말한 정치를 수행한 것은 아니지만, 그러한 분할선은 실상 졸다가 넘어갈 수도 있다는 점에서 절대적인 경계가 될 수 없음을 말해준다. 이처럼 다소 황당한 방식으로 남한으로 넘어오게 된 주인공을 통해, 작가는 국가 주권과 관련하여 각자에게 부여된 자리를 부정하며 분할의 경계선을 움직이고 뒤섞는 미학의 정치를 작동시킨다.

한편, 소설 「시티투어버스를 탈취하라」는 법과 관련된 분할선을 거부하고 감각적 재분배를 시도하려는 인물들의 정치가 잘 드러나는 작품이다. 한국에서 외국인 노동자로 살아가는 소설 속 인물들에게 한국에서의 법은 이들을 호모 사케르로서 법의 바깥에 위치시키는 구조적 분할선으로 기능한다. 한국 공장주의 폭력 행위로 허리를 제대로 쓸 수 없게 된 인도의 라시 라씨는 주인공의 권유로 안산 시청에 민원을 제기해 인간으로서의 기본권을 찾고자 했지만, 한국의 법은 도리어 그를 불법체류자로 규정하고 추방한다. 몽골에서 온 치치게는 공장주에게 강간당한 것을 고발하였으나 법은 공장주를 처벌하는 대신 그녀에게 추방 명령을 내린다. 이러한 일련의 사건들을 겪으며 주인공은 한국이 내세우는 역겨운 친화적 이미지의 대표적 허상인 시티투어버스를 탈취하여 청와대를 폭파시키는 테러를 기획한다. 이러한 시도는 법이라는 분할의 경계선을 움직여 이견을 만들어낼 수 있는 정치적인 행위이다. 비록 이들의 계획이 성공하진 못하지만 "고요한 채로 계속 혁명을 향해 직진"(27쪽)하고 있는 시티투어버스는 분할의 경계선을 흩뜨려 감각적 재분배를 수행하고자 하는 문학적 방식으로서의 정치성을 보여준다.

3.2. 율법의 위반과 미적 메타 정치로서의 사랑

랑시에르에 의하면 예술의 순수성과 그것의 정치화 사이의 갈등은 없다. 자율적 경험 형태로서 예술은 감성의 정치적 분할을 건드리기 때문에 순수한 예술과 정치적인 예술을 갈등관계에 놓지 않는다. 여기서 '정치화'는 정치적 해방을 위한 예술형태들의 봉사가 아니다. 그것은 정치적 주체들의 이견적(dissensuelle) 발명들이 만들어내는 형태들에 맞서 자신의 형태들을 대립시키는 정치이다. 이때의 정치는 따라서 미적 메타 정치라고 불려야 한다. 메타 정치는 '일반적으로 무대를 바꾸면서, 그리고 민주주의의 외형들과 국가의 형태들에서부터 그것들을 만드는 지하의 움직임들과 구체적 에너지들의 무대 아래로 이동하면서 정치적 이견(dissensus)의 끝을 보고자 하는 생각'33)이다. 랑시에르가 말하는 미적 메타 정치가 실천되는 예술에서는 집단적 삶이 예술작품의 견고한 덩어리 안에 갇혀 있고, 다른 한편으로는 다른 공동 공간을 그리는 소멸하는 움직임 안에서 현재화된다.

한편, 아감벤이 '믿음의 법' 혹은 '메시아의 법'이라고 칭한 '사랑'은 법의 단순한 부정이나 낡은 규정을 새로운 규정으로 대체하는 것을 뜻하지 않는다. 이는 법의 규범적 상과 대립하는 법의 비규범적 상을 정립하는 것을 의미한다. 사랑 혹은 메시아적 힘이 법의 영역과 그 작동에 영향을 미치는 방식은 부정하거나 폐지하는 것이 아니라, 활동력을 없앰으로써 작동하지 않거나 집행할 수 없게 만드는 방식이다. 그리고 이러한 방식으로 법을 잠재성의 상태로 복원하는 것은 곧 법을 보존하고 완성하는 일이며, 파괴가 아니라 더 나은 상태를 향한 전진이다.34) 이와 관련하여

---

33) 자크 랑시에르(2008), 앞의 책, 67쪽.
34) 황정아(2009), 앞의 글, 115-116쪽.

바디우는 사랑은 법의 완성이되 이 법은 '문자를 넘어선 법', '정신의 법' 혹은 '보편적인 법'이라고 함으로써, 사랑을 기존의 법을 대체하는 또 하나의 법이 아니라 전적으로 새로운 종류의 법이란 점을 강조35)한다.

이처럼 사랑은 아감벤의 논의와 관련지어 논의가 가능한데, 그가 여여한 '독자성' 개념으로 제시한 '있는 그대로의 독자성'이 바로 그러한 부분이다. 가령 사랑은 사랑하는 사람의 이런저런 특성을 향하고 있지는 않지만 그렇다고 그러한 특성을 무시하고 밋밋한 일반성(보편적 사랑)을 선호하는 것은 아니며, 사랑하는 사람은 있는 그대로의 속성들을 모두 가진 그 상태의 연인을 원한다는 것이다.36)

소설 「괜찮아, 니 털쯤은」에서 원숭이 인간인 '나'는 '그녀'를 사랑하게 되지만 원숭이와 인간과의 관계라는 경계를 넘지 못해 괴로워한다. 그는 "사람과의 솔직한 관계, 사랑하는 사람과 공유하는 비밀, 그 비밀을 바탕으로 싹튼 이해, 그 이해를 터전으로 피어난 사랑"(120쪽)이 있어야 진정한 관계를 맺을 수 있다는 사실을 고민 끝에 스스로 납득시킨다. 자신이 원숭이로서 자랑스러울 것은 없지만, 설령 버림받는다 하더라고 사랑하는 사람에게까지 숨겨야 할 필요가 없다는 것을 깨닫는 것은 사랑하는 대상의 여여한 '독자성'을 깨닫는 것이다. 그녀 역시 자신에게 무언가를 고백하려 할 때, '나'는 그녀가 설령 자신과 같은 원숭이라 할지라도 "그녀가 원숭이라는 사실을 받아들일 준비가 돼 있었다"(130쪽)고 고백한다. 그녀가 '나'의 사랑을 받아들이지 않았을지라도 '나'의 사랑이 아직 끝나지 않

---

35) 바디우는 '진리의 사건적 보편성이 지속적으로 세계 속에 스스로를 기입하고 주체들을 삶의 길로 결집시킬 수 있도록 사랑은 법이 될 의무가 있다'고 주장한다. 그런 점에서 사랑은 비록 문자적인 것은 아니지만 그럼에도 믿음의 선언으로 시작된 주체의 에너지에 원칙과 일관성을 작용하는 법의 귀환을 승인하며, 그럴 때 사랑의 법은 심지어 옛 법의 내용을 다시 모으는 데서 지원을 얻을 수도 있다고 설명한다. (황정아, 「이방인, 법, 보편주의에 관한 물음」, 『창작과 비평』 2009년 겨울호, 82-83쪽.)

36) 한기욱(2010), 앞의 글, 400쪽.

은 이유는, 그녀가 해준 무수한 말들 중에서 "괜찮아, 니 털쯤은"(133쪽)이라는 '있는 그대로의 독자성'의 가능성을 사랑에서 발견하였기 때문이다. 이는 원숭이로 대변되는 법의 규범적 상과 대립하는 법의 비규범적 상을 정립하는 것으로, 원숭이에서 인간으로의 변장과 같은 기존의 법을 대체하는 또 하나의 법이 아니라 전적으로 새로운 종류의 법에 해당한다.

소설 「누구신지…」에서도 이와 같은 사랑이 발견되는데, 특히 칠십 세가 넘은 치매부부인 두 주인공 여해와 여경의 사랑을 현재의 시점으로 다룬다는 점에서 그러하다. 둘 다 이십대의 젊은 나이에 처음 만나 사랑을 느끼지만 이 소설에서 조명되는 것은 칠십대 치매 노인 부부의 낯설고도 새로운 사랑이다. 요양원에서 치매에 걸린 일흔 살의 남자가, 머리에 꽃을 꽂고 변으로 얼굴 치장을 한 일흔 두 살의 치매 걸린 여자에게 신선한 사랑을 느끼고 연애를 시작하기로 마음먹는 장면은, 사랑에 대한 기존의 규범을 깨뜨리는 변화를 보여주기 때문에 정치적이다. 이들의 사랑은 사랑에 대한 낡고 규범적인 상과 대립하여 하나의 비규범적 상을 정립한다. 요양원, 치매, 죽음을 앞둔 노인이라는 사랑의 비규범적 상들은 사랑을 규정하는 다양한 정치적 이견의 끝을 보고자 하는 시도라고 할 수 있다.

4. 나가며

문학은 새로운 감성의 분할을 형성함으로써 특정한 감성의 분할에서 가시화되지 못했던 존재들을 가시화하고, 더 나아가서는 특정한 '일치'의 체제에서 '불일치'를 유발한다. 따라서 문학의 정치란 '일치'의 체제에 맞서는 정치이자 공동의 세계를 재편성하는 불일치의 정치라고 할 수 있다. 또한 문학은 미학적 예술체제가 성립하는 데 중요한 촉매 역할을 한다.

랑시에르는 작가가 직접 몸으로 뛰어다니면서 하는 정치가 아니라 글을 쓸 때에도 이루어지는 정치를 문학의 정치라고 본다. 즉, 문학의 정치라는 표현은 '문학이 시간들과 공간들, 말과 소음, 가시적인 것과 비가시적인 것 등의 구획 안에 문학으로서 개입하는 것'[37]을 의미한다.

랑시에르가 보기에 해방의 문제는 지식의 문제가 아니라 몸이 느끼는 감각의 문제이며 미학이란 개념은 여기에서부터 비롯된다. 랑시에르가 사용하는 미학이란 단어는 감각적 세계 안에 몸이 기입되는 방식, 즉 몸이 세계를 느끼는 방식과 관련된 것이다. 정치는 그렇게 몸이 느끼는 방식들이 충돌하고 특정한 감각의 방식에 따라 세계 안에 각자의 자리가 부여되는 과정이라는 점에서 미학과 불가분의 관계에 놓인다. 정치를 제대로 작동하게 하기 위하여 합의를 거부하고, 분할의 경계선을 움직이며 분리된 구역들을 뒤섞고 각자에게 부여된 자리들을 부정하는 작업이 바로 그가 생각하는 미학의 작업이다. 이러한 미학은 랑시에르가 보기에 정치를 대체하는 것이 가능하다. 그리고 몸이 세계를 느끼는 방식이 구체적으로 가시화된 것으로서, 혹은 정치적인 것이 드러난 형태로서 우리는 문학과 예술을 이야기할 수 있다.

어떠한 혁명적 사건이 발생하고 이어서 감성적인 것의 재분배 시도가 이루어진다면 이는 사건에의 충실성, 곧 윤리라고 불릴 수 있을 것이다. 사건에 대한 문학적 충실함이 문학의 윤리이며 문학의 민주주의인 것이다.

이 글에서 살펴본 최민석의 소설집 『시티투어버스를 탈취하라』의 각 작품에서 이주노동자, 외계인, 원숭이 인간, 북한 인민 등 다양하게 형상화된 이방인들은 하나의 사건으로서 등장한다. 이들은 단독자이자 정치적

---

37) 자크 랑시에르(2011), 앞의 책, 11쪽.

주체로서 이방인이 지닌 독자성과 미학의 정치성을 보여주고 있다. 또한 문학 작품 속에서 새로운 감성의 분할을 형성함으로써 특정한 감성의 분할에서 가시화되지 못했던 존재들에서 가시화되고 불일치를 수행한다. 이러한 문학의 정치는 랑시에르가 문학이 감성적인 것의 새로운 분배를 행할 때 그러한 이유 때문에 정치적인 것이라고 말한 바에 부합할 것이다.

참고문헌

1. 최민석 작품 목록

『능력자』, 민음사, 2012.
『쿨한 여자』, 다산북스, 2013.
『풍의 역사』, 민음사, 2014.
『시티투어버스를 탈취하라』, 창비, 2014.
『너의 눈에서 희망을 본다』(산문집), 조화로운 삶, 2010.
『청춘, 방황, 좌절 그리고 눈물의 대서사시』(산문집), 공감의 기쁨, 2012.

2. 단행본

알랭 바디우, 『윤리학』, 이종영 역, 동문선, 2001.
_____, 『모호한 재앙에 대하여』, 박영기 역, 논밭, 2013.
_____, 『세기』, 박정태 역, 이학사, 2014.
자크 랑시에르, 『미학 안의 불편함』, 주형일 역, 인간사랑, 2008.
_____, 『문학의 정치』, 유재홍 역, 인간사랑, 2011.
_____, 『감성의 분할』, 오윤성 역, 도서출판 b, 2012.
_____, 『정치적인 것의 가장자리에서』, 양창렬 역, 길, 2013.
조르조 아감벤, 『호모사케르 : 주권 권력과 벌거벗은 생명』, 박진우 역, 새물결, 2008.

3. 논문 및 평론

김기수, 「알랭 바디우와 현대미술」, 현대미술학 논문집, Vol.17 No.2, 2013, 55-111쪽.
_____, 「랑시에르의 ‘정치적 예술’에 관하여」, 『미학예술학연구』 38집, 2013, 27-68
    쪽.
김재희, 「외국인, 새로운 정치적 대상 : 아감벤과 데리다를 중심으로」, 『세계의 문학』
    2008년 가을호, 239-251쪽.
김형중, 「사건으로서의 이방인-‘윤리’에 관한 단상들1」, 『문학들』 2008년 겨울호,
    28-51쪽.
_____, 「문학과 정치 2009-윤리’에 관한 단상들2」, 『문학과 사회』 2009년 가을호,
    343-357쪽.
박기순, 「랑시에르에서 미학과 정치」, 『美學』 61집, 2010, 59-100쪽.

신형철, 「가능한 불가능 : 최근 '시와 정치' 논의에 부쳐」, 『창작과 비평』 2010년 봄호, 369-386쪽.

심보선·서동욱·김행숙·신형철, 「감각적인 것과 정치적인 것 사이에서-오늘날 시는 무엇을 할 수 있는가」, 『문학동네』 2009년 봄호, 1-27쪽.

이경재, 「2000년대 소설의 윤리와 정치」, 『창작과 비평』 2010년 겨울호, 65-82쪽.

정혜욱, 「랑시에르의 미학적 공동체와 '따로·함께'의 역설」, 『비평과 이론』 Vol.18 No.1, 2013, 189-217쪽.

진은영, 「감각적인 것의 분배 : 2000년대의 시에 대하여 : [특집] 문학이란 무엇인가」, 『창작과 비평』 2008년 겨울호, 67-84쪽.

_____, 「한 진지한 시인의 고뇌에 대하여」, 『창작과 비평』 2010년 여름호, 15-31쪽.

_____, 「시와 정치 : 미학적 아방가르드의 모럴」, 『비평문학』 제39호, 2011, 470-502 쪽.

한기욱, 「문학의 새로움과 소설의 정치성」, 『창작과 비평』 2010년 겨울호, 391-411쪽.

황정아, 「묻혀버린 질문-'윤리'에 관한 비평과 외국이론 수용의 문제」, 『창작과 비평』 2009년 여름호, 100-120쪽.

_____, 「이방인, 법, 보편주의에 관한 물음」, 『창작과 비평』 2009년 겨울호, 76-94쪽.

_____, 「자끄 랑씨에르와 '문학의 정치'」, 『안과 밖』 Vol.31, 2011, 50-74쪽.

4. 기타자료

자크 랑시에르, 「민주주의와 인권(Démocratie et droits de l'homme)」, 랑시에르 방한 서울대학교 강연문, 2008.12.2.

_____, 「감성적/미학적 전복La subversion esthétique」, 랑시에르 방한 홍익대학교 강연문, 양창렬 옮김, 2008.12.3.

_____, 「'문학성'에서 '문학의 정치'까지 : 자크 랑시에르 인터뷰」, 양창렬 역, 『문학과 사회』 2009년 봄호.

저자 소개

김미현 이화여대 국문과 교수

박사과정 명단(가나다순)

고정렬 이화여대 국문과
권혜린 이화여대 국문과
김미옥 이화여대 국문과
방소현 이화여대 국문과
엽뢰뢰 이화여대 국문과
이지혜 이화여대 국문과
최다정 이화여대 국문과
최예슬 이화여대 국문과
한혜진 이화여대 국문과

석사과정 명단(가나다순)

강소희 이화여대 국문과
김미현 이화여대 국문과
김민지 이화여대 국문과
박혜원 이화여대 국문과
서은지 이화여대 국문과
심현희 이화여대 국문과
오은지 이화여대 국문과
이승은 이화여대 국문과
이윤아 이화여대 국문과
이현저 이화여대 국문과
전소연 이화여대 국문과
차슬기 이화여대 국문과
황희진 이화여대 국문과

이화여자대학교 국어문화원 연구총서 ②
21세기 문화현실과 젊은 소설가들

초판 인쇄 2015년 8월 21일
초판 발행 2015년 8월 31일

저 자 김미현 외
펴낸이 이대현
편 집 권분옥

펴낸곳 도서출판 역락
주 소 서울시 서초구 동광로 46길 6-6 문창빌딩 2층
전 화 02-3409-2060(편집), 2058(마케팅)
팩 스 02-3409-2059
등 록 1999년 4월 19일 제303-2002-000014호
전자우편 youkrack@hanmail.net
역락블로그 http://blog.naver.com/youkrack3888

값 38,000원
ISBN 979-11-5686-227-7 94810
     979-11-5686-225-3 (세트)